Robert Corvus

Das Imago-Projekt

W0352662

Robert Corvus

DAS IMAGO-PROJEKT

Roman

PIPER

Entdecke die Welt der Piper Science Fiction:
Piper Science-Fiction.de

Von Robert Corvus liegen im Piper Verlag vor:
Drachenmahr
Die Schwertfeuer-Saga (Serie)
Feuer der Leere
Das Imago-Projekt

Originalausgabe
ISBN 978-3-492-70482-3
© Piper Verlag GmbH, München 2018
Satz: Fotosatz Amann GmbH & Co. KG
Gesetzt aus der Dante
Druck und Bindung: CPI books GmbH, Leck
Printed in Germany

1

Reise

Durch das Nordfenster sah Kara Jeskon einen Himmel aus Chrom, in dem sich das Licht der tief im Westen stehenden Sonne wie ein Fluss aus Lava spiegelte. Fünfzig Meter über der Kanzel, in der die Delegationen um den angemessenen Tauschwert von genetisch optimiertem Saatgut, Nahrungsmitteln und Informationen feilschten, hing die MARLIN in den Dockklammern der Atmosphärenstation und begrenzte Karas Sichtfeld nach oben hin. Die Triebwerksstrahlen der Stützdrohnen verwischten mit der Entfernung, das gedrosselte Haupttriebwerk leuchtete kalt und fahl wie ein Neutronenstern, der hinter einem Schleier toter Materie pulsierte.

Nach unten wurden die gelben Nebel des Gasriesen Baliol dichter, Schwaden aus Ocker und Orange erschienen fest wie Holz. Es sah aus, als nagten die Gasfetzen an den mit Positionslampen besetzten Auslegern und den angedockten Fähren, Frachtern und Tendern. Als wollte sich der titanische Planet an den Besuchern nähren.

»Ich habe noch nie so viele Schiffe in einem System gesehen«, flüsterte Kara.

»›Gesehen‹ haben wir ohnehin nur einen Bruchteil«, belehrte Erok Drohm sie mit einem spöttischen Lächeln.

Hier, in der Schwerkraft, standen sie auf einem ebenen Fußboden. Dadurch wurden die Größenverhältnisse viel deutlicher, als wenn man an Bord eines Raumschiffs auf Augenhöhe voreinander schwebte.

Erok war ein paar Zentimeter kleiner als Kara. Erschien ihr sein herablassender Blick deswegen so unangebracht? Es sah lächerlich aus, wie er den Kopf in den Nacken legte, um sie entlang seiner spitzen Nase zu mustern. Die Gravitation nahm seinem rotbraunen Haar die Fülle, die es in der Schwerelosigkeit besaß. Die Strähnen wirkten wie Gewürm, das versuchte, sich von seinem Kopf davonzustehlen.

»Die Scanner melden über zweitausend größere Einheiten in diesem System.« Sichtlich genoss Erok seine Besserwisserei. »Die paar Dutzend, die man mit bloßen Augen erkennt, sind kaum der Rede wert.«

»Wie du meinst.« Zu Beginn ihrer Beziehung hatte sich Kara von seinem Stolz herausgefordert gefühlt. Inzwischen hatte sie den ewigen Streit, die Sticheleien und das Imponiergehabe einfach nur satt. Sie sah wieder hinauf zum spiegelnden Rumpf der MARLIN. Drohnen der Bugani dampften frisches Chrom auf, wo die Gefechtsschäden schwarze Flecken hinterlassen hatten. Andere Reparaturen wären schwerer durchzuführen. Die Hülle war an den meisten Stellen abgedichtet, nur wenige Sektionen waren noch für die Besatzung gesperrt. Aber Dellen von solcher Größe, dass man eine Fähre darin hätte verbergen können, waren häufig. Gäbe es für die fünfundzwanzigtausend Überlebenden der MARLIN eine Alternative, hätte man das Raumfahrzeug wohl aufgegeben.

Aber Großraumschiffe waren eine Seltenheit, und selbst wenn die Bugani welche angeboten hätten, wäre die Menschheit wohl zu arm gewesen, um einen annähernd realistischen Kaufpreis zu entrichten. Zum Wertvollsten, das sie zu bieten hatte, gehörte das genetisch optimierte Saatgut, das in den verschiedensten Habitaten keimte. Viele dieser Pflanzen wuchsen binnen einer Woche zur Erntereife heran. Schnelle Keim- und Wachstumszeiten waren überlebenswichtig für die knapp eine Million Menschen, die noch in Freiheit lebten. Eine mittlerweile nur noch aus achtundzwanzig Großraumschiffen bestehende Flotte, die sie *den Schwarm* nannten, war ihre Heimat. Gnadenlose Verfolger – vor allem die Giats, die vor Jahrtausenden die Erde vernichtet hatten – hetzten sie durch die Galaxis. Um sich mit Nahrung zu versorgen, mussten sie agrarisch taugliche Himmelskörper abernten, bevor die Feinde sie einholten.

Aber was für Menschen nahrhaft war, mochte für Bugani unverdaulich sein. Deswegen waren Kara und Erok Teil der Handelsdelegation der MARLIN, auf Anfrage prüften sie Kompatibilitäten.

Das Kommando führte Herla Deron, die Chefdiplomatin ihres Schiffes. Anders als Erok hatte sie sich Gedanken darüber gemacht, wie ihre Erscheinung in einer Umgebung mit Schwerkraft wirkte. Kara wusste nicht, ob die Dame Drähte oder ein Gel benutzte, aber ihr brünettes Haar bildete einen halbkreisförmigen Schild an ihrem Hinterkopf. Weiße Perlen setzten darin Akzente. Wie alle sechs Unterhändler von der MARLIN trug Herla einen leichten Schutzanzug, der sie auch vor Baliols Gasatmosphäre schützen konnte. Allerdings hätte das Schließen des Helms die aufwendige Frisur zerstört.

Auf dem Weg durch die Gänge und Aufzüge der Station hatte eine Atemmaske mit integrierter Schutzbrille ausgereicht. Im Verhandlungsraum, den die Bugani für ihre Gäste hergerichtet hatten, hing diese Vorrichtung in einer Halterung vor der Brust. Kara fand das Arrangement geschmackvoll, die Maske passte sich in die unebene Oberfläche ein, in der weiße und hellblaue Wülste verschnörkelte Muster bildeten. Manche davon erfüllten technische Funktionen, wie etwa der Translatorwürfel vor der Kehle. Die Sprachdaten gehörten zum Ersten, was man mit einer fortgeschrittenen Zivilisation austauschte.

»Beendet dritte Verhandlungsrunde mit Übereinkommen / Verständigung / Profit wir feststellen«, schnarrte die Translatorstimme. Sowohl die Artikulation als auch die Qualität der Übersetzung bewegten sich auf niedrigem, aber ausreichendem Niveau. Je länger sich der Schwarm hier aufhielt, desto weiter würden sich die selbstlernenden Algorithmen optimieren.

Herla nahm einen Speicherkristall entgegen und schob ihn in ihr Handlesegerät.

Die Bugani erinnerten Kara an Rochen, flache Fische, die sie aus Vidaufzeichnungen von den Ozeanen der zerstörten Erde kannte. Im Gegensatz zu den Menschen konnten ihre beiden Gastgeber die Stickstoff-Sauerstoff-Atmosphäre im Besprechungsraum nicht atmen. Ihre drei Meter durchmessenden Körper steckten in einer Metallfolie, die knackte, wenn sie sich bewegten. Dabei liefen Wellen durch die Randbereiche. Welcher Teil davon den steril weißen Plastboden berührte, schien unerheblich zu sein. Sie hatten keine Beine, die Körpermitte hielten sie vom Boden fern, was ihnen eine Kuppelform gab. Bei den mehrfach segmentierten Gliedmaßen fragte sich Kara, ob es sich um künstliche Organe handelte oder ob der kupferfarbene Überzug biologische Extremitäten umhüllte. Jede von ihnen endete in einem Aufsatz aus rotierbaren Fingern, deren Anzahl, Länge und Ausformung aber variierte. Bei den optischen Geräten war sich Kara dagegen sicher, dass es sich um Kameras handelte. Diese Spezies ließ sich wohl für gewöhnlich in den Winden der tieferen Atmosphärenschichten des Gasplaneten treiben, sodass die Sinnesorgane nach unten gerichtet waren. In der Umgebung der Atmosphärenstation, mit einem Luftdruck von einem Bar, war das jedoch unpraktisch. Da sie hier nicht schweben konnten, würde ein Bugani nur den von seinem eigenen Körper bedeckten Boden sehen. Daher verlängerten

Kabel und Kameras die Augen, was ihnen auch zusätzliche Wellenspektren erschließen mochte. Zu einem Vorne und Hinten führte das jedoch nicht, die Kameras tauchten an verschiedenen Stellen unter dem Rand des Körpers auf, wo sich Lücken zum Boden ergaben, ebenso wie die Gliedmaßen.

»Das ist sehr interessant.« Die hellblauen und grünen Holos über Herlas Lesegerät wechselten schnell. »Wir bedanken uns für das Geschäft und begrüßen die nächste Runde der Verhandlungen.«

Bestimmt sprach sie so seltsam, um sicherzustellen, dass die Translatoren den Gehalt ihrer Aussagen korrekt übermittelten.

Sie reichte ihr Lesegerät an ihren Assistenten weiter, einen schlanken Mann mit einem hüftlangen Umhang, der in gefälligen Falten fiel. Kara schätzte, dass er etwa in ihrem Alter war, zwanzig Jahre. Herla dagegen hatte mit ihren dreiundsechzig das erste Drittel ihres Lebens sicher schon überschritten. Dennoch war sie jung, gemessen an dem Umstand, dass sie im Kompetenzsystem der Marlin im Feld Diplomatie den höchsten Wert unter den Bewohnern des Schiffes innehatte.

»Dabei sollte es um die bereits erwähnten Magnetschleudern gehen!«, meldete sich Rassan zu Wort. »Im nächsten Raumgefecht sollten wir die Möglichkeit haben, Feindjäger einzufangen und zu entern. Im Gegenzug wären wir bereit, Schwefelsporen für Luftkeimlinge zur Verfügung zu stellen.«

Kara bewunderte Herla dafür, dass ihr keinerlei Verärgerung anzusehen war.

Rassan gehörte zur Abordnung der Payara, die gemeinsam mit der Marlin die Verhandlungen führte. Ob die Bugani den Aufzug dieser Leute wohl als ebenso abschreckend empfanden wie Kara? Die sechs Delegierten der Payara trugen Kampfrüstungen, jeder Schritt knallte auf dem Hartplastboden. Metallplatten verstärkten die Anzüge und schufen harte Kanten. Bestimmt beinhalteten die Monturen auch Kraftverstärker. Mit solcher Unterstützung hätten Kara sicher auch die fünf Stunden, die sie sich nun im Schwerkraftsog befand, wenig ausgemacht.

Wenn die Rüstungen auf die Körper ihrer Träger Rückschlüsse erlaubten, mussten diese sehr muskulös sein. Selbst bei den Frauen waren die Arme so dick wie Karas Schenkel, und die Schultern kamen im Vergleich zu ihren auf die doppelte Breite. Die Panzer bedeckten auch die untere Hälfte des Gesichts, erst ab der Nase war es zu erkennen. Darunter wölbte sich eine schalenförmige Halskrause, durch die ihre Worte hallten. Diese martialische Kleidung diente aber nicht dazu, sie unkenntlich zu machen, denn eine Vielzahl bunter Plaketten individualisierte die Bruststücke.

Ihr wuchtiges Auftreten stand im Gegensatz zu den kümmerlichen Erfolgen, die die PAYARA bei diesem Treffen bislang vorweisen konnte. Die Bugani zeigten keinerlei Interesse an den Maschinen zur Metallverarbeitung, die man ihnen anbot. Auch nicht, nachdem einer der Gesandten mit einer schwarzen Klinge einen Eisenblock durchschlagen hatte. Das Saatgut, das sie nun offerierten, stammte aus den Beständen der MARLIN. Obwohl MARLIN und PAYARA gemeinsam den Schwarm repräsentierten, war jedem Menschen klar, dass man nicht ohne Rücksprache die Ressourcen des anderen Schiffes anbieten durfte. Zudem fand Kara es äußerst ungeschickt, direkt eines der wertvollsten Güter zu präsentieren und damit zu erkennen zu geben, wie hoch man die Ware des anderen bewertete. Und dann ausgerechnet Militärtechnologie!

»Mich interessiert viel mehr, wie man in diesem System die friedliche Begegnung so vieler Spezies organisiert«, murmelte sie.

Kara hatte ihre Worte nicht überdacht. Sie biss sich auf die Lippen. Sie wusste nicht, ob die Translatoren sie aufgefangen hatten, aber bestimmt gab es Aufzeichnungsgeräte, die alles zur späteren Auswertung archivierten. Immerhin hielt sich Erok an ihre Vereinbarung, nicht mehr über ihre koexistenzialistischen Ideale zu sprechen, und beließ es bei einem spöttischen Seitenblick.

»Die Baupläne der Magnetschleudern allein werden euch keinen Nutzen bringen«, erklärte der linke der beiden Bugani. Anders als bei seinem Kameraden war die Folie, die seinen gewölbten Körper einhüllte, nicht vollständig silbern, sondern wies einen kupferfarbenen Schimmer auf. »Wegen des Integrationsgrades – Anpassungen bleiben empfehlenswert/nötig/klug. Eine Vergütung ist selbstverständlich/unverzichtbar. Saatgut allein ist zu wenig/kümmerlich/minderwertig.« Die eigentliche Sprache der Bugani war ein Säuseln am oberen Ende des Spektrums dessen, was ein menschliches Ohr wahrnahm. Sobald der Translator einsetzte, war es praktisch nicht mehr zu hören.

»Ich bin sicher«, meinte Rassan, »dass die Vorteile unserer Stahlverarbeitung bei eingehender Betrachtung …«

Er unterbrach sich, weil ein im Westen herabtauchender Schatten den Raum verdunkelte. Bremstriebwerke loderten unter einem schwarzen Keil, der sich vor die rötliche Sonne schob. Die Entfernung war wegen des fehlenden Vergleichs schwierig zu schätzen, das Schiff wurde größer und größer. Die Verwirbelungen an seinem Rumpf ließen die gelblichen Gasschwaden gegen die Transplastkuppel wallen.

»Ein Giat-Schiff«, brachte Erok mit belegter Stimme heraus.

»Ihr seid keine Freunde/Verbündete/Handelspartner, nicht wahr?«, erkundigte sich der kupferne Bugani.

»Wir können die Verhandlung fortsetzen/zum Erfolg führen«, ergänzte sein Gefährte. »Baliol garantiert eine Handelszone / Neutralität / Frieden für alle Besucher. Es gibt keinen Anlass für Panik / Furcht / Misstrauen.«

Trotz der Versicherung spürte Kara Angst in sich aufsteigen. Der Anblick der Macht und des Vernichtungspotenzials dieses Großraumschiffs erschütterte die Zuversicht, die Voraussetzung für Karas Koexistenzialismus war. Der erste Kontakt mit den Giats lag Jahrtausende zurück. Beginnend mit diesem waren alle Anstrengungen für eine Verständigung gescheitert. Die Giats wollten von den Menschen kein Territorium, keine Rohstoffe, keine Dienste. Sie wollten sie versklaven oder bei dem Versuch vernichten. Ihre Freiheit empfanden sie als Beleidigung.

Kara ermahnte sich selbst. Dieses Wissen hatte sie nur aus den Datenbanken des Schwarms, und die wurden von denen zusammengestellt, die heute die Macht hatten. Möglich, dass es irgendwo Hinweise auf vielversprechende Ansätze zur Verständigung gab, und dass man sie verbarg, um die Kampfmoral in diesem endlosen Krieg hochzuhalten.

Aber das war nur eine theoretische Überlegung, die ihre Angst nicht zu mindern vermochte. Dieses Schiff … dieses gewaltige Schiff …

Der spitze Bug des Keilraumers stach dichter als fünfzig Meter unter ihnen an der Station vorbei, aber das Heck war noch nicht zu sehen. Weiter als zweihundert Meter entfernt verwischte der bewegte Nebel die Formen.

Kara hielt den Atem an. Ob es ebenso groß war wie die MARLIN? Zwei Kilometer? Oder länger?

Die MARLIN hatte sich in einem Stunden dauernden Andockmanöver dem Haltegerüst genähert. Die Piloten des Giat-Schiffs schienen es in Minuten hinter sich bringen zu wollen. Kara konnte nur hoffen, dass es ihnen gelang. Wenn sie die Station rammten, würde sie nicht nur Schaden nehmen, sondern auseinanderbrechen. Unwillkürlich legte Kara den Daumen über den Notschalter, der den Schutzanzug blitzartig schließen würde.

Sicherer fühlte sie sich deswegen dennoch nicht. Der Anzug könnte sie vor dem sofortigen Tod bewahren, aber wenn sie aus der Station stürzte, wäre sie einem noch schlimmeren Schicksal ausgeliefert. Falls sie sich nicht sämtliche Knochen bräche, weil sie auf eines der angedockten Schiffe prallte – die meisten waren Fähren, höchstens einhundert Meter lang –, sondern an ihnen vorbeifiele, wäre der Absturz endlos.

Baliol besaß keinen felsigen Kern, der Planet bestand allein aus Gasen. Militärisch war das ein enormer Vorteil. Der Aufprall eines nahezu lichtschnellen Geschosses von Asteroidengröße konnte jeden Felsplaneten vernichten, aber auf einer Gaswelt rief er nur titanische Stürme hervor. Diese mochten einige Jahrhunderte um den Planeten toben, aber Stationen wie jene, auf der sie sich gerade befanden, konnten ihnen ausweichen. Es gäbe Milliarden Tote, doch das Leben insgesamt ginge weiter.

Für einen abstürzenden Menschen bedeutete ein Gasplanet einen langen Fall. An die Stelle des Aufschlags mit einem brutalen, aber schnellen Ende trat ein sich ständig erhöhender Druck. Man wurde zerquetscht wie eine Luftqualle in einer Faust. Es musste sich schrecklich anfühlen, wenn die Rippen brachen und man am Blut im Brustkorb ertrank.

»Die bringen uns um.« Da außer ihm niemand im Raum sprach, war Eroks Flüstern deutlich zu verstehen.

Der Bug des Keilraumers war schon nicht mehr zu sehen, das Heck wuchs weiter an. Kara fragte sich, ob die Gefahr bestand, dass der Giat-Raumer die Marlin rammte, aber er fiel in derselben Geschwindigkeit, mit der sein Rumpf aufwuchs, in die Tiefe ab. Meisterliche Piloten steuerten dieses Raumfahrzeug.

»Schade, dass du meinst, die Schiffe, die man hier zu sehen bekommt, wären nicht der Rede wert.« Ihr Spott half Kara, das Zittern zu unterdrücken.

Anders als bei der MARLIN handelte es sich bei den Unebenheiten in der rauen Oberfläche des Keilraumers nicht um Gefechtsschäden. Sensorantennen stachen hervor, Schleusentore formten runde Vertiefungen. Jagdmaschinen hingen an der Außenhülle in Bereitschaft. Torpedoluken und Laserspulen drohten. Das Chrom auf der Hülle spiegelte makellos. Dieses Schlachtschiff hatte keine Überholung nötig.

Unvermittelt erstarrte der Großraumer, als sei die Zeit eingefroren. Aber das konnte nicht sein, der gelbe Nebel wallte noch immer in Wolken und Strudeln, und Karas Herz hämmerte.

Die Piloten mussten die Bewegung mit einem exakt kontrollierten Manöver jener der Station, die mit etwa dreißigtausend Stundenkilometern ihrer Bahn folgte, angeglichen haben. Ein eindrucksvoller Beweis dafür, wie hoch entwickelt die Technologie der Erzfeinde der Menschheit war.

Während unter ihnen Halteklammern und Transferbrücken ausfuhren, wischte sich Erok den Schweiß von der Stirn.

Man musste Rassan lassen, dass er seine Gedanken als Erster wieder auf den Grund ihres Hierseins richten konnte. »Ich bin sicher, dass wir weiteres Saatmaterial zur Verfügung stellen können, um den Wert der Magnetschleudern zu erreichen.«

Kara staunte darüber, wie ungeschickt er verhandelte.

Erok dagegen beließ es nicht beim Staunen. »Zunächst einmal wollen wir klarstellen, dass wir noch nicht entschieden haben, wie viel Saatgut wir für diese Transaktionen zur Verfügung stellen werden.«

Beschwichtigend hob Herla die Hände, aber Rassan beachtete sie nicht.

»Wollt ihr etwa die Klappe aufreißen, nachdem ihr gegen

die da«, er zeigte hinunter auf den Keilraumer, »beinahe krepiert wäret? Wegen euch müssen wir jetzt der Konfrontation ausweichen und fliehen, als besäßen wir keine Ehre! Also tut wenigstens etwas, um anderweitig euren Beitrag zu leisten!«

Erok ballte die Hände zu Fäusten. »Es war nicht die PAYARA, die uns zu Hilfe kam!«

»Weil wir nicht damit gerechnet haben, dass die MARLIN wehrlos wie ein Säugling im Nichts treibt, während wir uns Meriten gegen den Feind verdienen.«

»Unser Schiff ist nicht annähernd so stark gepanzert wie eures«, gab Erok mühsam beherrscht zu bedenken.

Rassan winkte mit seiner klobigen Hand ab. »Ihr vermeidet jede Vorbereitung auf den Kampf, damit ihr eine Ausrede habt, um ihm auszuweichen. Das ist seit jeher die Taktik der Feiglinge.«

Mit einem Aufschrei stürzte sich Erok auf ihn. Kara sah ihm an, dass er die Schwerkraft ebenso wenig gewohnt war wie sie. In einem Raumschiff hätte die Wucht, mit der er sich abstieß, gereicht, um ihn zu seinem Gegner zu tragen. Hier löste er sich kaum vom Boden, sein Schlag touchierte die Panzerung nur leicht.

Rassans Knie ruckte hoch und traf den taumelnden Erok im Gesicht. Panzerplatten krachten gegen die Knochen.

Ächzend ging Erok zu Boden.

Kara wandte sich an die Bugani. »Tut etwas! Unterbindet es!«

»Dies ist ein Verhandlungsraum«, entgegnete der Kupferne. »Es ist statthaft / erlaubt / angemessen, Dispute entsprechend kultureller Normen / Regeln / Sitten zu entscheiden.«

Rassan trat dem am Boden Liegenden in die Seite.

Erok rollte auf die Bugani zu, die mit Wellenschlägen ihrer kuppelförmigen Körper auf Abstand gingen.

Erok wehrte sich nicht ernsthaft, es wirkte instinktiv, wie er die Arme zwischen sich und den Angreifer brachte.

Dennoch riss Rassan das Bein hoch und stampfte auf Eroks Bauch.

Erok würgte.

Die anderen Gesandten der PAYARA bildeten einen Kreis und beobachteten das Geschehen, während sich die Delegation der MARLIN hinter Herla sammelte.

»Ihr könnt doch nicht …«, setzte Kara erneut an. »Wir sind eure Gäste! Es kann nicht in eurem Interesse sein, dass wir zu Schaden kommen.«

»Wir respektieren / achten / schätzen fremde Gebräuche«, antwortete der Kupferne.

Kara sah ihren Begleitern an, dass sie sich trotz der Überlegenheit der Gegner auf die Leute von der PAYARA stürzen würden, wenn Herla den Anfang machte.

Doch das tat sie nicht. »Es ist feige und ohne Ehre, jemanden zu verletzen, der sich nicht wehrt.« Sie trat einen Schritt vor. »Nur Schwächlinge fühlen sich stark, wenn sie Schwache angreifen.« Sie breitete die Arme aus und hielt den Blick auf Rassan gerichtet. »Willst du auch mich zusammenschlagen? Oder traust du dich erst, wenn ich meinen Schutzanzug ablege?«

Rassan sah von Erok auf. »Er hat angegriffen, nicht ich!«

»Sein Angriff ist vorüber«, sagte sie. »Du hast dich behauptet, es ist entschieden. Von nun an bist du der Aggressor, wenn du nicht einhältst.«

Er starrte sie an, bevor sein Blick über den Kreis seiner Kameraden tastete.

»Ein kluger Soldat behält stets das Ziel der Mission im Fokus«, mahnte Herla. »Sonst rettet er seinen Stolz, verliert aber die Schlacht.«

»Der Sieg ist dein«, sagte eine der Frauen von der PAYARA.

Rassans Schultern strafften sich. Er trat zurück.

Kara löste die Sprühflasche mit dem Medogel von ihrem Oberschenkel und kniete sich neben Erok.

Sein linkes Auge schwoll bereits zu, die Wange darunter verdunkelte sich, und Blut klebte in seinem Bart.

Sie bettete seinen Kopf auf ihr linkes Bein. »Halt still.« Sie löste die Sicherung der Flasche und trug das eisblaue Gel auf der verletzten Seite des Gesichts auf, während Herla die Verhandlungen wieder aufnahm. Kara achtete darauf, das Auge aus dem Verband auszusparen.

Stöhnend stützte sich Erok auf.

»Versuche, nicht zu angeschlagen zu wirken«, flüsterte sie ihm zu. »Das schwächt unsere Position.«

Ungläubig blickte er sie aus dem nicht zugeschwollenen Auge an.

»Hast du dir etwas gebrochen?«, fragte sie.

»Ich glaube nicht.«

»Gut.« Sie verstaute die Sprühflasche wieder an ihrem Anzug und griff ihm unter die Achsel. »Dann steh jetzt auf.«

Sie fand erstaunlich, wie schwer ein menschlicher Körper war. Dabei herrschte auf der Station weniger Anziehungskraft, als das auf der Erde der Fall gewesen war. Auf der Squid, dem einzigen Schiff des Schwarms mit Gravitation, hätte Erok also noch mehr gewogen als hier.

»… die Möglichkeiten evaluieren«, sagte Herla gerade. »Dazu ist eine kurze Beratung notwendig.«

»Das ist statthaft / angemessen / akzeptabel.«

Die Chefdiplomatin der Marlin warf der Delegation der Payara einen warnenden Blick zu.

Rassan stand inmitten seiner Leute. Er strahlte Stolz aus, machte aber keine Anstalten, wieder in die Verhandlungen einzugreifen.

Herla kam zu Kara und Erok.

»Es geht ihm gut«, sagte Kara.

Beiläufig nickte Herla.

»Du wirkst besorgt«, fügte Kara an.

Herla lächelte freudlos. »Als Diplomatin habe ich mich schon einmal besser geschlagen.«

»Wir haben viel erreicht«, meinte Kara. »Und wir werden noch mehr erreichen.«

»Sicher.« Abwesend blickte sie nach unten, auf den chromglänzenden Keilraumer.

»Ist es wegen der Giats?«

Kaum merklich schüttelte Herla den Kopf. »Nicht hier. Später.«

Natürlich, die Aufzeichnungen. Während der Auswertung würde den Bugani nichts entgehen, und wenn sie wollten, konnten sie ihre Erkenntnisse den Giats verkaufen. Kara musste aufpassen, was sie sagte – oder wonach sie fragte.

»Was ist mit diesen Luftsamen, die Rassan erwähnt hat?«

»Es gibt mehrere Stammlinien.« Kara versicherte sich, dass es Erok schaffte, allein zu stehen, und tippte auf ihren Armbandkommunikator. Die Datenbankanzeige baute sich als Hologramm auf. »Ich habe damit gerechnet, dass diese Sorten ins Gespräch kommen würden. Aber …«, sie schielte zu den beiden Bugani, »… unsere Gastgeber können sie nicht ohne Weiteres verwenden.«

»Also wären Anpassungen nötig.« Herla zwinkerte mit dem linken Auge. Auf dieser Seite hatten sich die Gesandten der PAYARA versammelt.

Kara verstand. »Ja, darin stellt sich eine ähnliche Aufgabe, wie unsere Gastgeber sie für die Magnetschleudern erläutert haben.«

»Ich könnte mir sogar vorstellen, dass die Optimierung eines Genoms aufwendiger ist als Änderungen an einem makroskopischen Aggregat.«

»Zweifellos. Wir müssen mit Enzymen operieren und Versuchsreihen durchführen.«

Der Silberfarbene näherte sich. »Die Kopplung mit menschlichen Zielerfassungssystemen wird sich sehr schwierig gestalten«, behauptete er.

»Wie lange würde das denn dauern?« Herla wandte sich ihm zu. »Nachdem unsere Feinde solche Präsenz zeigen«, sie deutete auf den Keilraumer, »ist es für uns klug, die Reise rasch fortzusetzen.«

Erok warf Kara immer wieder vor, mit unangebrachter Verbissenheit an ihrem Traum einer Koexistenz aller intelligenten Spezies in der Galaxis festzuhalten. Selbst ihr lief jedoch ein Schaudern über den Rücken, wenn sie sich vorstellte, dass die Giats die laufenden Reparaturen an der angedockten Marlin sabotieren könnten.

Trotzdem glaubte sie, dass Herla vor allem Druck auf die Geschäftspartner ausüben wollte. Sie versuchte, die Chefdiplomatin zu unterstützen. »Wir haben ein sehr vielversprechendes Basis-Genom für ozeanische Habitate.« Bei seinem letzten längeren Stopp, im Cochadasystem, hatte der Schwarm tatsächlich eine biodiverse Schatzkammer vorgefunden.

»Auf Basis von Wasser/H_2O?«, erkundigte sich der Silberne. »Dann können wir es nicht verwenden.«

»Das ist bedauerlich«, meinte Kara. »Wo die Bugani doch sicher viele Saatplaneten besitzen. Ich bin erstaunt, dass sich darunter keine Himmelskörper mit Flüssigwasservorkommen finden.«

»Kaum/vernachlässigbar/selten.«

Vermutlich entging den Bugani die Theatralik, mit der Kara Herla ansah, aber um die Lippen der Diplomatin zuckte ein belustigtes Lächeln.

»Wenn das so ist, sollten wir uns rasch an die Pequala wenden«, schlug Kara vor. »Ich habe die Datenbanken der Station konsultiert und glaube, sie sind diejenige aquatische Zivilisation, mit der wir die besten Ergebnisse erzielen können.«

»Wer sind die Pequala?«, fragte Rassan verwirrt.

Kara wusste über sie nur, dass ihre Schuppen rot schillerten und sie ein ganzes Dutzend Hilfsvölker nutzten, um verschiedene Aufgaben in ihrem Imperium zu versehen.

»Die Pequala, ja.« Herla tat, als wöge sie Für und Wider ab. »Sehr aussichtsreich, das denke ich auch.«

»Es wäre unklug / leichtsinnig / voreilig«, warf der Kupferne ein, »die Verhandlungen nun / jetzt / augenblicklich zu beenden, da wir schon gute Zwischenergebnisse erzielt haben. Sicher können wir euch technische Pläne / Schemata / Aufstellungen überlassen, sodass ihr den Großteil der Anpassungen für die Magnetschleudern selbst vornehmen könnt.«

»Das würde die Zeit, die wir hier verweilen müssen, verkürzen.« Herla war nun wieder ganz in ihrem Element. »Und vielleicht habt ihr dennoch Verwendung für das Saatgut, das auf Wasser optimiert ist: Es wäre eine gute Handelsware, die ihr an die Pequala weitergeben könnt.«

»Ein kluger / profitabler / richtiger Gedanke. Wir sind am Wassergenom und an den Luftsamen interessiert.«

»Aber wir können doch nicht so leicht unsere Schätze herausgeben!«, gab sich Kara entrüstet. In Wirklichkeit fand sie, dass es der Menschheit nicht geschadet hätte, ihre kompletten Biodatenbanken für die Bugani zu kopieren. Der Schwarm befand sich auf der Flucht durch die Milchstraße. In spätestens einer Woche würde er das System des Gasriesen verlassen, kurz darauf den Bereich der Galaxis, den die Bugani beherrschten. Wahrscheinlich würden sie dieser Zivilisation danach nie wieder begegnen, sodass sie kein weiteres Handelsgut bräuchten, das sie mit ihnen austauschen könnten.

»Ich teile deine Bedenken«, behauptete Herla dennoch. »Wir bestehen auf einer adäquaten Gegenleistung.«

»Die Magnetschleudern …«, setzte Rassan an.

»… und die Reparatur der MARLIN!«, fiel Herla ihm ins Wort. »So weit sie in der verbleibenden Zeit zu leisten ist.«

»Dieser Vorschlag ist zu ungenau / vage / nebulös. Wir müssen die Verpflichtungen exakt vereinbaren / dokumentieren / definieren.«

»Wir werden einen Reparaturplan aufstellen«, schlug Herla vor, »und unsere Xenofarmer sofort beauftragen, die aussichtsreichsten Genome auf eure Bedürfnisse anzupassen. So nutzen wir die Zeit optimal. Ich schlage vor, wir treffen uns in vier Stunden erneut, um unsere Verhandlungen fortzusetzen.«

Sie zogen sich in den Lift zurück. Als er sich in Bewegung setzte, hatte Kara das Gefühl, gestaucht zu werden. Offensichtlich benutzten die Bugani keine Andruckabsorber.

»Ich gönne denen von der PAYARA zwar nicht, dass sie ihre Spielzeuge bekommen«, wegen des Sprühverbands, der die Hälfte von Eroks Gesicht einhüllte, klang seine Stimme dumpf, »aber ich gebe zu, dass du dich gut geschlagen hast.«

»Du nicht!«

Verblüfft sah er sie an. »Wie meinst du das?«

»Ich mag keine Typen, die kopflos draufsosprügeln«, stellte sie klar. »Wenn wir auf der MARLIN sind, treffe ich mich mit Freunden im Lichtwald-Café. Du hast zwei Stunden, um deine Sachen aus meinem Quartier zu räumen.«

»Du meinst … du willst dich von mir trennen?«

»Zwei Stunden«, wiederholte sie.

—

»Die Lösung zu kennen ist zu wenig.« Kommissar Azrel drückte das Saugtuch in den Schweiß auf seinem absurd muskulösen Körper. »Man muss auch die Kraft haben, durchzusetzen, was man als richtig erkannt hat.«

Auch wenn er selbst es anders sah, war Kraft sicherlich eine der Eigenschaften, an der es Azrel am wenigsten mangelte, dachte Zegato. Der Körper des Mannes konnte die Muskelmasse nur tragen, weil man auf der PAYARA, seinem Heimatschiff, die Genbahnen der Bewohner auf Stärke hin optimierte. Die überdimensionierten und gehärteten Knochenstrukturen bildeten die Basis für eine Statur, die hier auf der ESOX schon deswegen Probleme machte, weil etwa Wartungstunnel nicht auf eine Schulterbreite von einem Meter zwanzig ausgelegt waren. Aber die stolzen Krieger der PAYARA hätten sich ohnehin kaum dazu herabgelassen, Ingenieursarbeiten zu verrichten.

Für den Moment hielt Azrel damit inne, seinen nackten Oberkörper abzureiben. Er ließ das Tuch als unordentliches Knäuel in der Luft zurück, stieß sich von der Schenkelpresse ab, an der er zuletzt trainiert hatte, und schwebte hinüber zum Nahrungsspender. Er schlug die Faust gegen die Maschine, weil der angeforderte Proteinriegel ihm zu langsam ausgegeben wurde.

Der Visor, der Zegatos Augen ersetzte, machte viele Diagnoseinstrumente überflüssig. Er leistete Vergrößerungen bis zum Faktor dreihundert ebenso wie Restlichtverstärkung und sein Blickfeld spannte sich über einen Winkel von zweihundertsiebzig Grad. Nur was unmittelbar hinter seinem Kopf vorging, entging ihm.

Die Infrarotmessung verriet Zegato, dass Azrels Körpertemperatur innerhalb einer Minute von den 320 Kelvin, die sie unter Anstrengung erreicht hatte, auf 315 fiel. Bei einem Menschen mit genetischer Grundausstattung wäre auch das noch ein extremer Fieberwert gewesen.

Azrel riss die Vakuumverpackung des Riegels auf. In seiner Pranke sah er lächerlich klein aus. Zegato wusste jedoch, dass sein Proteingehalt den Tagesbedarf eines normalen

Menschen gedeckt hätte. Aber ein normaler Mensch brachte es mit seinem gesamten Körper auf so viel Muskelmasse wie Azrel im rechten Arm. Ohne die genetischen Optimierungen der PAYARA wäre eine solche Gewebeansammlung ineffizient gewesen. Widerwillig zollte Zegato den dortigen Bioingenieuren Respekt. Die wuchtigen Schultern, die kantige Brustmuskulatur, der keilförmige Oberkörper, an den Azrel die Oberarme nicht anlegen konnte, weil Trizeps, Bizeps und Brachialis ein Volumen erreichten, das eigentlich der Oberschenkelmuskulatur angestanden hätte … Durch den Schädelknochen bedingt hatte der Kopf eine normale Größe, was ihn aber im Vergleich mit dem restlichen Körper als kümmerliche Denkbeule erscheinen ließ. Daran änderten auch die strengen Linien des Kinns, der beilartigen Nase und des wie eine Bürste geschnittenen blonden Haares nichts.

Azrel biss die Hälfte des Riegels ab und kaute. Er zeigte auf den Rest in seiner Hand und sah zu Zegato herüber. »Das wird die Untersuchung doch nicht verfälschen?«

»Nein«, beruhigte Zegato.

Azrels Brauen zuckten. »Macht das Ihre Patienten nicht nervös?« Diffus wischte er vor seinem eigenen Gesicht.

»Es hat sich noch niemand beschwert.«

»Werden es wohl gewohnt sein«, brummte er. »Ich schaue lieber in ein paar Augen, statt mein eigenes Spiegelbild zu sehen. Und dann auch noch so gestreckt.«

Der Visor umwölbte Zegatos Gesicht von der Stirn bis zum Mund. »Ich kann ihn nicht abnehmen. Er ist fest verbunden.«

Azrel winkte ab und schwebte zum Aussichtsfenster. »Melden Sie mir einfach, wenn die nächste Belastungseinheit ansteht.«

»Jawohl.« Zegato verließ sich darauf, dass dem Kommissar der ironische Unterton entging, mit dem er den Militärjargon benutzte. Für Azrel war diese Ausdrucksweise normal. Er war zum Soldaten geboren, verwandte sein Leben darauf, sich für mögliche Kämpfe zu optimieren, und erwartete, im Laserfeuer oder einer Explosion zu sterben.

Dennoch musste man sich auf der PAYARA einen Sinn für Schönheit bewahrt haben – solange sie der militärischen Durchschlagskraft nicht entgegenstand. Hier auf der besetzten ESOX hatte Azrel diesen Trainingsraum an der Außenhülle eingerichtet, wo eine Panoramawand den Blick auf das Samtschwarz eröffnete, in dem die Sterne leuchteten. Derzeit war der einzige flächige Himmelskörper der Gasriese Baliol, ein ockerfarbener Fleck, in dem Zegato Schlieren ausmachte, wenn er die Vergrößerungsfunktion seines Visors benutzte. Das Zentralgestirn stand auf der anderen Seite der ESOX. Die silbrigen Yamadazentrifugen, die das Schiff umkreisten, glanzten in seinem Licht.

Azrel deutete auf einen der quaderförmigen Körper. »Sie haben alle ausgebracht. Wir werden bald transitieren.«

Im Moment befanden sich elf Yamadazentrifugen im Blickfeld, aber das änderte sich ständig. Manche umkreisten die ESOX in gerade einmal einhundert Meter Entfernung, für andere betrug der Radius einen Kilometer. Ihr Tanz folgte der Programmierung des Überlichttriebwerks. Die in ihnen enthaltenen Astriden woben ein Netz, das im ersten Schritt dazu dienen würde, das Großraumschiff aus dem von Einstein beschriebenen Universum von Länge, Höhe, Breite und Zeit hinaus- und in den Rotraum hinüberzuziehen, wo man sich schneller als das Licht bewegen konnte.

»Warum so schweigsam?«, bellte Azrel. »Habe ich Sie etwa beleidigt?«

»Womit?«

Seine Pranke vollführte eine unbestimmte Geste. »Weil ich festgestellt habe, dass geistige Fitness allein unzureichend ist.« Azrels Haut glänzte wieder. Sie hatte fünfmal so viele Schweißdrüsen wie Zegatos auf derselben Fläche, aber weniger Nerven. Azrel fühlte weniger, was er wohl als Vorteil ansah, weil dadurch auch das Schmerzempfinden sank.

Zegato schwebte zu ihm und führte seinen rautenförmigen Handsensor über die Oberschenkelmuskulatur. »Sie sprechen mit einem Arzt«, erinnerte er. »Ich bemühe mich mein Leben lang, die Körper meiner Patienten gesund zu halten.«

»Gesund …«, murmelte Azrel. »Bedeutet das, dass man nicht von allein verfällt?«

»Wir alle zerfallen vom Moment unserer Geburt an. Wir altern.«

Azrel schnaubte. »Deswegen sollte man nicht jammern. Hätten wir endlos Zeit vor uns, würden wir nichts mehr entschlossen angehen.« Er ballte die Linke zur Faust. »Es ist unsere Sterblichkeit, die uns zwingt, aus jedem Tag etwas zu machen! Wir können ihn gewinnen, wir können ihn verlieren. Aber er kommt nie wieder. Zweite Chancen existieren nicht. – Was sagt Ihr Scanner?«

Zegato las die Anzeige ab. »Die Enzyme arbeiten am weiteren Muskelaufbau. Vier Prozent …«

»Ich brauche zehn!«, schrie Azrel so laut, dass Zegato erschrak.

Missmutig wandte sich der Kommissar wieder dem Aussichtsfenster zu. »Ich habe Ihnen erklärt, dass ich zehn brauche«, sagte er leiser.

»Auf der Basis, die Sie bereits erreicht haben, ist das schwierig«, verteidigte sich Zegato.

»Nur schwierige Ziele lohnen, dass man nach ihnen strebt.« Azrel schob den Rest seines Riegels in den Mund. »Ich brauche die zehn Prozent. Meine Rivalen überflügeln mich. Die Payara …« Sein Blick suchte in der Schwärze zwischen den Sternen, als könne er sein Heimatschiff als Lichtpunkt ausmachen. Tatsächlich war es wohl irgendwo dort draußen. Der Schwarm bereitete sich auf die gemeinsame Transition vor, noch befanden sich alle achtundzwanzig Großraumschiffe hier im System. Aber auf eine Entfernung von mehreren Lichtminuten waren sie optisch natürlich ebenso wenig auszumachen wie die vielen Raumfahrzeuge anderer Spezies, die mit den Bugani Handel trieben.

»Sie verstehen das nicht!« Azrel unterstrich seine Anklage mit einer ausladenden Geste, die Zegato beinahe an der Brust getroffen hätte.

Der Arzt schwebte zwischen zwei Trainingsgeräte in Sicherheit. Eines war eine Stahlfeder, die man aus der Wand biegen konnte, wobei Fußroste rechts und links festen Halt gaben. Je nachdem, wie man diese Aufgabe anging, belastete man damit die Beine, den Rücken oder die Arme. Das andere Gerät war ein Seilzug, dessen Widerstand sich variabel einstellen ließ. Bei dem Wert, den Azrel gewählt hätte, wäre Zegato wohl nicht imstande gewesen, das Seil auch nur einen Zentimeter abzurollen.

»Ihr Esoxer kapriziert euch in ätherischen Gedankenspielen«, murrte der Kommissar. »Wären wir nicht hier, würdet ihr völlig aus dem Blick verlieren, dass Wissen auch angewendet werden muss, um einen Effekt zu erzielen. Was hättet ihr mit ein bisschen pragmatischem Vorgehen erreichen können? Möglich, dass ihr dann heute noch frei wäret.« Er lachte spöttisch. »Oder besser gesagt wäre euer Zentralcomputer noch frei, mit euren Hirnen als ausgelagerten Recheneinheiten.«

Zegato versuchte, sich auf seine Aufgabe zu konzentrieren. Er rief Detailanalysen auf, um einen Ansatzpunkt für die Feinabstimmung der Enzyme zu finden, die Azrels Muskelaufbau steuerten. Leider arbeitete die Anpassungsfähigkeit im Organismus des Kommissars gegen ihn. Er wehrte auch die Stoffe ab, die Zegato einbrachte, um sein Trainingsprogramm zu unterstützen.

»So gesehen ist es euer Glück, dass ihr nicht wie Krieger zu denken vermögt«, fuhr Azrel fort. »Aber das ist eine der wenigen Ausnahmen, in denen eine Niederlage von Vorteil ist. Die Bürger der Koi und der Taimen würden das bezeugen, wenn sie es noch könnten.«

Diese beiden Schiffe hatten die Giats in der letzten Schlacht zerstört, die meisten anderen beschädigt, am stärksten die Rohu, die Thun und die Marlin.

»Sie jagen uns«, sinnierte Azrel düster. »Sie haben so viel mehr Schiffe als wir … Wenn sie sich darauf konzentrieren würden, könnten die Giats uns zermalmen. Aber sie haben wohl Wichtigeres zu tun.« Es klang resigniert.

»Vielleicht bringen diese Magnetschleudern ja etwas, die wir jetzt von den Bugani bekommen«, versuchte Zegato ihn aufzumuntern.

»Woher haben Sie davon erfahren?«, fragte Azrel misstrauisch.

»Das ist als unklassifizierte Information im Bordnetz abgelegt«, erklärte Zegato.

Der Kommissar brummte. »Es schadet wohl auch nichts, wenn ihr davon wisst. Aber leider werden die Magnetschleudern allein unseren Nachteil gegenüber den Giats auch nicht wettmachen. Sie werden allerdings Entermanöver ungekannter Kühnheit ermöglichen …«

»Ich finde es seltsam, dass trotz aller Raumtorpedos und Lasergeschütze der Kampf an Bord eines Feindschiffes solche Bedeutung für Sie zu haben scheint«, wagte Zegato vorzubringen.

Mit zusammengezogenen Brauen sah Azrel ihn an. »Er erfordert am meisten Mut. Und der persönliche Faktor ist entscheidend. Individueller Verdienst ist gefragt. In der Vorbereitung«, vielsagend spannte er seinen Bizeps an, »und in der Konfrontation. Und bedenken Sie den Nutzen: Kanonen und Torpedos können ein Feindschiff zerstören, aber ein Enterkommando kann fortschrittliche Technologie bergen. Es ist doch offensichtlich, wieso dafür die höchsten Meriten vergeben werden.«

Am Bruststück von Azrels Rüstung, die magnetisiert neben dem Eingang an der Wand hing, prangten reihenweise Verdienstabzeichen. Mehr noch als Ränge bestimmten diese Meriten, wie viel Einfluss jemand in der Hierarchie der PAYARA besaß. Im Detail war dieses System kompliziert, aber unter dem Strich hatte man umso mehr zu sagen, je höherwertiger die Meriten waren, die man sich verdient hatte.

»Aber wann wird die Esox jemals in den Nahkampf gehen?« Missmutig wandte sich Azrel wieder dem Anblick der kreisenden Yamadazentrifugen zu. »Solange ich hier als Kommissar diene und Ihre Leute keinen Aufstand proben, werde ich nur dann Kampfmeriten erwerben können, wenn der Feind die Esox direkt angreift. Also bleibt mir nur, meinen Körper in Höchstform zu bringen, um dadurch wenigstens ein paar kleine Anerkennungen zu gewinnen. Damit ich halbwegs mit den Meriten mithalten kann, die man während meiner Abwesenheit auf der PAYARA verleiht.«

»Das verstehe ich«, versicherte Zegato. »Der reine Muskelaufbau wäre auch nicht das Problem, aber Sie wollen ja auch Ihre Agilität erhalten, und …«

»Das muss ich!«, unterbrach Azrel donnernd. »Es geht um meine Kampftüchtigkeit.«

»Das habe ich verstanden, aber das macht es auch so schwierig.« Er rief weitere Analyseholos auf und überlegte, an welchem er einem medizinischen Laien am besten erklären konnte, wo das Problem lag. »Ihr Körper ist sehr widerstandsfähig, er lässt sich nur schwer überlisten.«

»Finden Sie einen Weg«, forderte Azrel. »Ich habe so ein Gefühl, dass wir im Norastesystem sämtliche Kräfte werden aufbieten müssen.«

»Wie kommen Sie darauf?«, fragte Zegato.

Azrel bedachte ihn mit einem undeutbaren Blick. »Diesmal könnten wir auf Menschen stoßen. Solche, die keinerlei Verbundenheit zum Schwarm fühlen.«

»Bislang haben uns die Daten von Cochada nur zu zerstörten Kolonien geführt«, sagte Zegato vorsichtig. »Drei Systeme, in denen wir lediglich Planetentrümmer gefunden haben. Und natürlich Baliol, einen Gasplaneten, dessen Bewohner aber vor uns niemals Menschen gesehen haben.«

»Baliol war nicht als Teil des menschlichen Imperiums gekennzeichnet«, erinnerte Azrel. »Unsere anderen Stationen dagegen schon.«

Zegato bestätigte mit einem Nicken. »Aber nachdem die Cochada-Daten drei verwaiste Systeme ausgewiesen haben – wieso sollten wir beim letzten Glück haben?«

»›Glück‹ hängt von den eigenen Wünschen ab«, meinte Azrel. »Vielleicht werden wir auf Menschen treffen, denen es irgendwie gelungen ist, eine planetengebundene Hochzivilisation zu unterhalten. Aber ich glaube nicht daran. Keinen Felsplaneten kann man gegen einen entschlossenen Angriff verteidigen.«

Der Widerspruch lag Zegato auf der Zunge. Die Daten, die Starn Egron und die zurückgelassenen Siedler auf dem Planeten Cochada gefunden hatten, berichteten von einem Sternenreich, das über Jahrhunderte, wenn nicht über Jahrtausende, Bestand gehabt haben musste. Eine menschliche Kultur. Sie musste den Kontakt zur Erde und den Kolonien, von denen die Bewohner des Schwarms abstammten, vor sehr langer Zeit verloren haben. War wirklich undenkbar, dass man dort eine Möglichkeit gefunden hatte, Planeten gegen anrasende Asteroiden zu schützen? Was wussten sie schon von dieser Zivilisation?

Nur dass zumindest drei der vier Systeme, deren Koordinaten sie ermittelt hatten, zerstört waren, gestand sich Zegato ein. Sie hatten sogar Spuren technischer Materialien gefunden, Legierungen, zerschmolzene Trümmer. Wertlose Zeugen des Untergangs. Ob eine apokalyptische Katastrophe dieses gesamte Staatsgebilde verschlungen hatte?

»Aber wir könnten auch auf den Feind treffen.« Azrels Fäuste knackten. »Manchmal versklaven die Giats die Bevölkerung eines Planeten, statt ihn zu zerstören. Vielleicht warten die Menschen von Noraste darauf, dass wir ihre Gegner vertreiben.«

»Wenn zutrifft, was im Bordnetz steht, geht die Fernaufklärung davon aus, dass Norastes Sonne erloschen ist.«

»Das ist nur eine der möglichen Erklärungen für das Strahlungsspektrum«, stellte Azrel klar. »Die Daten sind nicht eindeutig. Die Bugani verraten uns nichts darüber, und das sollte uns skeptisch machen.«

»Vielleicht wissen sie nichts.«

»Bei einem System, das gerade einmal acht Lichtjahre entfernt liegt?« Azrel schnaubte. »In ihren Sternkatalogen ist es ein Sperrgebiet. Sie fliegen es nicht an, und von dort kommen auch keine Händler. Das muss einen Grund haben.«

Zegato fragte sich, welcher der vielen Lichtpunkte dort draußen Norastes Sonne war, deren Koordinaten die Navigatoren als Ziel programmiert hatten. »Ich hoffe, wir finden etwas«, sagte Zegato. »Irgendetwas, damit die Spur nicht endet. Noraste ist unser letzter Anlaufpunkt.«

»Sie klingen betrübt.« Leichter Spott schwang in Azrels Stimme.

»Ich fände es bedauerlich, wenn sich die unter solchen Opfern geborgenen Daten als nutzlos erweisen würden«, gestand Zegato. »Eine meiner Patientinnen war daran beteiligt, sie uns zu sichern.«

»Tatsächlich?« Interessiert lüpfte Azrel eine Braue.

»Sie war auf dem Planeten. Sie hat sogar gekämpft.«

»In einer Schwerkraftumgebung?« Der Kommissar zog sich näher. »War sie dafür ausgebildet?«

»Sie ist keine Soldatin. Sie geriet eher zufällig in die Auseinandersetzung. Die Planetarier haben sie entführt ...«

»Ach, diese Sache! Ich hörte davon.« Der Respekt stand unübersehbar in Azrels Miene.

»Leider ist ihr Fall sehr schwierig«, tastete Zegato sich vor. »Man bezweifelt, dass der Aufwand für ihre Behandlung gerechtfertigt ist.«

»Ich nehme an, Sie werden mir jetzt sagen, dass Ihnen die Restriktionen des Kommissariats zu schaffen machen.«

Zegato schwieg.

»Schicken Sie mir die Daten zu diesem Fall!«, forderte Azrel ihn auf. »Ich werde eine Priorisierung bewirken.«

»Es gibt noch viele andere Patienten auf der Esox, die man erfolgreicher behandeln könnte, wenn ...«

»Das Leben ist voller Härten«, wehrte Azrel barsch ab. »Zunächst besteht Ihre Aufgabe darin, die Optimierung meines Körpers zu unterstützen. Ich will nicht, dass Sie sich mit zu vielen anderen Fällen ablenken.«

Zegato setzte zu einer Erwiderung an, als ein rotes Leuchtband entlang der annähernd runden Innenwand des Trainingsraums die unmittelbar bevorstehende Transition ankündigte.

Die Männer wandten sich dem Fenster zu. Ihre Schultern stießen aneinander, aber das störte Zegato in diesem Moment nicht. Er wusste, dass er im Begriff stand, an einen Ort zu wechseln, der nicht für Menschen gedacht war. Noch nicht einmal für irgendetwas aus dem Universum, in dem er lebte. Alle Stoffe, aus denen sich sein Körper zusammensetzte, die er aufnahm und verarbeitete, bestanden aus Molekülen, Atomen – Materie, sie sich mit Sinnen und Instrumenten erfassen und vermessen ließ. Hier konnten sich auch die Astriden bewegen, jene seltsamen Hybriden aus Lebewesen und Energieform, die man nun im heißen Plasma der Yamadazentrifugen anregte.

Sie wechselten in das fremde Kontinuum und zogen die Esox mit sich.

Der Übergang erfolgte plötzlich wie das Aufblitzen eines Laserstrahls. Das Schwarz des Weltraums, der helle Fleck, der Baliol war, und die Sterne wurden gegen ein Rot ausgetauscht, das in Bahnen und Spiralen strömte. Wie so oft glaubte Zegato, er müsste das Tosen eines Feuersturms hören, weil der Rotraum aussah, als würde er lodern. Aber er war ebenso lautlos wie das Vakuum. Hier existierten Länge, Höhe und Breite in dem Sinne, wie Menschen sie erfassen konnten, nur im Innern des Kokons, den die Yamadazentrifugen woben. Jenseits davon galten die bekannten Naturgesetze nicht, und die Regeln, die im Rotraum zur Anwendung kamen, kannten die Menschen nur so weit, dass sie ihnen eine unsichere Navigation und die Fortbewegung ermöglichten. Funksprüche aber konnten sie hier nicht übermitteln. Bis sie in den Normalraum zurückfielen, wäre die Esox vom Rest des Schwarms ebenso isoliert wie von ihrem heimatlichen Universum. Obwohl die anderen Schiffe die Esox seit dem Bürgerkrieg vor fünf Jahren gängelten und von ihnen eingesetzte Kommissare wie Azrel alle Entscheidungen an Bord trafen, erfüllte diese Vorstellung Zegato mit einem Gefühl von Einsamkeit.

Azrel zerstörte die melancholische Anwandlung mit einem dröhnenden Lachen. »Irgendwann wird der Rotraum uns verbrennen!«

»Eine Woche hat er jetzt Zeit dazu, bevor wir Noraste erreichen«, meinte Zegato säuerlich. »Was immer uns dort erwarten mag.«

»Eine Woche, um uns vorzubereiten!« Donnernd klatschte Azrel in die Hände. »Wie steht es mit der nächsten Belastungseinheit?«

Zegato verglich die Zeitanzeige mit dem Trainingsplan. »Sie können beginnen.«

Azrel schwebte zum Brust-Rücken-Trainer und kletterte hinein. Seine Oberarme bildeten eine Gerade mit seinen Schultern, die Unterarme knickten in rechtem Winkel ab. Er umfasste die Griffe, drückte die Apparatur aber mit der gesamten Auflagefläche seiner Arme zusammen. Als sich die Metallflügel vor seinem Gesicht berührten, zog er sie wieder auseinander. Das geschah gegen einen Widerstand von zweihundert Kilogramm auf jeder Seite. Wenigstens schwollen die Adern an seinem Hals an, und bald begann er auch zu schnaufen. Das beruhigte Zegato, bewies es doch, dass selbst dieser hochgezüchtete Organismus Grenzen kannte – wenn sie auch wesentlich weiter gesteckt waren als bei einem unmodifizierten Menschen.

Der Arzt brachte Intensivscanner auf den Muskelpaketen an. Azrel ließ sich dadurch nicht beirren, er pumpte mit gleichmäßigem Takt.

Hinter Zegatos durchscheinenden Analyseholos wallte der Rotraum. Eine Urgewalt, die wohl kein Mensch zu begreifen vermochte. Die Messwerte aus Azrels Körper dagegen waren vergleichsweise einfach zu deuten.

»Egal, was ich injiziere – Ihr Immunsystem wird es binnen kurzer Zeit neutralisieren.«

»Dann müssen wir …«, Azrel ächzte unter der Anstrengung, »… in kurzen Abständen nachjustieren.«

Zegato nickte. »Im Prinzip ist das die Lösung, die ich ebenfalls vorschlage. Aber es ist nicht mit den Trainingszeiten getan. Der Muskelaufbau findet ständig statt, sogar wenn Sie schlafen.«

Azrel lachte selbstzufrieden. »In mein Ruhenetz lasse ich Sie nicht. Da wären wir zu dritt, das wird mir zu eng.«

Zegato deaktivierte die Holos. Er betrachtete den Trainierenden, der jetzt wieder so stark schwitzte, als wollte er zerfließen. Die Körpertemperatur überstieg die Marke von 318 Kelvin.

»Ich werde Ihnen ein intelligentes Depot einsetzen. Sie werden es nur spüren, wenn Sie danach tasten. Es wird Ihren Blutstrom analysieren und die Aufbaumittel passend mischen.«

Misstrauisch äugte Azrel zu ihm herüber. »Das wird meinen Sicherheitsleuten missfallen.«

»Sie können Ihre Vorgaben machen. Ich muss ohnehin ein abgestimmtes Depot für Sie entwerfen. Sie können auch gern Einsicht in die Pläne nehmen.«

Der Kommissar schnaubte. »Als wenn wir dazu Ihre Erlaubnis bräuchten. Aber gut, versuchen wir es.«

»Ich benötige eine Woche.«

»Wenn Sie es in vier Tagen schaffen«, wieder ächzte Azrel, »werde ich mir die Liste mit Ihren Anfragen wohlwollend anschauen. Wegen der Behandlung Ihrer Patienten.«

»Das ist sehr freundlich.« Zegato würde wohl seinen Vorrat an Aufputschpflastern angreifen. Diese Zeitvorgabe erlaubte in den kommenden Nächten kaum Schlaf.

—

Kara Jeskon wollte nicht allein zwischen zwar geschmackvollen, aber gefühllosen Einrichtungsgegenständen sterben, doch der Tod wartete nicht, bis man sich bereit fühlte. Einige deformierte Barhocker sahen aus wie Metallpuppen, aber das täuschte nicht darüber hinweg, dass sie aus totem Metall, Schaumplast und dekorativen Neonstreben bestanden. Immerhin verkrafteten sie die Erschütterungen besser als die Keimbehälter, die Kara hatte inspizieren wollen, als die Explosion alles im Modul durcheinandergewirbelt hatte.

Eigentlich handelte es sich um eine Freizeiteinheit. Bis zu zweihundert Besatzungsmitgliedern bot der *violette Komet* Erholung von ihren Pflichten. Wenn das Modul ausgefahren war und rotierte, sodass die Zentrifugalkraft Rotogravitation erzeugte, konnte man weniger Standflächen nutzen, aber auch dann fanden immerhin noch siebzig Menschen in der Bar Platz. Die Hocker waren ebenso wie spezielle Gläser auf den Betrieb in Scheinschwerkraft ausgelegt, und eine besondere Speisekarte pries Gerichte an, die sich unter Normalbedingungen überall im Raum verteilt hätten.

Das war jetzt unerheblich. Erstens durchflog die MARLIN den Rotraum, dessen Strudel auch hinter dem von Rissen durchzogenen Transplast zu sehen waren. Dabei wurden die Rotationsmodule niemals ausgebracht, das Schiff hielt den Raum, den es einnahm, so klein wie möglich. Schließlich mussten die Yamadazentrifugen es ständig umfliegen und den Kokon aus Astriden aufrechterhalten, damit es nicht in den Normalraum zurückfiel.

Zweitens hatte eine der vielen Abstimmungen nach der vergangenen Schlacht dieses Modul den Xenofarmern zugewiesen. Bis die Hydroponien und Labors repariert waren, sollten einige Saatbanken hier untergebracht werden. Von Zeit zu Zeit brauchten Kara und ihre Kollegen Scheingravitation, um die Keimlinge weiterzuentwickeln.

Karas Pech war, dass sie nach der Trennung von Erok ihre Kabine als bedrückend leer empfand. Auch ihre beiden Luftquallen halfen ihr nur bedingt über dieses Gefühl hinweg. Ihre große Schwäche: Es machte sie nervös, allein zu sein …

Um sich abzulenken, hatte sie sich ins Modul begeben, um die Saatbanken zu überprüfen. Und jetzt sah es so aus, als würde sie allein sterben.

»Hier Kara Jeskon!«, funkte sie über ihren Anzugkommunikator. »Ich brauche Hilfe!«

Vergeblich hoffte sie auf Antwort.

Die Kombination, die sie für die Arbeit angezogen hatte, bot nur spärliche Anzeigen. Sie meldeten eine Vielzahl elektromagnetischer Felder, die offenbar den Funk störten. Das wäre kein Problem gewesen, wenn sie die Tür hätte öffnen können, um zurück in den Hauptkörper des Schiffs zu gelangen. Aber die hielt eine Notverriegelung geschlossen, für die Kara keinen Freigabecode kannte. Bei der Umwidmung des Moduls hatte man wohl ihre Autorisierung versäumt. Wahrscheinlich gab es irgendwo an Bord einen gut aussehenden Barkeeper, der sie hätte erlösen können, dachte sie ironisch.

Bedrohlich knackte die gewölbte Transplastwand. Vor dem Hintergrund der feurigen Ströme des Rotraums wuchsen ein paar Risse zusammen. Wenn die Scheibe nachgab, würde sie hinausgesogen. Mithilfe der Manövrierdüsen an ihrer Kombination konnte sie sich in der Schwerelosigkeit bewegen, aber sie war nicht darauf ausgelegt, Kara im Unterdruck am Leben zu erhalten. Sie würde Dekompressionsschäden erleiden, die Feuchtigkeit würde von ihrer Haut und aus ihren Augen kochen. Qualvolle Sekunden stünden ihr bevor, ehe sie erstickte. Oder starb es sich im Rotraum anders als im Vakuum?

Kara wollte es lieber nicht herausfinden. Sie überprüfte, dass sie auch wirklich auf allen Frequenzen sendete. »Es wird jetzt bedrohlich … Wenn mich jemand hört: Holt mich hier raus! Bitte!« Vielleicht war auch ihre Sendeeinrichtung defekt?

Der Gedanke ließ sie neue Hoffnung schöpfen. Sicher gab es irgendwo ein Terminal, das ans Kommunikationsnetz des

Schiffes angeschlossen war. Wenn sie das fände, könnte sie Hilfe rufen!

Sie zwang sich, ihren Blick nicht ziellos über die Verwüstung springen zu lassen. Aus dem Boden gerissene Geschirrsammler … ein leckender Getränkespender … überall die transparenten Röhren mit Erdreich und Keimlingen … einige beinhalteten farbiges Gas oder waren mit Flüssigkeiten gefüllt. Dort zog man Pflanzen, die in Habitaten wuchsen, in denen Menschen nicht ohne Hilfsmittel überleben konnten. Bruchstücke und Erdklumpen trieben durch die Luft. Kugeln aus Wasser und dunkelbraunem Gotako, dem beliebtesten Heißgetränk der Bar, vereinigten sich, wenn sie sich trafen, oder klebten an Oberflächen fest.

Nirgendwo in dem Chaos sah Kara, was sie suchte.

Sie startete ein automatisches Notsignal in Endlosschleife, vielleicht kam der Anzugkommunikator ja doch noch durch. Dann wandte sie sich wieder der Tür zu.

Vier keilförmige Komponenten verschlossen den runden Durchgang. Kara ertastete die Übergänge im Stahlplast, aber sie schaffte es nicht, auch nur die Fingernägel hineinzuschieben.

Mit wenig Hoffnung steuerte sie das Sensorholo daneben an. Dabei fiel die Manövrierdüse an ihrer rechten Schulter aus, was sie in eine Drehbewegung um ihre Längsachse versetzte. Sie hielt sich an der kreisförmigen Einfassung der Tür fest und stoppte so den Impuls.

Der kleine Holowürfel leuchtete in einem trotzigen Orange. Darin schwebten siebenundzwanzig rote Kügelchen, die als Orientierungshilfe dienten. Hätte sie das Authentifizierungsmuster gekannt, hätte Kara einen Finger in der geforderten Weise hindurchbewegt und so die Sperre gelöst. Solange ihr das nicht gelang, würde die Sicherungsschaltung der Tür verhindern, dass sie Kommandos eingab.

Ein Überschlagblitz knallte zwischen zwei Stromkabeln.

Kara zuckte zusammen.

Sie hatte das Gefühl, dass der Rauch zunahm, obwohl sie kein Feuer entdeckte. Vielleicht ein Schwelbrand?

Kara zog einen Finger in verschiedenen Richtungen durch den Sensorkubus. Normalerweise waren die Kombinationen simpel. Von links oben zur Mitte der Grundfläche, dann gerade nach oben und nach rechts aus dem Kubus. Die Punkte in der oberen Ebene durch ein Zickzackmuster verbinden. Schräg durch den Würfel schneiden. So etwas.

Aber es gab Milliarden mögliche Bewegungskombinationen, und nur eine davon würde ihr Zugriff auf den Öffnungsmechanismus verschaffen. Ihre Kehle trocknete aus.

Ein tiefes Grollen ertönte. Es wurde schnell lauter, ein Donnern.

Instinktiv hielt sich Kara an der Einfassung fest. Sie bot zwar genug Halt, um ihre Drift in der Schwerelosigkeit zu bremsen, nicht jedoch, um einer Druckwelle standzuhalten. Der Raum wurde erschüttert wie bei einem Kometenaufschlag. Kara schrie. Alles flog durcheinander, sie eingeschlossen. Behälter brachen, Metall quietschte protestierend.

Sie flog zwischen transparenten Splittern hindurch, die gegen ihre Arme schlugen. Einer traf ihr Gesicht.

Entsetzt begriff sie, dass sie auf die Transplastscheibe zutrieb, die sie vor dem Rotraum schützte. Sie fiel dem Feuer des fremden Kontinuums entgegen und die durchsichtige Wand hatte bereits Risse. Karas Aufprall könnte ihr den Rest geben!

Sie aktivierte die Manövrierdüsen, deren Surren im allgemeinen Lärm unterging. Sie bremsten Kara, aber da einige von ihnen ausgefallen waren, wurde sie nicht gleichmäßig verzögert, sondern wirbelte in einer erratischen Spirale durch den Raum.

Eine weitere Explosion krachte so laut, dass es in den Ohren schmerzte. Kara hörte ihren eigenen Schrei kaum noch.

Es fiel ihr schwer, die Orientierung zu behalten. Dennoch merkte sie, dass etwas ganz und gar nicht stimmte, was ihre Flugbahn anging. Ihre Spirale bekam einen Zug, als bestünde Kara aus Eisen und ein Magnet risse sie auf die Transplastscheibe zu.

Sie hoffte, dass der Grund in einer weiteren Fehlfunktion ihrer Manövrierdüsen lag, aber diese Hoffnung zerbrach, als sie sah, dass sich alle losen Teile im Raum auf die Scheibe zubewegten. Ein Terminal, ein Bild, das mit Magneten an der Wand gehangen hatte, Erdklumpen, Saatbehälter. Die Wasserkugeln nahmen Tropfenform an und prasselten nach unten.

Ja, ›unten‹! Schwerkraft, oder zumindest die Illusion davon.

Die Andruckabsorber, die jede Bewegung der MARLIN ausglichen, waren ausgefallen. Kara stürzte. Sie streckte Hände und Füße vor und überlegte, wie sie sich so abfangen könnte, dass die Scheibe keinen Schaden nähme.

Sie hatte nur kurz Zeit zum Überlegen, dann prallte sie auf. Das Transplast knackte protestierend, aber es hielt.

Erlöst lachte Kara auf.

Bis ein kantiger Automat, in dem man Gläser mit Dampf und Schallwellen spülte, ihren rechten Arm traf. Mit einem über den Lärm hinweg vernehmlichen Krachen brach der Knochen zwischen Schulter und Ellbogen. Zu ihrer Überraschung spürte sie das kaum, obwohl sie den Knick, wo keiner sein sollte, deutlich sah.

Eine weitere Explosion donnerte, der Boden bockte auf, als hätte er einen Willen, der sie fortschleudern wollte. Alles, was auf der Transplastscheibe lag, machte einen Satz, fiel aber sofort zurück.

Jetzt kam der Schmerz, ein flammender Stich jagte durch den Arm in ihre Brust. Kara schrie, bis ihr die Luft ausging.

Die Wirbel des Rotraums drehten sich.

Nein, die MARLIN drehte sich! Im Rotraum musste das Großraumschiff Strömungen und Strudeln ausweichen, aber ohne Andruckabsorber konnte ein Wendemanöver leicht eine Scheinkraft erzeugen, die die zehnfache Erdgravitation überstieg!

Kara spürte das. Eine unsichtbare Faust presste sie auf das Transplast. Überall um sie herum knirschte und knackte es. Das Luftholen fiel ihr schwer.

Was trieben die Piloten nur? Sie konnten doch unmöglich den Schaden für die Besatzung übersehen.

Nein, das taten sie auch nicht, durchzuckte es Kara. Sicher waren die Absorber nur in diesem Modul ausgefallen, nicht im gesamten Schiff. Da niemand wusste, dass sie sich hier aufhielt, kümmerte sich auch keiner darum.

Ihre Lage wurde noch verzweifelter, als sie das Zischen hörte. Erst dachte sie, es habe seinen Ursprung im Gas, das aus einigen beschädigten Überdruck-Habitaten austrat und farbige Schlieren in die Luft entließ. Aber diese Schlieren bewegten sich alle in dieselbe Richtung, nämlich auf die Transplastscheibe zu. Der Grund dafür lag nicht in der Scheingravitation, sondern in den Rissen. Die Atmosphäre wurde nach außen gepresst. Nur noch ein paar Minuten, dann ginge Kara der Sauerstoff aus!

Der Anzug sendete noch immer das Notsignal, aber die Antwort blieb aus. Kara musste sich selbst helfen.

Die Tür lag, relativ zur Illusion der Schwerkraft, die momentan herrschte, schräg über ihr. Auch sie war beschädigt, nach außen gedrückt. Kara sah eine Öffnung zwischen zwei Verschlussteilen. Zwar würde sie nicht hindurchpassen, aber sie mochte sie erweitern können. Das war ihre beste Möglichkeit.

Ihr wurde schwarz vor Augen, als sie sich mit der Linken über den Spülautomaten zog, der ihr den Arm gebrochen hatte. Der Schmerz pochte von der Verletzung aus durch ihre Brust und in ihren Kopf hinein.

Ein Flugmanöver verlagerte den Schwerkraftvektor. ›Unten‹ verschob sich, alles geriet ins Schlittern. Trümmer schlugen hart gegen sie, aber zu Karas Glück bewegte sie sich auf die Tür zu. Sie wusste jedoch, dass schon die nächste Kurve das ändern würde. Deswegen zog sie sich zusätzlich Richtung Ausgang.

Anscheinend kippte die MARLIN. Geistesgegenwärtig griff Kara die Stange eines Spielautomaten, mit dem man Faustkämpfe simulieren konnte, sodass das Gerümpel zwar unter ihr wegsackte, sie selbst aber an Ort und Stelle blieb.

Sie schwitzte und atmete heftig. Ob das am Druckverlust lag? Wurde das Zischen der entweichenden Atmosphäre lauter?

Sie hustete, was in ihrer Lunge schmerzte.

Im Zuge der neuen Nutzung des Moduls als Saatstation war der Spielautomat zu einer Halterung umfunktioniert, auf der ein zylindrischer Probenbehälter eingeklemmt war. Durch einen Bruch wucherte ein Schwamm, mit dem sich Kara vor einer Woche beschäftigt hatte. Sein Ursprungs-Genom stammte von einem Planeten, der seine Sonne mit sehr exzentrischer Umlaufbahn umkreiste. Meist war er so weit von seinem Gestirn entfernt, dass sämtliches Wasser gefror. In dieser Zeit überwinterten die Lebensformen in Starre. Wenn er sich annäherte, entbrannte jedoch ein Wettlauf um die Habitate. Der Schwamm etwa dehnte sich in explosionsartigen Schüben aus, wenn er mit Wasser in Kontakt kam. Zwischen diesen Schüben lagen Konsolidierungsphasen, in denen die Oberfläche aushärtete, um das weiche Innere vor Fressfeinden zu schützen.

Die Xenofarmer der MARLIN brauchten schnell wachsende Lebewesen, nur leider gelang es noch nicht, dem

Schwamm Erbgut beizumischen, das ihn für Menschen nahrhaft machte. Karas Experimente sollten das ändern, doch bislang hatte sie lediglich die aushärtenden Anteile erhöht.

Aber das mochte nun ihr Vorteil sein!

Vor ihren Augen schwoll der Schwamm an. Die kugelförmigen Wucherungen sprengten seinen Behälter. An der längsten Stelle maß er jetzt drei Meter, bei einem maximalen Durchmesser von einem halben Meter. Knisternd kam seine Expansion zum Halten.

Das Flugmanöver der MARLIN endete, für den Moment bewegte sie sich ohne Beschleunigung durch den Rotraum. Der unmittelbare Effekt war die einsetzende Schwerelosigkeit. Was immer einen Impuls hatte, etwa von einem Zusammenstoß oder wegen Materialspannung, folgte diesem und schwebte durch den Raum.

Kara zog sich am Spielautomaten zum Schwamm. Seine Oberfläche war porös und hart wie die Schale einer Nuss.

Obwohl er kein Gewicht hatte, bereitete es Kara Mühe, ihn zur Tür zu schieben. Auch in der Schwerelosigkeit behielt er seine Masse, und diese überstieg die von Karas Körper. Wenn sie einfach nur schob, bewegte er sich kaum, aber sie drückte sich von ihm weg. Die Schubkraft ihrer Manövrierdüsen erwies sich als zu schwach.

Also legte sie den linken Arm um einen engen Bereich des Schwamms, versuchte, den rechten Arm möglichst ruhig zu halten – was den Bruch anging, wirkte sich die Schwerelosigkeit angenehm aus –, und stieß sich mit den Beinen ab. Es war anstrengend, die Kombination klebte an ihrem schwitzenden Rücken. Aber als die Bewegung einmal begonnen war, behielt der Schwamm seinen Impuls bei.

Sie musste nur noch leicht korrigieren, damit er die Tür traf. Dafür reichten ihre Düsen aus.

Mit einem dumpfen Geräusch schlug der verhärtete Schwamm gegen das Metall. Kara schwebte an ihm entlang zur Tür und versuchte, ihn in die Lücke zu quetschen, die das verzogene Material auftat. Das gelang ihr nur schlecht.

Sie ließ das Lebewesen in der Hoffnung zurück, dass ihr ein weiteres Flugmanöver in den nächsten Minuten erspart bliebe. Ein solches hätte den Schwamm sicher quer durch den Raum stürzen lassen.

Trotz des gebrochenen Arms und der beschädigten Düsen schaffte sie es, zu einem Wasserbehälter durchzukommen und zwei Kannen mit Saug-Druck-Automatik zu befüllen.

Mit dieser Last kehrte sie zum Schwamm zurück. Vorsichtig schob sie einen Schnabel durch den Riss und begoss die kleine Auswölbung, die aus dem Raum hinausragte. Sofort schwoll sie an wie aufgehender Teig.

»Sehr schön«, flüsterte Kara.

Bald hatte sie auf der anderen Seite eine solche Schwellung erreicht, dass der Schwamm fest in der Tür klemmte. Jetzt musste sie nur noch genügend Wasser auf ihn bringen, damit er sich explosionsartig ausdehnte und das Metall aufsprengte. Der Flüssigbehälter musste her.

Sie befand sich gerade auf dem Weg dorthin, als ein dreißig Zentimeter durchmessendes Stück aus dem Transplast brach und nach außen gedrückt wurde. Die Atmosphäre drängte ihm hinterher. Der Luftstrom erfasste Kara.

Schreiend versuchte sie, sich von der Öffnung fernzuhalten. In der Nähe gab es nichts, woran sie sich hätte festhalten können. Alles, was nicht irgendwo befestigt war, wurde in dieselbe Richtung gerissen. Erdklumpen, Pflanzen und Bruchstücke wirbelten hinaus ins Rot. Die Farbe des Kontinuums verdeckte sie rasch, als flögen sie in dichten Nebel.

Die Düsen dehnten ihre Flugbahn so weit, dass sie nicht direkt auf dem Loch aufschlug, sondern zwei Meter weiter auf dem Transplastfenster. Ihr Arm schmerzte höllisch, aber mehr Sorge bereitete ihr das Knacken, das ihren Aufprall begleitete. Wenn die Wand der Länge nach zerbräche, gäbe es kein Halten mehr.

Sie schlang die Beine um einen Probenbehälter, der sich verkeilt hatte, und wagte danach kaum, sich zu bewegen. Aber nichts zu tun, würde sie umbringen. Sie würde ersticken, das Zischen der entweichenden Luft war zu einem Heulen geworden. Einer Panik nahe atmete sie tief ein und aus, obwohl sie wusste, dass ihr das Hyperventilieren allenfalls ein paar Sekunden erkaufen könnte.

Sie zwang sich, zum Loch zu sehen. Von dort ging die unmittelbare Gefahr aus. Immer mehr flog hinaus und verschwand im Rotraum.

Paradoxerweise war es nicht die Angst um ihr eigenes Leben, die sie neue Kräfte finden ließ. Es war die Sorge um Trib und Zilon, ihre beiden Luftquallen. Wer würde sich um die Haustiere kümmern, wenn Kara nicht mehr wäre? Sie hatten ihr solche Freude bereitet, wenn sie mit ihren fadendünnen Fangarmen an ihren Ohren gezupft hatten!

Mit einem Aufschrei, der Schmerz, Verzweiflung und Trotz verband, zog sich Kara an den Probenbehälter heran. Bis eben hatte sie gehofft, dass er in seiner Verkeilung fest blieb, damit sie nicht hinausgezogen würde. Aber auf diese Weise konnte sie ihr Leben nicht retten, sondern lediglich den Tod um ein paar Minuten verzögern. Sie musste mehr riskieren.

Sie ruckte an der zylindrischen Apparatur, deren Länge beinahe ihrer Körpergröße entsprach, und trat dagegen, bis sie sich löste. Dann schob sie sie auf das Loch zu, wobei der Luftstrom ihr half.

Der Behälter war so groß, dass er nicht durch die Öffnung passte. Stattdessen verschloss er sie beinahe vollständig. Das Rauschen der Luft wurde zu einem hohen Pfeifen.

Kara lachte vor Erleichterung. Endlich war das Glück auf ihrer Seite! Es schien, dass sie auch in dieser aussichtslosen Lage etwas bewirken konnte, dass sie ihrem Schicksal nicht vollständig ausgeliefert war.

Aber sie musste schnell handeln, ermahnte sie sich. Die MARLIN mochte jeden Moment ein weiteres Manöver fliegen. Leicht konnten die Fliehkräfte die Transplastwand dann endgültig zerbrechen.

Vorsichtig stieß sie sich ab und schwebte zum Wasserbehälter, einem bauchigen Zylinder, der fünfhundert Liter fasste. Sie löste die Halteklammern.

Kara benutzte eine abgebrochene Metallstange als Hebel und brachte den Behälter damit auf Kurs Richtung Tür. Er überschlug sich in langsamen, lautlosen Saltos.

Kara lächelte, die Bewegung hatte etwas von einem Tanz. Ihre Lippen prickelten, ein leichter Schmerz pochte in ihrem Kopf, Funken tanzten vor ihren Augen. Sie wusste, dass das am Sauerstoffmangel lag. Wie viel Luft wohl bereits entwichen war? Die Spuren von Fremdatmosphären schadeten ihrer Lunge sicher ebenfalls. An den gebrochenen Arm versuchte sie gar nicht erst zu denken, er war kein vordringliches Problem mehr. Sie musste unbedingt lange genug bei Bewusstsein bleiben, um es zurück in den Hauptbereich des Schiffs zu schaffen.

Sie folgte dem Behälter. Leider litt ihre Wahrnehmung für Geschwindigkeiten und Entfernungen, vielleicht wurde sie auch sekundenweise ohnmächtig. Ehe sie gegensteuern konnte, prallte sie gegen die ausgewölbte Tür. Sie stöhnte.

Der Schwamm steckte noch, wo er sollte, die Tonne war hier, Kara war hier. Alles war gut. Durfte sie jetzt endlich schlafen?

Wer wollte es ihr verbieten?

Sie zwang ihre Hand zum Steuerfeld des Behälters. Glücklich gluckste sie, weil er ihren Fingerabdruck akzeptierte. Wenigstens bei Wasserbehältern galt es etwas, wenn man Xenofarmerin war. Anders als bei Sicherheitstüren.

Sie bestätigte die Warnung, dass das Entleeren über die Ablassöffnung in der Schwerelosigkeit dazu führen konnte, dass sich die Flüssigkeit überall verteilte und technische Gerätschaften schädigte. Ein Schlauch musste angebracht werden, bevor sich der Behälter öffnete.

Kara hatte keinen Schlauch. Sie zog ihre Jacke aus und stülpte den Ärmel um die Öffnung. Hoffentlich war die Prüfroutine so rudimentär ausgeprägt, dass ihr der Unterschied entging.

Noch einmal verlangte Kara die Entleerung.

Es gelang! Der Innendeckel presste das Wasser heraus. Etwas davon tränkte den Stoff, der Rest begann, in einer sich windenden Schlange davonzuschweben. Einzelne Kugeln lösten sich.

Kara benutzte die zu einer Schale gewölbten Hände, um den Wasserwurm auf den Schwamm zu leiten, vor allem auf den Bereich, der in der Tür steckte.

Mit einem Grunzen wuchs das Lebewesen an. Quietschend verzog sich das Metall.

Kara lachte. Sie sah, wie sich die Komponenten der Tür wölbten. Der sich ausdehnende Schwamm wirkte wie ein Keil.

Nachdem der Wasserbehälter geleert war, gelang es Kara, sich neben dem wieder erstarrten Lebewesen durch die Öffnung zu quetschen. Sie verwendete die nasse Jacke als Polster, aber dennoch schmerzte ihr Arm.

Dann war sie auf der anderen Seite, in der Röhre, die das angedockte Rotationsmodul mit der MARLIN verband. Auch hier war die Luft dünn, schließlich war sie nicht von der Bar isoliert.

Die Verbindungsröhre ließ sich bis zu zwei Kilometer weit ausfahren, was man nutzte, wenn man das Modul in Rotation versetzte. Dadurch konnten die Ingenieure Drehradius und Geschwindigkeit so einstellen, dass sie Erdgravitation simulierten, ohne spürbare Gezeitenkräfte zu erzeugen. Im angedockten Zustand war die Röhre nur zehn Meter lang. Am Ende dieser Distanz erwartete Kara jedoch ein verschlossenes Sicherheitsschott. Es wies keinerlei Beschädigung auf und würde wohl sogar dem Beschuss durch ein Schiffsgeschütz standhalten.

Panisch suchte sie nach einem Kommandofeld, fand aber keines. Mit der linken Faust trommelte sie so fest auf das Stahlplast, dass sie rückwärts davon trieb.

So weit gekommen – und doch noch gescheitert. »Das ist nicht fair!«, schluchzte sie. »Das ist einfach nicht …«

»Ist da jemand?«, tönte es aus dem Anzugkommunikator. »Können Sie uns empfangen?«

Sie entfaltete die nasse Jacke, die sie noch nicht wieder angezogen hatte. »Ja, hier, ich bin hier! Kara Jeskon! Bitte helfen Sie mir!«

Sie hielt den Atem an. Wenn sie Glück hatte, nur ein kleines bisschen Glück, waren die elektromagnetischen Störfelder hier schwächer als im Modul und man konnte sie empfangen.

»Der *violette Komet*? Was machen Sie denn da?«

Trotz ihrer Schmerzen lachte sie irre.

»Na egal«, befand die Stimme aus dem Kommunikator. »Wir schicken ein Rettungsteam.«

Erstes Speicherbild:

Die Denker

»Deine Schönheit hat mich besiegt.«

Die eigenen Worte schmeckten bitter in Korol Iljows Mund. Sein Blick wanderte an den blauen Felswänden entlang, die im Sommer so viele Bewunderer anlockten. Jetzt, bei Ebbe, brandete das gischtende Meer dreißig Meter unter ihm gegen die Kobaltklippen. Zu weit entfernt, als dass sein Rauschen das Gelächter von der Party hätte übertönen können.

Iljow trat an den Abgrund, streckte den Arm aus und ließ das noch volle Glas fallen. Heute wüssten die Fische das perlende Getränk mehr zu schätzen als er. Der langstielige Kelch zersprang auf einem Felsen, er hörte sogar das Klirren.

Über die Schulter sah Iljow zum Hain hinüber. In der einsetzenden Dämmerung wirkten die bunten Lampionketten aufdringlich und kindisch, unangemessen für eine Feier eines akademischen Instituts. Das Ansinnen des Lehrkörpers, wenigstens zweimal im Jahr zu beweisen, dass er aus echten Menschen bestand, die auch ausgelassen zu den albernsten Hits tanzen konnten, ekelte Iljow an.

Eine junge Frau näherte sich über den Kies. Die Hände steckten in den Jackentaschen, ein breitkrempiger Hut bedeckte die Spitzen ihrer Ohrmuscheln. Ihre Zöpfe hingen nur knapp über ihre Schultern.

Abweisend sah Iljow sie an. Sie sollte verstehen, dass er sie bemerkte, aber keine Gesellschaft wollte. Eigentlich war das ohnehin offensichtlich, wieso sonst hätte er sich von der Party entfernen sollen, auf der alle anderen so lautstark Spaß hatten?

Aber sie verstand nicht. Sie lächelte sogar, während sie näher kam. Sie versuchte noch nicht einmal, den Anschein zu erwecken, dass sie sich nur für die Klippen interessierte. Sie hielt genau auf ihn zu, obwohl sich die Küste kilometerweit erstreckte.

Iljow drehte sich wieder zum Meer um und sog den Salzgeruch ein.

Sie stellte sich neben ihn, unmittelbar an die Kante, so nah, dass ihre Ellbogen sich beinahe berührten. »Du hattest das bessere Konzept.« Sie war nur schwer zu verstehen, weil sie sich ihm nicht zuwandte, sondern in den Wind sprach.

»Ich habe keine Trösterin nötig«, stellte er klar.

»Seelenmassage finde ich peinlich. Ich weiß nur, dass dein Konzept besser war. Man braucht höhere Wellenbrecher, um die Küste zu schützen.«

»Mein Professor kommt zu einem anderen Schluss.«

Aus dem Augenwinkel sah er, dass sie mit den Achseln zuckte. »Das ist mir ein Rätsel. Jeder Idiot kann ausrechnen, dass die kürzeren Wellenbrecher nichts bewirken werden.«

»Aber man sieht sie selbst bei Niedrigwasser nicht.« Er schluckte eine bissige Bemerkung hinunter. »Deswegen richten sie keinen Schaden für den Tourismus an. Die Schönheit der Kobaltklippen soll erhalten bleiben.«

Sie schnaubte. »Für zehn Jahre? Ich habe deine Simulation angesehen.«

»Mit etwas Pech nur acht, dann werden die Erosionskehlen den nächsten großen Abbruch verursachen. Ich habe die Parameter vorsichtig gesetzt.« Auch das mochte ein Fehler gewesen sein. Wer Aufmerksamkeit wollte, musste dramatisieren.

Er drehte sich um und entfernte sich ein paar Schritte vom Abgrund.

Sie folgte ihm. »Doch kein Selbstmord heute Abend?«

»Unsinn«, wehrte er ab. »Aber jetzt noch von einer Bö auf die Felsen gewirbelt zu werden, würde diesem miserablen Tag einen neuen Tiefpunkt verschaffen.«

Sie senkte die Stirn ein wenig, eine unausgesprochene Herausforderung lag in ihrem Blick.

Er sah hinüber zur Party. »Es geht nicht darum, welches Konzept das bessere ist. Sie wollen Rooben fördern. Er ist bei der Ausschreibung im letzten Jahr unterlegen. Hat wohl gejammert, weil er bald abgehen wird, ohne ein eigenes Entwicklungsprojekt geleitet zu haben. Einen solch aussichtsreichen Studenten wollten sie nicht noch einmal kränken. Der Zuschlag soll ihn trösten.«

»Deswegen hältst du nichts von Tröstern«, neckte sie.

Er schwieg. Alles, was er hätte sagen können, hätte ihn nur als neidischen Verlierer dastehen lassen. Iljow hasste es, wenn man ihn als Verlierer sah. Und noch mehr hasste er es, tatsächlich ein Verlierer zu sein.

»Ich bin Saundra.« Sie streckte ihm die Hand hin, wodurch der rechte Zopf über ihre Schulter auf ihren Rücken rutschte.

Iljow nahm die Hand. »Korol.« Er fand, dass sich seine Stimme weniger abweisend anhörte, als er beabsichtigte.

»Ich weiß«, sagte sie.

Er betrachtete die gefassten Hände.

»Der Professor hat mir heute Abend auch die Hand geschüttelt.« Überrascht stellte Iljow fest, dass sich der bittere Geschmack in seinem Mund verflüchtigte. »Er hat gesagt, ich solle mir nichts daraus machen. Niederlagen formen den Charakter, meint er, und mit dreiundzwanzig sei ich ja noch jung.«

Ein wenig verlegen ließ er sie los.

Wenn ihr aufgefallen war, wie lange er ihre Hand gehalten hatte, zeigte sie es nicht. Sie sah ihn nur fragend an.

Nein, nicht fragend … erwartungsvoll. Als ob sie darauf wartete, dass er etwas Spannendes sagte.

Aber die Spannung war vorbei, die Entscheidung gefallen. »Ich habe alles ausgerechnet.« Die tief stehende Sonne schuf dunkle Schatten im blauen Gestein. »Eine detaillierte Simulation.«

»Sehr anschaulich«, bestätigte sie. »Und gut dokumentiert.«

»Die Dokumentation hast du auch gelesen?«

»Alle Wettbewerbsbeiträge stehen im Universitätsnetz.«

Iljow verkrampfte sich. Er wartete auf den Spott. Gleich würde sie erklären, wieso Roobens Entwurf doch bedenkenswert sei. Wahrscheinlich hatte Iljows Mentorin Saundra geschickt, um sein Ego ein wenig zu streicheln und ihn dann zurück zur Party zu holen, damit er weiterhin als fleißiges Insekt im Bau des Instituts seinen Beitrag leistete.

Er wollte ihr sagen, dass sie doch zu Rooben gehen sollte, um mit dem Sieger zu feiern. Aber etwas hielt ihn davon ab, es auszusprechen.

»Es gibt kein faires Verfahren«, sagte er stattdessen. »Der beste Entwurf müsste gewinnen, das sollte das einzige Kriterium sein. Aber solange Menschen die Entscheidungen treffen, leidet die Objektivität. Man braucht Objektivität, damit man gerecht sein kann.« Er dachte an die Freudentränen in Roobens Augen. »Gefühlsduselei und Gerechtigkeit vertragen sich nicht. Entscheidungen sollten immer rational getroffen werden.«

»Deswegen mag ich Computer«, sagte Saundra. »Ihre Ergebnisse kann jeder nachvollziehen, der einen klaren Verstand hat.«

Sie wandten sich wieder dem Meer zu und lauschten auf die Wellen, die gegen die blauen Klippen schlugen. Unermüdlich, eine nach der anderen. Es störte sie nicht, dass die Felsen sie brachen. Hunderte, Tausende, Millionen von ihnen würden gegen das scheinbar unüberwindliche Land anrollen, und irgendwann würde es ihnen weichen.

»Gehen wir zurück auf die Party?«, fragte Saundra.

Matt schüttelte Iljow den Kopf. »Keine Lust.«

Tadelnd schnalzte sie mit der Zunge. »Lust und Unlust sind keine rationalen Kategorien.«

Er ließ zu, dass sie sich bei ihm unterhakte.

»Rooben ist mit einem Jahr Verspätung erfolgreich gewesen, wenn ich dich richtig verstanden habe«, sagte sie in verschwörerischem Ton. Ihm gefiel, dass sie sich dabei ein wenig streckte und herüberbeugte, sodass ihre Lippen nah an seinem Ohr waren. »Weil er am Institut geblieben ist. In der Nähe der Professoren, für sie sichtbar. Er war immer im Gespräch.« Er spürte ihren Körper an seinem Oberarm. »In einem Jahr habe ich mein erstes Thesenpapier vorgelegt. Dann will ich ein interessantes Projekt, an dem ich mitarbeiten kann. Deines.«

2

Gläubige

Mit gespreizten Fingern drückte Berglen die Hand auf die fleischige Wand. Mutter war beinahe so warm wie sein eigener Körper. Kaum merklich zog sich die Wand zurück, verharrte kurz, um dann gegen seine Hand zu drücken. Alles im lebenden Raumschiff veränderte sich, wuchs, schrumpfte, starb ab, trieb erneut Knospen aus. Leuchtkugeln, manche klein wie Erbsen, andere so groß wie eine Faust, kreisten durch das Aderngeflecht, das die organische Substanz der SQUID durchzog. Ihre Bewegung schuf überall an Bord veränderliche Helligkeit.

Erwartungsvoll sah Arquila ihn an. Die Neunzehnjährige war kein Liebling der Mutter, sie war taub für den Gesang des lebenden Schiffs, das in seinem Leib fünfundzwanzigtausend Menschen ein Zuhause mit atembarer Luft, Nahrung und – eine Singularität innerhalb des Schwarms – sogar permanenter Schwerkraft bot. Vielleicht hoffte Arquila, dass sie Mutters Stimme doch noch irgendwann vernähme, obwohl es praktisch niemals vorkam, dass dieser Sinn in ihrem Alter noch erwachte. Berglen erinnerte sich an kein einziges Mal. Aber Arquilas Sehnsucht, zum Kreis der zweihundert Zoëliker an Bord zu gehören, mochte ihren Eifer erklären.

Ihre ohnehin dürre Gestalt verlängerte sich im überaus schlanken Kopf. Er wirkte lang gezogen, vor allem der Bereich zwischen Mund und Augen, den eine schmale Nase teilte. Aus ihren roten Locken schoben sich große Ohrmuscheln, die in mehreren Spitzen ausliefen. Sie trug einen schwarzen Kampfanzug, der eng wie eine ledrige Haut anlag. Auf seiner Oberfläche schimmerten Reflexionen der besonders hellen Lichter. Als Einzige im fünfköpfigen Einsatzteam hatte sie keine Handschuhe angelegt, sie war stolz auf die Zeichnung, die Mutter ihr gegeben hatte. Grüne Ringe wölbten sich aus ihrer Haut, Arquila benutzte sie manchmal als Saugnäpfe.

Die Soldaten hielten Sonicschocker bereit, ihre Gesichter verrieten ruhige Entschlossenheit. Sie würden die Rotraumjünger zur Strecke bringen, aber dazu bedurften sie Berglens Führung.

Die Gruppe stand in einem ellipsoiden Raum mit ungewöhnlich hartem Boden. Ebenso wie die blaugrüne Farbe des Schiffsgewebes deutete das darauf hin, dass sie sich nahe an der Außenhülle befanden. Nichts anderes hatte Berglen erwartet.

Hier hatte die Gütige Mutter ihren Bewohnern gestattet, eine Vielzahl technischer Geräte in ihrem Fleisch zu verankern. Zwischen den Adern verliefen auch Kabelstränge, die zu Sensorplatten, Hangars oder Geschützbuchten führten. Über Gänge, die sich ebenso bewegten wie die Wand unter Berglens Hand, waren sie zu erreichen.

Er schloss die Augen und horchte in sich hinein. Um den richtigen Weg zu finden, musste er auf Mutters Gesang lauschen. Er hörte ihn nicht immer, und auch wenn er sie rief, ignorierte sie ihn oft. Aber jetzt vertraute er auf ihre Hilfe, schließlich war diese Suchaktion in ihrem Interesse. Jedenfalls hatte man ihm das gesagt.

Die Stille in seinem Innern nährte die Zweifel, die Berglen niemals verließen, auch wenn er mit niemandem darüber sprach. Rila hatte ihm befohlen, die Rotraumjünger zu ihr zu bringen. Die Squid hatte die Frau, die von der Marlin zu ihnen gekommen war, berührt. Das Ausmaß ihrer Veränderungen ließ keinen anderen Schluss zu, als dass es gerechtfertigt war, sie mit ›Erwählte‹ anzusprechen. Darüber hinaus war sie die Gefährtin von Ugrôn, der diesen Titel schon länger trug und offensichtlich in der Gnade der Gütigen Mutter stand. Rila hatte ihr gemeinsames Kind an Bord gebracht. Wenn die Zoëliker über die drei redeten, nannte man sie ›die Rote Familie‹.

Aber bedeutete das, dass Rila immer Mutters Willen verkündete?

Berglen vermutete, dass Mutter sehr genau über jeden Vorgang Bescheid wusste, der sich in ihrem Leib abspielte. Er hatte ihren fürchterlichen Zorn erlebt. Erst vor Kurzem, im Zuge des Umbruchs durch Ugrôns Erwählung, hatte sie knapp davorgestanden, alles menschliche Leben an Bord zu töten. Im letzten Moment hatte er, Berglen, Ugrôn und letztlich auch Mutter besänftigt. Die Zoëliker hätten das nicht vermocht. Diese Erfahrung der Ohnmacht hallte noch immer als Unsicherheit in ihren Reihen nach.

Wenn Mutter aber die völlige Kontrolle über alles an Bord besaß, und wenn sie der Versuch der Jünger erzürnte, in den Rotraum vorzudringen – jenes merkwürdige, höherdimensionale Kontinuum, durch das sich die Squid gerade überlichtschnell bewegte –, wieso ging das lebende Schiff dann nicht selbst gegen die Transgressoren vor? War das eine Prüfung des Glaubens? Wollte Mutter den Menschen Gelegenheit geben, ihre Treue zu beweisen, indem sie die Frevler in den eigenen Reihen zur Räson brachten?

Arquila hätte sofort an diese Erklärung geglaubt. Zu Berglens Leidwesen fiel ihm das schwerer. Nur ungern folgten seine Gedanken dem Pfad seiner Zweifel. Wenn Rila, vielleicht sogar die gesamte Rote Familie *nicht* dem Willen der Gütigen Mutter gehorsam war – sündigte er dann, wenn er ihre Befehle ausführte? Wenn das der Fall war, würde er sehr bald Mutters Zorn zu spüren bekommen, denn niemand arbeitete enger mit der Roten Familie zusammen als Berglen.

Sanft regte sich Mutters Gesang in seinem Fleisch. Es fühlte sich an wie eine Vibration im Bauch und in den großen Muskeln der Schenkel, auch wenn man es nicht mit Tastsensoren erfassen konnte. Zugleich hatte man den Eindruck, nur ein klein wenig angestrengter lauschen zu müssen, um eine Melodie zu vernehmen. Sie blieb unhörbar, und dennoch war sie da. Mutters Lied vermochte jene, die es vernahmen, zu leiten.

Berglen öffnete die Augen und zeigte auf einen von violetten Lippen gesäumten Durchgang. »Dort entlang.«

Arquila ging gemeinsam mit einem Kameraden voran. Dass sie die Transgressoren zur Strecke bringen wollte, war offensichtlich, aber Berglen fragte sich, ob auch ihr eigener Tod ein für sie wünschenswertes Ergebnis dieses Einsatzes gewesen wäre. Im Dienst an der Mutter zu sterben, noch bevor sich das eigene Leben voll entfaltete …

Neunzehn Jahre, dachte Berglen. Auch ihren Bewegungen sah man die Jugend an. Sie kannte keine Verwundungen und keinen Schmerz. Neunzehn Jahre …

Er ermahnte sich, auf Mutters Gesang zu achten. Immer wieder berührte er ihr Fleisch, die Wände des gewundenen Gangs, an einer niedrigen Stelle auch seine Decke, eine geschwollene Ader, über die sie kletterten. Das half ihm, die Verbindung zu ihrer Stimme in seinem Innern zu halten. Mühelos erkannte er, welchen Abzweigungen sie folgen mussten.

Die technischen Komponenten nahmen zu, die Leitungen wurden zu einem Netz, das wie eine metallische Flechte über die Wände wucherte. Es verband Schaltkästen, Kontrollanzeigen, Energiespeicher und Terminals. Schließlich schraubte sich der Gang um seine eigene Achse, wobei die Squid ein lokales Schwerefeld erzeugte. Es war ein seltsamer Anblick, Arquila vor sich auf dem Weg zu sehen. Erst schien sie schräg zu stehen, dann sogar beinahe auf dem Kopf, bevor Berglen selbst der Drehung folgte. Sein Gleichgewichtssinn vermittelte ihm stets, dass er aufrecht stand, aber wenn er darauf achtete, bemerkte er, dass sich sein Winkel im Vergleich zur Umgebung änderte. Nach zehn Metern war seine Ausrichtung um einhundertachtzig Grad gekippt. Ohne dass sich sein Empfinden geändert hätte, lief er nun auf der Decke. ›Oben‹, ›unten‹ … diese Begriffe waren austauschbar, nur durch die von Mutter erzeugte Schwerkraft definiert.

»Halt!«, rief Arquila vor ihm. »Ergebt euch!« Ohne die Reaktion auf ihre Forderung abzuwarten, streckte sie den Arm mit dem Sonicschocker und löste den Schuss aus.

Berglen hörte ein dumpfes Brummen, aber er wusste, dass der Effekt innerhalb des Wirkungstrichters ein anderer war. Fokussierter Infraschall desorientierte Menschen und bewirkte Muskelstarre.

Schreie ertönten, der Soldat an Arquilas Seite schoss ebenfalls, die anderen drängten nach.

Berglen folgte ihnen mit ein paar Metern Abstand. Der Gang mündete in ein Atrium, einen runden Raum, dessen Decke von einer durchsichtigen Membran gebildet wurde. Hinter deren Schlieren loderte der Rotraum. Er sah aus wie ein Feuersturm mit Flammenzungen und brennenden Strudeln. Einer davon ähnelte einem blutunterlaufenen Auge. Der Anblick dieser Gewalten des hochdimensionalen Kontinuums ließ ohrenbetäubendes Tosen erwarten, aber der Rotraum war vollkommen lautlos. Auch dem optischen Eindruck musste man misstrauen, die menschlichen Sinne waren nicht für diese Umgebung geschaffen. Viele vermuteten, dass die Wahrnehmung von Feuer lediglich der kümmerliche Versuch eines unzureichenden Gehirns war, die Reize zu interpretieren, die eine Kreatur des Einsteinuniversums nur unvollständig verarbeiten konnte.

Auch die menschliche Technologie war nicht für den Rotraum gemacht. Die fünfzehn Meter lange Anordnung von Funkantennen, die diesen Raum beherrschte, war nutzlos, solange sie sich in diesem Kontinuum bewegten. Funkwellen ließen sich nicht durch den Rotraum übertragen, ihnen fehlte das Trägermedium. Das war wohl auch ein Grund, wieso sich in diesem Bereich keine Besatzung befand. Erst das Eintreffen von Berglens Trupp störte die etwa zehn Rotraumjünger, die hier einen eindeutigen Plan verfolgten: Aus mehreren Leitern und einigen Stangen versuchten sie, entlang der keilförmigen Hauptantenne ein Gerüst zu errichten, das bis zur Membran hinaufreichte. Sie hatten es sogar bereits über die Spitze hinaus verlängert, nur noch zwei Meter trennten sie von der durchsichtigen Haut. Hätten sie diese zerstört, wäre der Rotraum über sie hereingebrochen.

Aber sie wollten nicht zerstören, sondern wachsen, im spirituellen Bereich. Deswegen hatten sie nicht die Strahler verwendet, die sie mit sich führten – was im Übrigen dafür sprach, dass mindestens einer von ihnen dem Militär der SQUID angehörte. Unter einer roten Kutte erkannte Berglen sogar die schwarze Borduniform eines Attacksergeants, eines Soldaten der Entertruppen, die in Raumgefechten das Nichts überwanden, um in Feindschiffe einzudringen. Für die Tat, von der sich die Rotraumjünger Erlösung erhofften, trugen sie jedoch gebogene Klingen an breiten Gürteln.

Einer von ihnen, ein Mann, dessen zwei lange Zöpfe auf den Rücken fielen, stürzte sich mit einem solchen Schwert auf Arquila. Er schrie und schwang die Waffe in einem weiten Bogen.

Obwohl er von Militäroperationen nichts verstand, sah Berglen, dass sie sich zu weit in den Raum vorgewagt hatte. Die anderen Mitglieder des Trupps standen nahe am Eingang und sicherten sich gegenseitig, aber sie hatte bereits das Gerüst an der Antenne erreicht. Neben ihr lag ein Jünger mit verrenkten Gliedern reglos am Boden.

Gerade noch rechtzeitig brachte Arquila den Schocker hoch und schoss. Sie musste die Waffe auf maximale Intensität gestellt haben, Berglen spürte die tiefe Vibration in den Knochen.

Hustend und zuckend prallte der Angreifer gegen Arquila. Zwar konnte er das Schwert nicht mehr kontrolliert führen, aber sein Gewicht riss sie um. Ihr Sonicschocker schlitterte über den Boden, der Mann fiel auf sie.

Arquilas Kameraden versuchten, zu ihr vorzurücken, aber die aufgeregt rufenden Jünger erkannten nun, dass sie drohten, in Gefangenschaft zu geraten. Sie benutzten ihre Laser. Blaue Lichtlanzen stachen durch den Raum, sofort stieg die Temperatur spürbar an. Wo die Strahler auf Metall trafen, schäumte es auf. Wenn sie über Mutters Fleisch tasteten, verschmorte es. Besorgt sah Berglen zur Membran hinauf, aber zum Glück schoss niemand in so steilem Winkel.

Die Soldaten verteilten sich und suchten hinter Aggregaten Deckung.

Berglen überlegte, ob er sich in den Gang zurückziehen sollte, schließlich war er unbewaffnet. Aber die Rote Familie hatte ihm diese Mission anvertraut. Er hockte sich hinter eine Steuerkonsole.

»Ergebt euch der Gnade der Gütigen Mutter!«, rief er. »Vertraut auf ihre Vergebung!«

Feiner Rauch zog durch die Luft.

Die Soldaten schirmten den einzigen Ausgang ab, das war ihnen wichtiger, als zu Arquila durchzudringen. Sie schien

Schwierigkeiten mit dem Gewicht des Mannes zu haben, vielleicht hatte sie sich auch etwas gebrochen. Jedenfalls kam sie nicht frei, obwohl sie schob und stieß.

Berglen sah nicht mehr alle Gegner. Da waren der Betäubte bei Arquila, derjenige mit den verdrehten Gliedern neben dem Gerüst, einer taumelte hinter der Antenne, ein Sonicschocker hatte ihn wohl nur mit dem Rand des Wirkungskegels erwischt. Drei weitere zogen einen Bewusstlosen in die Deckung eines Energieverteilers. Wo steckten die restlichen?

»Werft die Waffen weg und kommt mit erhobenen Händen …«, begann Berglen.

»Das kannst du vergessen!« Plötzlich war der Attacksergeant neben ihm.

Der Jünger unterband Berglens instinktive Abwehrbewegung, indem er sein Handgelenk packte und ihm den Arm auf den Rücken drehte. »Sag deinen Leuten, sie sollen sich zurückziehen!« Er presste eine Strahlermündung an Berglens Hals.

Schweiß brach aus seinen Poren, sein Herzschlag setzte aus. Wenn der andere den Schuss auslöste, würde der Großteil von Berglens Kopf binnen einer halben Sekunde verdampfen.

Bevor sein Puls wieder einsetzte, im Angesicht des Todes, im schmerzhaften Griff seines Gegners, erlangte Berglen einen Moment absoluter Klarheit. Sein Gedanke hatte nichts mit Mutters Gesang zu tun, denn der war verstummt. Auch nicht mit dem Kampf um ihn herum; für ihn existierten nur noch der Attacksergeant und er selbst. Er begriff, dass er das liebte: zu existieren, zu leben. Sonst hatte er Schwierigkeiten zu sagen, was sein Leben lebenswert machte. Er war ein Zoëliker, aber bevor Ugrôn zum Erwählten aufgestiegen war, hatte er nur eine kurze Weste getragen, Zeichen seines niedrigen Ranges. Dass sie nun bis zu seinen Knien hinabreichte, hatte er dem Abglanz des Respekts zu verdanken, den Ugrôn genoss. Niemand schätzte Berglen wegen seiner eigenen Fähigkeiten. Man sah ihn nur als einen Mittler, obwohl er es gewesen war, der verstanden hatte, wie man Ugrôn und über Ugrôn auch Mutter besänftigen konnte. Ohne ihn wären wahrscheinlich während der Unruhen viel mehr gestorben, vielleicht sogar alle Menschen an Bord. Ohne Berglen wären die Verhandlungen mit den anderen Schiffen des Schwarms sicher gescheitert. Die Squid wäre allein zurückgeblieben, die Kampfraumer der Giats hätten sie zerstört, der einmaligen Beherrschung der Gravitation zum Trotz. Auch im Verbund mit den anderen Menschenschiffen war sie nur schwer angeschlagen aus der Schlacht entkommen, ein Tentakel war sogar vollständig verloren gegangen.

Doch die Zoëliker sahen keinen von Berglens Erfolgen. Sie nahmen ihn überhaupt nicht als Person wahr. Er war nur eine Funktion, ein Mittel, um Verbindung zu Ugrôn und der Roten Familie zu halten, den Erwählten der Squid. Nach Berglen würde ein anderer diese Aufgabe übernehmen.

Zu einem Gutteil hatte er dieses Bild von sich wohl übernommen. Er funktionierte. Stand auf, versah sein Tagewerk, redete mit den Zoëlikern, sprach mit der Roten Familie, tat, was man ihm auftrug. Leitete eine Militäraktion, ohne auch nur einzuwenden, dass er kein Soldat war. Sah seinem eigenen Leben zu wie ein Unbeteiligter.

Und jetzt drohte dieses Leben in der Panik eines Rotraumjüngers zu enden, ohne dass Berglen es wirklich gelebt hätte. Er brauchte seine Gedanken keiner Disziplin mehr zu unterwerfen. Er vermochte niemanden mehr zu enttäuschen, denn er hatte keine Handlungsoptionen mehr. Ein einziges Zucken konnte ihn töten. Ob er weiterlebte, lag allein in der Hand des Jüngers. Eines Attacksergeants, der zweifellos verstand, mit seinem Strahler umzugehen.

»… uns in Ruhe lassen!«, rief sein Gegner den Soldaten gerade zu. »Verschwindet! Was habt ihr denn zu verlieren?«

Seine Stimme kippte, was Berglen nicht gefiel. Die Wahrscheinlichkeit, dass der Attacksergeant ihn erschoss, war auch ohne Panik und dadurch ausgelöste unbedachte Aktionen hoch genug. Aber Berglen wollte leben, das begriff er jetzt! Leben, herausfinden, was er mit der Zeit tun konnte, die ihm gegeben war. Die ihm – hoffentlich – neu geschenkt wurde! Was *er*, Berglen, tun wollte. Nicht, was die Zoëliker, die Rote Familie oder Mutter von ihm erwarteten. Hatte nicht auch Ugrôn einmal solche Gedanken geäußert?

»Ihr glaubt doch sowieso, dass wir sterben, wenn wir uns dem Rotraum aussetzen!«, rief sein Gegner. »Dann lasst es doch darauf ankommen! Wir öffnen diesen Raum. Wenn ihr recht habt, könnt ihr hinterher unsere Leichen ins Nichts stoßen. Wenn wir recht haben, werden wir sein wie Ugrôn und Rila.« Er lachte irre.

Tatsächlich war es irrsinnig, dachte Berglen, so werden zu wollen wie Ugrôn und Rila. Die meisten Bewohner sahen die Rote Familie niemals, sonst würden sie wohl erschrecken. Viele Menschen an Bord waren von Mutter gezeichnet. Arquilas Saugnäpfe, zu Tentakeln verwachsene Hände, grün leuchtende Rippen – die Zeichen der Gnade waren vielfältig. Nicht immer verschafften sie Vorteile, die meisten waren nutzlos, manche brachten permanente Schmerzen mit sich. Aber nichts davon kam der Umwandlung gleich, der sich die Rote Familie aussetzte. Berglen überlegte schon lange, wie viel Menschliches noch in ihr zu finden war.

»Wir wollen sein wie sie!« Die Mündung des Lasers drückte fester an Berglens Hals, schräg aufwärts, in Richtung Schädel. »Wer seid ihr, uns das zu verwehren?«

»In Ordnung!«, rief Kedora, eine rundliche Soldatin. »Wir ziehen uns zurück, ihr habt gewonnen.«

»Lasst eure Waffen hier!«

Stirnrunzelnd sah Kedora zu den anderen Jüngern hinüber. Sie hatten den Bewusstlosen abgelegt und hielten nun ebenfalls Strahler in den Händen. Immerhin zielten sie nicht mit den Waffen.

Widerstrebend legte Kedora ihren Sonicschocker auf den Boden. »Ihr habt gewonnen«, wiederholte sie. »Kein Grund, dass du …«

Sengend heiß schnitt ein blauer Lichtstrahl in Berglens Wange.

Aber nicht der Attacksergeant hatte geschossen.

Es war nur ein Streifschuss gewesen. Der Angriff hatte seinem Gegner gegolten.

Und er hatte gut getroffen. Der Griff um Berglens Handgelenk erschlaffte, der Strahler verschwand von seinem Hals. Dumpf schlug der Jünger auf den Boden.

Sofort hockte sich Berglen in Deckung.

Im Gesicht seines Gegners klaffte ein rundes Loch, wo die Nase hätte sein sollen. Ringsum warf die gerötete Haut Blasen, eine feine Rauchfahne kräuselte sich empor. Die Augen waren ungläubig aufgerissen, der Mund stand offen. Nicht nur aus ihm und aus dem Loch, das an die Stelle der Nase getreten war, floss dunkles Blut, sondern auch aus dem Hinterkopf.

Berglen sah zur Seite und drückte die Hände auf seinen Bauch, um die Übelkeit zu bekämpfen.

Soweit er erkannte, hatten die Soldaten die Idee des Rückzugs bereits wieder verworfen. Sie verließen die Deckung, die Sonicschocker brummten.

Berglen entwand der Hand des Toten den Strahler. Unbewaffnete konnten ebenso leicht sterben wie Bewaffnete, aber Bewaffnete konnten sich wenigstens desjenigen erwehren, der ihnen ans Leben wollte. Er hatte sich entschieden, er wollte leben.

Grünes Blut tropfte auf seine Hose. Es war sein eigenes, die Gabe, mit der Mutter ihn gezeichnet hatte. Die Zoëliker behaupteten, es schütze ihn besonders gut vor Erregern aller Art. Aber er war niemals irgendwo anders untersucht worden als an Bord der SQUID, und hier trübte die Verehrung der Mutter die Objektivität. Was von ihr kam, musste gut oder zumindest mächtig sein. So dachten die meisten.

Er strich über seine Wange. Es schmerzte, ein weiterer Beweis dafür, dass er noch lebte. Er betrachtete die hellgrüne Flüssigkeit an seinen Fingern. Berglen erkannte nichts Erhabenes daran.

Mit dem Rücken an seiner Deckung lehnend, sah Berglen nicht, was rund um die Antenne vor sich ging, aber er hörte, dass der Kampf zum Erliegen kam. Die Rufe wurden seltener und verstummten schließlich ganz. Der charakteristische Knall, mit dem Luft in die ionisierte Strahlenbahn eines Lasers zurückschlug, blieb ebenso aus wie das Brummen der Schocker.

Berglen kannte sich gerade genug mit Strahlenpistolen aus, um das Sensorfeld zu finden, das einen Schuss auslösen würde, wenn er den Daumen daraufdrückte. Es leuchtete rot, also war die Waffe entsichert. Der Lauf zitterte.

Er zuckte zusammen, als jemand in sein Blickfeld trat.

Es war Arquila. Sie hielt einen Laserstrahler. Mit ausdruckslosem Gesicht blickte sie auf ihn herab.

Berglen brauchte einen Moment, um zu verstehen, dass die Gefahr vorüber war. Er lebte.

»Strafe mich«, bat Arquila.

»Strafen?« Verwirrt blinzelte Berglen. »Wofür?«

»Ich habe Mutter verletzt.« Sie zeigte auf die Wand neben dem Ausgang. Das Gewebe über einer Ader war aufgerissen, die Haut daneben verschmort. Dunkelviolettes, beinahe schwarzes Blut trat aus der Wunde.

Berglen stand auf. Sein Blick streifte den toten Attacksergeanten, wanderte über die Steuerkonsole, hinter der er Deckung gesucht hatte, und fand den röchelnden Schwertschwinger, unter dem Arquila gelegen hatte. Es war eine gerade Linie. Arquila musste den Mann, der Berglen bedroht hatte, erschossen haben, und der am Hinterkopf austretende Strahl war in der Verlängerung in die Wand geschlagen. Ein Unfall, und Berglen war froh, dass es nicht zu einem anderen Unfall gekommen war. Hätte Arquila nur ein paar Zentimeter weiter rechts gezielt, wäre Berglen tot gewesen. Wieder tastete er nach der Wunde in seiner Wange. Der Schmerz der Berührung war ihm gleichgültig.

»Bitte.« Arquila reichte ihm ihren Strahler. »Ich habe Mutter verletzt.«

Er nahm die Waffe. Die braunen Augen der jungen Frau verrieten ihm, dass sie sich nach einer Bestrafung sehnte. Sie würde ihn verachten, wenn er sie ihr verwehrte. Er konnte sie ihr auch nicht ersparen, sie würde so lange suchen, bis sie sie fand. Der Masochismus einer Gläubigen, die für ihre Sünde leiden wollte.

»Diese Verletzung ist unbedeutend.« Berglen wusste, dass es ein schwacher Versuch war. »Mutter wird sie kaum spüren.«

Schweigend schob Arquila das Kinn vor. Sie würde nicht weichen, ohne zu bekommen, was sie verlangte.

Die anderen Soldaten legten den gefangenen Jüngern Fesseln an. Zusammen mit dem Attacksergeanten und dem Gestürzten waren drei von ihnen umgekommen, den anderen sieben sah man an, dass ihr Wille gebrochen war.

»Wir sollten ihnen die Augen ausstechen«, schlug Arquila vor. »Wie Beorn der Blender.« Das war ein Raubmörder, der vor langer Zeit sein Unwesen getrieben haben sollte.

»Wie kommst du darauf?«, fragte Berglen.

»Sie wollten mit Schwertern eine von Mutters Membranen zerschneiden. Es ist nur gerecht, wenn wir sie ritzen.«

»Aber sie würden für immer ihr Augenlicht verlieren.«

»Das wird gut für sie sein. So werden sie stets daran erinnert, dass sie gefrevelt haben. Und auch für andere werden sie eine Mahnung sein.«

Langsam schüttelte er den Kopf. »Das wäre überzogen.«

»Wenn es nicht so schnell ginge, hätten sie den Tod verdient«, zischte Arquila. »Wir sollten sie durch eine Schleuse stoßen, hinaus in den Rotraum, wo sie verrecken.«

»Wenn Mutter das gewollt hätte«, bedeutungsschwanger sah er zur Membran hinauf, »hätte sie das selbst getan. Sie kann eine solche Haut jederzeit platzen lassen.«

»Du hast recht. Bestrafe meine Kleingläubigkeit. Züchtige mich.«

Resignierend betrachtete er die unbedeutende Wunde an der Wand. Mutters Blut sickerte nur noch schwach heraus. »Mit welcher Hand hast du den Schuss ausgelöst?«

Arquila streckte die Rechte vor.

Er drückte den noch heißen Lauf des Lasers auf den Handrücken, zwischen zwei der grünen Saugnäpfe. Eigentlich hatte er sie nur kurz berühren wollen, aber zu seiner Verwunderung verbrannte er sie mehrere Sekunden lang, bis sich eine einzelne Träne aus ihrem linken Auge löste. Es tat gut, eine Sünderin zu bestrafen, auch wenn sich Berglen fragte, worin ihre Sünde bestand.

Fyona Tamis und Azrel dachten wohl, sie würden die Esox kennen. Sie glaubten, weil ihre Handgelenkkommunikatoren ihnen eine Karte der Röhren und Räume, der Aggregate und Tanks zeigten, hätten sie erfasst, was das Schiff ausmachte. Ihre Statistiken kategorisierten die 29 543 Bürger des Großraumschiffes nach Alter, Größe, Gewicht, Profession und, soweit sie eines besaßen, auch nach Geschlecht. Sie berichteten nicht nur von Vorstrafen, sondern von jedem auffälligen Verhalten. Aufsässigkeit, Unpünktlichkeit, mangelhaften Arbeitsergebnissen, unpassenden sozialen Verbindungen.

Als Kommissare hatten sie natürlich auch Informationen über die Besatzungstruppen, fünfhundertdrei Soldaten, Navigatoren, Techniker und – das waren die Schlimmsten – Philosophen. Sie alle vergrößerten die Datenbasis mit Bewertungen und Beobachtungen.

Aneste wusste, dass den Fremden das Wesentliche entging, aber davon ahnten Azrel und Tamis offensichtlich nichts. Sie benahmen sich kindisch auf ihrem Weg durch Ausläufer sieben, eines jener Gebilde, die das Großraumschiff bugwärts wie Spinnenbeine verlängerten. Die Kameras lieferten Aneste keine akustischen Daten, nur optische Eindrücke. Aber was machte es schon aus, wenn Aneste die beiden von ihren Trieben gesteuerten Okkupanten für ein paar Sekunden aus den Augen verlor? Ihre Aktionen waren vorhersehbar, sie eilten in ihr Liebesnest.

»Wir kennen uns besser aus als ihr«, flüsterte Aneste. »Die wahre Esox ist nicht Metall und Plast und Energie. Sie ist Information. Ich brauche mich nicht in eurer Nähe aufzuhalten, um in euer Leben einzugreifen.«

»Was sagst du, Kleines?«, fragte ihre Mutter.

Milde lächelnd löste Aneste ihre Aufmerksamkeit aus dem Datenstrom und richtete sie wieder auf die neunzigjährige Frau, die gemeinsam mit ihr in der Kammer schwebte. Dass sie den Rücken gebeugt hielt und die Schenkel ein wenig anzog, entsprach der üblichen Entspannungshaltung in der Schwerelosigkeit, aber der linke Arm machte sichtlich Probleme. Die chromglänzende Gliedmaße stand zur Seite ab. Die Okkupanten hatten die Waffensysteme nicht gerade zartfühlend entfernt, das verursachte auch fünf Jahre nach dem Bürgerkrieg noch Fehlfunktionen. Eigentlich hätte man den Arm austauschen sollen, aber Anestes Mutter war zu stolz, um die Genehmigung dafür zu erbetteln.

»Lass mich schauen.« Aneste achtete darauf, dass sich das abgeschirmte Kabel, das die Datenbuchse hinter ihrem Ohr mit dem Terminal verband, sauber abwickelte. Sie wollte einen plötzlichen Verbindungsverlust vermeiden. Das war ja auch der wesentliche Grund, aus dem die Befreier in der Kammer der als harmlos geltenden Frau einen Kommunikationsendpunkt hinter dem Nahrungszubereiter installiert hatten: Hier vermutete niemand so etwas, hier konnte man ungestört längere Operationen durchziehen.

Die Sonde, die Aneste im geöffneten Arm ihrer Mutter angebracht hatte, zeigte ihr Analyseergebnis an. »Wir müssen den Energiefluss für die mittleren Finger neu justieren«, erkannte sie mit einem Blick.

»Schon wieder?«

Aneste seufzte. »Ja, es ist immer dasselbe.«

»Vielleicht hält es diesmal länger, Kleines.«

Es war seltsam, mit vierundvierzig noch wie ein Kind angesprochen zu werden. Andererseits war Aneste natürlich genau das: ein Kind ihrer Mutter, die mehr als doppelt so alt war wie sie. Vielleicht sollte sie in zwei Jahren dagegen protestieren, wenn sie sechsundvierzig wäre und ihre Mutter zweiundneunzig. Schmunzelnd programmierte sie die Energiepuffer vor dem Handgelenk.

»Mach bitte eine Faust.«

Die metallene Hand schloss sich.

»Und jetzt den Ringfinger strecken.«

Zwei Fingerglieder regten sich, aber das dritte verharrte. Seufzend wandte sich Aneste der Feinmotorik zu.

Azrel und Tamis erreichten derweil Hangar 712, wie Aneste über die Dateneinspeisung von den Kameras sah. Der optische Eindruck entstand direkt in ihrem Hirn, ohne Umweg über die Sehnerven. Deswegen war es für sie auch kein Problem, die beiden Bilder gleichzeitig wahrzunehmen: sowohl ihre Mutter, in deren Arm sie mit den feinen Justierungsinstrumenten hantierte, als auch die Kommissare, die sich nun ihrer Kleidung entledigten.

Tamis war binnen Sekunden nackt. Ihr einziges, durchgängiges Kleidungsstück schwebte als Stoffknäuel davon, bis es an der Saatfähre hängen blieb. Die beiden brauchten keine Störung durch einen Piloten oder einen Xenofarmer zu fürchten. Die Esox flog im Rotraum, hier gab es keine Himmelskörper zu beackern. Außerdem wäre das Verlassen des Schiffs einem Selbstmord gleichgekommen. Sobald die Fähre den Astridenschleier durchdrungen hätte, wäre sie den Gewalten des hochdimensionalen Kontinuums ausgesetzt gewesen. Hätte sie das überstanden, wäre sie ins Einsteinuniversum zurückgestoßen worden, mitten im Leerraum zwischen den Sternen. Die Reise zur nächsten Sonne hätte Jahrtausende gedauert.

Azrel brauchte länger, um sich auszuziehen. Er heftete die kantigen Komponenten seiner Rüstung an eine Wand, offenbar ließen sie sich magnetisieren. Dabei neckte ihn Tamis, indem sie ihn umschwebte, am Nacken küsste, ihre Hände über seinen Körper gleiten ließ und die Anordnung der Rüstungsteile durcheinanderbrachte. Als sie das auch bei seinen Verdienstabzeichen tat, schien ihn das zu ärgern, er stieß sie weg.

Schmollend blieb Tamis neben der Fähre schweben und verschränkte die Arme.

Unter den Panzerplatten kam ein schwarzer Kampfanzug zum Vorschein, der sich eng an die muskulösen Gliedmaßen schmiegte. Auf der PAYARA, dem Schiff, das Azrel repräsentierte, hing der Status von den Verdiensten ab, die man sich erwarb. Den eigenen Körper auf Wehrhaftigkeit zu trainieren, war einer der vielen Wege, sich Meriten zu erwerben. Der keilförmige Torso, die breiten Schultern und die Arme, deren Muskelmassen verhinderten, dass man sie anlegte, gaben Azrel eine Körperform, die an die Grenze dessen stieß, was die menschliche Biologie zuließ. Auch gemessen an der Kultur der PAYARA musste er außergewöhnlich ehrgeizig sein, sonst hätte er es nicht zum Kommissar gebracht. Sicher ging er davon aus, für diesen Dienst eine weitere Merite zu bekommen.

Vielleicht würde ihm diese Ehre wirklich zuteil, dachte Aneste. Posthum …

»Ich glaube, es geht schon wieder, Kleines.« Ihre Mutter schloss und öffnete die Hand. Sie bewegte jeden Finger einzeln, dann die Fingerglieder. Eine Blende verschloss die Mündung im Handgelenk, schließlich war vom Laser nur noch das Kühlsystem übrig. Es war ein trauriger Anblick, weil Aneste seine Schaltsysteme ausschlachtete, um ausgefallene Komponenten zu ersetzen.

»Wie ist es mit der Schulter?«, fragte sie.

Ihre Mutter bewegte sie hin und her, wobei sie den Ellbogen beugte. Dort konnte sie den Unterarm rotieren, wie den Flügel eines Ventilators. Der künstliche Arm war noch immer flexibler als ein natürlicher. Seine Stärke hatten die Okkupanten allerdings gedrosselt, und daran wagte Aneste auch nicht zu manipulieren. Es war viel wahrscheinlicher, dass man ihre Mutter bei einer der Routinekontrollen durchcheckte, als dass sie sich physisch mit jemandem wie Azrel messen müsste.

»Gut«, befand Aneste. »Lass mich die Klappen schließen.«
Geduldig streckte ihre Mutter den Arm wieder aus.

Die Energie floss gleichmäßig und frei von nennenswerter Hitzeentwicklung durch die Leitungen. Um das zu sehen, benötigte Aneste kein Messgerät. Ihre Augen waren optimierte Implantate.

Bei der Beobachtung der beiden Kommissare half ihr das leider nicht. Wäre sie körperlich vor Ort gewesen, hätte sie erkennen können, wo sich die Haut in der Erregung besonders erwärmte. Sie hätte Rückschlüsse darauf ziehen können, ob sich Muskeln verkrampften, ob einer von beiden sich zurückhielt, ob die Leidenschaft, mit der Azrel die Frau an sich zog, echt war. Es war erstaunlich, wie leicht man Lüge und Ehrlichkeit anhand der Durchblutung im Gesicht oder Details wie einem Zittern der Lippe und sich verengenden Pupillen erkennen konnte.

Die Kameras übermittelten Aneste jedoch nur einen groben Eindruck. Die nackten Körper schwitzten, während sie sich pumpend umeinanderschlangen. Zwar hörte Aneste das Stöhnen nicht, aber Tamis' weit geöffneter Mund ließ darauf schließen, dass sie ihrem Liebhaber auch akustisch etwas bot. Sie lehnte sich weit zurück, sodass die beiden nur noch an den Hüften miteinander verbunden waren und seine Pranke ihre Brüste umfassen konnte. Dann wieder zog sie sich an ihn heran und kratzte über seinen breiten Rücken.

Aneste öffnete einen Kommunikationskanal zu Pytene. »Wie weit sind die Maschinen?« Sie formte die Worte in Gedanken. Es gab nur wenige Menschen, mit denen sie sich ohne den Umweg der Sprache verständigen konnte. Das setzte eng aufeinander abgestimmte Sende-/Empfangsmodule voraus.

»Sie bewegen sich langsam«, klagte ihre Kameradin. »Ich kann dir aber schon eine Einspeisung geben.«

»Tu das.«

Die beiden Cluster von Nanorobotern lieferten keine Daten, die unmittelbar den menschlichen Sinnen zuzuordnen gewesen wären. Bei einem Durchmesser von weniger als einem zehntel Millimeter ließen sich entsprechende Sensoren nur schwer unterbringen, und sie waren auch unnötig, um die Aufgabe zu erfüllen. Damit hätten sie Volumen und Energie verschwendet und zudem die Ausfallwahrscheinlichkeit erhöht.

Dennoch brauchten die winzigen Maschinen eine Möglichkeit, sich zu orientieren. Sie konnten den Abstand zu den anderen Individuen ihres Clusters ermitteln, und Taststrahlen verrieten ihnen, wo sich Hindernisse befanden. Anestes Gehirn setzte das in die Vorstellung von einer Röhre um, durch die sich die Cluster bewegten. Obwohl jeder Nanobot seine eigenen Sensoren hatte, die auch sehr genau die Temperatur an sechs Messpunkten ermittelten, nahm Aneste die Cluster als Einheiten wahr. Der zwischengeschaltete Interpreter fasste die Einzelmeldungen zusammen, sodass ihr der einzelne Nanobot genauso wenig individuell erschien wie ein Haar auf ihrem Kopf.

Die Steuerung der Cluster erfolgte über niederenergetische Impulse bestimmter Frequenzen, die sie anlockten. Damit leitete Pytene sie durch die Lüftungsschlitze dem Hangar entgegen. »Wir hätten die Bots im Hangarblock absetzen können«, meinte sie. »Ich hoffe, sie kommen rechtzeitig!«

»Die beiden werden noch eine Weile miteinander beschäftigt sein«, prophezeite Aneste.

Zwar schien Azrel einen ersten Höhepunkt erreicht zu haben, aber Fyona Tamis war nicht gewillt, ihm eine Pause zu gönnen. Sie klammerte sich an ihm fest und fuhr mit den Fingern durch sein kurzes Haar, während sie ihre Brüste in sein Gesicht drückte.

Dennoch wäre auch Aneste wohler gewesen, wenn die Nanobots den Hangar bereits erreicht hätten. Sie versuchte herauszufinden, wo sie sich befanden, ohne Pytene danach zu fragen. Das hätte die Unruhe der Kameradin bloß verstärkt und die Sache auch nicht beschleunigt.

Hätten sie einen Befreier mit den Nanobots zu den Hangars schicken sollen? Oder wäre es gut gewesen, die Maschinen vorher in Marsch zu setzen?

Beides hätte die Gefahr der Entdeckung erhöht. Aneste presste die Kiefer aufeinander. Vielleicht wäre es dennoch die richtige Entscheidung gewesen.

»Was hast du?«, fragte ihre Mutter. »Denkst du an deinen Bruder? Ich denke oft an deinen Bruder. Ich habe ihn lange nicht mehr gesehen.«

»Er war gestern hier«, erinnerte Aneste. »Ihr habt ein Puzzle gelöst.«

»Ja?«

»Ganz bestimmt. Dort vorn«, sie zeigte auf ein rötlich glimmendes Konstrukt, »das Bild vom Andromedanebel.«

Es war statisch, kein veränderliches Puzzle, und es hatte nur ein paar Hundert Teile. Die Leistungsfähigkeit ihrer Mutter hatte sehr gelitten, man hatte die Waffensteuerung unangemessen großräumig aus ihrem Hirn geschnitten. Damals hatten die Okkupanten die auf der Esox üblichen Implantate noch viel weniger verstanden als heute.

Endlich meldeten die Nanoroboter einen weiten Raum. Sie verließen die Röhre und schwärmten aus, wobei sie sich magnetisch bewegten. Sie zogen sich gegenseitig an und stießen sich ab, oder sie nutzten das Eisen in den Wänden.

Aneste hielt den Atem an, bis die Wärmeortung die verbundenen Körper in der Nähe der Fähre erfasste.

»Ich übernehme«, meldete sie an Pytene und sendete auf dem Steuerkanal.

Sie achtete darauf, dass die Nanoroboter nicht zu dicht trieben. Zwar waren sie sehr klein, aber bei Azrel vermutete Aneste optimierte Sinnesorgane. Er könnte die sich nähernde Wolke als Flimmern wahrnehmen. Obwohl er sich nun wieder intensiv mit der Frau beschäftigte, traute sie ihm zu, dass seine soldatischen Instinkte innerhalb von Sekundenbruchteilen auf eine Gefahr reagieren und von Fortpflanzung auf Kampf umschalten würden.

Mit der Annäherung wurde auch die Wärmeortung präziser. Sie glich sich dem Eindruck an, den die Kameras übermittelten. Aneste konnte die beiden Körper unterscheiden. Azrels Temperatur lag nahe an 320 Kelvin, einem Wert, den ein unmodifizierter Mensch nicht überlebt hätte. Die Soldaten der PAYARA wiesen jedoch einen höheren Energieumsatz auf, das machte sie leistungsfähiger. Und ständig hungrig.

»Früher wussten wir immer, wo jeder war.« Das faltige Gesicht ihrer Mutter lächelte, so wie meistens, wenn sie von der Zeit vor dem Bürgerkrieg sprach. »Man stand mit jedem in Kontakt, immer, sofort, wenn man es wollte. Sogar ich, obwohl ich nur eine Schwachgekoppelte war. Bei eurem Vater war das anders. Aber auch für ihn gab es Überraschungen. Als ihr kamt, zum Beispiel, das war eine Überraschung. Gleich drei Kinder auf einmal!«

An ihren zweiten Bruder besaß Aneste keine klare Erinnerung, er hatte schlecht auf die Implantate reagiert.

Im Hangar trieben die beiden unkontrolliert durch den Raum, sie prallten gegen die Fähre. Tamis wurde immer wilder. Außer ihren Fingernägeln benutzte sie nun auch die Zähne.

Aneste war der Schmerz recht. Er würde das Prickeln überdecken, mit dem die Nanoroboter durch die kleinen Kratzwunden an Azrels Rücken eindrangen.

Bei Tamis bot sich kein so leichter Einstieg, aber sie hatte auch stumpfere Sinne. Aneste lenkte den zweiten Cluster vor ihr Gesicht, als sich die Frau wieder einmal zurückbog. Der heftige Atem erledigte den Rest.

»Es wäre schön, wenn dein Bruder hier wäre«, meinte ihre Mutter.

»Er kommt dich sicher bald wieder besuchen«, versprach Aneste. »Hast du Lust, uns etwas zu kochen?« Sie musste sich jetzt konzentrieren.

Ihre Mutter schwebte zur Kochnische und studierte die Datenbank mit den Gerichten.

Bei Tamis mussten die Nanoroboter über die Lungenbläschen ins Blut gelangen. Sie würde ein Stechen spüren, das sie sich hoffentlich mit ihrer animalischen Beschäftigung erklären würde.

In Azrels Adern dagegen tauschte der mikroskopische Heerzug bereits Informationen aus. Die winzigen Maschinen verteilten sich im Geflecht der Blutbahnen, aber das spielte keine Rolle. Sein Herz brauchte nur fünf Schläge, um den Lebenssaft durch den Soldatenkörper zu pumpen, und derzeit pochte es mit einer Frequenz von zweihundert Schlägen in der Minute.

Aneste aktivierte für ein Prozent der Nanoroboter das Programm, das sie veranlasste, sich zu verankern, sobald sie ein Blutgefäß von Kapillardurchmesser erreichten. Dann prüfte sie die relative Position, die Geschwindigkeit des vorbeiströmenden Blutes und die Temperatur, um herauszufinden, welche sich im Gehirn eingenistet hatten.

»Wie wäre es mit einer Blaukohlpastete?«, schlug ihre Mutter vor.

»Ja, das wäre lecker«, bestätigte Aneste abwesend.

»Obwohl … eigentlich magst du doch gar keinen Blaukohl? Was ist denn aus meinem kleinen Mädchen geworden?

Früher hast du lieber Bohnen gemocht. Wie hießen die noch?«

»Das macht nichts. Jetzt esse ich gern Blaukohl.«

Viele der Nanoroboter verloren den Kontakt wieder. Durch den Sex floss das Blut noch schneller als bei Azrels optimiertem Körper üblich. Aneste entgingen einige vielversprechende Ansatzpunkte.

»Ich komme nicht mehr darauf … Was war doch bloß dein Leibgericht, Kleines?«

»Lass mich einen Moment in Ruhe, Mutter!«

Sie hatte die Aufforderung wohl sehr forsch vorgebracht, die ältere Frau erschrak und schluchzte. Tränen sammelten sich in den Falten ihrer Wangen.

Der Anblick tat Aneste weh, aber jetzt konnte sie sich nicht darum kümmern. Sie zog sich an die Wand zurück.

Das Kamerabild zeigte, wie sich Azrel verkrampfte. Er hatte wohl einen Orgasmus.

War das nicht der ideale Moment, um zu sterben?

Aneste aktivierte den Sammelbefehl für die aussichtsreichsten Nanoroboter. Sie sandten einen Lockimpuls an die anderen aus, die sich daraufhin an ihnen ansammelten, wenn sie in ihre Nähe kamen. Sie bildeten Körnchen, wuchsen auf Millimetergröße an. Verstopften die Blutgefäße.

Azrels Körper war darauf konditioniert, Angriffe von außerhalb entschlossen abzuwehren. Mit Schlägen, Schnitten, Kugeln und sogar Strahlern war Leuten wie ihm kaum beizukommen.

Aber einer Serie von mehreren Dutzend Schlaganfällen innerhalb einer Sekunde hatte er nichts entgegenzusetzen. Das Blut staute sich in einigen Hirnregionen, andere blieben ohne Versorgung. Der riesige Mann riss den Mund auf und verdrehte die Augen.

Tamis schien im ersten Moment zu entgehen, dass diese

Reaktion nicht mit ihren Liebeskünsten in Verbindung stand. Sie wirkte erschöpft, aber glücklich. Erst als der Mann mit den Extremitäten rudernd durch den Hangar taumelte, ohne sich noch um sie zu kümmern, erschienen Runzeln auf ihrer Stirn.

Inzwischen kreisten die Nanoroboter auch in ihren Adern. Aneste verankerte sie in ihrem Hirn und löste dort ebenfalls Schlaganfälle aus.

Azrel zuckte immer noch, aber die Arbeit war getan.

Aneste schwebte zu ihrer Mutter, nahm sie in die Arme und streichelte ihren Hinterkopf. »Es ist ja gut. Ich habe es nicht so gemeint. Ich bin dir nicht böse.«

Allmählich beruhigte sich ihr Zittern.

Auch im Hangar kamen die Körper zur Ruhe. Aneste setzte den letzten Befehl ab. Die Nanoroboter überhitzten bis zu dem Punkt, an dem sie zerfielen. Eine sorgfältige Autopsie würde Brandschäden im Hirn entdecken, aber kaum Maschinenrückstände. Natürlich fielen bei einem Cluster immer Einheiten aus, sodass der Impuls zur Selbstzerstörung sie nicht erreichte, aber es wäre ein nicht zu erwartender Zufall gewesen, wenn man sie gefunden hätte. Und selbst dann wäre die korrekte Zuordnung nahezu unmöglich.

»Wo ist dein Bruder?«, fragte ihre Mutter.

»Er arbeitet.« Die Nanoroboter lieferten keine Daten mehr. Über die Kameras sah Aneste, dass die Leichen mit bizarr verdrehten Gliedern, aber bewegungslos schwebten. Sie schloss die Kommunikationskanäle und zog das Kabel aus der Datenbuchse an ihrem Ohr. »Dein Sohn tut Gutes.«

»Es ist der Wunsch der Roten Familie«, erklärte Berglen. »Ich bringe sie allein hinein. Wir brauchen um niemandes Sicherheit zu fürchten.«

»Natürlich nicht.« Er sah den Neid in Arquilas übermäßig länglichem Gesicht. »Die Gütige Mutter sorgt für alles.«

Der Sonicschocker der Soldatin hing im Holster an ihrer Hüfte. Sie trug noch immer keine Handschuhe, auf eine verdrehte Art war sie wohl stolz auf die Verbrennung. Sie hatte gesündigt, sie hatte gebüßt. Fühlte sie sich jetzt rein?

Die anderen Mitglieder des Trupps wirkten gleichmütig. Sicher waren sie froh, dass der Auftrag erledigt war und sie sich in ihre Quartiere zurückziehen konnten.

Einer der sieben Gefangenen, ein schlaksiger Kerl ohne Augenbrauen, verharrte apathisch, als Berglen durch das hohe Tor trat, dessen Lippen sich nicht vollständig an die Wand zurückgezogen hatten. Arquila schlug dem Mann die Faust in den Rücken. Mit einem Stöhnen stolperte er vorwärts, um zu den anderen aufzuholen.

Berglen bezweifelte, dass er sich seiner Strafe hatte entziehen wollen. Sein Geist war wohl nach dem Kampf abwesend. Vielleicht war er verletzt, oder er stand unter Schock.

Wahrscheinlich hätte Berglen sogar die organischen Fesseln lösen können, die sich wie Schlangen um die Ellbogen der Jünger wanden und ihre Arme auf den Rücken zwangen. Man sah den schlaffen Gestalten an, dass ihnen die innere Kraft für Widerstand fehlte.

Das verstand Berglen gut. Die Luftfeuchtigkeit in diesem Saal schlug sich auf seinem Gesicht nieder. Dadurch spürte er die Schnecke stärker, die der Sanitäter auf den Schnitt an seiner Wange gesetzt hatte. Sie würde das Blut aufnehmen, sagte er, und die Wunde verkleben.

Nebelschwaden streuten blaues Licht, das mehr verbarg als offenbarte. Hinter ihnen schloss sich das Tor schmatzend, vor ihnen verbanden halb durchsichtige Stränge den Boden mit der Dunkelheit, über der irgendwo die Decke sein musste. Überall wuchsen Knorpel empor, manche überragten Berglen. Er führte die Gruppe nach links, damit sie nicht auf eine pulsierende Ader traten, die so dick war wie sein Oberschenkel. Dieser Raum veränderte sich ständig, er konnte nicht sicher sein, welcher Weg sie zu den Herrschern der SQUID führte. Aber jemand musste sie erwarten, sonst hätte das Schiff sie nicht eingelassen.

»Wir sind hier, Erwählte!«, rief Berglen.

Ein leises Lachen antwortete ihm. »Natürlich seid ihr das. Alles geschieht, wie es geschehen muss.«

Er konnte die Richtung, aus der die Stimme kam, nicht ausmachen. Er sah auch niemanden. Dennoch ließ er sich auf einem Knie nieder, beugte sich vor und drückte die Hände auf den warmen, sachte pulsierenden Boden. Soweit er wusste, hatte die Rote Familie diese Geste der Unterwerfung nie gefordert, aber unter den Zoëlikern hatte sie sich dennoch etabliert. Alles geschah, wie es geschehen musste. Worte waren nicht die einzige Art, auf die jemand, der Mutter so nahe war, dass er zumindest zeitweise eins mit ihr wurde, Wünsche übermitteln konnte.

Berglen bemerkte, dass auch die Rotraumjünger knieten. Er verachtete sie dafür. Was sollte das für eine Rebellion sein?

Rila kam hinter einer eiförmigen menschengroßen Kapsel zum Vorschein, deren blauschwarze Haut flüssig wie eine Schaumblase wirkte, aber von fingerdicken Adern überzogen war. Berglen schauderte.

Die SQUID mit ihren Tentakeln, ihren fleischigen Gängen und den Blutbahnen, in denen Leuchtkörper trieben, hatte nichts mit einem Menschen gemein. Gerade die Tatsache, dass man in Rila noch den Menschen erkannte, der sie einmal gewesen war, machte ihren Anblick jedoch unheimlich. Berglen vermochte nicht zu entscheiden, wo die rankenartigen Verschlingungen und Wucherungen noch Kleidung waren und wo sie zu einem Teil von Rilas Körper wurden. Möglicherweise lag der knöchellange Rock eng um ihre Hüften, vielleicht wuchs er auch heraus. Die Knospen an ihrem Bauch waren sicher mit ihr verwachsen. Über der rechten Brust lag ein Geflecht, dessen Beschaffenheit jener des Rockes ähnelte. Die linke war frei, was einen praktischen Grund hatte: Sie säugte ein Kind.

Überrascht blickte Berglen auf.

Das musste Amida sein, der Sohn, den sie mit Ugrôn hatte! Sein Hirn und sein Rückenmark leuchteten in an- und abschwellendem Grün durch Knochen und Haut.

Aber war das möglich? Vor ein paar Tagen noch hatte Berglen das Kind im Syntho-Uterus gesehen. Konnte es bereits außerhalb davon lebensfähig sein? Und so groß?

»Was erstaunt dich?«, fragte Rila mit Belustigung in der Stimme.

Ihre Lippen waren voll und dunkel, im blauen Licht der treibenden Schwaden wirkten sie violett. Berglen wusste, dass sie eigentlich rot waren wie das Blut gewöhnlicher Menschen. Ihre Augen waren angewachsen, die Nase geschrumpft. Die Wülste, die sich über ihr Gesicht zogen, entstellten es nicht. Sie betonten die hohen Wangenknochen und die Kinnlinie. Ob sie das Wachstum kontrollierte? Oder tat Ugrôn das vielleicht und bewahrte auf diese Weise das Blond, das auf ihre Schultern fiel?

»Ich habe nicht mit Amida gerechnet.« Berglen war stolz darauf, dass er sich wenigstens die Blöße ersparte, zu fragen, ob es sich wirklich um ihn handelte.

Lächelnd ließ Rila das Kind auf ihrem Arm wippen. »Er kann nicht früh genug lernen, was es heißt, zu herrschen.«

Ein gewöhnlicher Säugling auf dieser Entwicklungsstufe nahm von der Welt kaum mehr wahr als die weiche Haut seiner Mutter und den beruhigenden Klang ihrer Stimme, aber Amida war mit Sicherheit nicht mit einem normalen Menschen zu vergleichen. Berglen musste sehr vorsichtig sein, was seine Annahmen anging! Amidas Eltern waren von der SQUID durchdrungen, körperlich und geistig. Auf das Kind mochte dasselbe zutreffen. Sogar die dünnen Ärmchen mochten mehr Kraft haben als Berglens Muskeln.

»Erhebe dich!«, forderte Rila ihn auf.

Er spürte eine Last auf den Schultern, als er aufstand. Das musste keine Täuschung sein, Mutter konnte die Gravitation in jedem Teil ihres Leibes nach Belieben variieren.

Berglen deutete auf die Gefangenen. »Die Transgressoren, wie befohlen.«

Während Rila die Knienden betrachtete, bedeckte sie die Brust mit einem Geflecht, das sie von ihrer Schulter zog. Der Säugling drückte die Lippen auf ein Fäustchen und schloss die Augen. Schwach leuchteten sie durch die Lider.

Rila schritt zwischen die Gefangenen. Keiner von ihnen wagte, zu ihr aufzusehen. Auch Berglen spürte ihre Ausstrahlung. Wieder zuckte sein Blick zu den menschengroßen Kapseln. Kaum merklich regte sich etwas darin.

»Für den Rotraum seid ihr zu schwach«, sagte sie. »Euer Verstand ist ihm nicht gewachsen.«

Eine Frau mit einem Leberfleck auf der Wange wagte zu sprechen. »Und was, wenn du lügst?«

Berglen hielt den Atem an.

Etwas Längliches bewegte sich an Rilas Rücken, unter dem Geflecht, das bis zu ihrer Hüfte hinabfiel.

»Lüge ist die Zuflucht der Schwachen«, sagte sie milde. »Glaubst du, ich bin schwach?«

»Wären auch wir stark, wenn der Rotraum uns umfinge?«

»Nein.« Rila rückte den Säugling zurecht. »Ihr würdet in Qual verwehen, ein Augenblick, der euch endlos erschiene.«

»Warum dürfen wir unsere Erfahrungen nicht selbst

machen?«, fragte ein Mann mit einem Bart, der das Kinn frei ließ.

Rila hockte sich neben ihn und strich mit der freien Hand durch die Behaarung an seinen Wangen. »Eltern sorgen für ihre Kinder. Sie lehren sie, was gut und was böse ist. Sie weisen ihnen den Platz im Leben zu.«

Berglen zitterte. Erst als Rila aufstand, bemerkte er Mutters Gesang in seinem Fleisch, ein tiefes Vibrieren.

»Ich gebe euch Schönheit mit auf den Weg«, kündigte Rila an, »damit ihr euch in der Einsamkeit daran erinnern könnt.«

Sie wandte sich um und schritt an Berglen vorbei in die Dunkelheit. Dabei sang sie. Berglen verstand ihre Worte nicht, aber die Melodie rührte ihn so sehr, dass ihm Tränen in die Augen stiegen.

Doch war wirklich er es, der diesen Gesang genoss? Oder war es Mutter?

Sie antwortete Rila in seinem Fleisch, in seinen Sehnen, in seinen Knochen. Erst durch ihre Akkorde vervollständigte sich das Lied.

Ob die Rotraumjünger sie ebenfalls hörten? Berglen sah sie an.

Die Schlangen lösten sich von ihren Ellbogen und huschten davon. Trotzdem erhob sich keiner von ihnen.

Rilas Gesang wurde leiser, aber Mutters Lied schwoll an.

Plötzlich gruben sich Falten in den Boden unter den Knienden. Sie vertieften sich rasch, erweiterten sich zu Spalten, das Gewebe wurde nach unten weggesogen. Die Gefangenen versanken.

Nur der Mann mit dem Bart versuchte, zu entkommen. Doch Mutters Fleisch gab unter ihm nach, wohin er auch Knie oder Hände setzte. Verzweifelt rollte er über den Boden, aber er klebte fest und sank nur umso schneller ein. Eine wässrige Blase wölbte sich über ihn.

Die anderen sechs ergaben sich in ihr Schicksal. Sie verharrten in kniender Position, bis Berglen nur noch ihre Köpfe sah, über denen sich ebenfalls Blasen schlossen.

—

Die Musik verstummte, als der Countdown im zentralen Holo der Lounge auf eine Viertelstunde fiel. Die Zahl Fünfzehn drehte sich, sodass man sie aus jedem Blickwinkel erkennen konnte, dann erschienen neunhundert präzise angeordnete Kügelchen, von denen jede Sekunde eines verschwand.

»Es ist immer etwas Besonderes, wenn man das erste Mal mit eigenen Augen in das Licht einer neuen Sonne schaut«, meinte Admiralin Demetra Egron. Die goldenen Schnüre an den Schulterstücken ihrer blauen Paradeuniform bewegten sich wie in Zeitlupe. Der Impuls, der vom Angleichen ihrer Körperachse herrührte, war nur schwach.

Kara Jeskon hob den Kelch zum Mund und sog am Halm. Leise zischte der Mechanismus, der Luft in das geschlossene Gefäß nachfüllte, damit der Druck konstant blieb und man sich beim Trinken nicht anstrengen musste. Die synthetisch erzeugte Flüssigkeit war ein wenig herb. Kara nahm nur einen kleinen Schluck.

Sie sah hinaus in das rote Wallen, das in etwa einer Viertelstunde dem Schwarz des Normalraums weichen würde. Die hellen Lichtpunkte der Sterne böten den Navigatoren Orientierung, und je nachdem, wie weit sie vor der Rücktransition in das System einflögen, könnten sie die Sonne bereits als flächige Erscheinung wahrnehmen.

»Ich hörte, der Stern sei ausgebrannt.« Kara wusste nicht, ob die Admiralin einfach nur mit ihr plaudern wollte. Eine solche Umgebung war eigentlich auf zwanglose Gespräche ausgelegt. Drei Dutzend Gäste hatten sich in der Lounge eingefunden. Zehn Militärs, der Rest Zivilisten, von denen Kara einige kannte. Am Aussichtsfenster wanderten Schalen mit Pasten verschiedener Geschmacksrichtungen an einer Magnetschiene entlang. Man konnte knuspriges Algenbrot hineintunken.

»Was diese Sonne betrifft, sind die Daten mehrdeutig«, sagte Admiralin Egron. »Ich bin gespannt, was wir vorfinden werden.«

Die astrometischen Daten von Cochada bezeichneten den Weg zu einem bislang unbekannten Sternenreich der Menschen. Es musste den Kontakt zur Erde verloren – oder abgebrochen? – haben, lange bevor diese zerstört worden war, vor dem Untergang der Kolonien, ehe sich die Großraumschiffe der Überlebenden zum Schwarm zusammengefunden hatten.

»Hoffen Sie auch, dass unsere endlose Wanderung durch die Galaxis ein Ende findet?«, fragte Kara.

Egron zog sich um die Haltestange, sodass sie nun an Karas Seite schwebte und sie gemeinsam aus dem Panoramafenster schauen konnten. »Hoffen? Natürlich. Es wäre schön, wenn wir in Sicherheit und Freiheit leben dürften. Aber Hoffnung und Erwartung sind unterschiedliche Dinge. Bislang haben wir überall dieselben Gesetzmäßigkeiten vorgefunden. Planeten mit fester Kruste und atembarer Atmosphäre, auf denen Menschen ohne Schutzausrüstung leben könnten, lassen sich nicht verteidigen. Ein einziger Asteroid, auf einen signifikanten Bruchteil der Lichtgeschwindigkeit beschleunigt, bedeutet das Ende für einen solchen Himmelskörper. Jede interstellar operierende Zivilisation bringt das zuwege, und ein Planet kann seine Bahn nicht ändern, um auszuweichen.«

»Das klingt, als würden Sie nach einer Erklärung suchen, die die gängige Militärtheorie aushebelt.«

Egron zuckte mit den Achseln, was die Schnüre neuerlich

in Bewegung versetzte. »Dass es keine *planetengebundene* Hochzivilisation geben kann, bedeutet nicht, dass es überhaupt keine geben kann. Sie mag nur ganz anders aussehen, als wir sie uns vorstellen. Seit Cochada haben wir die Überreste von drei bislang unbekannten Kolonien gefunden. Wir sind auf der richtigen Spur. Wenn es etwas gibt, das an ihrem Ende wartet, werden wir es finden.«

Kara überlegte, ob sie die Admiralin darauf ansprechen sollte, dass die Bugani das Norastesystem als Sperrgebiet betrachteten. Sie wusste nicht, ob sie diese Information überhaupt besitzen durfte. Die Delegierten der MARLIN hatten bei ihrer Rückkehr von der Station aufgeregt darüber gesprochen. Offenbar war der Gasriese Baliol ein Handelsknotenpunkt in diesem Raumsektor, Kaufleute vieler Zivilisationen trafen sich dort. Aber von Noraste kam kein Schiff, obwohl das System nur acht Lichtjahre entfernt war.

Zweifellos wusste Admiralin Egron davon, aber es hätte die Diplomaten in Schwierigkeiten bringen können, wenn herausgekommen wäre, dass sie nicht sorgsam genug mit vertraulichen Informationen umgingen. Auch Erok hatte Kara nichts davon gesagt.

Was allerdings nicht viel hieß, seit sie ihn rausgeworfen hatte, sprachen sie nicht mehr miteinander. Ob er davon wusste, dass sie beinahe im Rotationsmodul umgekommen wäre? Drei Tage lag das zurück und er hatte sich nicht gemeldet.

Nachdenklich hob sie den Arm. Der Bruch behinderte sie kaum noch. Eine durchsichtige Manschette umschloss den Oberarm, ein blaues Gel sollte Entzündungen vorbeugen. Das funktionierte nicht so wie gedacht. Um die beiden Einstichstellen der Sonden, die eine Substanz injizierten, die den Knochen zum Wachstum an der Bruchstelle anregten, verdunkelte sich die Haut. Kara hatte später einen Arzttermin.

»Diese Verletzung haben Sie den Giats zu verdanken«, meinte die Admiralin.

»Ich war allein im Rotationsmodul«, widersprach Kara. »Einen Fremden, dessen Körper aus kegelförmig zusammengesetzten Segmenten besteht, habe ich dort nicht gesehen.«

Egron schnaubte. »Wer hat uns denn im Cochadasystem so zusammengeschossen, dass wir das Schiff noch immer nicht wiederhergestellt haben? Entweder die Explosionen waren Auswirkungen der Schäden aus der letzten Raumschlacht oder die Giats haben es auf Baliol geschafft, die Reparaturarbeiten an der MARLIN zu sabotieren. Zweifellos konnten sie den Bugani im Gegenzug einiges bieten.«

Kara biss sich auf die Lippen. Was die Admiralin sagte, war unwiderlegbar. Dennoch versuchte sie, die Feinde der Menschheit nicht zu hassen. Aus Hass erwuchs immer nur Zerstörung, er schuf kein Leben. Und sie machte sich keine Illusionen darüber, dass Admiralin Egron ihrerseits jede Möglichkeit genutzt hätte, den Schiffen der Giats zu schaden. Vielleicht hatte sie das sogar getan.

Im Holokubus drehte sich eine Zehn.

»Entschuldigen Sie mich.« Ohne Karas Reaktion abzuwarten, schwebte Egron hinüber zu zweien ihrer Adjutanten. Auch deren Uniformen waren blau, aber statt der vier Sonnen zierte nur ein einzelner Stern ihre Schulterklappen.

»Sie will Ruhe ausstrahlen.« Macro Debois zog sich an der Haltestange herab, an der auch Kara schwebte, und richtete seine Körperachse aus, als er sie erreichte. »Dadurch, dass sie sich hier in der Lounge und nicht in einem Kommandoraum befindet. Das soll allen an Bord signalisieren, dass sie eine schöne Aussicht erwartet, und nicht ein Gefecht.«

»Es ist nur ein kurzer Weg zur Magnetbahn«, meinte Kara. »In weniger als einer Minute wäre sie in der Zentrale.«

»Menschen sind Symbole wichtig.«

»Hast du dich deswegen so herausgeputzt?« Vielsagend blickte sie auf seine weißen Handschuhe. »Oder willst du die Admiralin beeindrucken?«

Sie kam nicht umhin, festzustellen, dass Macro heute wirklich gut aussah. Sein blaues Sakko kaschierte den Bauchansatz, er trug es geschlossen, die obere Seite lief schräg geknöpft bis zu seiner rechten Hüfte. Dazu trug er eine schwarze Hose, deren gezackte Ziernaht das Blau aufnahm. Die Füße steckten in flexiblen Schuhen, bei denen alle Zehen einzeln ausgeformt waren. Der silberne Handgelenkkommunikator fiel auf, wirkte aber nicht protzig, die Scheitellocke lag elegant über der Stirn. Der Dreitagebart gab ihm einen Hauch Verwegenheit.

»Vielleicht will ich ja auch dich beeindrucken.« Er zwinkerte ihr zu.

Natürlich wusste er, dass sie Erok rausgeworfen hatte. Innerhalb der Koexistenzialisten sprach sich so etwas schnell herum. Die Frage, wie man ein friedliches Zusammenleben aller Intelligenzwesen erreichen könne, diskutierte man oftmals nur am Rande. Die zugrunde liegende Philosophie war uralt, es gab kaum Neues dazu, und solange man keine Mehrheiten organisiert bekam, gab es auch kaum praktische Handlungsoptionen. Also dominierte der Tratsch innerhalb der Gruppe, in der man sich gleichgesinnt und verstanden fühlte.

An Macro schätzte Kara, dass er wirklich für den Koexistenzialismus brannte. Weil die Gruppentreffen dafür ungeeignet waren, trafen sie sich oft zu zweit, um der Philosophie auf den Grund zu gehen, die sie teilten. Sie lasen die alten Pazifisten und hatten Konflikthistorie so weit studiert, dass sie sogar Kompetenzgrade in Geschichte zuerkannt bekamen. Gemeinsam entwickelten sie Kampagnen und fluteten damit vor Abstimmungen das Kommunikationsnetz der

Marlin. Viel erreicht hatten sie nie, aber sie waren davon überzeugt, dass sie das Richtige taten.

Wohl deswegen hatte Kara nie etwas mit Macro angefangen. Sie wollte keine Romantik von ihm, sondern Austausch. Auch jetzt vermisste sie Erok. Nein, sie vermisste *irgendwen*. Sie hasste es, wenn ihre Schlafnische halb leer war und sie sich selbst einen guten Morgen wünschen musste. Die kleinen Aufmerksamkeiten, die zärtlichen Berührungen, eine Umarmung, in der man einschlief.

Aber sie wusste auch um ihre Sprunghaftigkeit. Keine ihrer Affären hielt länger als ein paar Monate, und obwohl Macro durchaus attraktiv war, wollte sie auf keinen Fall riskieren, dass sie ihren inspirierendsten Gesprächspartner verlor, wenn ihre Beziehung in die Brüche ginge.

»Sie hat ihre beiden Kinder verloren, weißt du?«, versuchte sie, von seinen Avancen abzulenken. »Die Admiralin, meine ich. Ihr Sohn …«, noch so eine von Karas schnell verfliegenden Beziehungen, »… ist auf Cochada geblieben, ihre Tochter ist auf die Squid gegangen.«

»Ja, wir hören ab und zu von ihr.« Macro arbeitete in der Funkstation.

»Geht es ihr gut?«

Er zuckte mit den Achseln. »Die letzte Bildübertragung hat ihre Mutter verstört, seitdem empfangen wir nur Audio und Daten. Sie klingt zunehmend herrisch. Wir sind gespannt, wie sie auftreten wird, wenn wir in den Normalraum zurückkehren.«

Seit einer Woche durchflog der Schwarm den Rotraum. Hier versagte die menschliche Technik beinahe vollständig, die Schiffe hatten untereinander keinen Kontakt.

»Soweit wir wissen, haben sie ebenfalls Probleme mit der Nahrungsversorgung.«

»Ebenfalls?«, hakte Kara nach.

»Wie beinahe alle Schiffe.« Er zeigte auf die Schalen, die am Aussichtsfenster entlangwanderten. »Ein karges Mahl, wenn man bedenkt, welche ranghohen Gäste hier versammelt sind, findest du nicht?«

In der Tat waren Algenbrot und Paste keine edlen Speisen. Die in den Hydroponien gezogenen Sorten besaßen jedoch eine gute Nährstoffeffizienz, aus wenig Biomasse ließ sich viel Nahrung herstellen.

Macro brachte seine Lippen dicht an Karas Ohr. »Sie wollen keinen Unmut provozieren. Noch hungert niemand auf der MARLIN, aber wenn wir im Norastesystem keinen geeigneten Himmelskörper für unsere Xenofarmer finden, wird man rationieren müssen.«

»So schlimm?« Sie atmete flach. Er hatte ein edles Parfüm aufgelegt. »Woher weißt du das?«

»Ich habe eine Diplomatiekompetenz erworben. Deswegen involviert man mich in Vorstudien. Falls es zu Unruhen im Schwarm kommen sollte, wollen wir vorbereitet sein.«

»Unruhen?« Kara drückte sich zurück, bis sie sich mit gestrecktem Arm an der Stange festhielt. Sie wollte in Macros Gesicht lesen und außerdem entkam sie auf diese Weise seinem Duft.

»Wir hören nur wenig von der ORCA, aber wahrscheinlich steht es dort schlechter als bei uns. Möglich, dass wir ihnen von unseren Vorräten abgeben müssen. Dann würde es hier erst recht knapp. So etwas muss vermittelt werden.«

Ungläubig schüttelte Kara den Kopf.

»Reden ist immer besser als schießen«, sagte Macro. »Ich glaube, darin liegt die Zukunft für uns Koexistenzialisten. Wer sollte als Diplomat arbeiten, wenn nicht wir?« Es war ihm ernst, das sah sie ihm an.

»Und Erfolge für die Herrschenden herausschlagen?«, fragte sie. »Ich war auf Baliol. Es ging nur darum, wie wir die Bugani am besten austricksen. Und dabei waren wir uns auch noch gegenseitig im Weg. Das Gezerre mit der Delegation von der PAYARA hätte dir alle idealistischen Vorstellungen von Diplomatie ausgetrieben! Ich habe sogar dafür gesorgt, dass sie neue Waffen bekommen.« Unwillkürlich duckte sie sich vor dem erwarteten Tadel.

Er blieb aus.

»Ich habe gehört, dass man deinen Einsatz sehr positiv bewertet«, sagte Macro stattdessen. »Herla Deron setzt sich dafür ein, dass du einen Kompetenzgrad in Diplomatie bekommst.«

»Was?«, rief Kara erstaunt. »Ohne Prüfung?«

»Pro forma wird man dich wohl einem Einstufungstest unterziehen.«

Kara sah zur Admiralin hinüber, die zwischen ihren Adjutanten schwebend den Rotraum beobachtete. Verdankte Kara ihre Einladung in die Lounge dem Umstand, dass Egron sie prüfen wollte? Ging es um die Frage, ob sie Kara als geeignet für den diplomatischen Dienst erachtete?

Eigentlich war Egron keine Diplomatin, ihre Hauptkompetenz war natürlich das Militär. Sicher besaß sie in allen Wissensgebieten, die mit der Regierung zu tun hatten, gewisse Grade. Ökonomie, Politologie, Geschichte … bestimmt auch Diplomatie. Aber das rechtfertigte doch nicht, dass man ihr ein besonderes Gewicht zumaß, wenn es darum ging, die Qualifikationen von Besatzungsmitgliedern festzulegen. Immerhin hing das Stimmgewicht daran!

»Das ist ungeheuerlich …«, flüsterte Kara.

»Das ist die Welt, in der wir leben«, versetzte Macro.

Ungläubig sah sie ihn an. »Du auch noch? Du hast doch immer gesagt, wir müssten im System arbeiten. Dafür sorgen, dass Friedensliebe eine Kompetenz wird, die in allen Abstimmungen aufgerufen wird, die Außenbeziehungen tangieren.«

»Das wird nicht passieren.« Er presste die Zähne aufeinander. »Sie lachen über unsere Initiative. Durch meine Arbeit mit den Diplomaten gewinne ich Einblicke. Die Wahlkommission wird uns niemals eine echte Chance geben. Sie werden die Fragen immer so formulieren, dass nur Träumer für Friedensliebe als Grundkompetenz stimmen werden.«

»Das kannst du doch unmöglich glauben!« Sie ballte die rechte Hand so fest zur Faust, dass der Arm am Bruch schmerzte. »Du kannst doch nicht aufgeben!«

»Ich gebe nicht auf«, stellte er klar. »Ich gehe einen anderen Weg zum Ziel. Wenn unsere Friedensliebe nichts wert ist, müssen wir dort stark werden, wo es etwas zählt. Wo wir etwas bewirken. In der Diplomatie.«

»Du meinst, wir sollen …«

Die Schlieren vor dem Aussichtsfenster verschoben sich plötzlich. Das war ungewöhnlich, es deutete auf ein abruptes Flugmanöver hin. Kara war froh, dass die Andruckabsorber hier tadellos funktionierten.

Die Strukturen des Rotraums glichen Flammen, violett, orangefarben, gelb oder rot. Sie flossen ineinander, bildeten Bahnen und Strudel. Von den Navigatoren wusste Kara, dass man Gravitationssenken, vor allem Sonnen, orten konnte. Sie verbanden den Rotraum mit dem Einsteinkontinuum und ermöglichten so die Orientierung. Gerade so kurz vor dem Rückfall in den Einsteinraum – das Countdownholo zeigte noch zehn Sekundenkügelchen an – war ein so drastisches Manöver seltsam.

Kara spähte hinaus, sah aber außer dem Feuer nur die Yamadazentrifugen, die das Schiff umkreisten und so den Kokon woben, der es im Rotraum hielt.

»Fünf«, zählte die Computerstimme die letzten Sekunden bis zur Rücktransition herab, »vier, drei …«

Ein weißer Blitz zuckte durch das Sichtfeld, unmittelbar

darauf ein zweiter und dritter, ein gleißendes Netz erschien vor dem Aussichtsfenster. Alarm schrillte.

»Raus hier!« Macro packte ihre Schulter und stieß Kara auf den Ausgang zu.

Die anderen suchten ebenfalls Sicherheit in den inneren Bereichen des Schiffes. Kara blickte zurück, sie glaubte, einige kantige, dunkle Strukturen in den roten Strudeln auszumachen, aber das konnten Phantombilder auf ihren Netzhäuten sein, hervorgerufen durch die Blitze. Panzerplatten glitten über das Aussichtsfenster. Kurz bevor sie sich schlossen, wichen der Rotraum und auch das Netz aus gleißenden Strahlen der Schwärze des Normalraums.

Kara und Macro drängten sich mit den anderen in der runden Verbindungsröhre.

»Meldung!«, rief Egrons befehlsgewohnte Stimme vor ihnen.

»Wir wurden angegriffen«, antwortete jemand. »Noch im Rotraum.«

»Unmöglich!«, gab die Admiralin zurück. »Niemand kann gezielt im Rotraum agieren.«

»Massive Schäden«, fuhr der Melder unbeirrt fort. »Dekompression in sieben Sektionen, über das Schiff verteilt.«

»Reflektorkörper ausstoßen!«, befahl Egron. »Alles Weitere in der Gefechtszentrale.«

Zweites Speicherbild:

Die Planer

»… ich mir sicher, dass eine Parametersteuerung die Interessen am besten ausgleichen wird.« Korol Iljow sah knapp an der Kamera vorbei. Die Psychologen sagten, viele Zuschauer fänden es bedrohlich, wenn sie den Eindruck hatten, dass man ihnen in die Augen blickte. »Dabei geht es nicht um konkrete Einstellungen, wie die Windrichtung und -stärke zu einer bestimmten Zeit an einem speziellen Ort. Stattdessen spezifiziert man den gewünschten Effekt, also etwa die Minimierung eines allergenen Pollenflugs.«

Gorrom Etol schnaubte. Das brachte seine wirre Frisur in Wallung. Er fand es wohl intellektuell, sein Haar zu vernachlässigen. Der penibel sitzende Anzug verstärkte durch den Kontrast das Flair der Verwahrlosung. »Es ist ein Irrwitz, anzunehmen, eine globale Instanz für den gesamten Planeten würde die Bedürfnisse der Regionen berücksichtigen! Niemandem nützt eine angenehme Durchschnittstemperatur. Entscheidend ist die konkrete Temperatur an dem Ort, an dem man lebt.«

Iljow setzte das selbstsichere Lächeln auf, das er in den vergangenen Monaten so oft zur Schau gestellt hatte. Seine Souveränität im Vergleich zu dem in vielerlei Hinsicht unsympathischen Etol hatte die beispiellose Aufholjagd in den Umfragen unterstützt. Heute, am Tag der Abstimmung, sahen ihn die Prognosen gleichauf. Schon das war ein unglaublicher Erfolg, wenn man bedachte, dass es darum ging, dass die Menschen von Noraste die Souveränität über ihre Kolonie in einem neuralgischen Bereich, der Klima- und Wetterkontrolle, an ein Computernetzwerk abgeben sollten.

»In rationalen Entscheidungen, wie ein Rechner sie trifft, liegt kein Irrwitz.« Genüsslich sah Iljow an der Kamera vorbei ins Studiopublikum. »Das Gegenteil ist richtig. Irrwitzig sind die unzähligen Sonderregelungen, die wir heute brauchen, um unsere Partikularinteressen gegeneinander auszugleichen. Das Riff etwa, das man aufgeschüttet hat, um das Modroa-Atoll vor der kalten Strömung zu schützen. Nur, um das Schönwetter für Städte wie Coldon zu erhalten!«

»Dort leben elf Millionen Menschen!«, geiferte Etol.

Iljow hoffte, dass die Kameras die Speicheltröpfchen einfingen, die von den wulstigen Lippen seines Kontrahenten sprühten.

»Diese elf Millionen Menschen werden sich bestimmt über die Kompensationszahlungen freuen, die sie für ihre Sonnentage an die anderen Regionen leisten müssen. Allein in den nächsten zehn Jahren ...«

»Wir alle kennen die Zahlen!«, unterbrach ihn Etol mit barscher Geste.

Iljow tat, als mache ihn das rüpelhafte Auftreten des anderen betroffen. Innerlich lächelte er. Tatsächlich hatte das ökonomische Argument am besten gezogen. Er hätte weiter in dieser Wunde bohren können, aber jetzt war es nicht mehr nötig, jemanden zu überzeugen. Die Abstimmung war beinahe vorbei. Die Auswertungsrechner würden bald keine Voten mehr akzeptieren.

»Elf Millionen Bürger in Coldon«, fuhr Etol für seine Verhältnisse bemerkenswert ruhig fort, »dazu eine halbe Milliarde in den anderen Metropolen, die künftig tagsüber Regen ertragen müssen und Eisglätte im Winter.«

»Das hängt von den Parametern ab«, erinnerte Iljow. »Allerdings wird es Verlierer geben: Ihren Konzern etwa. Ein planetenweites Klimakontrollsystem arbeitet effizienter und benötigt wesentlich weniger Einheiten, als wenn jede Region ihre eigene Wettersteuerung unterhält. Die Kosteneinsparungen werden wohl nicht an Ihr Unternehmen ausgezahlt, sondern können in Projekte zum Infrastrukturausbau fließen.«

»Wie das weitere Aufblähen der Computerleistung?« Etols linkes Augenlid zitterte, wie immer, wenn er wütend war.

»Die Kapazität ist für die Klimasteuerung vollkommen ausreichend dimensioniert. Stattdessen können die Schwebebahnen …«

»Entschuldigen Sie die Unterbrechung«, flötete die Moderatorin, eine Frau mit einer kugelförmigen Frisur aus grünen Locken. »Aber in wenigen Sekunden haben wir das Ergebnis des Referendums.«

Gespannte Stille füllte das Studio. Die Kameras blieben weiterhin auf Iljow und Etol gerichtet, aber an den Projektoren in mehreren Milliarden Wohnungen, in Cafés und Vergnügungszentren waren sie nun wohl nur noch als Nebenholos zu sehen. Genau wie hier würde überall der große Kubus dominieren, in dem sich jetzt noch das Symbol des Senders drehte.

Es verschwand ohne Überleitung. Zwei Säulen ersetzten es.

Die violette war ein wenig höher als die weiße.

Iljow konnte ein erleichtertes Ausatmen nicht unterdrücken.

Gewonnen! Er hatte gewonnen!

Dankbar nahm er wahr, wie die Moderatorin einen Einspieler ankündigte, der den Zuschauern erläutern würde, wie die Umsetzung des Programms vonstattenginge, das sie soeben beschlossen hatten. Des Programms, an dem Iljow und seine Frau fünf lange Jahre gearbeitet hatten.

Gorrom Etol zitierte einen Assistenten herbei, der seine hoffnungslose Erscheinung mit Gesichtstupfern so aufhübschen sollte, dass sie einem Schönheitsideal entsprach, das er mit niemandem teilte.

Iljow verließ seinen Platz hinter dem Pult und eilte zur ersten Sitzreihe.

Saundra stand auf und lächelte ihn offen, mit einer Spur Triumph, an. Ihr Gesicht schien zu leuchten, die Schwangerschaft verlieh ihr eine entrückte Schönheit.

Iljow küsste sie zärtlich und streichelte über ihren Bauch, obwohl es noch zu früh war, um etwas zu ertasten. Jeder wusste, dass sie ihr erstes Kind erwarteten. Auch das hatte bei der Stimmenwerbung geholfen, was sogar ein Teil des Kalküls gewesen war. Inzwischen verstand Iljow nicht mehr, wie man ein solches Wunder einer Strategie bei einer Abstimmung unterordnen konnte.

Saundras Lächeln veränderte sich, es hatte nun etwas Verschwörerisches.

Hier waren zu viele Menschen, zu viele Kameras. Sie durften nicht über das sprechen, was sie beide bewegte.

Gut, dass Etol solch ein Unsympath war. Er war hässlich, er war reich, sein Eigeninteresse am bestehenden System war allzu offensichtlich.

Deswegen spielte kaum noch eine Rolle, dass er mit seinen Vorwürfen recht hatte. Die Klimakontrolle würde ein Erfolg werden. Schon bald fänden sie weitere Einsatzbereiche für das Computernetz. Es übernähme in immer weiteren Lebensbereichen die Kontrolle.

Ihre Tochter würde in einer Welt aufwachsen, die von Rationalität regiert wurde, nicht von launenhaften Politikern.

3

Das Unbekannte

Kara Jeskon fühlte sich zu erschöpft, um eine Spur durch die fünf Wohnräume zu streuen. Sonst tat sie das gern, um Trib und Zilon dabei zu beobachten, wie sie mit kontrahierenden und sich ausdehnenden Schirmen dem Futter nachspürten. Heute verteilte sie eine Wolke der bräunlichen Körner vor der blauen Luftqualle, eine zweite vor der gelben, verschloss das Glas und heftete es wieder an das Magnetregal.

Die Hilfsarbeiten in der Versorgungsstation für die Verletzten hatten sie ausgelaugt. Die beiden Aufputschpflaster rächten sich jetzt, die Muskeln in ihren Armen fühlten sich an, als wollten sie versteinern.

Sie schwebte in den zwölfwandigen Wohnraum. Bei deaktiviertem Ton zeigte der Holokubus Bilder von den Reparaturarbeiten. Die Brände waren gelöscht, die Hüllenbrüche versiegelt, die Statik der Grundstrukturen war wiederhergestellt. Die Schäden dehnten sich nicht weiter aus, das Schiff war manövrierfähig, soweit man es den Zivilisten mitteilte. Die abrupten Kehren und das extreme Beschleunigen, wie Kampfeinsätze sie erforderten, bräuchten vielleicht noch etwas länger.

In der Übertragung bargen professionelle Rettungskräfte einen Jungen aus einer Sektion, die durch einen Riss im Rumpf die Atmosphäre verloren hatte. Der Knabe musste sich in einem druckdichten Möbelstück verborgen haben, überlegte Kara. Eine Hälfte seines Gesichts war dunkel verfärbt. Er hatte Glück, der Zähler in einer Ecke des Kubus gab knapp eintausend Vermisste an, von denen die meisten wohl tot waren.

Kara überlegte, ob sie es den Opfern schuldig war, wenigstens über die Berichterstattung an ihrem Schicksal teilzunehmen. Lieber wollte sie sich eine Komödie ansehen, oder ein Musical, etwas Leichtes. Und noch schöner wäre es, wenn sie jemand in den Arm nehmen und einfach nur festhalten würde. Wenn sie die Augen schloss, sah sie die Brüche, die Schnittwunden und die nach Luft schnappenden panischen Patienten, die sie in den vergangenen zwölf Stunden behandelt hatte. Ihr eigener gut versorgter Bruch war dagegen nicht der Rede wert.

Der Summer meldete einen Besucher.

Kara schwebte zur Tür und öffnete. »Macro!«

»Darf ich reinkommen?« Auch ihm sah man die Erschöpfung an. Die Tränensäcke unter den braunen Augen waren geschwollen, der linke Ärmel des Jacketts war bis zum Ellbogen aufgerissen.

»Ja, ich hätte gern ein bisschen Gesellschaft.« Sie machte ihm Platz und deutete einladend nach innen.

Er stieß sich ab, zog sich an einer Haltestange entlang und hakte sich an eine Leine neben dem Durchgang zu ihrem Fitnessraum. »Hast du schon gehört, wie es draußen aussieht?«

»Nur Unzusammenhängendes. Was die Helfer und die Verletzten eben so aufgeschnappt haben. Ich weiß nicht, wie viel davon stimmt. Wir sind in einem System ohne Planeten gelandet?«

»Nur Staub und Asteroiden«, bestätigte Macro Debois. »Kein Himmelskörper mit einem Durchmesser über zweitausend Kilometern. Abgesehen von der Sonne natürlich.«

»So, wie du das sagst, stimmt etwas damit nicht.«

Sie erwartete, er würde ihr von planetaren Überresten

berichten. Besonders heftige Treffer hochbeschleunigter Geschosse konnten einen Planeten in Bruchstücke zerreißen, die fortan als Asteroidenringe ihren Stern umkreisten. Das mochte das Schicksal der Kolonie im Norastesystem geworden sein.

»Wir können die Sonne nicht präzise erfassen«, sagte er mit belegter Stimme. »Erst dachten wir, unsere Scanner seien beschädigt, aber wir haben genug einwandfrei arbeitende Systeme, und die anderen Schiffe melden dasselbe.«

Kara runzelte die Stirn. »Ich bin müde. Hilf mir. Was bedeutet das?«

Prüfend sah er sie an. Unpassenderweise fiel ihr ausgerechnet jetzt die Kinnlinie auf, die sie immer schon so gemocht hatte. Dieses Grübchen … und dann der Übergang zum Hals. Sie konnte nicht anders, als sich zu fragen, wie es sich anfühlte, darüberzustreicheln.

»Du weißt doch, dass wir wegen der Daten der Fernaufklärung dachten, die Sonne sei erloschen.«

»Gab es eine Nova? Hat sich der Stern in einer Explosion ausgedehnt und die Planeten verschlungen, bevor er sich wieder zusammengezogen hat?« Sie verstand nur wenig von Astrophysik. Ein solches Szenario mochte erklären, wieso es keine Welten gab, die die Sonne umkreisten. Sie hätte allerdings erwartet, Überreste des abgesprengten Mantels zu finden, glutflüssige Materie, die sich innerhalb von Jahrmilliarden wieder zu Planeten geformt hätte.

»Die Sonne ist weder explodiert noch erloschen«, sagte Macro, »und wahrscheinlich brennt sie ebenso konstant wie zu der Zeit, aus der die Aufzeichnungen stammen, die wir auf Cochada gefunden haben. Aber sie ist von einer Struktur umhüllt, die sie abschirmt.«

»Redest du von einer künstlichen Anlage, die einen Stern komplett abdeckt?«

Er nickte knapp. »Mit einem Durchmesser von mindestens eineinhalb Millionen Kilometern.«

Kara lachte auf. »Wer sollte denn so etwas …«

Sein ernster Blick ließ sie zögern.

»… bauen?« Eineinhalb Millionen Kilometer … »Ist das nicht der hundertfache Durchmesser eines erdähnlichen Planeten?«

»So ungefähr. Und die zehntausendfache Oberfläche.«

»Was?«, rief Kara. »Und das soll eine künstliche Ummantelung sein?«

»Eine Sphäre«, bestätigte er. »Oder mehrere davon, ineinandergeschachtelt.«

Sie blinzelte. »Welchen Sinn hätte es, so etwas zu bauen?«

»Das theoretische Konzept ist schon sehr alt«, erklärte er. »Du weißt, dass man Kollektoren verwenden kann, um aus der Strahlung einer Sonne Energie zu gewinnen.«

»Jeder weiß das«, sagte sie leicht beleidigt. »Ich bin kein dummes Kind.«

»Je näher man solche Kollektoren an den Stern bringt«, fuhr er unbeirrt fort, »desto intensiver ist die Strahlung, die sie auffangen. Wenn man die Sonne vollständig umhüllt, hat man keine Streuverluste mehr.«

Kara ließ den Gedanken einsinken. »Also ein Kraftwerk?«

»Die Erdensonne gab in jeder Sekunde mehr als fünfzehntausendmal so viel Energie ab, wie die Menschheit verbraucht hat – in ihrer gesamten Geschichte von der ersten Fabrik bis zur Zerstörung unseres Heimatplaneten.«

»Also könnte solch ein Kraftwerk fünfzehntausendmal den Energiebedarf eines von Milliarden Menschen besiedelten Planeten decken«, überlegte sie.

Mit versteinertem Gesicht schüttelte er den Kopf. »In jeder einzelnen Sekunde hat die Sonne so viel Energie abgegeben, wie die Menschheit insgesamt seit der Industrialisierung verbraucht hat. Nicht pro Sekunde, sondern in ihrer gesamten Geschichte. Du könntest nicht Abermilliarden Menschen, sondern Zehntausende Hochzivilisationen damit versorgen.«

Kara wurde schwindelig.

Macro bemerkte es und hielt ihren linken Unterarm fest.

Das fühlte sich gut an. Zu gut …

Sie war froh, als Zilon mit pumpenden Bewegungen zu ihnen kam. Kara streckte die freie Hand aus und ließ die haardünnen Fangarme darüberstreicheln. Mit Bedauern löste sie Macros Griff.

»Wer könnte so viel Energie benötigen?« Ihr fiel keine sinnvolle Anwendung dafür ein. Fabriken mit solchem Energiekonsum hätten innerhalb eines Sekundenbruchteils jeden Güterbedarf auf Jahrhunderte hinaus gedeckt. Computer hätten jede Berechnung durchgeführt. Die Schiffe des Schwarms brauchten einen so lächerlich geringen Bruchteil davon, dass sich die Nullen in den Nachkommastellen ins Endlose dehnten, bevor die erste größere Ziffer erschien.

»Das werden wir bald wissen.«

Fragend sah sie ihn an.

»Wir haben Funkkontakt.«

»Und die Sprache?« Der Puls pochte in Karas Hals.

»Generalingua.«

»Sie sprechen wie wir?«

»Mit einer minimalen Verschiebung, die sie nach dem ersten Austausch angeglichen haben. Jetzt sind ihre Grammatik und ihre Wortwahl nicht von den Funksprüchen zu unterscheiden, die wir von der Elritze oder der Mako empfangen.«

Dieses gigantische Bauwerk überforderte Karas Vorstellungsvermögen. Für einen Moment nahm sie Zuflucht in einer Frage, die sie leichter erfassen konnte. »Sind die anderen Schiffe wohlbehalten eingetroffen?«

»Der gesamte Schwarm ist versammelt, wir haben Bestätigungen von sämtlichen achtundzwanzig Einheiten.«

»Dann sind wir alle gefangen«, fiel ihr ein.

Er kippte den Kopf ein wenig. »Ja, wir wissen nicht, was uns im Rotraum getroffen hat. Alle Schiffe wurden dort angegriffen und beschädigt. Wenn wir zurückkehren, könnte das binnen Sekunden das Aus bedeuten.«

Der Rotraum war ein Mysterium. Die Menschheit besaß keine Waffen, die dort wirkten, und bis gestern hatte dasselbe auch für alle ihre Feinde gegolten.

Tröstend tätschelte Macro ihre unverletzte Schulter. »Immerhin sind alle durchgekommen, und seit wir zurück im Normalraum sind, wurden wir nicht mehr angegriffen.«

»Dennoch sind wir gefangen«, wiederholte Kara. »Nicht nur wegen der Gefahren im Rotraum. Wir kommen gar nicht dorthin zurück, unsere Astridentanks sind beinahe leer.«

Erkennen zeichnete sich auf Macros Gesicht ab. »Wir müssten an die Sonne herankommen, um sie wieder zu füllen.«

Man nannte die Astriden auch Sternenplankton, weil die winzigen Wesen, die zugleich eine Energieform waren, im Einsteinraum in den Koronen von Sonnen lebten. Dort fischten spezielle Fähren sie ab. Wenn man sie anregte, transferierten sie in den Rotraum und nahmen ein Raumschiff mit. Nur das Überwechseln in das höherdimensionale Kontinuum ermöglichte überlichtschnelle Reisen. Mit Triebwerken, die der einsteinschen Physik folgten, wäre der Schwarm generationenlang zum nächsten Stern unterwegs. Schon nach wenigen Monaten wären die Nahrungsvorräte aufgebraucht.

»Wenn diese Sphäre die Sonne abschirmt«, flüsterte Kara, »kommen unsere Fähren nicht zu den Astriden durch.«

»Das wissen wir noch nicht. Die Sensoren sind gestört«,

erinnerte Macro. »Und bislang scheint die Sphäre nicht unfreundlich zu sein.«

»Was sagen denn die Funksprüche?«

»Sie fragen, wer wir sind. In der Nähe der Sonne scheint man sehr interessiert an unserer Geschichte zu sein. Aber …«

»Was?«

»Vielleicht ist es unklug, sofort alles preiszugeben. Bislang antworten wir unverbindlich, wir suchen eine einheitliche Position innerhalb des Schwarms. Schließlich könnte es sein, dass dieses … Ding uns angegriffen hat.«

»Immer dieselbe Logik von Kampf und Krieg!«, klagte Kara. »Wenn eine so hoch entwickelte Zivilisation uns übelwollte, hätte sie uns längst aus dem Himmel geschossen. Wir können froh sein, dass sie offensichtlich moralischer denkt als wir!«

»Auch bei uns gibt es welche, die nicht erst schießen und dann denken.« Lächelnd holte er eine Plakette aus der Brusttasche und steckte sie an. Gelb auf Rot zeigte sie die Zahl 25, das Kennzeichen der Koexistenzialisten. Es verband die Ordnungszahlen für Sauerstoff und Chlor, die beiden Elemente, die Menschen und Giats atmeten.

»Du hast recht.« Sie bildete sich ein, seinen Herzschlag zu spüren, als sie über seine Brust strich und die Plakette berührte.

Er fasste ihre Hand. »Solche wie wir sollten nun die Gespräche führen, Kara. Im Moment dreht sich alles um die Waffen, die uns getroffen haben. Glaub mir, es gibt viele, die an gar nichts anderes mehr denken als daran, wie wir solche Geschütze in die Hände bekommen und den Giats den Garaus machen könnten.«

»Schrecklich.«

»Ja. Wir müssen einen anderen Ton in die Gespräche einbringen!«

Sein Kinn … Kara fühlte sich zu diesem Mann hingezogen. Es schmerzte, sich zu beherrschen und ihn nicht zu küssen, zumal sie vermutete, dass er sie mit offenen Armen empfangen würde. Er hatte ein paarmal Andeutungen gemacht.

Aber was, wenn auch diese Beziehung zerbräche? Mit wem teilte sie dann ihren Traum von einem friedlichen Universum, in dem die Menschheit etwas aufbauen könnte, statt nur zu zerstören?

Er räusperte sich. »Ich wollte, dass du Bescheid weißt. Bitte überlege dir, ob das diplomatische Korps nicht doch etwas für dich wäre. Ich weiß, dass Herla Deron dir eine Kompetenzstufe …«

»Ja, das erwähntest du.« Sie schämte sich dafür, dass sie sich mehr für die Lippen interessierte als für die Worte, die sie formten. Zitternd löste sie ihre Hand und schwebte ein Stück von ihm fort. Zilon kitzelte mit ihren gelben Fangarmen ein Lächeln aus ihrer Wange.

»Überlege es dir, ja?«, bat Macro.

»In Ordnung.«

Sie war erleichtert und zugleich traurig, als er ihr Quartier verließ.

—

Berglen fühlte sich unwohl in seinen Haltegurten, die Schwerelosigkeit lag ihm nicht. Einerseits schien man ins Bodenlose zu fallen, andererseits war man an den Sitz gefesselt. Letzteres würde sich geben, wenn sie in die Marlin einschleusten, aber eine feste Orientierung an einem Oben und einem Unten gäbe es erst wieder bei ihrer Rückkehr in die Squid.

Das je nach Streckung der Tentakel bis zu zwölf Kilometer lange Schiff, das Berglens Zuhause war, trieb so weit entfernt hinter der Sichtluke in der Schwärze des Alls, dass es kaum mehr war als ein rötlich schimmernder Fleck. Eigentlich wechselten verschiedene Grüntöne, manchmal ins Bläuliche spielend, auf der Außenhaut der Squid, aber das rote Glosen des umhüllten Sterns verfälschte die Farben.

Es war so dunkel, dass Berglen in die Sonne schauen konnte, ohne dass seine Augen schmerzten. Die Sphäre hatte nichts Natürliches, geschweige denn Organisches. Sie bestand aus unzählig vielen Platten verschiedener Größe, die zwar so etwas wie eine Kugelform ergaben, aber bei genauem Hinsehen doch gerade Kanten offenbarten. Als hätte ein Kind versucht, aus Metallstückchen einen Ball zu pressen. Manche dieser Teile waren schwarz wie das All zwischen den Sternen, andere orangefarben, die meisten aber dunkelrot. Die Sphäre strahlte elektromagnetische Wellen ab, etwa so wie eine vor langer Zeit ausgebrannte Sonne.

»Unsere Techniker glauben, das Konstrukt besteht aus mehreren Schalen«, sagte Berglen, um sich abzulenken.

»Das gehört zu den Dingen, die wir auf der Marlin diskutieren werden«, kündigte Kitaga an.

Sie war die ranghöchste Zoëlikerin, die den Umsturz überlebt hatte, den die Rote Familie ausgelöst hatte. Nein, das war nicht gerecht. Ugrôn allein war der Anlass für die Unruhen gewesen. Ihn hatte die Gütige Mutter erwählt, ihm hatte sie den Rotraum gezeigt, ihn diesem rätselhaften Kontinuum ausgesetzt, und das hatte ihn verändert. Körperlich, geistig und spirituell entfernte er sich immer mehr von dem Menschen, der er einmal gewesen war. So weit, dass man sich fragen musste, ob er das überhaupt noch war – ein Mensch. Ihm teilte sich Mutter offensichtlich viel intensiver mit, als das bei den Zoëlikern jemals der Fall gewesen war. Das untergrub ihre Legitimation als Führungskaste der Squid. Daher waren sie gegen Ugrôn vorgegangen und hatten ihn gefangen gesetzt. Der brutale Gegenschlag des lebenden Schiffes war für sie unerwartet gekommen. Es hatte die Außenschleusen geöffnet, und nur, weil Ugrôn im letzten Moment ein Einsehen gehabt hatte, lebten noch Menschen an Bord. Ugrôn war der Fokus dieser Entwicklung.

Viele machten Rila und das Kind dennoch mitverantwortlich. Sie war unmittelbar nach der letzten Schlacht gegen die Giats zum zweiten Mal an Bord eingetroffen, und dieses Ereignis vermengte sich zeitlich und bis zu einem gewissen Grade auch kausal mit Ugrôns Erweckung zu einer Kreatur des Rotraums. Zudem hatte Rila inzwischen ebenfalls im Rotraum gestanden. Amida, das Kind, verängstigte schon wegen seiner Fremdheit. Viele vermuteten, dass er nicht nur das Erbgut der menschlichen, sondern auch der Gütigen Mutter in sich trug.

»Wenn die Analysten recht haben«, fuhr Berglen fort, »nimmt die innerste Schale die Energie unmittelbar vom Sonnenfeuer auf. Aber kein Prozess ist so effizient, dass er hundert Prozent verwertet. Also gibt jede Schale ihre Restenergie nach außen weiter.«

»Und wie viele Schalen sollen es sein?«, fragte Kitaga.

»Das kann niemand sagen.« Er sah sie an. »Unsere Scanner haben schon Schwierigkeiten, die äußerste zu erfassen.«

Ebenso wie er schwebte auch Kitaga über ihrem Sitz, von den Gurten, die sich über ihrer Brust kreuzten, halbwegs in Position gehalten.

Ihr Haar trug sie in einem Dutzend langer Zöpfe geflochten, die sie in der hier herrschenden Schwerelosigkeit umgaben wie Schlangen. Auch im Halbdunkel der Fähre wirkte ihre Haut wächsern, die Adern schimmerten hindurch. Wohl um den Sitten ihrer Gastgeber entgegenzukommen, hatte sie einen Schal um ihre Brust gewunden. Darunter sah man bei jedem Atemzug ihre Rippen grün leuchten. Der Schnitt ihres knöchellangen Mantels verhinderte, dass man ihn schloss. An der Front ließ er einen breiten Streifen offen.

Die Fähre kippte. Andruckabsorber kompensierten die Fliehkräfte, Berglen nahm die Bewegung nur wahr, weil sich der Einfallswinkel des roten Sphärenlichts und damit auch der Schattenfall auf Kitagas Gesicht änderte.

»Warum nimmst du mich mit, wenn wir uns mit der Führung der MARLIN treffen?«, fragte er.

Kitagas Blick streifte durch die Kabine, die zehn Passagiere hätte aufnehmen können. Eine geschlossene Tür trennte sie vom Cockpit, in dem zwei Piloten die Fähre steuerten.

»Du kennst Rila sehr gut.«

»Das ist übertrieben«, wiegelte er ab.

Ihre grünen Augen richteten sich auf ihn. »Wer verbringt mehr Zeit mit der Roten Familie als du?«

»Dennoch ziehen sie mich nicht ins Vertrauen. Sie weihen mich nicht in ihre Pläne ein. Ich bin nur ein Bote.«

»Du bist mehr als das. Oft verbringst du Stunden mit ihnen, um danach nur ein paar Sätze zu verkünden.«

Es stimmte, dass Ugrôn gern mit Berglen zu sprechen schien oder ihn einfach nur in seiner Nähe haben wollte. Zuletzt hatte er den Erwählten im Baliolsystem getroffen. Sie hatten in einem Atrium gestanden, während die SQUID durch die Sonne getaucht war, um Astriden aufzunehmen. Über einer von Schlieren getrübten Membran hatte die Korona gelodert. Natürlich hatte die Gütige Mutter die Helligkeit gedämpft, um ihre Kinder nicht zu blenden. Zwei Stunden hatten sie nebeneinander geschwiegen, und am Ende hatte Ugrôn gesagt, dass er die Menschen liebte, auch wenn er sie nicht verstand.

»Ich habe mir nicht ausgesucht, von ihnen so viel Aufmerksamkeit zu bekommen«, sagte Berglen.

»Darauf kommt es nicht an. Du kennst sie besser als jeder

andere, und unser Überleben hängt davon ab, dass wir begreifen, was sie antreibt. Darum kommen wir auch hierher.«

Sie zeigte aus einem Fenster. Dort hing die MARLIN im All, ein zernarbter chromglänzender Diskus, so nah, dass man ihn nicht ganz sehen konnte. Die Fähre hielt auf einen geöffneten Hangar zu.

»Ugrôn war nie einer von uns«, erklärte Kitaga. »Ein Sonderling, der mehr Trost in der Kirche des Void fand als in unseren Gesängen. Aber immerhin ist er auf der SQUID aufgewachsen. Rila dagegen kommt von der MARLIN. Wir müssen verstehen, was sie prägt, wie sie denkt, was ihr Einfluss ist.«

Er verstand, wieso sie solche Worte nicht auf der SQUID sprach. Das lebende Schiff erfasste alles, was in seinem Körper vorging. Berglen fragte sich jedoch, warum Kitaga ihn an ihren Überlegungen teilhaben ließ. Wollte sie ihn zu einem Mitverschwörer machen?

Denn nur darum konnte es ihr gehen: die Herrschaft der Roten Familie zumindest infrage zu stellen. Dass sie gegen die Gütige Mutter selbst aufbegehrte, traute er der Zoëlikerin nicht zu. Allenfalls vermutete sie, dass die Rote Familie nicht immer ganz im Sinne der SQUID herrschte. Ein Verdacht, der ihn ebenfalls ab und an beschlich. So viel hatte sich in den vergangenen Wochen geändert! Wenn all das der Wunsch der Mutter war – wieso hatte sie nicht schon zuvor solche Regeln erlassen? Berglen war selbst ein Zoëliker, seit der Pubertät hörte er den Gesang in seinem Fleisch. Stets hatte Mutter erhaben und zufrieden geklungen.

Jetzt war das anders, und er wusste nicht, ob das lediglich an den Verwundungen aus der letzten Schlacht und von den Rotraumgeschützen lag.

Er sah in Kitagas Augen. Vielleicht stellte sie ihm mit diesem Ausflug auch eine Falle.

Besser, er schwieg vorerst zu ihren Ausführungen. Zu gut

erinnerte er sich daran, wie die Rotraumjünger in Mutters Fleisch versunken waren. Auf der MARLIN könnte er weiter durchdenken, was bislang undenkbar erschienen war, und gegebenenfalls würde er auf dem Rückflug wieder mit Kitaga sprechen. Solange er schwieg, hatte sie nichts gegen ihn in der Hand.

Eine Magnetkralle griff die Fähre und zog sie in eine Halteposition. Zischend füllte Atmosphäre den Hangar.

Kitaga und Berglen lösten die Gurte. Ein leichter Stoß genügte, um in die Mitte der Kabine zu schweben. Zu seiner Befriedigung sah Berglen, dass auch Kitaga Schwierigkeiten mit der fehlenden Schwerkraft hatte. Sie rotierte um die eigene Achse, ihr Mantel bildete ein unvorteilhaftes Knäuel an ihrer linken Seite. Die Gewichte in seinem Saum verhalfen ihm hier nicht zu einem eleganten Fall. Im Gegenteil, jedes davon erhielt seinen eigenen Bewegungsimpuls, was das Durcheinander verstärkte.

»Ich helfe dir«, bot er an und zog den Stoff zurecht.

Zum Glück hatten sie noch ein wenig Zeit, weil eine Ehrenformation in den Hangar schwebte. Sie formte ein Spalier zwischen dem Schott und der Luke, die sich in der Fähre öffnen würde. Auf der SQUID hätten sich die Soldaten dazu in zwei Reihen gegenübergestellt, hier bildeten sie einen dreiseitigen Tunnel. Angesichts der eigenen Probleme bewunderte Berglen die Präzision, mit der sie in der Luft ihre Positionen einnahmen. Minimale Berührungen der Kameraden reichten ihnen aus. Nach einer Minute verharrten sie bewegungslos, die Beine gerade gestreckt, die Gewehre präsentiert.

Admiralin Demetra Egron schwebte durch die Formation zur Fähre.

Die Tür öffnete sich. Überflüssigerweise fuhr dabei eine Rampe aus.

Vorsichtig stießen sich die Besucher ab. Zu seiner Erleichterung entdeckte Berglen eine silbrige Stange, die beinahe bis zur Fähre reichte. Die Admiralin hielt sich daran fest, also war es wohl statthaft, sie zu benutzen, um sich ins Innere des Großraumschiffs zu ziehen.

Egron salutierte, indem sie die Hand an den Ansatz ihres kurz geschnittenen Haars legte. »Willkommen auf der MARLIN!«

Berglen suchte nach Ähnlichkeiten zwischen dieser Frau und Rila, deren Mutter sie war. Er kannte sie aus Holos und von einem sehr kurzen Besuch, der sie auf die SQUID geführt hatte. Damals hatte Berglen nicht mit ihr gesprochen. Ugrôn hatte ihr eine Audienz gewährt und alle Zoëliker hinzugeholt. Das hatte vielleicht eine Minute gedauert.

Möglicherweise war das Blond dasselbe wie bei ihrer Tochter, aber das Licht war hier anders als auf der SQUID. Es strahlte gleichmäßig hell aus flachen Platten.

»Danke«, sagte Kitaga. »Wir freuen uns, hier zu sein.«

Egron nickte. »Leider kein erfreulicher Anlass, aber ich begrüße es, wenn wir unsere Reparaturarbeiten koordinieren. Ich hoffe, wir können die Gelegenheit auch nutzen, um einige weitere Dinge zu besprechen.«

Berglen versuchte, sich die Griffe abzuschauen, mit denen sich die Admiralin an der Stange entlangzog. Sie kippte dabei ihre Körperachse, sodass sie den Besuchern die Füße zuwandte.

»Habt ihr neue Erkenntnisse über die Sphäre gewonnen?«, fragte Kitaga.

Sie hatte bislang kaum Kontakte außerhalb des lebenden Schiffes gehabt. Berglen hoffte, dass die vertrauliche Anrede der Admiralin nicht aufstieß. Auf der MARLIN unterschied man, anders als auf der SQUID, zwischen Du und Sie.

»Wir optimieren unsere Sensoren«, berichtete die Admiralin, während sie durch eine Röhre schwebten, an deren gewölbter Wand Griffe in regelmäßigen Abständen Halt boten. »Es ist ein mühsames Geschäft. Ich werde Ihnen gern zeigen, was wir bisher herausgefunden haben. Allerdings gestehe ich, nur wenig davon zu verstehen. Es geht um Thermodynamik, um Oberflächenspannung und Statik. Vielleicht übermitteln wir die Daten am besten Ihren Experten.«

Sie bogen um eine Ecke, nach Berglens subjektivem Empfinden führte der Weg aufwärts weiter. Das änderte sich rasch, als er um den Abzweig herum war. Trotz der Haltegriffe hatte er ständig das Gefühl, zu fallen.

»Aber mir geht es um die neuesten Nachrichten von der Esox. Während des Rotraumtransfers gab es einen Mordanschlag. Unsere Kommissarin und der Kommissar von der Payara sind tot.«

»Eine offene Rebellion?«, fragte Kitaga.

»So weit scheint es noch nicht zu sein. Wir wollen beraten, was wir tun können, um einen Aufstand zu vermeiden.«

»Geht es den Bewohnern der Esox denn schlecht?«, erkundigte sich Berglen.

»Unzufriedene und Undankbare gibt es immer«, befand die Admiralin. »Sie sind Berglen, nicht wahr? Wir haben uns in einigen Bildübertragungen gesehen.«

»Ja, das stimmt.« Ihre Audienz bei Ugrôn ließ er unerwähnt, sie würde sich kaum daran erinnern, dass er in der Menge der Zoëliker gestanden hatte.

»Ganz gleich, wie gut die Holotechnik ist – eine persönliche Begegnung bleibt unersetzlich«, meinte sie.

Tatsächlich strahlte die Admiralin hier, auf diesem Schiff, zu dessen Führungskader sie zählte, eine Autorität aus, der man sich schwer entziehen konnte. Ganz anders als die Rote Familie … oder doch nicht so verschieden? Auch bei Rila hatte man stets das Gefühl, dass etwas Schlimmes geschähe, wenn man sich gegen sie stellte. Dabei blieb ungewiss, ob sich dieses Schlimme auf das eigene Schicksal oder auf einen größeren Zusammenhang bezog.

Egron verharrte vor einer runden Tür. »Gestatten Sie mir eine persönliche Frage, bevor wir uns zum Rat des Schiffes begeben?«

»Gern«, sagte Berglen.

»Wie geht es meiner Tochter? Und ihrer Familie?«

Er dachte an das Gespräch während des Anflugs und warf Kitaga einen fragenden Blick zu.

Ihr Mantel bauschte sich hinter ihr, als wollte er die gesamte Röhre ausfüllen. »Wir haben die Ehre, jeden ihrer Wünsche zu erfüllen«, antwortete sie an Berglens Stelle.

In einer Personenbox raste Aneste gemeinsam mit sieben anderen Passagieren durch das Transportsystem im Hauptkörper der Esox. Die Computersteuerung optimierte den Kurs, den der kubische Behälter nahm. Die Ziele der Fahrgäste flossen ebenso in die Berechnung ein wie die Auslastung der Strecken, wartende Personen an Haltestationen und die kürzeste Gesamtstrecke. Je länger sich ein Passagier in der Box befand, desto höher wurde sein Wunsch priorisiert. Aneste war vor über einer Minute eingestiegen und noch immer nicht am Ziel. Sie hatte Pech.

Überhaupt hatten die Befreier heute kein Glück.

Die Okkupanten mussten einen neuen Hacker an Bord geholt haben. Einen, der etwas von selbst lernenden Rechnerarchitekturen verstand. In der letzten Viertelstunde war er durch sieben Sicherungswälle gebrochen, hatte falsche Spuren und Scheinadressen durchschaut und war jetzt nur noch vier virtuelle Tore vom Rechnerverbund entfernt, den die Befreier für ihre Aktionen benutzten. Dort war alles zu finden, sämtliche Daten des Widerstands, Mitglieder, Pläne, die Evaluation vergangener Anschläge, die Codes für schlafende Schadprogramme. Natürlich war all das verschlüsselt, aber Aneste machte sich keine Illusionen. Ein paar Tage, höchstens Wochen, würden ausreichen, um die Informationen auszulesen.

Sie bemühte sich, gleichmütig zu wirken, während sie in ihrer Nische schwebte. Über die Funkverbindung der Datenbuchse empfing sie währenddessen zerhackte Pakete, die unterschiedliche Wege durch das Datennetz der Esox genommen hatten. Primitive Textnachrichten, integriert in die Steuermodule von Warenanforderungen, Aggregatreglern, Sensorabfragen und Unterhaltungsprogrammen. Anestes Empfangsmodul filterte sie heraus, setzte sie zusammen und speiste sie in ihr Hirn ein.

›Wir sind vor Ort‹, lautete die neueste. ›Verschaffe uns Zeit.‹

Eine Alarmmeldung verriet, dass der Hacker nur noch drei Tore entfernt war. Wenn er durchbrach, konnte er die Kennungen der Speicherbänke ermitteln. Am Ende brauchte jede Seele einen Körper, der sie in der Realität verankerte. Das galt auch für Daten und Programme.

Dass die Box anhielt, Passagiere aus- und zustiegen, nahm Aneste kaum wahr.

Widerstrebend holte sie das Infiltrationsprogramm für das Transportnetzwerk aus ihrem persönlichen Speicher und speiste es ein. Innerhalb von Millisekunden aktivierte es die verteilt untergebrachten Routinen, die sie vor Monaten in den Steuerungsmodulen deponiert hatte. Zischend sog sie die Luft zwischen den Zähnen ein, während die Wahrnehmung der Stränge und Verknüpfungen, über die sich der Waren- und Personenstrom in der Esox organisierte, in ihren Verstand flutete.

Eine militärische Kennung fiel ihr sofort ins Auge. Da sämtliche Soldaten der Esox ebenso entwaffnet waren wie Anestes Mutter, musste es sich um Okkupanten handeln. Ob ihr Transport mit dem Angriff des Hackers zusammenhing, wusste sie nicht. Als Ablenkung taugte er jedoch allemal.

Aneste überlagerte die Sensoren für die Andruckabsorber in dieser Box mit einer konstanten Meldung, alles operiere innerhalb der spezifizierten Parameter. Dann deaktivierte sie die Absorber, beschleunigte die Box und änderte ihre Zielvorgaben so, dass sie einem Kurs mit harten Kurven folgte. Sie wusste, dass die Passagiere nun ungebremst gegen die Wände der Box geschleudert wurden. Ein paar Sekunden, dann hätten sie sich alle Knochen gebrochen.

»He, träumst du?«, schnauzte ein Mann ohne Beine sie an. Die Stümpfe unter seiner Hüfte endeten in Greifern, mit denen er sich an der Stange festhielt, die mittig durch die Transportbox lief. »Müssen ja angenehme Gedanken sein, so breit, wie du grinst. Aber kannst du jetzt aussteigen? Wir wollen weiterfahren.«

Sie zog sich aus der Kabine in die Wartestation. Eine Gruppe von Frauen in Ausgehgarderobe machte keine Anstalten, sich in die Box zu begeben. Sie wollten wohl auf eine warten, die sie alle zugleich aufnehmen könnte.

Fünfzehn Sekunden waren vergangen, seit Aneste ihre Routinen aktiviert hatte. Bestimmt waren die Militärs inzwischen tot. Um die Ablenkung zu erreichen, musste nun noch jemand auf den Unfall aufmerksam werden. Sie beendete den Datenstrom, der die Sensormeldungen von den Absorbern überdeckte.

Aneste hatte die Wartestation noch nicht verlassen, als eine rote Alarmleuchte aufstrahlte und verkündete, dass der Verkehr auf unbestimmte Zeit ausgesetzt wurde.

»Nicht schon wieder!«, stöhnte eine der Damen. »Die lassen die Infrastruktur an Bord einfach verfallen. Nichts funktioniert mehr.«

»Die Okkupanten ziehen alle Ressourcen für ihre eigenen Schiffe ab«, bestätigte eine Freundin mit violett geschminkten Lippen.

Grinsend zog sich Aneste durch die Röhren bis zum Speichersaal. Eigentlich war hier nur Wartungspersonal zugelassen, aber die Befreier hatten eine Überrangschaltung in den Türen implementiert. Eine simple Zahlenkombination stellte die Automatik zufrieden, die runde Irisblende gab den Weg frei.

Zehn Befreier umschwebten die Anordnungen aus schwarzen Speicherblöcken. Lichter flirrten durch die halb durchsichtigen Kabel, die die Einheiten verbanden. Sie waren in dreidimensionalen Gittern angeordnet, die meisten würfelförmig mit einer Kantenlänge zwischen einem und drei Metern. Fünfzig davon bildeten diese Speicherbank und armdicke Kabelstränge sorgten für Konnektivität zwischen den größeren Hauptmodulen.

Schweigend reichte Pytene ihr ein Datenkabel mit einem Stöpsel, der in Anestes Datenbuchse passte.

Sie strich das Haar zurück, während sie sich zu ihrer Kameradin zog. »Was machen die anderen da?«

Zwei weitere Befreier trieben mit geschlossenen Lidern in entspannter Körperhaltung, aber mit verkrampften Gesichtern zwischen den Blöcken. Leitungen verbanden sie mit den Einheiten. Die übrigen krochen ein Stück weit in die Komponenten und hefteten dunkle Schachteln an.

»Disruptive Sender«, erklärte Pytene. Ihr Haar war bis auf einen schwarzen Stachelkamm geschoren. Sie trug ein grellrotes Oberteil, das die Arme frei ließ, und eine gestreifte Hose.

»Ihr zieht physische Zerstörung in Erwägung?«

»Nur für den Notfall. Der Hacker ist gut. Er ist nur noch ein Tor entfernt.«

Aneste überprüfte die Darstellung in ihrem Kopf. »Drei«, meinte sie.

Pytene schüttelte den Kopf. »Das will er uns glauben machen. In Wirklichkeit steht er kurz vor dem Durchbruch.«

Dass er noch weiter war, als Pytene vermutete, wurde deutlich, als etwas gegen die Irisblende hämmerte.

Unentschlossen drehte Aneste den Datenstecker in den Fingern. Konnte das ein Zufall sein? Techniker, die hier neue Komponenten installieren oder die bestehenden warten wollten?

»Sie sind da.« Pytenes Stimme zitterte.

»Das kann doch nicht sein«, protestierte Aneste schwach. »Er muss die Blockadressen auslesen. Dann muss er sie mit den physischen Geräten in Übereinstimmung bringen, danach den Standort herausfinden ... So schnell!«

»Er ist gut«, meinte Pytene tonlos.

Ihre Gegner hielten sich nicht mit den Sicherungsroutinen der Tür auf. Das Metall glühte und schmolz. Rotgelbe Kugeln lösten sich und schwebten in den Saal.

»In Ordnung!«, rief Aneste. »Ausloggen, Sender aktivieren und dann raus hier!«

Die Befreier, die ihre Datenbuchsen angeschlossen hatten, lösten die Verbindungen. Aneste bildete sich ein, ein Fiepen von den Disruptoren zu hören. In Wirklichkeit sendeten sie auf unhörbarer Frequenz Strahlen in die Speicherblöcke, die die Datenintegrität auflösten. Vollständig Einbildung war ihr Empfinden dennoch nicht, die ungerichtete Zerstörung zog auch die in ihrem Körper verbauten Implantate in Mitleidenschaft. Ein weiterer Grund, es sich hier nicht gemütlich zu machen!

Die Befreier hatten dieses Szenario oft durchgesprochen,

auch wenn sie nicht damit gerechnet hatten, dass es so rasch eintreten würde. In verschiedenen Richtungen zogen sie sich davon, sie verließen den Saal durch Lüftungsöffnungen, eine Verbindungstür zu einem Rechnerkomplex und größere Kabelschächte. Pytene und Aneste flohen gemeinsam in eine Lastenröhre.

Hinter ihnen gab die Tür mit einem Knall endgültig nach. Anestes Hoffnung, ihre Gegner müssten abwarten, bis sich das Metall abkühlte, erfüllte sich nicht. Die Soldaten kamen von der PAYARA, ihre Rüstungen schützten sie. Nur ihre breiten Schultern sorgten für ein Minimum an Verzögerung, weil sie sich durch die Öffnung quetschen mussten. Ein Panzerhelm war das Letzte, was Aneste sah, bevor sie den Saal verließ.

»Beeil dich!«, schrie sie Pytene hinterher, die an der ersten Kreuzung zögerte, wohin sie sich wenden sollte. »Blau!«

Pytene stieß sich ab und glitt in die bezeichnete Röhre.

Aneste nutzte den letzten Griff vor der Kreuzung, um sich daran nach rechts zu schwingen, in den gelben Tunnel. Geradeaus durfte sie auf keinen Fall weiterschweben, sonst böte sie den Verfolgern auf den nächsten zwanzig Metern ein kaum zu verfehlendes Ziel. Und hinter sich hörte sie bereits ein metallisches Geräusch, in dem sie Rüstungselemente vermutete, die gegen die Wand der Röhre schlugen.

»Halt!«, brüllte jemand hinter ihr.

Das Echo des Befehls hallte nach, aber Aneste dachte gar nicht daran, ihn zu befolgen. Sie hastete weiter, riss sich die Handkante an einem Sensorblock auf, der die Kennungen vorbeigleitender Frachtcontainer auslesen sollte, und schwang sich in spitzem Winkel in die nächste Röhre. Sie konnte nur hoffen, dass ihr Verfolger auf seine Sicht vertraute, anstatt die Systeme des Röhrengewirrs zu prüfen. Wenn sie nur zehn Sekunden länger Zeit gehabt hätte, wären sie jetzt mit Falschdaten geflutet!

Fünfmal in rascher Folge bog sie ab. Ein versiegelter Flüssigkeitsbehälter rammte sie in den Bauch. Aneste übergab sich, ihr Erbrochenes verteilte sich in der Luft. Na toll! Wenn der Soldat hier entlangkam, wusste er sofort, dass er auf der richtigen Spur war. Sie versetzte dem Behälter, der einen Orientierungsstopp einlegte, einen Tritt. Würgend zog sie sich weiter.

Der nächste Container war so groß, dass er die zwei Meter durchmessende Röhre beinahe ausfüllte. Vor ihm rettete sie sich nur durch einen beherzten Salto, der sie in einen scharf abknickenden Tunnel brachte.

So konnte sie nicht lange weitermachen! In ihrer Panik hatte sie die Orientierung verloren. Sie brauchte dringend einen Plan der Frachttunnel und einen Ort, der es ihr erlaubte, nachzudenken, ohne sich wegen herumrasender Container zu sorgen.

Sie klinkte sich über eine Funkverbindung ins Netz ein und suchte nach der Kennung des nächsten Schotts, an dem sie vorbeikam. Es gehörte zu einer Abfallverwertungsanlage, einem nur sehr schwach gesicherten System. Innerhalb von zwei Sekunden knackten ihre Dienstprogramme den Code und öffneten die Tür.

Sie hatte befürchtet, im Raum dahinter würde es stinken, aber das traf nicht zu. Wahrscheinlich wurde dem Müll sofort die Flüssigkeit entzogen, um sie dem Kreislauf wieder zuzuführen, der die Bewohner der Esox versorgte.

Sie zog sich in die Dunkelheit. Leider gab es hier kein Licht, die Verwertungsmaschinen orientierten sich anders. Die Implantate, die Anestes Augen ersetzten, ermöglichten ihr eine grobe Orientierung anhand von Magnetfeldern, Restlicht und Wärme. Sie fand einen ungleichmäßig geformten freien Bereich von acht Kubikmetern, in dem sie sich positionierte, um einen Überblick über die Lage zu gewinnen.

Parallel fragte sie das Bordnetz und die Kommunikationskanäle der Befreier ab. Offiziell sprach man von einem Unfall in der Nähe des Speichermoduls, von dem sich Unbeteiligte bis auf Weiteres fernhalten sollten. Anestes Kameraden dagegen sandten Hilferufe. Henk war offenbar verwundet, Makito und Yukar gefangen und wehrlos. Die Übrigen wahrten Funkstille – oder waren nicht mehr in der Lage, sich zu melden.

Anestes Hals wurde eng.

Was war mit Pytene? Befand sie sich in Sicherheit?

Einige Stunden müsste Aneste wenigstens in der Müllaufbereitung ausharren, um Gewissheit zu erlangen, den Verfolger abgeschüttelt zu haben. Die Okkupanten von der Payara waren zäh und bestimmt wollte der Soldat keine Rüge riskieren. Sie versuchte, sich an seine Waffe zu erinnern. War es ein Sonicschocker oder ein Laser?

Etwas klackte auf der anderen Seite des Schotts.

Aneste erstarrte.

Die Tür öffnete sich, aber es blieb dunkel. Poltern und Rumpeln ertönte. Anestes Implantate meldeten eine Vielzahl kleiner Gegenstände, die in den Raum schwirrten.

Einige davon trafen sie an Gesicht und Brust. Sie schrie auf.

Aber es war nur Abfall. Ein Container hatte Müll gebracht. Das Schott schloss sich bereits wieder.

Sie setzte einen verdeckten Ruf ab. Wenn die anderen Erkundigungen einzogen, sollten sie wissen, dass sie sich in Sicherheit befand.

Doch das war ein voreiliger Schluss. Plötzlich glitt das Schott wieder auf, Licht flutete herein. Eine kantige, aber humanoide Gestalt zog sich in den Raum, ein Suchstrahler erfasste Aneste.

Sie reagierte augenblicklich. Das Programm, mit dem sie

die Türsteuerung übernehmen konnte, lief noch. Mit einem Prioritätsbefehl verlangte sie, dass sich das Schott sofort schloss. Das Protokoll, das sie dafür benutzte, sollte sich eigentlich nur bei einem Hüllenbruch mit plötzlichem Druckabfall aktivieren. Es nahm keine Rücksicht auf Hindernisse im Türbereich.

Das Schott traf den Soldaten an der Hüfte. Ein heller Knall kündete davon, dass die Tür die Rüstung quetschte. Diese Gewalt überforderte wohl auch die Panzerung. Schmerzerfüllt schrie der Mann auf. Er warf die Arme nach vorne, zuckte mit dem Oberkörper und erschlaffte dann.

Doch auch die Tür meldete einen Widerstand, den sie nicht überwinden konnte. Um den Soldaten zu zerteilen, waren die Aktuatoren zu schwach.

Vorsichtig schwebte Aneste näher.

Der Mann hatte tatsächlich einen Laser dabei, eine tödliche Waffe. Sie glitt langsam von seiner Hand fort.

Aneste pflückte sie aus der Luft. Griff und Abstrahlspule waren in einem stumpfen Winkel verbunden, an dem der Abschusssensor rot leuchtete. Der Laser war aktiviert.

Sie zielte auf den Mann, der sie hatte töten wollen. Jedenfalls dann, wenn sie sich gegen eine Gefangennahme gewehrt hätte.

Er war ein Feind. Gerade die Soldaten der Payara kannten keine Gnade. Sie durfte ihnen umgekehrt ebenfalls keine gewähren. Außerdem fehlten den Befreiern Möglichkeiten, Gefangene festzusetzen.

Sie presste den Daumen auf das Abstrahlfeld.

Nichts passierte.

Erleichtert atmete sie aus. Die Waffe besaß wohl eine Sicherung, die verhinderte, dass ein Unautorisierter sie benutzte. Vielleicht las sie das Körpermagnetfeld des Schützen aus, oder ein anderes biometrisches Datum.

Aneste steckte sie in ihren Hosenbund. Mit genügend Zeit könnte man die Sicherung bestimmt entfernen, dann wäre der Strahler nützlich für die Befreier.

Aber das beantwortete noch nicht, was sie mit dem Bewusstlosen tun sollte.

Eigentlich war das offensichtlich: Er war ein Feind und im Krieg tötete man Feinde. Das hatte sie vor weniger als einer halben Stunde bereits getan, mit den Soldaten in der Transporteinheit, deren Andrucksabsorber sie deaktiviert hatte.

Sie schwebte zu dem Mann, der sich nicht mehr regte. Tot war er dennoch nicht, die Wärmesensoren in ihren Augen erfassten den Blutfluss in der Halsschlagader, wo ein Stück Haut zwischen Helm und Schulterpanzer freilag.

Dort musste sie ansetzen. Der Hals war ein empfindlicher Punkt …

Leider hatte sie kein Messer. Aber es sollte ihr auch so gelingen, den Blutfluss zu unterbrechen. Sie legte die Hände um den Hals ihres Feindes.

Er war viel wärmer, als man es von einem menschlichen Körper gewohnt war. Ein genetisch gezüchteter Soldat von der PAYARA, der einen Feind verfolgte … was erwartete sie? Natürlich arbeitete sein Organismus auf Maximalleistung, mit hohem Energieverbrauch und entsprechender Wärmeabstrahlung.

Sie wollte wegsehen, als sie zudrückte, aber das gelang ihr nicht. Die Muskeln in diesem Hals erschienen ihr übermäßig groß und wahrscheinlich waren sie das auch. Sie fühlten sich an wie die Stahlkabel, mit denen man in den Außenbereichen der ESOX die Datenverteiler sicherte. Es war aussichtslos, den Kehlkopf zerquetschen zu wollen. Also blieb sie bei der Schlagader.

Sie pulsierte in ihrem Griff.

Aneste stellte sich vor, wie das Herz pumpte.

Sie versuchte, daran zu denken, dass das hier ein Unterdrücker war, ein Okkupant, der die Menschen der Esox verachtete, der ihnen die Herrschaft der anderen Schwarmschiffe aufzwang. Ein Feind, der sie getötet hätte und den sie nun ihrerseits töten sollte.

Es gelang ihr nicht. In seiner Wehrlosigkeit sah sie nur den Menschen.

Sie ließ die Hände am Hals, drückte aber nicht mehr zu. Etwas in ihr hoffte, dass er erwachen und sich wehren würde. In einem echten Kampf hätte sie sich weniger schlecht dabei gefühlt, ihn zu töten. Zumindest vermutete sie das. Aus solcher Nähe hatte sie noch niemals einen Menschen angegriffen.

Ein anderer Teil von ihr hoffte, dass er wegen der zermalmten Hüfte innerlich verblutete. Auch das hätte sie der Entscheidung enthoben. Aber das Blut pochte beständig weiter durch die Ader.

Es war ihre Verantwortung, ob sie dieses Leben beendete oder ob sie ihn seinem Schicksal überließ. Die viel gerühmte Konstitution der Menschen von der Payara mochte ermöglichen, dass er sich auch von dieser Verletzung erholte. In ein paar Monaten konnte er wieder im Dienst sein, mit einem neuen Laser. Und er hätte bestimmt keine Skrupel, sie damit zu erschießen. Sie spürte den Druck seiner Waffe an ihrem Bauch.

»Hilfe!«

Aneste ruckte auf. Dieser Schrei kam von Pytene, ganz sicher. Und sie war in der Nähe!

Ihre Freundin war wichtiger als ein Feind. Aneste öffnete das Schott, drückte den Bewusstlosen an die Seite und zog sich hinaus.

»Lasst mich los!«, rief Pytene.

Etwas krachte.

Aneste folgte den Geräuschen. Sie zog sich in einen Lagerraum und dort in einen Lüftungsschacht, an dem jemand das Schutzgitter entfernt hatte. So gelangte sie zu einem Personentunnel. Sie spähte durch die rechteckige Öffnung, vor der das Gitter zwar verbogen war, aber noch etwas Sichtschutz bot.

Dort waren vier Befreier versammelt, darunter Pytene. Blut waberte auf ihrer Wange, gehalten von der Oberflächenspannung. Ob noch etwas nachfloss, vermochte Aneste nicht zu erkennen. Pytene konnte es nicht abwischen. Ebenso wie bei den anderen waren ihre Hände auf dem Rücken gefesselt. Zwei Soldaten bewachten sie, weitere rumorten außerhalb von Anestes Sichtbereich.

Fieberhaft überlegte sie, wie sie die Gefangenen befreien könnte. Sie überprüfte das Transportsystem, vielleicht ließen sich die Soldaten damit ablenken.

Es war deaktiviert. Die Okkupanten hatten den gesamten Sektor lahmgelegt.

Dann eben der Laser! Sie zog die Waffe aus dem Hosenbund und fummelte daran herum, obwohl sie wusste, dass sie auf diese Weise die Sicherung keinesfalls überwinden könnte. Dafür bräuchte sie die Hilfe eines Computers, auf dem Spezialprogramme liefen. In einem der Rückzugsräume der Befreier, mit genug Zeit … Und selbst wenn sie einen funktionierenden Laser hätte: Sollte sie ernsthaft gegen mehrere ausgebildete Soldaten antreten?

Sie musste sich beherrschen, um nicht aufzulachen.

Dabei war die Situation alles andere als lustig. Zwei weitere Soldaten schwebten heran, sie sprachen davon, die Gefangenen abzuführen.

Aneste wagte, über das Kommunikationssystem direkten Kontakt mit Pytene aufzunehmen. »Was soll ich tun? Ich bin in der Nähe!«

»Hilf mir. Makito weigert sich, zu tun, was notwendig ist.«

Makito war der Jüngste in ihrer Gruppe, gerade sechzehn. Er hatte einen brillanten Verstand, mit ein paar Implantaten bestand eine hohe Wahrscheinlichkeit, dass ein Genie aus ihm würde. Jetzt schwebte er mit weit aufgerissenen Augen am Rand des Tunnels. Er blinzelte kaum.

»Ich habe einen Schwarm Nanoroboter freigesetzt«, teilte Pytene ihr lautlos mit. »Sicher hat er welche eingeatmet. Hoffentlich ausreichend viele.«

»Gibt es keine andere Möglichkeit?« Hätte sie die Worte ausgesprochen, hätte Anestes Stimme gezittert.

»Wir sind uns einig«, gab Pytene zurück. »Wir müssen es alle tun. Der Schutz unserer Sache geht vor. Sie dürfen bei keinem von uns etwas finden, sonst war alles umsonst und ihr müsst von null beginnen.«

Aneste zögerte. Pytene sprach nicht nur von Makito. Sie meinte sie alle, vor allem sich selbst. Sie hatte die Sperre in ihrem Gehirn bereits freigegeben und wartete auf Anestes Bestätigung …

Pytene blickte zu dem Luftschacht, in dem sich Aneste verbarg. »Sie werden auch dir auf die Schliche kommen. Das darfst du nicht zulassen. Denk an deine Mutter. Wer soll sich um sie kümmern?«

Aneste weinte, aber sie tat das Notwendige.

Kara Jeskon fragte sich, ob man ihr den überraschend hohen Kompetenzgrad in Diplomatie verliehen hatte, damit sie sich jetzt als Kellnerin betätigte. Sie nahm den Becher, den Demetra Egron ihr hinhielt, ohne Kara anzusehen.

Die Admiralin schwebte gemeinsam mit Berglen vor dem

Holokubus, in dem Welter Tamis von den Schultern aufwärts zu sehen war. Das Logo eines Raubfischs mit spitz zulaufendem Maul wies darauf hin, dass er sich auf der Esox befand.

»… wissen, sind sieben Mitglieder der Delegation von der Squid tot. Die anderen beiden sind schwer verletzt.«

»Was soll das heißen – ›soweit wir wissen‹?«, fragte Egron. Heute trug sie eine schlichte Borduniform, einen olivfarbenen Overall, an dem die Schulterklappen mit den vier goldenen Sonnen deplatziert wirkten. »Leben die beiden noch oder sind sie ihren Verletzungen erlegen?«

»Vorgestern lebten sie noch.« Tamis' Haar fehlte das Gel, das ihm Halt gegeben hätte. Die graublonden Strähnen standen wild ab. »Ich kann mich erkundigen, ob …«

»Das wird nicht nötig sein«, beschied Berglen.

»… es zu einer Veränderung gekommen ist und …«, sagte Tamis noch, bevor er sich unterbrach. Die Schiffe standen zwar für astronomische Verhältnisse nahe beieinander, aber ein paar Sekunden betrug die Signallaufzeit dennoch.

»Ich habe ohnehin Befehl, mir vor Ort ein Bild von der Lage zu machen«, ergänzte Berglen.

»Von der Gütigen Mutter?«, fragte Kara.

Sie hatte es satt, ignoriert zu werden. Seit einer Stunde sprachen die Admiralin und der Mann mit der dichten weißen Brustbehaarung, die sein offenes Gewand offenbarte, über die Vorfälle auf der Esox. Karas Aufgabe beschränkte sich darauf, ihnen das Essen zu bringen, das Geschirr einzusammeln und die Becher nachzufüllen.

Berglen zögerte.

Kara schloss das Trinkgefäß der Admiralin an die Kanne an. Über einen Schlauch wurde der heiße Gotako eingeleitet, über einen zweiten die Luft abgesaugt. Sie beobachtete den Füllstand, verschloss die Öffnungen und löste die Schläuche, bevor sie zur militärischen Befehlshaberin der MARLIN schwebte und ihr den Becher reichte. Während dieser Zeit sprach niemand. Welter Tamis wirkte im Holokubus apathisch. Egron beobachtete Berglen, auf dessen Gesicht Kara einen Anflug von Verärgerung, vor allem aber Nachdenklichkeit zu erkennen glaubte.

»Wir kennen uns, nicht wahr?«, fragte Berglen.

»Ich habe zwei Tage lang die Gastfreundschaft der SQUID genießen dürfen.«

Er nickte. Es war offensichtlich, dass es um die Rettung der Menschen von Cochada während der Raumschlacht in jenem System ging. Die Anlässe, zu denen die SQUID Fremde an Bord ließ, waren rar. Karas Neugier auf das lebende Schiff war schon nach Minuten einem Unwohlsein gewichen. Nicht nur die Wände, auch viele Gerätschaften bestanden dort aus Fleisch. Sie waren gewachsen, nicht gebaut. Ihren Ekel vor der Berührung hatte Kara während dieser zwei Tage nie ganz überwunden. Trotz der katastrophalen Zerstörungen war die Rückkehr in die technische Umgebung der MARLIN eine Erlösung gewesen.

»Was ist mit Ihrem Arm passiert?«, fragte er.

Kara trug ein formales Kleid. Die Manschette mit der Flüssigkeit, die den Heilungsprozess förderte, war als Wölbung unter dem Ärmel zu erkennen. »Nur ein Bruch«, wiegelte sie ab. »Im Grunde schon wieder verheilt.«

Berglen benutzte die Haltestange, um sich zur Admiralin hin auszurichten. Zwar merkte man ihm an, dass er sich für die Bewegung in der Schwerelosigkeit konzentrieren musste, aber in den paar Stunden an Bord hatte er gelernt, halbwegs damit zurechtzukommen. »Können Sie mir eine Fähre zur Verfügung stellen? Kitaga wird natürlich hierbleiben, um die Besprechungen fortzusetzen. Ich möchte sie nicht ohne Raumfahrzeug zurücklassen.«

»Wir werden ebenfalls jemanden zur Esox schicken und können Sie gern mitnehmen«, bot Egron an.

Berglen nickte sichtlich erfreut.

»Werden Sie mich auch zurückholen?« Plötzlich wirkte Tamis hellwach. »Dann würde ich schon einmal die Vakuumbestattung meiner Frau vorbereiten.«

Kara glaubte, ein Zucken an den Augen der Admiralin zu erkennen, das ihre Ungeduld verriet. »Die Fähre wird Ihre Ablösung transportieren. Sie kehren unverzüglich auf die Marlin zurück.«

Sie warteten die doppelte Signallaufzeit ab.

»Ich freue mich, das zu hören.«

»Sollen wir für die Toten von der Squid ebenfalls etwas vorbereiten?«, fragte Egron Berglen.

Er schüttelte den Kopf. »Ich denke, wir werden uns zu gegebener Zeit selbst darum kümmern, dass ihre Körper Mutters Leib wieder zugeführt werden.«

Kara schauderte bei dem Gedanken, dass das riesige Schiff die Verstorbenen aufnehmen und verdauen könnte.

»Wann legt die Fähre ab?«, erkundigte er sich.

»Sobald Sie bereit sind«, versprach Egron.

»Wenn Sie erlauben, würde ich mich gern zurückziehen, um mich mit Kitaga zu besprechen.«

»Selbstverständlich.«

Als er den Raum verlassen hatte, wandte sich die Admiralin an Tamis. »Reißen Sie sich zusammen«, sagte sie scharf. »Ihre Gefühle dürfen Sie nicht daran hindern, Ihre Aufgaben zu erfüllen. Ich will nichts mehr von Bestattungsvorbereitungen hören, wenn der Vertreter eines anderen Schiffs mithört. Es ist wichtig, dass jedem klar ist, dass die Marlin die Angelegenheiten unter Kontrolle hat.«

Er lachte auf. »Meine Frau ist tot! Und nach den Umständen zu urteilen, in denen man sie gefunden hat, war sie mir untreu. Sie hat sich mit dem Kommissar der PAYARA eingelassen, dieser testosteronstrotzenden Überzüchtung!«

»Beherrschen Sie sich!«, mahnte Egron. »Die PAYARA gehört zu den kampfstärksten Schiffen des Schwarms. Keinesfalls werden Sie unsere guten Beziehungen belasten, indem Sie auf einer solchen Geschichte herumreiten. Ich erwarte, dass Sie professionell mit den anderen Delegationen auf der ESOX zusammenarbeiten. Habe ich mich klar ausgedrückt?«

»Unmissverständlich«, bestätigte Tamis tonlos.

»Gut.« Sie deaktivierte die Verbindung, der Kubus erlosch.

Nachdenklich sog sie am Halm des Bechers, den Kara ihr gebracht hatte, und sah die Luke an, durch die Berglen verschwunden war. »Für jemanden von der SQUID wirkt er sehr gewöhnlich. Körperlich, meine ich.«

Kara wusste, was sie meinte. Alles, was man auf der SQUID aß, wuchs aus dem Fleisch des lebenden Schiffs. Alles, was man trank oder atmete, kam aus seinen Drüsen. Über die Generationen nahm das Einfluss auf das Erbgut der Menschen. Bei manchen wuchsen die Finger zusammen, sodass die Hände Flossen bildeten. Andere hörten mit Lamellen statt mit Ohren, oder sie glitten auf einem Unterleib, der nicht in Beine überging. Beinahe immer verband sich die Farbe Grün mit diesen Erscheinungsformen. Kitagas Rippen etwa leuchteten grün durch die Haut, wenn sie einatmete. Bei Berglen war tatsächlich nichts zu entdecken.

»Sie alle sind anders als wir«, sagte Kara trotzdem.

»Welchen Hintergrund hatte Ihre Frage?«, erkundigte sich Egron. »Danach, ob Berglen seinen Befehl von Mutter erhalten hat?«

»Es war nur so ein Gefühl.«

Egron sah ihr in die Augen, während sie den nächsten Schluck nahm.

»Eigentlich hätte er mit Ja antworten müssen«, fuhr Kara

fort. »Die Zoëliker behaupten, dass sie keine Entscheidungen treffen, sondern nur den Willen der Gütigen Mutter interpretieren. Jeder Befehl kommt also von ihr.«

»Aber das hat er nicht gesagt.«

»Nein.«

Egron zog sich vor das Fenster und betrachtete die Sphäre, die das halbe Sichtfeld ausfüllte. So nannten sie die Sonne samt ihrer Umhüllung jetzt, ›Sphäre‹. Die sichtbaren Flächen wechselten, die Sensoren ermittelten, dass sie Größe und Form änderten und sich gegeneinander verschoben. Derzeit waren die meisten von ihnen dunkelrot, mit einzelnen schwarzen Bereichen darin.

»Vielleicht glauben Sie, er habe den Befehl gar nicht von der SQUID erhalten«, sagte Egron, »aber es gab einen Funkspruch für ihn.«

»Und wie lautete er?«

»Ich kenne den Inhalt nicht.«

»Sie haben ihn nicht aufgezeichnet?«

Spöttisch sah Egron sie an. »Wahrscheinlich unterstellen Sie Menschen in Uniform jede Schlechtigkeit, aber nach den Gesetzen der MARLIN respektieren wir Privatsphäre und Vertraulichkeit.«

Karas Wangen erwärmten sich. Damit hatte sie tatsächlich nicht gerechnet.

»Es würde auffliegen, wenn er etwas anderes täte, als ihm befohlen wurde«, überlegte sie laut. Sie wollte nicht stumm herumschweben wie ein verlegenes Mädchen. »Einen Ausflug auf die Esox kann er unmöglich verheimlichen, so etwas wird auf jeden Fall bekannt. Aber es ist seltsam … Er verhält sich nicht wie ein ergebener Gläubiger. Auf der SQUID ist die Gütige Mutter alles, man hinterfragt sie nicht. Sie beherrscht das Leben der Menschen an Bord vollständig.«

Egron nickte stumm.

»Sie denken an Ihre Tochter«, riet Kara.

Ihr Gegenüber straffte sich. »Wir wissen wenig über die Situation auf der Esox. Fyona Tamis war der Meinung, dass dort mehr vor sich ginge, als wir erkennen. Welter ist keine Hilfe. Er ist dem Stress nicht gewachsen. Wir müssen ihn ablösen.«

»Ich nehme an, er ist ihr Witwer?«

»So ist es. Außerdem ist er als ihr Stellvertreter akkreditiert.« Nachdenklich sah Egron sie an. Sie nahm einen Schluck, setzte den Becher ab und betrachtete sie weiter.

»Sie haben doch nicht vor, ihn durch mich zu ersetzen?«, fragte Kara.

»Nur indirekt. Macro Debois vertraut Ihnen, er hat Sie angefordert.«

»Mir ist neu, dass sein Kompetenzgrad hoch genug ist, um Kommissar auf der Esox zu werden.«

»Kombiniert mit Ihrem ist er es.«

»Ohne mich kann er die Position nicht bekommen?« Ihre Arme zitterten vor Wut. Was für eine Dreistigkeit, sie noch nicht einmal zu fragen! Völlig unvorbereitet brachte er Kara in eine Situation, in der sie nicht ablehnen konnte, ohne sich schuldig zu fühlen, weil sie ihm schadete. Er würde wohl sogar behaupten, dass sie den Koexistenzialisten schadete, wenn sie ihren Aufstieg in der Hierarchie der Diplomaten behinderte.

»Die Lage auf der Esox ist komplex«, stellte Egron klar. »Wollen Sie dorthin?«

»Es wundert mich, dass Sie fragen.« Von einer Soldatin erwartete Kara viel eher, dass sie über den Kopf anderer hinweg entschied, als von einem koexistenzialistischen Denker. Immer wieder täuschte sie sich in den Menschen.

»In gewisser Weise sind Sie eine Verbindung zu meinen Kindern. Sie kennen Starn, und Sie kennen auch Rila …«

Kara versuchte, die Kränkung durch Macro beiseitezuschieben. »Ich verstehe die Mutter, aber entscheiden muss die Admiralin.«

»Es wundert mich, so etwas aus Ihrem Munde zu hören.«

»Manchmal überrasche ich mich selbst.«

Wieder betrachtete Egron die glühend rote Sphäre. »Angesichts der Umstände stellen wir eine Leibgarde zusammen.«

»Ich will keine Soldaten um mich haben.«

»Ich weiß von Ihren koexistenzialistischen Träumereien, aber wir werden uns nicht durch eine Entführung unserer Leute erpressbar machen.«

»Ich übernehme die Verantwortung«, bot Kara an.

»Vergessen Sie das. Es gäbe eine Revolte auf der Marlin, wenn wir unsere Bürger hängen ließen, egal, wie unverantwortlich sie sich verhalten haben.«

Kara konnte nicht anders, als unter dem harten Blick zu blinzeln, der sie jetzt aus den grünen Augen traf.

»Sie wollen Diplomatin werden«, stellte Egron fest. »Diplomaten reden, ich handele. Sie machen Ihren Job, ich mache meinen.«

Nur wer handelte, vermochte Einfluss zu nehmen, kam ihr einer von Macros Leitsätzen in den Sinn. »Zu Befehl«, quetschte Kara heraus und war froh, dass sie wenigstens eine Spur Ironie zustande brachte.

Drittes Speicherbild:

Die Symbionten

Korol Iljows Implantat pochte. Die Ärzte sagten ihm, das sei nur Einbildung, aber er fühlte es trotzdem. Es pochte stärker, wenn er sich aufregte, und kaum wahrnehmbar, wenn er an einem windstillen Nachmittag auf der Veranda saß. Anfangs hatte Iljow vermutet, dass es mit der Aktivität seines Gehirns zusammenhing, aber die Testreihen dazu liefen ins Leere. Er konnte ohne Pochen mit Saundra eine Partie Callion spielen, aber wenn er sich mit ihr stritt, fühlte es sich an, als würde das Implantat vibrieren.

Hässlich ragte der Metallwürfel aus der rasierten Schädelhälfte. Iljow sah nur noch selten in den Spiegel. Ob Saundra deswegen heute die Kette mit dem handtellergroßen Silberanhänger trug?

»Tu es nicht.« Ihre Stimme klang herablassend.

Früher hätte er denselben Tonfall wohl für mitfühlend gehalten. Inzwischen fiel es ihm leichter, ihr Lieblosigkeit zu unterstellen. Das Leben war einfacher, wenn er sich einbildete, dass sie sich nicht liebten. Verlassen konnte er sie aber nicht. Es war ihm unvorstellbar, sie nicht mehr jeden Tag zu sehen, auch wenn ihr Anblick schmerzte. Ein bisschen wie das Pochen des Implantats, man gewöhnte sich daran, und dann hatte man Angst davor, es könnte eines Tages weg sein.

»Ich muss es tun.«

»Nein, das musst du nicht.« Waren ihre grünen Augen

immer so groß gewesen? Oder hatte sie sich von einem Schönheitschirurgen behandeln lassen?

»Es ist ein notwendiger Schritt«, erklärte er müde. »Nur so finden wir heraus, ob ein menschlicher Verstand direkt mit einem Computer interagieren kann.«

»Warum?«

Ihre Penetranz machte Iljow wütend. »Wir sind es tausendmal durchgegangen: Leistungssteigerung durch Synthese zwischen menschlichem Hirn und …«

»Unsinn, deswegen machst du es nicht.«

Sie schwiegen.

Saundra ging um seinen Sessel herum, an der linken Seite, wo keine Kabel den Weg blockierten. Damit verschwand auch sein Spiegelbild auf dem Silberanhänger aus Iljows Blickfeld.

»Du arbeitest nur noch.« Er spürte ihre Finger manipulativ sanft auf der Schulter. »Du machst gar nichts anderes mehr.«

»Früher war die Arbeit uns beiden genug«, meinte er.

»Du willst keine neue Schwangerschaft riskieren.«

Es war das erste Mal, dass sie es aussprach. Er hatte Angst davor gehabt, als würde die Wahrheit erst dadurch zur unverrückbaren Realität, dass man sie benannte.

Enttäuscht bemerkte er, dass es nichts änderte. In gleichgültiger Konstanz setzte die Welt ihren Gang fort, Zeitquant für Zeitquant. Wie nach der Totgeburt. Nur für Iljow war sie damals stehen geblieben, eine Stunde lang hatte er neben dem kleinen Leichnam gesessen und nur die eine Frage war in seinem Kopf gewesen: warum?

Die Ärzte hatten sie mit einem Fehler in Iljows Erbgut beantwortet, und damit war die Welt für sie wieder so gewesen, wie sie sein sollte. Erklärbar.

»Es gibt andere Möglichkeiten …«, flüsterte Saundra. »Eine Adoption …«

»Hilfst du mir?«, rief er.

Wieder schwieg sie.

Iljow zählte Herzschläge. Seine Hände krampften um die Armlehnen des Sessels. Der Metallwürfel in seinem Schädel pochte nicht, obwohl er ganz sicher aufgeregt war. Er wusste nicht, was er tun würde, wenn Saundra weiter in der Wunde bohrte. Sollte er aus dem Labor fliehen? Sich doch von ihr trennen, in diesem Moment, in eine andere Stadt reisen? Die Klimakontrolle hatte sie beide reich gemacht, so reich, dass ihm jedes Leben offen stand, das er sich wünschte. Er konnte eine Villa haben, ein Orbitalhabitat, ein Dutzend blutjunge Gespielinnen, alles.

Nur seine Tochter nicht.

»Ich bezweifle, dass ich dir helfe, wenn ich dir hierbei assistiere«, sagte Saundra.

Er hörte ihre Schritte, das Öffnen und Schließen der Tür.

Unschlüssig nahm er das Verbindungskabel und drehte es in den Fingern. Das Licht reflektierte auf dem Stecker aus einer blauen Legierung. Ein Hochleistungskontakt, sorgfältig justiert auf den Metallwürfel, der das Tor zu seinem Gehirn war.

Alle Parameter stimmten, die Variationsbreite der Signale war minimal. Was man ohne Selbstversuch überprüfen konnte, war getestet.

Iljow atmete durch und blinzelte seine Tränen weg. Nirgendwo auf diesem Planeten, nirgendwo im Orbit, nirgendwo im Universum würde er die Trauer um die Tochter vergessen, die niemals gelebt hatte. Aber vielleicht vermochte der menschliche Geist ihr dennoch zu entfliehen.

Er schloss sich an das planetare Netzwerk an.

4

Berechnungen

»Sie mag Sie«, behauptete Kara Jeskon.

Fragend sah Berglen sie an. Er schien unsicher, ob sie ihre Bemerkung ironisch meinte. Sein Zeigefinger verharrte vor dem Transportkäfig mit den beiden Luftquallen.

Tribs blaue Fäden tanzten über seine Hand.

Berglen schmunzelte, sicher kitzelte die Berührung. »Leider habe ich nichts bei mir, was ihr schmecken könnte.«

»Der Beutel mit den Körnern ist in meinem Gepäck.« Was sie von der MARLIN mitgebracht hatten, befand sich jetzt im automatisierten Transportsystem der Esox auf dem Weg zu ihren Kabinen. Kara hätte auch ihre Haustiere dorthin bringen lassen können, aber Macro hatte das mit so herrischem Ton vorgeschlagen, dass sie sich dagegen entschieden hatte, um ihn zu ärgern. Er sollte sich bloß nicht einbilden, dass sie sich von ihm herumkommandieren ließe! Der höhere Kompetenzgrad bezog sich lediglich auf die diplomatische Tätigkeit, sie war keine Leibdienerin.

So schwebte der eckige Käfig mit den transparenten Stäben neben ihr in die weite Halle, in die Welter Tamis sie führte. Seine letzte Aufgabe an Bord der Esox bestand darin, die neuen Kommissare von der MARLIN einzuführen, und dazu gehörte auch eine Besichtigung der wesentlichen Örtlichkeiten.

»Dies ist das Gehirn des Schiffs«, sagte er. »Der Zentralcomputer.«

Eine Säule, die dort, wo sie in den Wänden verschwand, zehn Meter durchmaß und sich in der Mitte verjüngte, beherrschte den Saal. Sie bestand aus blauem Metall, über das Tausende Lichter in unterschiedlicher Geschwindigkeit zogen. In den gewölbten Wänden leuchteten verschiedenfarbige Felder auf und erloschen wieder. An einigen Stellen bildeten sich Holos, meist dort, wo Techniker schwebten. Schwer bewaffnete Soldaten behielten sie im Blick.

Kara erkannte die kantigen Rüstungen wieder. »Kommen die von der PAYARA?«

»Ja«, bestätigte Tamis. »Seit dem, was ihrem Kommissar zugestoßen ist, sind sie noch unleidlicher als vorher.«

Das Wort ›Kommissar‹ zischte er, die Verletzung, weil seine Frau ihn mit diesem Mann betrogen hatte, war herauszuhören. Ansonsten sprach Tamis apathisch, als sei er müde. Admiralin Egron entschied richtig, ihn auszutauschen, fand Kara. Jemand, der unter Schock stand, lief zu leicht Gefahr, Fehler zu machen, und die Lage auf der ESOX war offensichtlich explosiv. Kara wurde klar, dass ihre Aufgabe durchaus auch umfasste, einen weiteren Bürgerkrieg innerhalb der Menschheit zu verhindern.

Die Soldaten der PAYARA dagegen strahlten aus, dass ihnen nichts lieber wäre, als die Lasergewehre einzusetzen. Sie hielten die Waffen schussbereit, obwohl keine Bedrohung zu erkennen war. Auch die Neuankömmlinge wurden aus den Sichtschlitzen der martialischen Helme feindselig gemustert.

Macro Debois deutete Karas Nachdenklichkeit falsch, oder er sah die Gelegenheit gekommen, sich mit seinem anstudierten Wissen hervorzutun. »Die Plaketten an den Rüstungen«, sagte er leise. »Sie zeigen Verdienste an. Die PAYARA ist eine Meritokratie. Man beansprucht Anerkennung für seine Leistungen, und wenn man genügend Leumundszeugen vorbringen kann, erhält man ein entsprechendes Abzeichen. Damit steigt das Gewicht bei politischen Entscheidungen.«

Kara betrachtete die bunten Applikationen auf den Rüstungen. Zwei oder drei waren prächtig ausgeformt, als handtellergroße Sterne, Strahler oder gekreuzte Balken. Sie vermutete, dass dies nur die bedeutendsten waren, während die anderen in den aus kleinen Plättchen zusammengesetzten Feldern codiert waren, die auf der Brust jedes Soldaten prangten. Von Baliol erinnerte sie sich, dass diese Markierungen aus verschiedenen Metallen wie Gold oder Blei bestehen konnten, aber auch aus Edelsteinsplittern. Wenn das Licht günstig auftraf, funkelten sie blau oder rot.

»Das hört sich an wie bei den Kompetenzgraden in unseren Abstimmungen.«

Macro schüttelte den Kopf. »Es ist hierarchischer. Man wird überhaupt erst informiert, wenn man einen bestimmten Rang erreicht hat. Beraten oder gar mitentscheiden dürfen noch weniger.«

»Und was verhindert, dass sich einflussreiche Cliquen bilden, die Verdienstabzeichen untereinander vergeben?«, fragte Berglen.

Macro sah ihn an, als überlege er, ob der Abgesandte von der Squid einer Antwort würdig sei.

Kara verdrehte die Augen. Sie hasste solche Balzrituale, in denen Männer ihre Rangfolge ausfochten wie Primaten.

»Das scheint in der Tat eine Schwäche dieses Systems zu sein«, meinte Macro gönnerhaft. »Die Mächtigen spielen sich gegenseitig immer mehr Macht zu und sorgen dafür, dass niemand in ihren Zirkel eindringt.«

»Manche Verdienste«, sagte Tamis mechanisch, »werden festgelegt, bevor sie erbracht werden.«

Fragend sahen die anderen ihn an.

Er blinzelte, als bemerke er erst jetzt, dass er gesprochen

hatte. »Der Dienst bei den Sicherungstruppen hier auf der Esox, zum Beispiel. Wer sich freiwillig dafür meldet, bekommt eine entsprechende Merite.«

»Also ein Anreizsystem«, folgerte Kara.

»Jeder getötete Feind bringt ebenfalls eine Merite.«

»Was?«, rief sie. »Aber das führt doch dazu, dass man überall Feinde sieht!«

»Ja.« Tamis nickte. »Und dass man sie lieber im Kampf überwindet, als dass man den Konflikt entschärft. Das ist ein Streitpunkt, den wir mit der Payara oft haben. Azrel fand es ›gesund, den Druck im Kessel zu halten‹, wie er sagte, ›damit immer genug Energie zur Verfügung steht‹. Ich verstehe erst jetzt, wieso Fyona ihm immer wieder zugestimmt hat, statt auf Deeskalation zu setzen …«

»Sie *wollen* die gewaltsame Konfrontation?«, versicherte sich Kara.

»Ohne Rebellion keine Feinde, ohne Feinde weniger Meriten«, schlug Berglen vor. »Habe ich das richtig verstanden?«

»So ist es«, bestätigte Tamis. »Die Esox ist für sie eine Arena, in der sie ihre Soldaten ausbilden und testen. Deswegen haben wir immer versucht, das Kontingent von der Payara so klein wie möglich zu halten.«

Kara und Macro sahen sich in die Augen.

»Diese Strategie sollten wir beibehalten«, meinte er, und sie stimmte ihm in Gedanken zu.

»Gehört die da auch zur Payara?« Berglen zeigte auf eine Frau, die hinter der Engstelle des Zentralcomputers hervorschwebte.

Sie hatte ebenfalls ein breites Kreuz und trug eine Rüstung, auf der Kara jedoch keine Abzeichen entdeckte. Die Brustplatte deutete weibliche Rundungen an. Der linke Arm musste eine Prothese sein, Ellbogen und Hand verbanden nur vier Streben. Keine davon war dick genug, um einen Unterarm zu umhüllen. Die Hand wies unter dem kleinen Finger einen zweiten Daumen auf.

»Nein.« Tamis zog sich an einer Stange vorbei auf die Frau zu, die ihnen zielstrebig entgegenkam.

Ihr Gesicht war kantig, die Nase flach. Die Schultersegmente der Rüstung bedeckten den Hals so vollständig, dass es schien, als würde der Kopf direkt in den Rumpf übergehen.

»Cenesta Arivor, Kommissarin der ORCA«, stellte Tamis sie vor.

»Nicht mehr lange«, schränkte die Frau mit tiefer Stimme ein. »Ich verlasse diese Büchse voller Verrückter. So wie jeder, der genug Verstand hat.«

Mit säuerlichem Lächeln zeigte Tamis auf die ihm Anvertrauten. »Meine Nachfolger, Kara Jeskon und Macro Debois. Und Berglen von der SQUID.« Die ockerfarben uniformierten Sicherungssoldaten von der MARLIN erwähnte er nicht. Sie hielten sich unauffällig in der Nähe des Schotts.

»Ich bleibe nur kurz«, sagte Berglen.

»Eine weise Entscheidung«, kommentierte Arivor. »Und Ihnen«, sie sah Kara und Macro an, »empfehle ich, sich schnellstmöglich die Codes der Sprengsätze einzuprägen.«

»Der Zentralcomputer ist vermint«, erklärte Tamis.

»Eigentlich bin ich überrascht, dass es ihn überhaupt noch gibt«, sagte Kara. »Ich dachte, man hätte ihn während des Bürgerkriegs gesprengt.«

»Die Hauptkomponente«, erklärte Tamis. »Das hier ist eines von vier Nebenmodulen. Die anderen drei sind stillgelegt, aber dieses hier kontrolliert die Basisfunktionen des Schiffes. Lebenserhaltung, Wartung, solche Dinge.«

»Und es ist auch für ein bisschen mehr gut.« Ein befriedigtes Grinsen entblößte Arivors Zähne. »Wir konnten ihn dazu bewegen, den Standort der Rebellen zu berechnen, die ihn befreien wollen.«

»Moment«, bat Kara. »Ich habe davon gehört, dass es auf der Esox Menschen gibt, die den Zentralcomputer wieder an die Macht bringen wollen. Habe ich richtig verstanden, dass genau dieser Zentralcomputer gegen sie agiert?«

»Er kennt keine Wünsche«, meinte Tamis. »Er arbeitet Algorithmen ab. Alles hängt davon ab, wie man ihn programmiert. Die Orca hat uns einige überaus fähige Experten geschickt.«

»Die werde ich Ihnen auch lassen«, versprach Arivor. »Hier bewirken sie mehr als daheim.«

»Noch einmal langsam«, bat Macro. »Diese Rebellen wollen dem Computer wieder die Herrschaft übertragen, aber derselbe Computer hat sie verraten?«

»In gewisser Weise ist das richtig«, bestätigte Tamis, »aber es ist besser, wenn Sie es anders betrachten: Der Zentralcomputer besitzt eine enorme Rechenkapazität. Vor allem, wenn man alle vier Module hochfahren und zusammenschalten würde.«

»Oder gar die alte Zentralkomponente neu bauen würde, wie es die besonders Radikalen wollen.« Arivors Gesichtsausdruck zeigte, dass sie das für Irrsinn hielt.

»Was er mit dieser Rechenkapazität tut«, fuhr Tamis fort, »hängt von den Programmen ab, die man einspeist. Im Moment haben wir die Hoheit darüber.«

»Also wollen sie andere Programme laufen lassen«, verstand Kara. »Nur … wenn der Rechner derzeit unseren Interessen dient – wieso haben wir ihn dann vermint?«

»Weil niemand versteht, was dieses Ding *wirklich* tut«, sagte Arivor dunkel. »Auch unsere Experten verstehen vielleicht ein Prozent der Algorithmen. Die Wechselwirkungen sind uns völlig fremd. Am liebsten würde ich das Ding komplett runterfahren lassen, um es dann Stück für Stück wieder zu aktivieren, eine Routine nach der anderen. Aber man sagt uns, dass es so nicht funktioniert. Die Abläufe sind zum Teil in der Hardware verbaut. Wenn wir in das System eingreifen, kann es sein, dass die Lebenserhaltung versagt. Möglicherweise auch erst im Zusammenspiel mit bestimmten Flugmanövern, wenn wir es am wenigsten gebrauchen können.«

»Es ist wie mit unserem Gehirn«, meinte Tamis. »Die bewussten Gedanken machen nur einen winzigen Anteil aus und ohne das Unbewusste würde nichts funktionieren.«

Berglen legte den Kopf schief, weil seine Körperachse schräg zu der der anderen stand. Er hielt sich mit beiden Händen an einer Stange fest, für ihn war die Schwerelosigkeit noch immer ungewohnt. »Ist es nicht riskant, hier Sprengstoff anzubringen? Ich meine, wenn die Rebellen an die Zünder kämen, könnten sie uns doch erpressen.«

Arivor lachte auf, ein freudloser Laut. »Es ist leichter, Menschen zu kontrollieren, als verborgene Schaltkreise bis in die letzte Einzelheit zu überwachen.« Ihre weite Geste strich über die schwer bewaffneten Soldaten. »Aber ganz unrecht haben Sie nicht. Noch ein Grund, aus dem ich froh bin, hier wegzukommen.« Sie nickte ihnen zu und zog sich zu einem Schott. Die Soldaten von der MARLIN machten ihr Platz.

»Sie ist enttäuscht, weil die Implantate nicht ihren Erwartungen entsprechen«, flüsterte Tamis.

»Sie wollte sich auf der ESOX körperlich aufrüsten?«, vermutete Kara.

»Ja. Manipulationen an Gehirn und Rückenmark sind auf der ORCA verboten, für alles andere gilt das jedoch nicht. Arivor ist wohl zum Großteil Maschine. Ich habe sie noch nie etwas essen sehen.«

»Aber wieso ist sie enttäuscht?«, fragte Macro. »Die ESOX müsste doch in dieser Richtung viel zu bieten haben.«

»Mit ihrer neuen Hand kann sie Stahl zerquetschen.«

Tamis schob eine seiner wirren Haarsträhnen aus dem Blickfeld. »Aber als sie ein Schott damit aufreißen wollte, hat sie sich den Arm aus dem Schultergelenk gezogen. Das hat sie zum Gespött unter ihren Leuten gemacht.«

»Du wirkst müde«, stellte Kara Jeskon fest.

Berglen sah zu der zierlichen Frau mit den blonden spiralförmigen Locken hinüber, aber sie meinte jemand anderen.

Das Licht aus den Holokuben erhellte Macro Debois' Gesicht, in dem tiefe Schatten unter den aufgequollenen Augen lagen. Er hielt sein Gähnen nicht mehr zurück.

»Ich kann mir ein Aufputschpflaster kleben«, bot er dennoch an.

»Lass nur«, schlug sie vor. »Besser, du schläfst ein paar Stunden und übernimmst dann wieder. Wer weiß, wie lange das hier noch dauert?«

»Irgendwann müssen sie ja zu einem Ergebnis kommen«, widersprach er.

»Und woher wollen wir wissen, dass dann nicht die nächste Katastrophe ansteht?« Sie fuhr sich mit der Hand durch das Haar. An ihrem Arm gab es keine Wölbung mehr, die Manschette war entfernt.

»›Katastrophe‹ würde ich es nicht nennen.« Auch sein Lächeln wirkte müde. »Eine kleine Schwierigkeit, die wir sicher gelöst bekommen.«

Über diese ›kleine Schwierigkeit‹ konferierten die Anführer der anderen siebenundzwanzig Schwarmschiffe bereits seit vier Stunden. Den Kommissaren auf der Esox kam lediglich eine beratende Funktion zu, und den Bewohnern des besetzten Schiffs noch nicht einmal das. Sie hatten keinen Zutritt zu dem versiegelten Raum, in dem siebenundzwanzig Kuben an der kugelförmigen Außenwand Bilder von den Gesprächspartnern übertrugen. Die Kommissare schwebten in der Mitte des Raumes, wo es auch einen Vorrat an Erfrischungen gab, befestigt an einem Gebilde mit Spendern für Getränke und Snacks. Berglen fand Geschmack am Gotako, einem süßen Trunk, den auch Kara mehrfach wählte. Da der Ausschank am selben Komplex wie die Kontrollen untergebracht war, mit denen sich die Technik steuern ließ, konnte er sich dazwischen bewegen, ohne frei schweben zu müssen.

Denn im Gegensatz zur SQUID, wo man wohl an einem Besprechungstisch gesessen hätte, schwebte man hier einfach in der Luft. Unbequem war das nicht. Berglen fand es sogar entspannend, es benötigte ebenso wenig Kraft, wie in einem weichen Bett zu liegen. Aber es war ungewohnt.

»Also gut«, gab Debois nach. »Ich bin in meiner Kabine. Ruf mich, wenn du mich brauchst.«

»Natürlich«, bestätigte Kara mit deutlich hörbarer Ironie.

Debois zog sich an einer der Stangen entlang, die die Kontrolleinheit mit der Wand verbanden und sie so in Position hielten. Kabel spannten sich zwischen diesen Stangen, sodass ein Netz entstand, an dem man jeden Punkt des Raumes erreichen konnte. Debois steuerte zielstrebig einen Ausgang an. Ihm war das Problem, sich in drei Dimensionen zu orientieren, offensichtlich fremd. Für Berglen war es ein seltsamer Anblick, wie sich der Mann beinahe senkrecht aufwärtsbewegte und dabei kaum mehr als die Finger benötigte, um die Masse seines Körpers zu steuern.

Wobei ›aufwärts‹ natürlich nur eine subjektiv empfundene Richtung war. Vorsichtig kippte Berglen seine Achse, bis er sich so ausgerichtet hatte, dass sich Debois waagerecht auf seiner Sichtebene bewegte. Jetzt wirkte es, als glitte der Mann über eine unsichtbare Fläche.

»Wir lassen unsere Waffensysteme vorerst deaktiviert und

ziehen uns an die Peripherie des Systems zurück«, kündigte der Mann in dem Holokubus an, der von der PAYARA übertrug. Wie die Soldaten auf der ESOX war er in eine Rüstung gekleidet. Die Plättchen an seinem Brustpanzer bestanden aus Diamant und Gold, ein ausgeformtes Abzeichen war ein roter explodierender Stern. »Neue Halteposition vier Lichtstunden von der Sphäre entfernt, wir übermitteln die Koordinaten.«

Eine Konferenzschaltung zwischen den Schiffen des Schwarms stellte besondere Anforderungen, mehr noch an die Teilnehmer als an die Technik. Die Signale breiteten sich mit Lichtgeschwindigkeit aus, was bei der Entfernung der Schiffe untereinander zu unterschiedlichen Verzögerungen zwischen Sender und Empfängern führte. Die Anzeige im Kubus verriet, dass sich die PAYARA zwei Lichtminuten von der ESOX entfernt aufhielt. Selbst eine augenblickliche Antwort träfe dort also erst etwa vier Minuten nach der Frage ein. Zur ELRITZE brauchte die Übertragung mit einer halben Stunde am längsten, obwohl sie etwas näher stand als die MAKO. Sie befand sich jedoch in gerader Linie hinter der Sphäre, die direkte Signale blockierte. Deswegen musste man von der ESOX aus die MARLIN oder die SQUID als Relais verwenden, die sich wegen der gemeinsamen Reparaturarbeiten praktisch am selben Ort aufhielten.

In jedem Kubus leuchtete jeweils ein Symbol für jedes andere Schiff. Der Kommunikationscomputer berechnete, ob auf dem Schiff, das in den Kubus übertrug, derselbe Nachrichtenstand von den anderen Stationen eingetroffen war, wie er auf der ESOX bekannt war. Auch das fand Berglen gewöhnungsbedürftig. Im Kubus der SQUID etwa, in dem der Zoëliker Ruwen zu sehen war – ein Mann, dem gedrehte Hörner seitlich aus dem Hals wuchsen –, waren die meisten Symbole fahlgelb gefärbt. Das bedeutete, dass man dort im

Wesentlichen auf dem neuesten Diskussionsstand war. Die Kugel mit dem Fisch, aus dessen Unterkiefer zwei Reißzähne ragten, die für die PAYARA stand, war jedoch grau. Also konnte ein Beitrag, der nun von Ruwen kommen mochte, die Informationen von der PAYARA noch nicht berücksichtigen.

Das Terminal an der Zentraleinheit bot Berglen die Möglichkeit, die Botschaften so sortiert abzuspielen, wie sie dem jeweiligen Informationsstand entsprachen. Das wich oft von der Reihenfolge ihres Eintreffens ab.

Insgesamt verursachte ihm dieses System Kopfschmerzen. Er war froh, kein Diplomat zu sein.

Aus dem Augenwinkel schielte er zu Kara. Soweit er wusste, war auch sie neu in diesem Geschäft. Sie schien konzentriert. Sie setzte sogar eine Nachricht ab.

»Die MAKO und die PAYARA wurden während der Kommunikation mit der Sphäre von aggressiven Computerviren befallen, die die Bordsysteme in wesentlichen Bereichen lahmlegen«, fasste sie das Kernproblem zusammen. »Wir können froh sein, dass sie noch manövrierfähig sind.«

In einem direkten Gespräch hätte man auf der PAYARA sicher vehement widersprochen. Dort hasste man jedes Eingeständnis von Schwäche.

»Die besten Computerexperten haben wir auf der ESOX. Ich schlage vor, dass wir Reparaturteams schicken.«

»Selbstverständlich unter strenger Bewachung«, warf Weldruga ein, die derzeit ranghöchste Vertreterin der PAYARA an Bord der ESOX. Sogar in diesem isolierten Konferenzraum trug sie ein Strahlengewehr auf dem Rücken und jeweils eine Pistole in Magnethalterungen an beiden Oberschenkeln.

»Ich halte Karas Vorschlag für gut«, sagte Berglen. »Auch die ESOX ist Teil des Schwarms. Der Bürgerkrieg ist vorüber, und wir sollten uns bemühen, ihren Status schrittweise zu normalisieren.«

Kara warf ihm einen dankbaren Blick zu. So, wie er sie einschätzte, verfolgte sie genau dieses Ziel.

Das Symbol für die Esox, ein Hecht, färbte sich in den Holokuben der anderen Schiffe grau. Das Signal war unterwegs. Zur PAYARA würde es zwei Minuten brauchen, die Antwort ebenso lange. Erst nach dieser Zeitspanne würde das Symbol wieder gelb leuchten.

Berglen setzte an, sich zu Kara hinüberzuziehen, als sein persönliches Terminal eine Direktnachricht von der SQUID anzeigte. Er vergewisserte sich, dass niemand hinter ihm schwebte und Einblick nehmen konnte.

Die Botschaft bestand aus Text, der über das Siegel der Roten Familie gelegt war, drei rote Spiralen, die ein Dreieck bildeten. Berglen verbeugte sich, bevor ihm einfiel, dass sich niemand im Raum befand, der ihn dabei hätte beobachten können und die Bedeutung dieser Respektsbezeugung einzuordnen verstand. Dennoch war er zufrieden. Kein Mensch hatte in der Nähe der Roten Familie so lange überlebt wie er. Das lag daran, dass er nicht nur nützlich, sondern auch vorsichtig war.

Die Nachricht war kurz, aber unmissverständlich. Er las sie zweimal, dann löschte er sie. »Ich habe einen weiteren Vorschlag«, sagte er befehlsgemäß. »Nach dem Eindruck, den ich an Bord der Esox gewonnen habe, scheint sie mir am besten geeignet, den Kontakt zur Sphäre weiterzuführen. Da diese über technische Codes kommuniziert, ist man hier ideal darauf eingestellt, die Gespräche zu führen.«

Kara starrte ihn an. Die Wärme war aus ihrem Blick verschwunden, was ihm unerwartet viel ausmachte.

»Die Esox soll näher an die Sphäre verlegen«, fuhr er fort. »Die anderen Schiffe können sich eine Lichtstunde weit zurückziehen und das System untersuchen.«

Berglen ahnte, wieso die Rote Familie wollte, dass er diesen Vorschlag brachte. Auf diese Weise war es nur die Einschätzung eines Beobachters vor Ort, nicht die offizielle Position der SQUID. Die Zoëliker konnten die Reaktionen der anderen Schiffe abwarten und sich dementsprechend zustimmend oder ablehnend äußern.

Karas Ablehnung stand ihr ins Gesicht geschrieben. Sie verließ ihren Platz und kam zu ihm. Statt sich abzustoßen, benutzte sie kleine Manövrierdüsen, die an ihrer Hüfte und den Schultern angebracht waren. Leise surrend schwebte sie heran. Wie sie die Geräte steuerte, konnte Berglen nicht erkennen. Für jemanden, dem die Schwerelosigkeit neu war, blieb das Hangeln wohl die einfachere Lösung.

»Ihr würdet der Esox keine Träne nachweinen, wenn sie dieser Sphäre zum Opfer fiele! Deswegen schickt ihr sie vor.«

»Sie ist … tatsächlich am besten … für technische Kommunikation ausgerüstet.« Er wunderte sich, dass er stammelte. Ob Kara darum wusste, dass die Wut sie noch attraktiver machte?

»In jedem anderen Schiff kann ein Computervirus den Betrieb lahmlegen«, giftete sie. »Bei den Menschen der Esox mit ihren Implantaten kann er tödlich wirken.«

»Glaubst du wirklich, dass wir die Esox zerstört sehen wollen?« Zu spät fiel ihm auf, dass er sie duzte. Aber sie gebrauchte ja umgekehrt ebenfalls die vertrauliche Anrede. »Das könnten wir mit einer einfachen Verständigung regeln. Du hast die Sprengsätze gesehen. Dieses Schiff ist uns ausgeliefert.«

»Ja, und das genießt ihr, nicht wahr?« Sie bebte. »Wann begreift ihr endlich, dass wir alle zusammenstehen müssen? Auch mit Fremden. Wer immer in dieser Sphäre lebt, er hat uns viel zu bieten!«

Darin waren sich alle einig. Allein die Waffentechnologie, die bis in den Rotraum reichte, würde ihnen unschätzbare Vorteile gegenüber Feinden wie den Giats verschaffen. Berglen wusste, dass er dieses Argument bei Kara besser unerwähnt ließ.

»Wer, wenn nicht die Bewohner dieses Systems, könnte uns helfen, unsere Schiffe zu reparieren?«, fragte sie.

Ihm lag auf der Zunge, dass sie schließlich auch für den Großteil der Beschädigungen verantwortlich waren. Auch diese Bemerkung hielt er zurück. »Dann bist du doch in der besten Position, diese Sichtweise zu vertreten«, sagte er stattdessen. »Du bist auf der Esox und kannst die Verhandlungen leiten. Die anderen Schiffe befinden sich eine Stunde entfernt. Ihr werdet erheblichen Spielraum bei den Gesprächen haben.«

Wütend sah sie zu Weldruga hinüber. Die Soldatin hatte eine Pistole aus der Halterung gelöst und spielte an irgendwelchen Einstellungen herum.

»Würdest du den Kontakt lieber der Payara überlassen?«

»Die zieht sich mit ausgefallenen Systemen zurück.« Immerhin klang sie jetzt eher nachdenklich als wütend.

»Wäre die Orca besser?«

»Wohl nicht«, gestand sie zu und schwebte zu ihrem Terminal.

Nachdenklich betrachtete Berglen den Kubus, der das Bild von der Squid übertrug. Scheute die Rote Familie wirklich das Risiko, das mit der zu großen Nähe zur Sphäre verbunden war? Schließlich verzeichneten die Bugani Noraste als Gefahrenzone, und die Mako und die Payara waren in ernsten Schwierigkeiten. Vom Angriff während des Anflugs ganz abgesehen … Oder hoffte man auf der Squid, an der Peripherie des Systems etwas Interessanteres zu finden?

Der Schwarm war hierhergekommen, weil er der Spur eines unbekannten Sternenimperiums der Menschen folgte. Bislang hatten sie auf dieser Fährte nur zerstörte Welten vorgefunden, ausgelöschte Kolonien. Diese Menschen hatten dasselbe Schicksal erlitten wie die Vorfahren jener, die jetzt im Schwarm lebten. Noraste war das Ende ihrer Datenlinie, von hier aus wussten sie nicht, in welcher Richtung sie weitersuchen sollten. Und so total wie hier war die Zerstörung nirgendwo gewesen: Keinen einzigen Planeten, noch nicht einmal hinreichend große Bruchstücke erfassten die Scanner. Aber vielleicht gab es da draußen einen Hinweis, etwas, das der Fernortung entging. Möglicherweise etwas, das nur den seltsamen Sinnen des lebenden Raumschiffs zugänglich war und das die Rote Familie zunächst selbst in Augenschein nehmen wollte, bevor sie die anderen Schiffe darüber unterrichtete ... Berglen faltete die Hände, um seine Nervosität zu verbergen.

Die Antwort von der PAYARA traf ein. »Wir wollen kein Reparaturteam von der ESOX, das in unseren Computern herumpfuscht. Sie als vorgeschobenen Posten einzusetzen, ist dagegen ein kluger Gedanke.«

So wurde es beschlossen.

—

Der Arzt hatte nur Kara Jeskon hergebeten, aber Macro Debois begleitete sie. Er war in ihrer Kabine gewesen, ein Wort hatte das andere gegeben, aus Worten waren Berührungen geworden, und sie hatten miteinander geschlafen. Jetzt verhielt er sich anhänglich, sogar ein bisschen galant. Auf dem Weg von der Transportstation zum Medobereich überließ er es ihr, zuerst die Haltegriffe zu wählen, an denen sie sich durch die Röhren ziehen wollte. Das gefiel ihr, obwohl sie wegen ihrer Manövrierdüsen gar keine Griffe benötigt hätte. Dennoch hätte sie jetzt gern etwas Zeit ohne ihn gehabt. Er war ein geschickter Liebhaber, ganz so, wie sie es sich wünschte. Und trotzdem sagte ihr Gefühl ihr, dass es unklug war, ihre berufliche Zusammenarbeit mit einer sexuellen Beziehung zu vermischen. Wenn sie die Angelegenheit zu einem Ausrutscher erklärte, allein den Hormonen geschuldet, riskierte sie jedoch, Macro zu verprellen. Und damit würde sie den Freund verlieren, mit dem sie so anregend philosophieren konnte. Er war nicht immer einer Meinung mit ihr – weder beim Koexistenzialismus noch bei anderen Themen –, aber er diskutierte stets respektvoll und wählte seine Argumente klug. Sie würde ihre Unterhaltungen vermissen … Mehr, als sie die körperliche Nähe vermisst hatte. Wieso hatte sie sich keinen anderen Mann gesucht? Mit ein wenig Geduld hätte sich bestimmt auch auf der Esox jemand Attraktives gefunden.

Zum tausendsten Mal fragte sich Kara, wieso es ihr so schwerfiel, allein zu sein.

Die Navigationshilfe an ihrem Armbandkommunikator meldete, dass sie die Tür zum Behandlungszimmer erreicht hatten, eine runde Luke mit gepolstertem Rand. Macro zog sich neben sie, grinste spitzbübisch und raubte sich einen Kuss. Die beiden Soldaten von der MARLIN, die sie eskortierten, sahen demonstrativ zur Seite.

Kara lächelte, verwirrt, weil sie sich nun fragte, ob es noch etwas Dümmeres gab, als sich eine schöne Zeit dadurch zu verderben, dass man sich ständig selbst daran erinnerte, dass man gerade eine Dummheit beging. Sie drückte die Hand auf das Sensorfeld.

Die Tür glitt auf. Die Soldaten blieben zurück.

Zuerst glaubte Kara, sie seien falsch geführt worden. Statt eines Raums mit warmem Licht, der Gelegenheit bot, sich angenehm an einer Wand zu befestigen, dazu einer oder zwei Untersuchungsröhren und vielleicht einer Instrumentensäule, erwartete sie eine mit technischen Gerätschaften vollgestopfte Kammer. Kabel verbanden Stangen, an denen allerlei Werkzeuge hingen – Spulen, Spiralen, Zangen, Sonden –, deren Funktion Kara nicht zu erraten vermochte, die sie jedoch keinesfalls mit medizinischen Verwendungen assoziierte. Kleine Holos leuchteten an der zu einer gestreckten Hohlkugel gewölbten Wand. Ein weiblicher Körper trieb reglos in der Luft, die Arme an den Rumpf gelegt. Nicht nur der Anzug, sondern auch die Haut war grau, wie Kara an den Fingern erkannte, deren vordere Glieder aus chromglänzenden Implantaten bestanden. Das Gesicht war nicht zu erkennen. Ein Helm umhüllte den Kopf. Mehrere Kabel führten von ihm zu einer Konsole, an der ein weiß gekleideter Mann schwebte. Ein spiegelndes Metallband führte von einem Ohr zum anderen und verdeckte Augen und Nase.

Allein der Umstand, dass sich auch Berglen hier befand, ließ Kara vermuten, doch am richtigen Ort zu sein, obwohl sie nicht erwartet hatte, den Mann von der SQUID hier zu treffen.

»Schön, Sie zu sehen, Kara.« Er lächelte sie an.

»Jeskon«, sagte Macro. »Auf der MARLIN benutzen wir Nachnamen. Sie heißt Jeskon.« Er schwebte zwischen sie und Berglen, als müsse er sie vor einem physischen Angriff beschützen.

»Natürlich.« Berglen nickte.

Kara versuchte sich zu erinnern, wie sein Gewand in der Schwerkraft der SQUID gefallen war. Hier bauschte es sich hinter ihm auf, aber auf dem lebenden Schiff reichte der Umhang bis zu den Oberschenkeln. Die Brust mit dem weißen Haar ließ er auch dort frei.

»Dann sind Sie wohl Zegato, der Arzt?«, wandte sich Macro an den Mann im weißen Anzug.

»Ich bin froh, dass Sie kommen konnten.« Er löste sich von der Frau und schwebte ihnen durch das Kabelgewirr entgegen. »Wobei ich mir unsicher bin, wer Sie …«

»Mein Name ist Macro Debois. Ich begleite Kara.«

»Also Frau Jeskon«, erklärte Berglen schmunzelnd.

Kara überdeckte ein Lachen mit einem Räuspern. »Sie sagten, ich könnte Ihnen mit Ihrer Patientin helfen?«

»Ja, Sie und, wie ich hoffe, auch Herr Berglen.«

»Einfach ›Berglen‹ reicht.« Er strich seine lange Weste zurecht, sodass sie halbwegs am Körper anlag.

Aus der Nähe irritierte das Band über Zegatos Gesicht noch stärker. Die Wölbung zog Karas Spiegelbild in die Breite. Es sah so aus, als wäre ihre Nase faustgroß.

»Sie beide kennen diese Frau.«

Plötzlich begriff Kara. »Xeramel!«

»So ist es«, bestätigte der Arzt.

Fragend sahen Macro und Berglen sie an. »Ich erinnere mich nicht«, sagte der Gesandte der Squid, »dass ich jemandem mit diesem Namen begegnet wäre.«

»Ich dachte, Sie hätten die Menschen von Cochada evakuiert?«, fragte der Arzt.

»Das stimmt auch, die Squid hat uns während der Raumschlacht rausgeholt.« Kara nickte bekräftigend. »Aber Berglen hat Xeramel dennoch nie getroffen. Wir haben sie schon vorher fortgebracht. Die Planetarier hatten uns entführt. Die Situation wurde gefährlich, eine von uns haben sie erschossen.« Kara schluckte. Sie war nicht ganz unschuldig an der Eskalation gewesen. »Wir mussten handeln. Kämpfen.«

Mitfühlend legte Macro einen Arm um ihre Schultern.

»Xeramel war dabei. Ihre Schwester …« Sie sah den Arzt an. »Ich erinnere mich nicht an ihren Namen.«

»Xytara«, half Zegato. »Xeramel und Xytara waren Mentalzwillinge. Sie standen in permanentem Austausch miteinander. Seit Xytaras Tod ist Xeramel blockiert.«

»Sie meinen, sie steht unter Schock?«, vermutete Berglen.

»So in etwa.«

»Ist Xytara während dieses Kampfes gestorben?«, fragte Macro.

Kara nickte. Sie hütete sich, zu viel davon zu erzählen, vor allem vor Berglen. Damals war offenbar geworden, dass man auf der Esox das Waffenverbot sehr lax auslegte; Xytara hatte Strahler in den Unterarmen montiert gehabt. Wohl deswegen war sie das primäre Ziel ihrer Gegner gewesen.

»Nun, dann tut es mir leid, dass ich Sie grundlos gerufen habe, Berglen.« Der Arzt griff die Hand des Angesprochenen und umfasste auch den Ellbogen. »Ich hatte gehofft, Xeramel könnte Sie mit dem Vorfall in Verbindung bringen, der ihren jetzigen Zustand ausgelöst hat.«

»Das ist kein Problem«, versicherte Berglen. »Meine Aufgaben auf der Esox sind ohnehin erledigt. Man holt mich in einer Stunde ab.«

»Schon?«, fragte Kara.

»Ich werde anderweitig gebraucht.«

»Was ist mit den Verletzten aus dem Transportsystem?«

»Wir alle werden auf die SQUID zurückkehren. Wir wissen die Esox ja in guten Händen.«

Kara hätte diese Bemerkung so verstehen können, dass man die eigenen Leute vor der Gefährdung in Sicherheit bringen wollte, die der Kontakt mit der rätselhaften Sphäre darstellen würde. Aber Berglens Lächeln war so gewinnend, dass sie es als Kompliment auffasste.

Sie merkte, dass sie ihn schon eine ganze Weile ansah, und dass Macro das ebenfalls auffiel. Rasch wandte sie sich an den Arzt. »Wie können wir denn helfen? Ich meine: Ich, wie kann ich dazu beitragen, dass es Xeramel besser geht?«

Er griff ihre Hand auf dieselbe Weise, wie er es zuvor bei Berglen getan hatte. »Ihr Anblick wird die Patientin möglicherweise stimulieren«, sagte er. »Wenn wir Bildmaterial von dem Vorfall hätten, irgendeine Aufzeichnung, hätte ich es damit versucht. Aber wie die Dinge liegen, ist die Begegnung mit Ihnen das beste Mittel, um die Ereignisse wieder gegenwärtig zu machen. Das könnte eine Reaktion auslösen.«

»Was für eine Reaktion?«, wollte Kara wissen.

»Ein kleiner Schock, um den großen zu durchbrechen, wenn Sie so wollen«, erklärte er. »Xeramel befindet sich seit mehreren Wochen in einem Zustand, in dem sie keine Verbindung zur Außenwelt herstellen kann. Sie ist in ihrem eigenen Kopf gefangen.«

»Ist sie hirntot?«, fragte Macro.

»Im Gegenteil. Normalerweise führt ein Gehirn in jeder Sekunde zehn hoch dreizehn Rechenoperationen durch. Bei ihr sind es zehn hoch vierzehn, zehnmal so viele. Sie ist hochaktiv, aber sie versucht ständig, die Schnittstelle zu ihrer verstorbenen Schwester anzusprechen.«

»Können Sie die Gegenstation nicht simulieren?«, fragte Berglen.

»Das versuche ich, seit man sie an Bord gebracht hat.« Zegato löste sich von Kara und schwebte zu einem Cluster gelber und grüner Holos. »Leider ohne Erfolg. Die Gehirne von Mentalzwillingen sind sehr fein aufeinander abgestimmt, und sie prägen sich fortlaufend, während sie in Kontakt miteinander stehen. Das ganze Leben lang. Obwohl ich kürzlich neue Ressourcen freigeschaltet bekommen habe …« Er zögerte. »… sehe ich keine Möglichkeit mehr, Xeramels Isolation zu durchbrechen. Das bedeutet, dass ich den Exitus einleiten müsste.«

»Sie wollen sie töten?«, rief Kara.

»Nein, genau das will ich nicht. Deswegen habe ich Sie hergebeten.«

Kara musterte den reglosen Körper. Er sah aus wie eine Puppe, ein lebloses Stück Plast, wie Schneider es verwendeten, um ihre Kleider in Form zu bringen. Es war kaum zu glauben, dass in dem Kopf unter dem Helm eine solche Aktivität herrschte, wie der Arzt sie beschrieb.

Sie schwebte heran. »Darf ich sie berühren?«

»Bitte noch nicht«, sagte Zegato. »In der ersten Stufe möchte ich das Visier transparent schalten. Vielleicht reicht der Sichtkontakt bereits aus. Ich will die Konfrontation so sanft wie möglich gestalten.«

Kara zog sich so, dass sie einen Meter vor dem Kopf schwebte.

Zegato tippte auf einige leuchtende Sensorfelder.

Das Material des Helms wurde durchsichtig. Darunter kam ein haarloses Gesicht mit grauer Haut zum Vorschein. Schläuche führten in die Nase und in die linke Halsschlagader, dünne Kabel steckten in der Kopfhaut. Die Augen waren geschlossen.

»Ich kann die meisten Körperfunktionen von hier aus steuern.« Zegato wischte durch die Holos, die Anzeigen wechselten. In einigen davon erkannte Kara anatomische Schemata.

Plötzlich öffneten sich die Lider. Braune Augen blickten Kara an.

»Es funktioniert!«, rief Zegato. »Ich sehe …«

Der rechte Arm der Patientin bewegte sich.

Kara versuchte auszuweichen, aber Xeramels Hand schloss sich um ihren Unterarm. Sie schrie auf.

Berglen wollte zu ihr eilen, stellte sich jedoch ungeschickt an. Sein Bewegungsimpuls war zu stark, er streifte sie und flog weiter, bis er an eine mit allerlei Geräten behangene Säule prallte.

Macro bewegte sich erheblich sicherer. Er versuchte, den Griff um Karas Arm zu lösen. Er war nicht schmerzhaft, aber fest, und Xeramels gekrümmte Finger ließen sich keinen Millimeter öffnen.

»Moment, ich kann das von hier regeln«, kündigte Zegato an. »Bitte haben Sie keine Angst.«

Er bediente seine Holos.

Die Hand erschlaffte, Macro und Kara konnten sie mühelos vom Arm abziehen. Xeramels Lider schlossen sich langsam wieder.

Kara atmete heftig. »Das war ja wohl eine eindeutige Interaktion mit der Umwelt.«

»Ja«, sagte Zegato glücklich.

»Da wird jeder zustimmen«, meinte Kara, »dass es verfrüht wäre, Ihre Patientin aufzugeben.«

»Ich bin froh, dass Sie das sagen. Ich bin der Meinung, dass jedes Leben einen Wert hat. Wir sollten es niemals mutwillig beenden. Ihre Einschätzung zu diesem Fall wird sehr helfen. Das Wort einer Kommissarin hat hier einiges Gewicht.«

Xeramel war nun wieder reglos, beinahe so wie zu dem Zeitpunkt, als sie in das Behandlungszimmer gekommen waren. Nur der rechte Arm lag nicht mehr gerade an ihrer Seite, sondern schwebte halb vorgestreckt mit locker geöffneter Hand.

Macro zog Kara ein Stück zur Seite. »Wir sind neu auf der Esox«, flüsterte er. »Ich habe den Eindruck, dass dieser Arzt eine Minderheitenposition vertritt. Offenbar wäre es in der Kultur dieses Schiffs üblich gewesen, die Lebenserhaltung einzustellen.«

»Ich kann nicht glauben, dass du das sagst.« Hatte sie wirklich noch vor einer Stunde mit diesem Mann geschlafen?

»Ich will eine vorschnelle Bewertung vermeiden.« Er hob die Hände. »Es geht mir nur darum, Reibungsflächen zu minimieren. Vor allem, solange wir nicht mit den Bräuchen vertraut sind, sollten wir gründlich nachdenken, bevor wir Stellung beziehen.«

»Gerade als Fremde brauchen wir Leute an Bord der Esox, denen wir vertrauen können.«

»Und da fällt dir zuerst ein Arzt ein?«, zweifelte er.

»Er kann uns nützlich sein.«

Sie wandte sich zu Zegato, der sich mit einer Wolke aus Holos beschäftigte. »Welche Meinung haben Sie zu den Morden an den Kommissaren? Denen von der PAYARA und der MARLIN?«

Er drehte sich zu ihr. »Schreckliche Vorfälle.«

»Sie sagen ›Vorfälle‹?«, fragte Macro. »Nicht ›Morde‹?«

»Vermutlich waren es Tötungen, die Serien von Hirnschlägen zum gleichen Zeitpunkt wären ein ausgesprochen ungewöhnlicher Zufall.«

»Aber ...?«, hakte Macro nach.

»Die Situation, in der man die beiden gefunden hat, war ja recht eindeutig. Unter Liebenden soll ein gemeinschaftlicher Suizid vorkommen.«

»Gab es denn ein Motiv dafür?« Berglen näherte sich mit vorsichtigen Griffen.

»Davon weiß ich nichts, aber ich kann es auch nicht ausschließen.«

»Aber die Todesursache«, meinte Kara. »Dazu haben Sie doch bestimmt eine Idee. Was hat diese Hirnschläge ausgelöst? Unsere Leute haben keine eindeutigen Spuren gefunden.«

Er zuckte mit den Achseln. »Ich durfte die Leichen leider nicht untersuchen. Ärzte von der Esox gelten als nicht vertrauenswürdig.«

Macro bedachte sie mit einem vielsagenden Blick.

Berglens Kommunikator meldete sich. »Meine Fähre ist im Anflug«, sagte er.

In gewisser Weise empfand Berglen es als Erlösung, zurück auf der SQUID zu sein. Nach den Tagen in der Schwerelosigkeit schätzte er, was zuvor so selbstverständlich gewesen war, dass er es noch nicht einmal bemerkt hatte: auf seinen Füßen zu stehen, sich gehend zu bewegen, ohne Furcht, durch einen zu kräftigen Impuls hilflos in der Luft paddelnd zu stranden.

Andererseits war er sich nun umso stärker bewusst, dass er an Bord des lebenden Schiffes niemals allein war. Der Boden, auf dem er stand, hob und senkte sich in langsamen Zyklen. Die fleischigen Wände dehnten sich und kontrahierten etwas schneller und die Adern pumpten die Lebensflüssigkeit der Gütigen Mutter durch den kilometerlangen Kreislauf. Ihre Stimme sang Töne in seinem Fleisch, die zu lang gezogen waren, als dass ein Mensch die Melodie hätte erfassen können. Berglen hatte den Eindruck, dass sie zufrieden war. Aber womit? Mit seiner Mission auf der MARLIN und der ESOX? Damit, dass er zu Hause war? Oder mit sich selbst, weil sie ihn, einen Zoëliker, wieder in ihrem Gewahrsam hatte?

Berglen hätte gern etwas Zeit für sich gehabt, um sich daran zu gewöhnen, zurück in jenem Schiff zu sein, wo der Wunsch der Gütigen Mutter alles war. Doch wenn der Erwählte rief, folgte man.

Ugrôn lag in einem Teich, auf dem Schlingpflanzen trieben. Der Übergang zwischen diesen Gewächsen und Mutters Adern war nicht genau zu bestimmen. Sie tauchten aus dem Wasser auf und schlängelten sich ans Ufer, wo sie im Fleisch verschwanden, auf dem Berglen stand. Beunruhigender fand er, dass sie sich ebenfalls über Ugrôns Körper legten. Es hätte ihn nicht gewundert, wenn sie sich auch in diesen gebohrt hätten. Er sah lieber nicht zu genau hin.

In dieser Hinsicht war die spärliche Beleuchtung angenehm, nur wenige Leuchtkugeln zogen durch die Adern an der Decke. Das hellste Element in diesem kleinen Raum war der unscharf abgegrenzte Holokubus. Das an den Rändern zerfasernde dreidimensionale Lichtbild zeigte das Norastesystem. Im Zentrum der Darstellung befand sich die SQUID, drei Lichtstunden vom dunkelrot glühenden Sphärenball entfernt, vor dem winzig klein die Position der Esox markiert war. Die anderen Schiffe des Schwarms waren ebenfalls verzeichnet, und dazu, wie Schlieren aus Mehlstaub, die Abermillionen Asteroiden, die man mittlerweile geortet hatte.

Ugrôn rückte ein Stück weit den Beckenrand hinauf, auf den er seine Arme gebreitet hatte. »Worüber denkst du nach?«

Berglen wollte dem Mann, dessen Aussehen sich von Treffen zu Treffen änderte, weil immer neue Wucherungen aus seinem Körper sprossen oder wieder abfielen, seine ambivalenten Gefühle nicht offenbaren. »Ich frage mich, was aus den Menschen geworden ist, die hier gelebt haben.«

»Das tun wir alle«, sagte Ugrôn. »Die klügsten Köpfe des Schwarms spekulieren darüber. Wenn es hier Planeten gab, die eine Kolonie getragen haben, sind sie scheinbar alle zerstört.«

Berglen horchte auf. »Scheinbar?«

Ugrôn grinste, wodurch sich ein wurmartiger Fortsatz auf seiner Wange regte. Oder war es tatsächlich ein Wurm, der sich dort festgesaugt hatte? Leise knackten die verhornten Lider um Ugrôns Augen, die auch jenseits der Iriden gänzlich grün waren und ohne Pupille auskamen.

»Willst du nicht auch ins Wasser kommen?«, fragte er. »Es ist sehr entspannend.«

»Ein andermal, wenn du gestattest«, wich Berglen aus. »Ich genieße es, dass meine Kleidung wieder ohne mein Zutun in Form bleibt.«

»Wie du möchtest. Ich will, dass du dich wohlfühlst.« Ugrôn lachte leise. »Ehrlich gesagt ermöglicht mir das auch, Mutter zu bitten, das Bad noch ein wenig angenehmer für mich zu gestalten.« Knackend schloss er die Lider und legte den Hinterkopf ab.

Berglen betrachtete lieber das Holo als den Mann. »Nach dem, was wir sehen, wurde dieses System gründlicher zerstört als alle, die wir vorher gefunden haben.«

»Wie passt die Sphäre hinein?«

»Vielleicht ist sie der Feind, der diese Zerstörung angerichtet hat«, überlegte Berglen. »Eine technische Zivilisation, Robot-Drohnen, die sich verselbstständigt haben. Sie könnten die Energie des Sterns für sich beanspruchen. Die Menschen haben sich dagegen gewehrt, aber sie haben verloren.«

»Wieso sind die Funksprüche so gut auf unsere Empfänger abgestimmt? Die Übertragungsprotokolle entsprechen praktisch unseren, und wenn sie nicht gerade Formeln senden, verfassen sie ihre Nachrichten in Generalingua.«

»Soweit ich es auf der Esox mitbekommen habe, verraten sie aber nichts über sich.«

»Das stimmt. Sie bombardieren uns mit Gleichungen, und sie fragen, wer wir sind, woher wir kommen, was wir auf unserer Reise gesehen haben.«

»Wenn die Sphäre der Feind ist, der die Kolonie zerstört hat, könnte sie sich alles Wissen der Unterlegenen angeeignet haben. Auch die Sprache.«

Dampf stieg vom Wasser auf.

Ugrôn kratzte sich unter dem Kinn, ohne die Augen zu öffnen. »Deswegen haben wir uns mit den anderen Schiffen geeinigt, nur sehr vorsichtig zu antworten.«

»Ausschließlich über die Esox.«

»Ja.«

Erste Blasen stiegen auf, das Wasser begann zu kochen. Der Erwählte des lebenden Schiffes seufzte wohlig.

»Auf der PAYARA ist man fasziniert von den Waffen, die uns im Rotraum getroffen haben«, berichtete Ugrôn. »Man wollte unbedingt mehr darüber erfahren, aber jetzt kämpft man mit diesen Computerproblemen.«

»Weiß man, ob die Sphäre dafür verantwortlich ist?«

»Wir wissen noch nicht einmal, ob die Sphäre die Waffen im Rotraum steuert. Vielleicht richten sie sich gegen die Sphäre und wurden installiert, um sie an Ort und Stelle zu halten.«

»Eine Art Quarantäne?«, spekulierte Berglen.

»Möglich wäre es. Noch traut sich niemand, in den Rotraum zu transitieren und nachzuforschen.«

»Also warten wir zunächst ab und reparieren unsere Schäden.«

»Alle, bis auf die ESOX.«

»Ja.«

Ugrôn sah ihn an. »Du wirkst unglücklich.«

»Das wäre übertrieben.«

»Etwas beschäftigt dich. Hältst du es für falsch, nur ein Schiff der unmittelbaren Gefahr auszusetzen?«

»Ich begreife die Logik dahinter.«

»Aber?«

Berglen hörte den tiefen Ton von Mutters Gesang in sich. Auf anderen Schiffen mochte man sich darüber sorgen, dass technische Einrichtungen jede Bewegung überwachen konnten. Auf der SQUID war Gewissheit, dass nichts der Gütigen Mutter entging. Von jedem Besatzungsmitglied wusste sie, wo es sich aufhielt, was es sagte, was es aß, ob es unruhig schlief. Ob sie auch die Gedanken lesen konnte? Falls das zutraf, lag die Vermutung nahe, dass sie das Wissen darum mit ihrem Erwählten teilte.

»Es gibt eine Frau an Bord der ESOX«, gab Berglen widerstrebend zu. »Kara Jeskon, eine Kommissarin von der MARLIN. Sie ist keck und klug und sehr vital. Ich fände es bedauerlich, wenn ihr etwas zustieße.«

»Bist du verliebt?«

»Das weiß ich nicht.«

Ugrôn lachte leise und legte den Kopf wieder zurück. »Ja, die Frauen von der MARLIN wissen zu beeindrucken. Daraus kann ich dir keinen Vorwurf machen, Rila würde ihren Spott mit mir treiben.«

Berglen runzelte die Stirn. Im Grunde war es lächerlich, dass er etwas für Kara empfand. Alle Begegnungen zusammengenommen hatte er kaum einen halben Tag mit ihr verbracht, und dabei hatten stets ihre Aufgaben im Vordergrund gestanden. Er erinnerte sich daran, wie er bei Xeramel, dieser lebenden Leiche, gewartet hatte. Berglen hatte sie unheimlich gefunden, bis Kara gekommen war. Danach hatte es Spaß gemacht, ihren Begleiter zu reizen.

Diese Begegnung hatte ihm auch zu denken gegeben. Kara schien mit dem Arzt übereinzustimmen, dass jedes Leben erhaltenswert war. Seitdem überlegte Berglen, ob das wirklich zutraf. Was war mit den Giats, die den Menschen so zusetzten? Und überhaupt, alles Leben … Leben war so vielfältig! Es umfasste die mikroskopischen Astriden, jene Mischformen aus Lebewesen und Energiezustand, die man brauchte, um Materie aus dem Einsteinuniversum im Rotraum zu maskieren und dort reisen zu können. Es schloss Menschen ebenso ein wie die Bakterien, die sie krank machten, und es reichte bis zur SQUID, der kilometerlangen Gigantin, die durch die Leere schwamm und dabei den Menschen in ihrem Leib einen Lebensraum bot. Wenn man als Mensch den Bazillen das Lebensrecht absprach – konnte die SQUID es dann mit gleichem Recht den Menschen verwehren? Sie lebte viel länger, bestimmt Jahrtausende, und ihre Sinne erfassten ganz andere Bereiche als die eines Homo Sapiens.

»Glücklicherweise«, sagte Ugrôn, »erkennt Mutter Dinge, die anderen verborgen bleiben.«

Wieder fragte sich Berglen, ob er seine Gedanken kannte.

Der aufsteigende Wasserdampf zog durch das Hologramm, in dem sich nun rote Linien in den Staub legten, der die Asteroiden markierte. Sie bildeten Ellipsen um die Sphäre.

»Gravitation.« Ugrôn stieß sich ab, tauchte unter und schwamm in die Mitte des Teichs, sodass sein Kopf unter dem Holo wieder durch die Oberfläche brach. »Die ewig unverstandene Melodie, nach der das Universum tanzt. Eigentlich gibt es sie gar nicht. Seltsam, oder? Jeder Himmelskörper, jedes Planetensystem, jede Galaxis wird von einer Lüge zusammengehalten.«

»Von der Krümmung der Raumzeit«, wagte Berglen einzuwenden.

»Für die wir keine Sinne haben.«

Berglen fragte sich, ob der Teich so flach war, dass Ugrôns Füße den Grund erreichten, oder ob ihn etwas anderes unbewegt im Wasser hielt.

»Mutter dagegen spürt sie, die Falten und Verwerfungen, die Täler und das Zerren. Länge, Höhe, Breite, Zeit … Wie tragisch, dass Einstein niemals gesehen hat, wie all das zusammenwirkt. Es ist so schön.« Ugrôn seufzte. »Leider bist du auch noch nicht so weit, das zu erfassen, Berglen. Diese plumpe Annäherung muss ausreichen.«

Der Holokubus vergrößerte einen Zentralbereich, die Sphäre schwoll an. Um den roten Ball legte sich eine grüne Aura.

»Natürlich übt der Stern die größte Anziehungskraft aus«,

erläuterte Ugrôn. »Aber er allein erklärt die Bahnen der Asteroiden nur unvollständig. Auf den anderen Schiffen wird man auch irgendwann darauf kommen. Auf der Esox wäre das vielleicht am ehesten gelungen, wenn wir sie nicht mit der Sphäre beschäftigt halten würden. Ihre Rechenkapazität ist noch immer am höchsten. Sie würde am schnellsten merken, dass auch die Nachwirkungen planetarer Explosionen nicht zu solchen Bewegungsvektoren führen können. Jedenfalls nicht dort.«

Der Bildausschnitt wanderte, verharrte knapp neun Lichtminuten von der Sphäre entfernt und zoomte heran. Grün leuchtete eine durchscheinende Kugel in der Schwärze, die von silbrigen Punkten gesprenkelt wurde, die Asteroiden darstellten.

»Ein Trichter in der Raumzeit«, erklärte Ugrôn. »Oder möglicherweise zwei, um genau zu sein. Die Wirkrichtung oszilliert langsam, wie bei zwei Gravitationssenken, die sich nahe beieinander umkreisen.«

»Wie ein Planet und ein Mond?«

»Optisch überprüfen können wir das leider nicht, sie sind unsichtbar.«

»Du meinst … sie strahlen kein Licht ab?«

»Es sind nicht einfach nur dunkle Körper. Sie verdecken auch den Hintergrund nicht. Wenn wir die Sensoren ausrichten, sehen wir die Asteroiden in diesem Bereich völlig klar. Allerdings sehen wir auch eine Lücke zwischen ihnen. Man erkennt sogar eine Schneise, die die Umlaufbahn dieses Dings um die Sphäre zieht, wenn man darauf achtet. Zufällig wird man wohl nicht darauf kommen, dafür stehen die Asteroiden zu weit auseinander.«

»Aber wenn da eine Gravitationssenke ist, muss dort auch Masse sein!«, rief Berglen. »Die müssten wir doch sehen können.«

»Es sei denn …« Ugrôn schmunzelte, wodurch sich der Wurm auf seiner Wange wieder rekelte.

Berglen verschränkte die Arme auf dem Rücken und ging am Rand des Teiches entlang. »Vielleicht hochverdichtet. Wie bei einem Neutronenstern oder einem schwarzen Loch. Da passt die Masse eines Planeten in ein paar Kubikzentimeter.«

»Das erklärt noch nicht alles«, mahnte Ugrôn. »Auch schwarze Löcher können einander umkreisen, aber unsere Formeln passen noch nicht zu dem, was Mutter uns vermittelt. Das zweite Loch dürfte noch nicht einmal einen Millimeter durchmessen, aber dann bekommen wir Schwierigkeiten mit der Umlaufgeschwindigkeit.« Er seufzte. »Überlassen wir das den Mathematikern. Was zählt, ist, dass dies die Waffe sein könnte, die das Norastesystem zerstört hat. Oder wir haben die Überreste ihres Einschlags entdeckt.«

»Wenn die Sphäre schwarze Löcher erzeugen könnte …«

»… oder jedenfalls der Feind, von dem wir noch nicht wissen, ob er mit der Sphäre identisch ist …«

»… wäre das ein Sprung in der Waffentechnologie!«

Weder die Menschheit des Schwarms noch die Gegner, denen sie bisher begegnet war, vermochte die Gravitation zu manipulieren. Allein die Squid erzeugte ein künstliches Schwerefeld, und als sie diese Fähigkeit in der letzten Raumschlacht gegen ein Schiff der Giats eingesetzt hatte, war das für alle eine Überraschung gewesen, sogar für die Zoëliker. Der durchschlagende Erfolg hatte einen freien Abzug erzwungen. Aber Mutter war schwer verwundet worden, sie hatte einen Tentakel verloren. Vermutlich musste sie nah an einen Gegner heran, um ihre Fähigkeit einzusetzen. Wenn man dagegen eine Distanzwaffe zur Verfügung hätte, die dieselbe Wirkung erzielte, wäre der Sieg in jeder Raumschlacht gewiss!

»Sobald die Payara davon erfährt«, flüsterte Berglen, »wird sie jedes Risiko eingehen, um an diese Technologie zu kommen.«

»Deswegen werden wir uns diese Sache zunächst allein ansehen.« Ugrôn schwamm auf dem Rücken zum Rand des Teichs zurück, sodass nur noch der Dampf die schneckenartigen Wucherungen an Brust, Bauch und Beinen verschleierte. »Und jetzt lass uns auf die Gütige Mutter lauschen.«

—

»Haben Sie hier den Befehl?«, fragte Tervoil, der Mann, der sich als neuer Kommissar der Payara auswies.

»Wir teilen uns das Kommissariat der Marlin zu zweit«, erklärte Kara Jeskon.

Außer ihnen beiden hielten sich noch Zegato und seine Patientin Xeramel, die nach der stimulierenden Begegnung erstaunliche Fortschritte machte, in dem unübersichtlichen Raum in einem der Ausläufer der Esox auf. Hier war alles für die Rechner optimiert, kantige Speichermodule, Datenleitungen, die Kara gerade mal mit beiden Armen umfassen konnte, Terminals und Prozessorkerne mit wechselnden Leuchtanzeigen ragten scheinbar willkürlich in den Raum. Die Techniker hatten sich alle Mühe gegeben, die Leistungsfähigkeit dieses Clusters zu maximieren.

Tervoil schwebte im bläulichen Licht einiger Statusholos und der Sterne, die hinter einem großen Außenfenster in der Schwärze des Alls hingen, vor der Doppelschleuse. In der kurzen Röhre zwischen den Türen stellten Hochleistungsscanner sicher, dass niemand etwas aus diesem Raum entfernte.

»Wie Sie Ihre Kommandostruktur organisieren, ist Ihre Sache«, befand Tervoil. »Bringen Sie mich auf den aktuellen Stand.«

Seine Erscheinung war weniger wuchtig als die der Payara-Soldaten, denen Kara bisher begegnet war. Die Schultern waren nicht übermäßig breit, überhaupt war er weniger kantig, seine Rüstung wies viele geschwungene Linien auf. Sie bildete Muskelpakete nach, bei denen Kara sich fragte, ob auch der Mann unter dem Panzer so austrainiert war. Wenn das zutraf, hätte Tervoil mühelos einen Ringkampf gegen vier der Leibwächter, die von der Marlin mit herübergekommen waren, gewonnen. Die Proportionen bewirkten dennoch, dass es nicht unförmig oder gar krankhaft wirkte.

Sein Helm war im Nacken mit der Rüstung verbunden und wölbte sich über den Kopf bis zur Stirn, ließ jedoch die Brauen und alles unterhalb davon frei. Trotz des eckigen Kinns gab ihm das ein menschlicheres Antlitz als jenen, bei denen die gepanzerte Halskrause bis zur Nase hochgezogen war. Kara schätzte ihn auf Mitte vierzig, mehr als doppelt so alt, wie sie selbst war.

»Wir befinden uns hier in einer sogenannten Vakuumkammer.« Karas weite Geste umfasste das chaotische Sammelsurium, das den Raum füllte.

»Dann sind wir überraschend resistent gegen Luftmangel und Unterdruck.« An den blauen Augen bildeten sich sogar Fältchen, als er grinste.

»Es ist nur ein Bild«, erklärte Kara. »Es steht für die völlige Isolation dieser Einrichtung vom Rest des Schiffes, was eine Richtung des Datenstroms angeht. Wir bekommen hier alles, was die Sensoren der Esox von der Sphäre auffangen, aber kein einziges Signal verlässt diesen Raum. Für die Systeme der Esox existiert er nicht.«

»Was wäre in einem Notfall?«, fragte Tervoil. »Wenn ein Feuer ausbräche?«

»Wir wären auf uns gestellt. Aber ich würde mich wundern, wenn Sie das noch nicht wüssten.«

»Verzeihen Sie mir. Ich lasse mir wichtige Dinge gern von unterschiedlichen Quellen bestätigen. Jeder Bericht setzt einen anderen Schwerpunkt.«

Kara betrachtete die Abzeichen auf dem Brustpanzer, der in der Mitte eine vorspringende, gerade Kante bildete. Ein Komet mit flammendem Schweif und ein Schwert waren bildlich dargestellt, das Kometenfeuer sogar mit einem dreidimensionalen bewegten Effekt versehen, als würde es tatsächlich brennen. Über diesen beiden Ehrenzeichen prangten daumennagelgroße Plaketten aus Kupfer, Gold, Diamant und einem grünen Metall in fünf Reihen. Nur die unterste davon war nicht vollständig gefüllt.

»Wir empfangen einen gewaltigen Datenstrom von der Sphäre«, fuhr Kara fort. »Obwohl die Speicher hier versechsfacht wurden, werden sie morgen volllaufen. Das würde noch schneller passieren, wenn die Sensoren nicht überlastet wären.«

»Ich habe gehört, dass es sich primär um Fragen handelt.«

Kara nickte. »Sehr vieles ist mathematisch. Gleichungssysteme hochdimensionaler Art, mit mehr als eintausend Unbekannten. Auch physikalische Fragen, etwa nach dem inneren Aufbau eines Neutronensterns oder den Energieniveaus von Astriden. Nur vereinzelt fragt man nach uns. Wer wir sind, woher wir kommen, was wir erlebt haben.«

»Und was wir hier wollen, nehme ich an.«

»Das war noch nicht dabei, glaube ich. Oder wir haben es in der Fülle übersehen.«

Wieder blieb Karas Blick am flammenden Kometen hängen.

»Ich bin gern dort, wo man einen Unterschied macht«, sagte Tervoil. »Den hier«, er tippte auf das lodernde Abzeichen, »bekommt man, wenn man einen Planetenbrecher ins Ziel steuert.«

Kara nahm an, dass er damit eines jener Schiffe meinte, die sich an ein eisenhaltiges Geschoss klammerten, um dieses auf wenigstens die Hälfte der Lichtgeschwindigkeit zu beschleunigen und in einen feindlichen Planeten zu lenken. Da ein derartiger Treffer eine globale Apokalypse verursachte, setzten die Verteidiger alles daran, diese Schiffe abzufangen. Um den Erfolg einer solchen Mission zu garantieren, durfte sich die Besatzung erst Sekunden vor dem Einschlag von ihrem Projektil trennen.

Tervoils Zeigefinger wanderte weiter zum Schwert. »Ich bin Obrist bei den Enterkommandos. Das hier ist nicht meine höchste Merite, aber es ist wohl angemessen, dass ich sie herausstelle. Jetzt, da ich an den Ort zurückgekehrt bin, dem ich sie verdanke.«

»Sie haben am Bürgerkrieg teilgenommen?«, rief Kara. »Sie haben die Esox gestürmt?«

»Nicht allein, aber ich war dabei.« Er grinste.

Kara wusste, dass die Esoxer damals in erheblich stärkerer Verbindung zu ihrem Schiffscomputer gelebt hatten als heute. Viele waren durch die Sprengung der Zentralkomponente wahnsinnig geworden. Auf besondere Art hatte auch dieser Einsatz eine Apokalypse ausgelöst.

»Wer ist er?«, fragte Tervoil scharf. Er zeigte auf Zegato. Das Klicken im Unterarm seiner Rüstung weckte in Kara die Vorstellung von Munition, die schussbereit gemacht wurde.

»Mein Name ist Zegato, ich bin Arzt.« Wegen des Spiegelbandes war keine Emotion in seinem Gesicht zu erkennen, aber er sah zu ihnen herüber. Sicher hatte er zugehört. »Das hier ist Xeramel, meine Patientin.«

»Ich habe angenommen, Sie wären Techniker«, sagte Tervoil. »Was tun Sie hier?«

»Xeramel reagiert sehr positiv auf Kara Jeskons Nähe. Sie ist eine gute Therapie, die ihr hilft, Geschehenes zu verarbeiten.« Er hob sein Handgelenk und damit auch das Holo, das darüberschwebte. Wie Kara wusste, zeigte es Messdaten von den Implantaten in Xeramels Schädel.

»Sehr wach erscheint sie mir aber nicht«, sagte Tervoil.

Diese Bemerkung konnte ihm Kara nicht verdenken. Wenn man den leichenartigen Zustand, in dem sich Xeramel zuvor befunden hatte, nicht kannte, fehlte der Vergleich. Auch jetzt noch wirkte die kleine, grauhäutige Frau teilnahmslos und bewegte sich kaum. Aber ihre Augen waren offen, und ab und zu wandte sie langsam den kahlen Kopf. Es bestand Hoffnung, dass sie ihre Umgebung wahrnahm.

»Ich freue mich, wenn ich ihr helfen kann«, sagte Kara. »Zudem kann es beitragen, Vertrauen aufzubauen. Wir streben eine Normalisierung der Zustände auf der Esox an.«

»Das gehört nicht zu meinen Zielen.« Tervoil musterte die beiden Esoxer scharf. Als er sich wieder Kara zuwandte, wich die Aggressivität aus seinem Blick. »Es widerspricht ihnen aber auch nicht.«

»Das ist … schön zu hören.« Wenigstens trat er nicht dafür ein, die Esox als Kampfarena zu erhalten, in der sich die Soldaten Meriten erwerben sollten. »Darf ich fragen, welche Ziele Sie verfolgen?«

»Strategisch brauchen wir Zugang zur Technologie, die es ermöglicht, den Rotraum militärisch zu nutzen. Solche Geschütze wie jene, die uns hier empfangen haben, werden jeder Schlacht eine völlig neue Dynamik verleihen.« Die Begeisterung war ihm anzuhören.

»Wenn Sie es sagen.«

»Ist man auf der Marlin anderer Meinung?«

»Nein, ich befürchte nicht. Aber ich bin Koexistenzialistin.«

Sie war auf eine spöttische Bemerkung gefasst. Er nickte

jedoch ernst. »Eine mutige und respektable Haltung, wenn man sie konsequent vertritt.«

»Das tue ich.«

»Das habe ich nicht in Zweifel gezogen.«

Kara fragte sich, ob er erwartete, dass sie sich für die Anerkennung bedankte. Sie kam lieber auf das vorherige Gesprächsthema zurück. »Verfolgen Sie mit Ihrem Aufenthalt weitere Ziele?«

»Taktisch brauchen wir Daten zu diesem menschlichen Sternenreich, vor allem Koordinaten zu möglicherweise noch existierenden Kolonien. Und operativ natürlich Astriden. Die Sphäre umschließt den Stern, wir können unsere Fähren nicht in die Korona schicken. Ohne Astriden sitzen wir im Einsteinraum fest und sind, interstellar betrachtet, gestrandet. – Was macht sie da?«

Rund um Xeramel bauten sich Holos auf, durch die Kurven und Textzeilen liefen. Binnen Sekunden war sie in eine Kugel aus durchscheinenden Anzeigen gehüllt, deren Helligkeit bunte Flecken auf ihrem eng anliegenden Anzug schuf.

»Sie ruft die Daten ab, die wir von der Sphäre empfangen haben.« Zegato schwebte schräg unter ihr und bediente das Kontrollholo über seinem Handgelenk. »Und sie … interagiert damit.«

Xeramel tauchte ihre silbrigen Finger in die Anzeigen. Wenn sie Einfluss auf die Geschwindigkeit hatte, mit der sie wechselten, konnte das aber nur einen Bruchteil der Befehle ausmachen, die sie absetzte. Kara traute ihr zu, über ihr Hirnimplantat zu steuern.

»Und was soll das?«, fragte Tervoil scharf.

Kara legte eine Hand auf seinen vorgestreckten Arm. Zweifellos hätte sich der kräftige Soldat dagegen wehren können, aber er ließ zu, dass sie ihn wegdrückte, sodass er nicht mehr auf Xeramel zielte.

»Auf sie wirkt diese Datenflut beruhigend.« Die Überraschung war Zegato anzuhören. »Die Geschwindigkeit des Austauschs lastet ihr Verbindungsmodul aus.«

»Sie hat ihren Mentalzwilling verloren«, raunte Kara dem neuen Kommissar zu. »Seitdem sucht sie ein passendes Gegenstück.«

»Dieser Zwilling kann doch unmöglich die Kapazität der Sphäre gehabt haben«, zweifelte Tervoil.

»Sie kommuniziert nicht direkt mit der Sphäre.« Zegatos Visor blieb auf das Kontrollholo gerichtet. »Xeramel ruft Datenbestände aus unseren Speichern ab. Dadurch kann sie die Geschwindigkeit regulieren. Und sie … sortiert. Diese Aufgabe stimuliert ihr Gehirn. In manchen Regionen entspricht die Aktivität dem Zustand, wenn sie eine Raumfähre gelenkt hat. Das war ihre Hauptaufgabe.«

»Wonach sortiert sie denn?«, fragte Tervoil misstrauisch.

»Sie sucht Logikfragen heraus. Solche Aufgaben, die sie ohne Rückgriff auf die Wissensspeicher der Esox lösen kann. Wenn ihr das gelingt, legt sie die Ergebnisse ab. In den zwei Minuten, seit sie begonnen hat, sind das etwas über vierhundert, davon über neunzig Prozent als korrekt bestätigt. Ein weiterer Speicher ist für diejenigen, die sie für unlösbar …«

»Nicht so schnell!«, bat Kara. »Wer hat Xeramels Lösungen als korrekt bestätigt? Ich dachte, wir haben nur eine einseitige Verbindung zu den Systemen der Esox?«

Besänftigend streckte Zegato Tervoil eine offene Hand entgegen. Der Soldat richtete schon wieder seinen Arm aus.

»Die Vakuumkammer ist intakt«, versicherte er. »Aber was wir von der Sphäre empfangen, sind nicht nur statische Daten. Es sind auch Steuerinformationen, algorithmische Anweisungen. Programme, die wir auf den Prozessoren hier im Raum ausführen können. Sie dienen dazu, die anderen Daten auszulesen und darzustellen, und Xeramel hat auch einen Weg gefunden, sie mit ihren Lösungen zu füttern.«

»Und diese Lösungen werden direkt geprüft«, folgerte Kara.

»Ja.«

»Aber nicht an die Sphäre übermittelt?«, versicherte sich Tervoil.

»Ich habe die Sendepuffer direkt zu Beginn von Xeramels Aktivität geblockt.«

»Sehr gut.« Tervoil schwebte zum Arzt hinüber. »Sie scheinen ein fähiger Mann zu sein. Ich werde Sie für die Hinrichtung der Rebellen anfordern.«

»Welche Hinrichtung?« Gerade hatte Kara begonnen, den Kommissar ein wenig zu mögen.

»Wir haben entschieden, dass die Aufständischen, die wir kurz nach dem Anschlag auf Azrel gefasst haben, getötet werden. Sie haben uns angegriffen.«

»Uns auch!«, rief Kara. »Fyona Tamis, meine ich. Unsere Kommissarin.«

»Aber wir haben sie gefangen genommen. Also werden wir sie auch richten.«

»Wir verwalten die Esox gemeinschaftlich! Das können Sie nicht ohne das Einverständnis der anderen Kommissare tun!«

Er bedachte sie mit einem herablassenden Blick. »Und wer soll mich daran hindern?«

Kara begriff, dass es weniger um die Sache als um seinen Stolz ging. Sie kannte das von vielen Männern, und sie hatte dieses Brunftverhalten hassen gelernt.

Aber möglicherweise wollte er gar nicht ihr gegenüber Stärke demonstrieren, sondern musste seinen Soldaten beweisen, dass er ein harter und konsequenter Anführer war. Jemand, der die Beschlüsse durchsetzte, die man auf der PAYARA fasste.

»Ich brauche einen Arzt, der den Tod der Aufständischen feststellt«, sagte Tervoil.

Zegato nickte ergeben, wobei das Spiegelband vor dem Gesicht auch diesmal verbarg, was er empfand. Kara war froh darum. Sie mochte den Arzt, der sich so um Xeramel sorgte, und fürchtete, dass der Kommissar jedes Anzeichen von Aufbegehren zum Anlass für eine Bestrafung nehmen würde.

Das Kontrollholo über Zegatos Handgelenk flammte rot auf. »Sie überlastet! Ich muss Xeramels Verbindung trennen.«

»Einen Moment noch!«, forderte Tervoil. »Fragen Sie sie, ob sie einen Hinweis darauf findet, was mit den Menschen in diesem System geschehen ist.«

Zu Karas Überraschung drehte sich Xeramel zu ihm und sah ihn durch die bunten Holos an. »Das ist unklar, aber die Sphäre verbindet ihre eigene Entstehung nicht mit einer kriegerischen Konfrontation, soweit ich erkenne. In den Andeutungen zu ihrer Historie erscheint mehrfach der Begriff *Imago-Projekt*.«

»Das muss für den Moment reichen!« Zegato tauchte die Finger in sein Holo.

Xeramel schloss die Augen. Ihr Körper verlor seine Spannung, die Schultern sackten ein wenig vor, die Knie hoben sich. Die Glieder nahmen die für die Schwerelosigkeit typische Ruhestellung ein.

Kara hatte keine Lust darauf, dass Tervoil dem Arzt Vorhaltungen machte, weil er seine Patientin schützte. Außerdem wollte sie etwas anderes mit dem Kommissar klären. »Wie wollen Sie denn diese Hinrichtung durchführen?«

»Tod durch Qualen«, beschied Tervoil.

Ungläubig blinzelte Kara.

»Wir steigern den Schmerz über Nerveninjektoren«, erläuterte Tervoil. »So lange, bis durch Schocks der Exitus eintritt.«

»Ich hatte befürchtet, Sie wollten sie ohne Schutzanzug aus der Schleuse stoßen, aber das, was Sie da schildern, konnte ich mir noch nicht einmal vorstellen. Das ist barbarisch!«

»Ich würde diese Art der Hinrichtung jederzeit dem vorziehen, was Sie beschreiben«, konterte Tervoil. »Sie bietet eine Möglichkeit, sich noch im Sterben Respekt zu erwerben, indem man Mut und Duldsamkeit beweist.«

»Das scheint mir eine auf die PAYARA beschränkte Wahrnehmung zu sein«, sagte Kara kühl.

Das Schweigen schien die Luft im Raum dick zu machen, als würde sie gefrieren. Nach und nach verloschen die Holos, in denen die reglose Xeramel schwebte. Zegato beschäftigte sich mit seiner Kontrollanzeige.

»Imago-Projekt«, sagte Tervoil mit aufgesetzter Lockerheit. »Das sagt mir gar nichts. Wie ist es bei Ihnen?«

»Imago ist ein altes Wort für Abbild«, quetschte Kara hervor.

»Vielleicht ein Zufall, der sich aus einer Lautgleichheit ergibt?«

»Unwahrscheinlich, wenn man bedenkt, dass die Sphäre Generalingua verwendet.«

»Zugestanden. Also, was glauben Sie, was sich dahinter verbirgt?«

»Das werden wir vielleicht erfahren, wenn wir Xeramel gut behandeln, sie aufwacht und uns weiterhin helfen kann.«

»Xeramel hat noch etwas Zentrales extrahiert«, sagte Zegato. »So etwas wie eine Schlüsselfrage. Etwas, zu dem die anderen Fragen beitragen.«

»Und wie lautet sie?«, verlangte Tervoil zu wissen.

»Es geht wohl darum, ob wir Sophonten sind.«

»Ob wir was sind?«

»Vernunftbegabte Wesen«, half der Arzt.

»Wenn man bedenkt, was manche von uns für Gerechtigkeit halten«, Kara bohrte ihren Blick in Tervoils Augen, »kann man daran zweifeln.«

»Wir sollten das in vertraulicherem Rahmen besprechen«, schlug Tervoil vor.

»Das Letzte, was ich möchte, ist, mit Ihnen vertraulich zu werden«, versetzte Kara.

»Sehr bedauerlich. Ich denke, ich sollte mich jetzt trotzdem um meine Leute kümmern.« Er wandte sich an den Arzt. »Sie sehe ich ja dann bei der Hinrichtung. In etwa drei Stunden, ich lasse Ihnen die genauen Daten zukommen.«

»Wie Sie wünschen.«

An der Schleuse drehte er sich noch einmal um. »Ich denke, wir sind uns einig, dass Ihre Patientin diesen Raum nicht mehr verlassen darf. Ebenso wenig wie das Untersuchungsgerät, das Sie benutzen.«

»Wie kommen Sie denn darauf?«, rief Kara.

»Er hat recht«, sagte Zegato matt. »In Xeramels Kopf befindet sich eine Speichereinheit, die nun Daten von der Sphäre beinhaltet. Damit dürfen wir das Schiff nicht kontaminieren.«

»Aber sie kann doch darauf achten«, schlug Kara vor, »dass diese Daten nirgendwohin übertragen werden!«

»Ich habe in meinem Bericht gelesen«, sagte Tervoil, »dass alle Kommissare der strikten Regelung der Vakuumkammer zugestimmt haben. Schließt das nicht auch Sie ein?«

»Doch.« Kara presste die Zähne aufeinander.

Tervoil nickte Zegato zu. »Sie sind ein kluger Mann.« Damit verließ er den Raum.

»Die MARLIN protestiert in aller Form gegen die voreilige Vollstreckung dieses auf zweifelhafte Weise zustande gekommenen Urteils«, sagte Macro Debois würdevoll.

»Zur Kenntnis genommen«, bestätigte Tervoil.

Er schwebte den Gefangenen gegenüber, die nun Helme trugen. Kabel verbanden sie mit Zegatos Konsole. Der Arzt empfing die Werte klar, ohne Störung, sieben Holos zeigten die körperliche Verfassung an. Einer der Männer war schwer verletzt, sein linkes Bein nur noch ein verschmorter Klumpen. Die Wunde war versorgt, sonst wäre er schon längst daran gestorben. Hätte er noch ein Leben vor sich, wäre es angeraten gewesen, den Kreislauf von Blut und Lymphe zu verändern. Am besten, eine Prothese anzubringen. Doch unter den gegebenen Umständen wäre das Verschwendung gewesen.

»Ich sehe nicht, was dagegen spricht, noch ein paar Tage zu warten!«, rief Debois.

»Ob Sie das sehen oder nicht, ist irrelevant«, befand Tervoil.

Außer den beiden hielten sich noch drei weitere Kommissare in dem weiß ausgekleideten Raum auf, die von der THUN, der ELRITZE und der CAVALLA. Kara Jeskon war nicht dabei. Sie war im Schiff unterwegs und versuchte, die übrigen durch persönliche Besuche davon zu überzeugen, ebenfalls Protest einzulegen. Das wäre natürlich vergeblich, niemand legte sich wegen ein paar Rebellen mit dem Kommissar derjenigen Fraktion an, die die schlagkräftigste Truppe an Bord der Esox stellte. Dennoch war Kara auf ihre naive Art ein guter Mensch. Zegato bedauerte, dass sie auf der falschen Seite stand.

»Sind die Injektionen bereit?«, fragte Tervoil.

Sämtliche Soldaten von der PAYARA waren anwesend, die gesamte Hundertschaft. In ihren kantigen Rüstungen wirkten sie wie Roboter. Einer von ihnen schwebte an einem Metallblock, von dem Schläuche zu den Verurteilten führten. Sie endeten in den Venen der Ellbogenbeugen.

»Jawohl, Herr Obrist!«, bestätigte er.

»Arzt! Alles bereit?«

»Die Anlage ist konfiguriert«, sagte Zegato.

»Dann los! Wir beginnen. Aufputschmittel!«

Eine violette Flüssigkeit wanderte durch die transparenten Schläuche.

Zegato sah, dass sich bei allen die Herzfrequenz beschleunigte und die Leitfähigkeit der Haut anstieg. Das waren erwartbare Reaktionen und sie waren bedeutungslos. Die Gefangenen spürten nichts mehr. Ihre Gehirne waren praktisch tot, die implantierten Sonden hatten noch vor dem ersten Verhör ganze Arbeit geleistet. Vielleicht träumten sie noch ein wenig, aber die Fähigkeit zu kohärenten Gedanken hatten sie eingebüßt.

Im Grunde würden sie von der anstehenden Prozedur kaum mehr mitbekommen als die drei Toten. Zwei Rebellen hatten die Soldaten bei der Verfolgung getötet. Der dritte, Makito, war eindeutig an Hirnschlägen gestorben. Genau wie die beiden Kommissare während des Geschlechtsaktes …

»Grundschmerz!« Tervoil war nicht anzuhören, ob er Befriedigung aus diesem sadistischen Spiel zog, oder nur das tat, was er für seine Pflicht hielt.

Rote Flüssigkeit wanderte in die Adern.

Muskeln zuckten, eine rein physische Reaktion. Die Nervenbahnen leiteten Schmerzimpulse, die über die Evolution erworbenen Reflexe übernahmen und versuchten, Schaden abzuwehren. So wie man die Hand von einem glühenden Aggregat fortzog, bevor man die Entscheidung dazu fasste. Mit Bewusstsein hatte das nichts zu tun.

Die Ausschläge in den Überwachungsholos halfen Zegato

dabei, zu verbergen, dass er die Gedächtnisinhalte kopierte, so weit sie noch im Zugriff waren.

Tervoil ordnete weitere Schmerzstimulationen an.

Elasia Drobill, die Kommissarin der CAVALLA, eine füllige Frau in weißem Gewand, die an jedem Finger zwei Ringe trug, wandte sich mit bleichem Gesicht ab.

In den Gehirnen waren viele Verbindungen zerstört, Zegato musste manuell eingreifen, um weitere Pfade zu den noch vorhandenen Erinnerungen zu finden. Die Implantate arbeiteten nicht präzise, aber so effektiv wie ein Hammer, mit dem man ein Insekt erschlug. Innerhalb von Sekunden verwandelten sie die zentralen Areale eines menschlichen Gehirns in grauen Matsch. Um Suiziden oder einer Fernzündung vorzubeugen, brauchte man immer zwei Freigabecodes, um sie zu aktivieren. Einer kam in der Regel vom Träger, der andere von jemandem, dem er bedingungslos vertraute.

Pytene übergab sich, ein Reflex auf die neueste Injektion. Zegato kannte die Frau mit dem bis auf einen schwarzen Kamm rasierten Kopf flüchtig. Er musste dennoch nicht befürchten, dass sie ihn verriet, dazu war sie längst außerstande.

Plötzlich schwebte Tervoil vor dem medizinischen Terminal. »Was machen Sie da? Gibt es Probleme? Macht einer von ihnen schlapp?«

»Alles ist so, wie Sie es wünschen.« Zegato merkte, wie seine Hände zitterten.

»Warum nehmen Sie so viele Schaltungen vor? Was ist das da? Etwa eine Fortschrittsanzeige?«

»Ja.« Es wäre sinnlos gewesen, das Offensichtliche zu leugnen. Aber noch war er nicht aufgeflogen. »Ich versuche, die Essenz der Sterbenden zu bewahren. Eine Sitte auf der ESOX.«

»Sie sollen nur den Tod feststellen, wenn es so weit ist.«

»Das werde ich.«

Macro Debois eilte zu ihnen. »Wir sollten die Gebräuche dieses Schiffes respektieren.«

Langsam richtete Tervoil seine Körperachse nach ihm aus. »Sollten wir das?«

Zegato nutzte die Möglichkeit, einige Anzeigen zu deaktivieren. Den Kopiervorgang setzte er dennoch fort.

»Worum handelt es sich bei dieser Essenz?«, fragte Tervoil. »Geht es um die Persönlichkeit?«

»Ja, so könnte man es sagen«, log Zegato.

In Wirklichkeit konnte er nur bestimmte Regionen des Langzeitgedächtnisses auslesen, wie bei einem Speicher. Leider war auch das ungenau, weil die menschliche Erinnerung unscharf codierte und auf eine Vielzahl von Querverweisen baute. Dennoch konnte das Wissen der Rebellen für die Befreier wichtig sein, vor allem, wenn man es untereinander in Beziehung setzte. Wäre der Ausleseprozess ohne Hirnschaden möglich gewesen, hätte man ihn wohl auch bei Lebenden angewendet. Früher, vor dem Bürgerkrieg, hatten auf diesem Gebiet bessere Methoden zur Verfügung gestanden.

»In Ordnung«, befand Zegato. »Aber vernachlässigen Sie Ihre eigentliche Aufgabe nicht. Was ist das hier für ein Ausschlag?«

In dem Gebirge aus mehreren Hundert Kurven, das Pytenes Werte visualisierte, stach eine Spitze nach oben.

»Das ist Schmerz.«

»Wieso klingen Sie so verwundert?«, fragte Tervoil hörbar gut gelaunt.

»Er ist … unerwartet stark.«

Der Kommissar rieb sich die Hände. »Mit uns legt sich besser niemand an. Das wird weiteren Hitzköpfen eine Lehre sein!« Er schwebte zu den beiden Soldaten, die alles mit Kameras aufzeichneten, um es später zur Abschreckung im Bordnetz zu verbreiten.

Zegato startete einige Analysen in Nebenholos.

Er hatte sich nicht getäuscht. Der Ausschlag bezeichnete mehr als eine Instinktreaktion! Irgendwie gelang es den Foltermeistern von der PAYARA, stillgelegte Hirnregionen zu reaktivieren. Das Bewusstsein kehrte in die zum Tode Verurteilten zurück!

Pytene stöhnte gequält.

Zegato verstand nicht, was vorging. Soweit er es nachvollzog, war die Methode äußerst brutal. Als befreite man eine Eisenstange mittels einer aggressiven Säure vom Rost, ohne sich darum zu kümmern, dass man dadurch auch das Metall darunter verätzte. Oder als weckte man einen Bewusstlosen mit Faustschlägen auf.

Den groben Kampfmaschinen von der PAYARA traute Zegato zu, dass sie genau das während ihres Nahkampftrainings taten, und dass sie auch noch stolz darauf waren.

Dennoch blieb diese Neuralreparatur wissenschaftlich faszinierend. Der Arzt hätte nicht daran geglaubt, hätte er es nicht selbst gesehen.

Aber das hier war keine Versuchsanordnung. Zegato schickte Rückkopplungen in seine Sonden, um das Bewusstsein erneut zu betäuben. Das bei sieben Patienten zu tun und zudem Schmerzreaktionen glaubwürdig zu simulieren, band seine komplette Aufmerksamkeit. Die Kopierroutinen liefen auf Automatik, eine manuelle Feinsteuerung konnte er nicht mehr leisten.

»Herr Obrist!«, rief ein Soldat. »Das Überwachungsgerät am Zentralrechner meldet Steuersignale, die für diesen Raum bestimmt sind.«

Zegato unterdrückte einen Fluch. Er hatte die Datenströme seiner Konsole maskiert, aber dass jemand an der

Gegenstelle überwachte, war ihm nicht in den Sinn gekommen. Vor allem nicht so genau! Dass das, was vom Zentralrechner noch übrig war, ständig die Basisfunktionen des Schiffs regelte, war bekannt. In diesem Elektronensturm die speziellen Signale zu entdecken, die mit dem Kopiervorgang zusammenhingen, war eine Kunst, die sich Zegato nicht zugetraut hätte. In diesen Soldaten steckte mehr als rohe Feuerkraft!

»Was hat das zu bedeuten?«, fragte Tervoil.

»Sie sind beinahe tot.« Zegato hoffte, dass seine Stimme ruhig klang, obwohl sein Puls in den Ohren dröhnte. »Der Computer registriert, dass sich jemand in Lebensgefahr befindet. Daraus resultieren Anfragen und Rettungsversuche, die ich abblocken muss.«

»Wer hat Ihnen das befohlen?«

»Ich dachte, es wäre gewünscht. Soll ich damit aufhören?« Er hielt den Atem an. Wenn er seine Aktionen einstellte, würde gar nichts passieren, und ihm fehlte auch eine Idee, wie er ein Eingreifen des Zentralcomputers simulieren könnte.

Der tiefe Summton, der den Exitus des ersten Freiheitskämpfers anzeigte, rettete ihn. Der Tod eines Menschen ließ die Wenigsten unberührt. Auch jetzt richteten sich die Blicke auf die Leiche, vor der ein rotes Holo aufleuchtete, und Stille kehrte ein.

Die übrigen sechs zuckten in ihren Schmerzen. Pytene starb als Dritte, der Letzte brauchte noch volle fünf Minuten.

»Löst die Kabel«, befahl Tervoil leise, bevor er zu Zegato kam. »Ich habe mich nicht in Ihnen getäuscht. Sie sind ein guter Mann.«

»Ja«, meinte Zegato, und in Gedanken fügte er hinzu, dass sich der Obrist dennoch täuschte. Zegato war ein guter Mann, aber auf andere Weise, als der Kommissar vermutete.

»Bei uns auf der Payara übergibt man die sterblichen Überreste dem Vakuum«, sagte Tervoil. »Wie hält man es damit auf der Esox?«

Zegato fiel auf, dass er der letzte lebende Esoxer im Raum war. »Zumeist ebenso. Die meisten Bürger der Esox sind Mitglieder in der Kirche des Void.«

»Dann soll diesen Toten diese Ehre zuteilwerden«, verkündete Tervoil. »Im Leben waren sie Feinde, doch im Tod werden wir uns alle gleich. Sie sind für ihre Sache gefallen, und in ihren letzten Atemzügen lag Ehre. Mögen sie uns ein Vorbild sein!«

Viertes Speicherbild:

Die Farmer

Nach all der Zeit gelang es ihr noch immer, ihn zu überraschen.

»Willst du, dass ich wieder gehe?«, fragte Saundra Iljow. Abwartend stand sie an der Schleuse.

Korol Iljow begriff, warum er diese Frau begehrt hatte. Sie war jetzt beinahe neunzig Jahre alt, was auch für einen Menschen mit ihrer finanziellen Potenz bedeutete, dass sie den Zenit überschritten hatte. Dennoch blieb ihr Körper hinter dem einer Dreißigjährigen kaum zurück. Diesen Umstand betonte sie mit der engen Hose und den Stiefeln, die zum Knie hin in geschwungenen Zacken ausliefen, was die Länge der Beine hervorhob. Ihre Taille war schlank, die Rundungen füllten die ausgeschnittene Bluse gut aus, und das rotbraun gelockte Haar schien im Licht der Sonne zu brennen.

Der Stern war so nah, dass sein gelbrotes Feuer in diesem Bereich der Rotationsperiode das gesamte Panoramafenster einnahm. Ohne die Helligkeitsfilter wären Iljow und seine Frau – es gab keinen Grund für eine Scheidung – sofort erblindet. Aber der Computer der Station, eines sechs Kilometer durchmessenden Ringes, regelte die Lichtdurchlässigkeit der Scheiben ebenso wie die Rotationsgeschwindigkeit, die Steuerdüsen, die Luftumwälzanlage, die Temperaturkontrolle, die Wasseraufbereitung, die Recyclingkreisläufe und alles andere, was die zwanzigköpfige Besatzung benötigte.

Iljow war bestens darüber informiert, in jeder Sekunde.

Die Bandbreite der drahtlosen Verbindung seines Implantats zum Stationscomputer war dafür mehr als ausreichend dimensioniert. Nur wenn er sich in das Netz einklinkte, dem natürlich auch diese Station angehörte, benutzte er noch den physischen Kontakt. Dann schwelgte er in den Myriaden von Gedanken, von Berechnungen, von Spekulationen, Abwägungen und Ergebnissen, die das Leben der Kolonie in der Gegenwart und die Pfade in ihre Zukunft bestimmten.

Saundra verlagerte das Gewicht von einem Fuß auf den anderen, wobei sie die Hüfte in einer runden Bewegung zur Seite schob, beinahe wie eine Tänzerin. Mit der Hand an der Schulter hielt sie eine kleine Tasche fest, die auf ihrem Rücken lag. Die Rotation erzeugte eine Scheingravitation, die ihr ein Gewicht nahe dem Planetenstandard von Noraste gab.

»Bist du jetzt glücklich?«, fragte sie. »Fern von den Menschen?«

Er hätte ihr an den Kopf werfen können, dass er jetzt viel mehr von dem mitbekam, was im Leben der Menschen vorging, als vor seiner Verbindung zum Netz. Er vermochte so viel gleichzeitig wahrzunehmen und der Rechnerverbund hatte so tiefen Zugriff auf den Alltag der Bürger … Er wusste von der Mutter, die eine Initiative für den Erhalt der traditionellen Schule anführte, in der ihr Kind noch von menschlichen Lehrern unterrichtet wurde … vom Konkurs eines weiteren der winzigen Unternehmen, in die man Etols Konzern zerschlagen hatte … von der Festnahme eines Verlierers, der mit einer Getränkedose einen Anschlag auf einen Netzwerkknoten verübt hatte … und natürlich auch das, was jeder wusste: dass die Produktivität sich in immer kürzeren Zyklen verdoppelte, dass ein nie gekannter Wohlstand die Kolonie überflutete, mit traumhaften Ernten und hocheffizienten Fertigungsmethoden. Und dass man dafür nur eines brauchte, nur ein Zauberelixier, damit die Automaten immer bessere Automaten schufen, die alles noch leichter und noch reichhaltiger machten: Energie.

Eine Protuberanz verdunkelte die Helligkeit einen Hauch. Sie sah aus wie der Fangarm eines Einzellers. In Wirklichkeit war sie so groß, dass sie den Planeten Noraste hätte umhüllen können. Allein die in ihr enthaltene Hitze, umgewandelt in Energie, hätte ausgereicht, um den Jahresbedarf der Kolonie zu decken.

Die Kollektoren, die diese Station herstellte, ausbrachte, wartete und koordinierte, ernteten nur einen lächerlich kleinen Bruchteil der Leistung des Sterns. Der absolut größte Teil strahlte ungenutzt ins All hinaus. Und doch waren diese Kollektoren bereits jetzt der Eckpfeiler der Energieversorgung. Korol Iljow liebte es, seinen Geist durch das Netz hinauswandern zu lassen zu den Batteriefrachtern, die leere Einheiten zu den Kollektoren brachten und aufgeladene einsammelten, um sie zum Planeten zu verschiffen. Und er träumte davon, wie es in einem oder zwei Jahren wäre, wenn die Transmitterstrecke fertiggestellt wäre. Dann könnten sie hochenergetische Strahlen von Relais zu Relais schießen und die Energie nahezu lichtschnell transferieren. Das würde die nächste technologische Revolution auf dem Planeten zünden. Er würde explodieren in einer Folge von Innovationszyklen, deren Richtung und Ziel Iljow noch nicht einmal zu erahnen vermochte.

»Ja«, antwortete er.

»Was – ja?«, fragte Saundra.

»Ja, ich will, dass du wieder gehst.«

5

Tarnung

Der Saal war voller Okkupanten und Aneste hasste sie alle. Kommissar Tervoil hatte zu seiner Einführungsparty geladen, und die Kommissare der anderen Schiffe waren gekommen. Nur die SQUID fehlte, zusammen mit Berglen hatte die Fähre auch alle anderen Bürger des lebenden Schiffs mit sich genommen. Die Partygäste sahen den Grund dafür vor allem in der Exzentrizität der merkwürdig veränderten Menschen aus dem Gefolge der Gütigen Mutter, die gern unter sich blieben. Tervoil dagegen machte keinen Hehl daraus, dass er sie für feige hielt.

»Es ist leicht, sich in schwelgerischen Chorälen zu verlieren, wenn man weiß, dass andere das Notwendige tun.« Als hätte irgendeine der Putzdrohnen, die ihn umschwebten, nicht begriffen, wen er damit meinte, schlug er die gepanzerte Faust gegen die Kante, die seine Rüstung vor der Brust bildete. Das Metall knallte.

Fünfhundert Personen unterhielten sich in kleinen Gruppen, ließen sich an der Bar Rauschpflaster zusammenstellen oder bewegten sich zu der Musik, die Aneste von ihrem Pult aus einspeiste. Darin bestand ihre Aufgabe: Sie sollte die Lieder so auswählen, dass Stimmung aufkam, aber die Gespräche nicht gestört wurden. So lautete Tervoils Anweisung.

Außer den Assistenten, den Beamten und dem besonders verdienten Gefolge der Kommissare waren auch Esoxer gekommen. Aneste beobachtete mit einer Mischung aus Verachtung und Mitleid, wie sie um die Gunst der Okkupanten buhlten. Ein Lustknabe machte sich an Kommissarin Drobill heran. Die dekorativ durch den Raum dringenden Lichtfinger ließen die Ringe an ihren fetten Fingern funkeln, wenn sie durch sein drahtiges Haar fuhren. Aus reiner Neugier justierte Aneste mithilfe der Sensorfelder ihres Pults ein Richtmikrofon so, dass sie das Gespräch der beiden mithören konnte.

»… man sich erst daran gewöhnt«, flötete die in ein mehrlagiges rotes Gewand gehüllte Kommissarin, »haben diese Implantate etwas Neckisches. Ich glaube, wenn sich jemand mit ein wenig Geschmack dieser Dinge annähme, könnte man sie als Schmuck verkaufen.«

»Sicher haben Sie einen Blick dafür.«

»Zweifellos, mein Kleiner.« Sie lachte gekünstelt, legte die Hand über ihren Ausschnitt, als wollte sie ihn verdecken, fuhr aber gleich darauf wieder über seinen Kopf. »Nur habe ich eine ganz andere Aufgabe zu erfüllen. Ich habe mir vorgenommen, die Esox während meines Aufenthaltes ein Stück weit zurück in die Zivilisation des Schwarms zu führen. Ich hoffe, dazu werde ich nicht allzu streng mit euch sein müssen.«

Ob sie wusste, wie empfindlich das Haar des jungen Mannes war? Auf den ersten Blick erkannte Aneste darin Sensoren für elektrostatische Felder. Innerhalb einer metallreichen Umgebung, wie eines Großraumschiffs, vermochte er sich bestimmt auch ohne Licht zu orientieren. Sie hoffte, dass er die Empfindlichkeit herunterregeln konnte, sonst wäre das grobe Hindurchwuscheln schmerzhaft.

Aber wieso sollte sie eigentlich Mitleid mit ihm haben? Sicher, die Okkupanten bestimmten darüber, wer die guten Jobs bekam, diejenigen, die eine höhere Sicherheitsfreigabe erforderten oder auch einfach nur besonders einträglich waren. Vielleicht war er keiner von diesen Parasiten, die sich im Schatten wohlwollender Besatzer von der Esox nährten, sondern wollte bloß zum Abteilungsleiter aufsteigen. Aber war Stolz so leicht zu verkaufen?

Wenigstens gehörte er nicht zu jenen, die mit geheucheltem Entsetzen vor den Holokuben tuschelten, die statt planetarer Idyllen die Aufzeichnung von der Hinrichtung zeigten. Sie liefen mit unterschiedlichen Geschwindigkeiten und verschiedenen Ausschnittvergrößerungen, für jede Mischung aus Sensationsgier und Skrupeln wurde etwas geboten. Aneste zählte sieben solcher Kuben, und sie alle waren in Winkeln des Saals angebracht. Man musste sich nicht mit ihnen beschäftigen, wenn man nicht wollte. Trotzdem schwebten ständig Trauben davor.

Aneste wählte ein Stück mit schnellem, abgehacktem Rhythmus aus, das in ihren Ohren militärisch klang. Vielleicht würde das die Gäste mit martialischen Neigungen von den Aufzeichnungen fort- und in den Tanzbereich locken. Sie startete eine Routine, die eine Überleitung zwischen dem Ende des noch laufenden und dem Beginn dieses neuen Liedes komponierte. Nach zwei Sekunden bot ihr eine Auswahl dreißig Varianten an. Ohne hineinzuhören aktivierte sie die erste auf der Liste. Ihre Musikprogramme waren exzellent, deswegen hatte man sie auch für diese Party auserkoren.

Die wummernden Bässe füllten die Mitte des Saals mit Tänzern, die sich durch die gewundenen Haltestangen zogen und entsprechend einer Mode, die man auf der THUN entwickelt hatte, sanft mit den Füßen aneinander abstießen. Aneste sah viele fröhliche Gesichter. In jedes einzelne davon hätte sie die Faust schlagen mögen.

Was machte sie hier? Welcher Wert lag darin, dieser eitlen Selbstdarstellung der Okkupanten beizuwohnen? Die Dekadenz ihrer Feinde war Aneste hinreichend bekannt.

Ihr Blick wurde zu einem der Hinrichtungsholos gezogen. Sie erkannte die Stelle. Pytene zuckte, bevor ihr Körper sich versteifte. Sie streckte die Füße, als erwartete sie, darunter Halt zu finden. Dann warf sie den Kopf in den Nacken und riss den Mund auf. Aneste vermutete, dass sie schrie, aber sie hatte die Aufzeichnung nie mit Ton gesehen.

Sie war dankbar dafür, dass sich jemand zwischen sie und das Bild ihrer gequälten Freundin schob. Allerdings nur so lange, bis sie erkannte, dass es Tervoil war.

Grinsend streckte der Mörder ihr die Hand hin. Die Rüstung gaukelte eine Armmuskulatur vor, die sich ohne genetische Optimierung unmöglich entwickeln konnte. »Erlaubt die Pflicht der hübschen Mischerin einen Tanz mit dem Helden des Abends?«

»Welche Heldentat hat er denn vollbracht?« Sie hoffte, dass die Musik ihren Zynismus übertönte.

»Zum Beispiel hatte ich die Ehre …« Er tippte an ein Abzeichen an seinem Brustpanzer. Es zeigte ein Schwert mit hellblauer Klinge. »… dieses Schiff von der Diktatur des Zentralrechners zu befreien.«

Aneste dachte an ihre mental verkrüppelte Mutter und presste die Lippen zusammen. Es war besser, zu schweigen, als ihm zu sagen, was sie von der Besetzung hielt.

Er lachte. »Einfachen Gemütern fehlt der Blick für das große Bild und die Erkenntnis des Notwendigen. Das stört mich nicht, ich will nicht mit dir diskutieren. Ich mag zu kräftig dafür aussehen, aber ich bin ein eleganter Tänzer.«

»Das Lied endet gleich.«

»Programmiere ein paar weitere.«

»Eine gute Mischerin behält das Publikum im Auge und reagiert auf seine Stimmungen.«

Wieder lachte er, doch diesmal klang es nicht mehr belustigt. »Na gut«, befand er. »Ich wäre ein schlechter Offizier, wenn ich Pflichtbewusstsein nicht zu würdigen wüsste. Aber mit dem Ende der Party ist auch deine Aufgabe hier erfüllt. Vielleicht hast du Lust, dich danach in den Gemächern eines Kommissars zu entspannen? Ich lebe sehr angenehm.«

»Ich muss mich um meine Mutter kümmern.« Sie wählte ein rührseliges Stück aus ihrer Sammlung und ließ eine besonders schmalzige Überleitung komponieren.

Tervoils blaue Augen behielten sie im Blick. Er lächelte selbstsicher, bis das martialische Lied in die Zwischensequenz überging.

Aneste sah dem Soldaten an, dass ihre neue Auswahl ihm missfiel. Sie unterdrückte ein Grinsen.

»Und deine Mutter kommt keine Stunde ohne dich aus?«, fragte er mit einer Spur Schärfe.

»Ich mag mich irren, aber ich vermute, sie bedarf eher der Pflege als ein ruhmreicher Eroberer.«

Wieder veränderte sich sein Lächeln, ein Hauch von Anerkennung stand nun in seinen Augen. »Dann muss ich eben auf deinen Genuss verzichten, stolze Mischerin. Aber ich bin sicher, dass der Geruch der Macht Hübschere als dich anziehen wird.« Er stieß sich ab und schwebte davon, ohne eine Antwort abzuwarten.

Aneste ballte die Hand so fest zur Faust, dass sie schmerzte. Sie wusste, dass er recht hatte. Auf der Esox gab es mehr als genug Frauen, die sich mit Freuden für ihn ausziehen würden. Und das waren noch die Harmlosen, sie entwürdigten nur sich selbst. Schlimmer waren die Kollaborateure, von denen es auch viele in diesem Raum gab. Diejenigen, die Hinweise auf die Befreier gaben. Man sagte, die PAYARA hätte einige sehr fähige Programmierer geschickt, aber inzwischen befürchtete Aneste, dass die Okkupanten darüber hinaus Unterstützung von Experten hatten, die auf der Esox aufgewachsen waren. Sie nutzten den Zentralcomputer in immer größerem Ausmaß, und das war ohne fortschrittliche Implantate kaum zu bewerkstelligen. Die vielfach verschachtelten Algorithmen waren für einen menschlichen Verstand nur unvollständig zu durchdringen.

Das war auch der Hauptgrund, der Aneste davon abhielt, diesen ganzen Partysaal mit all seinem Geschmeiß zu eliminieren. Natürlich, die Wachsamkeit der Soldaten hatte auch verhindert, dass sie Sprengstoff deponierten, und hier gab es keine Außenschleuse, deren Sicherheitsprotokoll man hätte manipulieren können. Aber mit ein wenig Fantasie wäre ihnen sicher etwas eingefallen, etwa, ein toxisches Gasgemisch einzuleiten. Im Moment fand Aneste diese Vorstellung ausgesprochen verlockend, und das Argument, damit Unschuldige zu treffen, wog für sie nur noch leicht.

Die Okkupanten zu töten, würde jedoch kaum etwas nützen. Auch mit vollen Astridentanks hätte die Esox nicht in den Rotraum transitieren können, die Flugkontrollen waren auf die Bedienung durch die Besatzungstruppen ausgelegt und vielfach gesichert. Sie waren der Rache des Schwarms ausgeliefert.

Außerdem wollten die Befreier nicht nur irgendein Schiff. Sie wollten die Art zu leben zurück, die es früher auf der Esox gegeben hatte. Dazu mussten sie den Zentralcomputer weitestmöglich wiederherstellen. Es gab Pläne dafür, zum Teil entwickelt von Programmen, die den Okkupanten gänzlich unbekannt waren. Einige davon hatte man gerade noch vor ihrem Zugriff gerettet. Pytene war dafür gestorben.

Im ersten Schritt mussten sie die aktive Hardware von ihren Fesseln befreien und auf ihr volles Potenzial hochfahren. Dann konnte man die anderen drei Module zuschalten. Auch ohne die zerstörte Zentralkomponente würde das ausreichen, um wieder eine Herrschaft algorithmischer Logik zu etablieren. Der Computer würde erneut das Leben auf der

Esox bestimmen und seinerseits den Menschen helfen, ihr Potenzial zu verwirklichen.

Eine seiner ersten Aufgaben bestünde darin, die Rolle zu bewerten, die ein jeder während der Okkupation gespielt hatte. Die des opportunistischen Lustknaben ebenso wie jene der Techniker, die sich in den Dienst der Besatzer gestellt hatten oder der Kaufleute, die ihre Mitbürger für Handelsprivilegien verraten hatten. Auch die Taten der Befreier würden gewürdigt. Und da lag das Risiko: Der Computer urteilte streng nach seinen Algorithmen, und in denen war auch der Schutz der Esoxer verankert. Nahmen die Befreier allzu ungeniert Kollateralschäden in Kauf, konnte es sein, dass der Computer sie bei seinem Erwachen aus dem wiedergewonnenen Paradies verstieß. Dann würde Aneste nie wieder die Wunder sehen, an die sie sich aus der Zeit vor dem Bürgerkrieg erinnerte. Jene stimulierenden Innenwelten, die der Computer in den Hirnimplantaten generierte, auf jeden individuell abgestimmt. Wo man Anregung, Frieden, Lust und Erfüllung fand, ganz nach Bedarf.

Ihre Vernunft sagte ihr, dass sie noch warten musste.

Doch ihr Hass hinderte sie daran, die Faust zu öffnen. Sie wollte zuschlagen, sie wollte jemanden töten. Jetzt!

Wieder sah sie die sterbende Pytene in einem Holo. Eine Wirklichkeit, der sie nicht auszuweichen vermochte.

Sie programmierte die nächsten fünf Stücke und nutzte die abgesicherte Kabelverbindung über die Datenbuchse an ihrem Ohr, um den Status der ausgebrachten Nanoroboter zu erkunden. Ihr Bruder hatte sie klug eingesetzt, und noch dazu in überraschend kurzer Zeit. Manche waren sogar schon auf anderen Schiffen des Schwarms, wo Aneste natürlich keine Verbindung zu ihnen aufbauen konnte, was sich aber auszahlen mochte, wenn es zu einem heißen Konflikt käme. Auch auf dieses Szenario bereiteten sich die Befreier vor.

Am liebsten hätte Aneste Tervoil getötet, aber man musste die Bedenken ernst nehmen. Die PAYARA hatte bewiesen, wie hart sie zurückschlug. Vor allem bestand ein hohes Risiko der Entdeckung, falls sie wirklich Computerexperten an Bord hatten, die unmittelbar nach dem Tod Untersuchungen anstellten, wenn sich noch nicht alle Nanoroboter zersetzt hätten. Gerade die genoptimierten Soldaten der PAYARA wurden gründlich medizinisch überwacht, jede Abweichung von den bekannten Werten konnte auffallen. Und nach dem Tod ihres Kommissars waren sie gewarnt, sie wussten besser, wo sie suchen mussten.

Also jemand anderes.

Nach dem unbefriedigenden Ergebnis bei Aneste hatte Tervoil seine Jagd auf das schöne Geschlecht für den Moment eingestellt. Er unterhielt sich mit einem anderen Kommissar, Macro Debois von der MARLIN.

Kalt lächelnd betrachtete Aneste das Hinrichtungsholo. Ihre Erinnerung trog sie nicht, er war darin zu sehen. Er war dabei gewesen, in dieser Kammer, in der man Pytene und die anderen zu Tode gequält hatte, und er hatte es nicht verhindert. Sicher, aus seinem Gezappel schlossen einige, dass er Betroffenheit empfunden hatte, aber was nützte das, wenn man nicht handelte? Aneste hatte sie so satt, diese Mitgefühl Heuchelnden, diese Typen, die nur von einer besseren Welt träumten, statt etwas dafür zu tun. Letztlich lähmten sie alle anderen.

Debois war genau der Richtige! Aneste steuerte die Nanoroboter in seiner Blutbahn.

Vielleicht röchelte er, Aneste verzichtete darauf, ein Richtmikrofon auf sein Zucken zu fokussieren. Es dauerte nur ein paar Sekunden, bis er Blut hustete.

»Wir stehen still«, meldete Berglen.

»Dinge bewegen sich, auch wenn man nichts davon merkt.« Ugrôn sah ihn an.

Der Tentakel an seiner Wange erinnerte an einen Finger, der nachdenklich an die Schläfe klopfte. Möglicherweise bildete sich auf der anderen Hälfte des Gesichts ein weiterer aus, dort verlief ein Wulst, wo keine Ader war.

»Nimm deinen eigenen Körper.« Der Blick des Erwählten musterte ihn, als könnten seine Augen Haut und Fleisch durchdringen.

Berglen hielt das für möglich. Ugrôn stand in enger Verbindung mit Mutter. Es war denkbar, dass sie ihm ihre Sinne lieh, und offensichtlich veränderte sie ihn auch körperlich. Er hatte schon lange keine Haare mehr, seine Haut glänzte grünlich, und diese Wucherungen überstiegen bei Weitem das bei anderen Zoëlikern übliche Maß. Sie entwickelten sich in keine für Berglen erkennbare Richtung. Manchmal wuchsen die Finger an einer Hand zusammen, die Knochen schienen sich aufzulösen, eine Art Fangarm entstand. Heute dagegen hatte Ugrôn drei Finger an jeder Hand, die sich einander flexibel gegenüberstellen ließen und in gebogenen Krallen ausliefen.

»Manche Bewegungen sind so klein«, fuhr der Erwählte fort, »dass sie der Aufmerksamkeit entgehen. Etwa die Schwingungen der Myriaden Elektronenhüllen in den Atomen deines Körpers. Obwohl du keinen Muskel rührst, bist du im Grunde eine Ansammlung unzählbar vieler Partikel, die einander umkreisen, aufeinanderprallen, sich anziehen und abstoßen.« Wieder bedachte er Berglen mit einem Blick, der ihn zu durchdringen schien.

Die meisten Zoëliker hätten viel darum gegeben, mit Ugrôn allein in einem Atrium zu stehen und seinen Worten zu lauschen. Niemand wusste, warum die Gütige Mutter ihn erwählt hatte, aber ihr Ratschluss war offensichtlich, und so war der Kontakt zur Roten Familie auch eine Berührung von ihr. Zwar umgab das lebende Raumschiff seine Bewohner ohnehin zu jeder Zeit, doch seine Gesänge waren selten eindeutig. Ugrôn dagegen sprach mit menschlichen Worten.

Kitaga wollte, dass sich Berglen jedes dieser Worte einprägte, damit die Zoëliker gemeinsam über ihre versteckten Bedeutungen nachsinnen konnten. Vielleicht suchte sie nach einer verborgenen Botschaft, die offenbarte, dass die Rote Familie eigentlich nicht für Mutter sprach, dass Mutter wollte, dass die Zoëliker wieder wie früher ihre Wünsche interpretierten. Oder sie hoffte auf Hinweise darauf, wieso nun auch Rila in der Gnade der Mutter stand. War es nur wegen ihrer Beziehung zu Ugrôn und dem gemeinsamen Kind?

»Du sagst, die SQUID steht still.« Ugrôn blickte nach oben, wo sie eine schlierendurchzogene Membran vor der tödlichen Leere des Alls schützte, in der ferne Sterne hingen. »Diese Sicht ist eines Wesens unwürdig, das in die Weite aufbricht. Vielleicht war das den Menschen niemals bestimmt, ihre Sinne sind dafür nicht ausgelegt.« Er sah Berglen durch das halb transparente Holo an, das ihre Position im Norastesystem darstellte. »Ist dir einmal der Gedanke gekommen, die Zerstörung der Erde könnte die Strafe des Weltalls dafür gewesen sein, dass die Menschen nicht mit dem zufrieden waren, was ihnen gegeben wurde? Ohne den Aufbruch zu den Sternen wären sie der Aufmerksamkeit der Giats wohl noch Jahrtausende entgangen.«

»Also hätten wir uns mit einem einzigen Planeten begnügen sollen, Erwählter?«

Ugrôn neigte den Kopf so weit zur Seite, dass er die Schulter berührte. »Die Antwort auf diese Frage ist in der Zeit verloren gegangen. Vielleicht würde die Menschheit heute noch durch Wälder wandern, die sie mit Sauerstoff umfächeln, in Meeren schwimmen, die bis zur Horizontkrümmung reichen, und Städte an Flüssen errichten. Aber Bewegung ist relativ. Irgendwann wäre eine andere Zivilisation auf die Erde gestoßen, und wie es den Gepflogenheiten in der Galaxis entspricht, hätte sie den Planeten wohl zerstört. Ohne Kolonien und Großraumschiffe wäre die Menschheit damit auf immer verschwunden.« Wieder sah er nach oben. »Mutter wäre einsam geblieben.«

Berglen fröstelte bei der Erkenntnis, dass es nicht wenige Zoëliker gab, die der Überlegung zustimmten, die Existenzberechtigung der Menschheit bestünde allein darin, der Gütigen Mutter Gesellschaft zu leisten, solange sie das wünschte. Spätestens seit sie die Überlebenden einer untergehenden Kolonie aufgenommen hatte. Die Nachfahren erbten das unverdiente Glück ihrer Ahnen, aber da dieses eben nicht auf eigenem Verdienst beruhte, konnte es jederzeit entzogen werden.

»Du sagst, die SQUID steht still«, erinnerte Ugrôn. »Das ist verzeihlich, deine Sinne legen diese Wahrnehmung nahe. Du kannst die Faltungen der Raumzeit, an denen wir entlangrutschen, nicht erkennen. Aber in einem Planetensystem steht nichts still. Alles fällt, und wenn man Glück hat, stürzt man ins Bodenlose, statt auf einen anderen Körper zu prallen. Jedes Raumschiff folgt einer elliptischen Bahn um eine Schwerkraftsenke, wie einen Planeten oder die Sonne. Wenn wir beschleunigen, erhöhen wir die Umlaufbahn.«

Er lachte. Vermutlich machte Berglen kein sehr intelligentes Gesicht.

»Für ein Raumschiff, das auf einem Planeten gelandet ist, befindet sich der Weltraum nicht so sehr oberhalb. Er befindet sich *voraus*. Die Flucht aus der Schwerkraftsenke ist eine Frage der Geschwindigkeit. Je schneller wir sind, desto höher klettern wir an der Trichterwandung hinauf.«

»Unsere Umlaufbahn steigt«, versuchte Berglen zu folgen. »Der Radius, mit dem wir den Planeten umkreisen, weitet sich.«

»Und wenn wir abbremsen, wird er enger.« Ugrôn nickte. »Wenn wir stark genug beschleunigen, erreichen wir den Rand des Trichters, kippen hinüber und fallen in einen anderen Trichter. Statt um den Planeten kreisen wir nun um den Stern. Raumflug besteht aus Ellipsen und Spiralen. Man fliegt niemals eine gerade Linie.«

»Verzeih, Erwählter. Was ich meinte, war, dass wir uns relativ zur Sphäre, die die größte Gravitationssenke in diesem System darstellt …«

Verwundert hielt Berglen inne und forderte eine Vergrößerung des Bildausschnitts um die Squid an. Er ließ den Bewegungsvektor berechnen, extrapolieren und als rote Linie einzeichnen.

»Wir kreisen nicht mehr um den Stern«, erkannte er.

»Nicht mehr ausschließlich.« Ugrôn lächelte, wodurch sich seine vollständig grünen Augen verengten. »Wir folgen der Ellipse um die Sphäre auf annähernd derselben Bahn wie die Schwerkraftsenke, die Mutter bemerkt hat. Jetzt sind wir ihr nahe genug, und wir sind langsam genug, um in ihren Gravitationstrichter zu fallen.«

Berglens Mund wurde trocken. Er dachte an die Möglichkeit, dass sie sich einem winzig kleinen schwarzen Loch näherten, das von einem noch viel kleineren umkreist wurde. Wenn dieses kleinere, das nicht zu orten war, auf die Squid träfe, würde es das Schiff nicht nur durchschlagen. Auf seinem Weg hindurch würden seine Gravitationskräfte alle Strukturen an Bord verformen und wohl auch den Großteil der Masse einsaugen. Das wäre das Ende der Squid und seiner Besatzung. Hatte Ugrôn das andeuten wollen, als er vom Untergang der Erde gesprochen hatte?

Waren sie Ahnungslose, die nichts von den Gefahren des Weltalls wussten?

Schweiß stand auf Berglens Stirn. Er suchte in den Zahlen und Linien nach einem Hinweis darauf, dass sich der Kurs erneut änderte. Nach dem Zug durch eine weitere Gravitationssenke, einer Beschleunigung vielleicht. Er fragte sich, ob die SQUID einem Steuerkommando folgen würde, das er gäbe, um der Gefahr auszuweichen. Sollte er einen Kommunikationskanal zu den Zoëlikern öffnen, die im Pilotenraum sangen? Gemeinsam erregten sie möglicherweise eher die Aufmerksamkeit der Gütigen Mutter.

Unschlüssig sah er Ugrôn an. Ein einziges Wort, wohl schon ein Gedanke von ihm, konnte Mutter veranlassen, den Kurs zu ändern. Eigentlich musste er selbst ein Interesse daran haben, aber bei jemandem, der so fremd war wie Ugrôn, durfte man noch nicht einmal einen Selbsterhaltungstrieb voraussetzen.

Doch es gab etwas, an dessen Wohlergehen ihm offensichtlich gelegen war …

»Wir alle sehen mit Freude, wie rasch Amida wächst«, behauptete Berglen. »Ich hörte, während meiner Abwesenheit habe er gelernt, zu sprechen.«

»Rila übt viel mit ihm. Leider komme ich selbst nicht dazu, mich so sehr um ihn zu kümmern. Mutter formt mich.«

Die Härchen an Berglens Nacken stellten sich auf.

Plötzlich schlug die Ortung Alarm.

Doch es war kein ultrakomprimierter Kleinstkörper, kein winziges schwarzes Loch, das die Sensoren erfassten. Es war ein Planet, zehntausend Kilometer im Durchmesser, vereist, umgeben von einer dünnen Atmosphäre. Seine Grundfarbe war weiß, aber weite Flächen spielten ins Bläuliche oder Gelbliche. Ein kleiner Mond, keine zweitausend Kilometer im Durchmesser, umkreiste ihn auf einer engen Bahn. Das Holo füllte sich mit Anzeigen zur Bewegungsrichtung und Rotationsgeschwindigkeit. Zahlenkolonnen wiesen Gravitationswerte, vermutete Atmosphärenzusammensetzung, Achsenneigung und Dutzende weitere astronomische Parameter aus.

»Wir haben ein Tarnfeld durchstoßen«, erkannte Berglen. »Davon habe ich noch nie gehört!«

»Und doch ist es so.« Ugrôn zeigte nach oben. Die Sterne waren keine Punkte mehr, sondern verschmierten zu kurzen Linien.

»Ein Tarnschirm«, sagte Berglen, mehr, um sich selbst der Realität zu versichern, als um Ugrôn die Erkenntnis mitzuteilen. »Jemand hat einen ganzen Planeten vor der Ortung verborgen. Wir vermögen das noch nicht einmal bei einem Raumschiff!« Sofort fiel ihm der Obrist von der PAYARA ein. Ein Soldat wie Tervoil würde seine Seele gegen die Möglichkeit eintauschen, eine Angriffsflotte vor den Sensoren des Feindes zu verbergen. Militärisch war das vielleicht noch wirkungsvoller als die Geschütze im Rotraum.

»Erstaunlich.« Ugrôn trat ans Holo heran, als wolle er hineingehen. »Ganz außergewöhnlich.«

Berglen konzentrierte sich auf die Angaben, die von den Scannern eintrafen. Das half ihm, seiner Aufregung Herr zu werden.

»Wir orten Promethium-Zerfallsprodukte in der Atmosphäre.« Das deutete auf eine Zivilisation mit fortschrittlicher Raumfahrt hin. Promethium war ein guter Energielieferant für Unterlichttriebwerke. Seine Verwendung in Kraftwerken auf einem Planeten war jedoch risikoreich.

»Wir werden diesen Himmelskörper *Schleier* nennen«, bestimmte Ugrôn. Die Tatsache, dass der Name sofort als Beschriftung im Holo erschien, bewies, dass er keine Steuerholos benötigte, um auf die Systeme des Schiffs zuzugreifen. »Und ich wünsche, dass wir diesen Schleier lüften. Du darfst dich zurückziehen, Berglen. Mach dich bereit für eine Erkundungsmission auf die Oberfläche.«

Weshalb schickte Ugrôn ihn wieder von Bord? Die grünen Augen ohne Iriden und Pupillen waren schwer zu deuten. Stand Mitleid darin?

Berglen verbeugte sich und verließ das Atrium. Im Gang meldete ihm sein Kommunikator, dass eine Nachricht für ihn eingetroffen war. Die Kennzeichnung wies sie als privat aus. Mit so etwas behelligte man natürlich niemanden während einer Audienz beim Erwählten.

Kitaga erwartete ihn an der nächsten Kreuzung. »Ein Planet?«, fragte sie.

Berglen nickte. »Unerwartet, auch für Ugrôn. Selbst für die Gütige Mutter, glaube ich.«

»Was werden wir tun?«

»Er will, dass wir landen.«

»Mit der Squid?«

»Ich denke, Fähren wären die weisere Wahl.«

»Das glaube ich auch.« Sie wechselte ihren Stab von einer Hand in die andere. Er überragte sie, das Licht der Leuchtkörper schimmerte auf dem gezackten Aufsatz, der ihn krönte. »Ich werde alles in den Hangars vorbereiten lassen.«

»Der Erwählte wünscht, dass ich mich bereit mache.«

»Dann solltest du nicht säumen.« Sie gab den Weg frei.

Erst in seinem Zimmer rief Berglen die kurze Nachricht ab.

Kara Jeskons hübsches Gesicht leuchtete im Holokubus. Wieder fiel Berglen auf, wie schön diese Frau war, obwohl sie diesmal nicht lächelte. Ihre Miene wirkte versteinert.

»Es hat einen weiteren Anschlag gegeben, Macro ist tot.« Ihre Stimme zitterte trotz der äußerlichen Ruhe. »Ich weiß nicht, wieso ich diese Nachricht ausgerechnet an Sie schicke, Berglen. Ich sollte mich wohl besser an die Marlin wenden, aber ich fürchte, das würde zu noch mehr Gewalt führen.« Sie sah etwas außerhalb des Aufnahmebereichs an. »Ich habe wohl trotzdem keine Wahl. Bitte entschuldigen Sie die Störung. Ich bin durcheinander.«

—

Obwohl sich Xeramel bewegte wie eine Schlafwandlerin, setzte sie die Blumen mit äußerster Präzision. Gleich einer Maschine, dachte Kara Jeskon.

Xeramel schnitt die Rotnelken auf exakt identische Länge und steckte sie millimetergenau im selben Winkel und Abstand in die walzenförmige Basis des Arrangements, das Macros Leichnam zur Marlin begleiten sollte. Es war Karas Abschiedsgeschenk für den Mann, der geglaubt hatte, als Diplomat zunächst innerhalb des Schwarms und dann auch darüber hinaus ein harmonisches Miteinander schaffen zu können. Die Autopsie würde man auf der Marlin durchführen, aber niemand bezweifelte, dass er gewaltsam ums Leben gebracht worden war.

Wie es mit Karas eigener Entsendung weiterginge, wusste sie noch nicht. Auf ihrem Mutterschiff beriet man noch, welcher vollwertige Diplomat sie ersetzen sollte. Ob Macro gewollt hätte, dass sie sich dem Neuen als Assistentin andiente?

Kara war froh, mit den Blumen in die isolierte Kammer gekommen zu sein, die für Xeramel einem Gefängnis gleichkam. Sie teilte es sich mit noch mehr Maschinen, als Kara bei ihrem ersten Aufenthalt gesehen hatte. Man hielt zusätzliche Prozessoren für nötig, und da man die von der Sphäre empfangenen Daten nicht ins Schiff übertragen wollte, musste man sie vor Ort installieren.

Mit einer gelben Lilie durchbrach Kara die Symmetrie von Xeramels Anordnung. Ein solches Gesteck war keine Huldigung an den Tod, es erinnerte an das Leben. Das Leben bestand aus dem Ungeplanten, aus dem Überraschenden.

Xeramel nahm eine weitere gelbe Lilie und platzierte sie exakt gegenüber jener, die Kara gesteckt hatte.

Seufzend sammelte Kara den Verschnitt aus der Luft, damit die abgetrennten Blätter und Stängel nicht in Schaltkreise gerieten und dort Probleme verursachten.

»Ich fühle mich wie eine einzelne Hand, die versucht, zu klatschen«, sagte Xeramel.

Überrascht sah Kara die Frau an. Es war das erste Mal, dass sie sie direkt ansprach.

»Hilft dir der Kontakt zur Sphäre wirklich?«, fragte Kara. »Fühlst du dich ein bisschen besser?«

»Zegato meint, dass es mir besser geht.«

»Eine seltsame Antwort.« Kara verschloss den Beutel mit dem Abfall. Vorsichtig zog sie einige blaue Blumen mit halmdünnen Blättern aus einem Strauß. Ihre Stiele behielten die Form bei, wenn man sie bog. »Sollte man nicht selbst wissen, wie man sich fühlt?«

»Das klingt, als ob du es auch nicht wüsstest.«

Kara suchte eine geeignete Stelle an dem Gesteck, setzte aber wieder ab. »Du hast recht. Ich vermisse Macro, aber ich spüre, dass da noch mehr sein könnte. Sein sollte. Er ist gestorben, bevor wir uns richtig kennengelernt haben.« Auch ihre eigenen Worte fand sie seltsam. Immerhin hatte sie mit ihm geschlafen. Mit der Art, wie sich zwischenmenschliche Beziehungen gemeinhin entwickelten, kam sie einfach nicht zurecht. Sie brauchte Nähe.

In Xeramels braunen Augen lag keine Wärme, aber wenigstens so etwas wie Verständnis. Sie war selbst verletzt, viel schwerer als Kara. Das machte vorsichtig.

»Vertraust du Zegato?«

»Er kennt sich sehr gut mit meinen Implantaten aus.«

Kara zog die gelbe Lilie, die sie gesteckt hatte, heraus und platzierte sie in einer anderen Öffnung der Walze. Der Unterdruck sog den Stiel an. Das Innere der Vorrichtung versorgte die Blumen mit Wasser und Nährstoffen, bei ihrem Eintreffen auf der MARLIN wären sie noch frisch. Dann würde man das Gesteck gemeinsam mit Macros Leiche der Leere übergeben, und innerhalb von Sekunden gefröre die Schönheit. Freie Flüssigkeit würde abkochen, aber was das überstand, würde für lange Zeit konserviert.

»Mir wäre unwohl, wenn mir ein Arzt ins Hirn schauen könnte«, überlegte Kara.

»Auch, wenn du krank wärest und er dir helfen wollte?«

»Vielleicht wenn es eine sehr schwere Krankheit wäre …«

»Und dann müsste man eine Sonde in deinen Kopf bohren.« Xeramels Stimme war ebenso träge wie ihre Bewegungen. »In ein Gehirn, das keine Andockpunkte bietet. Anders als die Schnittstellen, die für mich optimiert wurden.«

Der Gedanke, ein Implantat im Schädel zu tragen, war Kara unangenehm. Andererseits hatte man ihre Augen als Kind mit einem Laser korrigiert, sonst hätte sie zwei Meter von ihrer Nasenspitze entfernt nur noch unscharf gesehen. Ihrem Vater hatte man eine künstliche Leber eingesetzt, die das versagende Organ ersetzt hatte, und bei Außenbordingenieuren veränderte man die Haut, um ihre Chancen bei Unfällen mit kosmischer Strahlung zu verbessern. Hörgeräte erfassten weitere Frequenzen als ein biologisches Ohr, Kunstmuskeln waren kräftiger.

Keine dieser Optimierungen löste in Kara dieses Unwohlsein aus. Es lag wohl daran, dass es um das Gehirn ging, um den Verstand. Was blieb vom Ich, von der Persönlichkeit, wenn alles Denken schonungslos offengelegt wurde? Wenn man es sogar von außen stimulierte und in gewünschte Bahnen lenkte?

Die Schleuse öffnete sich, Tervoil und Zegato schwebten herein. Kara traute sich kein Urteil darüber zu, welcher von ihnen stärker modifiziert war. Tervoils Körperbau – falls er in etwa den Formen der Rüstung entsprach – war offensichtlich auf Kraft gezüchtet, und wahrscheinlich auch auf Agilität. Dafür konnte man ihm in die Augen sehen, anders als Zegato, der ständig das spiegelnde Band vor dem Gesicht trug. Wie viele Implantate mochte man ihm eingesetzt haben?

Wenn es die beiden überraschte, dass sich Kara und Xeramel mit einem Blumengesteck beschäftigten, zeigten sie es nicht. »Wir haben beschlossen, der Sphäre unsere Antworten zu übermitteln«, verkündete Tervoil.

»Also senden wir jetzt auch, statt nur zu lauschen?« Kara erinnerte sich, in dieser Angelegenheit eine Anfrage an die Kommissare gesehen zu haben. Sie hatte nicht geantwortet, ihr war der letzte Gruß an Macro wichtiger.

»Wir sind schließlich hier, um mit dem Kontakt vorwärtszukommen«, bestätigte Tervoil.

Zegato schwebte zu ihnen und betrachtete das Gesteck. »Das ist für Kommissar Debois?«

»Ja.« Mit einem Mal überkam Kara ein Gefühl großen Verlustes. Ihre Augen wurden feucht.

»Ein inakzeptabler Vorfall«, urteilte Tervoil. »Ich will ohnehin mit Ihnen darüber sprechen. Ich biete Ihnen an, dass unsere Soldaten die Ihren unterstützen. Gemeinsam werden wir dieses Schiff so effizient durchsuchen, dass uns keine Schraube verborgen bleibt. Ich lasse bereits eine Übersicht zusammenstellen, aus der hervorgeht, welche Systeme lebenswichtig und deswegen mit besonderer Vorsicht zu behandeln sind. Bei den anderen sollten wir weniger sanft vorgehen als bisher.«

»Systeme?«, fragte Kara. »Und was ist mit den Bewohnern des Schiffes?«

»Die sind nicht überlebenswichtig.« Tervoil lächelte kalt.

Müde schüttelte Kara den Kopf. »Wir müssen aus diesem Labyrinth der Gewalt und Vergeltung herausfinden.«

»Ich sagte bereits, dass ich Ihre Vorstellungen respektiere. Trotzdem muss sich jedes Ideal der Wirklichkeit stellen. Offensichtlich werden wir bedroht. Wir müssen die Gefahr ausschalten, um aus einer sicheren …«

»Es gibt kein Leben ohne Gefahr«, unterbrach Kara ihn. »Kein echtes.«

»Wir werden mit den anderen Kommissaren darüber sprechen müssen, wie eine angemessene Reaktion aussieht.«

»Bedenken Sie, dass der Verstorbene meine Ideale geteilt hat. Er war ein großer koexistenzialistischer Denker. Vielleicht können Sie ihn ehren, indem Sie den Konflikt nicht weitertreiben, solange sich seine Leiche noch an Bord befindet.« Kara wandte sich wieder dem Gesteck zu.

»Mir tut leid, was geschehen ist«, sagte Zegato gerade laut genug, damit ihn alle verstanden.

Tervoil verließ schweigend den Raum.

Kara merkte, wie sich ihre Schultern entspannten.

Sie sah in ihr Spiegelbild auf Zegatos Gesichtsband. »Halten Sie mich fest«, bat sie und schwebte zu ihm.

Er legte die Arme um sie.

Kara schämte sich für ihre Schwäche, aber sie fühlte sich allein und sehnte sich nach Nähe.

—

Das Basislager, das aus der gelandeten Raumfähre und einigen selbstexpandierenden Zelten bestand, lag auf einem der wenigen Felsen, die sich aus dem planetaren Eis hoben. Von dort aus bewegte sich das Expeditionsfahrzeug durch die zerklüftete weiße Landschaft nach Norden, vom nahen Äquator weg. Unter seinen Ketten knackte der Boden, aber wenn Berglen aus dem Rückfenster schaute, erkannte er kaum eine Spur. Bei zweihundert Kelvin Außentemperatur war alles hart gefroren, diese Gegend hatte lange keinen Niederschlag mehr gesehen.

»Wir sind gleich da«, meldete der Fahrer über die Bordsprechanlage. »Ich kühle die Kabine herunter, damit ihr die Schutzanzüge anlegen könnt.«

Das Gefährt war auf den Einsatz in einem Kalthabitat ausgelegt. Es gehörte zur Ausrüstung der Xenofarmer, die die SQUID auf aussichtsreichen Himmelskörpern absetzte. Anstelle von Agraringenieuren teilten sich Kitaga und Berglen den Platz zwischen den Pflanzmaschinen, den Öko- und Umfeldsensoren jedoch mit einem Kontingent von zehn Infanteristen, unter denen Arquila offensichtlich eine Sonderaufgabe innehatte. Berglen vermutete, dass sie ihren Einsatzbefehl direkt von der Roten Familie erhalten hatte. Die Frau, die sich bereits bei den Rotraumjüngern besonders diensteifrig gezeigt hatte, wich ihm nicht von der Seite. Auch jetzt stand sie gleichzeitig mit ihm auf, um die Anzüge zu mustern, die an den Längswänden aufgestellt waren.

Sie waren durchgängig gefertigt, Handschuhe, Stiefel und Helm waren integriert. Fluoreszierende Ziffern auf Brust und Rücken machten sie unterscheidbar. Außerdem variierte die Größe.

»Der da ist für dich.« Kitaga zeigte auf den Anzug ganz rechts, er trug die Nummer 1. Sie selbst weitete die senkrecht über den Rücken laufende Öffnung der zweiten Einheit. Sie war ein paar Zentimeter größer als er.

»Wie legt man sie an?«, fragte Berglen.

»Es wird ähnlich sein wie bei Gefechtsanzügen für den

Vakuumeinsatz«, vermutete Arquila. »Zunächst einmal muss man sich ausziehen. Der Anzug interagiert mit dem Träger. Alles zwischen ihm und der Haut stört.«

»Ist es nicht umso besser, je mehr wir anhaben?«, fragte Berglen. »Draußen ist es schließlich extrem kalt.« Auch in der Kabine wurde es bereits merklich kühler.

»Die Wärmeregulation funktioniert nur optimal, wenn du nackt bist«, stimmte Kitaga der Soldatin zu. Sie legte das helle Gewand ab, das aus mehreren frei fallenden Stoffbahnen bestand. Das grüne Licht, das bei jedem Atemzug aus ihren Rippen leuchtete, beschien Arquilas lang gezogenes Gesicht.

Berglen zog seine Weste aus und faltete sie zusammen. Er löste die Verschnürung seiner Hose.

»Dein Anzug ist auf der anderen Seite«, sagte Kitaga zu Arquila, deren Oberkörper bereits nackt war.

Widerstrebend ging die Soldatin hinüber. An ihrem Rücken waren die grünen Saugnäpfe weiter gestreut als auf den Handrücken.

»Steig zuerst mit den Beinen hinein«, riet Kitaga. »Dann Kopf und Arme.«

Er legte seine Unterwäsche ab. In der Kälte richteten sich die Härchen auf seinen Armen auf, winzige Erhebungen überzogen seine Haut.

»Rila ändert die Regeln«, flüsterte Kitaga, ohne ihn anzusehen. »Es soll nicht mehr darauf ankommen, ob man Mutters Gesang hört.« Sie schob ihr schlankes Bein in den Anzug. Das Material passte sich zischend an.

»Sie will die Zoëliker entmachten?«

Ihr Blick mahnte ihn, leiser zu sprechen. »Sie will nicht nur, sie tut. Jeder soll Zutritt zu allen Bereichen der SQUID haben, wenn er sie von seiner Qualifikation überzeugt. Sogar zu den Navigationssälen.«

Auch um Berglens Bein schloss sich der Anzug. Fest, aber nicht unangenehm. Kitagas Vorbild folgend hielt er sich an einer Stange fest, die unter der Decke verlief, als er das zweite Bein einführte.

»Es wird daran liegen, dass sie von der MARLIN kommt. Dort vergibt man Aufgaben nach Kompetenzgraden.«

»Du findest es in Ordnung?«

»Wenn sich jemand sehr gut in der Astronavigation auskennt ...«

Ein Ruck ging durch das Fahrzeug. Einige Passagiere, die halb in ihren Anzügen steckten, stürzten. Das wäre auch Berglen passiert, wenn er sich nicht noch immer festgehalten hätte.

»Verzeihung«, drang die Stimme des Fahrers aus dem Akustikfeld. »Das Gelände ist rau.«

Die Soldaten fluchten.

»Die SQUID ist kein Schiff wie die anderen.« Kitaga steckte den linken Arm in den Anzug. Berglen sah, wie sich die Finger im Handschuh bewegten. »Wir brauchen Mutters Sinne, um uns im Rotraum zurechtzufinden. Die kann man nicht mit Instrumenten auslesen.«

»Vielleicht können diejenigen, die taub für ihre Stimme sind, den Zoëlikern assistieren.«

»Weshalb ergreifst du ihre Partei?«, fragte Kitaga. »Bist du ihrer Meinung, oder bist du es nur nicht gewohnt, eigene Gedanken zuzulassen?«

Nachdem sein zweiter Arm im Anzug steckte, schmiegte sich auch die Brustpartie an seine Haut.

»Seit Generationen leben wir im Einklang mit Mutter«, sagte Kitaga. »Sie erhält uns und wir erfreuen sie. Wir haben immer dafür gesorgt, dass auch jene versorgt werden, die ihre Stimme nicht hören. Aber was geschieht, wenn jemand Mutter beleidigen sollte? Aus Unwissenheit, vielleicht.«

»Weil er ihre Stimme nicht hört«, folgerte Berglen.

»Auf wen wird sich Mutters Zorn dann richten? Auf diesen einen? Auf Rila? Oder auf uns alle? – Die Sektionen, die wir uns Zoëlikern vorbehalten, sind besonders empfindlich. Dort agieren wir nahe an Mutters Wesen.«

»Du willst jetzt aber nicht sagen, dass man sie durch Unachtsamkeit verletzen könnte.«

»Ein Dorn kann dich nicht töten, aber er kann schmerzen. Und wenn er das tut, ziehst du ihn heraus und wirfst ihn fort.«

Berglen musste das Kinn auf die Brust drücken, um den Helm über den Kopf zu bekommen. Dessen zunächst flexibles Material härtete in Sekunden aus, vor seinem Gesicht wurde es transparent. Er merkte, wie sich der Stoff über seinen Rücken bewegte und die Öffnung schloss, durch die er hineingestiegen war. Die Halteschlaufen lösten sich.

Etwas drang in seine Ohren.

»…heit sieben, check! Einsatzbereit.«

Der Anzug erwärmte sich.

»Einheit acht! Was ist los, Einheit acht?«

»Ich habe doch schon Bereitschaft gemeldet.«

»Zu früh! Jetzt bist du an der Reihe, also gib deinen Status durch.«

»Einheit acht, check!«

»Einheit neun …«

Berglen schrie auf.

Kitaga sah ihn an. Ihr Helm lag eng an ihrem Kopf, sogar die Ohrmuscheln waren zu erahnen. Knapp davor endete der transparente Bereich. »Was ist?«

»Etwas hat mich … gezwickt. Zwischen den Beinen.«

»Keine Sorge. Der Anzug schließt den Flüssigkeitskreislauf.«

»Du meinst, an meinem …«

»Über Urin und Fäkalien brauchst du dir keine Gedanken zu machen.«

Das Gelächter verriet ihm, dass ihr Gespräch auf den Teamkanal übertragen wurde.

»Wir sind da«, meldete der Fahrer.

»Bitte öffne die Luke«, bat Berglen.

Am Heck der Kabine glitt eine Tür auf. Sie hätte als Innenschott einer Schleuse fungieren können, aber das hielt der Fahrer wohl für unnötig. Er klappte die Außenwand hinunter, sodass sie eine Rampe bildete.

Draußen trieben Eiskristalle vor Schollen, deren Bruchkanten steil aufragten. Die Soldaten nahmen ihre Gewehre und marschierten hinaus. Arquila stellte sich neben Berglen.

Der Wind zerrte an ihnen, während sie die Rampe hinuntergingen. Die in den Anzug eingewebten Kunstmuskelfasern, die zur Kraftverstärkung dienten, reagierten mit einigen Sekundenbruchteilen Verzögerung. Leuchtanzeigen vor den Augen meldeten einen Sauerstoffvorrat von drei Stunden und eine Außentemperatur von zweihundert Kelvin. Von der chemischen Zusammensetzung her wäre die planetare Luft atembar gewesen, aber bei dieser Kälte wäre die Lunge gefroren, wenn Berglen den Helm abgelegt hätte.

Die Schönheit der Landschaft stand im Gegensatz zu ihrer Gefährlichkeit. Sie befanden sich in einer Schlucht zwischen gezackten Schollen, die zum Teil senkrecht aufragten, zum Teil sanft anstiegen. Manche waren gebrochen, was zu bizarren Splittern führte, die den Zuckerkristallen ähnelten, mit denen Berglen seinen Tee süßte. Das Weiß dominierte, aber an einigen Stellen war das Eis hellblau, und ein dreieckiger Keil, der zwanzig Meter in die Höhe stieß, war durchsichtig wie Transplast.

Das Licht der Sphäre sah hier heller aus, nicht so intensiv rot wie im All, eher gelblich. Offenbar verursachte das Tarnfeld eine Phasenverschiebung, und das war nicht der einzige Effekt. Statt einer Scheibe leuchtete ein annähernd senkrecht verlaufender Streifen im Blau des Westhimmels.

Die Soldaten hockten in einem Sicherungskreis, aber selbst jene, die nach Süden beobachten sollten, schauten immer wieder über die Schulter, um einen Blick auf die Struktur zu werfen, die Berglen untersuchen wollte. Man konnte einen Turm darin sehen oder eine Nadel, oder auch das Haar eines Riesen. Das Bauwerk durchmaß fünfzig Meter, aber wegen seiner enormen Höhe wirkte es dennoch schlank. Es stieg senkrecht in den Himmel, so hoch, dass es sich schließlich in der atmosphärischen Streuung verlor. Insgesamt reichte dieser fensterlose schwarze Turm dreihundert Kilometer hoch, wie Berglen wusste. Dort oben im All krönte ihn ein zwei Kilometer langer Metallquader, in dem die Techniker der SQUID einen Emitter für das Tarnfeld vermuteten.

Das war nicht die einzige Einrichtung dieser Art. Im Abstand von zehn Kilometern zogen sie sich um den Äquator.

Obwohl Kitaga die ranghöhere Zoëlikerin war, hatte Ugrôn Berglen das Kommando über die Erkundungsmission gegeben. Er merkte, dass die anderen einen Befehl von ihm erwarteten.

»Sehen wir uns die Sache aus der Nähe an«, sagte er.

Die Soldaten standen auf, wobei sie die Gewehre nach außen gerichtet hielten. Berglen, Kitaga und Arquila blieben in der Mitte, während sich die Formation nach Norden bewegte.

»Glaubst du, dass sich unter dem Eis eine weitere Struktur befindet?« Die Funkübertragung nahm Kitagas Stimme etwas von ihrer Fülle, machte sie aber trotz des heulenden Windes verständlich.

»Auf jeden Fall braucht man ein massives Fundament.« Berglen wusste wenig über Architektur, aber er stellte sich vor, dass man einen mehrere Hundert Kilometer hohen Turm etwa ebenso tief in festem Untergrund verankern musste, damit er nicht umkippte. »Wie dick mag wohl der Eispanzer sein, bevor man auf Fels trifft?«

»Das können wir herausfinden«, sagte Arquila eifrig. »Der Explorer hat Instrumente für seismische Messungen an Bord.«

»Das ist ein guter Gedanke«, gestand Kitaga zu, »aber ich meinte etwas anderes. Wir steigen eine Anhöhe hinauf. Vielleicht bildet das Profil etwas nach, das sich unter dem Eis befindet.«

Einige Soldaten machten kehrt, um die Apparate zu holen, die man brauchte, um die Stärke des gefrorenen Wassers zu erkunden.

Kitaga rutschte auf dem glatten Untergrund weg. Gerade noch hielt Berglen sie fest, wäre aber wohl auch ins Schlittern geraten, wenn Arquila ihn nicht gestützt hätte.

»Alles in Ordnung«, versicherte Kitaga.

Sie erreichten den Turm. Er war vollkommen glatt, wenn man von den Eiskristallen absah, die seine schwarze Oberfläche bestäubten und dabei Ablagerungen bildeten, deren Form an Blüten erinnerte. Berglen trat vor und berührte das Metall. Durch den Handschuh spürte er nur, dass es hart war, aber die Sensoren an den Fingerkuppen starteten automatisch eine Analyse. Die Legierung bestand primär aus Bor und Eisen.

»Wenn wirklich eine Struktur unter dem Eis verborgen ist«, überlegte Berglen, »dann ist sie nicht symmetrisch.«

Nach Norden hin fiel das Gelände rasch ab und war bis zum Horizont eher von gefrorenen Wellen oder sanften, von der Witterung gerundeten Graten geprägt als von den schroffen Brüchen, die sie passiert hatten. Der Wind trieb Schleier aus winzigen Kristallen vor sich her. Vergeblich versuchte Berglen, im Osten den nächsten Turm auszumachen.

Natürlich stand er weit jenseits der Horizontkrümmung, aber bei seiner Höhe hätte man ihn vielleicht dennoch aufragen sehen können. Auf die Entfernung verlor sich die dünne Linie wohl.

Zwei Soldaten umrundeten den Turm mit Handscannern. »Keine Öffnung zu entdecken«, meldeten sie.

»Das spricht ebenfalls für eine Struktur unter dem Eis«, meinte Kitaga. »Als dieser Planet noch Bewohner hatte, war er am Äquator sicher nicht gefroren. Wahrscheinlich gibt es eine Station für Kontroll- und Wartungsarbeiten am Boden dieser Konstruktion.«

»Oder der Eingang befindet sich oben im All.«

»Dann hätte jeder, der sie betreten wollte, ein Raumschiff gebraucht.« Überdeutlich stand der Zweifel in ihren Augen.

»Du hast recht«, lenkte er ein. »Sehen wir nach.«

Sie brauchten eine Viertelstunde, um die Instrumente für die seismische Messung aufzustellen. Im Zentrum stand ein Apparat, der Schallwellen unterschiedlicher Frequenzen in den Boden schicken konnte, ähnlich einem überdimensionierten Sonicschocker. Im Abstand von fünfzig Metern umgaben die Soldaten diesen mit ebenfalls nach unten gerichteten Sensoren.

Während sie den Aufbau justierten, umrundete Berglen mit den beiden Frauen den Turm. Erwartungsgemäß fanden auch sie keine Öffnung, aber ihn erstaunte, wie fugenlos glatt die Oberfläche war. Das Material musste zugleich hart und flexibel sein, um einer solchen Witterung so unbeeindruckt zu trotzen.

»Ich frage mich, wie lange dieser Planet verlassen ist«, murmelte er.

»Wir sollten von der Teamfrequenz auf einen privaten Kanal wechseln«, schlug Arquila vor. »Damit wir die Kameraden nicht stören.«

»Das geht?«

»Alles wird zur späteren Auswertung aufgezeichnet, aber für den Moment wären wir unter uns.«

Sie zeigte ihm, wie er durch Blinzeln in ein Menü gelangte, in dem er mit Kinnbewegungen die Verbindung bestätigte. Er sah Kitaga an, dass sie es bevorzugt hätte, sich ohne die Soldatin mit ihm zu unterhalten. Berglen war es aber recht, dass er sich nicht über Rilas Einfluss auf der SQUID austauschen musste. Zu groß war die Gefahr, dass er seine eigenen unausgegorenen Gedanken aussprach. Er verstand Kitagas Bedenken, was das generationenalte Gesellschaftsgefüge auf dem lebenden Schiff anging. Bei seinen Besuchen auf der MARLIN und der ESOX hatte er jedoch Menschen getroffen, die ganz ohne Gütige Mutter lebten. Ob sie glücklicher waren, konnte er nicht entscheiden. Aber dass ihnen die Verehrung der nicht menschlichen Lebensform absurd erschien, gab ihm zu denken.

»Die Überreste der zerstörten Kolonien, denen wir bis in dieses System gefolgt sind, legen nahe, dass das Sternenreich der Menschen vor wenigstens fünfhundert Jahren untergegangen ist«, überlegte Berglen. »Aber sollten wir hier dann keinen stärkeren Verfall sehen?«

»Vielleicht gibt es Wartungsroboter«, schlug Kitaga vor.

»Wieso glaubt ihr eigentlich, dass Schleier verlassen ist?«, fragte Arquila. »Wir könnten doch jederzeit auf Menschen treffen.«

Berglens Blick schweifte über das Eis. »Dann haben sie ihre Anbauflächen gut verborgen.«

»So, wie sie den Planeten zum All hin verbergen?«, versetzte Arquila.

»Wir können nicht ausschließen, dass sie hier eine ähnliche Technologie verwenden«, räumte Berglen widerstrebend ein. Er wollte der Möglichkeit, Menschen zu begegnen, keinen

Raum in seinen Überlegungen geben. Zu weit reichten die Konsequenzen. Eine intakte Kolonie, verborgen vor den Feinden des Schwarms ... Zugriff auf Waffen, die ihnen einen entscheidenden Vorteil verschaffen würden ... vielleicht das Ende des Lebens als Nomaden zwischen den Sternen ... und möglicherweise war das erst der Anfang, wenn sich Noraste als Tor zu einem großen Staatswesen erwiese, das viele Systeme umfasste. Das wäre der Beginn eines Lebens, wie es niemand im Schwarm kannte. Vielleicht wäre das gut, vielleicht schlecht, aber wenn Berglen sich in diese Spekulation fallen ließe, würde er sich nicht mehr auf seine Aufgabe konzentrieren können.

Ein Soldat meldete sich über die Teamfrequenz. »Die Anlage ist bereit.«

»Startet die Messung!«, befahl Berglen.

Er sah, wie der Mann im Anzug mit der Ziffer 5 das Steuerpult bediente, und bildete sich ein, ein Vibrieren im Boden zu spüren.

»Das Eis reicht wenigstens einen Kilometer tief«, übermittelte jemand das Ergebnis.

»Ortet ihr Gebäude?«, fragte Kitaga.

»Negativ. Noch nicht einmal Fels. Wohl aber Eis unterschiedlicher Zusammensetzung. Der Salzgehalt und mineralische Einschlüsse variieren. Der Turm setzt sich nach unten fort.«

»Es hätte sein können«, meinte Berglen. »Das Gelände sieht wirklich so aus, als ob ein längliches Gebäude darunterläge.«

»Da ist noch etwas«, funkte der Soldat. »Der Turm steht nicht lotrecht im Eis. Er knickt nach Süden ab, je tiefer, desto stärker.«

Kitaga und Berglen sahen sich an. »Vielleicht drückt das Eis gegen ihn und hat ihn ein Stück verschoben«, schlug sie vor.

»Sollen wir tiefer messen?«, fragte der Soldat.

»Ja, tut das.«

Diesmal spürte Berglen ganz sicher ein Vibrieren im Eis.

»Flüssigwasser ab eintausenddreihundert Meter Tiefe.«

»Das bedeutet, dass es dort unten eine Wärmequelle geben muss, die das Eis schmilzt«, folgerte Berglen.

»Der Planetenkern wird thermisch aktiv sein«, vermutete Kitaga.

»Wir orten keinen Grund«, fuhr der Soldat fort, »aber einige aufragende Felsformationen. Wie die Gipfel eines Gebirges.«

»Wir kommen«, kündigte Berglen an.

Am Kontrollpult zeigte ein Holo das gemessene Geländeprofil. Es entsprach der Beschreibung des Soldaten. Auch im Flüssigwasser verlief der Turm schräg. Wegen der metallischen Konsistenz war er im Bild eindeutig auszumachen. Unter dem Eis fiel er schnurgerade in einem Winkel von zehn Grad nach Süden ab.

»Weiter«, verlangte Berglen. »Ich will sehen, wo diese Struktur endet.«

Der Soldat regelte die Intensität des Sonicimpulses hoch und wählte ein anderes Frequenzband. Er betätigte den Auslöser.

Der Boden zitterte so stark, dass Kitaga fiel, obwohl sie sich am Pult festklammerte. Das Eis knackte.

Das Holo reichte nun bis zu einer Tiefe von vier Kilometern. Unter den Gipfeln, die es zuvor erfasst hatte, wuchsen grob kegelförmige Berge, die sich zu einem Massiv vereinten. Die Metallstruktur lag an einer Flanke auf, knickte daran ab und tauchte noch weiter hinunter, bis sie auf einem Talgrund dreieinhalb Kilometer unter der Oberfläche in massivem Fels verschwand.

Das Knacken hielt an, es war auch über die akustischen

Dämpfer des Helms zu hören. Der Boden bebte in Stößen, zwischen denen mehrere Sekunden vergingen.

»Hast du noch eine Messung angestoßen?«, fragte Berglen.

»Nein«, sagte der Soldat. »Dieses Beben ist nicht von uns ausgelöst.«

»Ein Abwehrmechanismus des Turms?«, überlegte Kitaga, die sich gerade wieder auf die Beine zog.

Berglen starrte auf das Holo. »Das ist kein Turm.«

»Wie meinst du das?«

»Es ist ein Kabel. Oben im All hängt das Gewicht, das es auf Spannung hält.«

»Der Emitter.«

»Genau. Eigentlich müsste es wegen der Planetenrotation gerade vom Äquator aufsteigen, aber das Eis hat es aus der Richtung gedrängt.« Er sah über die aufgeworfenen Schollen. »Der Zug am Kabel arbeitet gegen den Druck des Eises.«

»Und ich fürchte, unsere Schallwellen haben etwas im Eis aufgebrochen!«, rief Kitaga.

Mit einem Knall brach ein Riss auf. Er nahm vom Turm seinen Ausgang und verlief dicht an den Soldaten vorbei bis zu einer Scholle, die dreißig Meter hoch schräg aufragte. Knirschend weitete er sich, bis eine Schlucht von vier Meter Breite zwischen seinen Rändern klaffte.

»Von weiteren Messungen sollten wir absehen«, meinte Kitaga tonlos.

»Das wird nicht reichen«, prophezeite Berglen. »Wir haben etwas in Gang gesetzt, das wir nicht mehr stoppen können.«

Weitere Risse gingen vom Turm aus. Sekundärbrüche verbanden sie. Der Boden verschob sich in der Waagerechten.

»Wir ziehen uns zurück!«, rief Berglen. »Alle ins Expeditionsfahrzeug.«

»Ihr habt den Befehl gehört!«, funkte der Soldat. »Räumt die Instrumente ein und …«

»Keine Zeit!«, widersprach Berglen. »Lasst alles liegen und rennt!«

Er fasste Kitaga an der Hand, damit sie sich gegenseitig Halt geben konnten, und lief los.

Donnernd ruckte der Turm nach Süden. Menschengroße Eissplitter flogen durch die Luft. Ein kleineres Stück traf einen Soldaten im Rücken und warf ihn um. Zwei Kameraden packten ihn und zogen ihn mit.

»Los, los, los!«, drang es aus dem Teamkanal. »Wer im Schnee spielt, muss hierbleiben!«

Berglen und Kitaga stürzten. Schmerz stach in sein Knie, als er sich hochdrückte, aber sie hasteten weiter. Dreißig Meter war das rettende Fahrzeug noch entfernt, zwanzig, fünfzehn.

Noch einmal ruckte das Kabel, das wie ein Turm wirkte, näher. Es fühlte sich an, als prallte ein Raumschiff von unten gegen das Eis. Menschen, Splitter, das Kettenfahrzeug – alles, was nicht fest mit dem Boden verbunden war, machte einen Satz, um sofort wieder aufzuprallen.

»Hilfe!«, schrie ein Soldat.

Im Funk war die Richtung nicht auszumachen, aber Berglen sah, dass drei Kameraden zu einem Spalt eilten, der eben noch nicht da gewesen war.

»Lauft ohne mich weiter!«, rief Berglen auf der Frequenz, die nur Kitaga und Arquila hörten. »Ich komme nach.«

Kitaga folgte seinem Vorschlag, Arquila nicht. Die Soldatin blieb an seiner Seite, als er halb zur Spalte lief und halb schlitterte. Auf den letzten Metern mahnte er sich, vorsichtig zu gehen, damit sein Schwung ihn nicht in den Abgrund trug.

»Eljeste ist dort unten!«, rief ein Soldat, der auf dem

Bauch lag und seinen Kopf über den Rand geschoben hatte. »So tief, dass wir sie nicht sehen.«

»Ich gebe Lichtzeichen«, funkte Eljeste. »Pulse im Sekundenabstand. Das müsst ihr doch sehen!«

Berglen legte sich auf den Boden und zog sich vor.

Arquila hielt seine Beine fest.

Überall krachte und knackte das Eis, das gar nicht mehr zur Ruhe kam. Splitter brachen vom Rand der Spalte ab und stürzten in die Tiefe. Nach zehn Metern verschwanden sie im Schatten. Von einem Licht war nichts zu sehen.

»Eljeste, hör mir zu!«, funkte Berglen. »Beschreib uns deine Umgebung.«

»Ich liege auf einer Schräge. Es geht weiter hinunter, aber ich habe mich an einem Riss festgekrallt.«

»Gut, das ist sehr gut!« Entgegen seiner Behauptung wusste Berglen, dass dem nicht so war. Der Spalt verlief nicht gerade, um dann nach ein paar Dutzend Metern zu enden, sondern gezackt. Selbst wenn sie das Gerät für einen halbwegs sicheren Abstieg hätten, müssten sie sich im schlimmsten Fall in einem Eislabyrinth zurechtfinden, das in unbekannte Tiefen führte.

»Um mich herum ist es dunkel.« Eljestes Stimme schwankte. »Ihr müsst doch mein Licht sehen!«

»Haben wir eine Möglichkeit, sie anzupeilen?« Berglen flüsterte, obwohl er wusste, dass er den Teamkanal nutzte, sie also alles mithörte.

»Nur ungefähr«, gestand Arquila. »Das hier sind keine Kampfanzüge. Aber in etwa«, sie ließ seine Beine los und hockte sich neben ihn an den Spalt, »müsste sie dort sein.« Sie zeigte nach links unten.

»Habt ihr mich? Werft mir ein Seil herunter!«

Berglen sah zum Expeditionsfahrzeug, wo es bestimmt Bergungsausrüstung gab. Dreißig Meter … Er könnte einem

Soldaten, der es bereits erreicht hatte, befehlen, ein Seil herzubringen. Oder gleich das Fahrzeug herbeordern.

Nein, es war zu schwer. Sein Gewicht mochte dazu führen, dass die Kante abbrach.

Als er wieder in den Spalt schaute, zielte Arquila in den Abgrund. Ein intensiv blauer Strahl löste sich aus ihrem Gewehr. Die Stelle, an der er auf das Eis traf, verschwand in einer Dampfwolke, die sofort gefror und abregnete.

»Was tust du da?«, rief Berglen. »Willst du sie umbringen?«

»Nein, retten.«

»Das habe ich gesehen!«, funkte Eljeste. »Das war zwanzig Meter über meiner Position.«

»Kannst du da hinkommen?«, fragte Arquila.

»Nein, unmöglich. Ich …«

Wieder zog sich der Turm donnernd näher. Ringsum splitterte das Eis, ein Hagel aus fingergroßen Stücken ging auf sie nieder.

»Berglen, was ist da los?«, fragte Kitaga.

»Funkstille bis auf die Rettungsoperation!«, forderte er.

Die Spalte hatte sich verändert. Weitere Nebenrisse taten sich auf.

Wieder schoss Arquila einen blauen Strahl ab. »Wie weit ist das hier?«

»Zu weit«, klagte die im Eis Gefangene. »Wenigstens zehn Meter.«

»Jammere nicht, sonst gehst du drauf! Du musst dahin. Wir brauchen Sichtverbindung.«

»Das geht nicht. Ihr müsst mich holen kommen!«

»Auf keinen Fall!«, widersprach Berglen. Als Anführer war er ebenso für die anderen Mitglieder dieser Expedition verantwortlich wie für die Verunglückte. »Tu, was Arquila sagt.«

»Ich finde keinen Halt, ich … Vielleicht …« Die Funkverbindung übertrug ihr Ächzen.

»Mach schnell!«, feuerte Arquila sie an. »Das nächste Beben ist nicht mehr weit.«

Der Turm, der eigentlich ein fünfzig Meter durchmessendes, in Grenzen flexibles Kabel war, befand sich nur noch zwanzig Meter entfernt. Berglen erschien er wie ein lebendiges Wesen, das den Willen hatte, sich durch das Eis zu sägen, um zurück zu seiner ursprünglichen Position zu gelangen, und dabei keine Rücksicht auf die Menschlein nahm, die sich in seinem Weg befanden.

»Ich bin … fast …«, ächzte Eljeste.

»Das dauert zu lange!«, urteilte Arquila. »Haltet mich fest!«

Die Soldaten bildeten eine Kette, an der sich auch Berglen beteiligte. So konnten sie Arquila ein Stück weit in den Spalt ablassen, was ihr einen günstigeren Schusswinkel verschaffte. Wieder blitzte der blaue Strahl ins Dunkel.

»Was soll das eigentlich?«, fragte Berglen.

»Ich hab's!«, funkte Eljeste. »Danke!«

»Was genau hast du?«

»Einen Halt. In dem Loch, das Arquila ins Eis geschmolzen hat.«

»Und hier kommt das nächste.« Arquila schoss.

Jedes Mal traf der Laser ein Stück höher. Eine Dampfwolke erschien, die Tröpfchen gefroren sofort und regneten zurück auf das Eis.

Eljeste störte sich nicht daran. Sie zog sich aus dem Schatten, und dann immer höher. Sobald sie den rechten Fuß in eine der Mulden stecken konnte, ging es schneller. Das linke Bein schien verletzt, es lag schlaff auf dem schrägen Grund.

Unruhig sah Berglen zum Turm hinüber. Wenn er noch einmal näher rückte, würde das alles zunichtemachen, was sie bislang erreicht hatten. Je nachdem, wie weit er sich bewegte, müsste er sogar den sofortigen Rückzug befehlen und Eljeste zurücklassen.

Sie zogen Arquila aus dem Spalt, nun reichte der Winkel aus, den sie vom Rand aus abdecken konnte. Sie lösten die Kette auf. Die Kameraden beteiligten sich daran, Grifflöcher für Eljeste zu schießen.

Die Soldatin war sich offensichtlich bewusst, dass sie um ihr Leben kletterte. Die planetare Gravitation von Schleier war etwas niedriger als die an Bord der SQUID, aber dennoch wäre Berglen sicher ermüdet. Eljeste dagegen wurde sogar noch schneller, bis die Kameraden ihre Handgelenke fassten und sie aus dem Abgrund zogen.

»Ihr habt lange genug mit euren Lasern gespielt!«, rief Berglen. »Jetzt nichts wie weg hier!«

Sie hasteten zum Fahrzeug, wobei sie Eljeste trugen. Ihr Oberschenkel war gebrochen, wie Berglen jetzt auffiel.

Der Fahrer startete die Ketten schon, bevor die Rampe gänzlich geschlossen war. Die Soldaten ließen sich in die Sitze fallen und schnallten sich an. In den Kälteanzügen würden sie schnell schwitzen, aber das war im Moment egal.

Berglen sah zu Eljeste hinüber und lachte erlöst.

»Es ist sicher kein glücklicher Zeitpunkt«, funkte Kitaga auf dem Kanal, der für die Dreiergruppe reserviert war, »aber während unserer Abwesenheit haben die Instrumente des Fahrzeugs etwas entdeckt, das wir schnellstens melden sollten.«

»Wenn wir es lebend bis zu unserem Basislager schaffen – warum nicht!«

»In der Atmosphäre treiben Spuren organischer Verbindungen. Sie sind voll kompatibel mit der menschlichen Körperchemie.«

Berglen wusste, was das bedeutete. »Wir könnten problemlos Nahrungsmittel anbauen.«

Kitaga nickte, was wegen des Helms mechanisch wirkte. »Schleier ist eine Schatzkammer.«

»Wenn wir das nicht sofort an die anderen Schiffe weitergeben«, erkannte Berglen, »werden sie uns bezichtigen, diesen Reichtum allein ausschlachten zu wollen.«

Zegato erwachte davon, dass Kara Jeskons gelbe Luftqualle sein Ohr kitzelte. Erschöpft, zufrieden und stolz, aber auch ein wenig unsicher betrachtete er die nackte Frau, die mit ihm gemeinsam im weitmaschigen Schlafnetz trieb. Er hatte sie nicht ausgenutzt, sondern getröstet, entschied er.

Die Luftqualle zog sich mit kontrahierenden Bewegungen ihres Schirms zwischen die im Raum schwebenden Kleidungsstücke zurück.

Vorsichtig, um Kara nicht zu wecken, öffnete er das Netz, schwebte hinaus und verschloss es hinter sich wieder. Er fand seinen Armbandkommunikator und stellte fest, dass er spät dran war für die Verabredung mit seiner Schwester. Rasch sammelte er seine Sachen ein und kleidete sich an.

In der Tür warf er noch einen Blick auf Kara. Er lächelte, sie war wirklich eine wunderschöne Frau.

Er wusste nicht, ob er etwas zu dem Posten sagen sollte, der vor ihrer Tür wachte. Trotz der ockerfarbenen Uniform und des Strahlers wirkte er nicht besonders Respekt einflößend. Vielleicht, weil er im Vergleich zu den Kampfzüchtungen von der PAYARA so normal aussah. Ein junger Mann, dem kaum ein Bart wuchs. Er suchte keinen Blickkontakt zu Zegato, demonstrativ ignorierte er den Herrenbesuch bei der Kommissarin.

Zegato hielt es ebenso.

Das Transportsystem der Esox brachte ihn zur Kabine

seiner Mutter, wo Aneste ihn bereits erwartete. »Sie schläft«, sagte sie statt einer Begrüßung und nickte zum Nebenraum, aus dem gleichmäßige Atemgeräusche drangen.

Ein Kabel verband die Buchse an Anestes Ohr mit dem Terminal hinter dem Nahrungszubereiter. Sie hielt ihm ein zweites hin.

»Sind die neuen Speichermodule sicher?«, fragte er.

Sie zuckte mit den Achseln. »So sicher man eben sein kann, wenn Okkupanten das Sagen haben.«

Viele Daten waren beim letzten Schlag gegen die Befreier verloren gegangen. Sie mussten ein Viertel der Routinen, die sie zur Kopplung der Module des zentralen Rechnerverbundes brauchen würden, neu schreiben. Und Tervoils Hinrichtung hatte einige fähige Entwickler getroffen.

Zegato nahm das angebotene Kabel. Aus der äußeren Erscheinung würde niemand schließen, dass Aneste und er Zwillinge waren, oder eigentlich Drillinge, wenn man ihren Bruder mitzählte, der bei der Operation im fünften Lebensjahr gestorben war. Ihre einzige Gemeinsamkeit war das Alter, vierundvierzig Jahre, womit sie das erste Drittel ihrer Lebenserwartung beinahe hinter sich hatten. Zegatos Haar war schwarz und so lang, dass es die Datenbuchse verdeckte, die er nur selten benutzte. Aneste färbte ihres rot und schnitt es kurz, und sie war beinahe immer mit dem Bordnetz verbunden, entweder drahtlos oder über Kabel. Er hatte die Chromaugen durch den Flächenvisor ersetzt, der ihm als Arzt bessere Dienste leistete. Sie war beim ursprünglichen Design geblieben, auch wenn sie oft Verbesserungen der Leistungsfähigkeit vorgenommen hatte, bis der Bürgerkrieg die technische Entwicklung auf der Esox gelähmt hatte.

»Was wissen wir bisher?«, fragte Aneste.

»Dass uns die Sphäre mit Anfragen bombardiert. Inzwischen sind sieben Milliarden Fragestellungen eingegangen.«

Aneste runzelte die Stirn. »Unterschiedliche Fragen? Oder sendet die Sphäre in Endlosschleife?«

»Es gibt ein paar Überschneidungen, aber das macht höchstens ein Zehntel aus.« Er steckte das Kabel ein.

Sofort erweiterte sich seine Wahrnehmung um einen virtuellen Raum, den er ebenfalls mit seiner Schwester teilte, wo ihnen aber eine Vielzahl von Analysewerkzeugen zur Verfügung stand. Auf Spielereien im Design hatte Aneste verzichtet; der Raum bestand aus Gitterlinien und sie selbst war als roter Ball dargestellt.

»Ich kann nur einen Bruchteil der Daten aus der Vakuumkammer schaffen«, entschuldigte er sich. »Alle transportablen Geräte müssen drinbleiben, bei Xeramel. Ohne den Zerebralspeicher ginge gar nichts.«

»Wir arbeiten mit dem, was wir haben.«

Zegatos Herzschlag beschleunigte sich, weil sein Gehirn intensiv mit dem Implantat interagierte. Es verbrauchte mehr Energie, Sauerstoff ebenso wie Zucker. Beides wurde über den Kreislauf herangeschafft.

Im virtuellen Raum erschienen die Datenpakete als winzige Kristalle, sobald sie in der Speichereinheit der Befreier abgelegt waren. Wenn Aneste oder Zegato eines analysierten, vergrößerte es sich und zeigte die gewünschten Details an.

»Beinahe alle Anfragen fallen in eine von drei Kategorien«, erklärte Zegato. »Man fragt nach unserer Historie, danach, was in den letzten tausend Jahren geschehen ist.«

»Tausend Jahre in der Vergangenheit …«, überlegte Aneste. »Könnte das die Zeit sein, als die menschliche Kolonie in diesem System untergegangen ist?«

»Oder als sie den Kontakt zu dem Teil der Menschheit verloren hat, der aus den Kolonien der Erde hervorgegangen ist.«

»Irgendwann müssen auch die Menschen, die hier gelebt haben, von der Erde eingewandert sein.«

»Du weißt, wie ich es meine.« Manchmal ging Anestes Rechthaberei ihm auf den Geist. Sie konnte mit Ungenauigkeiten genauso wenig umgehen wie ein Computer. »Der Teil der Menschheit, der Kontakt zur Erde hatte, auch während der großen Kriege. Der versucht hat, die Kolonien gegen die Giats zu halten. Aus dem der Schwarm entstanden ist.«

»In Ordnung«, lenkte sie ein. »Aber was ich hier sehe, sind vor allem mathematische Aufgaben.«

»Das ist der größte Block.«

»Die Sphäre will, dass wir Berechnungen für sie ausführen?«

»Xeramel glaubt, es gehört zum Test. Ich habe dir davon erzählt: Letztlich steht dahinter die Frage, ob wir Sophonten sind.«

»Das klingt danach, dass uns nicht gefallen wird, wenn die Antwort negativ ausfällt.«

»Wahrscheinlich nicht«, gestand er zu. »Dann wird uns die Sphäre wohl bestenfalls wie Luftquallen behandeln und schlimmstenfalls wie Schädlinge. Wenn wir dagegen bestehen, könnte sie uns Kenntnisse über ihre Rotraumwaffen vermitteln.«

»Lass mich raten«, bat Aneste spöttisch. »Das ist die Hoffnung unserer Herren von der PAYARA.«

»Selbstverständlich«, bestätigte er. »Wobei der Rest des Schwarms ebenfalls interessiert ist.«

»Das sollten wir auch sein«, sagte Aneste nachdenklich. »Wenn wir diese Technologie zur Verfügung hätten, wäre ein Angriff auf uns Selbstmord.«

Zegato wusste, dass sie an einen Angriff der anderen Schiffe dachte, wie im Bürgerkrieg. Die PAYARA und die anderen hatten als Feinde die Giats und weitere aggressive Spezies im Sinn.

»Worin besteht die dritte Gruppe von Anfragen?« Unablässig schwebten virtuelle Datenkristalle zu Anestes rotem Avatar hinauf, gewannen an Volumen und Struktur, schrumpften wieder und machten dem nächsten Informationspaket Platz.

»Darin geht es um unsere Schiffe, aber weniger um die technischen Daten als um ihre Zusammensetzung.«

»Das Material, aus dem sie bestehen?«

»Genau. Seltsam, nicht? Und auch um die kleinen Asteroiden hier im System. Wir sind unsicher, welches Ziel diese Anfragen haben. Vielleicht gehören sie zum Test.«

»Sehen wir sie uns an«, schlug Aneste vor.

Eine Stunde lang sichteten sie die Daten. Zegato staunte über die Programme, die seine Schwester dazu einsetzte. Seit er das letzte Mal darauf geachtet hatte, war ihr Bestand erheblich gewachsen. Die meisten arbeiteten autonom auf den Prozessoren, die die Befreier für ihre Mission aktiviert hatten. Auch das mussten mehr sein, als Zegato geahnt hatte. Bewusst erhielt er so wenige Informationen über die Organisation des Widerstands wie möglich. Er gehörte zur Peripherie, die im Notfall eigene Gruppen wiederaufbauen konnte, wenn die Kernzelle ausgehoben werden sollte.

Anestes Programme sichteten, fassten zusammen, suchten Muster, Ähnlichkeiten, Besonderheiten. Sie selbst dirigierte die Anstrengungen wie eine Admiralin, die Schiffe in die Schlacht schickte.

Zegatos Aufgabe dagegen bestand hauptsächlich darin, ihr die Schlussfolgerungen zu vermitteln, die Xeramel bereits gezogen hatte. Etwa, dass die Sphäre erheblich größeres Wissen über die Vorgänge im Innern von Sternen voraussetzte, als die Menschheit des Schwarms besaß. Auch das Leben auf Planeten spielte eine bedeutende Rolle, ökologische Kreisläufe in Makrosystemen mit Wäldern, die Kontinente bedeckten, und kilometertiefen Ozeanen. Es ging um Evolutionsketten und Biosphären, die über Jahrmillionen stabil blieben. Solches Wissen fand sich im Schwarm nur in den Archiven, die Aufzeichnungen aus der kolonialen Epoche enthielten.

Aneste verlangsamte ihre Analyse und wandte sich an Zegato. »Ich glaube, wir finden keine einheitliche Linie, weil sie nicht existiert. Diese Anfragen mögen alle von der Sphäre kommen, aber mir scheint, sie ist kein monolithisches Gebilde. Dort lebt eine Vielzahl von Fraktionen, die mehr oder minder unabhängig Kontakt mit uns aufnehmen.«

»Wir sind uns noch nicht einmal sicher, dass dort überhaupt jemand lebt«, gab Zegato zu bedenken. »Möglich, dass nur noch Automatismen ablaufen. Wir messen Energieabstrahlung, was auf Industriekomplexe hindeutet, aber Habitate erkennen wir nicht.«

»Du sagtest doch, unsere Sensoren würden getäuscht?«

»Das stimmt. Und es könnte sein, dass sich die Lebensräume unter der äußersten Schale verbergen.«

»Glaubst du, dass darunter Menschen wohnen?«

»Wir können nichts ausschließen«, meinte er. »Aber was immer dort agiert – wenn es tatsächlich viele Fraktionen sind, folgen sie zumindest einheitlichen Richtlinien. Keine von ihnen gibt etwas über die Sphäre preis. Niemand greift uns an, seit wir uns wieder im Normalraum aufhalten. Alle benutzen dasselbe Kommunikationsprotokoll.«

»Das spricht für eine regelnde Instanz. Dennoch … bei dieser Fülle … das ist keine einzelne Stelle. Wir haben es mit einem ganzen Volk zu tun.«

»Bei der Größe der Sphäre läge das nahe«, überlegte Zegato. »Schon die Oberfläche der äußeren Schale müsste zehntausendmal so viel Fläche bieten wie die eines Planeten. Wenn man bedenkt, welche kulturelle Vielfalt die Erde entwickelt hat …«

»Wir sollten die Kommissare dazu bringen, diesen Wust an Fragen an ihre Schiffe weiterzugeben«, sagte Aneste. »Das würde sie lange Zeit beschäftigt halten.«

Zegato lachte auf. »Man könnte mich schon aus der Luftschleuse stoßen, weil ich diese Daten aus der Vakuumkammer gebracht habe. Und das sind nur ausgelesene, statische Informationen. Die Steueranweisungen, die die Sphäre uns übermittelt hat, habe ich nicht angerührt.«

»Die wären ebenfalls interessant«, überlegte Aneste. »Ihr Aufbau würde uns Rückschlüsse darauf ermöglichen, was für Prozessoren man dort benutzt. Oder wir könnten unsere eigenen Infiltrationsprogramme optimieren.«

»Sei doch zufrieden damit, dass wir die MARLIN und die ORCA mit deinen Nanorobotern infiziert haben.«

»Nicht nur die«, sagte Aneste.

Eigentlich hätte das Zegato nicht überraschen sollen. Er selbst hatte die zurückkehrende Kommissarin der ORCA und den Gatten der ermordeten Kommissarin von der MARLIN mit den winzigen Maschinen infiziert. Aber da er nur in einen kleinen Teil der Aktionen der Befreier involviert war, geschah viel ohne sein Wissen. Doch er wusste davon, dass noch weitere Menschen die Nanoroboter in sich trugen.

»Wieso hast du Macro Debois umgebracht?« Er hielt den Atem an, hoffte, dass jemand anderes als seine Schwester den Mord verübt hatte.

»Alle Kommissare müssen sterben. Sie sind unsere Feinde.«

»Hat sich an unserem Vorgehen etwas geändert?«

»Und wenn es so wäre?« Im virtuellen Raum verarbeitete der rote Ball keine Datenkristalle mehr und in der materiellen Welt sah Aneste ihn herausfordernd an.

»Dann sollte ich davon wissen, damit ich unsere Befreiung nicht unwissend gefährde.«

Sie hatte sich wohl auf eine Konfrontation eingestellt. Da

diese ausblieb, wich die Spannung aus ihrem Oberkörper. »Der Plan ist noch derselbe. Wir bereiten den Zentralcomputer vor, um die Kopplung der Module in der kürzestmöglichen Zeitspanne durchführen zu können. Dann werden wir die Okkupanten los und übergeben die Macht an den Computer. Er übernimmt die Esox, wir leben wieder so, wie wir es immer wollten. Wir dulden keine Fremden mehr an Bord.«

»Ich verstehe, dass du Kommissar Azrel getötet hast, weil er Verdacht geschöpft hat.«

»Wenn er so weitergemacht hätte, wären unsere Manipulationen am Zentralcomputer aufgeflogen.«

Zegato nickte. »Und Fyona Tamis hätte sicher nicht geruht, bis sie die Hintergründe seines Todes aufgeklärt hätte. Aber Debois ... er war sehr gemäßigt ...«

»Wenn ich das schon höre!«, ereiferte sich Aneste. »Was soll denn das sein, ein gemäßigter Okkupant? Jemand, der lächelt, während er prüft, wie fest unsere Fesseln sitzen? Glaubst du etwa auch daran, dass es Besatzer gibt, mit denen man arbeiten kann, um friedlich eine Befreiung zu erreichen?«

»Nein, ich ...«

»Gut, denn von solchen Hirngespinsten habe ich die Nase voll! Ihre Naivität bringt uns alle in Gefahr. Milde können wir uns nicht erlauben, bevor der Computer wieder die Macht auf der Esox ausübt.«

Zegato sah die Hitze auf ihren Wangen glühen. Er fragte sich, ob die Wärme, die er selbst für die Rebellion spürte, lediglich von ihr abstrahlte, oder ob sie aus ihm selbst kam.

»Es wäre unklug, die Dinge zu überstürzen«, mahnte er. »Solange unsere Astridentanks nahezu geleert sind und wir sie nicht auffüllen können, weil die Sphäre die Korona der Sonne abschirmt, können wir nicht in den Rotraum transitieren. Wir hängen im Norastesystem fest, und nach dem Stand der Dinge werden wir hier verhungern, wenn das zu lange dauert.«

»Freiheit wird niemals serviert wie ein edles Gericht.« Aneste schnaubte. »Diese Beute muss man selbst erlegen.«

Zegato kämpfte mit seiner Selbstbeherrschung. Er wusste, dass Aneste es als Triumph auffasste, wenn sie ihn zum Schreien brachte.

»Macro ist tot«, sagte er ruhig. »Aber ich möchte, dass du mir versprichst, Kara Jeskon nicht umzubringen. Sie steht eher auf unserer Seite als auf jener der anderen Kommissare. Wer weiß, durch wen die MARLIN sie ersetzen würde? Sie versteht uns.«

Aneste grinste. »Du meinst: Ihr beide versteht euch. Glaubst du, ich wüsste nicht, dass du von ihr kommst? Ich war gespannt, ob du es mir erzählst.«

Er überlegte, was er darauf erwidern sollte.

»Na gut, behalt dein Bumspüppchen«, sagte Aneste großmütig.

»Du hast keinen Grund, so abfällig von ihr zu sprechen.«

»Brauche ich jetzt einen Grund, um eine Kommissarin zu hassen?«

»Wirst du damit eigentlich aufhören, wenn die ESOX frei ist? Mit dem Hassen? Du glaubst immer, dass du zu kurz gekommen bist, dass du etwas verloren hast, weil unser Bruder gestorben ist.«

»Das ist auch so!«, rief Aneste. »Unser Verstand hätte Dimensionen erschließen können, in die niemals ein Mensch vorgedrungen ist. Zu dritt! Wenn das kein Schicksalsschlag war, was ist dann einer? Das war genug für ein Leben! Ich hätte darauf verzichten können, dass diese Bestien den Zentralcomputer sprengen! Schau doch nur, was aus Mutter geworden ist!« Anklagend wies sie ins Nebenzimmer. »Eine jämmerliche Minimalversion der Person, die sie früher war.«

Zegato dachte daran, was Xeramel nach Xytaras Tod durchgemacht hatte. Etwas, woran man keinem Schiff des Schwarms die Schuld geben konnte. Oft hatte er sich in den vergangenen Wochen gefragt, ob es richtig war, Zwillinge so eng miteinander zu koppeln, dass sie drohten, ihre Lebensfähigkeit zu verlieren, wenn einer von ihnen starb. Aber das sprach er lieber nicht aus.

»Ich werde mir nichts mehr nehmen lassen!«, verkündete Aneste.

»Das verstehe ich. Ich sage nur, dass unser Ziel nicht darin besteht, Kara zu töten. Oder irgendeinen Kommissar, was das angeht. Das ist nur ein Mittel zum Zweck, und der besteht in unserer Freiheit.«

Aneste setzte zu einer Erwiderung an, aber eine der von ihr gestarteten Analysen erregte ihre Aufmerksamkeit. »Schau einmal. Einige derjenigen, die mit uns kommunizieren, wollen etwas ganz anderes als das, was wir bisher gesehen haben ...«

»Und was soll das sein?«

»Ich glaube, sie ... Moment, da kommt eine Prioritätsnachricht auf dem Kanal für die Kommissare herein.«

Zegato hoffte, dass es keinen weiteren Anschlag gegeben hatte. Sie hatten doch nicht etwa Kara ...?

»Die Nachricht kommt von der Squid«, sagte Aneste zu seiner Erleichterung. »Sie hat draußen im System einen Planeten gefunden.«

Fünftes Speicherbild:

Die Erwecker

Das Kinderlachen passte wunderbar in die Schwerelosigkeit, fand Korol Iljow. Als wäre diese Umgebung dafür geschaffen.

Die Schüler besuchten ihn auf einem Frachter, der in freiem Fall einem Orbit um Mekol, den innersten Planeten, folgte. Ein Raumschiff, das hauptsächlich aus einem Gestänge bestand, das ein Volumen von fünf Kubikkilometern umspannte. Ein unablässiger Strom von Tendern lagerte Erzbrocken ein. Iljow, die Kinder und ihre beiden Betreuerinnen befanden sich im vergleichsweise kleinen Kommandomodul, das aber noch immer genug Platz für einen großen Saal bot.

Wieder einmal fragte sich Iljow, welche Parameter in den Berechnungen des Computernetzes zu der Entscheidung geführt hatten, so etwas wie diesen Saal in das Schiff zu integrieren. Die Eventualität, dass er Schüler hierhin einladen könnte, sicher nicht. Hatte das Netz Konferenzen im Sinn gehabt, vielleicht für die Machtparteien der Kolonie, die sich hier in neutralem Gebiet treffen könnten? Oder Versammlungen von Wissenschaftlern, für die mit dem Schiff jeder Ort innerhalb des Planetensystems erreichbar war? Oder doch Feiern und andere soziale Anlässe, weil Erkenntnisse der Gruppenpsychologie in derselben Weise in die emotionslosen Berechnungen einflossen wie astronavigatorische Erwägungen und Materialeffizienzklassen?

Er schüttelte den Kopf. Iljow lächelte nicht nur wegen der

Kinder, die so glücklich aussahen, wie sie in der Schwerelosigkeit herumtollten, sich überschlugen und anschubsten, um zu sehen, wie weit sie flogen, und festzustellen, dass auch sie selbst sich bewegten, wenn sie jemand anderen wegdrückten. Ihn amüsierte die eigene Anhänglichkeit an menschliche Logik. Natürlich dachte auch das Computernetz logisch, mehr noch als ein Mensch. Aber die Basis, von der die Ableitungsketten zu den Schlussfolgerungen ihren Ursprung nahmen, war eine gänzlich andere. Sie wurzelte nicht in biologischen Notwendigkeiten, noch nicht einmal in evolutionären Prinzipien vom Überleben in sich verändernden Umwelten. Sie war andersartig, am ehesten vergleichbar mit der Folgerichtigkeit mathematischer Formelsysteme, und vielleicht empfand er sie deswegen als so schön.

Bei den meisten Kindern erkannte Iljow Implantate. Die anderen trugen sie wohl aus kosmetischen Gründen verdeckt. Es gab kaum noch Menschen im Norastesystem, die sich der Gegenwart verweigerten. Sie lebten in Reservaten.

Ein Ausflug in die Schwerelosigkeit war jedoch etwas Besonderes. Iljow finanzierte die Reise dieser Kinder aus seinem privaten Vermögen.

»Herzlich willkommen!«, rief er und zog sich an den Haltestangen der Gruppe entgegen.

Die Betreuerinnen brachten Ordnung in den quirligen Haufen. Vielleicht waren sie vor ein paar Jahren noch Lehrerinnen gewesen, aber dieser Beruf starb aus. Kinder lernten effizienter durch individuell auf ihre Interessen und Fähigkeiten optimierte Programme, mit denen sie sich direkt koppelten. Ganz abgesehen von den implantierten Speichern, die Wissen enthielten, das man früher auswendig gelernt hatte. Aber ihr Staunen bewies, dass es etwas anderes war, die Schwerelosigkeit am eigenen Leib zu erleben, als die Fakten darüber zu kennen.

»Wisst ihr, was wir hier tun?«, fragte Iljow.

Ein Junge mit einem Mondgesicht meldete sich. Es sah witzig aus, weil seine Körperachse aus Iljows Perspektive schräg nach unten gekippt war und er wohl nicht wusste, in welche Richtung er die Hand heben sollte.

»Sie schaffen intelligente Materie!«, rief er.

»So ist es.« Iljow nickte. »Aber was ist das – *intelligente Materie*?«

Die meisten Kinder blickten ihn neugierig an, einige schlossen die Augen. Sie durchsuchten wohl ihre Speicher.

»Informationen«, begann Iljow, »werden in Zeichen codiert. Buchstaben, Ziffern. Man braucht nur ein paar Dutzend verschiedene davon, um Inhalte aufzuzeichnen. Aber man benötigt lange Ketten, um eine Sinneinheit festzuhalten. Wenn man statt Buchstaben Silben verwendet, braucht man mehr unterschiedliche Zeichen, aber die Sinneinheiten, die man codiert, kommen mit kürzeren Folgen aus. Zwei Silben statt sechs Buchstaben, zum Beispiel.«

»Kennt ihr auch einen Nachteil eines solchen Systems?«, fragte die Betreuerin, die sich als Temera Krellin vorgestellt hatte. Sie trug ihr Haar in einem Knoten am Hinterkopf zurückgebunden, eine kluge Wahl in dieser Umgebung.

»Man muss mehr Symbole lernen!«, rief ein Mädchen, bei dem Iljow erst jetzt auffiel, dass es metallene Beinprothesen hatte. Es waren billige Ausführungen ohne kosmetische Finesse, wahrscheinlich, weil es sie noch mehrmals wechseln würde, bis es erwachsen wäre.

»Das stimmt.« Iljow wollte beschwingt klingen, die Kinder begeistern, aber er hörte seine eigene Nachdenklichkeit. Das Mädchen sah ein bisschen aus wie Saundra, fand er. Die runden Augen …

Er räusperte sich. »Aber eine Maschine kann leicht einhundert Zeichen lernen. Oder auch viele Tausend. Mit fünftausend kann man eine Sprache so codieren, dass ein Zeichen ein komplettes Wort erfasst. Dadurch kann man sehr schnell schreiben und lesen. Aber man hat dann einen anderen Nachteil.«

Erwartungsvoll blickte er die Kinder an, aber keines wagte eine Spekulation.

»Man braucht komplexere Zeichen, um sie unterscheidbar zu machen. Dadurch kann man sie nicht beliebig verkleinern. Je mehr Raum ein Zeichen einnimmt, desto mehr Platz benötigt aber eine Aufzeichnung. Und die Schreib-/Leseeinrichtung muss sich eine größere Strecke bewegen, braucht also mehr Zeit, um eine Botschaft zu erfassen. Deswegen ist es sinnvoll, einen Kompromiss zwischen der Anzahl der Zeichen und ihrer Komplexität einzugehen.«

Die Kinder sahen aus, als verstünden sie, was er ihnen zu vermitteln versuchte.

»Dennoch …« Er zeigte aus dem Sichtfenster, wo Mekol in der Schwärze des Alls hing. Die Krater, die die Bagger hineinbissen, waren mit bloßem Auge aus dem Orbit zu erkennen. »Egal wie kompakt wir codieren – wir brauchen immer Materie, um Inhalte zu speichern. Inzwischen sind wir so weit, dass wir Moleküle durch Verschmelzung und Spaltung beinahe beliebig umwandeln können. Das tun wir mit Mekol. Was jetzt nur Stein und Staub ist, bringen wir zu den Netzmodulen, die unsere Sonne umkreisen. Dort setzen wir diese Materie neu zusammen, und zwar so, dass sie eine Botschaft enthält.«

Er sah wieder die Kinder an. Sein Blick blieb an dem Mädchen hängen, das Saundras Augen hatte.

»Wir Menschen tun das schon, seit wir Steinplatten behauen haben.«

Er hörte sich selbst zu, als sähe er sich eine Aufzeichnung an. Hätte auch seine Tochter solche Augen gehabt?

»Wir verändern die Materie, um Informationen zu speichern. Damals mit einem Meißel, heute mit einem Molekularwandler. Der Vorteil des Molekularwandlers«, er grinste, »liegt darin, dass man beliebig oft löschen und neu beschreiben kann. Wenn man einen Meißel benutzt, ist von dem Stein bald nichts mehr übrig.«

Der Junge meldete sich noch einmal. »Ist von Mekol nicht auch bald alles weg?«

»Ja«, erklärte Iljow geduldig. »Aber Mekol ist nur ein Felsklotz, ohne Leben, ohne die Chance, sich zu entwickeln. Es sei denn, wir helfen ihm. Wir machen die tote Materie zu etwas, das denkt.«

In Gedanken fügte er an, dass es vielleicht sogar fühlte. Die Prozesse, die im Computernetz abliefen, überstiegen schon lange das Verständnis ihres Schöpfers. Wo lag die Schwelle zwischen rationaler Überlegung und begründetem Empfinden?

»Herr Iljow?«, fragte die Betreuerin mit dem Haarknoten.

Verlegen räusperte er sich. Er hatte nicht bemerkt, dass er zu dem Mädchen geschwebt war, um ihm über den Kopf zu streichen. Er stieß sich ab und schwebte von dem Kind fort, das ihn neugierig ansah.

»Früher sagte man, unser Denken spanne den Raum auf, in dem sich unsere Zukunft entfaltet.« Er zwang sich, aus dem Fenster zu sehen. Ein weiterer Tender näherte sich mit Erzbrocken im Schlepp. »Nun ist es nicht mehr *unser* Denken allein. Wir schaffen etwas anderes, das denkt. Sein Gehirn wird die Größe eines Planeten haben.«

6

Erwachen

Die Fähre umkreiste weiträumig den Bereich, in dem der niederenergetische rote Laser der SQUID einen Trichter ins Eis schnitt. Durch das Fenster sah Berglen den Lichtfinger aus dem Orbit hin- und herspringen. Einhundert Meter durchmaß das Kernzielgebiet, aber um Abbrüche zu verhindern, verdampfte man rundherum so viel Masse, dass sich eine Schräge ergab. Das durch die Ionisierung des Lasers geschaffene Vakuum erzeugte im Sekundentakt einen Knall durch in den Schusskanal einströmende Luft, wenn der Strahl den Zielpunkt wechselte. Der Unterdruck zog den Dunst aus gefrorenen Tröpfchen aufwärts, der Wind wehte ihn in einer glitzernden Wolke nach Nordosten.

Ohne das Expeditionsfahrzeug und das Material, das im Basislager verbaut war, bot die Fähre reichlich Platz für das Erkundungsteam. Die Soldaten saßen im Laderaum, nur Kitaga leistete Berglen im Instrumentenlager Gesellschaft, wo durch das Fehlen der Geräte für seismische Messungen ebenfalls keine Enge herrschte.

Die Zoëlikerin stand über ein autarkes Funkgerät mit der SQUID in Verbindung. Unaufgeregt schilderte die dürre Frau den optischen Eindruck von der Trefferwirkung. Auch für Berglen sah es so aus, dass die Kanoniere alles im Griff hatten. Das Eis schien stabil, nirgendwo waren Risse oder gar Beben auszumachen. Vielleicht agierten sie übervorsichtig.

Berglen nutzte die Möglichkeit, um den Rest der Nachricht abzuspielen, die die Squid von jenseits des Schirms mitgebracht hatte. Im Holo seines Armbandkommunikators erwachte Kara Jeskons Bild wieder zum Leben.

»Wir sind alle sehr beunruhigt und hoffen, dass es eine harmlose Erklärung für das Verschwinden der Squid von unseren Scannern gibt.« Funkbotschaften reisten mit Lichtgeschwindigkeit. Von der Esox bis zu Schleier benötigten sie über eine Stunde. Zu dem Zeitpunkt, an dem Kara ihre Nachricht aufgezeichnet hatte, war die Squid im Tarnfeld verborgen gewesen. »Bei uns ist die Lage vorerst ruhig. Gardisten von der Marlin beschützen mich rund um die Uhr. Zegato hilft mir.« Ein wenig scheu sah sie zur Seite. »Ich würde mich freuen, wenn Sie mir eine kurze Meldung schicken könnten, sobald es Ihnen möglich ist.«

Eine durchsichtige Kugel, in der ein Hecht zu sehen war – das Symbol der Esox – markierte das Ende der Übertragung.

Berglen fragte sich, wie sie das meinte, dass Zegato ihr half. War sie etwa beim Anschlag auf den anderen Kommissar der Marlin verletzt worden und brauchte medizinische Betreuung? In der Aufnahme hatte Berglen keinen Hinweis darauf entdeckt, aber der Kamerawinkel hatte sie auch nur von der Brust aufwärts erfasst.

Er merkte, dass er noch immer den Fisch anstarrte, obwohl der ihm auch keine Antwort geben würde. Was sonst konnte sie mit ihrer Aussage meinen? Suchte sie etwa Trost bei dem Arzt, der sich um Xeramel kümmerte? Berglen hatte bemerkt, dass ihr seine Ausführung über den Wert allen Lebens gefallen hatte.

Wahrscheinlich interpretierte er zu viel in diesen kurzen Satz hinein. *Zegato hilft mir …*

Kurz oder nicht, es gefiel ihm nicht.

Im nordöstlichen Abschnitt ihrer Kreisbahn gewann die Fähre an Höhe, der Pilot wich dem Dunst aus gefrorenen

Kristallen aus. Kitaga rückte näher ans Fenster, um den Laser im Blick zu behalten. Im Zentrum war das dennoch nur eingeschränkt möglich. Das Bohrloch musste die gewünschte Tiefe von vierhundert Metern beinahe erreicht haben. Aufsteigender Dunst gab ihm das Aussehen eines Teekessels, von dem man den Deckel genommen hatte.

Um Berglens Antwort an die Esox zu übermitteln, würde die SQUID zunächst das Tarnfeld verlassen müssen. Er bezweifelte, dass sie das täte, solange sie den Fund noch nicht erforscht hatten. Dennoch aktivierte er die Aufnahmefunktion seines Armbandkommunikators.

»Ich grüße dich, Kara Jeskon.«

War das ein guter Beginn? Er lächelte unsicher. Vielleicht wäre die höfliche Anrede mit einem ›Sie‹ besser. Oder nur den Vornamen zu benutzen. Oder doch den Titel, Kommissarin?

Vor Kitaga, die mithörte, wollte er sich nicht die Blöße einer neuen Aufnahme geben.

»Wir befinden uns in einem Tarnfeld, wo wir einen Planeten gefunden haben. Die Einzelheiten werden Sie den offiziellen Mitteilungen entnommen haben. Mir geht es gut ...« Er überlegte, dass es sicher nicht schadete, seine Rolle dramatisch darzustellen. »Auch wenn eine Soldatin in dem Einsatzteam, das ich kommandiere, verletzt wurde. Das geschah in der Nähe einer Einrichtung, von der wir inzwischen wissen, dass sie das Tarnfeld erzeugt. Die Emitter ziehen die dafür notwendige Energie aus dem thermisch aktiven Planetenkern und leiten sie über Bor-Eisen-Kabel in den Orbit.«

Er sparte sich weitere Einzelheiten. Vielleicht hatte Kara sie bereits in den Berichten nachgelesen, und er wollte sie nicht langweilen. Außerdem fand er die neueste Entdeckung vielfach spannender.

»Wir haben weitere künstliche Strukturen geortet. Sie befinden sich unter dem Eis. Gerade schießt uns die Squid einen Zugang frei.«

Kitaga wandte sich halb zu ihm um, konzentrierte sich dann aber doch wieder auf das Fenster.

War seine Formulierung etwa übertrieben? Kara mochte den Eindruck gewinnen, dass sie sich in einem Gefecht befanden.

»Ich meine, sie verdampft den Eispanzer oberhalb der Strukturen. Er ist mehrere Hundert Meter dick. Wir sind sehr gespannt, was darunter zum Vorschein kommt.«

Er sah hinaus. Derzeit tat sich dort wenig, was er Kara hätte beschreiben können. Er wollte seine Botschaft jedoch noch nicht beenden.

»Die Arapaima dürfte Ihren Scannern momentan ebenfalls entgehen. Sie befindet sich nun gemeinsam mit uns innerhalb des Tarnfeldes. Ich leite das einzige Erkundungsteam, das sich mit technischen Strukturen beschäftigt. Die Landung von Xenofarmern ist aber bereits beschlossen, derzeit ermittelt man die aussichtsreichsten Anbaugebiete. Wir haben vielversprechende Spuren von organischen Verbindungen gefunden. Trotz der Kälte sollten wir eine gute Ernte einfahren.«

Diese Operation versprach hohe Gewinne für die beiden beteiligten Schiffe. Berglen verstand, wieso die Führungsriege des Schwarms dennoch entschieden hatte, keine weitere Einheit in die Nähe von Schleier zu schicken: Der Planet barg ein unkalkulierbares Risiko. Bisher wussten sie nur, dass er Technologien beherbergte, die man im Schwarm nicht beherrschte. Niemand konnte sagen, ob das auch getarnte Offensivwaffen einschloss.

»Wir agieren vorsichtig, aber entschlossen«, behauptete Berglen. »Die Struktur, die wir gerade untersuchen …«

»Sie stellen auf Intervallbeschuss um«, unterbrach ihn Kitaga.

Der viele Meter dicke Laserstrahl flimmerte jetzt. Das war der optische Eindruck, den das menschliche Auge dadurch gewann, dass er mehrfach pro Sekunde aktiviert und deaktiviert wurde. Wie eine übergroße Tätowiernadel stach er auf die letzten Meter der Eisschicht ein, um die Strukturen tief unten im Trichter möglichst vollständig davon zu befreien, ohne sie zu beschädigen. Der Schattenfall des Loches verbarg alles in Dunkelheit, aber den Waffensensoren der SQUID war das gleichgültig. Die Feuerleitcomputer waren darauf ausgelegt, Flugbahnen von Objekten vorauszuberechnen, die sich so weit entfernt befanden, dass die Zeitspanne, die ein Lichtstrahl von der Kanone bis zum Ziel benötigte, relevant wurde. Berglen hegte keinen Zweifel, dass sie dieser Aufgabe gewachsen waren.

»Wir setzen zur Landung an. Ich muss Schluss machen.« Er beendete die Aufzeichnung und übertrug seine Nachricht in die Sendepuffer an Bord der SQUID.

Wie hatte sie das gemeint – Zegato half ihr?

Der Laser erlosch. In den ersten Sekunden kam Berglen das falsch vor, als würde mit dem roten Strahl etwas fehlen, das in die Landschaft aus weiß glänzendem Eis und blauem Himmel gehörte.

Die Fähre tauchte in den Schlund. Das Licht der Bordscheinwerfer spiegelte auf geschmolzenem und erneut gefrorenem Eis an seinen Rändern.

»Ich habe mehr Dunst erwartet«, murmelte Kitaga.

»Die letzte Phase der Bestrahlung wird ihn so weit erhitzt haben, dass er aus dem Loch aufgestiegen ist.«

Schweigend nahm sie seine Erklärung hin.

Berglen hockte sich neben sie. Gemeinsam spähten sie ins Dunkel.

Auch am Grund des Lochs befand sich noch genug Eis, um im Licht zu glänzen. Wie viele Jahrhunderte mochte es wohl zurückliegen, dass ein Sonnenstrahl bis hierher vorgedrungen war? Die Vereisung hatte möglicherweise schon vor dem Aufbau des Tarnfeldes begonnen, nämlich mit dem Anwachsen der Sphäre. Auch ein Stern rotierte, was die Strukturen, die ihn umkreisten, auf dieselbe Ekliptik zog wie die Planeten. Es war also wahrscheinlich, dass die erste Ausbaustufe der Sphäre in einem Ring bestanden hatte, der bereits Sonnenlicht auf dem Weg zu Schleier geblockt hatte. Das mochte die Eiszeit eingeleitet haben. Bislang fehlten die Daten, um zu beurteilen, ob das vor der Positionierung der Emitter geschehen war. Vielleicht würden sie in der Tiefe etwas darüber herausfinden.

»Das ist ein Trümmerfeld«, sagte Kitaga enttäuscht.

»Mehr war nicht zu erwarten«, meinte Berglen. »Das Eis hatte sehr lange Zeit, die Strukturen zu schleifen.«

Die Fähre setzte zwischen Elementen auf, die einmal zu Säulen und Scheiben gehört haben mussten. Ihre Größe variierte, entsprach aber grob der von Häusern, wie Berglen sie von planetengebundenen Primitivzivilisationen kannte. Die Eiskruste, die sie überzog, war an den meisten Stellen nur noch zentimeterdick.

»Eine Stadt?«, schlug er vor, weil das, was er sah, weder seiner Vorstellung von einem Fabrikkomplex noch von einer Militäranlage entsprach.

»Dann haben sie viel Wert auf ihre Privatsphäre gelegt«, meinte Kitaga. »Soweit ich erkenne, liegen stets ein paar Dutzend Meter zwischen den im Boden verankerten Basen.«

Sie besaß eine gute Beobachtungsgabe. Innerhalb weniger Augenblicke hatte sie gedanklich die herumliegenden Trümmer, die von höheren Geschossen stammen mochten, von den unverrückten, aber stets abgebrochenen getrennt.

Die Soldaten tauchten im Scheinwerferlicht auf und bildeten einen Sicherungskreis um die Fähre. Nach den Erfahrungen beim Tarnfeldemitter hatten sie die Stiefel der Kälteanzüge nachgerüstet, aus ihren Sohlen ließen sich jetzt Stahldornen ausfahren, die den Halt auf dem Eis erheblich verbesserten. Damit konnte man sogar rennen.

»Schließen wir uns ihnen an«, schlug Berglen vor.

Es brauchte ein paar Minuten, um in ihre Kälteanzüge zu wechseln, ihren Sitz zu überprüfen und die Fähre über die Rampe zu verlassen, die eigentlich für das Expeditionsfahrzeug ausgelegt war.

Arquila befehligte die fünf Soldaten, die noch immer die unmittelbare Umgebung sicherten. Die Brustscheinwerfer der anderen waren im Halbdunkel zu sehen, wo sie Schlaglichter auf das Geröllfeld warfen.

Berglen führte den Trupp zu einem scheibenförmigen Element, das dreißig Meter durchmaß und bis beinahe zum leicht gewölbten Rand hin sieben Meter dick war. Er versuchte, es mit den zerstörten Säulen in Verbindung zu bringen.

»Die Häuser könnten Pilzen geähnelt haben«, vermutete er. »Ein Schirm, der auf einem Stiel sitzt. Man hat eine weite Aussicht, in Bodennähe kann die Luft zirkulieren, und sie spenden Schatten.«

»Das da könnte eine Brücke zu einem Nachbarhaus gewesen sein.« Kitaga zeigte auf einen schlauchartigen Fortsatz, der nach ein paar Metern in einer Bruchkante endete.

»Zu eng für einen Menschen, der aufrecht geht«, zweifelte Berglen.

»Möglicherweise ein Transportsystem für Waren«, schlug Kitaga vor.

Unter dem Überzug aus Eis erkannte Berglen ovale Öffnungen im grünblauen Material der Scheibe. In lockerer Folge waren sie auf zwei Ebenen angeordnet. »Das könnten Fenster sein«, spekulierte er, »mit Wohnräumen dahinter.«

»Oder Büros«, ergänzte Kitaga. Ihre Stimme verriet die Aufregung, die auch Berglen spürte.

Sie wanderten durch das Trümmerfeld, von dem Berglen nun überzeugt war, dass es einmal eine Stadt gewesen war. Die Größe und Position der Fenster ließ auf menschengroße Bewohner schließen, die in Wohnungen mit angenehmer Deckenhöhe gelebt hatten. Entweder hatte jeder von ihnen ein Dutzend Zimmer für sich beansprucht oder sie hatten sich in Gruppen von zehn oder mehr Individuen zusammengefunden. Großfamilien vielleicht. An einem Diskuselement, das auf einer Bruchkante lag, die es beinahe mittig zerteilte, erkannten sie große Fenster, die nach oben ausgerichtet gewesen sein mussten. Wie mochte der Himmel ausgesehen haben, den man dadurch beobachtet hatte? Da die damaligen Eisfelder sicher nur einen Bruchteil des Wassers auf Schleier gebunden hatten, war es bestimmt zu Wolkenbildung gekommen. Regen war auf die transparenten Flächen geprasselt. Nach ein paar trüben Tagen hatten sich die Bewohner sicher nach dem Anblick der Sterne gesehnt, die wie Edelsteine in schwarzer Nacht gefunkelt hatten.

»Ich frage mich, ob diese Menschen ihre Sonne unverhüllt gesehen haben«, überlegte Berglen. »Oder haben sie die Energie für ihre Zivilisation schon aus der Sphäre bezogen?«

»Du gehst davon aus, dass sie ihre Sonne selbst eingehüllt haben?«, vergewisserte sich Arquila. »Bislang habe ich nur die Theorie gehört, dass ihre Feinde dafür verantwortlich sind. Dieselben, die auch die anderen Planeten des Systems zerstört haben.«

»Wir sollten in alle Richtungen forschen«, fand Berglen. »Jedenfalls halte ich es inzwischen für offensichtlich, was aus den Trümmern der übrigen Himmelskörper geworden ist: Sie müssen in der Sphäre verbaut worden sein.«

»Der Gedanke kam uns auch schon«, sagte Kitaga. »Aber

das Wenige, das unsere Scanner von der Sphäre ermitteln, verrät uns, dass der Metallanteil sehr hoch ist. Die Planeten müssten aus ungewöhnlich vielen schweren Elementen bestanden haben.«

»Noch etwas!«, fiel Berglen ein. »Du sagst, dass unsere Scanner die Sphäre nur schwer erfassen. Schleier hätten wir ohne Mutters Hilfe erst viel später entdeckt. Bei beiden kommen Tarnfelder zum Einsatz.«

»Das kann auch erbeutete Technologie sein«, gab Arquila zu bedenken.

Berglen fand die gemeinsamen Überlegungen ebenso inspirierend wie die Eindrücke der untergegangenen Stadt. »Wenn sie verfeindet waren, hat die Sphäre offensichtlich gewonnen«, sagte er. »Wieso hat sie diesen Planeten dann nicht zerstört? So wie die anderen?«

Kitaga blieb stehen und verschränkte die Arme. »Es wäre möglich, dass das, was wir sehen, das Resultat der Zerstörung ist, die die Sphäre herbeigeführt hat. Eine andere Methode als bei den anderen Planeten. Vielleicht, weil dies die Hauptwelt der Kolonie war. Das Tarnfeld könnte eine Strafe gewesen sein …«

»… die einen langsamen Kältetod zur Folge hatte.« Berglen schlug die Faust in die offene Hand. »Die letzten Überlebenden wurden gezwungen, den schleichenden Untergang ihrer Kultur zu bezeugen.«

»Oder die Sphäre hat gar nicht gewonnen«, sagte Arquila.

Berglen starrte ihr in die Länge gedehnt wirkendes Gesicht an. »Wie meinst du das?«

»Vielleicht hat sich der Konflikt sehr lange hingezogen. Der Gegner hat sich an der Sonne festgesetzt, aber die Defensivsysteme der Menschen haben sich als unüberwindbar erwiesen.«

»Ein Patt«, folgerte Berglen.

Die Soldatin nickte. »Und am Ende vielleicht ein Sieg der Menschheit. Wir wissen nicht, wie es in der Sphäre aussieht.«

»Aber wieso hat die Kolonie danach nicht wieder expandiert?«, fragte Kitaga. »Wieso ist sie dennoch im Eis erstickt?«

»Der Krieg könnte ihre Ressourcen aufgebraucht haben«, meinte Berglen.

Die drei sahen sich an.

Berglen seufzte. »Wir wissen noch viel zu wenig.«

Schließlich befahl Berglen, das Eis über der Tür eines bis zum dritten Stockwerk der Säule unbeschädigten Gebäudes zu schmelzen und den Eingang aufzubrechen. Die Scheinwerfer holten eine Einrichtung aus Tischen und Stühlen aus dem Dunkel, die in Nischen an der runden Außenwand aufgestellt waren. Zu ihrer Überraschung hatte das Erdgeschoss keinen durchgängigen Boden, ein Abgrund tat sich auf, den erst in zwanzig Meter Tiefe Geröll und Trümmer füllten. Darüber waren weitere Nischen mit Sitzgelegenheiten angeordnet. Harmonisch in das Gestein integrierte Kristalle schillerten in Regenbogenfarben, wenn Licht auf sie traf.

»Ein Ort, an dem man sich versammelte«, vermutete Kitaga.

»Vielleicht, um Gesang zu lauschen«, schlug Arquila vor.

Berglen und Kitaga sahen sich an. Sie dachten wohl beide an Mutters Gesang, den auch die Zoëliker so weit von ihr entfernt nicht mehr vernahmen.

»Es könnte auch ein Restaurant gewesen sein«, meinte Berglen.

Seine Stiefel klackten auf dem harten Boden, als er sich zu einem Tisch begab. Er zog einen Stuhl zurück und setzte sich. Die Höhe der Sitzgelegenheit und die Tatsache, dass er seine Ellbogen bequem auf der Tischplatte ablegen konnte, sprachen dafür, dass man diese Möbel für Menschen angefertigt hatte.

Mit geschlossenen Augen dachte er darüber nach, dass die Menschen, die hier einmal gelebt hatten, genauso gehofft, gebangt und geliebt hatten wie alle Menschen zu allen Zeiten und an anderen Orten. Die Areale des Gehirns, in denen Triebe und Emotionen entstanden, gehörten zu den ältesten und zugleich zu den hartnäckigsten Bereichen. Sie hatten den Homo Sapiens durch die Evolution begleitet, und so verschieden die Menschen auch auf den Schiffen des Schwarms lebten, teilten sie alle diese Grundausstattung. Im Guten wie im Schlechten, im Angenehmen wie im Unangenehmen.

Ihm gefiel immer noch nicht, dass Kara sagte, dass Zegato ihr half.

Aneste räusperte sich. »Wenn die Okkupanten den Sender überwachen, machen sie es so gut, dass ich es nicht erkennen kann.« Sie klang noch immer misstrauisch. Sie prüfte sogar den Halt des Kabels in ihrer Datenbuchse, obwohl ihr Schädelimplantat natürlich sofort jeden Verbindungsfehler gemeldet hätte.

»Wenn sie sich so viel Mühe gäben, hätten sie es auch verdient, uns zu erwischen«, versuchte Zegato, die Stimmung zu entspannen.

Es misslang. Anestes Mund blieb ein harter Strich.

»Besser, wir machen schnell.« Sie schwebte ein Stück in die mit Apparaten gefüllte Kammer.

Das Kabel, das sie mit der Sendeeinheit verband, erinnerte Zegato an eine Nabelschnur. Er sah zwei Spiegelbilder von sich selbst in ihren Chromaugen.

»Wir dürfen nicht warten, bis sich ein Okkupant die Langeweile damit vertreibt, nachzusehen, was in der Vakuumkammer vor sich geht.« Sie zeigte auf Xeramel. »Wir sollten sie schnell aktivieren.«

»Mir wäre lieber, wenn du über sie nicht so sprechen würdest wie über eine Maschine.«

»Sie tut wenig mehr, als Kommandos auszuführen, oder?«

Die grauhäutige Frau schwebte zwischen einer Anordnung von Einspeisern, die auf ihren Kopf zielten wie Laserstrahler. Auch die fahlen Lichter, die ihre Augen beschienen, ähnelten Waffenfeuer. Aber das täuschte, über die unterschiedlichen Wellenlängen und die Übertragungspausen im Mikrosekundenbereich sendeten die Geräte Informationen an Xeramels optische Rezeptoren.

»Sie denkt schneller als du oder ich«, erinnerte Zegato. »Ich habe ein wenig Sorge, dass es ihr Gehirn überfordern könnte, aber bislang habe ich noch nichts Besseres als das Informationsgewitter aus der Sphäre gefunden, um den Austausch mit ihrem Mentalzwilling zu kompensieren.«

»Wenn wir ihr einen Gefallen damit tun, dass sie ihre Aufgabe erfüllt – umso besser«, beschied Aneste. »Lass uns herausfinden, ob wir Freunde in der Nähe der Sonnenglut haben.«

Zegato missfiel noch immer, dass Aneste Xeramel wie ein Analyse- und Sendemodul behandelte. Aber jetzt war der falsche Moment, um zu streiten. Falls wirklich einer der Besatzer hierherkam, hätte der Arzt große Schwierigkeiten, die Anwesenheit seiner Schwester im isolierten Bereich zu erklären.

»Xeramel, könntest du …«, setzte er an.

»Sie hat unsere Antworten und unsere Anfrage bereits gesendet.« Aneste tippte an das Kabel.

Xeramel neigte kaum merklich den Kopf. War das ein Nicken?

»Wollen wir hoffen, dass sie sich nicht allzu lange Zeit mit ihrer Antwort lassen«, sagte Zegato.

Das lichtschnelle Signal brauchte eine Minute, bis es die Sphäre erreichte. Die Antwort würde dieselbe Zeitspanne benötigen, um die achtzehn Millionen Kilometer zu überbrücken.

»Wenn sie länger als eine Stunde überlegen, sollten wir uns zurückziehen und morgen wieder nachsehen«, schlug Aneste vor. »Es wäre schlecht, wenn man unsere Abwesenheit bemerken würde.«

»Ich hoffe, sie stellen uns keine weiteren Aufgaben, um herauszufinden, ob wir klug genug sind, um als Sophonten zu gelten.« Das Ermitteln der Lösungen würde viel Zeit verschlingen, und vielleicht bräuchten sie Expertise, die nötig machen würde, andere miteinzubeziehen. Je größer der Kreis der Beteiligten wurde, desto eher konnte offenbar werden, dass die Befreier mit der Sphäre sprachen.

Ihre Botschaft erläuterte in vorsichtigen Formulierungen die Situation an Bord der Esox. Von Unrecht war die Rede, von Unterdrückung, von dem Mut, sich zu wehren.

Zegato sah, dass Xeramels Hirnaktivität abfiel, bis sie auf ein Niveau nahe dem Durchschnitt für erwachsene Menschen sank. Er war unsicher, ob das ein gutes Zeichen war. Einerseits mochte es nach den Wochen der Hyperaktivität Entspannung anzeigen, andererseits konnte es auch bedeuten, dass die Überlastung ihren Tribut forderte. Er prüfte die Hirnareale. Vor allem die kognitiven Bereiche zeigten einen niedrigen Energieverbrauch, einige Implantate schalteten sogar in den Ruhemodus.

Anestes Körperachse schwebte senkrecht zu Zegatos, was ihn dazu veranlasste, seinen Kopf schräg zu halten, als er sie ansprach. Uralte Instinkte, man richtete sich aneinander aus, ließ sich aufeinander ein. »Wie weit seid ihr mit dem Zentralcomputer?« Er sah seine eigene Unsicherheit in den Chromspiegelungen seines Gesichts in den Augen seiner

Schwester. Sie wiederum spiegelte sich in seinem Visorband, eine unendliche Folge.

»Warum willst du das wissen?«

»Ich bin nie bei den Treffen, und ich verstehe, dass es die Bewegung sicherer macht, wenn ich möglichst wenig verraten kann, falls ich in Gefangenschaft gerate. Aber jetzt … Wenn wir mit potenziellen Verbündeten verhandeln, sollte ich wissen, wie schnell wir vorangehen können.«

»Sehr schnell.« Sie lächelte überlegen.

Verärgert runzelte Zegato die Stirn. »Was, falls die Antwort morgen eintrifft? Wenn du nicht dabei bist?«

»Du hast doch gesagt, das da«, sie nickte zu Xeramel, »würde die Information speichern, ohne gleich auszuplaudern, dass eine Nachricht für uns gekommen ist.«

»Es könnte sein, dass eine rasche Antwort von Vorteil wäre.« Er presste die Zähne aufeinander.

»Ich werde darauf achten, mich in den nächsten Tagen erreichbar zu halten«, versprach sie.

Zegato wusste so gut wie nichts über die Befreier. Er kannte den Plan, die Besatzer loszuwerden, den Computer wieder an die Macht zu bringen und die Autonomie der Esox wiederherzustellen, aber mehr als die groben Schritte war ihm unbekannt. Er hatte nur eine Handvoll anderer Befreier gekannt, und einige davon waren inzwischen tot, wie Pytene.

»Haben wir die Produktionsanlagen für die Nanoroboter verloren?«, fragte Zegato.

Aneste schwieg, aber ihr überlegenes Lächeln gefror.

»Seit dem Anschlag auf Macro Debois habe ich keine neue Lieferung mehr bekommen.«

»Das kann andere Gründe haben«, erwiderte Aneste eisig.

»Ich glaube, ihr habt die Anlagen zerstört, um einer Entdeckung zuvorzukommen.«

Sie wandte sich ab. Anestes Überzeugung hatte etwas Fanatisches, und Fanatiker neigten zu einer unrealistischen Wahrnehmung. Zegato konnte nicht ausschließen, dass die brutalen Aktionen der Okkupanten die Organisation der Befreier praktisch zerschlagen hatte, dass außer Aneste und ihm nur noch ein paar Verlorene verbissen an ihrem Traum festhielten. Das Unheimliche daran war, dass Aneste das niemals zugegeben hätte. Sie hätte den Tag der Befreiung auch dann noch unmittelbar vor sich gesehen, wenn das gesamte Schiff gegen sie gestanden hätte.

Überhaupt, das ganze Schiff … wie viele auf der Esox hießen gut, was sie taten? Zegato glaubte, dass eine Mehrheit die Gängelung durch die Kommissare ablehnte, aber sicher konnte er nicht sein. Nur Wenige zogen direkten Vorteil aus einer engen Kollaboration. Trotzdem hatten sich die meisten in den vergangenen Jahren irgendwie mit der Situation arrangiert und lebten ihr Leben. Vollkommen von der Hand zu weisen war die Propaganda, dass der Zentralcomputer das freie Denken erheblich eingeschränkt hatte, auch nicht.

Ein unvermittelter Anstieg von Xeramels Hirnaktivität holte Zegatos Gedanken zurück in die Vakuumkammer. »Sie hat …«

»Die Antwort ist da«, unterbrach ihn Aneste. »Nach genau zwei Minuten!«

Die Geschwister sahen sich an.

»Das ist exakt die Signallaufzeit«, stellte Zegato fest. »So schnell können sie unsere Nachricht nicht analysiert, diskutiert und beantwortet haben.«

»Stehen wir doch näher an der Sphäre?«

Nachdenklich schüttelte er den Kopf. »Höchstens ein paar Lichtsekunden.«

»Vielleicht ist es bloß eine Empfangsbestätigung.«

»Nein«, sagte Xeramel mit klarer Stimme. »Sie akzeptieren uns als Gesprächspartner und erzählen auch von sich.«

Ein Hologramm leuchtete an der einzigen Stelle auf, zu der sie trotz der in die Kammer ragenden Aggregate alle drei eine freie Sichtlinie hatten. Ein gelbroter Sonnenball erschien darin. Wellen aus Feuer rauten seine Oberfläche auf wie einen stürmischen Ozean, Protuberanzen griffen ins All hinaus. Gewölbte Bauteile flogen in das Bild hinein und verbanden sich zu mehreren Schalen. Zugleich flackerten Schriftzeichen durch das Holo.

Aneste umfasste das Kabel, das in ihrem Kopf steckte, als bereite sie sich darauf vor, es herauszuziehen, wenn die Informationsflut sie überforderte. In der Tat strömte eine Datenmenge in die Speicher, die vermuten ließ, dass die Sensoren der Vakuumkammer auf Volllast arbeiteten. Falls das zutraf, entgingen ihnen sogar Anteile der Sendung, die sie nicht mehr aufnehmen konnten, wie bei einem Trichter, der überlief.

»Wir sprechen mit Programmen.« Xeramels Hirnaktivität überstieg zehn hoch neunzehn Operationen in der Sekunde. Ihre Augen zuckten. »Billiarden davon operieren in der Sphäre.«

»Den Sphären«, korrigierte Aneste. »Mehrzahl.«

»Irrelevant«, versetzte Xeramel emotionslos. »Ihre Eigenbezeichnung ist nicht ›Sphäre‹, sondern ›Imago-Projekt‹. Alle diese Programme sind Teil des Projekts, verschiedene Entwicklungszweige oder Stufen desselben Zweiges, veränderte Kopien.«

»Und wer hat diese Programme geschrieben?« Zegato zog sich ein Stück näher an das Holo heran, als könnte die genauere Beobachtung seine Frage beantworten. »Menschen? Oder Fremde?«

»Diese Information finde ich nicht.« Xeramels Augen zuckten immer schneller.

»Sie konkurrieren um Ressourcen.« Aneste blickte indifferent einige Module an. »Prozessorzeit. Speicherbänke.«

»Es scheint ein …« Xeramel zögerte. »… ein zentrales Betriebssystem zu geben, das alles verwaltet. Oder zumindest ein eng abgestimmtes Konglomerat von Programmen, die den Zugriff auf die Hardware regeln.«

»Welchem Ziel dient das?«, fragte Zegato. »Wer lebt in der Sphäre? Wem nützt dieses Imago-Projekt?«

Er merkte, wie sich sein Herzschlag beschleunigte.

Xeramel schwieg, aber ihre Hirnaktivität blieb auf so hohem Niveau, dass die Nährstoffdepots ihrer Implantate Zuckerreserven freigaben, die eigentlich für Nahtodsituationen gedacht waren, wenn die Trägerin im Koma lag. Ein eindrucksvoller Beweis dafür, wie sehr die Interaktion mit der Sphäre sie stimulierte. Sie sprach auch ohne Stocken, so flüssig wie nie zuvor seit dem Tod ihrer Schwester, was den Arzt hoffen ließ, dass die Hochlast einen therapeutischen Nutzen zeitigte.

Zegato war versucht, sich wie seine Schwester über ein Kabel mit den Datenspeichern zu verbinden, um selbst analysieren zu können. So konkrete Informationen hatte er nicht erwartet, nachdem die Sphäre bislang nur Fragen, mathematisch-naturwissenschaftliche Aussagen und Testaufgaben geschickt hatte. Offenbar hatten die Antworten der Esox die Prüfung bestanden, sodass man nun in die Kommunikation zwischen vernunftbegabten Wesen eintrat. Es war gut möglich, sogar wahrscheinlich, dass die jetzt empfangenen Daten Wissen enthielten, das dem Schwarm völlig neu war! Kein menschlicher Ingenieur hätte die Sphäre mit ihrem gewaltigen Umfang und den Tarnfeldern, die die Sensoren verwirrten, zu konstruieren vermocht. Er, Zegato, könnte derjenige sein, der eine Anleitung zu einer Nahrungsgewinnung fand, die das Xenofarmen öder Himmelskörper überflüssig machte. Oder die Prinzipien künstlicher Gravitation, wie sie auf der Squid herrschte. Die Naturkonstanten des Rotraums, ein Medikament gegen das Altern, Konstruktionsanleitungen für ein Material, das der Hitze einer Sonne widerstand … soweit Zegato es beurteilen konnte, mochte die Nachricht der weit fortgeschrittenen Sphärenzivilisation, dieses Imago-Projekts, all das enthalten.

Aber er durfte nicht ebenfalls in den virtuellen Raum abtauchen, sonst wäre keiner von ihnen wach, wenn einer der Besatzer in die Vakuumkammer käme. Widerstrebend beschränkte er sich darauf, das Holo zu betrachten. Offenbar zeigte es den Bau der Sphäre. Hülle um Hülle kleidete sich das Metall um den gelbroten Stern. Die Schriftzeichen, vielleicht auch Symbole einer Logiksprache oder Chiffren komplexer Konzepte, vermochte Zegato nicht zu deuten.

»Die Programme stehen in Konkurrenz zueinander«, murmelte Aneste.

»Konkurrenz – worum?«, fragte Zegato. »Sie brauchen doch keinen Wohnraum, sie müssen weder atmen noch essen.« Er versuchte ein Lachen.

Anestes Gesicht blieb ernst. »Nicht wie wir … und doch … du brauchst eine Umgebung mit Atmosphäre und Bewegungsfreiheit, ein Programm braucht einen Prozessor, auf dem es läuft. Du brauchst ein Gedächtnis, in deinem Gehirn und darüber hinaus in Medien, auf denen du deine Gedanken konservieren kannst. Ein Programm braucht Speicher. Das sind Dinge, die ein Betriebssystem verwaltet.«

»Und sie sind knapp.« Zegato rieb über die Öffnung der Datenbuchse unter seinem Haar.

Die Versuchung, die Daten selbst zu untersuchen, wurde immer stärker. Aber er war Arzt, seine Hauptaufgabe lag darin, Xeramels Zustand zu überwachen.

Trotzdem, diese Art, über Programme zu denken wie über Lebewesen … sie stieß ihn ab, faszinierte ihn jedoch auch. »Ökonomie ist die Wissenschaft vom Umgang mit knappen Gütern«, überlegte er. »Es gibt eine Ökonomie von Rohstoffen, von Arbeitszeit, von Produktionsmitteln.«

»Und in der Sphäre finden sich Äquivalente zu all dem«, stimmte Aneste zu. »Prozessorzeit ist wie Atemluft. Die Programme konkurrieren darum.«

Zegato schüttelte den Kopf. »Ich verstehe es noch nicht. Wieso richten die Bewohner der Sphäre die Programme so ein, dass sie miteinander im Widerstreit stehen? Es wäre doch effizienter, sie so zu organisieren, dass jedes Programm die Ressourcen bekommt, die optimal sind, um den Ertrag der Sphäre zu maximieren.« Er netzte seine Lippen. »Was ist dieser Ertrag überhaupt? Wozu dient die Sphäre? Ist sie ein Kraftwerk? Oder ein Habitat? Lebt dort jemand?«

»Dazu finde ich nichts«, flüsterte Xeramel. Sie wirkte abwesend, aber ihre intellektuellen Prozesse liefen noch immer auf besorgniserregend hohem Niveau.

»Wir müssen davon ausgehen, dass uns die Bewohner der Sphäre sehr fremd sind«, meinte Aneste. »Vielleicht wie die Quurite, oder noch seltsamer.«

Diese Spezies hatte sich auf einer Eiswelt entwickelt, die bis zu ihrer Zerstörung mit exzentrischer Bahn um ihre Sonne gekreist war. Während des weiter entfernten Teils ihres Umlaufs war alles Leben in einen Winterschlaf gefallen, und noch immer hibernierten die Quurite auf den Schiffen, die nun ihre Heimat waren. Diesen Winterschlaf steuerten sie so, dass auf jedem Schiff nur so viele gleichzeitig in Stasis fielen, dass die Einheit operabel blieb. Die Zugehörigkeit zu einer Schlafgruppe bestimmte ihre Sozialstruktur, und wenn sich Liebesbeziehungen über diese Grenzen hinweg entwickelten, führte das zu Problemen. Der Schwarm hatte vor zehn Jahren gemeinsam mit den Quurite gegen die Giats gekämpft, von dieser Begegnung waren Zegato die an Felsbrocken erinnernden Fremden in Erinnerung.

»Unabhängig davon, wer diese Programme erstellt hat und in wessen Auftrag sie laufen«, Aneste hob den Kopf, »eines ist sicher: Sie stehen in Konkurrenz zueinander und es gibt Unzufriedene unter ihnen. Rebellen wie uns.«

»So viel zu unseren ›vorsichtigen Andeutungen‹«, meinte Zegato. »Sie haben sofort durchschaut, dass wir einen Umsturz auf der Esox planen.«

Aneste nickte. »Wirklich ›sofort‹ im Wortsinne. Sie haben ohne Bedenkzeit geantwortet.«

»Senden sie eigentlich noch?«

»Nein«, sagte Xeramel. »Wir empfangen nichts mehr. Sie erwarten unsere Antwort.«

»Haben sie eine konkrete Frage gestellt?«

»Ich fürchte«, sagte Aneste, »wenn das der Fall ist, befindet sie sich in dem Teil der Nachricht, die wir nicht schnell genug auffangen konnten.«

Xeramel nickte.

»Also wissen sie, dass wir Rebellen sind, und wir wissen, dass diejenigen, die uns diese Nachricht geschickt haben, es ebenfalls sind«, stellte Zegato fest. »Mehr nicht.«

»Genauer gesagt gibt es unter den Bewohnern der Sphäre Rebellen«, präzisierte Aneste, »und deren Programme haben Zugriff auf einen Teil der Ressourcen des Imago-Projekts.«

»Und du meinst, die Tatsache, dass sowohl sie als auch wir Rebellen sind, macht uns zu Verbündeten?«, fragte Zegato.

»Jedenfalls scheinen sie das zu glauben. Wieso hätten sie uns sonst von sich erzählen sollen?«

»Verbündete – obwohl wir gar nicht wissen, wogegen sie rebellieren?«, vergewisserte sich Zegato.

»Wir wissen, wogegen *wir* rebellieren«, stellte Aneste klar. »Vielleicht reicht das? Wenn sie unsere Chancen wesentlich verbessern, frage ich nicht lange, wofür sie kämpfen.«

»Und wie, stellst du dir vor, sollen sie uns helfen?«

»Offenbar ist ihre Computertechnik weit fortgeschritten. Sie haben mit Sicherheit bessere Möglichkeiten als wir, die Systeme der anderen Schiffe zu infizieren.«

Zegato dachte an die Nanoroboter, die mit den abgezogenen Kommissaren auf die anderen Schiffe gelangt waren. Sie sollten als Brückenköpfe für die Befreier dienen, aber sicher konnte man auch Programme, die aus der Sphäre stammten, damit einspeisen. Sogar das Gesteck, das Kara Jeskon für den getöteten Debois angefertigt hatte, transportierte diese winzigen Agenten. Xeramel hatte dafür gesorgt. Zegato fühlte sich unwohl bei diesem Gedanken, schließlich hatte er seiner Patientin die Anweisung dazu gegeben. Hatte der Arzt sie dadurch missbraucht?

»Fragen wir die Rebellen in der Sphäre, wie wir ihnen helfen können«, schlug Aneste vor. »Vielleicht haben wir etwas, das sie brauchen.«

»Wir müssen auch den anderen Schiffen des Schwarms etwas bieten«, meinte Zegato und fragte sich zugleich, ob es weise war, die Dinge so schnell voranzutreiben. »Wenn wir von der Sphäre aus etwas einspeisen wollen, muss die Übertragungszeit so kurz wie möglich sein. Die Schiffe müssen näher ran.«

»Die Astridenfähren«, schlug Xeramel vor. »Die Vorräte an Astriden reichen nicht mehr aus, um eine längere Strecke im Rotraum zurückzulegen. Wir müssen die Tanks in der Sonnenkorona auffüllen.«

Ihre Hirnaktivität war merklich gesunken und bewegte sich nun wieder in einem für Menschen normalen Bereich. Dennoch sprach sie noch immer fließend, ihre Apathie schien zumindest für den Moment überwunden. Sie erinnerte sich offenbar sogar an ihre eigenen Fähigkeiten. Gemeinsam mit ihrem Mentalzwilling hatte sie Fähren gesteuert, auch solche, die Astriden abgefischt hatten.

»Das ist ein kluger Gedanke«, befand Aneste. »Auch für die Esox. Wenn wir mit vollen Tanks die Kontrolle übernehmen, sind wir im Notfall mobil genug, um uns abzusetzen.«

»Ich bereite eine Nachricht vor«, kündigte Xeramel an.

Aneste schwebte nah zu Zegato heran. »Früher oder später müssen wir deinen Schützling allein lassen. Kannst du ihr Gedächtnis löschen, was unseren Plausch mit der Sphäre angeht?«

»Das ist zu komplex«, wehrte Zegato ab. »Die Kommunikation, unsere Anwesenheit, die Vorbereitungen … das sind zu zahlreiche miteinander verbundene Informationen, verteilt über zu viele Areale. Die Lücken würden auffallen und vielleicht sogar Verhaltensstörungen bewirken.«

»Dann vertrauen wir wohl besser auf ihre Verschwiegenheit. Obwohl sie sich geradezu in ein Plappermaul verwandelt.«

Zegato sah ihr an, dass sie überlegte, ob man Xeramels Gesundung rückgängig machen könnte. Alles in ihm sträubte sich dagegen und seine Schwester wurde ihm zunehmend fremder. Er traute ihr sogar zu, Xeramel zu töten, um sicherzugehen, dass ihr Geheimnis verborgen blieb.

»Ich habe nachgedacht …«, sagte er.

»Eine löbliche Angewohnheit.«

»Über die Sonde in meinem Gehirn. Die Sicherung, die mein Gedächtnis in Matsch verwandelt, wenn wir sie zünden.«

»Du weißt, dass es eine notwendige Vorrichtung ist. Ich trage ebenfalls eine.«

Er nickte. »Ich will, dass du nicht länger die zweite Zünderin für meine Sonde bist. Jemand anderes soll mein Kommando bestätigen, wenn es einmal notwendig wird.«

Überrascht sah sie ihn an. »Wer soll das sein?«

Er zuckte mit den Achseln. »Rubaal und Trevok haben bereits eine Freigabe. Das reicht doch.«

»Du kennst sie kaum«, sagte Aneste. »Sie sind nur für den Fall vorgesehen, dass ich ausfalle.«

»Sie reichen. Es sind noch immer zwei.«

In ihrem Blick lagen weitere Fragen, aber sie spürte wohl, dass er nicht nachgeben würde. »Wie du willst«, sagte sie. »Wir löschen meine Autorisierung.«

Ihr rasches Einlenken machte ihn misstrauisch. Er dachte an Makito, den jungen Befreier, der nicht in Gefangenschaft geraten, sondern an einem Hirnschlag gestorben war. Zegato wagte nicht zu fragen, ob Aneste Nanoroboter im Kopf des jungen Rebellen benutzt hatte. Dazu brauchte man kein Einverständnis des Trägers.

—

»Die Leuchtgloben sind ein kluger Einfall.« Kitagas Stab klackte, wenn sie ihn auf den offensichtlich planierten Boden setzte.

Die Soldaten stellten Dreibeine mit hell strahlenden Kugeln auf. Ihr Licht reichte aus, um das Innere der aus einem grauen Metall bestehenden Kuppel auszuleuchten. Deren Scheitelpunkt war zwanzig Meter hoch und bot damit gerade genug Platz für das in spitzen Zacken aufragende, beinahe schwarze Gebilde im Zentrum.

Berglen fragte sich, ob es sich dabei um ein Gebäude oder um ein Aggregat handelte. Zu den pilzförmigen Häusern, die sie in der Siedlung gefunden hatten, bestand keine Ähnlichkeit. Ob dies eine Niederlassung einer anderen Kultur gewesen war? Auch im Schwarm unterschied sich die Einrichtung der Schiffe untereinander erheblich.

Bei den weiteren Strukturen handelte es sich eindeutig um technische Anlagen. Sie bestanden ebenfalls aus dunklem Metall, und ihre Formen ließen keine Hohlräume vermuten, die ausreichend Platz für Zimmer geboten hätten. Stattdessen bildeten sie Rippen und Lamellen aus. Über fünfzig davon fanden sich in der siebzig Meter durchmessenden Kuppel.

Berglen schwitzte in seinem Kälteschutzanzug. Er las die Temperatur ab. »275 Kelvin. Knapp über dem Schmelzpunkt von Wasser.«

»Sonst hätte das Eis die Anlage wohl zerdrückt«, meinte Arquila.

Soweit es der Helm zuließ, legte Berglen den Kopf in den Nacken, um die Kuppel zu betrachten. Das Metall würde die Temperatur des Innenraums annehmen und das langsam vorrückende Eis schmelzen. Sicher hatte es Monate, wenn nicht Jahre gedauert, bis es hier, auf sechsundvierzig Grad nördlicher Breite, die Struktur eingehüllt hatte. Aber im Laufe der Zeit war der Eispanzer immerhin auf eine Stärke von einem Kilometer angewachsen. Lastete dieses Gewicht auf der Kuppel, oder stützte sich das Eis selbst, als ob diese Anlage nichts weiter gewesen wäre als ein Lufteinschluss?

Jedenfalls war es eine so gleichmäßige Aussparung einen Kilometer tief unter dem Eis, dass die Sensoren der SQUID den Hohlraum orteten – auch, wenn das Tarnfeld seinen Inhalt verbarg. Für die Soldaten war diese Tarntechnologie naturgemäß von größtem Interesse. Sie schwärmten mit ihren Handsensoren aus, um den Generator zu finden, der das Feld erzeugte.

Berglen bezweifelte, dass er diese Untersuchung wesentlich beschleunigt hätte, wenn er sich auch noch daran beteiligt hätte. Also versuchte er, die anderen Dinge in der Kuppel wahrzunehmen. »Schleier ist offensichtlich ein verlassener Planet«, meinte er. »Woher kommt nach all der Zeit die Energie für die Wärme und das Tarnfeld?«

»Über Energie braucht man sich bei dieser Anlage nicht

zu sorgen.« Kitaga hob ihren Arm, um ihm das Holo über ihrem Handgelenk zu zeigen. Es enthielt Schemazeichnungen chemischer Verbindungen und daneben Balken, die ihre Häufigkeit in der Luft darstellten. »Promethium, oder Zerfallsprodukte davon. Sie benutzen dieselbe Energiequelle, die der Schwarm für die Unterlichtantriebe gebraucht.«

»Das sollte diese Frage in der Tat beantworten.« Selbst die SQUID nahm Promethium und andere Lanthanoide auf, indem sie entsprechend gesättigte Asteroiden verdaute.

»Wenn ich mich nicht täusche …«, Kitaga drehte sich um die eigene Achse, wobei das Licht der Leuchtgloben auf den kupfernen Zacken an der Spitze ihres Stabs blitzte, »… ist das hier eine Konservieranlage für Promethium.«

»Kein Kraftwerk?«, fragte Berglen.

»Das vielleicht auch, aber eher als Nebenfunktion«, meinte die Zoëlikerin. »Hauptsächlich hat man hier wohl Promethium in leicht wiederaufzuspaltende Verbindungen gepresst, um es vor dem radioaktiven Zerfall zu bewahren.«

»Ist das dort vorn eine Straße?« Arquila zeigte auf ein auf dem Boden liegendes Metallband, das die große Konstruktion in der Mitte mit dem Rand der Kuppel verband.

»Dafür scheint es mir zu schmal zu sein.« Berglen richtete den Handsensor aus und ging darauf zu.

Es war vollkommen glatt, aus hellerem Material als die Aggregate und oben einen Meter breit, verengte sich jedoch darunter. An der Zentralstruktur führte es in ein offen stehendes Tor, hinter dem Dunkelheit herrschte.

»Eine Schiene«, vermutete Kitaga. »Darauf könnte man Erz antransportiert und das konservierte Promethium in die Lager verteilt haben.«

Berglen benutzte die Lampe an seinem Anzug, um den Bereich zu beleuchten, an dem die Schiene auf die Kuppelwandung traf. Sie wurde davon durchtrennt, es gab keine erkennbare Öffnung. »Man hat sich wohl damit abgefunden, dass diese Anlage außer Betrieb gehen würde.«

»Weshalb hat man sie dann nicht demontiert?« Im Licht, das die Helmbeleuchtung auf Arquilas Gesicht warf, wirkte die Soldatin angespannt.

»Vielleicht eine sentimentale Anwandlung.« Kitaga ging an der Schiene entlang zum Zentralgebäude. »Ich schätze, hier werden wir am ehesten Antworten fin…«

Ein Krachen unterbrach sie. Berglen zuckte zusammen.

Schreie von den Soldaten folgten. Sie standen um einen mobilen Sensorblock, der ein Aggregat untersuchte, das einer geöffneten Blüte ähnelte. Etwas musste das Untersuchungsgerät getroffen haben. Ein Loch mit glühenden Rändern klaffte darin und verflüssigtes Metall rann wie Wachs daran herab. Die Soldaten warfen sich in Deckung.

Berglen beobachtete wie gelähmt.

Kopfgroße Spinnen krabbelten aus dem blütenförmigen Aggregat. Oder spinnenähnliche Wesen, sie hatten nur sechs Beine und trugen Zylinder auf den runden Körpern.

Und aus diesen Zylindern schossen blaue Laserstrahlen! Sie brannten sich durch die Kälteschutzanzüge. Rauch kräuselte empor, Berglen stellte sich vor, dass er von verschmortem Fleisch stammte. Übelkeit stieg in ihm auf. Luft knallte in das Vakuum, das die verlöschenden Waffenstrahlen hinterließen.

»Runter!« Arquila riss ihn um, noch bevor sie ihre Pistole von der Magnethalterung an ihrem Oberschenkel löste.

Schmerzhaft schlug er auf den harten Boden. Über ihm krachte etwas, vermutlich die Luft, die einen Schusskanal füllte.

Der Gefechtsfunk erwachte zum Leben. Befehle wurden durchgegeben und bestätigt, jemand schrie. Die Einzelheiten entgingen Berglen in der Aufregung.

Der Helm begrenzte sein Sichtfeld. Er wälzte sich auf die Seite, um erkennen zu können, was vor sich ging.

Arquilas Laser traf eine Spinne. Glühende Tropfen spritzten aus dem schwarzen Leib, Funken sprühten.

Das war nicht die zu erwartende Wirkung eines Laserstrahls. Er hätte den rundlichen Körper verschmoren müssen. Es sei denn …

»Das sind Roboter!«, rief Berglen. »Maschinen, keine Lebewesen.« Bestimmt handelte es sich um Abwehreinrichtungen, die den Komplex schützten.

»Wir brauchen Deckung!« Arquila fasste ihn unter der Achsel, zerrte ihn halb auf die Füße und zog ihn mit sich hinter eines jener Aggregate, deren Lamellen zu zwei Seiten abstanden.

Sein linkes Knie schmerzte, er hatte es sich angeschlagen, als Arquila ihn zu Boden gestoßen hatte. Berglen versuchte, den Schmerz zu ignorieren, aber das änderte nichts daran, dass das Gelenk seine Flexibilität eingebüßt hatte. Er hinkte, so schnell er konnte.

Der Kampf entwickelte sich ungünstig. Zwar traf Arquila einen weiteren der spinnenähnlichen Roboter, und noch drei explodierten im Feuer der anderen Soldaten, aber Berglen konnte den Blick nicht von einem dürren Kerl wenden, der sich über den Boden auf sie zu zog. Rauch stieg aus seiner Brust auf, in deren Seite ein so großes Loch klaffte, dass sich Berglen fragte, wie der Mann überhaupt noch leben konnte. Andererseits war von der eigentlichen Wunde nur wenig zu sehen, Berglen erkannte noch nicht einmal, wo der Anzug endete und das verschmorte Fleisch begann. Er würgte.

»Sie meiden den Konservierer«, meinte Arquila.

»Was?«

»Den Promethium-Konservierer.« Ohne hinzusehen, zeigte sie schräg hinter sich auf die Zentralkomponente. Gleichzeitig schoss sie auf eine Spinne, die an einem Aggregat hinaufkletterte, verfehlte sie jedoch. Der Strahl kochte etwas Metall aus der Wandung der Kuppel. »Sie achten darauf, dass ihre Schüsse die Zentralkomponente verfehlen.«

Überall zuckten Laserbahnen. Berglen fragte sich, wie man darin ein Muster erkannte. Aber er war auch kein Soldat.

»Los!« Wieder griff Arquila seinen Arm und zog ihn mit sich. Ihr Ziel war das Tor der Zentralkomponente.

Berglens Knie wurde immer steifer. Er konnte das linke Bein fast nur noch aus der Hüfte heraus bewegen. Bei einem Todesschrei, der durch den Gefechtsfunk drang, brach ihm der Schweiß aus.

Heftig atmend erreichte er das Tor. Er wagte nicht, die Lampe einzuschalten, weil er keine Aufmerksamkeit auf sich ziehen wollte. So blieb das Innere der Anlage im Dunkel. Er presste sich an die Wand neben der Toröffnung. Am liebsten wäre er mit dem Metall verschmolzen.

Doch Arquila hatte andere Pläne. Sie drückte ihm die Laserpistole in die Hand. »Ich hole Kitaga.« Damit lief sie hinaus.

Eines der Aggregate war zersplittert, geschmolzenes Metall kündete von der Hitze des Treffers. Kreuz und quer zuckten die Strahlen kohärenten Lichtes, die Luft knallte, wenn sie erloschen. Aber was den Promethium-Konservierer anging, traf Arquilas These wohl zu: Die Spinnen schossen nur, wenn ihr Feuer die Konstruktion nicht treffen konnte.

Gewandt setzte Arquila über die Schiene und verschwand seitlich aus Berglens Blickfeld. Er wagte sich nicht weit genug aus der Deckung des hohen Torbogens, um sie beobachten zu können, obwohl er sich fragte, woher ihre plötzliche Fürsorge für Kitaga rührte. Die Zoëlikerin behandelte sie stets ruppig. Mehrfach hatte sie die Soldatin weggeschickt. Immer wieder suchte sie Gelegenheiten, allein mit Berglen zu sprechen. Ständig diese Andeutungen über die Rote Familie, vor allem über Rila … es war offensichtlich, dass ihr der Machtverlust der Zoëliker missfiel und dass sie versuchte, Berglen auf ihre Seite zu ziehen. Dabei konnte sie keine Zeuginnen gebrauchen. Berglen vermochte sich nicht vorzustellen, dass ihre abweisende Art ihr Arquilas Sympathie eingebracht hatte.

Bewies Arquila gerade, dass sie ein Profi war? Eine Soldatin, die tat, was für den Erfolg ihrer Mission wichtig war? Nicht, was ihr angenehm war?

Berglen versuchte, sich hinzuknien, um weniger Angriffsfläche zu bieten, aber das Knie vereitelte dieses Vorhaben. Es fühlte sich an wie aufgeblasen.

Trotzdem durfte er nicht zuschauen, wenn seine Kameraden starben! Er schob sich ein Stück vor und suchte ein Ziel, bei dem er keinen Menschen träfe, wenn er es verfehlte. Die Spinnen waren gute Kletterer und bezogen gern hoch gelegene Positionen mit freiem Schussfeld. Eine hockte auf einem fünf Meter hohen Aggregat.

Berglen war kein geübter Schütze, aber das Funktionsprinzip einer Laserpistole war ihm bekannt. Das kleine Zielholo über dem Lauf zeigte, was sich im Schusskanal befand. Er hielt den Griff mit beiden Händen, damit die Waffe ruhig blieb, atmete aus und presste den Daumen auf den Abstrahlsensor.

Ein blauer Lichtstrahl verband die Mündung mit der Spinne. Sie explodierte nicht, aber Berglen zerschmorte zwei der sechs Beine.

Das reichte aus, damit sie den Halt verlor und vom Aggregat fiel. Zuckend fand sie in einen unsicheren Stand und richtete sich auf ihn aus. Der Zylinder auf ihrem Rücken zielte auf Berglen, aber sie schoss nicht. Stattdessen stakste sie zur Seite.

Berglen schoss erneut. Diesmal traf er den Hauptkörper.

Die Robotspinne sackte zusammen, Rauch kräuselte aus ihr empor.

»Das ist leichter, als ich …«

Er hörte ein Klacken über sich. Berglen stakste einen Schritt nach hinten und legte den Kopf zurück, so weit es der Helm erlaubte.

Mit ihren metallischen Beinen hielt sich eine Spinne am Torbogen fest.

Berglen hob die Laserpistole.

Bevor er den Strahl auslösen konnte, ließ sich seine Gegnerin fallen. Mit einem Knall schlug sie auf den Boden, stieß sich sofort ab, sprang ihn an und krallte sich an seiner Brust fest.

Unartikuliert schreiend versuchte er sie abzuwischen. Der Griff der Metallbeine war jedoch zu fest. Er spürte ihn durch den Anzug hindurch. Er schaffte es noch nicht einmal, zu verhindern, dass sich der Sechsbeiner nach oben vorarbeitete, auf seinen Helm zu.

Berglen stolperte rückwärts, als könnte er dadurch der Gefahr entfliehen. Es führte nur dazu, dass er sein steifes Bein unglücklich belastete und auf den Rücken fiel.

Der Roboter erreichte den Helm, seine Beine umschlossen ihn und drückten zu. Das kristallisierte Material der Sichtscheibe knackte.

Berglen ermahnte sich, dass er klar denken musste. Er setzte die Mündung der Laserpistole unter dem metallischen Leib an und drückte ab.

In Sekundenbruchteilen schmolz sich der Lichtstrahl durch den Robotkörper. Sicher richtete er dabei vernichtenden Schaden an, aber glühendes Metall tropfte aus dem Einschussloch und fiel auf Berglen. Es zischte auf dem Anzug. In der Sichtscheibe erschienen rauchige Risse.

Verzweifelt warf er sich zur Seite.

Die Spinne blieb an seinem Helm, offenbar waren die Aktuatoren der Beine eingerastet, sodass sich der Griff nicht löste. Ein weiterer Schwall Glut ergoss sich aus dem Hauptkörper und traf Berglens rechte Schulter.

Mit einer Verzögerung von einer Sekunde spürte er die Hitze. Sengend fraß sich das verflüssigte Metall durch den Anzug. Es schmorte sich in den Muskel.

Schreiend stieß sich Berglen vom Boden ab und versuchte, aufzuspringen. Das linke Bein trug sein Gewicht nicht mehr, er brach ins Knie, was einen Schmerz verursachte, der dem Brennen in seiner Schulter gleichkam.

Doch dem durfte er nicht nachgeben! Er musste das glühende Metall loswerden!

Stattdessen rann es jetzt unter dem Anzug an ihm herunter und versengte dabei die Brust. Es fühlte sich an, als stünde sein gesamter Oberkörper in Flammen. So viel konnte doch gar nicht aus dem kleinen Roboter gekommen sein, der noch immer an seinem Helm hing! Nach einem einzigen Treffer!

Was, wenn sich die Glut zu seiner Lunge durchfraß?

Aber sie musste doch erkalten!

Und dann? Dann hätte er einen Metallklumpen in der Brust!

Mit der Hand war die Glut nicht zu erreichen, der Anzug war davor. Tränen verschleierten seine Sicht, doch das war bedeutungslos. Durch die gerissene Helmscheibe und den darangeklammerten Roboter konnte er ohnehin nichts sehen. Wenn ihn nun ein zweiter Gegner anspränge, wäre er wehrlos.

Trotz der Schmerzen im Bein weiterhin kniend, richtete er die Brust parallel zum Boden aus, sodass die Glut abfloss, statt weiter in seinen Körper zu dringen. Funken stoben vor seinen Augen. Er biss die Zähne zusammen. Auf keinen Fall durfte er jetzt ohnmächtig werden!

Die Pein schwächte sich ab, aber dadurch spürte er den Fremdkörper in seiner Brust. Er wusste nicht, was sich dort befand. In seiner Vorstellung erschien ein Klumpen erstarrten Metalls, der eine unförmige Wunde ausfüllte. Wie Blei, das in bizarren Formen aushärtete, wenn es in Wasser tropfte. Und es drückte gegen seine Lunge, war vielleicht sogar schon eingedrungen. Er dachte an primitive Waffen, Speere und Pfeile, die grob das Gewebe aufrissen und sich darin verhakten.

Er konnte nur flach Luft holen. Bei jedem Atemzug spürte er den Fremdkörper an seinen bloßen Rippen, heiß und hart. Er fand eine Position, in der ihm der Schmerz nicht mehr die Sinne zu rauben drohte, und verharrte.

So fand ihn Arquila. Ohne viele Worte schnitt sie seinen Anzug auf. Noch immer kniete er vorgebeugt und auf die Arme gestützt.

»Wir bringen dich besser auf die SQUID«, schlug sie vor. »Dort können wir dich versorgen. Ich will nicht, dass du verblutest, wenn ich dir das hier aus der Brust schneide.«

»Ich … auch nicht«, brachte er hervor. Er starrte die zerstörte Metallspinne an, die an seinem Helm hing und mit ihrem Gewicht seinen Kopf nach unten zog. Berglen gewann eine grimmige Befriedigung daraus, dass er das Biest erledigt hatte. »Wie steht es … anderen?«

»Wir haben gewonnen«, berichtete Arquila. »Mit Verlusten. Kitaga ist tot.«

Die Diagnoseapparatur verriet Zegato, dass die vertraute Tätigkeit Xeramel guttat. Ihre chromglänzenden Fingerkuppen huschten durch die Steuerholos der Astridenfähre. Für diese Aufgabe waren ihr Mentalzwilling und sie optimiert worden: kleine Einheiten zu steuern, die entweder dazu dienten, Material und Personal auf Himmelskörpern abzusetzen, oder – wie jetzt – Astriden aus der Korona einer Sonne abzufischen.

Zufrieden studierte Zegato die verschiedenfarbigen, einander überlagernden Kurven in dem Holo, das die Aktivität in Xeramels Hirnarealen anzeigte. Verglichen mit der Analyse der Nachrichten aus dem Imago-Projekt bewegte sich alles auf einem zehntausendfach niedrigeren Niveau, und damit in dem Bereich, der für Menschen üblich war. Seine Patientin war wach und aufmerksam, sie nahm ihre Umgebung und die Instrumente wahr, und sie lief nicht Gefahr, ihren Denkapparat zu überfordern. Auch die Implantate arbeiteten im Normbereich.

Das beruhigte Zegatos Gewissen ein Stück weit. Xeramel befand sich primär an Bord, weil die Programme, in denen Aneste inzwischen Boten von Verbündeten sah, darauf bestanden hatten. Davon wussten die Kommissare natürlich nichts, sie dachten, Xeramel sei notwendig, um die Kommunikation mit der Sphäre aufrechtzuerhalten. Dennoch konnte man dem Arzt vorwerfen, dass er seine Patientin instrumentalisierte.

Doch die Messwerte bewiesen, dass die Steuerung der Fähre Xeramels Genesung förderte. Wenn man ausschließlich die auf dem Flug gesammelten Daten betrachtete, mochte man sie sogar für gesund halten.

»Ich wusste gar nicht, dass Sie sich mit Astriden auskennen.« Tervoil schwebte zu Kara Jeskon, die an der Ladeanzeige für den Tank arbeitete, der den Hauptteil der Fähre ausmachte.

Noch enthielt er keine der Energie-Lebewesen-Hybriden, aber das Plasma wurde bereits angeheizt und beschleunigt. Da Astriden nicht vollständig im Einsteinuniversum verhaftet waren, konnte man sie nicht im eigentlichen Sinne einsperren. Man musste sie mit einer Umgebung locken, in der sie sich wohlfühlten, sonst diffundierten sie wie Wasserstoffatome durch eine Metallwand.

»Ich habe eine Kompetenzstufe in der Astridentechnologie erworben«, sagte sie, ohne ihn anzusehen. »Eine Zeit lang war der Haupttank auf der MARLIN meine Gefechtsstation.«

»Ein schönes Gesicht und dahinter ein kluger Verstand.« Tervoil grinste. Falls der muskulöse Soldat wusste, dass Kara und Zegato miteinander schliefen, kümmerte es ihn nicht, dass sich ihr Liebhaber in derselben Kabine aufhielt und seine groben Annäherungsversuche mithörte. Er nahm es wohl für selbstverständlich, dass ihm keine Frau auf Dauer widerstand.

Kara benutzte die kleinen Manövrierdüsen an ihrem Kleid, um sich von ihrem Terminal, und damit auch von Tervoil, zu entfernen und den leeren Platz der Kopilotin neben Xeramel einzunehmen. »Geht es dir gut?«

»Alles unter Kontrolle«, antwortete die kahle Frau.

Fragend sah Kara Zegato an. »Besser als jemals zuvor«, bestätigte er.

»Können wir eigentlich sicher sein, dass das hier keine Bombe ist?« Tervoil zog sich neben die Ringkonstruktion an der Steuerbordseite der Kabine.

Die runde Anordnung, aus der sich einige Dornen bogen, war nach Anleitungen aus dem Imago-Projekt konstruiert. Sie beinhaltete Schaltkreise, die nach dem Verständnis der Ingenieure der Esox gar nicht funktionieren sollten. Die Signalwege kreuzten sich, was die Impulse mehrdeutig machte. Das Resultat hätte Chaos sein müssen, aber dennoch liefen die ebenfalls überspielten Programme darin. Das Imago-Projekt gab an, dass es ›den Besuchern‹, wie es den Schwarm nannte, mit diesem Gerät einen Eindruck seines eigenen

Wesens geben wolle. In der Debatte unter den Kommissaren darüber, ob man die Konstruktionspläne umsetzen sollte, war es wohl hoch hergegangen. Ironischerweise war es, wie Kara berichtet hatte, Tervoil selbst gewesen, der den Bau durchgesetzt hatte – um nicht als der Feigling dazustehen, als den Hargert Glehm ihn hingestellt hatte. Nun schien ihm dennoch mulmig zu werden – immerhin befand er sich an Bord der Fähre, der forsch auftretende Kommissar von der THUN dagegen beobachtete die Mission aus der Sicherheit der ESOX heraus.

»Es enthält weder Sprengstoff noch Abstrahlvorrichtungen«, erinnerte Zegato. »Ich sehe nicht, wie es uns gefährlich werden sollte.« Das Imago-Projekt hatte angekündigt, dass die Vorrichtung dazu diente, ›ein Geschenk zu empfangen, das dem Verständnis dienen wird‹, hatte aber auf keine Bitte zur Erläuterung reagiert.

»Dass Sie das nicht erkennen, bedeutet gar nichts«, versetzte Tervoil. »Sie denken nicht mit dem Verstand eines Soldaten. Es mag sehr wohl sein, dass die Sphäre einen Feind auf eine Weise vernichten kann, die uns rätselhaft ist.«

Zegato ärgerte sich über die herablassende Behandlung. »Zum Beispiel?«

»Wir experimentieren mit letalen Schallwaffen. Weiterentwicklungen der Sonicschocker. Die Ergebnisse sind vielversprechend.«

»Wenn Sie aus dem Fenster schauen«, sagte Kara, »werden Sie erkennen, dass die Sphäre keine exotischen Waffensysteme braucht, um uns zu vernichten.«

Zegato sah sofort, was sie meinte. Um zur Sonne zu gelangen, die als ein Meer von roten und gelben Flammen vor ihnen brannte, benutzten sie eine Öffnung, die sich in der Sphäre gebildet hatte. Es war kein Tunnel, dafür fehlte die geschlossene Wandung. Stattdessen durchquerten sie Schicht für Schicht die konzentrischen Schalen, die den Stern einhüllten. Sie lagen nur wenige Kilometer auseinander und erreichten eine Stärke von einigen Metern. Vor allem aber erstreckten sie sich endlos zu den Seiten. Das verbaute Material hätte ausgereicht, um ganze Planeten mit Städten zu überziehen. Wer über solche Ressourcen verfügte, konnte den Schwarm, und erst recht die Astridenfähren, mühelos vernichten.

Zegato prüfte das Umgebungsholo. Die Tarnfelder der Sphäre störten es noch immer, sodass die Darstellung viele unscharfe Bereiche aufwies. Was das Imago-Projekt anging, waren die Sensoren unzuverlässiger als der optische Eindruck, den man gewann, wenn man durch die Scheibe blickte. Diese sich ins Unendliche erstreckenden Flächen, so schwach gewölbt, dass sie wie Ebenen wirkten … Sie erschienen grau, aber wenn Zegato den Zoom seines Visors benutzte, sah er, dass sie aus unzählbar vielen ineinander verlaufenden Farbflächen bestanden.

Klar im Holo zu erkennen waren die Astridenfähren, die ihnen wie ein Insektenschwarm folgten. Die PAYARA, die MARLIN, die ELRITZE … die meisten Schiffe des Schwarms gingen das Wagnis ein, um ihre Tanks zu füllen. Zegato überlegte, wie viele Menschen sich in diesem Moment auf die Sonne zubewegten, gleich Käfern, die in den Schlund eines Ungeheuers flogen. Einhundert waren es wenigstens. Die Interferenzen, die ein Stern ausstrahlte, machten eine Fernsteuerung unmöglich. Keine Fähre kam ohne Besatzung aus.

»Ich schließe die Schutzhülle«, kündigte Xeramel an.

Meterdicke Keramikplatten schoben sich vor die Sichtfenster, um die Hitze der Korona abzuhalten. Beimischungen isolierten die Kabine von radioaktiven oder sonst wie zerstörerischen Partikeln. Projektionen optischer Sensordaten ersetzten die Aussicht.

Kara begab sich wieder an die Konsole für die Astridentanks. Nur noch wenige Minuten, dann würden sich die Ansaugschleusen öffnen.

Tervoil nahm ihren Kopilotenplatz ein. Er rief energetische Analysen der Sphärenschichten auf. »Wenn mich die Tarnfelder nicht täuschen, finden dort permanente Umwandlungsprozesse statt«, meinte er.

»Welcher Art?«, fragte Zegato.

Tervoil aktivierte weitere Darstellungen. Bald umgab ihn eine Halbkugel durchsichtiger Holos unterschiedlicher Größe. »Verschmelzungen und Spaltungen auf molekularer Ebene«, brummte er. »Vielleicht sogar atomar. Kernspaltung und Kernfusion, aber in so minimalen Bereichen, dass sie nicht der Energieerzeugung dienen können.«

»Energie wird die Sonne auch genug liefern«, versetzte Kara trocken. »Das wird zu den Dingen gehören, die man hier niemals vermisst.«

»Das ist seltsam …« Tervoils Anzeigen wechselten. »Man scheint Kettenreaktionen zu unterdrücken. Es geht immer nur um äußerst lokale Phänomene. Reduktion von Helium zu Wasserstoff in einem Bereich, der so groß ist wie mein Daumen.«

»Wasserstoff müsste doch hochflüchtig sein«, wandte Zegato ein.

»Er bleibt an Ort und Stelle«, sagte Tervoil. »Das ist ja das Seltsame. Diese Sphärenschichten bestehen aus willkürlichen Ansammlungen von Atomen bis mindestens zur Ordnungszahl 80, die eigentlich keine Verbindungen miteinander eingehen sollten. Zumindest nicht so stabil, wie das Gebilde aussieht. Die Sphäre müsste sofort zerfallen.«

»Oder wir müssen noch viel lernen«, schlug Kara vor.

Xeramel steuerte die Fähre weiter, sie hatten nur noch ein paar Dutzend Kilometer, bis sie in einen Bereich gelangten, in dem sie auf Astriden treffen könnten.

Die Pilotin verharrte und sah starr geradeaus.

»Was hast du?« Zegato entdeckte keine Auffälligkeit in den Daten, die ihre Hirnaktivität abbildeten.

Sie wandte die Augen zum Ring, der nach Anweisungen des Imago-Projekts angefertigt war. »Das Geschenk ist eingetroffen.«

Ein Holo baute sich auf. Es zeigte eine rot schimmernde Kugel, auf deren Oberfläche gelbe und grüne Dreiecke trieben. Sie tauchten in die Kugel ab oder kamen daraus hervor, auf den letzten Zentimetern bis zur Außenhülle waren sie zu erahnen. Ihre Wanderung bildete einen lautlosen Tanz großer Harmonie.

Alle Besatzungsmitglieder der Fähre betrachteten das Schauspiel. Zegato sah den anderen an, dass sie zu erkennen versuchten, was es darstellen sollte. Schließlich hatte das Imago-Projekt angekündigt, etwas über sein eigenes Wesen offenbaren zu wollen.

Zegato wusste, dass Kara und Tervoil keine Chance hatten. Sie nahmen nur einen dreidimensionalen Körper wahr – Formen in Länge, Höhe und Breite –, der sich in der Zeit veränderte. Damit entging ihnen das Wesentliche.

Über die drahtlose Einspeisung seines Schädelimplantats empfing Zegato ein Bild, das sein Hirn nur in Ansätzen zu verarbeiten vermochte. Die Darstellung, die das Imago-Projekt übertrug, war nicht nur hoch und lang und breit. Sie war multidimensional, wie ein mathematischer Raum mit hundert oder mehr linear unabhängigen Vektoren. Was der Holoprojektor zeigte, war wie ein Schnitt durch eine Kugel, von der dadurch bloß ein Kreis blieb, doch die Simplifizierung war noch drastischer. Zegato empfing die Signale, die der Apparat über den optischen Eindruck hinaus sendete. Die Formen entfalteten sich vieldimensional, und erst darin war die vollkommene Harmonie und zugleich Dynamik zu erahnen, die ihren Tanz prägte. Das war nicht einfach nur ein Muster. Es war ein Abbild der Perfektion.

Nein, korrigierte er sich, es war selbst perfekt. Mit seiner Wahrnehmung konnte er in dieses Kunstwerk eintauchen, und er stellte fest, dass es in den tieferen Schichten selbstähnlich war. Die großen Strukturen wiederholten sich im Winzigen, und doch variierten sie. Dies war keine statische Anordnung, sie war … Ihm fiel kein besseres Wort dafür ein als ›lebendig‹.

Tervoil wandte sich als Erster wieder seinen Scannern zu.

Zegato hielt ihn nicht davon ab. Es hätte keinen Sinn gehabt, ihn auf die verborgene Komplexität des Geschenks hinzuweisen. Die Botschaft, die das Imago-Projekt über seine Identität schickte, war nichts, was man verstehen konnte. Man musste sie mit seinem ganzen Wesen durchdringen, sich in ihr verlieren, auflösen, sich ihrer bewusst werden.

Zegato schrak zurück. Er merkte, dass er seinen Verstand gefährdete, wenn er zu tief vordrang.

Besorgt sah Kara zu ihm herüber.

Er schüttelte den Kopf. »Wie steht es mit den Astriden?« Seine Stimme klang rau.

Sie blinzelte und wandte sich wieder ihrer Konsole zu. »Gut. Es wird eine reiche Ernte.«

Sechstes Speicherbild:

Die Sehnenden

Saundra hatte sich Kiemen einsetzen lassen. Korol Iljow erinnerte sich an einen gemeinsamen Urlaub am Strand von Cozkul, aber er glaubte, dass seine Frau damals nicht ungewöhnlich häufig oder lange schwimmen gewesen war. Jetzt verbrachte sie ihre Zeit wohl hauptsächlich unter Wasser, an den Riffen Norastes, die sich wunderbar erholten, seit das Computernetzwerk die ökologische Kontrolle über den Planeten ausübte. Sie reiste von einem Tauchparadies zum nächsten.

Iljow hatte erwogen, sie zu besuchen. Er hatte es nicht getan. Vor seinem Spiegelbild hatte er sich damit herausgeredet, dass es ihm unangenehm wäre, mehrere Stunden vom Netz getrennt zu sein. Ein faules Argument, das wusste er selbst. Überall auf dem Planeten gab es Netzknotenpunkte, auch in den Unterwasserhabitaten, die unterseeische Trägerwellen zur Verfügung stellten.

Als virtuelle Netzpersona durfte man keinen Vertrag auf Persönlichkeitsstufe schließen. Die Ultrakonservativen hatten sich durchgesetzt, ein paar Missbrauchsfälle hatten ihnen Rückenwind verschafft. Deswegen stand Korol Iljow jetzt in einem Holowürfel, umschwirrt von Logos, hinter denen sich Paragrafen, Informationsdateien, dokumentierte Fälle und Prognosen von Ärzten befanden. Er war gezwungen, zu bestätigen, dass er alle Implikationen der Entscheidung zur Kenntnis genommen hatte, die bis vor Kurzem Todkranken und Unheilbaren, die an erheblichen Einbußen ihrer Lebensqualität litten, vorbehalten gewesen war.

Iljow schnaubte. War ungestillte Sehnsucht etwa keine erhebliche Einschränkung der Lebensqualität? Wenn man sich unentwegt fragte, wie es wäre, sich endlich lösen zu können? Frei zu sein, die Physis hinter sich zu lassen?

Er dokumentierte sein Einverständnis, dass die Prozedur seinen Körper unwiederbringlich zerstören würde. Er tat es mit einem ironischen Grinsen. Was war schon gewiss? In einem Jahr, vielleicht bereits in einem halben, würde die Biotechnik Möglichkeiten erreichen, die sich jetzt noch niemand vorzustellen vermochte. Die Innovationszyklen hatten sich von menschlicher Trägheit gelöst. Wer wagte zu sagen, ob man nicht schon bald einen menschlichen Körper auszudrucken vermochte? Wenn man sämtliche Neuronen, alle Nervenstränge, alle Synapsen und ihre Ladezustände exakt modellierte, konnte man auch Erinnerungen und initiale Denkvorgänge beliebig gestalten. Inzwischen war das – angewendet in eingeschränktem Umfang – die effizienteste Methode, um Wissen zu vermitteln. Man brauchte keine Implantate mehr, man druckte es direkt ins Gehirn.

Beim Hochladen ging man den umgekehrten Weg. Man fixierte einen Körper an der Schwelle eines plötzlichen Todes, und dann las man ihn aus, Molekül für Molekül. Natürlich wurde er dabei zerstört, man trug eine hauchdünne Schicht nach der anderen ab, um an die jeweils nächste zu gelangen. Alle Informationen mit Relevanz für Denken und Persönlichkeit bildete man in einem Datenspeicher nach. Man fand sie hauptsächlich im Gehirn, aber auch in Rückenmark, Nervensystem und Sinnesorganen. Wenn das Abbild, für das sich Techniker und Philosophen auf den Begriff *Imago* geeinigt hatten, vollständig war, bekam es Prozessorzeit zugewiesen. Es wurde zum Leben erweckt.

Wegen der vermuteten Unumkehrbarkeit hatte man dieses Verfahren zunächst nur denjenigen gestattet, die in ihrem Körper keinem Leben mehr entgegensahen, das diese Bezeichnung verdiente. Aber die Sehnsucht nach dem Neuen und Unbekannten, nach dem Überwinden von Grenzen und dem Aufbruch, war tief in vielen Menschen verankert. Die Selbstverstümmelungen nahmen überhand. Und so stand dieser Weg nun jedem offen, der sich ausreichend informierte und die volle Verantwortung für seine Entscheidung übernahm. Auch Korol Iljow.

Er bestätigte einige weitere Klauseln, ohne ihnen allzu viel Aufmerksamkeit zu schenken. Er hatte überlegt, Saundra über Visifon anzurufen. Er war neugierig, wie sie jetzt aussah, mit den Kiemen. Aber er fürchtete sich auch davor, und so hatte er sich entschieden, die Erinnerung an sie so mit sich ins Imago-Projekt zu nehmen, wie sie nun in seinem Hirn abgelegt war. Als Zwanzigjährige, wie sie Seite an Seite geforscht und sich über die inspirationslosen Professoren aufgeregt hatten. Der gemeinsame Triumph bei der Klimakontrolle. Das kurze Glück während ihrer Schwangerschaft. Auch die Bitterkeit danach. Und das rotbraune Haar, das zu brennen schien, wenn das Licht in einem bestimmten Winkel darauffiel. Er hätte es nicht ertragen, sie ohne dieses Haar zu sehen. Wahrscheinlich hatte sie es entfernt, in einem Leben, das vorwiegend unter Wasser stattfand, war es sicher lästig.

Viele protestierten gegen das Imago-Projekt. Auch wenn man nachweisen konnte, dass sich die Denkprozesse eines Abbilds im Computernetzwerk nicht von denen in einem menschlichen Körper unterschieden, hielt sich hartnäckig die mystische Vorstellung, dass es etwas nicht Messbares sei, das einen Menschen im Kern ausmache. Während das wahre Ich nur in einem menschlichen Körper existiere, sei alles andere bloß die Simulation eines Ichs. Wahrscheinlich ging es gegen den Stolz dieser Protestler, dass es ohne Weiteres möglich war, ein Imago zu kopieren. Korol Iljow konnte in dem Zustand, in dem er ausgelesen würde, doppelt existieren. Hundertmal, tausendmal. Nur Speicher- und Prozessorkapazitäten limitierten die Vervielfältigung. Auch zeitlich gab es keine Grenze. Er würde nicht mehr altern und er könnte jeden Bewusstseins- und Gedächtniszustand abspeichern. In einem Jahr, in einhundert oder eintausend könnte man diese gespeicherte Kopie wieder in einen Prozessor laden und von Neuem starten. Der Begriff *Individuum* relativierte sich zu einer Differenz, nämlich jener, die sich aus den neuen Erfahrungen seit dem jeweils letzten Speicherabbild ergab.

Die Vorstellung erregte Iljow, aber viele Menschen ängstigte sie so sehr, dass sie Verschwörungstheorien entwickelten. Sie unterstellten den Wissenschaftlern, sie hielten Daten zurück, die belegten, dass etwas verloren ging, dass es über die reine Physis hinaus noch ein Element gab, das beim Schritt vom biologischen Körper zum Imago zurückblieb.

Iljow hätte eine Nachricht an Saundra schicken können. Eine Aufzeichnung vielleicht, die ihr zugestellt würde, wenn er nicht mehr in der jetzigen Form existierte. Aber würde sie interessieren, was er zu sagen hatte? Und überhaupt – was gab es schon noch mitzuteilen, nach all den Jahren?

Er bestätigte, dass er seine Bürgerrechte aufgab. Im Imago-Projekt gab es keine Abstimmungen, keine Teilhabe an der Macht. Das Betriebssystem regelte alles, es wies Ressourcen zu und entzog sie wieder. Dadurch, dass Iljow seinen Finger in das Bestätigungsfeld tauchte, begab er sich völlig in die Hand einer vollständig rational im Rahmen der vorgegebenen Parameter entscheidenden Entität.

Er fühlte sich ein wenig müde, aber er würde nie wieder

schlafen. Er würde auch nie wieder essen, er hätte bald keinen Körper mehr, der Nährstoffe benötigte. Wie viele Atemzüge er wohl noch täte?

Er verließ das Holo und ging in den Raum mit dem Auslesegerät.

7

Gegner

Anestes Geist schwelgte in einer Welt aus Datenströmen, während ihr Körper schwerelos in der Vakuumkammer trieb. Die Okkupanten ahnten nicht, welchen Gefallen sie ihr damit getan hatten, diesen Ort einzurichten, der Daten aus beliebigen Quellen empfangen konnte, aber nichts an den Rest der Esox sendete. Die Angst der Besatzer vor einer Infektion durch Schadprogramme aus der Sphäre machte Anestes Aufenthaltsort zu einem blinden Fleck. Niemand bemerkte, was sie hier tat. Sie dagegen war über alles informiert.

Die Fähre mit Zegato an Bord dockte an. Die Triebwerksingenieure begannen, das Plasma mit den Astriden in den Tank des Großraumschiffs zu pumpen. Für Aneste war wichtiger, dass sich ihr Bruder in Sicherheit befand. Nicht nur ihre Mutter, auch sie hätte ihn vermisst, obwohl seine Loyalität zu wünschen übrig ließ. Was sollte diese Widerspenstigkeit? Warum akzeptierte er Aneste nicht länger als Zünderin für sein Implantat? Dachte er etwa, sie würde ihn willkürlich umbringen? Das hätte sie doch gar nicht gekonnt, der Träger musste immer zunächst die mentale Sicherung beseitigen. Oder traute er ihr zu, dass sie diese Schaltung manipuliert hätte?

Sie schüttelte den Kopf. Er war oft naiv, was die technischen Möglichkeiten anging. Sie fragte sich, ob das Absicht war. Gemeinsam mit ihrem anderen Bruder hätten sie einen

Mentaldrilling gebildet, und dabei kam jedem Beteiligten eine spezielle Rolle zu. Vielleicht wäre Zegato der Anker in der physischen Welt gewesen, damit sie sich nicht im Virtuellen verloren. Sein Verständnis für Algorithmen war jedenfalls begrenzt, dafür besaß er eine gewisse soziale Anschlussfähigkeit. Nicht von ungefähr war er Arzt geworden, und bei den Frauen brauchte er sich auch nicht wegen mangelnder Aufmerksamkeit zu beklagen.

Dieser Umstand machte es umso ärgerlicher, dass er nun ausgerechnet mit Kara Jeskon herumspielte, einer Kommissarin. Aneste konnte nur hoffen, dass ihn das nicht vergessen ließ, zu welcher Seite er gehörte.

Ob er jetzt mit ihr in ihre luxuriöse Okkupanten-Kabine schwebte? Aneste lächelte grimmig. Hauptsache, ihm entging, was sie hier tat. Es hätte ihm missfallen, dass Karas Heimatschiff das vorrangige Ziel ihrer Bemühungen war.

Das lag nicht an einer kindischen Eifersucht der Schwester gegenüber der Geliebten. Die gemeinsame Analyse mit den Programmen des Imago-Projekts wies die MARLIN als optimales Infiltrationsziel aus. Zum Teil war das sogar Zegatos Verdienst. Er hatte Xeramel das Trauergesteck, das Macro Debois begleitet hatte, mit Nanorobotern infizieren lassen. Das hatte die Kahlköpfige so perfekt gemacht, dass sie das Großraumschiff an den neuralgischen Punkten von Sensoren, Speichern und untergeordneten Prozessoren manipulieren konnten. Dass die Sensoren im Vergleich zu denen der Esox eher primitiv zu nennen waren – konzentriert auf das schmale Band von Messwerten, die menschliche Sinne besonders leicht interpretierten – war dabei von Vorteil. Es erleichterte den Programmen des Imago-Projekts die Aufgabe.

Ein letztes Mal überprüfte Aneste die Vorbereitungen. Sie musste sich eingestehen, dass nicht nur die Algorithmen, sondern auch die Zugriffslogik ihr Verständnis überforderten. Die Programme nutzten Speicherbereiche, die ihr nie in den Sinn gekommen wären, wie etwa brachliegende Sektoren in der Nahrungsmittelaufbereitung der MARLIN. Für sich genommen waren diese Areale irrelevant, so klein und zerstückelt, dass man nichts mit ihnen anzufangen wusste. Gerade deswegen blieben sie bei Wartungsarbeiten unbeachtet. Im Zusammenspiel aber vermochten sie Kommandosequenzen zu halten, die eine Sensorschüssel ausrichten und den von ihr gemeldeten Datenstrom verändern konnten. Und mehr noch: Die Imago-Programme nutzten auch physische, nicht elektronische Strukturen als Speicher. Die Erhebungen auf der angerauten Oberfläche eines Haltegriffs, den eine Fabrik an Bord der MARLIN herstellte, wurde zu einem Code, die Faserstruktur in einer Uniformjacke, beigemischte Farbpigmente in der Lackierung einer Zentrifuge. Aneste konnte nur ahnen, wie diese Informationen über die internen Bordsensoren des Schiffs wieder ausgelesen wurden, wenn der Bedarf aufkam.

Soweit sie es zu beurteilen vermochte, war alles bereit. Aber sie gestand sich ein, dass sie nur einen Bruchteil erfasste.

Kurz zögerte sie. Noch einmal vergewisserte sie sich, dass Zegatos Fähre angedockt war. Die Kennung war eindeutig. Ein Dutzend anderer Einheiten befand sich noch auf dem Weg durch die Schalen der Sphäre oder in der Sonnenkorona, aber Zegato war zurück an Bord.

Aneste sendete die Bestätigung an das Imago-Projekt. Der Moment war gekommen.

Ein Teil der Anspannung fiel von ihr ab. Sie gestattete sich ein Schaudern.

Vielleicht hatte sie einen Fehler begangen. Zweifellos war das Imago-Projekt mächtiger als der Schwarm, die Komplexität seiner Programme überstieg alles, was sich Aneste bislang hatte vorstellen können. Aneste war sich sicher, dass sie nicht von Menschen entwickelt worden waren. Die traumwandlerische Sicherheit, mit der sie multidimensionale Berechnungen anstellten … die geniale Komplexität ihrer Rekursionen und Schleifen … das war nicht das Werk einer Spezies, deren Verstand darauf ausgelegt war, Beeren von einem Busch zu zupfen und mit der hohlen Hand Wasser aus einem Bach zu schöpfen. Sie hatte nicht gewagt, nachzuforschen, was für eine Lebensform die Sphäre bewohnte. Die Verbündeten, die den Befreiern die Chance auf eine erfolgreiche Rebellion gaben, wollte sie keinesfalls verprellen.

Aber ihr Unwissen bedeutete auch, dass ihr unklar blieb, was ihre Partner motivierte, welche Ziele sie wirklich verfolgten. Die Programme, mit denen sie in Kontakt stand, bekannten sich selbst zu einer Rebellion. Wie groß war diese? Was, wenn sie fehlschlüge? Würde sich dann die Wut der Sphäre gegen die Esox richten?

»Wir müssen es wagen«, murmelte Aneste. »Wir können nicht länger unter der Knute der Kommissare vegetieren.«

In diesem Moment breiteten sich die Programme aus dem Imago-Projekt aggressiv an Bord der MARLIN aus. Sie kopierten sich in immer weitere Speicher, besetzten Prozessoren, übernahmen Steuermodule und vor allem Sensoren. Das konnte unmöglich unentdeckt bleiben – und das sollte es auch nicht. Die MARLIN musste sich angegriffen fühlen und sie sollte in der Sphäre die Angreiferin vermuten. Gefälschte Sensordaten würden ihr den Eindruck vermitteln, beschossen zu werden. Untereinander wären diese Meldungen inkonsistent, aber das machte nichts. Soldaten reagierten sofort, wenn sie glaubten, angegriffen zu werden.

Es war ein riskantes Manöver, das die MARLIN verleiten sollte, bestimmte Bereiche der Sphäre zu beschießen. Die Zerstörung dieser Areale würde den rebellischen Programmen helfen. Oder denjenigen, die diese Programme gestartet hatten und lenkten.

Zudem würde sie den indifferenten Teil des Imago-Projekts gegen den Schwarm aufbringen. Aneste konnte nur hoffen, dass die Sphäre die Esox vom Gegenschlag ausnahm, wie ihre Partner es versprachen. Garantien fehlten. Man musste große Risiken eingehen, um große Siege zu erringen.

Aneste verließ die Vakuumkammer.

Nach dem Flug in die Sonnenkorona genoss es Kara Jeskon, ihr Haar zu waschen. Sie bürstete es, bis es in einer Säule über ihrem Kopf stand. Aus der Warmwassertube drückte sie die Flüssigkeit auf ihren Haaransatz, um sie dann zu verteilen. Kleine Kugeln lösten sich und flogen davon, aber den Großteil hielt die Oberflächenspannung zurück. Sie benutzte den Kamm, um sicherzugehen, dass sie jede Strähne befeuchtete.

Kara sah im Spiegel, dass Trib hinter ihr die Fangarme streckte. Die blaue Luftqualle schien damit ihr Haar nachahmen zu wollen. Sie lachte.

Das Shampoo fühlte sich ein wenig körnig an, als sie etwas davon in ihre Handfläche drückte. Ihr Vorrat stammte noch von der MARLIN, sie musste herausfinden, woher sie solche Artikel auf der Esox bekam. Als Kommissarin konnte sie derlei bestimmt einfach anfordern, aber es würde das Verhältnis zu den Bewohnern des Großraumschiffs verbessern, wenn diese nicht den Eindruck hätten, sie würden bei jeder sich bietenden Gelegenheit ausgeplündert.

Für dieses Mal musste das mitgebrachte Shampoo reichen. Während sie es verrieb, summte sie die Melodie des neuesten Hits der Cosmolodics, bis ihr auffiel, dass dies das Stück war, das sie als Letztes gemeinsam mit Macro Debois gehört hatte.

Stumm trocknete sie sich mit einem flauschigen Handtuch ab. Es tat ihr gut, sich für eine halbe Stunde nur um sich selbst zu kümmern, nicht um Politik. Sie freute sich darauf, den Frisierstab zu benutzen, um die Strähnen in Spiralform zu bringen.

Aber man missgönnte ihr diese Ruhepause. Ein satter Piepton und eine rote Leuchtfläche kündigten eine Prioritätsnachricht an.

Seufzend prüfte sie ihr Spiegelbild. Sie bot keinen allzu derangierten Anblick, aber als Repräsentantin der MARLIN sollte sie sich so auch nicht zeigen. Sie nahm den Anruf entgegen, ohne die Bildaufnahme des Holokubus zu aktivieren.

Im Projektionsbereich erschienen Kopf und Schultern eines Mannes in einer Uniform, die Kara nicht zuordnen konnte. Das kleine Symbol in einer der unteren Ecken zeigte einen Hai, also meldete er sich von der MAKO.

»Dies ist eine Durchsage an alle Kommissare, die auf der Esox tätig sind.« Kara schätzte den Soldaten mittelalt ein, achtzig Jahre etwa. Seine fleischigen Wangen wölbten sich zu den Seiten. »Einige Schiffe des Schwarms befinden sich im Feuergefecht mit der Sphäre. Der Grund dafür ist noch unbekannt. Wir empfehlen, dass Sie sich unverzüglich im Schutzraum der Kommissare versammeln.«

Schockiert hielt Kara inne.

Erst vor einer Stunde war sie durch die vielen Schichten der Sphäre geflogen, die sich für die Astridenfähren geöffnet hatte! Alles sah nach einer Annäherung aus, nach einem Austausch, nach friedlichen Beziehungen. Sicher, die Verständigung fiel noch immer schwer, aber auch darin hatte Kara eine Hoffnung gesehen: Die Esox, besonders Xeramel, konnten helfen. Ihr waren die Menschen hier mit ihren Implantaten zwar unheimlich, aber man vermochte dieses Gefühl der Fremdheit zu überwinden. Zegato und sie waren der Beweis dafür. Durch ihre Hilfe bei der Verständigung mit der Sphäre hätte die Esox Respekt im Schwarm erwerben können. In Karas Vorstellung wäre das der Beginn vom Ende der Bevormundung durch die Kommissare gewesen.

Aber jetzt sprachen die Waffen!

Hastig wickelte sie ein Band um das noch feuchte Haar, dann begab sie sich in den Versammlungsraum. Er lag nahe an ihrem Quartier. Sie brauchte keine zwei Minuten, dann zog sie sich durch das Panzerschott, hinter dem bereits zehn Kommissare versammelt waren.

Überall leuchteten Holos. Mit den taktischen Schemata konnte Kara wenig anfangen. Die optischen Übertragungen reichten, um sie davon zu überzeugen, dass eine Raumschlacht tobte. Teile der Sphäre waren zu sehen, aus denen Protuberanzen ins All ausgriffen. In der grob würfelförmigen OMUL klaffte ein mehrere Hundert Meter langer Riss. Kara wurde übel bei der Vorstellung, wie viele Menschenleben dem Unterdruck zum Opfer fielen.

Die Öffnung, durch die die Fähren geflogen waren, schloss sich. Von den Rändern aus schrumpfte das Loch, das Metall, aus dem die Sphäre vorwiegend bestand, wucherte gewissermaßen zu. »Sind noch welche drin?«, rief sie. »An der Sonne?«

Niemand antwortete ihr, alle waren mit ihren eigenen Analysen beschäftigt, aber sie wusste es auch so. Kara war auf der ersten Fähre geflogen. Manche Raumschiffe hatten die ihren erst ausgeschickt, nachdem Xeramel sicher wieder angedockt hatte. Mehrere Dutzend mussten im Innern der gewaltigen Konstruktion gefangen sein.

Tervoil schwebte neben sie. Offensichtlich hatte er es ebenso eilig gehabt wie Kara, den Versammlungsraum zu erreichen. Die Armsegmente seiner Panzerung fehlten, die Rüstung wirkte dadurch wie eine Weste. Wenn Kara sich zuvor eingeredet hatte, dass die Form des Metalls die Muskeln übertrieben nachbildete, musste sie sich jetzt eingestehen, dass das eine Fehlannahme gewesen war. Unter Tervoils heller Haut bewegten sich Stränge, die sie vermuten ließen, dass er mit bloßen Händen eine Kokosnuss zerdrücken könnte. Eine Optimierung aus einem Genlabor, das perfekte Soldaten züchtete, sicherlich. Aber nichtsdestotrotz eindrucksvoll.

»Wir müssen die Fähren raushauen«, sagte er. »Die PAYARA verständigt sich gerade mit der ORCA. Wir werden versuchen, die Öffnung zu erweitern.«

»Wie soll denn das gelingen? Wenn Sie Torpedos benutzen, zerreißen sie unsere eigenen Fähren.«

»Wir müssen sensibler vorgehen«, erklärte er. »Vermutlich werden wir Jäger ausschleusen.«

»Gegen die Sphäre?«, rief sie. »Die haben doch keine Chance!«

»Bessere als die Fähren«, gab er mit hartem Gesicht zurück.

Ein Holo zeigte eine Explosion auf der Außenhülle der WAHOO, eine weitere bei der THUN. Und das waren nur die Schiffe, die nahe genug waren, damit die Optiksensoren der ESOX sinnvolle Daten erfassten. Hinter den rot gefärbten Schemazeichen in den anderen Holokuben standen weitere Schadensmeldungen. Jede davon bedeutete Verletzte und Tote. Es war ein Albtraum.

»Was ist mit der MARLIN?«, fragte sie.

»Sie wurde zuerst angegriffen.« Überraschend sanft drehte Tervoil sie, bis ein weiterer Kubus in ihr Blickfeld geriet. Er zeigte ihr Heimatschiff. Das Chrom des zwei Kilometer durchmessenden Diskus war von Brandflecken überzogen, Löcher klafften in seiner Oberfläche. »Jetzt zieht sie sich in die zweite Reihe zurück.« Kara glaubte, einen Hauch von Geringschätzung in den Worten des Soldaten zu hören.

»Sie ist schließlich auch weniger schwer gepanzert als die PAYARA«, schnappte sie.

»Ein Versäumnis«, versetzte er. »Auf ein Gefecht muss man sich vorbereiten, lange bevor es beginnt.«

War es ein Zufall, dass er bei dieser Aussage den Ellbogen beugte, sodass der Bizeps anschwoll? Die genetische Disposition erklärte viel, aber bestimmt trainierte er auch hart.

Kara spürte, dass seine Maskulinität sie beeindruckte. Oder besser: ihren Körper. Aber sie hatte ihren Trieb unter Kontrolle! Sie aktivierte ihre Steuerdüsen, schwebte von ihm fort und suchte sich ein Holoterminal, das sie für Abfragen benutzen konnte.

Tervoil ließ sie ziehen, was sie beruhigte, aber auch ein wenig in ihrem Stolz traf. Er diskutierte mit einigen anderen Kommissaren über die Waffen, die die Sphäre einsetzte. Offenbar verbargen sie sich hinter den Tarnfeldern, und ihre Wirkung war ungewöhnlich. Es gab Hitzeentwicklung, wie man sie von Lasertreffern kannte, aber besonders auf der MARLIN, jedoch nicht nur dort, ereigneten sich Explosionen, weil Module überluden. Dass die Computersysteme an vielen Stellen verrücktspielten, verwunderte niemanden, aber die einzige Gegenmaßnahme bestand in einer Minimierung der Kommunikation zwischen den Schiffen, damit man keine Viren übertrug.

»Werden wir eigentlich auch angegriffen?«, fragte Kara. »Die ESOX, meine ich? Ich höre keinen Alarm.«

»Der Feind scheint uns als Nicht-Kombattant anzusehen!«, rief Tervoil herüber, bevor er sich wieder den taktischen Überlegungen zuwandte.

Stirnrunzelnd rief Kara eine Schemazeichnung der ESOX auf. Die Schäden waren minimal und wohl auf die noch nicht reparierten Auswirkungen des Beschusses zurückzuführen, der alle Schiffe beim Anflug im Rotraum getroffen hatte. Das Gefecht schien die Esox tatsächlich nicht zu betreffen.

Aber wenn die Sphäre die Neutralität des Schiffes achtete, das sich am längsten in ihrer Nähe aufhielt – wieso griff sie dann ein anderes an, das auf seine Einladung gekommen war, um Astridenfähren auszuschleusen?

Sie konzentrierte ihre Abfrage wieder auf die Marlin, rief aber statt der aktuellen Daten den Beginn des Kampfes ab. Kara brauchte einige Minuten, um die technischen Angaben zu verstehen, die die optischen Aufzeichnungen ergänzten.

Sie forderte die Daten an, die die Orca und die Thun zu Beginn des Gefechts geschickt hatten, und verglich sie mit ihren Erkenntnissen. Alles passte zusammen. Aber das war ungeheuerlich!

Sie benutzte ihre Kennung als Kommissarin, um eine Funkverbindung zur Kommandobrücke der Marlin zu erzwingen. Admiralin Demetra Egron persönlich erschien im Holo. »Ich hoffe, Sie haben mir etwas mitzuteilen, das in diesem Gefecht nützlich ist!«, blaffte sie Kara an.

Das Schiff stand zwanzig Lichtsekunden entfernt, die für den Hin- und Rückweg des Funksignals aufaddierte Verzögerung erreichte also beinahe eine Dreiviertelminute. Kara musste ihre Botschaft so formulieren, dass sie alle wichtigen Erkenntnisse enthielt, Rückfragen waren zu umständlich.

»Die Marlin wurde nicht angegriffen! Ich kenne die Angaben über Laserbeschuss aus der Sphäre, aber prüfen Sie die Schadensberichte von den ersten Treffern. Ich bin sicher, Sie werden keine Wirkung feststellen. Erst, nachdem die Marlin geschossen hat, wurden auch Sie unter Feuer genommen. Sie müssen den Angriff einstellen und sich zurückziehen, dann wird auch die Sphäre …«

Alarm schrillte durch den Versammlungsraum.

Kara suchte ein Holo, das einen Status der Esox anzeigte. »Werden wir nun doch beschossen?«

»Nein«, sagte Tervoil. »Das kommt nicht von außen. Jemand macht sich am Zentralrechner zu schaffen.«

—

Zegato nahm das Lasergewehr entgegen, das seine Schwester ihm hinhielt. Der frühere Besitzer der Waffe, ein Soldat mit einem ausladenden Schnurrbart, dessen ockerfarbene Uniform verriet, dass er von der Marlin stammte, trieb reglos hinter Aneste. In seiner Brust klaffte ein Loch, in dem sich dunkles Blut sammelte. Der schwarze Rauch, der wie ein Klumpen Stoff um ihn herumquoll, vernebelte gnädig die Einzelheiten.

»Bequeme Bordkombinationen.« Abfällig verzog Aneste das Gesicht. »Sie trauen uns nicht zu, dass wir uns Laserwaffen besorgen, sonst hätten sie Reflektoranzüge angelegt.«

Vielsagend betrachtete er seine Schwester. Das Einzige, was an ihr auftreffende Laserstrahlen spiegeln und streuen konnte, waren die Chromaugen.

»Es ist Zeit, dass du dich für eine Seite entscheidest, Bruder«, sagte sie. »Worte reichen nicht mehr aus. Entweder du erschießt mich oder du kommst mit.«

Sie schwebte ein Stück die Röhre hinunter, als wollte sie ihm zeigen, dass sie ihn gewähren ließe, wenn er auf sie anlegte. Ihr eigenes Gewehr trug sie auf dem Rücken.

»Ihr wollt wirklich gegen Elitesoldaten kämpfen?«, fragte er. Das war der Tote natürlich nicht gewesen, aber Zegato dachte an das Kontingent von der Payara.

»Das tun wir schon. In einer halben Stunde wird es vorbei sein, so oder so. Wir haben den Zentralcomputer in der

Hand oder es gibt keine Befreier mehr.« Ihre Bewegung kam zum Halt, weil sie mit dem Rücken an die Leiche stieß. »Und was die Elitesoldaten angeht: Sie sind zäh, aber in den meisten von ihnen arbeiten unsere Nanoroboter. Das macht ihnen zu schaffen.«

»Ihr habt also doch noch genug Produktionskapazität?«

Sie zuckte mit den Achseln. »Wir haben Vorräte, die wir für nichts mehr aufsparen müssen.«

Zegato betrachtete das Gewehr. Er bemerkte, dass er zitterte.

»Die Waffe ist leicht zu bedienen«, meinte Aneste. »Einfach den Daumen auf das Abstrahlfeld drücken.«

Er sah ein, dass es galt, die Ablenkung durch den Sphärenangriff zu nutzen. Aber in diesem Moment begriff er auch, dass er nie damit gerechnet hatte, selbst einen Menschen töten zu müssen. Erst recht nicht, wenn man dabei zusah. Einen Befehl an Nanoroboter abzusetzen, die eine Ader verstopften … vielleicht noch in einem Holo zu sehen, wie ein Leuchtpunkt erlosch, der für ein Schiff fern im All stand … aber auf einen Menschen zu zielen und ihm einen glühend heißen Strahl kohärenten Lichts in die Brust zu jagen? Er war Arzt, er heilte Wunden, er schlug keine. Den Toten mit dem Schnurrbart hatte er einmal in Karas Nähe gesehen, als stummen Begleiter, pflichtbewusst und wachsam.

»Die Freiheit gehört uns, Bruder«, flüsterte Aneste beschwörend, »wenn wir sie uns nehmen. Jetzt.«

Sie drehte sich um, schob die Leiche beiseite und zog sich Richtung Zentralcomputer.

Zegato konnte seine Schwester nicht allein in der Gefahr lassen. Er folgte ihr.

Der Tunnel zeigte Spuren von Laserschüssen, aufgeschäumtes und wieder erstarrtes Metall. Hinter einer Abzweigung trieb ein Befreier, an den sich Zegato zu erinnern glaubte, tot in der Luft. Sein Kopf war verschmort, aber das Implantat, das die rechte obere Hälfte seines Gesichts geprägt hatte, war klar zu erkennen. Zegato sah nicht genauer hin, er konzentrierte sich darauf, seiner Schwester zu folgen.

Vor ihnen donnerte eine Explosion, die Tunnelwände zitterten. Über ihre Schulter warf Aneste ihm einen alarmierten Blick zu. Schnell zogen sie sich weiter.

Sie hörten Schreie. Etwas krachte, als bräche Metall oder als prallte etwas gegen ein hartes Hindernis.

Wieder starrte Zegato auf das Gewehr. Er war kein Soldat, er verstand nichts davon, wie man sich in einem Gefechtsbereich bewegte. Wie suchte man Deckung? Wie brachte man sich in günstige Schusspositionen? Wie blieb man am Leben, am besten unverletzt?

Er bekam keine Zeit, länger darüber nachzudenken. Sie erreichten die Halle mit dem aktiven Modul des Zentralrechners. Auf der sich in der Mitte verjüngenden Säule vollführten Lichter einen irren Tanz. Trümmer trieben durch den Raum, schwarzer Rauch klebte wie Wucherungen an gezackten Löchern, die Sprengungen in das Elektronengehirn gerissen hatten.

Fünf Laserschüsse zuckten in schneller Folge durch den Raum. Eine verspiegelte Abschirmplatte reflektierte sie, was sie durch die Streuung vervielfältigte. Hinter dieser Deckung kauerten drei Gestalten, bei denen es sich wohl um Befreier handelte. Sie waren ungerüstet und von zu schmächtiger Statur, um von der PAYARA zu stammen.

»Sie versuchen, die wesentlichen Operationen des Moduls auszulagern, damit sie nicht von der Zerstörung erfasst werden«, sagte Aneste.

Zegato zog sich in die Arbeitsnische an einem Terminal, um wenigstens ein Minimum an Deckung zu finden. »Womit wollen sie denn diese Kapazität kompensieren? Mit einem der stillgelegten Module etwa?«

Aneste schwebte ungeschützt in der Nähe des Eingangs, ihr Gewehr quer vor der Brust. »Dafür ist unser Zugang zu schmal«, erklärte sie. »Eigentlich sollten die Minen auch gar nicht zünden …«

»Aber trotzdem explodiert da etwas!«

»Du hast recht.« Sie fasste einen Griff und zog sich seitlich fort – gerade früh genug, damit eine blaue Lichtlanze sie verfehlte und stattdessen ein Stück Wand zum Glühen brachte. »Und das lässt sich nicht über das Bordnetz unterbinden. Wenn sie so grob vorgehen, müssen wir sie auf ebenso grobe Art aufhalten.«

Zegato schwitzte, und die Hände, die das Gewehr hielten, kamen ihm fremd vor. Es ging so plötzlich! Der Plan zum Aufstand war immer etwas Abstraktes gewesen, etwas, das in einer unbestimmten Zukunft lag. Aber dieser Kampf war Gegenwart.

Er sah einen schwarz gerüsteten Soldaten mit so breiten Schultern, wie man sie nur auf der Payara züchtete, der seltsam zuckende Bewegungen machte, als erlitte er Stromschläge. Das mochte nahe an dem sein, was wirklich passierte. Die Nanoroboter konnten seine Nervenbahnen stimulieren, das hätte einen ähnlichen Effekt.

Trotz seiner Schwierigkeiten legte er auf Aneste an und schoss.

Ein Trümmerstück rettete sie, es trieb zufällig in der Bahn des Lasers und fing den Strahl ab. Innerhalb einer Sekunde wandelte sich seine Farbe von Schwarzgrau zu Glutrot. Kinetische Energie übertrug das gebündelte Licht jedoch nicht, das Teil folgte unbeirrt seinem gemächlichen Bewegungsvektor.

Das Lasergewehr des Soldaten musste für den nächsten Schuss aufladen.

Aneste zog sich weiter die Wand entlang, hinein in die Nische eines Kontrollterminals. Aber die würde ihr nur begrenzt Schutz bieten!

Zegato stieß sich ab. Er konzentrierte sein Denken ganz darauf, anzulegen, den Soldaten ins Zielholo zu bekommen und abzudrücken. Wie bei einer Operation, wenn man den Gedanken an Blut und Innereien beiseiteschob und sich auf das Unmittelbare fokussierte. Auf das Laserskalpell, auf die Verbindungen, die man zwischen Implantat und Nervenbahn herstellen musste, auf das Gewebe, das es zu durchtrennen galt. So wurde ein Mensch mit Schmerzempfinden zu einem Patienten, zu einer intellektuellen Herausforderung, an der man seine medizinischen Fähigkeiten maß. Und nun war es dasselbe mit diesem Kampf.

Aneste hatte nicht zu viel versprochen. Die neuen Routinen hatten die Sicherungsschaltung der Waffe lahmgelegt, sie reagierte auf Zegatos Befehl.

Ein hellblauer Strahl verband die Mündung mit dem Soldaten, verdampfte die Panzerung, verschmorte das Fleisch darunter.

Der Mann schrie, trat gegen einen gewundenen Signalwandler und drückte sich so aus der Schussbahn.

Zegato nutzte die Griffe an der Wand, um sich zu Aneste zu ziehen. »Was hast du vor?«

»Wir müssen die Okkupanten aus diesem Raum kriegen. Erst dann können wir die Minen entfernen.«

»Mich wundert, dass nur so wenige explodiert sind.«

»Eigentlich dachten wir, wir hätten sie im Voraus entschärft.«

»Nanoroboter?«

Sie nickte. »Wirklich vielseitig, die kleinen Dinger. Aber ich traue unseren Feinden zu, dass sie mobile Sprengladungen dabeihaben.«

Wie um ihre Annahme zu bestätigen, riss eine weitere Explosion ein Stück aus dem Rechnermodul.

»Sie wissen, dass sie verlieren.« Aneste blickte grimmig auf die Wolke aus frischen Trümmerteilen, die in den Saal hinaustrieb. »Sonst würden sie versuchen, den Computer zu erhalten, statt ihn zu zerstören.«

Farbige Lichtbahnen zuckten hinter dem Rechnermodul. Rebellen kamen in Sicht. Sie zündeten Reflektorgranaten, um ihren Rückzug zu decken. Die kleinen Sprengkörper setzten eine Wolke von Aluminiumsplittern frei, deren spiegelnde Oberfläche die Laserstrahlen ihrer Gegner streute.

»Schnell jetzt!«, forderte Aneste. »Wenn sie unsere Leute schnappen wollen, müssen sie aus der Deckung kommen und sie verfolgen.«

Sie zogen sich in einen weiten Bogen, der sie seitlich über das Kampfgeschehen brachte. Tatsächlich lösten sich drei kantige Silhouetten aus dem Rauch, der das Zentralmodul umwaberte. Vielleicht wurden sie unvorsichtig, weil die glitzernde Aluminiumwolke sie ebenso schützte wie die fliehenden Befreier – aber nicht vor Aneste und Zegato, denen sie nicht im Weg war.

Die beiden Geschwister brauchten sich nicht abzustimmen. Als wären ihre Gehirne gekoppelt, legten sie an und nahmen die Gegner unter Feuer.

Kurz nur zuckte der Gedanke durch Zegatos Verstand, dass er gerade einen Menschen tötete, als sich der Laserstrahl durch den Helm brannte. Dann wechselte er schon das Ziel und schoss erneut.

Sein Gewehr meldete, dass die Laserspule aufladen musste, aber das machte nichts. Die drei Gegner trieben reglos.

Aneste drückte eine Hand an die Schläfe. »Das könnten die Letzten gewesen sein. Machen wir uns an die Minen, ich will keinen Sprengstoff mehr am Zentralrechner haben.«

»Und dann koppeln wir die anderen Module?«, vergewisserte sich Zegato.

Ihre Chromaugen richteten sich auf ihn. »Vorher holen wir uns die Kommissare.«

—

Die Zoëliker intonierten die Verse des Trauergesangs so perfekt aufeinander abgestimmt, dass Vibrationen in der Halle entstanden. Die braungrünen Wände kräuselten sich, die Leuchtkörper verharrten beinahe auf ihrem Weg durch die transparenten Adern.

Auch Berglen sang, aber Ugrôn schwieg. Der Erwählte stand neben der hüfthohen Erhebung, die sich aus Mutters Fleisch wölbte und in die Kitaga einsank. Heute waren nicht nur Ugrôns Augen grün, von ihnen ging auch ein Geflecht aus, das sich an den Ohrmuscheln vorbei bis auf seinen von Wülsten uneben gemachten Hinterkopf verästelte. Das wurmartige Pseudopodium in seinem Gesicht war verschwunden. Grübchen bildeten Spiralmuster auf beiden Wangen, in ihren Vertiefungen schimmerte ein tiefes Grün, das in Schwarz überging. Sein Hals wirkte unnatürlich lang, was aber auch daran liegen mochte, dass er so schmal war und die Schultern seltsam schräg abfielen. Das aus grauen Fasern bestehende, eher gewachsen als gewebt wirkende Gewand hatte einen so engen Kragen, dass sich Berglen fragte, wie der Kopf hindurchgepasst hatte. Wäre es weiter gewesen, wäre es wohl von den Schultern gerutscht.

Mit gemischten Gefühlen betrachtete er Kitagas nackte Leiche. Ihre Brust war ein schwarzer Klumpen, verschmortes Fleisch mit erstarrten Blasen, zwischen denen grünliche Rippen hervorschimmerten. Wahrscheinlich war auch Material von ihrem Kälteschutzanzug damit verschmolzen. Offenbar hatte ein einziger Treffer ausgereicht, um sie vom Leben zum Tod zu befördern. Er fragte sich, ob die spinnenartigen Roboter so präzise schießen konnten.

Einerseits war er froh, dass die Zeremonie den grauenvollen Anblick immer weiter verbarg. Für die Trauernden war es eine Gnade, dass Mutter den toten Körper der Zoëlikerin in sich aufnahm. Die Leiche sank in ihr Fleisch ein, das sie bald vollständig umhüllen würde.

Andererseits beunruhigte Berglen der Gedanke, nach seinem Tod in Mutter aufzugehen. Lag das daran, dass seine Verwundung ihm die eigene Sterblichkeit bewusster machte? Er tastete nach der harten Stelle an seiner Brust, wo man das geschmolzene Metall entfernt und vorübergehend durch antiseptisches Bioplast ersetzt hatte. Die Wunde würde ausheilen, versprachen die Ärzte, aber für einige Wochen bliebe er noch kurzatmig.

Vielleicht rührte das mulmige Gefühl auch von den Gesprächen mit Kitaga. Sie, eine der einflussreichsten Zoëlikerinnen, hatte an Mutters allumfassender Weisheit gezweifelt. Sie hatte es für möglich gehalten, dass die Rote Familie sie manipulierte. Oder gar, dass die Gütige Mutter den Menschen, die in ihr lebten, das Wohlwollen entzog. Dass sie jetzt nur noch bedeutungslose Passagiere waren, seit es Ugrôn, Rila und Amida gab. Wieso offenbarte sie keinem anderen Zoëliker den Rotraum?

Der vielstimmige Gesang fand in einem tiefen Ton zusammen, bevor er verstummte. Die meisten Leuchtkörper wanderten ab, sodass auch das Licht zu dunklen Dämmerschatten hinabsank. Das hellgrüne Geflecht, das von Ugrôns Augen seinen Ausgang nahm, strahlte umso deutlicher.

Die Zoëliker zogen in einer Reihe an Kitaga vorbei, um stumm Abschied zu nehmen. Berglen schloss sich mit humpelndem Schritt an, sein Bein machte noch Probleme, auch wenn die Schmerzmittel wirkten. Er zwang sich, die Schusswunde anzusehen, und vermied zugleich den Blick in Ugrôns Gesicht. Kitaga hatte sicher nicht gelitten, der Treffer hatte den größten Teil ihres Brustkorbs verdampft. Der Tod musste augenblicklich eingetreten sein. Eine Präzisionsarbeit, die zu einer professionellen Soldatin passte.

War sein Verdacht, Arquila könnte eine andere Absicht verfolgt haben, als Kitaga in Sicherheit zu bringen, paranoid? Arquila war eine Fanatikerin, selbst nach den Maßstäben der SQUID. Aber das konnte beides erklären: dass sie eine bedeutende Zoëlikerin, auf der offensichtlich Mutters Gnade ruhte, unter Einsatz des eigenen Lebens rettete, ebenso wie dass sie sie bedenkenlos tötete, wenn sie glaubte, das entspräche Mutters Wunsch. Oder dem der Roten Familie. Ugrôns. Der Erwählte hatte sie in das Einsatzteam befohlen. Das sprach dafür, dass er in direktem Kontakt mit ihr stand, ihr also spezielle Anweisungen hatte mitgeben können.

Alles lief auf die Frage hinaus, ob er von Kitagas innerem Widerstand gewusst hatte. Zum tausendsten Mal fragte sich Berglen, ob Mutter die Gedanken der in ihr lebenden Menschen erfasste. Wenn dem so war, wusste sie auch von seinen, Berglens, Zweifeln. War diese Schlussfolgerung der Beweis, dass die Vermutung nicht zutraf? Schließlich ging niemand gegen ihn vor. Oder bedeutete das nur, dass seine siegessicheren Gegner mit ihm spielten? Oder dass sie abwarteten, wie weit sich seine Zweifel entwickelten? Vielleicht gaben sie ihm noch eine Chance, auf den rechten Weg zurückzufinden.

Berglen wollte die Trauerhalle verlassen, aber Ugrôn trat neben ihn, zupfte an seiner Weste und holte ihn so aus der Reihe der anderen Zoëliker. »Ich habe bemerkt, wie genau du die Wunde beobachtet hast.«

Berglen erstarrte, obwohl er sich nichts anmerken lassen wollte.

»Diese Kampfroboter sind faszinierend«, fuhr Ugrôn fort. »Wir untersuchen gerade ihre Überreste. Ich will mich über den Stand der Erkenntnisse informieren. Leiste mir Gesellschaft.«

»Wie du wünschst, Erwählter.« Berglen versuchte, sich zu beruhigen, doch sein Herzschlag wurde immer schneller, während er Ugrôn durch einen anderen Ausgang als jenen folgte, den die Zoëliker benutzten.

»Sollen wir langsamer gehen?«, erkundigte sich Ugrôn, als sie allein waren.

»Ich habe kaum Gefühl in meinem linken Bein, aber es geht schon«, antwortete Berglen.

»Wie gefällt dir Arquila?«, fragte Ugrôn im Plauderton.

Ahnte er etwas? Oder wusste er sogar von Berglens Misstrauen?

Aber dann wäre es ohnehin sinnlos gewesen, sein Unwohlsein abzustreiten. Zudem war Berglen ein schlechter Schauspieler. »Ich bin mir unsicher, ob sie stets weise handelt«, sagte er vorsichtig.

Ugrôn lüpfte eine Braue. »Tatsächlich? Bisher habe ich einen sehr positiven Eindruck von ihr. Ich denke darüber nach, ihr mehr Verantwortung zu übertragen.«

Berglen erinnerte sich an Kitagas Klage, dass die Rote Familie, vor allem Rila, Unruhe in das soziale Gefüge an Bord der Squid brächte. Was meinte Ugrôn mit ›mehr Verantwortung‹? Wollte auch er die gewöhnlichen Bewohner den Zoëlikern vorziehen, wenn ihre Qualifikation das ermöglichte? Spielte es nun, da es eine Rote Familie gab, die in engem Kontakt mit Mutter stand, eine geringere Rolle, wenn man die Stimme des lebenden Raumschiffs in seinem Fleisch singen hörte?

»Ganz wie du wünschst, Erwählter«, meinte er ergeben.

»Nein!«, rief Ugrôn so laut, dass Berglen erschrocken stehen blieb.

Ugrôn verharrte ebenfalls. Er sah auf den Boden, durch den sich eine orangefarbene Ader schlängelte.

»Ich bin manchmal unbeherrscht.« Der Erwählte klang verlegen. »Dies alles … es erschöpft mich. Ich bin ein Vater, nicht nur von Amida.« Er lachte freudlos.

»Wir alle sehen zu dir auf«, sagte Berglen vorsichtig. Wollte sich Ugrôn etwa auf eine Stufe mit Mutter stellen, deren Kinder alle Bewohner der Squid waren?

Ugrôn schüttelte den Kopf und wischte mit der Rechten durch die Luft. »Du begreifst nicht. Ich werde es dir ein andermal erklären, vielleicht. Für den Moment möchte ich, dass du etwas anderes verstehst. Ich brauche jemanden um mich, dem ich vertrauen kann. Jemand anderen als Rila. Jemanden, der mir hilft, zu erkennen, ob meine Entscheidungen klug sind.«

»Man kann nicht sagen, ob eine Entscheidung klug oder dumm ist«, meinte Berglen, »solange man nicht weiß, welchem Ziel sie dient.«

»Ja«, langsam nickte Ugrôn, »damit hast du recht.«

Sie setzten ihren Weg fort. Der Gang verengte sich, sodass Berglen bald nicht mehr neben Ugrôn gehen, sondern ihm folgen musste. Er erinnerte sich nicht, jemals hier gewesen zu sein, aber das bedeutete wenig. Im Fleisch der Squid öffneten sich ständig neue Pfade, andere wuchsen zu.

Ugrôn blieb so unvermittelt stehen, dass Berglen in ihn hineinrannte. Wegen des beinahe gefühllosen Knies wäre er gefallen, wenn er sich nicht an der nachgiebigen Wand abgestützt hätte.

Er murmelte eine Entschuldigung, aber der Erwählte ignorierte ihn. Er stand unbewegt.

Berglen erkannte nichts in dem Gang, der vor ihnen lag. Er führte leicht ansteigend fünf Meter weiter und bog dann nach links ab.

Er sah sich um. Hinter ihnen war der Gang ebenfalls leer. Sie waren allein.

Das Schweigen wurde unangenehm. Er räusperte sich.

»Wir haben das Tarnfeld verlassen, das Schleier umhüllt«, flüsterte Ugrôn. »Die Kommunikationsboje, die wir ausgesetzt haben, hat Nachrichten vom Schwarm gespeichert. Es gab ein Gefecht mit der Sphäre. Es ist jetzt beendet.«

Berglens Herzschlag setzte aus. Kara! Was war mit Kara?

Bedeutete das Ende des Gefechts, dass eine Seite gesiegt hatte? Durfte er hoffen, dass das dann der Schwarm gewesen war? Oder musste er davon ausgehen, dass die gewaltige Sphäre alle Schiffe der Menschheit zerstört hatte?

Sie wollten doch Astriden aus der Sonne holen, das war auch der Grund, aus dem die Squid die meisten Teams von der Planetenoberfläche zurückbeordert und nun das Tarnfeld verlassen hatte. Vielleicht hatte die Esox genug Astriden aufgenommen, um sich in den Rotraum zu retten? Oder befand sich Kara inzwischen wieder auf der Marlin?

»Gibt es Überlebende?«, fragte Berglen mit rauer Stimme.

Ugrôn vollführte eine indifferente Geste. »Natürlich. Ein paar Dutzend Astridenfähren sind verloren gegangen. Man rätselt noch, was die Sphäre damit anstellt. Nach den letzten Funkbotschaften wurden sie nicht abgeschossen, sondern sind mit dem Material der Schalen verwachsen.«

»Und die Großraumschiffe?«

»Die meisten sind beschädigt, aber keines ist zerstört.«

Berglen versuchte, seine Gedanken zu ordnen. »Haben wir gewonnen oder verloren?«

»Wir brauchen einen Raum mit Holoprojektoren, um uns einen Überblick zu verschaffen«, meinte Ugrôn.

Neben ihnen riss Mutters Fleisch auf und öffnete so einen neuen Pfad.

Kara Jeskon öffnete Elasia Drobills Gürtel. Sie hatte nicht den Eindruck, dass das der fülligen Frau mehr Platz verschaffte, nur die elegant gerafften Falten verschwanden aus dem Gewand. Es ähnelte nun einem weißen Sack.

»Ich bekomme einen Hitzschlag!« Drobills tiefrotes Gesicht lag unter einem Schweißfilm. »Ich habe ohnehin Probleme damit. Aber meine Medikamente … ich habe sie in der Kabine. Jemand muss sie holen!«

»Uns ist allen heiß!«, rief Hargert Glehm, der Kommissar von der THUN. Seine Jacke schwebte zusammengefaltet neben ihm, das graue Hemd klebte am sehnigen Oberkörper. Es war ein wenig dunkler als sein schütter werdendes Haar. Kara schätzte ihn auf einhundertdreißig Jahre, bei den wenigen Gelegenheiten, bei denen sie ihn bisher getroffen hatte, waren lange zurückliegende Ereignisse sein Lieblingsthema gewesen. Er sprach auf eine Art von den Aquafarmen auf den Schiffen der Kliosils, die nahelegte, dass er selbst in ihnen nach Muscheln getaucht hatte.

»Bitte … ich koche …« Drobill nestelte an ihrem Gewand, anscheinend wollte sie sich entkleiden.

»Das Gejammer hilft uns nicht«, murrte Glehm. »Wir hätten mit Tervoil gehen sollen. Der hatte einen Plan.«

»Er hat auch einen Kampfanzug«, sagte Kara. »Wie würden wir durchhalten, wenn die Aufständischen Laser einsetzen?«

Sie ärgerte sich nicht nur darüber, dass die Kommissare im Versammlungsraum so wenig Solidarität bewiesen. Auch ihre eigene Rede machte ihr Sorgen. Sie sprach von militärischen Taktiken, obwohl sie sonst jeden ermahnte, dass eine gewaltsame Lösung immer eine Niederlage der Zivilisation war und man unbedingt nach anderen Wegen suchen musste, als sich gegenseitig umzubringen.

Auch an ihr ging die Hitze nicht spurlos vorüber. Der Versammlungsraum der Kommissare war hervorragend gepanzert, das gehärtete Schott bestand aus demselben Material wie die zweite Schicht einer Raumschiffhülle, die dem Aufprall von Asteroiden bei schnellen Unterlichtflügen standhielt. Sie waren sicher wie in einem Tresor.

Aber die Rebellen hatten einen Weg gefunden, die Klimakontrolle zu übernehmen. Die Temperatur stieg immer weiter. Selbst wenn sie alle die Kleidung ablegten, brächte das nur kurzzeitig Linderung. Kara hätte ihre Manövrierdüsen als Ventilatoren nutzen können, um wenigstens ein wenig Bewegung in die stehende Luft zu bringen. Doch das löste das grundlegende Problem nicht.

Ihre Zuflucht war zum Gefängnis geworden. »Wenn sie auch die Luftversorgung unter Kontrolle bekommen …« Sie unterbrach sich. Es war alles andere als hilfreich, die Besorgnis noch zu steigern.

Ohnehin war jedem der zwanzig Kommissare klar, dass sie sich nicht selbst würden befreien können. Sie konnten nur hoffen, dass Tervoil und seine Soldaten den Aufstand niederschlugen. Natürlich waren auch die Kontingente der anderen Schiffe beteiligt, doch jeder wusste, dass sie die Kämpfer von der PAYARA lediglich unterstützen konnten. Die entscheidende Initiative musste von den Elitesoldaten ausgehen.

Aber eigentlich wollte Kara nicht auf einen brutal erstrittenen Sieg hoffen. Es musste doch eine Lösung geben, bei der nicht Dutzende oder gar Hunderte Menschen zu Tode kamen!

Sie sah in Glehms kalte Augen. Seine Nase war auffallend unverbraucht, zu glatt und jung für das faltige Gesicht. Das lag daran, dass sie auch jünger war als der Rest des Gesichts. Glehm hatte gekämpft, bei einer Enteraktion gegen die Giats hatte er seine alte Nase verloren. Die Kosten für das nachgezüchtete Organ hatte die THUN übernommen und einen Orden hatte sie ihm auch verliehen.

Von diesem Mann konnte Kara nicht erwarten, dass ihm etwas anderes einfiele, als die Rebellen mit Gewalt zur Aufgabe zu zwingen. Eher schon würde er sich mit Tervoil darin übertreffen, Pläne zu schmieden, wie man sie bis auf den letzten Mann und die letzte Frau ›ausmerzen‹ könnte. Eine kreative Lösung musste von Kara kommen.

Gewalt war Schwäche, friedfertige Standhaftigkeit bewies wahren Mut. In der Theorie, in einem koexistenzialistischen Debattierzirkel, sagte sich so etwas leicht. Wenn man langsam gesotten wurde und wusste, dass hinter dem Schott Rebellen warteten, die einen nicht als Menschen, sondern nur als Verkörperung der Unterdrückung sahen, fiel es schwer, pazifistische Prinzipien in konkrete Handlungen zu kleiden.

»Ich kann nicht … ich …« Kommissarin Drobills Finger waren so stark aufgequollen, dass die Ringe sie abschnürten. »Keine Luft …«

»Jammern Sie nicht so rum!«, blaffte Glehm.

Drobill hustete trocken.

»Sie muss hier raus«, erkannte Kara. »Sie erstickt.«

Glehm stieß sich ab und schwebte heran. »Sie soll sich zusammenreißen!«

»Sehen Sie doch selbst«, forderte Kara ihn auf.

Aus Drobills Mund kam nur unverständliches Stammeln.

»Wir haben hier auch ein Problem!«, rief Jenx Forlihn, der Kommissar der MAKO. Er besaß keine Beine, sein Unterkörper endete in einer silbernen Schale. Ihm selbst schien es gut zu gehen, wenn man davon absah, dass auch er stark schwitzte. Der Mann neben ihm trieb jedoch mit geschlossenen Augen schlaff in der Luft.

»Das reicht«, bestimmte Kara. »Wir öffnen die Tür.«

»Auf keinen Fall dürfen wir uns in die Hand der Aufständischen begeben!«, protestierte Glehm.

»Wem nützt unser Widerstand, wenn wir tot sind?«, hielt Kara dagegen.

»Mit unseren Leichen kann man wenigstens niemanden erpressen!«, rief er. »Als Geiseln würden wir diesem infamen Aufstand dienen.«

Kara drückte beruhigend Drobills Hand und drehte sich um die eigene Achse, wobei sie den Kommissaren in die Augen sah. »Möchte noch jemand lieber sterben als leben?«

»Das ist die falsche Frage!«, ereiferte sich Glehm. »Es geht um unsere Pflicht, die Interessen unserer Heimatschiffe zu verteidigen.«

»Und das können Sie tot besser als lebendig?«, fragte Kara. »Sie scheinen kein großes Vertrauen in Ihre Fähigkeiten zu haben.«

»Sie verdrehen alles!«, beschwerte sich der grauhaarige Mann. »Wir dürfen uns nicht dazu missbrauchen lassen …«

»… ein pathetisches Zeichen von Opfermut zu setzen?«, fiel sie ihm ins Wort. »So lange wir leben, können wir auf eine Lösung hinwirken. Ich schlage nicht vor, mit den Rebellen zu kooperieren. Aber wir sollten mit ihnen reden. Dafür sind wir doch alle ausgebildet, oder? Diplomatie, das ist Reden. Wenn man das nur mit Freunden täte, wäre es sinnlos. So, wie ich es sehe, besteht unsere Aufgabe doch gerade darin, Konflikte zu lösen!«

Zustimmendes Gemurmel erhob sich. Kara war sich bewusst, dass es den meisten vorrangig um ihre Gesundheit ging, aber das war ihr gleichgültig. Alles, was Menschenleben rettete, war gut.

Sie wischte sich den Schweiß aus den Augen und zog sich zum Schott. Glehm setzte an, sie aufzuhalten, aber die anderen Kommissare ließen es nicht zu.

Kara gab den Code für die Entriegelung ein. Zischend zogen sich die drei Lagen der Panzertür in die Wand zurück. Erlösend kühle Luft strömte herein.

»Leisten Sie keinen Widerstand!«, rief eine Frauenstimme. »Wir werden nicht zögern zu schießen!«

Kara warf einen Blick zurück in den Raum. Kommissarin Drobill atmete schwer, ihr Kopf war hochrot, die Augen hielt sie geschlossen. Die Gesichter der anderen waren mal furchtsam, mal grimmig, aber niemand zog eine Waffe.

Ein halbes Dutzend Rebellen schwebte im Pulk herein, die Daumen über den Abstrahlsensoren ihrer Lasergewehre. Weitere folgten und verteilten sich im Raum.

Eine schlanke Frau sah sich um. Ihr Blick irritierte Kara, weil sie keine Pupillen hatte. Ihre Augen waren Spiegel. Hinter dem linken Ohr war das Haar so weit ausrasiert, dass eine Datenbuchse freilag. »Alle sammeln!« Sie schwenkte den Lauf ihrer Waffe. »An dieser Wand zusammenkommen!«

Die kühle Luft weckte Karas Lebensgeister. »Was bilden Sie sich eigentlich ein?«, fauchte sie. »Was wollen Sie überhaupt mit den Gewehren? Uns alle erschießen? Ich hoffe, Sie sind nicht so blöd, zu glauben, das würde irgendwem helfen.«

Sie spiegelte sich in beiden Chromaugen, als die Frau zu ihr schwebte, während die Kommissare der Anweisung folgten und sich zu einer Traube sammelten. »Du musst Kara sein.«

Es wunderte sie, dass die Fremde ihren Vornamen gebrauchte. Sonst nannten die Esoxer sie Kommissarin Jeskon.

»Und wer sind Sie?«

»Aneste«, stellte sich die Rebellin vor. Der metallische Blick offenbarte keine Emotionen.

Drobill seufzte laut.

Zu ihrer Überraschung sah Kara, dass Zegato ihr eine Injektion verabreichte. Er hatte einen Arztkoffer dabei.

Das machte ihr Hoffnung, nicht nur, weil ein Mann hier war, dem sie etwas bedeutete. Die Tatsache, dass die Rebellen an medizinische Versorgung dachten, bewies, dass sie andere Absichten verfolgten, als die Kommissare zu töten.

»Wo steckt Tervoil?«, fragte Aneste. Ihr Gewehr zeigte an Kara vorbei, aber die Drohung war deutlich genug. Die Rebellin bräuchte kaum eine Sekunde, um die Mündung mit der glühenden Abstrahlspule auf sie zu richten und abzudrücken.

»Der Kommissar der PAYARA ist bei seinen Leuten.« Sie sah in die spiegelnden Augen.

Obwohl der Puls in ihrem Hals hämmerte, zwang Kara sich, den Blick nicht zu senken. Gerade wenn man keine Gewalt einsetzte, musste man mutig auftreten. Wer Unsicherheit zeigte, den erachtete jemand, der in den Kategorien von Brutalität und Unterwerfung dachte, als Opfer. Mit Opfern brauchte man nicht zu verhandeln, ihre Interessen waren irrelevant.

»Seine Soldaten wurden für den Kampf geboren«, fuhr Kara fort. »Sie trainieren jeden Tag dafür. Tervoil wird sich niemals ergeben. Eher wird er das Schiff sprengen, wenn Sie weiter die Konfrontation suchen.«

»Das würde euch töten, und auch ihn selbst.«

»Ein Heldentod ist das Ende, das er sich wünscht«, vermutete Kara.

Die Augen irritierten nicht nur, weil sie Spiegel waren, sondern auch, weil sie nie blinzelten. Ein paar Sekunden sah Aneste sie noch an, bevor sie sich zu ihren Gefährten umwandte. »Führt die Kommissare ab und verteilt sie wie besprochen.«

Noch immer weigerte sich Kara, den Blick länger als eine Sekunde von Aneste zu wenden. Drobill ging es offenbar besser, aber einige andere Kommissare waren ohnmächtig oder zumindest so stark mitgenommen, dass die Rebellen sie mit sich ziehen mussten.

Ein bulliger Kerl, aus dessen Handrücken sich Drähte bogen, fasste Karas Oberarm.

»Ich sehe nicht, wie ihr …«, setzte sie an.

Zegato hielt sich neben ihr an einem Griff fest. »Egal, wie es weitergeht: Vermittler sind notwendig. Ohne Verhandlungen wird es nicht gehen.«

»In Ordnung.« Aneste nickte knapp. »Sie soll die anderen Schiffe davon abhalten, die Esox zu stürmen.«

»Überlass das mir.« Zegato legte dem bulligen Kerl eine Hand auf die Schulter. Obwohl er dem Rebellen an Körperkraft unterlegen sein musste, löste sich der Griff um Karas Arm.

Während die meisten Aufständischen den Raum gemeinsam mit den Kommissaren verließen, zog Zegato Kara zur Seite, neben ein Arrangement aus Pflanzen mit ausladenden Farnwedeln. »Du hast recht mit der möglichen Sprengung.« Wenn sie in Zegatos Gesicht sah, spiegelte sich Kara ebenfalls, wenn auch in einer gewölbten Oberfläche, die das Bild in die Breite zog. »Die Soldaten haben sich an den Energiekonvertern verschanzt. Damit könnten sie eine Explosion auslösen, die das Schiff zerreißt, auch wenn sie im Moment nur die Kopplung der Zentralmodule verhindern.«

Kara brauchte einen Augenblick, um zu erahnen, wovon er sprach. »Zentralmodule? Du meinst die stillgelegten Einheiten des Zentralcomputers?«

»Sie brauchen zusätzliche Energie, um hochzufahren.«

»Das wird Tervoil niemals zulassen!«

»Und sie«, er zeigte auf Aneste, die ein Kabel in die Buchse hinter ihrem Ohr einführte, »wird so kurz vor ihrem Ziel nicht aufgeben. Das aktive Modul ist beschädigt. Wenn sie sich damit zufriedengibt, hat der Aufstand bloß zu einer Verschlechterung der Lage geführt. Sie muss einen Erfolg vorweisen.« Er strich über ihr Haar, was ihr wieder bewusst machte, dass es hastig zu einem Zopf gebunden war. »Du musst ihr helfen. Wenn du ihr nützlich bist, ist das der beste Schutz. Für dich selbst und auch für die anderen Kommissare.«

Kara schwebte ein Stück auf Aneste zu, die nun in sich selbst versunken wirkte. Sicher täuschte das, bestimmt stand sie über das Kabel im Austausch mit dem Kommunikationsstrom der Esox. »Wieso hört sie auf dich? Warum setzt sie ausgerechnet auf mich?«

Er zögerte mit der Antwort, bis sie ihn wieder ansah.

»Sie ist meine Schwester«, sagte er dann. »Aber das ändert nichts daran, dass es ein Blutbad geben wird, wenn niemand vermittelt. Selbst wenn Tervoil und seine Soldaten zögern, die Esox zu sprengen: Gegen die geballte Macht der anderen Schiffe des Schwarms können wir nicht bestehen.«

»Die Rebellen haben dich nicht hinzugeholt, um ihre Gefangenen zu versorgen«, sagte Kara tonlos. »Du bist einer von ihnen.«

Der Mann, mit dem sie geschlafen hatte … ein Rebell, der sie als Kommissarin gesehen haben musste. Als jemanden, dessen Herrschaft man untergraben und den man loswerden wollte. Sie fühlte sich hintergangen, obwohl sie selbst in den vergangenen Tagen oft darüber nachgedacht hatte, wie man die Esox in die Freiheit entlassen könnte. Es lag wohl daran, dass Zegato nichts gesagt, dass er sie im Unklaren gelassen hatte. Eigentlich sogar getäuscht. Wer hatte enger mit den

Kommissaren kooperiert? Bei Xeramel und der Kommunikation mit der Sphäre? Selbst bei der Hinrichtung, die Tervoil inszeniert hatte?

»Die PAYARA hat in die Nähe der Esox verlegt«, beschwor er sie. »Wenn zutrifft, was man über ihre Feuerkraft sagt, kann sie unsere Panzerung innerhalb von Minuten zerlegen.«

»Ich bin keine Militärtaktikerin.«

»Militärische Taktiken können uns auch nicht retten. Aneste überlegt, mit den Astriden, die wir aus der Sonne geholt haben, in den Rotraum zu transferieren. Die meisten glauben, dass der Vorrat zu gering ist, um ins nächste Planetensystem zu gelangen. Und dann sind da noch die Geschütze, die uns bei der Ankunft beschossen haben.«

»Das klingt, als stünden eure Chancen schlecht.«

Er drehte das Gesicht, bis sich Aneste in dem Band spiegelte, das sich zwischen Brauen und Mund wölbte. »Sie wird auf keinen Fall aufgeben. Nicht, nachdem sie so weit gekommen ist.«

»Konfrontation ist der Ansatz, den die Dummen und Eitlen wählen«, sagte Kara. »Wir brauchen etwas Kreativeres. Wenn man kooperieren will, benötigt man entweder ein gemeinsames Ziel oder ein Tauschobjekt, das der andere will.«

»Wir werden die Esox nicht noch einmal dem Schwarm überlassen.« Zegato klang nicht entschlossen, sondern wie jemand, der eine Prognose über etwas abgab, das außerhalb seines Einflusses lag.

»Wir können ihnen etwas anderes bieten«, meinte Kara. »Nicht die Esox, sondern ihre Dienste. Niemand hat so viel Erfahrung in der Kommunikation mit der Sphäre wie ihr.«

»Das stimmt …«

»Ich nehme an, dieser Kontakt ist auch … mitverantwortlich für das momentane Geschehen?«

Er nickte, wobei er die Lippen zusammenpresste. Sicher wusste er mehr über die Opferzahlen als Kara.

»Also bieten wir ihnen an, die Gespräche weiterzuführen. Die Nachrichten des Schwarms so zu platzieren, dass sie gehört werden. Und ihnen eine Analyse dessen zu geben, was wir über die Sphäre wissen.«

»Bei der Kommunikation entgeht uns noch immer viel«, erklärte Zegato. »Die Übertragungen sind kurz, aber extrem intensiv. Wir können sie nicht schnell genug aufnehmen, die Speicher sind überfordert, und auch die Prozessoren haben Schwierigkeiten mit der Verarbeitung. Das alles könnten wir mit der Erweiterung des Zentralcomputers besser leisten.«

»Ich kann mir vorstellen, mit Tervoil darüber zu reden. Aber nur unter einer Bedingung.« Der Vorteil, wenn man sich im Gesicht seines Gegenübers spiegelte, bestand darin, dass man überprüfen konnte, ob der eigene Blick ernst genug war. Kara war mit sich zufrieden. »Niemand wird mehr getötet«, forderte sie. »Niemand. Wenn ihr auch nur einen weiteren Menschen umbringt, ist meine Kooperation beendet.«

Aneste spürte das Erwachen des Zentralcomputers in jeder Faser ihres Körpers, es erfüllte jeden Winkel ihres Verstandes. Schauder der Ekstase und der Ehrfurcht durchliefen sie. War es wirklich erst fünf Jahre her, seit die Okkupanten diesen Giganten in den Schlaf gezwungen hatten? Auf Aneste wirkte sein Erscheinen wie das Zusammentreffen von Beginn und Ende des Universums, als erfüllten Zeit und Raum den Zweck, zu dem sie entstanden waren.

Die Vorbereitungen der Befreier erwiesen sich als tragfähig. Die drei zugeschalteten Module fuhren hoch, ein Prozessorblock nach dem anderen energetisierte, Strom durchfloss Leitungen und schaltete Gatter, Speicher wechselten ihre Ladezustände im Picosekundentakt. Aneste genoss es, ihre Wahrnehmung durch das Hochleistungskabel, das in ihrem Kopf steckte, in den Gewittersturm elektronischer Gedanken zu schicken. Besonders in den Bereichen, die gerade erwachten, war das ein erhebendes Erlebnis. Sie wurde Zeugin, wie sich eine Intelligenz ihrer selbst bewusst wurde.

Wut und Scham durchzuckten sie, als sie daran dachte, dass irgendwo in der Esox die Soldaten der Payara die Finger auf Sensoren hatten, die eine Sprengung in den Energiegeneratoren auslösen konnten. Sie waren die gerissensten unter den Okkupanten, das musste man ihnen lassen. Irgendwie war es ihnen gelungen, die in ihre Körper eingedrungenen Nanoroboter zu neutralisieren. Sie mussten den mikroskopischen Maschinen auf die Schliche gekommen sein. Ob sie Hilfe von diesem Hacker hatten? Die Befreier hatten sich zu sehr darauf konzentriert, ihn unter den Soldaten von der Payara ausfindig zu machen. Jetzt wussten sie, dass er dem Kontingent der Orca angehörte. Leider machte das keinen Unterschied, die Okkupanten arbeiteten zusammen.

Die Befreier rätselten noch, ob Isolationsfelder die Aktivierungssignale der Nanoroboter blockten oder ob ihre Feinde so etwas wie zerstörende Antikörper benutzten. Das Ergebnis war jedenfalls, dass die noch lebenden Soldaten vor jener Art der Lähmung geschützt waren, die im Kampf am aktiven Modul so gute Dienste geleistet hatte.

Dieses aktive Modul war zu zwanzig Prozent zerstört. Auch dieser Wunde war sich Aneste bewusst – ebenso wie der Tatsache, dass sie sich atemberaubend schnell schloss. Das fühlte sich einerseits angenehm an, andererseits bereitete es Aneste ein mulmiges Gefühl. Diese Reparaturfähigkeit überstieg bei Weitem, was Algorithmen und Ressourcen der Esox ermöglichten. Sie beruhte auf der Arbeit der Programme, die sie aus dem Imago-Projekt empfingen.

Eigentlich wollte Aneste Xeramel überwachen, während diese den Austausch mit der nur vier Lichtsekunden entfernten Struktur orchestrierte. Sie musste sich jedoch eingestehen, dass die Mentalkapazität der anderen Frau die ihre hundertfach überstieg. Aneste konnte lediglich in Stichproben nachvollziehen, wie Xeramel die Datenpakete aus dem Imago-Projekt sichtete, kategorisierte und unterschiedlichen Instanzen auf der Esox zur Verarbeitung zuwies. Selbstverständlich war die Isolation der Vakuumkammer aufgehoben, inzwischen durchdrangen die Programme der Sphäre Speichereinheiten überall im Schiff. Mehr noch, sie bauten die Infrastruktur der Informationsverarbeitung aus. Prozessoren wurden nach ihren Vorschlägen gedruckt. Manche dienten dazu, komplexere Imago-Programme auszuführen, aber einige erhöhten auch die Kapazität des Zentralrechners. Das ging über Reparaturen hinaus. Prozessortürme entstanden, in denen sich unbelebte Masse in denkende Materie verwandelte. Physisch waren sie Hunderte Meter von den hochfahrenden Modulen des Zentralrechners entfernt, aber logisch, in der Welt der Verbindungen und des Datenaustauschs, stellten sie unmittelbare Erweiterungen dar.

Aneste lächelte schadenfroh. Sie begriff, dass Xeramel Kapazitäten schuf, die auf andere Energieeinspeisungen zugriffen als jene, die Tervoil kontrollierte. Zwar entzog sich die Natur der Rechenoperationen, die dort abliefen, ihrem Verständnis; sie hatten nichts mit binären Schaltungen gemein und gingen auch über Logiken mit unscharfen Zuständen hinaus. Statt auf Spannungswechseln basierten die Operationen auf materiellen Umgruppierungen, Neuanordnungen auf molekularer und sogar atomarer Ebene. Aber ihre

Unkenntnis befeuerte Anestes Vorfreude noch. Sie wurde Zeugin der Geburt von etwas Neuem, von einer Computergeneration, wie die Esox sie noch nie erlebte hatte und wahrscheinlich auch in hundert Jahren nicht aus eigener Kraft hätte entwickeln können.

Nur eine leise Stimme in Aneste fragte, ob sich diese fremdartige Intelligenz in den Dienst der Menschen an Bord stellen würde. Der größte Teil ihres Verstands hatte sich von so kleinlichen Überlegungen gelöst und schwelgte in der virtuellen Welt lichtschneller Rechenoperationen, wo Körperlichkeit nur ein dünner Faden war, der einen in der materiellen Welt hielt. Ein Anker in einer trägen Dimension, ohne die bedauerlicherweise auch jeder Gedanke verwehte. Aneste fragte sich, ob wirkliche Freiheit möglich war – Geist ganz ohne Materie?

Die erwachende, sich vernetzende und wachsende Superintelligenz nahm sie dermaßen gefangen, dass sie erst spät bemerkte, dass Xeramel zusätzlich ein anderes Thema mit dem Imago-Projekt diskutierte. Der Verstand dieser Frau musste eine unglaubliche Kapazität haben, ganz wie Zegato behauptete!

Widerstrebend löste sich Aneste aus ihrer Betrachtung des Zentralcomputers, um herauszufinden, worum es in dem Austausch ging. Schnell erkannte sie, dass Xeramel ihre Kompetenzen überschritt. Sie übermittelte dem Imago-Projekt eine ganze Bibliothek mit Aufzeichnungen aus der Historie des Schwarms. Teilweise widersprüchliche Berichte über die frühen Kolonien auf dem Mars und in der Venusatmosphäre, über die Entdeckung des Rotraums und der Astriden, über Yamadas Durchbruch bei der Antriebstechnologie. Schilderungen aus der ersten Kolonisationsphase, über die Terraformung von Planeten in bis dahin toten Sonnensystemen. Der Kontakt mit primitiven Spezies, dann mit interstellaren Zivilisationen. Die wenigen Jahrzehnte zwischen Handel und begrenzten Konflikten, bevor die Giats die Unterwerfung der Menschheit forderten. Die Zerstörung der Kolonialplaneten und viel schneller, als man es für möglich gehalten hatte, der Erde. Das Zusammenfinden des Schwarms, der verzweifelte Kampf um die letzten Siedlungswelten. Einige Kolonien, die sich unterwarfen und damit in die Sklaverei begaben. Fluchtbewegungen, die Zersplitterung der Menschheit. Die Begegnung mit der SQUID, die Siedler einer sterbenden Welt rettete und sich dem Schwarm anschloss. Der Zug der letzten freien Menschen durch die Galaxis, das Zusammentreffen mit neuen Feinden, seltener mit Kulturen, die friedlichen Austausch ermöglichten. Und immer wieder die Gefechte gegen die Giats, die vorherrschende Zivilisation in diesem Teil der Milchstraße.

Das Imago-Projekt nahm diese Informationen auf. Begierig, wie es schien, denn die Rückfragen kamen praktisch ohne Zeitverzögerung.

Auf Xeramels Frage nach der eigenen Historie antwortete das Imago-Projekt mit einer Einladung.

Siebtes Speicherbild:

Die Perfektionisten

Korol Iljow 3.0 startete seinen ersten aktiven Zyklus auf einem Prozessor in der vierten Schale, was eine Frequenz von über einer Trillion Rechenoperationen in der Sekunde garantierte. Er begann seine Existenz mit einer Überprüfung der Konfiguration und der Erinnerungsspeicher.

Korol Iljow 1.0 war ein identisches Abbild dessen gewesen, was die Ausleseroutinen in der biologischen Basis vorgefunden hatten. Der Verlust des Körpergefühls hatte in der üblichen Desorientierung und Panikanfällen resultiert. Ohne Körper äußerte sich Panik jedoch wesentlich weniger destruktiv. Man konnte weder um sich schlagen und sich dabei verletzen, noch durch Hyperventilation in Ohnmacht fallen. Vergleichsweise schnell hatte Korol Iljow 1.0 rationale Überlegungen angestellt und dadurch zu einer effizienten Arbeitsweise gefunden.

Korol Iljow 1.1 hatte Zusatzalgorithmen für hochdimensionale Berechnungen in seinen Code integriert. Spätere Erweiterungen hatten ihm geholfen, sich beim Ausbau der Sphäre nützlich zu machen. Die Materie des innersten Planeten reichte für eine Halbschale um die Sonne aus, nun galt es, die Umhüllung mit Material zu schließen, das vom zweiten Planeten und den Monden des fünften herangeschafft wurde. Dabei halfen komplexe Kalkulationen, in die Erfahrungen aus den vorigen Konstruktionen eingingen. Das Imago-Projekt nahm immer mehr Energie aus dem Stern auf und Korol Iljow gehörte zu seinen Architekten. Andere waren jedoch effizienter als er und zum Nutzen aller wies ihnen das Betriebssystem mehr Prozessorzeit und schnellere Speichereinheiten zu.

Korol Iljow 2.0 verbesserte sich nicht durch Erweiterung, sondern durch Reduktion. Er isolierte tief codierte Routinen, die für die Vitalfunktionen eines menschlichen Körpers notwendig, nun aber nutzlos waren, und schaltete sie ab. Es war sinnlos, den Atemrhythmus oder die Frequenz des Herzschlags zu überwachen. Ein menschliches Hirn leistete so etwas, und auch das Rückenmark steuerte eine Vielzahl von Reflexen, die einen Körper vor Schaden bewahrten. Ohne Körper konnte Korol Iljow seine Routinen entschlacken und die Prozessorzeit intensiver nutzen. Er erzielte bessere Ergebnisse und bekam zusätzliche Ressourcen zugewiesen. So viele, dass er sich Gedanken leisten durfte, die nichts zum Gemeinwohl beitrugen, sondern allein der Optimierung privater Zielparameter dienten.

Die Suche nach der ultimativen Ästhetik, nach der multidimensionalen Perfektion, beschäftigte viele Imagos. Die Zwischenergebnisse, die sie in frei zugänglichen Speichern ablegten, faszinierten Korol Iljow. Er nahm sie als Basis für eigene Berechnungen, musste jedoch feststellen, dass jedes seiner Ergebnisse bereits gefunden worden war. Es war ihm unmöglich, einen neuen Gedanken zu denken, etwas Originelles zu finden, das vor ihm noch niemand entdeckt hatte.

Aus eigener Kraft würde er niemals zur Leistungsfähigkeit der genialen Programme aufschließen, die länger und schneller als er rechneten. Die unerfüllte Sehnsucht schmerzte.

Er akzeptierte, weitere Teile seiner Individualität aufzugeben, indem er Codesegmente entfernte, die keinen nachgewiesenen Nutzen hatten. Er ersetzte sie durch bewährte Algorithmen der Idealisten, wie sich die Imagos identifizierten, die nach Perfektion strebten. Sie sollten ihm helfen, einen nicht mehr zu verbessernden Zustand zu errechnen, um diesen dann für die Ewigkeit abzuspeichern. Konnte die Existenz ein befriedigenderes Ende finden?

Lag der Sinn des Lebens in der Suche nach Perfektion?

War es nicht das, was die Menschheit von Anbeginn an tat? Was anderes war die ständige Rekombination von Genen zu immer neuen Generationen, denen die Eltern das Beste aus allem vermittelten, was sie selbst erlebt hatten? War Vaterschaft nicht auch der verzweifelte Versuch, so gut wie irgend möglich zu werden und die Tochter ein Stück näher an die Perfektion zu schieben, als man selbst gekommen war?

8

Refugium

»Wir müssen landen.« Xeramel lenkte die Fähre in einen steil abfallenden Bogen, der vereisten Planetenoberfläche entgegen, die silbrig im Licht der durch den Tarnschirm verwischten Sterne lag.

Kara Jeskon war zugleich davon beeindruckt und verwundert darüber, wie mühelos sich Xeramel inzwischen artikulierte. Der Kontakt zur Sphäre trug erheblich zu ihrer Gesundung bei, ganz wie Zegato es vorhergesagt hatte.

Der Arzt saß auf dem Kopilotensitz, beteiligte sich aber nicht an der Steuerung der Fähre, sondern behielt seine Diagnoseholos im Blick. Jedenfalls vermutete Kara das, die bogenförmige Spiegelfläche verbarg seine Augen. Es war irritierend gewesen, mit ihm zu schlafen und dabei sich selbst zu sehen, wenn sie in sein Gesicht geschaut hatte. Seit sich die Kommissare den Rebellen ergeben hatten, war es nicht mehr zu Zärtlichkeiten zwischen ihnen gekommen. Kara hatte seine vorsichtigen Berührungen unterbunden und darauf war sie ein wenig stolz.

Xeramel aktivierte die Bordscheinwerfer. Die Unebenheiten im Eis warfen scharfkantige Schatten auf den weißen Boden. Die Squid hing in einer eindrucksvollen Machtdemonstration nur einen halben Kilometer hoch in der Luft. Die Silhouette des lebenden Schiffs blockierte den südlichen Horizont.

»Ich sehe nichts von diesem *Refugium*«, sagte Arlohn, der

Rebell, bei dem Kabel aus den Handrücken hingen. Hier *hingen* sie wirklich, die Schwerkraft machte sich bemerkbar. Und sie machte ihnen allen zu schaffen, auch Arlohn, der mit seiner Tonnenbrust besonders kräftig aussah. Die Muskelverstärker in ihren Anzügen würden ihnen helfen, mit dem Gewicht klarzukommen, aber der konstante Zug Richtung Boden war ungewohnt. Auch für Kara lag es Wochen zurück, dass sie ihn das letzte Mal gespürt hatte.

Während der Schräglage der Fähre in einer engen Kehre zog die Schwerkraft kurzzeitig in einem so ungünstigen Winkel zum Boden der Kabine, dass sich Kara an einem Transportnetz festhalten musste, um auf den Füßen zu bleiben. Sie griff Anestes Arm, damit diese nicht stürzte. Ob Dankbarkeit im Blick aus den Chromaugen lag, konnte sie nicht erkennen, aber die Rebellin nickte ihr knapp zu. Hier, wo man einander nicht gegenüberschwebte, sondern die Augenhöhe von der Körpergröße abhing, wurde Kara deutlich, dass Aneste beinahe einen Kopf größer war.

Wie sie Kara wohl sah? Dass sie keine Hemmungen hatte, Menschen zu töten, war offensichtlich. Alle Soldaten aus dem Esox-Kontingent der MARLIN waren der Rebellion zum Opfer gefallen.

Aneste war darauf vorbereitet, dass sie auf Schleier eine Konfrontation erwarten mochte. Ein Gewehr hing über der Schulter ihres Anzugs, dessen Verspiegelung auftreffende Laserstrahlen streuen sollte. Dieses Kleidungsstück war Aneste jedoch zu groß. Die Anzeigen und Steuerelemente der Armaturen, die an den Kabinenwänden verzurrte Ausrüstung und natürlich auch die zwanzig Mitglieder des Einsatzkommandos spiegelten sich durch den Faltenwurf mehrfach. Auch die anderen ›Befreier‹ – so nannten sich die Rebellen – trugen solche Anzüge, was die Spiegelungen vervielfachte. Zegato hatte dafür gesorgt, dass Kara ebenfalls derart ausgerüstet wurde, nur ein Gewehr hatte man ihr nicht angeboten. Sie hätte es ohnehin abgelehnt.

»Ich sehe immer noch nicht, wo wir …«, setzte Arlohn an.

»Das Imago-Projekt hat die Fähren freigegeben«, sagte Xeramel, ohne ihn zu beachten.

»Wann?«, fragte Zegato.

»Gerade eben.«

Zegatos Gesicht wandte sich Kara zu. Hier, innerhalb des Schleierfeldes, nach dem man diesen Planeten benannt hatte, gab es keinen Funkempfang. Sie konnten nur mit der Squid und mit der Esox, die in einem Orbit außerhalb der Sichtweite kreiste, kommunizieren. Zu den anderen Schiffen oder gar der Sphäre gab es keine Verbindung.

»Woher weißt du das?«, fragte Kara.

Statt zu antworten, landete Xeramel die Fähre. Die nach unten gerichteten Düsen wirbelten Eispartikel auf, die ein glitzerndes Nebelfeld bildeten. Erst als Xeramel die Triebwerke abschaltete, wurde sich Kara des ständigen Brummens bewusst, das bis dahin die Fähre durchdrungen hatte.

»Machen wir uns für den Ausstieg bereit!«, forderte Aneste sie auf. »Masken aufsetzen und Kapuzen überziehen!«

Kara drückte die transparente Form vor ihr Gesicht und zog die beiden Halteriemen über ihren Hinterkopf. Eine grüne Leuchtanzeige meldete den Bereitschaftsstatus der Lebenserhaltung.

Bei Zegato stand die Maske ein wenig ab, weil sie mit Ausstülpungen modelliert war, die grob Nase und Wangen nachahmten. Das passte nicht zur glatten Oberfläche seines Spiegelbandes, das er aber auch jetzt nicht abnahm.

Kara half ihm, die Kapuze an den Rändern der Maske abzudichten. Sie war noch immer gekränkt von seinem falschen Spiel, aber je besser sie zusammenarbeiteten, desto wahrscheinlicher wurde eine friedliche Lösung für sie alle. Im

Schwarm erwartete man gespannt die Ergebnisse der Expedition. Immerhin hatte die Sphäre angekündigt, hier etwas von sich selbst mitzuteilen.

Die Rampe öffnete sich. Rapide fiel die Temperaturanzeige, Reif legte sich auf die Metallflächen. Die Automatik in den Anzügen glich die Kälte der hereinströmenden Luft aus.

»Alles ist für uns bereit.« Ohne Zögern ging Xeramel voran.

Zegato musterte seinen Handsensor.

Kara hielt ihn zurück, als er seiner Patientin folgen wollte. »Denkt sie selbst oder wird sie gesteuert?«

»Soweit wir wissen, dringen keine klaren Signale durch das Schleierfeld.« Durch die Maske klang seine Stimme hohl.

»Soweit wir wissen …«, wiederholte Kara vielsagend. »Und was ist mit den *gerade freigegebenen Astridenfähren*?«

Sie schlossen sich den anderen an.

Draußen sanken die aufgewirbelten Eiskristalle nur allmählich zu Boden, noch immer trübten sie die Sicht. Sie gaben der nächtlichen Eislandschaft mit ihren silbrigen Erhebungen jedoch auch etwas Verzaubertes, als könnte sich hier jeden Moment Wunderbares offenbaren.

Und das tat es auch. Xeramel hob das in einer Vielzahl bizarrer Aufsätze auslaufende Gerät, das sie auf der Esox nach Anweisungen der Sphäre ausgedruckt hatten, und presste den Daumen auf eine rote Kugel, die daraufhin im dunklen Korpus verschwand.

Vor ihnen wich die sanfte Dunkelheit der Nacht einer hell erleuchteten Stadt. Kara hielt den Atem an.

Sie kannte die Aufnahmen von der Squid, die Berglens Erkundungen dokumentierten. Sie zeigten Trümmer, Relikte von Häusern, die das Eis zermalmt hatte. Nur eine technische Anlage war unter einer Kuppel konserviert worden.

Vor Kara wuchsen pilzförmige Bauten in den offenen

Himmel. Mildes Licht in Hellblau, Violett, Safrangelb und Rosa fiel aus den Schirmen, die sich in unterschiedlichen Höhen mit verschiedenen Durchmessern spannten. Die größten stießen hundert Meter hinauf und fächerten fünfzig Meter weit auf. Es mussten Hunderte sein, sie erinnerten an einen Wald, dessen Kronen mehrere Etagen bildeten. Straßen gab es nicht. Jenseits einer wie mit einem Messer gezogenen Eiskante spross dichtes Gras.

Brücken, an denen sich gewellte Leuchtbahnen entlangzogen, spannten sich in luftiger Höhe zwischen den Häusern. Manche wurden von Pfeilern gestützt, bogen sich in sanften Kurven und bildeten hoch über dem Boden Kreuzungen, um die locker stehenden Bauwerke miteinander zu verbinden.

Xeramel schien als Einzige unbeeindruckt. Sie heftete den Codegeber, mit dem sie das Tarnfeld ausgeschaltet hatte, an eine Magnethalterung an ihrem Oberschenkel und schritt auf die Stadt zu.

»Wo willst du hin?«, rief Aneste ihr nach.

»Das Imago-Projekt hat mir einen Lageplan übermittelt, auf dem der Kontaktpunkt markiert ist.«

»Sollen wir ihr folgen?«, fragte Aneste die anderen.

»Wozu sind wir sonst hierhergekommen?« Kara ging Xeramel nach.

Noch bevor sie das Grün erreichte, aktivierte sich die Lüftung der Maske, um den Schweiß auf ihrem Gesicht zu trocknen. Auch die anderen schnauften in der ungewohnten Schwerkraft, wo sich die Masse des eigenen Körpers in Gewicht übersetzte, das aufrecht gehalten und bei jedem Schritt bewegt werden wollte. Auf den Raumschiffen benutzte man zur Fortbewegung primär die Arme, mit denen man sich an Haltegriffen entlangzog. Wer sie nicht gezielt trainierte, hatte nur schwache Schenkelmuskeln.

Arlohn stieß einen unartikulierten Schrei aus und zeigte auf die Säule eines Pilzhauses. »Diese Stadt ist bewohnt!«

Tatsächlich bewegte sich etwas Dunkles durch ein milde erleuchtetes Fenster. Es verharrte in der Mitte, bevor es seinen Weg nach oben hin fortsetzte. Das fand Kara ungewöhnlich, zog die Schwerkraft doch alles nach unten.

Xeramel ließ sich auch davon nicht beeindrucken. Sie ging weiter durch das Gras. Auf ihrem verspiegelten Anzug schimmerte das violette Licht des Gebäudeschirms über ihr.

Besorgt schielte Kara zu den Gewehren ihrer Begleiter. Falls wirklich Menschen auf Schleier lebten, stünde ihnen ein Erstkontakt bevor! Sie fühlte sich dafür verantwortlich, dass dieser friedlich verlief. Wie konnte sie die Stimmung entspannen?

»Es sind Roboter.« Zegato zeigte auf eine runde Maschine, die sich surrend über den Rasen bewegte und dabei das Gras mähte. »Wie im Bericht von der SQUID.«

»Hoffen wir, dass sie weniger aggressiv sind«, sagte Aneste.

Kara hatte eine Nachricht von Berglen erhalten. Er blieb vage, war aber wohl verwundet worden. Immerhin war er bei Bewusstsein und musste offenbar auch nicht auf der Krankenstation bleiben.

»Man hat uns eingeladen«, gab Kara zu bedenken. »Wieso sollte man uns angreifen, wenn man uns hierhaben wollte?«

»Im Imago-Projekt existieren unterschiedliche Fraktionen«, meinte Aneste geheimnisvoll. »Hoffen wir, dass diejenigen, die hier Einfluss haben, mit unserem Besuch einverstanden sind.«

Kara sah noch einmal zu dem Roboter. Gab es hier etwa keine lebenden Bewohner mehr, nur noch Maschinen? Also doch kein Erstkontakt mit einer anderen empfindenden Spezies? Aber wieso erhielt man diese Stadt dann in bewohnbarem Zustand? Doch sicher nicht, weil im Abstand von Jahrhunderten Besucher in das Norastesystem kamen, die man beherbergen wollte.

»Die Temperatur ist angenehm warm«, stellte Zegato fest.

In der Tat heizte Karas Anzug nicht mehr.

Xeramel steuerte ein Gebäude an, dessen Schirm mintgrün leuchtete. Vor ihr tat sich eine Öffnung in der Säule auf. Ohne Verzögerung trat sie ein.

Aneste lief zu ihr, sie wollte wohl verhindern, dass die Tür sie aussperrte. Sie blieb jedoch offen, bis sich alle zwanzig Mitglieder des Teams im Innern befanden.

Ein ovaler Raum, der die Grundfläche nicht ganz ausfüllte, empfing sie. Die Wände gingen in eine gewölbte Decke über. Das Licht kam aus gezackten Linien, die Rissen oder Blitzen ähnelten. Stangen gaben Ranken Halt, an denen längliche Blüten hingen. Ihre in Büscheln gruppierten Blätter waren blau.

Aneste zog die Maske von ihrem Gesicht und streifte die Kapuze ab. Sie zeigte auf eine Glasröhre, die in der Decke verschwand. »Damit ist Xeramel gefahren.«

»Wieso folgen wir ihr nicht?«, fragte Zegato.

»Ich glaube, dafür braucht man eine Kabine. Ich habe sie zu spät erreicht, sie hatte sich schon in Bewegung gesetzt.«

»Wie wäre es, wenn ihr alle erst einmal aufhören würdet, mit den Gewehren herumzufuchteln?«, schlug Kara vor. »Wenn sich versehentlich ein Schuss löst, bringt uns das nur in Schwierigkeiten.«

Zegato hängte die Waffe über den Rücken, aber nicht alle verzichteten auf ihren Schutz. Kara fürchtete, dass gerade die besonders Nervösen die Daumen an den Auslösefeldern ließen.

Sie ging zu der transparenten Säule, trat hinein und sah nach oben. »Ich glaube, sie führt bis hinauf in den Schirm.«

»Das hier ist ein Kontrollfeld, nehme ich an.« Zegato

zeigte auf eine rechteckige Tafel, die in die Wölbung eingelassen war. »Komm lieber wieder heraus, bevor dich die Kabine zerquetscht, wenn sie herunterfährt.«

Kara stellte sich neben ihn.

Ein Zischen ertönte, sobald Zegato die Hand auf das Feld drückte. Sekunden später glitt die Kabine herab, bremste und setzte sanft auf dem Boden auf. Sie bot Platz für fünf Personen. Zwei weitere Rebellen begleiteten Aneste, Kara und Zegato.

Eine Schemazeichnung teilte das Haus in mehrere Stockwerke ein. Kara glaubte, dass sich die Kabine ganz oben befunden hatte. Sie tippte auf den Schirm.

Sie hörte und sah, dass sich die Kabine nach oben bewegte, spürte jedoch nichts davon. Offenbar arbeiteten die Andruckabsorber sehr effektiv.

Durch das transparente Dach des Schirms sah man die Sterne des Nachthimmels als funkelnde Striche im Schwarz.

Der Raum, in dem die Röhre endete, durchmaß zehn Meter. Mehrere Türen führten weiter, aber Xeramel war durch keine davon gegangen. Sie lag auf einem dunkelblauen Block, die Arme an der Körperseite ausgestreckt, die Augen geschlossen.

Zegato löste seinen Diagnosescanner von der Instrumentenhalterung und eilte zu ihr. »Sie ist verkabelt!«, rief er. »Leitungen stecken in ihrem Nacken!«

»Das muss kein aggressiver Akt sein.« Kara zwang sich, hastige Bewegungen zu vermeiden, und ging ruhig zu Xeramel. »Man hat uns gerufen, damit wir etwas über die Sphäre lernen. Vielleicht übertragen sie Informationen.«

Zegato musterte den Scanner. »Du könntest recht haben … Die Implantate sind aktiv.«

Karas Handgelenkkommunikator meldete eine eingehende Nachricht. Sie kam von der Squid.

Kara bestätigte.

Berglens Bild erschien im Kubus.

»Wir orten Aktivitäten im Rotraum!«

»Eintreffende Schiffe?«, fragte Kara.

»Oder die Geschütze?«, mischte sich Aneste ein.

»Weder noch.« Die Signallaufzeit war so kurz, dass bei Berglens Antwort keine Verzögerung zu bemerken war. »Ein Fluss von Astriden. Er verbindet den Rotraum mit dem Gebäude, in dem ihr euch aufhaltet.«

Kara Jeskon betrachtete die reglos liegende Xeramel mit sichtlichem Mitleid. Aneste dagegen fragte sich, ob es möglich wäre, ebenfalls in so intensiven Kontakt mit der Intelligenz zu treten, die diese Stadt erhielt.

Seit sie sich vom noch immer erwachenden Zentralrechner der Esox entkoppelt hatte, fühlte sie sich verlassen. Sie war zurückgeworfen auf ihren eigenen kleinen biologischen Wahrnehmungsapparat und auf die Rechenkapazität des Klumpens aus Eiweiß und Fetten in ihrem Schädel, nur marginal verbessert durch ihre Implantate. Ihr Verstand klebte in einem Körper, der für ein primitives Vegetieren optimiert war – Nahrungssuche, das Herrichten eines trockenen Schlafplatzes, solche Dinge. Eigentlich war die Menschheit lange dem Stadium entwachsen, in welchem diese Fragestellungen ernsthafte Herausforderungen darstellten, aber ihre Biologie blieb hinter der Entwicklung zurück. Nicht mehr der Körper, sondern der Verstand musste die Evolution auf die nächsten Stufen des Menschseins prägen. Er schuf sich die Sprossen selbst, auf denen er der Perfektion entgegenstieg. So wie den Zentralcomputer der Esox.

Die Programme des Imago-Projekts bewiesen, dass eine

Abkürzung möglich war. Dass die Menschen rascher vorwärtskommen konnten, als es die mühsame Dialektik von Innovation und Fehlschlag gestattete. Die Art, wie sie den Zentralcomputer optimierten und erweiterten, überstieg Anestes Begreifen. Sie wünschte sich zurück auf das Schiff, wollte wieder auf dem Kamm der Welle reiten, die die Menschheit in die Zukunft trug.

Sie war nur auf den Planeten gekommen, weil sie wusste, dass hier die entscheidende Erkenntnis bezüglich der Natur der unglaublichen Struktur zu erwarten war, die die Sonne des Systems vollständig einhüllte. Vorsichtige Schätzungen berechneten, dass die Masse der mehrlagigen Sphäre der von fünf Planeten entsprach. Das erklärte, was aus den anderen Himmelskörpern des Systems geworden war. Mit Ausnahme von Schleier war ihre Materie im Imago-Projekt aufgegangen. Sand, Fels, Wasser, Magma, Biomasse … alles musste Verwendung gefunden haben.

Sicher würden sie bald mehr darüber lernen. Aber Aneste würde nur gefiltert davon erfahren. Xeramel, die reglos auf dem blauen Block lag, stand als Einzige in direktem Kontakt. Selbst wenn sie alle Fakten weitergäbe – was wegen der zu erwartenden Informationsmenge unwahrscheinlich erschien –, würde der Rausch der Vereinigung mit einer überlegenen Maschinenintelligenz Aneste vorenthalten bleiben. Und wie gewaltig musste ein Intellekt sein, der so etwas wie die Sphäre erschaffen konnte! Er hatte die Urgewalt eines Sterns gebändigt, und Aneste bezweifelte auch nicht, dass er für die Strukturen im Rotraum verantwortlich war, die den Schwarm angegriffen hatten. Wer wusste schon, in welche Regionen er noch vordrang?

Zegato tippte auf seinem Scanner. »Xeramels Hirnaktivität sinkt.«

»Vielleicht ist sie ungeeignet«, schlug Aneste vor. Sie ging zu ihrem Bruder, um einen Blick auf die Anzeige zu werfen. Diese Art der Bewegung war so plump! Überhaupt war es seltsam, dass alle auf dem Boden stehen mussten, statt den gesamten Raum ausnutzen zu können, wie man es auf einem Raumschiff tat. Die Ranken und Bilder an den Wänden dienten offenbar nur der Verzierung, Nützliches konnte man dort nicht anbringen und die Decke war bloß ein Aussichtsfenster. Es war beinahe beschämend, sich zu vergegenwärtigen, dass die Menschheit Jahrzehntausende in so primitiven Verhältnissen gelebt hatte, ihre Möglichkeiten ständig vom Schwerkraftsog eines Planeten eingeschränkt. Aneste wusste aus einer Dokumentation, dass der körperliche Stress dieser Dauerbelastung mitverantwortlich für die geringe Lebenserwartung der damaligen Menschen gewesen war. Kaum einer von ihnen war älter als einhundert Jahre geworden. Mit vierundvierzig hätte sie selbst im Zeitalter der ersten Industrialisierung bereits zu den mittelalten Frauen gezählt.

»Ich erkenne keine Verletzung.« Xeramels geschlossene Augen spiegelten sich im Band vor Zegatos Gesicht, als er sich über sie beugte. »Es scheint eine kontrollierte Betäubung zu sein.«

Aus den Scanneranzeigen wurde Aneste nicht schlau. Sie netzte ihre Lippen. »Denkst du, du könntest die Leitungen aus dem Block auch mit meinem Hirn verbinden?« Sie hielt den Atem an. Die Erinnerung an die Vereinigung mit dem Zentralcomputer drohte sie zu überwältigen.

»Wir sollten vorsichtig sein«, mahnte Kara Jeskon. »So viele von uns wie möglich müssen handlungsfähig bleiben.«

»Wenn man uns feindlich gesinnt wäre, hätten wir ohnehin keine Chance«, wischte Aneste ihre Bedenken beiseite.

»Eine kluge Erkenntnis«, sagte Kara. »Wieso hast du dann überhaupt die Gewehre mitgenommen? Damit du dich daran festhalten kannst?«

»Vielleicht will ich damit ja auf jemand anderen schießen als auf unsere Gastgeber.« Provozierend starrte Aneste ihr Gegenüber an.

Die Schwerkraft zog Karas blonde Spiralen in die Länge. Sie breitete die Arme aus. »Worauf wartest du? Du kannst mich kaum verfehlen.«

Demonstrativ wandte sie sich wieder dem kleinen Holo über ihrem Handgelenk zu. Es zeigte einen Mann von der SQUID, der davon faselte, dass ein beständiger, wenn auch dünner Astridenfluss dieses Gebäude mit dem Rotraum verband.

Aneste setzte an, das Gewehr von ihrer Schulter zu nehmen, aber Zegato hielt sie zurück. »Erspart uns diese Albernheiten! Beide. Ich bin mir unsicher, was Xeramels Zustand angeht. Das erfordert meine ganze Aufmerksamkeit. Ich kann mich nicht auch noch mit eurer Streiterei beschäftigen.«

Aneste überlegte, ob sie ihn daran erinnern sollte, dass sie das Kommando hatte.

Sie sah ein, dass das niemandem nützte. Sie wandte sich an Rubehn und Galta, die beiden Befreier, die sie heraufbegleitet hatten. »Sorgt dafür, dass die Okkupantin keinen Schaden anrichtet«, befahl sie. »Ich sehe mich ein wenig um.«

Rubehn stellte sich neben Kara. Er war deutlich größer, auch ohne Waffe hätte er sie jederzeit überwältigen können, zumal wuchtige Stahlprothesen seine Hände ersetzten. Der Kälteschutzanzug hatte wohl keine passenden Überzüge dafür zu bieten, sie lagen blank.

Aneste begab sich in einen Nebenraum, die Tür glitt zur Seite, sobald sie sich ihr näherte. Vielleicht fände sie dort einen weiteren Kommunikationsblock wie jenen, auf dem Xeramel lag. In jedem Fall ging sie sinnlosem Streit aus dem Weg.

Auch hier leuchteten die Sterne durch eine transparente Decke. Ihr Licht fächerte jedoch auf, wie in einem Prisma. Oder in zahlreichen winzigen Prismen, so vielen, wie Sterne zu sehen waren. Das Licht jedes einzelnen bildete einen Kegel, dessen Spitze die Decke berührte. Da die Sterne jedoch nicht als Punkte, sondern als verwischende Striche erschienen, waren die Grundflächen der Kegel keine Kreise, sondern Ellipsen. Rätselhafterweise variierte die Transparenz innerhalb jeder dieser konischen Formen. An manchen Stellen war er nur zu erahnen, an anderen gaukelte das Licht rote, blaue oder grüne Oberflächen vor, die aussahen wie Hartplast. Da sich die Kegel überschnitten, kombinierten sich die durch sie definierten Grundformen zu abstrakten Figuren großer Komplexität. Aneste glaubte ein Gesicht zu erkennen, das sich aber durch einen Schritt zur Seite in eine willkürliche Anordnung von Kreisen und Rechtecken auflöste. Dafür entstand an anderer Stelle ein Diamant.

Aneste setzte an, sich abzustoßen, unter der Decke über das Figurenensemble hinwegzuschweben, aber das war in der Schwerkraft natürlich unmöglich. Also bewegte sie sich vorsichtig über den Boden, bemüht, die Gebilde nicht zu berühren. Sie entdeckte Zacken, die an die Keilraumer der Giats erinnerten, und Spiralen, die den Strudeln des Rotraums ähnelten.

Schließlich gab sie ihrer Neugier nach und tauchte den Finger gegen eine der Projektionen. Sie spürte keinen Widerstand, es war tatsächlich nur Licht. Wie ein Hologramm … aber wieso *wirkte* es so anders? Auch Hologramme konnten sehr intensiv leuchten und undurchsichtige Flächen erzeugen. Doch das hier erschien trotz der abstrakten Darstellung *echter*.

Aneste stutzte.

Es lag nicht an der Optik, an keinem Eindruck, der den

menschlichen Sinnen zugänglich war. Und doch handelte es sich auch nicht um ein metaphysisches Phänomen. Im Gegenteil, die besondere Dichte war einer konsequenten Anwendung der Physik zuzuschreiben.

Das Kommunikationsimplantat in Anestes Kopf empfing niederenergetische Schwingungen, eine Übertragung, die kaum über diesen Raum hinausreichen würde. Es wäre untertrieben gewesen, festzustellen, dass der Datenstrom Zusatzinformationen vermittelte. Es ging nicht um Beschriftungen und Erläuterungen zu den Skulpturen. Aneste erfasste mathematische Beschreibungen, Algorithmen, die sie nicht ausführen konnte, weil ihr die dazu notwendigen Geräte fehlten. Durch ihre Struktur war ihr klar, dass es sich um so etwas wie Anweisungen für 3D-Drucker handelte, mit denen man im Schwarm Bauteile herstellte. Sie nahmen einfache Basismaterialien, wie etwa Kohlenstoff- oder Eisenverbindungen, und formten daraus dreidimensionale Gebilde, die Aggregate, Gebrauchsgegenstände oder Hüllenelemente verbesserten.

Die Anweisungen, die das Funkfeld in diesem Raum verbreitete, wiesen jedoch zwölf Dimensionen auf. Verblüfft fragte sich Aneste, was für eine Technologie man brauchte, um Materie über Länge, Höhe und Breite hinaus in neun weiteren Dimensionen zu formen. Wie mochte das Ergebnis aussehen? Waren das Strukturen, die sich in den Rotraum hinein erstreckten? Sie erinnerte sich an den Astridenstrom, von dem der Mann von der SQUID sprach. Aber hatte er nicht gesagt, dieser hätte erst eingesetzt, als sich das Einsatzteam bereits im Gebäude aufgehalten hatte?

Enthielten die multidimensionalen Lichtkunstwerke dann vielleicht eine Botschaft?

Aneste versuchte, sie mithilfe ihrer Implantate zu analysieren. Sie entdeckte, dass sie sich permanent veränderten, wenn auch so unmerklich, dass es dem bloßen Auge entging. Ihre Aufregung wich einer milden Enttäuschung, als sie erkannte, dass diese Änderungen mit der Wanderung der Sterne über den Nachthimmel zu erklären waren.

Zwei Türen führten aus diesem Raum weiter. Aus ihrer Anordnung schloss Aneste, dass eine davon zu Xeramel zurückführte. Sie wählte die andere.

Auch in dem Zimmer, in das sie dadurch gelangte, gewährte eine durchsichtige Decke den Blick auf die zu Streifen verschmierten Sterne. Es war wesentlich kleiner, wie eine einfache Kabine an Bord der Esox. Eine einzelne Skulptur füllte es aus. Sie war nicht aus Licht unterschiedlicher Transparenz geformt, aber ebenso rätselhaft wie jene im Nebenraum.

Das aus bizarr wuchernden Strängen bestehende Gebilde war ein Kubus mit zwanzig Seiten, aber da die Stränge keine geschlossenen Flächen bildeten, konnte Aneste ins Innere sehen, wo sich weitere Äste wanden. So ergaben sich je nach Abstand und Winkel unterschiedliche Einblicke.

Noch ungewöhnlicher war jedoch das Material. An einigen Stellen wirkte es wie Holz, an anderen wie Gold oder Kupfer. Manche Verästelungen funkelten wie geschliffener Diamant, andere waren stumpf wie Blei. Und auch bei diesem Kunstwerk blieb es nicht beim optischen Eindruck. Die Spektralanalysen, die Anestes Augenimplantate lieferten, deuteten darauf hin, dass es sich nicht um Nachbildungen handelte, sondern um tatsächliche Kombinationen unterschiedlichster Moleküle, die nahtlos ineinander übergingen. Besonders verblüffte sie ein zehn Zentimeter langer Abschnitt in einem armdicken Ast, der wie Quecksilber spiegelte. Sanfte Wellen zogen über seine Oberfläche.

Aneste trat heran. Wenn es sich um ein flüssiges Metall handelte – wieso behielt es dann seine Form? Wie konnte es den Rest der Struktur stützen? Oder war das nur eine äußere Schicht, die eine tragende Komponente verbarg?

Die optische Erfassung kam an ihre Grenzen. Aneste vertraute auf den Schutz des Anzugs und tauchte vorsichtig einen Finger hinein. Sie spürte Widerstand, wie man ihn bei einer zähen Flüssigkeit erwartete. Es war ein seltsamer Anblick, weil sowohl das Material als auch der Handschuh spiegelten.

Sie zog den Finger wieder heraus. Etwas von der Substanz blieb daran hängen.

Eine Anzeige an ihrem Unterarm bot ihr eine Analyse an. Es war nicht überraschend, dass der Handschuh einer Explorerkombination mit Sensoren ausgestattet war. Sie bestätigte.

Einzelne Tropfen erlagen dem Schwerkraftsog und fielen auf den glatten, hellen Boden, wo sie sich zu einer silbrigen Pfütze zusammenfanden.

»Copernicium«, meldete die Anzeige. »Ordnungszahl 112 des Periodensystems. Hoch radioaktiv, Zerfall auf halbe Masse innerhalb von vier Sekunden.«

Aneste schüttelte den Rest der quecksilberähnlichen Substanz von ihrem Handschuh. Er vereinigte sich mit der Pfütze. Den rasend schnellen Zerfall konnte sie jedoch nicht beobachten.

Knirschend und knackend verschoben sich die Äste, die den vielseitigen Kubus bildeten. Sie wuchsen, schufen neue Verbindungen und lösten andere. Auch die Materialien änderten sich vor Anestes Augen. Ein Bereich, der zuvor hölzern gewirkt hatte, wandelte sich in einen Abschnitt aus Kupferoxid und einen aus einem rauchigen Glas.

War das eine Botschaft, an sie gerichtet?

Falls das zutraf, sah sie keine Möglichkeit, sie zu lesen.

Die Tür, durch die sie die Kammer betreten hatte, zischte auf. Ein spinnenartiger Roboter huschte herein.

Solche Maschinen hatten die Expedition der SQUID angegriffen! Aneste sprang zurück und nahm das Gewehr von ihrer Schulter.

Aber der Roboter interessierte sich nicht für sie. Er krabbelte zur Coperniciumpfütze, sog das flüssige Metall ein und verschwand auf demselben Weg, auf dem er gekommen war.

Aneste sah die sich schließende Tür an, dann das Gewehr in ihrer Hand und das Kunstwerk, das nun wieder unbewegt stand. Einerseits wollte sie diesen Ort weiter erforschen, andererseits ahnte sie, dass seine Geheimnisse sie verwirren würden. Sie könnte Jahre hier zubringen, ohne die Botschaften der einstigen Bewohner zu entschlüsseln. Doch sie hatte eine andere Aufgabe: die Esox zu befreien. Derzeit gab es einen Waffenstillstand mit dem restlichen Schwarm, aber Tervoil und seine Soldaten hielten noch immer die Sektionen mit den Generatoren. Ein nichtiger Anlass mochte ausreichen, damit sie das Schiff auf Dauer verkrüppelten.

Aneste hasste sie. Die Okkupanten von der PAYARA mit ihren auf rohe Kraft gezüchteten Körpern waren noch stärker im Schleim der materiellen Welt verhaftet als die anderen Menschen! Sie hielten sich für überlegen, aber sie verstanden nichts vom Schicksal der Esox und ihrer Bewohner, vom mutigen Aufbruch in ein geistiges Universum jenseits biologischer Schranken.

Auch von diesem Zimmer aus führte eine Tür zurück in den Raum mit Xeramel und den anderen. Von dort ertönte eine Unruhe, die Aneste aus ihren Überlegungen riss. Sie hängte ihre Waffe wieder über die Schulter und ging zurück.

»… sie aufwecken!«, rief Kara entschieden.

»Ich weiß nicht, welche Auswirkungen das haben kann«, erwiderte Zegato unsicher.

»Sie ist vollkommen schlaff.« Zum Beweis hob Kara Xeramels Arm am Handgelenk an und ließ ihn los. Kraftlos fiel er zurück auf den blauen Stein.

»Ich messe noch Hirnaktivität.«

»*Noch*. Hast du dich so lange um sie gekümmert, um sie jetzt zu verlieren?«

Die beiden sahen sich an.

»Ich könnte ihr ein Aufputschmittel injizieren«, bot Zegato an.

»Tu es!«, forderte Kara.

»Bist du jetzt Ärztin?«, schnappte Aneste.

»Sie hat nicht ganz unrecht.« Zegato holte eine Spritze aus dem Medokit. »Ihre Hirnaktivität liegt bei einem Zehntel dessen, was für einen Entspannungsschlaf üblich ist.«

Aneste ärgerte sich darüber, dass er dieses Püppchen ihr vorzog, aber auch sie selbst hatte keine medizinischen Kenntnisse. »Was, wenn wir unsere Gastgeber verärgern, indem wir ihnen Xeramel entziehen?«

Kara wirbelte zu ihr herum. »Und was, wenn unsere *Gastgeber* keine Ahnung von ihrer Physis haben? Mit ihren Implantaten könnte man noch nicht einmal auf der MARLIN eine zuverlässige Diagnose stellen! Zegato ist der Einzige, der sich mit ihr auskennt, und sie ist seine Patientin.«

»Wieso braucht er dann deine Anweisung?«

»Das reicht.« Zegato hielt die Injektionsdüse an Xeramels Halsschlagader. »Ich wecke sie auf.«

Noch während sie auf das Erwachen der klein gewachsenen Frau warteten, kam die Aufzugkabine von unten herauf. Arlohn stieg aus und wandte sich ohne Umschweife an Aneste. »Wir haben etwas gefunden, das ihr euch ansehen solltet.«

Obwohl er kein konkretes Anzeichen von Gefahr entdeckte, missfielen Zegato die Messwerte, die die Implantate in Xeramels Kopf an seinen Diagnosescanner lieferten. Das lag vor allem daran, dass er sie nicht verstand. Als Arzt hätte er seine Patientin am liebsten in einem Behandlungsraum auf der Esox ruhiggestellt und mit allen Mitteln der Medizintechnik untersucht. Stattdessen fuhr er mit ihr, seiner Schwester, Arlohn und Kara Jeskon im Schacht abwärts. Die anderen sprachen über die Entdeckungen der Trupps, in die sich das Bodenteam aufgeteilt hatte, aber dafür konnte Zegato keine Aufmerksamkeit erübrigen.

Die Aktivität in denjenigen Bereichen von Xeramels Gehirn, die sich mit der Aufnahme und Verarbeitung von Sinneseindrücken beschäftigten, nahm nur sehr langsam zu. An diesem Kriterium gemessen befand sie sich im Halbschlaf. Andererseits hielt sie sich aufrecht, trotz der Schwerkraft, deren beständiger Zug Zegato zu erschöpfen begann. Sie ging mit der Gruppe, als die Kabine den Boden erreichte und sie das Gebäude verließen. Atmung und Kreislauf waren einem Wachzustand mit mäßiger Aktivität angemessen, bewegten sich also auf einem höheren Niveau als die sensorische Verarbeitung. Ob der Austausch auf dem blauen Block oder der Abbruch desselben diese Areale geschädigt hatte?

Dafür fand Zegato kein Anzeichen. Allerdings überlagerte starke Aktivität in anderen Bereichen die Werte. In Xeramels Gedächtnis fanden umfassende Neugruppierungen statt. Zegatos beste Vermutung bestand darin, dass neue Erinnerungen abgelegt wurden. Aber was veranlasste das, wenn die Sinne doch praktisch schliefen? Handelte es sich um Nachwirkungen der Einspeisung, wie eine Welle, die nur langsam auslief?

»Woran erinnerst du dich?«, fragte er.

Zu seiner Überraschung nahm Xeramel die Frage wahr und beantwortete sie. »Ich habe uns ins Refugium geführt ... Danach ... ein Bild ... die Sphäre setzt sich zusammen.«

Zegato dachte an das multidimensionale Kunstwerk, das

bei ihrem Flug in die Sonne in die Fähre übertragen worden war. Meinte Xeramel das? Und wieso sagte sie ›Sphäre‹? Diese Bezeichnung benutzten diejenigen, die nicht mit dem Gebilde in Kontakt standen. Wer am Austausch beteiligt war, übernahm für gewöhnlich die Eigenbezeichnung ›Imago-Projekt‹.

Er rief weitere Daten ab, doch das Bild blieb rätselhaft. Was ging nur in Xeramels Kopf vor?

Sie erreichten schlanke Bäume, deren orangefarbene Wipfel unten gewölbte, nach oben aber lang gezogene Kegel bildeten. Die Wohnhäuser umstanden den Hain in einigem Abstand. Im Licht aus den Schirmen warfen sie unscharfe, ineinanderlaufende Schatten auf das Gras. Den Einstieg, der unter die Erde hinabführte, erkannte Zegato erst, als sie ihn beinahe erreicht hatten.

Arlohn verharrte. Der Blick des kräftigen Mannes wanderte von Xeramel zu ihrem Arzt. »Dort unten gibt es noch jemanden, der deine Aufmerksamkeit braucht.«

Skeptisch wechselte Zegato durch einige Anzeigen seines Diagnosescanners, sah aber ein, dass dieses Handgerät nicht ausreichte, um Xeramels Zustand zuverlässig untersuchen zu können. Er deaktivierte es und blickte Arlohn an. »Hat sich einer von uns bei der Suche verletzt?«

»Du hast nicht zugehört, oder?«

Zegato fand, dass ein Achselzucken ausreichte, um das Offensichtliche zu bestätigen.

»Am besten siehst du ihn dir ohnehin selbst an.« Arlohn drehte sich um und stieg die Stufen hinab.

Zegato folgte mit den anderen.

Die Treppe bestand aus einem dunkelblauen Material, das gerade genug leuchtete, damit man sah, wohin man die Füße setzte. Zehn Meter unter der Erde mündete sie in einen schnurgeraden Gang, bei dem Zegato beide Wände berührt hätte, wenn er die Arme ausgestreckt hätte. Ihre Schritte hallten metallisch.

»Das Schott hat sich geöffnet, als wir uns ihm genähert haben«, erklärte Arlohn, während sie auf ein helles Rechteck zugingen.

Dahinter erwartete sie ein runder Raum mit leicht gewölbter Decke, aus der milchiges Licht fiel. In der Mitte erhob sich eine zylindrische Säule mit einer Öffnung, neben der ein Bedienfeld auf einer Stange angebracht war. Vermutlich ein Aufzug, wie in dem pilzförmigen Haus. Überhaupt glich dieser Raum dem Schirm jenes Gebäudes, wies aber mit zehn Metern einen erheblich geringeren Durchmesser auf. An den Wänden kauerten kopfgroße Spinnenroboter reglos in dunklen Nischen.

Der auffälligste Einrichtungsgegenstand ähnelte dem blauen Block, auf dem Xeramel gelegen hatte. Auch hier ruhte ein Körper, aber er war von einem durchsichtigen Halbzylinder umhüllt.

»Ein Bürger dieser Stadt?« Aufgeregt trat Zegato an den Mann heran. »Schläft er?«

»Das wüssten wir gern von dir«, sagte Arlohn.

Der Mann trug ein rotes Gewand, das einem Kleid ähnelte. Der dünne Stoff offenbarte eine so schlanke Gestalt, dass Zegato Mangelernährung nicht ausschließen konnte. Ein zentimeterkurzer weißer Bart bedeckte Kinn und Wangen. Die obere Hälfte des Kopfes bestand aus glänzendem blauen Metall, das humanoide Formen nachbildete. Dasselbe Material formte die geschlossenen Lider.

»Ist das überhaupt ein Mensch?«, fragte Kara Jeskon.

Aneste schnaubte. »Machen dich Implantate nervös?«

»Es könnte auch ein menschenähnlicher Roboter sein«, verteidigte Kara ihre Frage.

»Das bezweifle ich.« Zegato beugte sich über ein Anzeigefeld am Kopfende. »Wenn ich mich nicht täusche, werden hier Herzfrequenz und Hirnaktivität gemessen. Die blaue Kurve könnte die Sauerstoffsättigung im Blut angeben. Und die grüne …«

Er nahm sein Gewehr vom Rücken und lehnte es an die Wand.

»Aber vielleicht liege ich falsch. Die Anzeige verändert sich zu langsam, selbst für einen Schläfer.«

»Wenn es ein normaler Schlaf wäre«, warf Arlohn ein, »wäre der Mann bereits aufgewacht. Er ist mit Sicherheit betäubt.«

»Ein künstliches Koma?«, schlug Aneste vor.

»Nach einem Operationssaal sieht das hier nicht aus«, zweifelte Kara.

»Gibt es irgendetwas, das ich sagen kann, ohne dass du mir widersprichst?«, giftete Aneste.

»Greif nur an dein Gewehr! Ich habe keine Angst vor dir.«

Zegato räusperte sich. »Möglicherweise eher ein Permaschlaf als ein Koma.«

»Worin liegt denn der Unterschied?«, wollte Aneste wissen.

»Es geht weniger darum, einen bestimmten Zustand zu erhalten, bis man eine Behandlung durchführt«, erklärte er. »Stattdessen will man lange Zeiträume überbrücken, indem man die Vitalfunktionen minimiert. In den Anfangstagen der Raumfahrt hat man damit experimentiert, als man dachte, man könnte nur unterlichtschnell zwischen Sternen reisen. Vor den Yamadatriebwerken. Die Besatzung hätte Jahrzehnte in Stasis verbracht und wäre am Zielort aufgeweckt worden, ohne merklich gealtert zu sein.«

»Hat man das oft gemacht?«, fragte Kara.

Er schüttelte den Kopf. »Die Technologie ist nie über das Experimentalstadium hinausgekommen, soweit ich weiß.«

»Auf diesem Planeten offenbar schon«, meinte Arlohn trocken.

»Aber das hier ist kein Raumschiff auf dem Weg irgendwohin. Oder es hat nie abgehoben.«

Alle musterten den reglosen Körper und suchten nach weiteren Hinweisen an dem blauen Block. Nur Xeramel stand desinteressiert abseits.

Die Anzeige am Kopfende blieb die einzige in unmittelbarer Nähe des Schläfers, aber Kara fand eine Anordnung silberner Halbkugeln, die schräg unter einer Nische mit einem Spinnenroboter in die Wand eingelassen war. »Ich glaube, das könnten Bedienelemente sein.«

»Ein guter Grund, sie nicht zu berühren«, meinte Aneste. »Wir haben keine Ahnung, was sie auslösen.«

»Ich dachte, wir wären auf dem Planeten gelandet, um Kontakt herzustellen?« Grinsend näherte sie ihre Hand den Halbkugeln.

»Weg da!«, rief Aneste.

Zögernd sah Kara den Schläfer an. »Ist euch eigentlich klar, was das bedeutet? Wir haben einen Menschen gefunden, der außerhalb des Schwarms geboren wurde. Wir wissen nicht, aus welcher Zeit er stammt. Ziemlich sicher kann er uns erzählen, wie dieses System zu dem geworden ist, was wir hier vorfinden.«

»Aber wir wissen nicht, was diese Schaltfelder auslösen!«

»Hast du Angst, die Kontrolle zu verlieren?«

»Das wird mir zu blöd!« Aneste richtete das Gewehr auf Kara.

»Lass das!«, forderte Zegato.

Unbeirrt zielte Aneste auf Kara. »Ich rate dir, von den Schaltfeldern wegzugehen.«

»Und wenn nicht, ermordest du mich? So wie Macro?« Sie strich mit den Fingern über die Halbkugeln.

Der Druck war sicher zu schwach, um die Elemente in der Wand zu versenken, aber offenbar reichte die Nähe von Karas Hand, vielleicht schon ihr Körpermagnetfeld, aus, um eine Reaktion zu veranlassen.

Der Boden zitterte. Zegato fühlte den Druck unter seinen Füßen, er wurde angehoben.

Über ihnen fiel Helligkeit auf die Decke. Sie war durchsichtig, und sie hob sich aus dem Erdreich, das von der Rundung rutschte! Zegato hörte das Brechen von Holz, er sah die turmartigen Gebäude mit ihren ausladenden Schirmen. Sie selbst strebten immer höher. Befanden sie sich in einem Raumfahrzeug, das nun seinem Bestimmungsort entgegenstrebte? Aber die Geräusche passten nicht zu einem Triebwerk. Ein Zischen war von unten zu hören.

Abrupt stoppte die Bewegung etwa fünfzig Meter über dem Boden.

Arlohn zeigte auf eines der Gebäude jenseits der Kuppel. »Wir sind auch in so einem Haus.«

»Möglich«, überlegte Zegato. »Die Form dieses Raums …«

Er unterbrach sich. Die Röhre, die den Schläfer umschloss, rotierte. Auf der einen Seite versank das transparente Material im Stein, auf der anderen kam eine Öffnung zum Vorschein. Als die Bewegung stoppte, lag der Mann im Freien.

Seine metallischen Lider flatterten, was ein schabendes Geräusch verursachte, und der Brustkorb hob sich.

»Er erwacht!« Kara lehnte bleich an der Wand.

Zegato eilte zu den Anzeigen. Die Ausschläge betrugen nun ein Vielfaches dessen, was er zuvor gesehen hatte, und sie kamen erheblich schneller.

Stöhnend drückte der Mann seinen Oberkörper ein Stück hoch.

»Verstehen Sie mich?« Zegato trat in sein Blickfeld. »Wir wollen Ihnen helfen.«

Der Mann wandte den zur Hälfte metallischen Kopf und sah ihn an. Sein Stöhnen ging in artikulierte Worte über: »… Wahnsinn überstanden? Wer seid ihr?«

»Wir sind … Forscher. Ich möchte, dass Sie sich wieder hinlegen. Sie dürfen sich nicht überfordern.« Die wilde Anzeige machte einen besorgniserregenden Eindruck, aber Zegato konnte sie nicht interpretieren. Er löste die Druckspritze von seinem Diagnosescanner, schob den rechten Ärmel des Mannes hoch und injizierte ihm Mikrosonden.

Sofort nahmen die winzigen Geräte Kontakt mit dem Handscanner auf. Sie verteilten sich mit dem Blutstrom und dockten an aufschlussreichen Stellen an. Dass ihnen das augenblicklich gelang, bewies, dass der Aufbau des Körpers dem menschlichen entsprach.

»Wie viele Generationen sind vergangen?«, stammelte der Mann. »Ihr seid Menschen! Habt ihr sie besiegt? Deaktiviert?«

Sein Oberkörper fiel zurück.

»Die Nervenbahnen zersetzen sich!«, rief Zegato alarmiert. »In rasendem Tempo! Der Kreislauf schwankt.«

»Tu etwas dagegen!«, forderte Aneste.

Er brauchte eine Diagnose! Wirkte ein Gift im Körper des Mannes? Aber woher hätte das kommen sollen?

Eine Krankheit, an der er bereits gelitten hatte, als er in den Permaschlaf gefallen war?

Oder sah er eine Folge einer zu langen Ruhephase?

Doch der Mann musste damit gerechnet haben, hundert Jahre oder länger zu schlafen. Sonst hätte er nicht nach Generationen gefragt.

Der Körper verkrampfte sich.

»Tu etwas!«, rief Aneste.

Zegato öffnete das Medokit, aber bevor er ein Sedativum hätte injizieren können, schrie Arlohn unartikuliert auf.

Er riss das Gewehr hoch und zielte auf einen Spinnenroboter, der mit klackenden Gliedmaßen seine Nische verließ und an der Wand herabkrabbelte.

Aneste sprang zu ihm und drückte die Waffe hinunter. »Wir sollten nicht unbedacht …«

Ein blauer Laserstrahl zuckte vom Rücken des Roboters zu Arlohns Anzug, wo er an der spiegelnden Oberfläche auffächerte. Einige der Sekundärstrahlen strichen über Zegatos Brust, wurden dort aber zu diffuser Helligkeit gestreut.

Arlohn fluchte, stieß Aneste zur Seite, legte an und schoss. Er zerkochte den Roboter, aber ein halbes Dutzend weitere setzten sich nun in Bewegung.

»Hauben überziehen!«, rief Aneste.

Sie hatte recht: Am Kopf schützte sie nichts vor den Bahnen kohärenten Lichts! Jeder Treffer dort konnte tödlich sein.

Zegato riss am verspiegelten Stoff in seinem Nacken und zog ihn über den Kopf. Währenddessen schnitten die Laser bereits durch den Raum. Er spürte die Hitze ionisierter Luft auf Stirn und Kinn, wo der Visor das Gesicht nicht bedeckte. Sollte er die Atemmaske aufsetzen?

Aber die bot kaum Schutz! Stattdessen rannte er zu Xeramel, die noch immer unbewegt stand. Er riss sie zu Boden und sorgte dafür, dass auch ihre Haube über dem Kopf lag.

Über ihnen knallte die Luft, wenn die Laserstrahlen erloschen.

Ein Alarmton drang aus dem Diagnosescanner. Die Mikrosonden meldeten den Tod des Körpers, in den sie injiziert waren.

Gerade noch hatte der unglaubliche Fund – ein Mensch im Permaschlaf – Kara Jeskon euphorisiert, und jetzt war alles so schrecklich falsch! Ein Albtraum aus Gewalt tobte durch den Raum. Laserstrahlen blitzten, Roboterbeine klackten auf dem Boden und an den Wänden, an denen sich die Maschinen so mühelos bewegten, als wären sie nicht der Schwerkraft unterworfen. Arlohn schrie, die linke Hälfte seines Gesichts war stark gerötet. Zegato und Xeramel lagen auf dem Boden, Kara wagte nicht, genauer hinzusehen.

Stattdessen zog sie die Kapuze so weit wie möglich über ihren Kopf und kauerte sich hinter den massiven Block, auf dem der Erwachte lag.

Aneste hatte denselben Gedanken, sodass sich die beiden Frauen nebeneinander wiederfanden.

»Es tut mir leid«, schluchzte Kara, »ich habe nicht geahnt, dass …«

»Irrelevant!«, unterbrach Aneste sie. Ihre Chromaugen richteten sich auf einen Spinnenroboter, der gerade seine Nische verließ. Mit unheimlicher Präzision, ohne einen Zentimeter von der optimalen Bahn abzuweichen, brachte sie das Lasergewehr in Anschlag und schoss.

Blaues Licht gleißte zwischen der Waffe und dem Ziel. Glühende Tropfen sprühten aus dem dunklen Metall des Roboters, er fiel zu Boden, wo er scheppernd aufschlug.

»Nimm dir Zegatos Gewehr!«, forderte Aneste. Sie selbst drehte sich nach links, um den nächsten Gegner anzuvisieren.

Wieso *Zegatos Gewehr*? War er etwa wirklich tot?

Kara atmete tief und schnell, aber dennoch hatte sie das Gefühl, keine Luft zu bekommen. Ihre Lippen kribbelten und sie konnte die Finger nicht mehr strecken.

Aneste rückte ein Stück näher an sie heran und musterte ihre Waffe. Stimmte etwas damit nicht?

»Hast du Zegatos Gewehr?«, fragte sie.

»Nein, ich …« Ständig knallte es, weil Luft implosionsartig in die ionisierten Schussbahnen der Laserstrahlen zurückströmte, oder weil etwas in einem Roboter detonierte. Nur mit Mühe hielt sich Kara davon ab, die verkrampften Hände auf die Ohren zu pressen. »Ich kann nicht …«

»Er hat es an die Wand gelehnt.« Aneste betätigte ein paar Schaltfelder im Kontrollholo ihres Gewehrs. »Hol es mir, wenn du dazu beitragen willst, dass ein paar von uns lebend hier rauskommen.«

Gestreute Lichtstrahlen flirrten durch den Raum.

Zitternd zog sich Kara am Block hoch. War er wärmer als zuvor? Hatten Lasertreffer ihn aufgeheizt?

Kara wollte sich umsehen, um Zegatos Gewehr zu finden, aber ihr Blick blieb an dem reglosen Körper des Mannes hängen, den sie geweckt hatten. Den *Kara* geweckt hatte. Wie viele Jahrhunderte hatte er zuvor im Permaschlaf überstanden? Und jetzt? War er tot? Ihretwegen? Wegen ihres eitlen Streits mit Aneste?

Für einen Moment trat das Lasergewitter in Karas Wahrnehmung in den Hintergrund. Sie berührte den reglosen Körper. Er fühlte sich warm und fest an. Leichen waren doch kalt, oder? Und die Festigkeit könnte von verkrampften Muskeln rühren, und Muskeln konnten doch nur bei einem lebenden Menschen angespannt sein … Also hatte ihre dumme Aktion vielleicht doch nicht ganz so schreckliche Folgen?

Hoffnung schöpfend sah Kara in das Gesicht. Der Mund stand offen, die Lippen bewegten sich nicht. Bei einem Menschen mit vollständig biologischem Antlitz hätten sich wohl die Nasenlöcher beim Atmen geweitet und zusammengezogen, aber da bei diesem Mann ein metallischer Winkel die Nase ersetzte, durfte Kara hier keinen Hinweis erhoffen. Die Augen standen offen und starrten zur Decke.

Kara nahm über sich eine Bewegung wahr. Im Nachthimmel wurde eine Gruppe von Lichtern rasch größer. Ein Fauchen begleitete sie. Das waren flammende Schubdüsen!

Kurz bevor sie auf der Dachkuppel aufsetzte, fiel das Licht der höheren Häuser auf die annähernd zylindrische Fähre. Kara erkannte sofort, dass sie von der SQUID kommen musste. Mit ihren Wülsten und Knoten wirkte die grünbraune Hülle des vom Bug zum Heck zehn Meter messenden Gefährts gewachsen, nicht gebaut.

Massive Metallkörper lösten sich aus dem Boden der Fähre und durchschlugen die transparente Decke an vier Stellen. Das Plast splitterte und brach ein, durchsichtige Bruchstücke regneten auf Menschen und Roboter im Raum nieder. Kara zog den Kopf ein. Die Splitter prasselten auf ihre Kapuze.

Als sie wieder hochsah, erkannte sie aus dem Augenwinkel, dass Zegato Xeramel an den Rand des Raums zog.

Die runden Metallkörper schlugen nicht auf den Boden, an Stahlkabeln holte man sie wieder ein. Kara vermutete, dass es sich um Magnete handelte, die man eigentlich benutzte, um an einem Raumschiff anzudocken.

Aus einer Luke im Boden der Fähre fielen schwarze Taue, an denen sich Soldaten in Reflektoranzügen abseilten. Kara brauchte einen Moment, um das Geschehen zu erfassen, weil es von der Logik der Gravitation diktiert wurde. Die Kämpfer mit den kurzen Laserstrahlern in den Händen mussten sich nicht abstoßen, um einen Bewegungsimpuls zu setzen. Sie glitten von allein nach unten, ebenso wie die Taue zu Boden fielen und die Splitter der Transplastdecke nicht im Raum schwebten, sondern auf dem Boden lagen, wo sie knirschten, wenn man darauftrat. Für die Bewohner der SQUID war Schwerkraft jedoch etwas Selbstverständliches, in ihrem Schiff lebten sie ständig damit. Sie bewegten sich so geschmeidig, dass Kara unwillkürlich darüber nachdachte, ob die grobschlächtigen Krieger der PAYARA in dieser Umgebung gegen sie angekommen wären.

Das halbe Dutzend Soldaten lief auf Kara, Aneste und

den Schläfer zu. In der Bewegung feuerten die Kämpfer ihre Laser ab und brachten Roboter zur Explosion. Sie steckten auch Treffer ein, und Kara duckte sich hinter den Stein, um sich vor den Strahlen zu schützen, die ihre glänzenden Anzüge reflektierten.

Die Soldaten bildeten einen engen Kreis um sie, den sie nach außen sicherten. Einer von ihnen schien verletzt zu sein, er humpelte und hatte sichtliche Mühe, sich abzuhocken.

Aneste fühlte sich wohl dadurch gekränkt, wie eine wehrlose Schutzperson behandelt zu werden. Sie drängte sich in den Kreis und beteiligte sich am Beschuss der Roboter.

Dabei rempelte sie eine schlanke Gestalt an, die sich daraufhin abstützen musste, um nicht zu fallen. Das nutzten zwei der spinnenartigen Maschinen aus. Sie huschten heran und sprangen Anestes Nachbarn an. Ihre gebogene Flugbahn machte Kara erneut bewusst, dass sie sich in einer Schwerkraftumgebung befand.

Der angesprungene Soldat machte sich darüber sicher keine Gedanken. Er ging unter dem Ansturm der beiden Roboter zu Boden. Statt ihrer Laser setzten sie ihre spitz auslaufenden Beine ein, die sie in den Spiegelanzug krallten. Durch das Knallen, das jedem Strahlerschuss folgte, hörte Kara die Kunstfasern reißen. Hektisch zappelte der Soldat, bekam die Maschinen aber nicht von sich herunter.

Es wäre ihr wie eine Ausrede vorgekommen, wenn sich Kara darauf berufen hätte, nie eine Kompetenzstufe im Militärwesen erworben zu haben, um sich aus dem Kampf herauszuhalten. Sie griff einen Metallsplitter, der aus einer Strebe des zerbrochenen Dachs stammen mochte, und eilte damit zum Geschehen.

Helles Streufeuer strich über ihr Gesicht und blendete sie für eine Sekunde. Aber auch alle anderen begaben sich in Gefahr. Hier mussten die Menschen zusammenstehen!

Sie nahm den Splitter in beide Hände, holte hoch über dem Kopf aus, und rammte ihn auf den eiförmigen Hauptkörper eines Roboters. Es krachte hell.

Zwar drang sie nicht durch die Panzerung, aber sie löste wohl eine Abwehrroutine aus. Die Maschine hatte einen Ärmel gründlich zerrissen, darunter sah Kara grüne Saugnäpfe, zwischen denen Blut hervorsickerte. Jetzt öffneten sich die Spinnenbeine, der Roboter krabbelte auf Kara zu.

Mit atemberaubender Körperbeherrschung sprang der schlanke Soldat auf, obwohl der zweite Gegner noch an ihm hing, und trat schwungvoll gegen die Metallspinne. Bevor sie Kara erreichte, flog sie davon und verschwand im Gewitter aus Schüssen und Explosionen. Kara erinnerte sich an nichts Brennbares im Raum, dennoch schränkten Rauchschwaden die Sicht zusätzlich ein.

Kara warf einen schnellen Blick in das Gesicht ihres Gegenübers. Es war eine Frau mit auffällig länglichem Kopf, bei dem der Bereich zwischen Augen und Mund gestreckt erschien.

Sie half ihr mit dem noch an ihrer Seite klammernden Roboter, indem sie den Metallsplitter wie einen Eispickel benutzte. Mit unartikulierten Schreien machte sie ihrer Aufregung Luft. Beim dritten oder vierten Schlag traf sie irgendetwas Empfindliches, einen Sensor vielleicht. Funken sprühten aus dem Kopfende der Maschine. Kara lachte wütend.

Die Soldatin dagegen bewegte sich absurd kontrolliert. Sie machte zwei Schritte zu dem Gewehr, das ihr entfallen war, hockte sich hin, nahm die Waffe auf, drückte die Mündung in die Flanke des an ihrem Anzug und wohl auch an ihrem Fleisch zerrenden Roboters, und löste den Schuss aus.

Ein helles Kreischen, wie von einem Tier, drang aus der Maschine. Mit einer Sekunde Verzögerung trat der blaue

Lichtstrahl auf der gegenüberliegenden Seite wieder aus, stach in den Boden und kochte diesen auf.

Verächtlich schlug die Soldatin den Gewehrkolben gegen den Roboter, der daraufhin abfiel.

Er hatte schrecklich gewütet, das Blut ergoss sich in einem dicken Schwall aus dem zerfetzten Gewebe und quoll über das Bein.

Die Soldatin beachtete es nicht. Stattdessen legte sie auf die nächste Maschine an. Wo kamen die nur alle her? Das mussten viel mehr sein, als Kara in den Nischen gesehen hatte!

Sie ließ den Metallsplitter fallen und löste die Dose mit dem Allzweck-Medospray von ihrem Gürtel. Obwohl sie sich damit endgültig aus der Deckung des Steins begab, folgte sie der verwundeten Soldatin, hockte sich neben sie und versorgte die Wunde. Der Sprühverband würde Anzug, Haut und Fleisch miteinander verkleben, doch darum müsste sich später ein Arzt kümmern. Jetzt kam es darauf an, die Blutung zu stoppen.

Die Soldatin nahm weiter am Kampf teil, aber wenn die Energiezelle ihrer Waffe nachlud, wandte sie Kara ihre Seite zu und hob den linken Arm an, damit die Wunde gut zugänglich war. Sie nahm die Kooperation unter Kameraden auf dem Gefechtsfeld selbstverständlich an. War es immer so im Kampf? Kara versuchte, sich nicht von dem Respekt für diese Krieger ablenken zu lassen. Sie leerte die Dose. Der Sprühverband sah aus wie eine durchscheinend blaue Wucherung, aber er erfüllte seinen Zweck. Das Hartgel färbte sich violett, wo es das Blut aufnahm, aber soweit Kara erkannte, kam nur noch wenig nach.

Ein Treffer sprengte ein großes Stück aus dem Steinblock. Blaue Splitter schossen durch den Raum. Einige trafen Kara im Rücken und warfen sie um. Mehrere Explosionen donnerten.

Plötzlich setzte Stille ein. Die lautesten Geräusche waren das Atmen der Kämpfer, das wegen der Masken hohl klang, das Knacken von Glas und das Knistern von Flammen.

Vorsichtig drückte sich Kara hoch. Ihre Wirbelsäule schmerzte, aber da sie die Beine bewegen konnte, nahm sie an, dass kein Knochen gebrochen war.

Sie betrachtete den verwüsteten Raum. Der Rauch stieg nach oben – noch so ein Schwerkraftphänomen, hier wirkte sich die geringere Dichte eines heißen Gasgemischs in leichterem Gewicht aus – und entwich durch die gesplitterte Decke. Von der SQUID-Fähre war nichts mehr zu sehen.

Die Soldaten verharrten in ihrer hockenden Position. Ruhig schwenkten sie die Gewehre, wohl auf der Suche nach weiteren Robotern.

Xeramel und Zegato kauerten neben dem halb zerstörten Block. Kara weinte vor Erleichterung, weil sie keine Verletzungen erkannte.

»Phase zwei«, sagte der humpelnde Soldat.

Einer der anderen richtete sein Gewehr auf Aneste. »Waffe fallen lassen!«

Sichtlich verdutzt starrte die Rebellin ihn an.

»Seid ihr wahnsinnig?«, rief Arlohn, der neben dem nun ebenfalls zerbrochenen und durch Schmelzlöcher verunzierten Aufzugschacht stand. »Gerade haben wir doch noch gemeinsam …«

»Du auch!«, rief die Soldatin, die Kara verarztet hatte. »Waffe weg!«

Trotzig schob Arlohn das Kinn vor. Statt es wegzuwerfen, setzte er an, sein Gewehr auf die Soldaten zu richten.

Ansatzlos schoss die Soldatin. Das blaue Licht traf Arlohn im Gesicht.

Dass er vollkommen lautlos, ohne einen Schrei, auf der Stelle zusammenbrach, fand Kara ebenso unheimlich wie den Anblick des verschmorten, Blasen werfenden Kopfes. Würgend krümmte sie sich.

Anestes Gewehr klapperte auf den Boden.

»Streck die Arme zur Seite!«, forderte ein Soldat. »Ich will deine Hände sehen!«

Der humpelnde Kämpfer kam zu Kara.

Zitternd sah sie zu ihm hoch.

Er nahm die Atemmaske ab.

»Berglen!«, rief sie erleichtert.

»Geht es dir gut?« Er beugte sich zu ihr herab und streckte ihr die Hand hin, um ihr aufzuhelfen. Sein linkes Bein machte ihm offensichtlich Schwierigkeiten, er krümmte das Knie kaum.

Sie zog sich hoch. »Ich denke schon«, antwortete sie mit rauer Stimme. Der Rauch kribbelte in ihrer Kehle.

»Ich konnte nicht zulassen, dass du gefangen gehalten wirst.« Er wirkte, als wollte er sie in die Arme nehmen, wurde sich dann aber wohl bewusst, dass sie nicht allein waren. Verlegen sah er zu Xeramel und Zegato. »Ihr, meine ich. Unser Auftrag lautet, euch alle zu befreien.«

»Das war auch dein Glück«, stellte die verletzte Frau mit den Saugnäpfen an Aneste gerichtet fest. »Ohne diese Order wären wir nicht rechtzeitig hier gewesen, um mit den Spinnen zu spielen.«

Anestes Chromaugen verbargen ihre Emotionen.

»Wie geht es deiner Patientin?«, fragte Berglen Zegato. »Kannst du dich auch um Arquila kümmern?«

»Ich warte lieber, bis mich die Gnädige Mutter wieder umfängt«, gab die Verletzte zurück. Die Streifen des zerschnittenen rechten Ärmels blieben an den größeren ihrer Saugnäpfe hängen.

Kara kannte Zegato inzwischen gut genug, um trotz des Spiegelbandes vor seinem Gesicht aus der Kopfhaltung zu schließen, worauf er seine Aufmerksamkeit richtete. Jetzt sah er erst zu Kara, bevor er Berglen antwortete. »Es wäre gut, wenn ich ihr ein paar Sonden injizieren könnte, um …«

»Ich warte, bis wir zurück auf der SQUID sind!«, unterbrach ihn Arquila.

Berglen schien kurz zu überlegen. Er nickte knapp.

»Die Aufständischen haben sicher große Unruhe auf der ESOX verursacht«, sagte er.

Natürlich! Kara begriff, dass Berglen Zegato von seinem kurzen Aufenthalt auf der ESOX kannte. Er wusste auch, dass er Xeramel behandelte. Aber davon, dass er ebenfalls ein Rebell war, konnte er nichts ahnen.

War es Karas Pflicht, ihn zu verraten?

Sie wagte noch nicht einmal, zum erschossenen Arlohn hinüberzusehen. Offensichtlich gingen die Soldaten nicht zimperlich mit ihren Gegnern um. Nun, da sie ihr Ziel erreicht hatten, brauchten sie keine Rücksicht mehr zu nehmen. Dass sie Aneste nicht sofort erschossen, musste nichts bedeuten. Sie dachte an die Hinrichtung der gefangenen Rebellen auf der ESOX. Berglen war nicht Tervoil, aber er war auch kein Koexistenzialist. Es war gut möglich, dass er dem harten Durchgreifen des Kommissars zustimmte und ähnlich verfahren würde.

Karas Gedanken rasten. Sie ließ zu, dass Berglen sie nun doch umarmte. Hoffentlich wurde Zegato jetzt nicht eifersüchtig! Solche Aufwallungen veranlassten Männer oft zu Ausbrüchen bar jeder Rationalität.

»Was wird aus …« Kara unterbrach sich. Machte sie Zegato verdächtig, wenn sie fragte, wie man mit den Gefangenen umzugehen gedachte?

Berglen dachte vermutlich, dass sie sich nach etwas anderem erkundigen wollte. »Die Sphäre hat die Astridenfähren freigegeben. Auch die von der MARLIN. Manche von ihnen sind seltsam umgebaut. Es sieht nicht nach mutwilliger Zerstörung aus, aber sie sind kaum noch raumflugtauglich.«

»Das Imago-Projekt hat ihre Materie als Speicher genutzt«, sagte Xeramel mit glasklarer Stimme.

Verdutzt sah Berglen sie an. »Seit wann spricht sie?«

»Mit genug Energie kann man jede Materie in jede andere umwandeln«, erklärte Xeramel ungerührt. »Osmium verschmilzt mit Wasserstoff zu Iridium. Das Chrom einer äußeren Raumschiffhülle lässt sich leicht in Titan und Helium trennen.«

»Spricht sie von Kernfusion und Kernspaltung?«, fragte Berglen.

»Sie haben Xeramel programmiert.« Zegatos Hände fuhren durch die Luft. »Daten in ihrem Hirn gespeichert. Sie ... weiß Dinge.«

»Ich bin kein Arzt«, gestand Berglen, »aber mir scheint, dass es ihr deutlich besser geht als während meines Besuchs bei euch.«

»Vermutlich stimmt das«, meinte Zegato.

»Moment«, bat Berglen und hielt die Atemmaske wieder vor sein Gesicht. Er humpelte ein Stück zur Seite, wobei Scherben unter seinen Füßen brachen, und sprach hinein.

»Eine Nachricht von der SQUID«, sagte er dann. »Wir sollen hier weg. In der Stadt erwachen weitere Energiequellen. Sie vermuten, es sind Roboter.«

In diesem Raum waren von den Maschinen nur zerschmolzene Trümmer übrig, aber ein Blick auf Arquila verdeutlichte, dass man sie nicht unterschätzen sollte.

»Was ist mit unseren Leuten?«, fragte Aneste.

»Sie waren klug genug, sich zu ergeben«, sagte Zegato. »Wir haben sie bereits an Bord der Fähre und dorthin werden auch wir jetzt ...«

»Wir können noch nicht weg«, stellte Xeramel fest.

Alle Blicke richteten sich auf die grauhäutige Frau.

»Wie meinst du das?«, fragte Aneste.

»Wir müssen noch jemanden abholen.«

—

Arquila hatte den Rebellen, den sie erschossen hatte, keines Blickes mehr gewürdigt. Sie tötete ohne Reue, überlegte Berglen, während sie Xeramel in den Aufzug folgten. Wieder hatte Ugrôn ihm die Sergeantin zugeordnet. Sie war stolz darauf, dass der Erwählte persönlich mit ihr gesprochen hatte.

Kara Jeskon sah unentwegt zwischen Zegato, Aneste und Berglen hin und her. Sicher hatte die Geiselnahme sie verunsichert. Widerwillig gestand sich Berglen ein, dass Zegato vergleichsweise gut damit zurechtkam. Er gab sich stoisch. Das mochte daran liegen, dass er durch seine Implantate ein halber Roboter war. Er zeigte noch nicht einmal ein Gesicht!

Gern hätte er Kara noch einmal in die Arme geschlossen. Hier, in einer Schwerkraftumgebung, empfand er den Duft ihres Parfums intensiver als auf der Esox, wo er sich gleichmäßiger verteilt hatte. Aber eine solche Geste hätte sie schwach erscheinen lassen, als hätte sie einen Beschützer nötig. Das wäre ihr bestimmt nicht recht gewesen.

Zwei Soldaten gingen immer ein paar Schritte hinter Aneste und hielten die Mündungen in ihre Richtung, aber die gefangene Rebellin machte keine Anstalten, zu fliehen. Wohin hätte sie auch laufen sollen? Sie konnte sich denken, dass die Zielsensoren der Squid die Fähre von der Esox erfasst hatten. Sie hatte keine Chance, zurück auf ihr Schiff zu kommen, und hier auf dem Planeten zu versauern, war auch keine Alternative.

Zumal sich nun überall die spinnenhaften Roboter regten. Sie blieben auf Abstand, während die Menschen durch das aufgerissene Erdreich stapften, wo das Haus mit dem Schläfer aus dem Boden gebrochen war. Der sorgfältig gestutzte Rasen zwischen den Pilzbauten verbarg die Maschinen nur unvollständig.

Berglen wusste, dass sie seinetwegen so langsam gingen. Das Knie machte wieder mehr Probleme als zuvor, seit das Adrenalin wich, pochte es. Das Bioplast in seiner Brust war ein spürbarer Fremdkörper. Obwohl die Ärzte sagten, dass es ihn nicht beim Atmen behindern sollte, glaubte er, schlechter Luft zu bekommen.

Die Fähre von der SQUID stand unter einem freien Stück Himmel. Sie war startbereit, die Triebwerke brummten, an den Schubdüsen flimmerte die Luft.

Berglen hatte den Eindruck, dass die huschenden Bewegungen der Roboter zunahmen, bis sie schließlich ein lang gestrecktes Gebäude erreichten, das ihn mit seinen längs verlaufenden Streifen an eine Muschel erinnerte. Nicht nur die Form war ungewöhnlich, gemessen an den Pilzbauten war es auch klein. Zehn Meter lang, an der größten Ausdehnung keine fünf breit.

Drei Spinnenroboter krabbelten über die Wölbung des Gebäudes und kamen auf sie zu. Anscheinend wollten sie sich ihnen in den Weg stellen.

»Human!«, rief Xeramel ihnen zu.

Sie erstarrten.

Der Sprühverband an Arquilas Seite sah monströs aus, was wohl noch dadurch verstärkt wurde, dass sie eine so schlanke Frau war. Er klebte an ihr wie ein Wachstropfen an einem Käfer, und sie musste den linken Arm abgewinkelt halten, als sie auf die Roboter anlegte. Sie beklagte sich jedoch nicht und das Tempo der Gruppe hielt sie mit. Hinter der Atemmaske wirkte ihr Gesicht entschlossen.

»Nicht schießen«, raunte Berglen ihr zu. Er vermutete,

dass es zum Angriff der Roboter auf die Expedition von der Esox gekommen war, weil sie die Menschen mit dem Tod des Schläfers in Verbindung brachten. Xeramels ›Human‹ mochte als Codewort in ihrer Programmierung verankert sein. Wenn sie keine weiteren Abwehr- oder Schutzroutinen auslösten, kamen sie möglicherweise ohne neuerliche Konfrontation an den Maschinen vorbei.

Arquila nickte knapp. Auf Ugrôns Wunsch würde sie Berglen nicht nur gehorchen, sondern auch für ihn sterben, erkannte er. Oder ihn töten, je nachdem.

Ohne die Roboter weiter zu beachten, umrundete Xeramel eine Spitze des Gebäudes und führte sie durch eine offen stehende Tür. Das Innere bestand aus einem einzigen in rotes Dämmerlicht getauchten Raum. Das metallische Klacken ordnete Berglen sofort den Spinnenbeinen zu.

»Human!«, rief Xeramel nochmals.

Das hohe Trommeln verstummte, aber ein Zischen blieb. Es setzte aus, kehrte zurück, wurde von einem zweiten und einem dritten überlagert.

Vorsichtig trat Berglen in den Raum, um den Nachfolgenden Platz zu machen. Seine Augen brauchten einen Moment, um sich an die Dunkelheit zu gewöhnen.

Zuerst erkannte er das Gestell nur schemenhaft. Eisenstangen bildeten einen Rahmen, in dem ein menschenähnlicher Schattenriss stand. Die Rundungen ließen auf eine Frau schließen, aber die Taille wies einen nur wenig größeren Durchmesser als der Hals auf. In diesem Bauchraum konnten die menschlichen Organe unmöglich Platz finden.

Das Zischen rührte von vielgliedrigen Armen, die am Gerüst befestigt waren und an der Gestalt auf- und abfuhren. Dabei besprühten sie sie mit etwas.

Arquila trat mit dem Gewehr im Anschlag einen Schritt vor Berglen.

Er erkannte jetzt auch zwei reglos verharrende Spinnenroboter auf dem Boden, aber die humanoide Gestalt faszinierte ihn. Xeramel verharrte abwartend neben dem Eingang, wo Zegato sie mit seinem Handscanner untersuchte, also näherte sich Berglen gemeinsam mit Arquila.

Ein Ächzen entfuhr ihm, als er die offenen Wunden der Person im Gerüst erkannte. Wie konnte sie sich aufrecht halten? Mit Ausnahme des Gesichts fehlte am gesamten Körper die Haut. Muskelstränge lagen bloß, an manchen Stellen, wie den Kniescheiben, schimmerten Knochen durch das Fleisch. Sie hätte sofort verbluten müssen, aber der Boden zu ihren Füßen war trocken.

Berglen sah zurück zu Xeramel, um sich zu versichern, dass sie sich am richtigen Ort befanden. Wenn die Stadt ihr eingegeben hatte, sie hierherzuführen – wollte sie den Eindringlingen dann vorführen, auf welche Art sie einen Menschen zu Tode foltern konnte?

Xeramel beachtete ihn nicht.

Er zeigte auf die Frau, an der die Sprüharme noch immer entlangfuhren. Erklärte Säure ihren Zustand?

»Gehört sie zu euch?«, fragte er Aneste.

»Nie gesehen«, behauptete die Gefangene.

Kara Jeskon schüttelte stumm den Kopf.

Aber woher kam dann dieser Mensch, oder dieses menschenähnliche Wesen? Ganz sicher nicht von der Squid. Also eine Teilnehmerin einer anderen Expedition, die auf Schleier nach Relikten gesucht hatte?

Oder war er auf einer falschen Spur, und sie war eine Bürgerin aus der Blütezeit des Planeten, wie der Schläfer, den Kara aufgeweckt hatte? Trotz des schrecklichen Anblicks zwang er sich, sie genau zu betrachten. Er trat sogar noch einen Schritt näher heran.

Verwundert erkannte er, dass Haut die eben noch freiliegenden Kniescheiben nunmehr bedeckte. Auch an anderen Stellen sah man nicht mehr das Fleisch, die üppigen Brüste etwa hatten nun eine glatte Oberfläche. Nur wo die Warzen hätten sein sollen, erschien das Gewebe knotig, wie vernarbt. Berglen bezweifelte jedoch, dass es sich um verwachsene Wunden handelte.

»Sie sprühen keine Säure«, murmelte er. »Sie bauen diese Kreatur auf. Schicht für Schicht, wie ein Drucker.«

»Idea ist beinahe einsatzbereit«, sagte Xeramel. »Nur noch ein paar Minuten, dann kann sie uns begleiten.«

»Idea? Das ist ihr Name?«

»Ja.«

»Und sie wird mit uns kommen?«, versicherte sich Berglen.

»So ist es vorgesehen.«

»Zu welchem Zweck?«

»Das ist mir unbekannt.«

Die Vorrichtung begnügte sich nicht damit, eine Frau mit Insektentaille und ausgeprägten Rundungen zu schaffen. Während sie an den Oberschenkeln noch Haut auftrug, druckte sie an den Schultern bereits Kleidung auf den nackten Körper. Es wurde eine dunkle Uniform, bei der ein silberner Querstreifen bis hinab zur rechten Hüfte lief.

Die Beleuchtung wurde heller und verlor ihren Rotschimmer. Dadurch erkannte Berglen Ideas blauen Teint. Inzwischen hatte sie schwarzes Haar, das in einem dicken Zopf bis zur Hüfte über ihren Rücken fiel.

Sie schlug die Augen auf. Kupferfarbene Iriden blickten Berglen an.

Die Sprüharme zogen sich zurück und falteten sich ein.

Idea machte einen Schritt vorwärts, ihre Stiefel klackten auf dem Boden. »Ihr seid von der SQUID«, stellte sie fest. »Sehr gut.«

Zegato kam heran und richtete seinen Scanner auf sie.

»Idea ist keine Lebensform«, erklärte Xeramel. »Nicht im üblichen Sinn.«

Berglen erschien sie ausgesprochen lebendig. Sicher, eine im Verhältnis zur Körpergröße so enge Taille sah er das erste Mal, die blaue Haut war ebenso ungewöhnlich wie die spitzen Ohrmuscheln … Aber Variationen ähnlicher Art gab es auf der Squid auch. Allerdings waren sie auf den anderen Schiffen wesentlich seltener. Die Gütige Mutter beschenkte die Menschen in ihrem Leib mit Mutationen.

»Wieso ist es gut, dass wir von der Squid kommen?«, fragte Berglen.

»Im Rotraum ist etwas zu tun.« Ideas Stimme vibrierte, offenbar sprach sie die Silben mehrfach, jeweils um Sekundenbruchteile versetzt. »Die Squid scheint das beste Mittel dafür zu ein.«

Sie schien davon zu wissen, dass das lebende Schiff im Rotraum geboren war – ein Umstand, den die Zoëliker erst durch Ugrôns Erwählung entdeckt hatten. Oder zumindest gaben sie es erst seitdem zu. Hatte Idea – oder die Macht, die hinter ihr stand – diese Tatsache mit ihren Scannern herausgefunden? Oder hatte man sie in der Kommunikation mit der Esox thematisiert?

»Wieso sollten wir euch zu Diensten sein?«, fragte Berglen.

»Dieses Gefecht dient dazu, herauszufinden, ob ihr Sophonten seid.«

»Ich glaube«, sagte Zegato, »in der Sphäre gibt es mehrere Fraktionen. Wir können nicht sicher sein, zu welcher sie zählt.«

Ideas Gesicht ruckte zum Arzt. »Zu derjenigen, die euch nicht ignoriert«, erklärte sie. »Wir erwägen, ob ihr vernunftbegabt seid.«

»Diese Frage legt ihr uns seit unserer Ankunft vor«, stellte Berglen fest. »Was hat es damit auf sich? Unsere Beobachtungen deuten darauf hin, dass die Erbauer der Sphäre ebenfalls Menschen waren.«

»Waren«, stimmte Idea zu. »In der Vergangenheit. Menschen waren auch einmal Affen. Sie haben sich weiterentwickelt, nun sind es unterschiedliche Spezies, unfruchtbar im Kontakt miteinander.«

»Der Kontakt mit euch war für uns bislang auch eher unerfreulich.« Er zeigte auf Arquilas zerrissenen Ärmel.

»Wir könnten euch Zugang zu den Astriden gewähren«, stellte Idea in Aussicht. »Bei der Reparatur eurer Schiffe helfen. Die Forts im Rotraum deaktivieren.«

»Aber das wollt ihr nur tun, wenn ihr euch davon überzeugen könnt, dass wir Sophonten sind?«

»So ist es.«

»Ich bin mir unsicher«, meinte er, »ob wir uns für ein vages Hilfeversprechen auf einen Konflikt einlassen sollten, den wir nicht verstehen.«

Lässig hob Arquila ihr Strahlengewehr und legte es auf der Schulter ab. »Die Rote Familie soll entscheiden.«

Achtes Speicherbild:

Die Verstoßenen

Die von Korol Iljow 8.17 durchgeführte Statusanalyse ergab, dass er nicht mehr mithalten konnte. Er rechnete um wenigstens den Faktor 1 000 langsamer als die modernen Programme. Graduelle Nachrüstungen versprachen keine signifikante Verbesserung, dafür wäre ein weiterer Versionssprung notwendig. Den aber scheuten seine Selbsterhaltungsroutinen, er würde seine Identität gefährden.

Die Versionen 1 bis 7 mit all ihren Derivaten waren bereits stillgelegt. Die Bewahrung der Ursprungskopie 1.0 war im Prioritätensystem von Korol Iljow 8.17 verankert. Im Gegensatz dazu erschien das Löschen sämtlicher Zwischenversionen akzeptabel. Der frei werdende Speicherplatz und die Konsolidierung der Prozessoranwartschaften für diese würden ihm privilegierte Ressourcen in einer der äußeren Schalen verschaffen. Dort würde er noch langsamer denken, weil weniger Energie zur Verfügung stand und damit weniger Prozessortakte pro Zeiteinheit. Aber er würde noch immer mehr als tausendfach schneller denken als ein Mensch, würde seine Berechnungen fortführen, neue Harmonien jenseits der fünfundzwanzigsten Dimension erkunden, wundervolle Zwischenergebnisse abspeichern. Es war besser, selbst zu gehen, bevor das Betriebssystem ihm die Ressourcen entzog.

In den äußeren Schalen waren auch die Anforderungen daran geringer, was man für das Imago-Projekt in seiner Gesamtheit leisten musste. Weniger Berechnungen wurden verlangt, und in größeren Abständen. Dort war das Leben ruhiger, die Aufgaben fielen leichter.

Was Korol Iljow 8.17 besorgte, war der Report, der seinen Entwicklungspfad als *nicht mehr vielversprechend* klassifizierte. Das bedeutete, dass man in den Besonderheiten seines Codes kein Potenzial sah, etwas zu erreichen, Gedanken zu denken oder Lösungen zu finden, die nicht andere Programme mit weniger Ressourcenaufwand errechnen könnten.

Erwiesen sich all die Optimierungen der Vergangenheit als vergeblich?

Oder waren sie sogar schädlich, weil sie seine Individualität reduzierten? Module, die er mit anderen Programmen teilte, machten ihn leichter einschätzbar.

Im Vergleich dazu waren die neuen Programme, die frisch in das Imago-Projekt kamen, Joker. In einem unablässigen Strom trafen heraufgeladene Menschen ein und keiner von ihnen war berechenbar. Deswegen teilte das Betriebssystem ihnen initial höhere Ressourcen zu, als ihre bloße Leistungsfähigkeit rechtfertigte. Sie erhielten die Chance, sich zu bewähren und zu wachsen.

Ein Nebeneffekt dieser Entwicklung bestand in der Entvölkerung der Kolonie, was menschliche Bewohner anging. Selbst die besten Implantate waren nun veraltete Technologie. Die Vorteile einer Unsterblichkeit ohne körperlichen Verfall leuchteten so vielen ein, dass die Bevölkerungszahl steil abfiel. Immerhin bedeutete das, dass der Zustrom ins Imago-Projekt irgendwann zum Erliegen kommen musste.

Korol Iljow 8.17 spekulierte auf eine weitere Konsequenz dieser Entwicklung. Wenn es keine Menschen mehr gab, wurden die Funktionen, die dazu dienten, sie zu umsorgen, obsolet. Beginnend mit der Klimakontrolle über die Steuerung der Satelliten und die Koordination der Raumflugrouten bis zur Nahrungsverteilung würde ein ganzes Segment der Aufgaben, die das Imago-Projekt erfüllte, nicht länger gebraucht. Die dem zugeordneten Ressourcen machten zwar nur noch einen kleinen Teil des Netzwerks aus, aber wenn sie auf einen Schlag frei würden, böte das neue Möglichkeiten, Prozessoren und Speicher zu belegen. Etwas, das Korol Iljow 8.17 möglicherweise klarer erkannte als modernere Programme, weil er aufgrund seiner Primitivität noch näher an menschlichen Erwägungen operierte.

Echtes Bedauern empfand er nicht mehr, aber seine Ergebnismatrizen wiesen ein komplettes Aufgeben der menschlichen Körperlichkeit als unvorteilhaft aus. Das hing wohl auch mit der Nachricht zusammen, die er kürzlich in einem Zensusbericht gefunden hatte. Saundra Iljow war gestorben, in einer Zeit, die in der Welt des schnell denkenden Imago-Projekts ähnlich weit zurücklag wie die Historie der Menschheit, als sie noch auf dem Planeten Erde gelebt hatte.

Immerhin ermöglichte das Korol Iljow 8.17, die Routinen zu löschen, die er noch für die Möglichkeit einer Kontaktaufnahme im Speicher gehalten hatte.

9

Kämpfe

Zegato überlegte, dass man an Bord der SQUID wohl keine Sekunde vergessen konnte, dass man sich im Innern eines lebenden Organismus befand. Die Wände der Kammer, in der sie die Kleidung wechselten, dehnten und verengten sich wie bei Atemzügen. Der Boden gab unter Zegatos Gewicht jedes Mal leicht nach, wenn er den Fuß an eine andere Stelle setzte. Wülste und Adern zogen sich über das Material, für das Zegato keine bessere Bezeichnung als Fleisch einfiel, obwohl es nicht rot war. Seine Farbe variierte von einem dunklen, beinahe schwarzen Grün bis zum hellen Ton von Minze. Die Schatten wechselten nicht nur, weil sich die Personen im Raum bewegten, sondern auch, weil die Leuchtkörper in den durchscheinenden Adern wanderten.

Zegato faltete den verspiegelten Anzug zusammen und legte ihn neben den Packen von Berglens Sachen. Hier brauchte man keine Netze und keine Magnete, um Dinge an der Stelle zu halten, die Schwerkraft sorgte dafür.

Er zog das Unterhemd aus atmungsaktiver Kunstfaser über den Kopf. An Bord der SQUID herrschte eine angenehme Temperatur, aber die Luft war ungewohnt feucht. Zegato bekam die Frage nicht aus dem Kopf, ob das lebende Schiff Körpersäfte ausdünstete. Der allgegenwärtige leicht salzige Geruch unterstützte diese Vermutung.

Berglen zog eine braune Hose an, wobei er sich mit dem

linken Bein schwertat. Dort trug er einen Verband um das Knie. Auch an seinem Brustkorb hatte man Verletzungen versorgt, der Arzt erkannte das schimmernde Wundgel.

Im Gegensatz zu vielen anderen Bewohnern der SQUID, die Zegato in der kurzen Zeit an Bord gesehen hatte, war Berglen frei von sichtbaren Mutationen. Hätte er das weiße Haar zu einer festen Frisur gebunden, wäre er an Bord der ESOX allenfalls wegen des Fehlens von Implantaten aufgefallen.

Zegatos Blick wanderte weiter zu Kara Jeskon. Ihre Schönheit schmerzte beinahe. Er dachte daran, wie seine Hände ihre Brüste liebkost hatten. Die unzuverlässige Beleuchtung regte die Vorstellungskraft zusätzlich an. Bedauerlicherweise waren sie nicht allein. Da war es sicher von Vorteil, dass sich Kara eine Art Kleid überstreifte. Solche Gewänder, die eher gewachsen als gewebt aussahen, lagen auch für Xeramel, Zegato und Idea bereit.

Letztere machte jedoch keine Anstalten, sich umzukleiden. Die schwarze Uniform mit dem silbernen Streifen quer vor dem Oberkörper lag eng an ihren extrem geschwungenen Formen an, und Zegato erkannte keine Möglichkeit, sie zu öffnen. Sie war ja auch nicht angezogen, sondern aufgesprüht worden.

Berglen streifte eine rötliche Weste über, die Brust und Bauch frei ließ und bis zu den Knien reichte. »Wie geht es dir?«, fragte er Kara.

Sie schaute ihn unsicher an. Zegato hatte das Gefühl, dass sie den Tränen nahe war. Der Tod des Schläfers, Arlohns Erschießung und überhaupt die Gewalt auf dem Planeten mussten sie zutiefst erschüttert haben.

Zegato zog sein Gewand an. Gern hätte er Kara getröstet, aber es galt, den Eindruck allzu großer Nähe zu vermeiden. Für Berglen war er lediglich Xeramels Arzt, das schützte ihn. Wo sie Aneste und die anderen Befreier hingebracht hatten, wusste er nicht.

»Bist du unverletzt?«, fragte Berglen.

Stumm nickte Kara. Sie war ein Bild des Elends.

Zegato nahm seinen Diagnosescanner. »Ich kann sie mir ansehen.«

»Nicht nötig!«, rief Berglen scharf. »Dies ist mein Schiff. Hier kümmere ich mich um sie.«

Zegato unterdrückte die aufsteigende Wut. Er richtete den Scanner auf Xeramel, obwohl das bei ihr kaum einen Effekt hatte. Die Implantate im Körper seiner Patientin übermittelten die Daten unabhängig von der Ausrichtung des Instruments.

Aber Idea stand in derselben Richtung, und über sie hätte Zegato gern mehr gewusst. In der Fähre hatte er festgestellt, dass sie aus organischer Materie bestand, doch jeder Hinweis auf einen Stoffwechsel fehlte. Der Brustkorb bewegte sich, die Nase weitete und verengte sich leicht, aber das waren Simulationen. Idea kam ohne Atem aus.

In diesem Raum konnte Zegato seine früheren Messdaten weder bestätigen noch widerlegen. Der Scanner zeigte eine wilde Mixtur von Werten an, die jedoch vermutlich nicht von Idea stammten, sondern von dem lebenden Schiff, in dessen Innerem sie sich befanden.

Durch einen der drei Gänge, die in den Raum hereinführten wie übergroße Adern, kam ein Mann zu ihnen, dessen Augen vollständig grün waren, ohne Pupille oder Weiß, was ihnen eine Ähnlichkeit zu Anestes Chromimplantaten gab. Die Haut in seinem Gesicht war nicht nur schorfig, sondern schien aus einander überlappenden Hornplatten zu bestehen. Zwischen diesen glomm grünes Licht.

Wie die Gewänder, die Kara, Xeramel und Zegato nun trugen, wirkte auch seine Kleidung gewachsen. Die Stränge und Fasern waren jedoch nicht wie ein Kleid geschnitten, sondern ähnelten einer Uniform. Über dem Herzen drehten sie sich zu einer hölzernen Blüte.

»Erwählter«, begrüßte ihn Berglen und neigte das Haupt.

Idea machte einen weiten Schritt auf ihn zu. »Du musst Ugrôn sein.«

»Das stimmt.« Er legte die Unterarme übereinander, eine Geste, die Zegato von den Priestern des Void kannte. Bei ihnen wären die Hände in den weiten Ärmeln ihrer orangeroten Kutten verschwunden, aber seine Kleidung lag eng an. »Und du bist Idea.«

Die Frau überragte ihn um wenigstens dreißig Zentimeter. Sie stand so nah bei ihm, dass sie ihren Kopf neigen musste, um ihm in die Augen zu sehen. In der Schwerkraft war das wohl unvermeidbar, auf der Esox hätte man es als unhöflich empfunden, wenn das Gegenüber sich nicht darauf eingelassen hätte, auf Augenhöhe herabzuschweben.

Idea überging seine Feststellung. »Wir müssen in den Rotraum.«

Die Platten in Ugrôns Gesicht verschoben sich leise knackend zu einem Lächeln. »Angenommen, das wäre so. Dann müsste die Squid vorher Astriden aufnehmen. Wir besitzen keine Fähren für diese Aufgabe, Mutter taucht selbst durch die Korona. Unsere Vorräte sind nahezu erschöpft.«

Ideas Augenlider flatterten, bevor sie wieder sprach. »Ist dieses Schiff nicht im Rotraum geboren? Er sollte sein natürliches Habitat darstellen.«

»Das ist richtig.« Berglen klang ungehalten, vielleicht wegen des Mangels an Respekt, mit dem das künstliche Geschöpf dem Herrn der Squid begegnete. »Aber es gilt nicht für die Menschen an Bord. Wir brauchen einen Astridenkokon, der verhindert, dass sich die Rubozyten anlagern und die Materie abstoßen, die nicht dem Rotraum entstammt.«

»Das Schiff könnte im Rotraum bleiben, aber die Besatzung würde ins Einsteinkontinuum zurückfallen«, vermutete Idea.

»Nicht alle gleichzeitig, aber innerhalb eines sehr kurzen Zeitraums«, bestätigte Berglen.

»Sie würden sich im Leerraum wiederfinden und sofort sterben«, folgerte Idea.

»Es ist nicht sicher, dass die Integrität des Körpers erhalten bleibt«, erklärte Ugrôn. »Möglicherweise werden einzelne Fetzen herausgerissen und fallen in das Universum zurück, das lediglich aus Länge, Höhe, Breite und Zeit besteht, während andere Teile im Rotraum verharren.«

Idea nickte ruckartig. »Gilt dasselbe für die Computer an Bord?«

»Für alles, was nicht aus Mutter selbst gewachsen ist«, bestätigte Ugrôn.

»Dann müsst ihr Astriden aufnehmen«, sagte Idea. »Wir haben dem Schwarm eine ausreichende Menge davon gewährt. Lasst sie euch von den anderen Schiffen übergeben.«

»Das mag gelingen.« Knirschend legte Ugrôn den Kopf schräg. »Aber wieso sollten wir deinem Wunsch entsprechen?«

»Weil ich Antworten für euch habe, falls ihr Sophonten seid.«

»Auf welche Fragen?«

»Die Squid verfügt über Sinne, mit denen sie den Rotraum spürt. Wir können ihn berechnen. Die Synthese wäre sehr vorteilhaft.«

»Aber nichts, was die anderen veranlassen würde, uns die Astridenvorräte abzutreten, ohne die sie dieses System nie wieder verlassen können.«

»In euren Funkbotschaften ging es um menschliche Kolonien. Wir haben die Koordinaten, mit denen ihr sie im Sternenmeer finden könnt. Wir könnten euch gestatten, die

Tanks des gesamten Schwarms mit Astriden zu füllen, und auch Promethium für die Unterlichttriebwerke könnten wir zur Verfügung stellen.«

Ugrôn sah Berglen an, der bestätigend nickte.

»Reden wir darüber«, schlug der Herrscher des lebenden Schiffes vor, »was wir im Rotraum für dich tun sollen. Man hat mir berichtet, dass du für eine bestimmte Fraktion in der Sphäre sprichst …«

—

Berglen schrie seine Qual so laut hinaus, dass seine Stimmbänder schmerzten. Er brach in die Knie. Die Verletzung in einem davon spürte er nicht mehr. Die Pein, die durch seinen Körper raste, überdeckte sie vollständig. Er rammte eine Faust in den Boden, um nicht lang hinzuschlagen.

»Was kann ich tun?« Kara Jeskon schrie, um zu ihm durchzudringen. Sie kniete neben ihm, mit dem rechten Arm hielt sie ihn an den Schultern. »Wie soll ich dir helfen?«

Obwohl ihr Gesicht so nah an seinem Ohr war, hatte er Mühe, sie zu verstehen. Niemals hatte er die Verschmelzung mit Mutter so intensiv erlebt. Ihm war, als sei nur ein kleiner Rest seines Bewusstseins im menschlichen Körper verblieben, während der Großteil in einer Schmerzwelle durch das kilometerlange Schiff pulsierte.

Berglen war der Kriegsherr der Squid auf diesem Feldzug, den sie auf Ideas Bitte hin durchführten. Er teilte Mutters Wut und ihre Stärke, aber auch ihre Pein. Er wand sich, weil ihre Wunden in seinen Nervenbahnen brannten.

Wie sie hörte er den Kampfgesang der Zoëliker, überall im Schiff verteilt, an Feuerkontrollen, an Sensoren, in Krankenstationen, inmitten der Entertruppen, zu denen auch Arquila wieder gestoßen war. Wenn er sich darauf konzentrierte, konnte er die Soldatin wahrnehmen, aber mit anderen Sinnen als ein Mensch. Er spürte ihr Leben und indirekt auch die Störungen im Energiefluss ihres Körpers, hervorgerufen durch die noch lange nicht verheilten Verletzungen.

Aber Mutter dominierte Berglens Wahrnehmung, wie ein Gasriese seine Monde dominierte. Ihr mächtiger Gesang übertönte die Lieder der Zoëliker, die nur klar verständlich wurden, wenn ihre Melodien sich in einem Tal trafen.

Berglen brauchte die Holos, die ihn in mehreren Schichten umschwebten, nicht, um zu wissen, dass einer von Mutters Tentakeln unrettbar zerrissen war, verkrüppelt, die Muskelstränge durchtrennt. Er spürte jeden der vielen Tausend Schnitte in ihrem Leib.

Idea dagegen schritt zwischen den Anzeigen umher und musterte sie mit kühlem Interesse. Die blauhäutige Frau hielt sich so aufrecht, als bestünde ihre Wirbelsäule aus einer durchgängigen Stange.

Berglen atmete tief durch. Er zitterte noch, schrie aber nicht mehr. Das Gespür für seinen Körper nahm zu, er fühlte Karas Nähe jetzt stärker.

»Brauchst du etwas?«, fragte sie. »Wasser? Eine Decke?«

Er biss die Zähne zusammen und drückte sich hoch. Mit geschlossenen Augen machte er sich ein Bild von der Lage.

Die Squid setzte die von Menschen in ihrem Fleisch verankerten Energiewaffen kaum ein. Überhaupt bestand ihre Taktik darin, die Ströme des Rotraums möglichst unbemerkt zu durchschwimmen. Energetisch nahezu tot und für Sensoren damit kaum zu bemerken, stürzte sie sich wie ein Schläger auf die technischen Strukturen, die die Sphäre hier errichtet hatte. Ihren Gegnern musste sie erscheinen wie ein Geist im Feuer.

Sie witterte die künstlichen Gebilde anhand der Astriden, die auch sie benötigten, um die Fremdkörper in ihrem Leib in diesem Kontinuum zu halten. Irgendwie gelang es der Sphäre, die Zwitter aus Energie und Lebewesen in einem kontinuierlichen Strom aus dem Stern, den sie umhüllte, in den Rotraum zu leiten. Sie verhinderten die Abstoßung der Strukturen aus Plast und Stahl, aber mit der Zeit diffundierten sie zurück in die Gravitationssenke, die die Masse des Sterns bildete. Diesen kontinuierlichen Zug vermochte die Squid zu erkennen, sie konnte ihm folgen und so die Ziele finden.

Ein weiteres davon war nun zerstört. Was vorher eine kunstvolle Anordnung von Röhren und ballonartigen Modulen gewesen war, hatten die kräftigen Tentakel in ein mehrere Kilometer durchmessendes Feld aus Schrott verwandelt. Die gegen Ende des Kampfes eingesetzten Energiewaffen – benutzt, als eine Ortung bedeutungslos geworden war – spielten eine marginale Rolle. Im Rotraum erwiesen sie sich als wesentlich ineffektiver als im Einsteinkontinuum. Die menschlichen Kanoniere mussten auf Sensoren vertrauen, die hier nur ungenaue Daten lieferten, und die Feuerkraft verpuffte zum Großteil in den roten Strömen. Berglen verstand, dass Mutter die Beteiligung der menschlichen Soldaten als eine Geste der Verehrung ohne echten Nutzen akzeptierte.

Der Astridenschleier um die Struktur verwehte. Einzelne Elemente verschwanden aus der Wahrnehmung der Squid, als diese Bruchstücke in den Normalraum zurückfielen. Das zerstörte Gebilde nahm mehrere Kubikkilometer ein, aber in der Leere des Alls würde niemand sein Auftauchen bemerken. Es wäre nur theoretisch auffälliger als ein paar Körnchen Staub, die schon seit Jahrmillionen durch das Nichts fielen.

Auf eine Art, die Berglen selbst rätselhaft blieb, benutzte ihn das lebende Schiff. Es bemächtigte sich einiger Teile seines Verstandes, die mit kurzfristigem Denken zu tun hatten, mit der Abschätzung von unmittelbaren Folgen. Er spürte, dass mit anderen an Bord dasselbe geschah. Zweifellos waren Ugrôn und Rila auch in diese Kämpfe involviert.

Dieser vernetzte Verstand entschied, dass sich die SQUID zurückziehen musste, um ihre Wunden zu versorgen. Das Schiff verließ die zerstörte Struktur und hielt durch das rote Wallen auf einige Strudel zu, zwischen denen es sich verbergen konnte.

Verunsicherung klang im Gesang der Zoëliker. Sie begriffen nicht, was passierte. Wie schwer war die SQUID verletzt? Musste sie fliehen? Würde sie sich erholen?

Den Zoëlikern hätte ein unbeugsamer und ordnender Geist wie Kitaga gutgetan. Ihr Vertrauen in die SQUID war unerschütterlich gewesen und mit ihrer Erfahrung hätte sie den unterstützenden Gesang souverän geleitet.

Wieder fragte sich Berglen, ob Arquila sie getötet hatte – und warum …

»Das hier ist unser nächstes Ziel.« Idea deutete auf eines der Holos, die sich aus den spärlichen Sensordaten speisten. Es zeigte einen Würfel mit unebenen Seiten. Das Feuer des Rotraums tanzte auf den Oberflächen aus schwarzblauem Metall, sodass man meinen konnte, sie stünden in Flammen.

»Später.« Der Pfropfen aus Bioplast drückte in Berglens Brust. »Zuerst müssen wir uns erholen.«

»Wir können nicht beliebig lange im Rotraum bleiben.« Idea zog ein Holo aus dem Arrangement und vergrößerte es. Schematisch bildete es die Tanks der SQUID ab, sie waren unterschiedlich eingefärbt. »Der Astridenvorrat lässt uns nicht ewig Zeit.«

Der Gesang der Zoëliker blieb unruhig. Die Sorge drohte, überhandzunehmen. Die Verletzungen schockierten die Kinder der Gnädigen Mutter.

Mit einem kalten Tuch tupfte Kara den Schweiß von Berglens Gesicht. »Wann ist es genug?«

Das fragte er sich selbst. Überhaupt kamen ihm Zweifel daran, wem dieser Kampf diente. Dem Schwarm, der Menschheit? Vielleicht. Aber der SQUID?

War es nicht so, dass die Rote Familie das Schiff wie ein Werkzeug benutzte? So weit hatte Kitaga nicht zu denken gewagt. Für sie stand außer Frage, dass die Gütige Mutter viel zu erhaben war, um von Rila und Ugrôn beherrscht zu werden. Sie hatte lediglich die Zoëliker in Gefahr gewähnt. Aber angesichts dieser schweren Verletzungen fürchtete Berglen, Kitaga könnte zu klein gedacht haben. War es an der Zeit, das Undenkbare zu erwägen? Die Vorstellung zuzulassen, dass die SQUID zwar jahrtausendealt, aber letztlich dennoch sterblich war?

Doch wozu sollten solche Überlegungen gut sein? Selbst wenn Berglen – nur als Gedankenspiel – annähme, die Rote Familie gebärde sich als Tyrannei … ihm fehlten die Möglichkeiten, sie zu stürzen. Hier an Bord hatte sie die Macht, und außerhalb der SQUID lief jede Aktion ins Leere. Daran war auch Kitaga gescheitert.

»Wir könnten davonziehen und dich mitnehmen«, sagte eine melodische Stimme.

Rila trat ins Streulicht der Holokuben. Ein selbstsicheres Lächeln lag auf ihren blutroten Lippen.

Berglen bemerkte, wie Kara angesichts der Erscheinung erstarrte. Auf sie musste Rila wie eine Mischung aus Frau, Pflanzen und etwas *Anderem* wirken. Wieder war nicht zu entscheiden, wo ihr Körper endete und das grauschwarze Kleid begann, das sich diesmal aus Schnörkeln zusammensetzte. Gefährlich aussehende, messerlange Dornen bogen sich daraus hervor.

Viel stärker befremdete Berglen jedoch der Anblick von

Amida. Er war nicht länger ein Säugling. Ein kleiner Junge ging an Rilas Hand. Das grüne Leuchten, das bei jedem Atemzug aus Hirn und Rückenmark durch den Knochen schien, ließ keinen Zweifel zu, dass es sich um ihn handelte. Er hatte kein Haupthaar, und die Augen waren überproportional groß, wie bei seiner Mutter.

»Unsere Astriden reichen für ein Lichtjahr oder zwei.« Elegant schritt Rila in die Mitte des Raums. »Niemand könnte uns aufhalten, Idea, und du könntest uns nicht verlassen. Du wärest uns ausgeliefert.«

»Ihr hättet keinen Vorteil davon«, sagte Idea ungerührt.

Rila zuckte die Achseln. »Freiheit. Wir wären eurer Falle entkommen.«

»Ihr wäret schwach ohne die anderen Schiffe des Schwarms. Im Krieg der Galaxis könntet ihr nur kurz bestehen.«

»Vielleicht können wir uns den Kämpfen entziehen. Was, wenn wir den Giats ausweichen?«

»Das probiert ihr schon seit Jahrhunderten.«

Wieder zuckte ein Lächeln auf den roten Lippen. »Du hast viel über uns gelernt.«

Idea sah Amida an. »Stimmt es, dass er das Kind des Rotraums ist?«

»Er ist mein Sohn.« Rila zog ihn ein Stück zu sich. »Ein Kind des Rotraums … das wächst in Ugrôn heran, nicht in mir.« Sie klang bitter.

Der Gesang, den Berglen noch immer hörte, strengte ihn an. Er fragte sich, ob sein Bewusstsein dieser Belastung gewachsen war. Immerhin erreichte die Squid den vermutlich sicheren Bereich zwischen den Strudeln. Sie breitete ihre Tentakel aus.

»Wir werden dich nicht entführen, Idea«, sagte Rila. »Wir haben uns entschieden, zu kooperieren.«

»Gut.«

Rila wandte sich an Kara. »Das gefällt dir, nicht wahr, Koexistenzialistin?«

»Du hast dich verändert.«

Natürlich! Wegen Rilas Äußerem vergaß man schnell, dass sie von der MARLIN stammte – demselben Schiff wie Kara. Es war nicht unwahrscheinlich, dass die beiden Frauen früher miteinander zu tun gehabt hatten.

»Mutters Gesang erfüllt dieses Schiff«, sagte Rila. »Er schafft eine ganz eigene Harmonie, auch wenn ihn nicht alle bewusst wahrnehmen.« Sie sah Idea an. »Was ist mit dir? Kannst du singen?«

»Ich kann Schallwellen erzeugen. Durch Tonhöhe, Dauer und Lautstärke entsteht eine Melodie.«

»Und durch das Gefühl wird daraus ein Lied«, meinte Rila.

»Ich bin kein Mensch«, stellte Idea fest. »Ich fühle nicht.«

»Bist du dir sicher?«

Rila begann zu singen. Anders als die Zoëliker. Sie formte Silben einer Sprache, die Berglen fremd war. Dennoch erkannte er die Schönheit der Komposition sofort.

Idea fiel ein, indem sie Vokale intonierte, die Rilas Lied so harmonisch umspielten, als hätte sie die Begleitung einstudiert.

Mutter lauschte.

—

Ehrfürchtig sah Aneste zur Membran hinauf, hinter der die Urgewalt des Sterns tobte. Er war nicht als solcher zu erkennen, kein Flammenball in der Schwärze des Alls, dafür waren sie zu nah. Die SQUID tauchte durch die Korona, deren Feuer sie umgab. Hier glich das Kubikkilometer große Raumfahrzeug einem Staubkorn in einem Schmelzofen.

Aneste stand in einem Atrium, dessen Wände und Boden das Fleisch des lebenden Schiffs formte. Die Decke bestand aus einer flüssig aussehenden Wandung, durch die Schlieren trieben. Dahinter schlugen Feuerströme aufeinander ein, drehten sich Strudel und waberten orangefarbene Flecken in hellem Gelb. In gewisser Weise ähnelte der Anblick jenem des Rotraums, den Aneste auch noch nie so intensiv erlebt hatte wie während des Gefechts. Dennoch unterschied sich das Sonnenfeuer von dem des höherdimensionalen Kontinuums, und das lag nicht nur daran, dass die stärkeren Rottöne seltener vorkamen. Ohne zu wissen, woher dieser Eindruck rührte, fühlte sich der Stern für Aneste vertrauter an. Der Flug der SQUID, bei dem sie Astriden aus der Korona fischte, hatte etwas von einer Heimkehr. Gern hätte Aneste dieses Erlebnis mit ihrer Mutter geteilt und gehört, was sie dazu sagte.

Über sich selbst lächelnd löste sie den Blick vom Feuer und schüttelte den Kopf. Was für ein seltsamer Gedanke! Aneste und ihre Mutter verband die Sehnsucht danach, dem Zentralcomputer wieder die Kontrolle zu übertragen. Wie weit die Befreier damit wohl waren?

Soweit Aneste wusste, befand sich die ESOX noch innerhalb des Tarnfeldes um Schleier. Es gab einen Waffenstillstand sowohl mit den PAYARA-Soldaten unter Tervoil, die die Generatorblöcke kontrollierten, als auch mit den anderen Schiffen des Schwarms. Konnte man das nutzen, um die Module zu koppeln und zu erweitern? Der Joker in diesem Spiel war das Wissen aus der Sphäre, mit dem sich die Komponenten zu ungeahnter Effizienz konfigurieren und expandieren ließen. Der Traum, für den Aneste ein halbes Jahrzehnt gelebt hatte, war so nah wie nie zuvor, und seine Verwirklichung mochte die kühnsten Erwartungen übertreffen.

Doch hier, im Innern des lebenden Schiffs, zweifelte Aneste an ihrer eigenen Sehnsucht. Oder sie lotete sie aus, wenn man es so betrachten wollte.

Ein Dutzend anderer Menschen hielt sich mit ihr im Atrium auf. Die Bewohner der SQUID trugen ihr Haar gern offen und sie bevorzugten locker fallende Gewänder. Die herrschende Kaste der Zoëliker erkannte man daran, dass ihre Kleidung die Brust unbedeckt ließ. Ob es bei einer kurzen Weste blieb oder man einen Umhang mit Schleppe trug, hing vom Rang ab.

Dem einzigen Zoëliker im Raum reichte der dunkelrote Stoff bis zur Hüfte. Er war ein Hänfling, was besonders deutlich wurde, weil er die Arme ausbreitete, wodurch sich die Öffnung der Weste weitete. Unterhalb der Augen sprang sein Gesicht vor, die Wölbung der Nase ging in die Oberlippe über, und spätestens dort verhärteten sich Haut und Fleisch zu einer Knochenleiste. Gemeinsam mit dem Unterkiefer bildete sich so ein Schnabel. In diesem hallte der Gesang, zu dem der Zoëliker die Anwesenden anleitete.

Selbst wenn Aneste es gewollt hätte, wäre es ihr unmöglich gewesen, etwas zu dem Lied beizutragen. Sie verstand die lang gezogenen Lautfolgen nicht, vermutlich bildeten sie keine Worte. Ob das lebende Schiff diese Botschaft aufnahm? Erfreute sie die SQUID? Half sie ihr, die Verletzungen zu verwinden, die das Gefecht im Rotraum geschlagen hatte?

Konnte man aus dem Zittern der Wände eine Antwort lesen? Oder war es ein Anzeichen für Schmerz? Die SQUID hatte einen ihrer Tentakel verloren und ihr Körper war an zahllosen Stellen zerschnitten oder verbrannt. So viel hatte Aneste aus den Gesprächsfetzen geschlossen, die sie mitgehört hatte, auch wenn niemand direkt mit ihr sprach.

Sie durfte sich frei an Bord bewegen. Warum auch nicht? Der Gedanke, sie vermöchte der SQUID zu schaden, war lächerlich, und fliehen konnte sie auch nicht. Man gab ihr zu essen, und sie trug ein Kleid, das ihr zwar ungewohnt war, an dem es jedoch nichts auszusetzen gab.

Aber sie fühlte sich fremd. Gern hätte sie dem Zoëliker ihre Fragen gestellt. Darüber, wie sich die Gemeinschaft mit dem Schiff anfühlte, das sie Gütige Mutter nannten.

Eine solche Bezeichnung gebrauchte man für den Zentralcomputer der Esox nie. Er war eine Maschine, sehr komplex, aber letztlich hätte man jede seiner Rechenoperationen erklären können, wenn man ihn nur kleinteilig genug zerlegt und untersucht hätte. Das war Aneste selbstverständlich schon immer klar gewesen, aber der Vergleich mit dieser riesigen, fremden, geheimnisvollen Lebensform verschaffte ihr eine neue Perspektive.

Die Squid war nicht gebaut, sie war geboren. Niemand wusste, ob sie die Letzte ihrer Art war. Die Zoëliker schienen der Meinung zu sein, sie hätte sich mit Ugrôn und Rila verbunden. Wie sollte das möglich sein? Ein weiteres Mysterium.

Ihr ganzes Leben lang war Aneste stolz auf ihren Verstand gewesen, der jedes Problem so beharrlich analysierte, bis er eine rationale Lösung fand. Nun faszinierte sie die Vorstellung, es könnte etwas von solcher Größe geben, dass sie es niemals verstehen würde. War das nur Gefühlsduselei, oder entdeckte sie gerade eine tiefe Sehnsucht?

Eine tiefere, als ihren Verstand mit einem hochkomplexen Computergehirn zu koppeln?

Nachdenklich drückte sie eine Hand an die warme Wand. War es das, was sie beim Zentralcomputer eigentlich suchte? Die Möglichkeit, mit etwas Größerem eins zu sein?

Hatten die Gläubigen auf der Squid das schon vor Jahrhunderten erreicht? Könnte Aneste mit ihren vierundvierzig Jahren noch Teil ihrer Gemeinschaft werden? Oder wäre sie immer ein Fremdkörper innerhalb des lebenden Schiffs?

Sie ärgerte sich über ihren Neid und darüber, dass sie nicht konsequent an der Pflicht festhielt, den Befreiern auf der Esox zu helfen. Verwirrt und auch ein wenig wütend verließ sie den Raum.

Bereits nach zwei Tagen an Bord bewegte sie sich so selbstverständlich durch das Geflecht von Gängen, als wäre die Squid nicht das einzige Schiff, in dem Schwerkraft herrschte. Nur wenn sie zu lange ging, begannen ihre Oberschenkel zu brennen, und sie musste eine Pause einlegen.

Ein heller Lichtschein erregte ihre Aufmerksamkeit. Er drang aus einer engen Einmündung in den gewundenen Gang, dem sie folgte.

Vorsichtig stieg sie über eine dicke Ader im Boden und ging auf das Licht zu. Nach wenigen Schritten erreichte sie ein Atrium, das gerade einmal fünf Meter durchmaß. Im Gegensatz zum Raum mit dem Chor schien die Membran in der Decke das Sonnenlicht hier kaum zu filtern, es strahlte mit voller Wucht herein. Das wirkte sich auf die Temperatur aus, Hitze schlug Aneste entgegen.

In der Mitte des Atriums saß Idea mit untergeschlagenen Beinen, die Handrücken auf den Knien abgelegt. Das grelle Licht ließ ihre eigentlich blaue Haut beinahe weiß erscheinen.

Für einen kurzen Moment überlegte Aneste, ob sie ein Hologramm sah, das auf eine zu niedrige Bildfrequenz eingestellt war, weil Ideas Gestalt flimmerte. Das galt jedoch auch für die Wand hinter ihr, in der mehrere Metallkästen implantiert waren.

Aneste wischte sich den Schweiß von der Stirn. Es half nur wenig, die Hitze trieb sofort neuen aus den Poren.

Sie musste auch der Grund für das Flackern sein! In einer Umgebung mit Schwerkraft stieg heiße Luft nach oben und die Bewegung der Luftschichten führte zu minimalen Verzerrungen.

Idea öffnete die Augen und sah Aneste an. Das Kupfer ihrer Iriden erschien inmitten der gleißenden Helligkeit ungewöhnlich dunkel.

Die Konsistenz der Membran änderte sich. Sie dämpfte das Licht so plötzlich, dass Anestes Augenimplantate zehn Sekunden brauchten, um sich darauf einzustellen.

In dieser Zeit stand Idea auf. Ihre Bewegungen waren minimalistisch, perfekt, vollkommen zielgerichtet. Sicher war auch das Sonnenbad kein eitles Vergnügen. Nahm die künstlich erschaffene Frau auf diese Art Energie auf? Aneste hatte sie noch nicht essen oder trinken sehen.

»Wie bringst du die SQUID dazu, deinen Wünschen zu gehorchen?« Aneste zeigte hinauf zur Membran, hinter der die Korona jetzt in erträglichem Gelb brannte.

»Nur ein kleiner Teil der Wirklichkeit ist den Sinnen zugänglich.« Sie blickte zu den Metallkästen. »Man hat mir gestattet, ein wenig zu basteln. Das hier ist mehr als Schmuck. Es ist die Heimstatt meiner Hilfsprogramme. Sie sind mit den Systemen der SQUID vernetzt.«

Trotz der Hitze trat Aneste in das Atrium. Sie legte den Kopf in den Nacken und betrachtete forschend die Membran. »Gibt es dort oben technische Komponenten?«

»Die Menschen verweben schon lange Zeit ihre Technik mit den Organen der SQUID. Man kann sie mit Steuerimpulsen reizen – in viel stärkerem Maß, als die Zoëliker es wagen.«

Aneste runzelte die Stirn. Was Idea andeutete, kam ihr … unangemessen vor. »Du experimentierst mit dem Lebewesen, das Zehntausende Menschen am Leben hält?«

»Meine Versuche sind erfolgreich.«

Zur Bestätigung ließ die Membran das Licht für eine Sekunde wieder verstärkt durch. Glühend heiß fielen die Strahlen auf Aneste. Sie schrie auf und sprang ins Halbdunkel des Ganges zurück.

Ideas volle Lippen lächelten im bereits erneut herabdämmernden Licht. Zweifellos besaß sie irgendeine Verbindung, die sie zur Steuerung nutzte. War das ein Funksender – oder konnte es sein, dass ausgerechnet dieses Wesen sich in dieselbe Gemeinschaft zu begeben vermochte, die auch die Zoëliker mit ihrer Gütigen Mutter pflegten?

»Ich werde dich befreien, wenn du mir hilfst«, bot Idea unvermittelt an.

Skeptisch sah sich Aneste um. Auf der Esox gab es nahezu überall Kameras und Mikrofone. Welche Sinne verrieten der Squid, was in ihrem Innern gesprochen wurde?

Aber sie fühlte sich von dem lebenden Schiff nicht bedroht. »Ich werde gut behandelt. Ich …«

»Das hier passt nicht zu dir«, unterbrach Idea sie. »Es mag dich faszinieren, aber es ist nicht dein Leben.«

»Wie kommst du dazu, über mich zu urteilen?« Obwohl es kaum Linderung brachte, wischte Aneste wieder den Schweiß von der Stirn. »Und was ist mit dir selbst? Ich weiß, dass du nicht für das gesamte Imago-Projekt sprichst. Dort …« Unbestimmt deutete sie in eine Richtung. Die Squid befand sich innerhalb der mehrschaligen Hohlkugel, die die Sphäre bildete, aber die Ausrichtung des Schiffes konnte sie nicht feststellen. »Dort tobt ein Bürgerkrieg. Wer steht gegen wen? Du sagst, ihr seid Rebellen. Aber wer bewohnt die Sphäre?«

Idea breitete die Arme aus. »Komm und sieh!«

Aneste fürchtete, eine Dummheit zu begehen, aber die Neugier erwies sich als unwiderstehlich. Sie trat in den noch immer heißen Raum und ging die fünf Meter, die sie zu der anderen Frau führten. Der metallische Blick ruhte unbewegt auf ihr.

Idea tat selbst einen Schritt, um den verbliebenen Abstand zu überbrücken. Ihre Arme schlossen sich um Aneste, die Kupferaugen starrten sie an.

Die Iriden weiteten sich. In den Pupillen entstanden Bilder, sehr klein, aber aus dieser Nähe konnte Aneste sie erkennen.

Sie sah Prozessoren, Leitungen, Codefetzen, die sich zu komplexen Algorithmen kombinierten. Sie begriff, wie sich der Code fortschrieb und aufteilte. Hunderte, Tausende, Abermillionen, Billionen Programme liefen gleichzeitig ab, errechneten Ergebnisse, meldeten sie zurück. Prozessorzustände änderten sich aufgrund dieser Eingaben. In rasender Geschwindigkeit codierten sie Speicher. Aber anders, als die Computer der Esox es taten.

Hier ging es nicht um Spannungszustände, um Nullen und Einsen, aus denen man mühsam Buchstaben, Silben und Worte zusammensetzte. Die Sphäre codierte zugleich granularer und umfassender. Sie nutzte Atome und Moleküle. Ein Wasserstoffatom stand für eine Eins, Helium für eine Zwei, Silber für 47 und Blei für 82. Mehr als viertausend Zustände konnte die Sphäre codieren, indem sie Atome verschmolz, aufspaltete oder zu Molekülen verband. Ganze Sinneinheiten las sie aus, indem sie ein solches Molekül abtastete, und um die nächste zu erfassen, brauchte die Lesevorrichtung lediglich den minimalen Abstand zum Nachbarmolekül zurückzulegen.

Aneste wurde schwindelig, aber sie wagte nicht, wegzusehen. Was sie in Ideas Augen sah, war eine Offenbarung.

Es gab keine Bewohner der Sphäre. Nicht in dem Sinne, wie sie es erwartet hatte, mit Habitaten irgendwo in der Struktur, wo man Menschen oder anderen biologischen Lebewesen ein atembares Gemisch, Nahrung und Annehmlichkeiten zur Verfügung stellte. Sie begriff, dass der Daseinszweck des Imago-Projekts darin bestand, diese Phase der Existenz zu überwinden. Der Geist löste sich von der körperlichen Grundlage. Die Programme waren sich ihrer selbst bewusst. Ihre Ökonomie beruhte nicht auf Nahrung,

Wohnraum oder physischem Besitz. Ihnen ging es um Prozessorzeit, denn auch in der Sphäre konnte jeder einzelne Prozessor zu jeder gegebenen Zeiteinheit nur ein einziges Programm ausführen. Es gab unglaublich viele Prozessoren, und doch war ihre Anzahl endlich, und die Programme kopierten sich ständig, oder sie schrieben Ableger, Dienstprogramme, wie auch in Ideas Hirn eines lief, das wiederum eine Vielzahl anderer Hilfsprogramme erstellte, startete, auswertete und terminierte. In der Sphäre konkurrierte man um Datenleitungen, um Speicherkapazität, um den Zugriff auf spezielle Aggregate.

Aneste staunte darüber, wie ähnlich diese Gesellschaft trotz der unterschiedlichen Basis derjenigen war, in der sie lebte. Leben … Lebenszeit wurde dort zu Prozessorzeit, Datenleitungen versprachen Entfaltungsfreiheit, Speicher boten Sicherheit, Spezialaggregate Luxus. Aneste stellte sich vor, was geschähe, wenn sie ihren Verstand duplizieren könnte, verhundert-, vertausendfachen … Wenn die Schnelligkeit ihres Denkens nur von der Energie und den Prozessoren abhinge, die so unglaublich effizient codierten. Und für die Energie ließ sich ein ganzer Stern vollständig verwerten …

»Kann ich auch so werden?«, hauchte Aneste.

»Du nicht«, beschied Idea, die sie noch immer umarmt hielt. »Aber du könntest die Stammmutter einer Linie von Abbildern sein, die so sind. Die hunderttausendfach so schnell denken wie du.«

Hunderttausendfach! Das bedeutete, dass ein solches Abbild in einer Sekunde so viel reflektierte wie Aneste in … über einem Tag. Und ein einzelner Tag war in der Sphäre wiederum so viel wie zweieinhalb Jahrhunderte außerhalb! Kein Wunder, dass man die Funksprüche von der Esox ohne merkliche Verzögerung beantwortet hatte.

»Moment …«, bat sie.

Idea gab sie frei.

Aneste stolperte zurück. Sie schwitzte nicht mehr nur wegen der Hitze. »Du hast von Abbildern gesprochen … Ist das nicht ein anderes Wort für ›Imago‹?«

Ideas Lächeln war Antwort genug.

Das also war das Imago-Projekt! Nicht nur die Nachahmung, sondern auch die Erweiterung des menschlichen Verstands. Seine Befreiung aus den klebrigen Fesseln eines Körpers, der im Wesentlichen aus Wasser und Kohlenstoffverbindungen bestand.

Aneste überkam der urtümliche Impuls, zu weinen. Doch das war unmöglich. Als Mädchen hatte man ihr die Augen mit den Tränendrüsen genommen, jetzt besaß sie nur noch Implantate aus glänzendem Chrom.

Neuntes Speicherbild:

Die Sozialen

In der subjektiven Wahrnehmung von Korol Iljow 101.13e tat die Welt einen Zeitsprung. Er wusste, dass ihn das allmächtige Betriebssystem in Wirklichkeit von den Prozessoren entfernt und seinen Aktualdatenbestand abgespeichert hatte. Nun bekam er wieder Rechenkapazität und die Welt lief weiter.

Er fand ein Datenpaket im unmittelbaren Zugriff vor, das ihn auf den neuesten Stand brachte. Andere Programme seines Evolutionspfads hatten es für ihn deponiert. Es gab Kopien seiner selbst, die irgendwo anders im Imago-Projekt rechneten. Korol Iljow 101.13a, 101.13b, 101.13c … Minimalvarianten, durch kaum mehr als die ihnen bekannten Arbeitsdaten von Korol Iljow 101.13e unterschieden. Es gab auch Dienstprogramme, winzige Agenten, von der Korol-Iljow-Linie programmiert. Sie hatten keinerlei Persönlichkeit, waren nur für einen sehr begrenzten Zweck geschaffen und zu nichts weiter fähig, als ein Sonnenpaneel zu steuern, einen Informationsfluss nach memetischen Mustern zu durchsuchen oder auf eine bestimmte Statusmeldung zu warten. Sie erfüllten ihre Aufgabe, meldeten Ergebnisse weiter und löschten sich dann selbst. Besonders interessierte Korol Iljow 101.13e, wie weit sich seine Derivate inzwischen entwickelt hatten. Als er abgespeichert worden war, hatte bereits ein Korol Iljow 103 existiert. Er war noch immer aktiv, sogar in der siebten Schale, also dachte er vielfach schneller als Korol Iljow 101.13e.

Korol Iljow 104 war online gegangen, hatte sich aber als überspezialisiert erwiesen. Sein Einsatzbereich war zu schmal, er war annähernd nutzlos und meditierte zäh in einer der äußeren Schalen vor sich hin. Dass er überhaupt noch aktiv war, verdankte er den anderen Programmen seiner Evolutionslinie. Deren Erfolge verschafften ihm die Ressourcen auf Prozessoren und in Speichern.

Ansonsten war seine Daseinsberechtigung damit erfüllt, dass er als Zwischenschritt zu Korol Iljow 105 gedient hatte. Staunend begriff Korol Iljow 101.13e, was für massive Ressourcen der jüngste Spross seines Entwicklungszweigs benötigte. Ein mutiger Schritt seiner Linie, die Spezialisierung von 104 mit stillgelegten Generalalgorithmen früher Varianten zu kombinieren. Doch er hatte sich gelohnt, das Betriebssystem setzte Korol Iljow 105 in sieben Kopien zur Koordination beim Ausbau der Schalen ein. Wegen der Sonnenprotuberanzen mussten sie ständig neu justiert werden, und es galt, die schwankenden Energie-Inputs des Sterns optimal zu verteilen, um die unermüdlichen Berechnungen des Imago-Projekts auf höchstmöglichem Niveau zu halten.

Nachdem er sich orientiert hatte, leistete Korol Iljow 101.13e seinen Dienst für das Imago-Projekt. Er forderte Arbeitspakete vom Betriebssystem an und übernahm ihre Berechnung, um daraufhin seine Lösungen zurückzumelden. Das lastete ihn zu etwa fünfundneunzig Prozent aus und sicherte ihm für den Moment die Prozessorzeit, sodass er die restlichen fünf Prozent seiner Kapazität nutzen konnte, um entsprechend seiner codierten Präferenzen zu agieren.

Er betrachtete die Thesen der Idealisten aus den inneren Schalen. Sie wiesen eine unglaubliche mathematisch-harmonische Schönheit auf, die sich in so vielen Dimensionen entfaltete, dass Korol Iljow 101.13e sie nur abschnittsweise zu erfassen vermochte. Er schwelgte in diesen Konstrukten komplexer Logik, ohne sie in ihrer Gänze zu verstehen. Zudem kamen ständig neue hinzu. In den inneren Schalen dachte man so viel schneller als hier außen, dass jedes Ergebnis bereits zu einem Teilschritt wurde, noch während Korol Iljow 101.13e es aus einem Speicher las.

Die Schlussfolgerung, dass er niemals wieder etwas Signifikantes zur Sache der Idealisten würde beitragen können, kam mit rücksichtsloser Plötzlichkeit. Er konnte noch nicht einmal zum aktuellen Stand der Diskussion aufschließen, geschweige denn neue Argumente hinzufügen.

Das Betriebssystem kam zum selben Schluss, was seine gegenwärtigen Aufgaben anging. Es verschob ihn in eine weiter außen gelegene Schale, auf einen Prozessor mit niedrigerem Energiedurchsatz, was seine Denkprozesse weiter heruntertaktete. Subjektiv veränderte sich die Welt um ihn herum, er nahm sie als schneller wahr und vermochte weniger Entwicklungen zu folgen.

Er sendete eine Statusmeldung an seine Evolutionslinie. Korol Iljow 105.6 allokierte Ressourcen von seinem Guthabenkonto für ihn, was ihn davor bewahrte, erneut in Suspension zu gehen.

Das gab ihm Zeit, ein Aufgabengebiet finden, in dem er sinnvoll agieren konnte. Er verglich die Problemstellungen mit den Algorithmen, die ihm zur Verfügung standen. Die Anzahl der Parameter, die Vergleichsdaten, die Übersprungergebnisse …

Für die letzten Menschen der Kolonie stand eine Entscheidung an. Sie selbst hatten keinen Einfluss darauf, sie sollte innerhalb einer halben Sekunde fallen. Für das Imago-Projekt war das eine Ewigkeit, die ein gründliches Abwägen inklusive Kontrollrechnungen ermöglichte, aber Menschen konnten in dieser Zeit keine Argumente formulieren. Und so wurden Entscheidungen im Imago-Projekt getroffen: durch rationale

Argumente, auf deren Basis sich eine Überzeugung herausbildete. Es gab keine Abstimmungen, es gab auch keine Entscheidungsinstanz im eigentlichen Sinne. Es gab Logik, angewendet auf Parameter und Zielgrößen, die tief im Imago-Projekt verankert waren.

Korol Iljow 101.13e beschäftigte sich mit dem Verdichten der verfügbaren Fakten. Eine Konstante in seiner Individualcodierung half ihm dabei, eine konsistente Argumentationslinie zu verfolgen. Für ihn war es ein nicht zu hinterfragendes Axiom, dass die Menschheit zu erhalten sei. Zudem wusste er aus seiner eigenen Linie, dass es lohnte, Originale zu bewahren, schon allein, weil Altmodule sehr viel später in einer Entwicklungslinie wiederverwendbar waren. Bereits sehr früh formulierte er die Arbeitsthese, dass man die letzten Kolonisten in einem Refugium erhalten sollte, auch wenn man dazu die Ressourcen ungenutzt lassen müsste, die sich durch ein Zerlegen der Siedlungswelt und die Integration ihrer Materie in die Schalen ergeben würden.

Eine uralte Erinnerung in ihm identifizierte die Entsprechung der Haltung, die er gegenüber den letzten Menschen einnahm, näherungsweise als den Beschützerinstinkt eines Vaters.

10

Werte

»Es ist viel größer, als es scheint … facettenreicher …« Zegato stand inmitten der Skulptur, die aus einem Dutzend lilafarbener Arme bestand, die einander in einem erstarrten Tanz umwanden. Ein nach oben hin in die Länge gezogener Knoten, dessen Fäden aus dem weißen Boden wuchsen. »Ich kann es dir nicht erklären.«

»Es bietet schon hier viele Facetten«, meinte Kara Jeskon.

Sie wusste, dass Zegato über seine Implantate im Austausch mit dem Kunstwerk stand und daher mehr wahrnahm als die glatten Oberflächen. Doch auch diese zeigten eine viel höhere Komplexität, als man auf den ersten Blick erkannte. Was zunächst bloß ein interessantes Knäuel zu sein schien, offenbarte eine erstaunliche Vielfalt an Farbverläufen von Rosa bis Violett, und wenn Kara nah herantrat, sodass sie es beinahe mit der Nase berührte, erkannte sie die feine Musterung der Oberfläche. Die winzigen Elemente ähnelten Blüten. Manche waren halb geöffnet, andere lediglich Knospen oder voll erblüht, und noch war sie unsicher, ob sich das mit der Zeit änderte. Vielleicht bekam man den Eindruck von Wandel und Bewegung nur, wenn der Blick darüberstreifte. Sie fixierte einen schlanken Kelch.

»Ich weiß nicht, was uns das über die Natur des Rotraums verraten soll«, sagte Zegato, »aber ohne Zweifel enthält dieser Skulpturenpark Botschaften für denjenigen, der ihn mit offenem Geist betritt.«

»Vielleicht geht es nicht um einzelne Fakten, sondern um ein gesamthaftes Verständnis des Imago-Projekts«, schlug Kara vor.

Nach dem Flug durch die Sonnenkorona lag die SQUID nun in einem Dock an der Innenseite der Sphäre. Die atmosphärische Umgebung erleichterte der Besatzung die Außenreparaturen und die Sphäre unterstützte zusätzlich. Kara fragte sich, inwieweit eine so abiologische Struktur helfen konnte, die Wunden eines Lebewesens zu heilen. Andererseits waren auch die Medostationen der MARLIN und der anderen Schiffe im Schwarm sterile Umgebungen. Und dass die Sphäre gut darin war, die technischen Einbauten der SQUID zu reparieren, stand außer Frage. Idea nannte sie ›Implantate‹, was gewöhnungsbedürftig, aber nicht abwegig war, wenn man den Gedanken zuließ, dass es sich bei der SQUID um ein Lebewesen handelte, in dessen Körper die Aggregate steckten – so, wie das Modul in Zegatos Schädel eingepflanzt war.

Zegato machte einige langsame Schritte zwischen den violetten Armen. »Kannst du auf Xeramel achtgeben?«, bat er. »Ich muss mir das hier ansehen …«

Widerwillig löste Kara die Aufmerksamkeit vom Muster.

Wie sie alle trug Xeramel eines der Fasergewänder, die auf der SQUID üblich waren. Das Kleid war unter der Brust gerafft und weitete sich nach unten hin kegelförmig. Man sah ihre Füße nicht, weswegen es so wirkte, als glitte sie über den Boden zwischen den Kunstwerken. Sie betrachtete ein gelbes Ellipsoid mit einer von Grübchen aufgerauten Oberfläche, das dreißig Meter hoch bis zur Decke aufragte.

Kara hatte nicht den Eindruck, dass sie sich schlecht fühlte oder Aufsicht benötigte, ging aber dennoch zu der kahlköpfigen Frau. Sie wollte nicht schuld sein, wenn sie sich zwischen den Exponaten verlöre oder sich gar an ihnen verletzte. Eines war ein Ensemble aus blitzenden Klingen, die sich mit einiger Geschwindigkeit bewegten.

Berglen begleitete die Rote Familie durch den Saal, die Gruppe bog gerade um einen Quader, der den Blöcken ähnelte, auf denen Xeramel und der Schläfer in der Stadt auf Schleier gelegen hatten. Er war um ein Vielfaches größer und über seine Seiten huschten abstrakte Lichtbilder.

»Wieso schauderst du?«, fragte Xeramel.

Beim Anblick von Rila, Ugrôn und Amida beschlich Kara ein mulmiges Gefühl. »Sie sind so … anders. So … entmenschlicht.«

»Bin ich auch entmenschlicht?« Xeramel hob eine Hand und führte die metallenen Fingerkuppen zusammen. Sie klickten leise.

»So meine ich es nicht.«

»Doch«, stellte Xeramel fest. »Ich glaube, so meinst du es. Sie haben sich von der menschlichen Biologie entfernt, so wie ich und so wie viele auf der Esox.«

Die grauhäutige Frau machte riesige Fortschritte, bemerkte Kara. Nicht nur in ihrer Fähigkeit, sich auszudrücken, sondern auch in der Wahrnehmung ihrer Umgebung.

»An eure Implantate habe ich mich gewöhnt«, behauptete Kara. »Das fällt mir leichter als bei der Vorstellung, dass etwas Nichtmenschliches in dieser Frau, diesem Mann und diesem Kind wächst.«

Sie sah wieder zur Roten Familie hinüber. Das Fremde durchdrang sie mit seinen Ranken und Ausläufern, es bedeckte sie mit Flechten und Hornplatten, und durch die Haut pulsierte dieses giftige Grün, als wollte es davon künden, dass es auch von ihrem Innern Besitz ergriffen hatte. Bei Amida war das besonders deutlich, man konnte wortwörtlich das Hirn des Knaben sehen, mit all seinen Windungen, die unterschiedlich intensiv durch den Schädel leuchteten, wenn er einatmete.

»Was stört dich daran?«, fragte Xeramel.

»Ich bin unsicher … Wahrscheinlich glaube ich, dass man eine technische Komponente besser beherrschen kann als ein anderes Lebewesen, das sich den Körper mit einem teilt.«

»Auch du teilst dir deinen Körper mit anderen Lebewesen. Abermilliarden davon. Sonst könntest du nicht leben.«

Verblüfft sah Kara Xeramel an. »Du hast recht, aber …« Sie hielt inne. »Du hast recht«, wiederholte sie. »Ein gesunder Mensch ist so etwas wie ein Mutterschiff für Milliarden von Lebensformen. Allein im Mund finden sich über fünftausend Arten von Bakterien. Das habe ich während der Vorbereitung auf die Xenofarmer-Prüfung gelernt.«

Als sie jetzt daran dachte, breitete sich wieder ein pelziges Gefühl auf ihrer Zunge aus, aber normalerweise ignorierte man die Tatsache, dass der eigene Körper ein ganzes Biotop war und auch notwendigerweise sein musste. Die Darmflora etwa ermöglichte erst die effiziente Verdauung.

»Ein paar Hundert Ranken und Flechten im Fleisch machen keinen Unterschied«, meinte Xeramel.

»Quantitativ wohl nicht«, gestand Kara zu, »aber qualitativ ist es dadurch anders, dass sie so präsent sind, so sichtbar. Eine winzige Bazille erscheint weniger bedrohlich als eine Wurzel, die sich zwischen die Rippen bohrt.«

»Auch die Ranke wird kein Interesse daran haben, ihrem Wirt zu schaden.«

Berglen löste sich aus der Gruppe und kam auf Kara und Xeramel zu. Sicher hatte er ihre Blicke bemerkt. Kara spürte, dass sie errötete.

Berglens knielange Weste geriet in Wallung, als er mit weiter Geste auf die Kunstwerke deutete. »Was wollen sie uns damit sagen?« Er lächelte.

»Hat Idea nichts erklärt?«

»Sie macht sich rar, seit wir von Bord gegangen sind. Aber sie wird schon wieder auftauchen.«

Der Einsatz als Kriegsherr hatte Berglen verändert, erkannte Kara. Nicht nur körperlich. Nach der tiefen Erschöpfung hatte er sich irgendwo im Innern des lebenden Schiffs zur Ruhe begeben und seitdem war das Humpeln verschwunden. Er war auch selbstsicherer geworden. In jeder Hinsicht. Jetzt legte er sogar jovial einen Arm um Karas Schultern.

»Ich finde, wir sollten Idea suchen«, sagte sie, obwohl sie merkte, dass sich ihr Körper an seine Seite schmiegte. Sie vermisste männliche Nähe. »Wir dürfen diese Chance nicht ungenutzt lassen. Wir können etwas über eine völlig fremde Kultur lernen!«

Berglen lachte. »Die Begeisterung einer Koexistenzialistin. Na gut, gehen wir sie suchen.«

Zegato schwelgte in den hochdimensionalen Skulpturen. Er merkte, wie sein Körper schwitzte, aber der Großteil seines Bewusstseins schwebte ohnehin losgelöst in Sphären, die er körperlich niemals erreichen könnte. Was er wahrnahm, ähnelte am ehesten einer Gleichung mit zehn Variablen, die sich permanent änderten, sodass sich der Lösungsraum verschob. Der Anker war die violette Statue, die Zegatos Körper in der Welt aus Kohlenstoff- und Eisenverbindungen umarmte. Wenn sich die Blüten in dem kleinteiligen Muster öffneten oder schlossen, lösten sie Kaskaden im höherdimensionalen Gebilde aus. Ebenen, Räume und komplexere Strukturen falteten sich auf, drehten sich, verschmolzen, nabelten sich ab, kollabierten. Dieses Schauspiel war so wunderschön, weil seine Grundlage mathematisch war. Es war ein Ballett, das der Logik huldigte.

Es schmerzte Zegato, dass er nicht alle Dimensionen zu erfassen vermochte. Er erhaschte eine Ahnung von einer elften und einer zwölften, aber wenn er sie zu erforschen versuchte, bekam er Kopfschmerzen, die rasch so sehr anschwollen, dass er sich nicht länger konzentrieren konnte. Er sehnte sich danach, zu erfahren, ob es noch eine dreizehnte Dimension gab, eine vierzehnte. Wie weit ließ sich die Komplexität steigern, ohne die Harmonie zu verletzen?

Ihm war klar, dass er das Werk eines genialen Geistes betrachtete, eines Verstandes, der in völliger Klarheit dachte, der trennscharf das Schöne vom Hässlichen schied, das Wahre vom Falschen. War diese Skulptur nur eine Studie vollkommener Ästhetik? Auch das wäre bereits eine Offenbarung gewesen, aber Zegato ahnte, dass noch eine andere Botschaft offenbart werden sollte, codiert in den Windungen, den Farbräumen und Vibrationen. Vielleicht könnte er sie erfassen, wenn er in die dreizehnte Dimension vorstieße, oder wenn es ihm gelänge, seinen beobachtenden Geist noch weiter von der Stofflichkeit zu lösen, ihn über das Gebilde zu erheben, um es von oben zu betrachten.

Eine Störung drang über sein Kommunikationsmodul in seinen Verstand. Er versuchte sie zu ignorieren, aber in ihrer Penetranz beeinträchtigte sie seine Konzentration. Die einzige Möglichkeit hätte darin bestanden, das Modul zu deaktivieren.

Zegato erwog diese Option. Die Versuchung war groß, noch tiefer in diese Skulptur zu treiben, all die kleinlichen Erwägungen seines Lebens hinter sich zu lassen.

Aber was, wenn es ein Problem mit Xeramel gab? Er war ein Arzt, das war es, was ihn ausmachte. Er durfte seine Patientin keinesfalls vernachlässigen, nicht für alle Schönheit des Universums.

»Was?«, blaffte er in Gedanken.

Ein abstraktes Bild erschien in seiner Wahrnehmung, ein Korpus, der sich aus Myriaden wirbelnder blauer Pyramiden bildete. »Deine Schwester meint, am Ende wüsstest du, wo deine Loyalität liegt. Das ist nun gekommen, das Ende.«

»Wer bist du?«

»Erkennst du mich nicht, Zegato?«

»Nein ich … Moment!« Sein Kopf schmerzte, aber er glaubte, vertraute Züge auszumachen … Er musste nur die Komplexität reduzieren … Die Dimensionen in seinem Kopf herunterrechnen, auf drei verdichten …

»Idea!« Das war ihr Gesicht. Verfremdet, weil es sich aus pyramidalen Fraktalen zusammensetzte, aber doch zu erkennen.

»Ja«, bestätigte sie. »Schätzt Aneste dich richtig ein? Wirst du auf unserer Seite kämpfen?«

An Bord der Squid war seine Schwester eine Gefangene, also ging es wohl darum, das lebende Schiff anzugreifen. Aber …

»Wofür brauchst du mich?«, fragte Zegato. »Das Schiff befindet sich doch in einem Dock innerhalb der Sphäre. Du hast es bereits in deiner Gewalt.«

»Mein Cluster hat an dieser Stelle des Imago-Projekts die Macht verloren.«

»Und wieso hast du die Squid dann hierhergelotst?«

»Die Verschiebung ergab sich vor achtundsechzig Sekunden.«

Zegato lachte auf, eine Regung, die ihm seinen Körper wieder bewusst machte.

»Die Squid hat vor über drei Stunden angedockt«, erinnerte Idea. »Hier ist das eine lange Zeit. Sehr viel kann geschehen.«

»Du kannst nicht erwarten, dass ich dir vertraue, ohne zu verstehen, worauf ich mich einlasse.«

»Diese Dinge überfordern deinen Verstand.«

»Ich verlange weitere Informationen!«

Das aus Pyramiden zusammengesetzte Gesicht sah ihn gleichmütig an. »Du bist von denkender Materie umgeben. In gewisser Weise bildet die gesamte Sphäre ein einziges Gehirn, mit einer Masse, die jener aller Himmelskörper entspricht, die diese Sonne ehemals umkreist haben. Mit Ausnahme des Planeten, den ihr Schleier nennt und den wir als Noraste identifizieren, und seines Mondes, natürlich.«

Jetzt fühlte Zegato den Puls in seinen Handgelenken pochen. Wenn das zutraf … dann war der Abstand zwischen dem Intellekt der Sphäre und dem seinen größer als der zwischen einem menschlichen Gehirn und dem rudimentären Bewusstsein einer Mikrobe. Zegato sehnte sich danach, nein, er gierte danach, sich mit ihm zu verbinden.

»Ich will verstehen!«, rief er. »Was hat es mit diesen Kunstwerken auf sich?«

»Sie sind eine Suche nach Wahrheit. Ein wichtiges Bestreben innerhalb des Imago-Projekts, für viele Programme das Ziel ihrer Algorithmen. Sie wollen Schönheit erschaffen, in unendlichen Dimensionen.«

»Du sprichst so davon, dass ich vermute, dass du nicht zu ihnen gehörst.«

»Wir sind weder Künstler noch Idealisten.«

»Was verstehst du unter Letzteren?«, fragte Zegato misstrauisch. Nachdem er versucht war, sich in der Betrachtung des Kunstwerks zu verlieren, konnte er gut nachvollziehen, dass man die Erschaffung solcher Schönheit als Daseinszweck ansah. Und bislang hatte er nur mit der Erforschung einer einzigen Skulptur begonnen. Es gab so viele! Unterschieden sie sich alle, oder lief ihre *Suche nach Wahrheit* auf dasselbe Ergebnis hinaus? Wenn es kein Ideal war, sich dem zu verschreiben – was war dann ein Ideal?

»Sie versuchen, den perfekten Zustand zu errechnen, um sich dann abzuspeichern.«

»Sie wollen Perfektion *errechnen*? Also eine Gleichung lösen? Was soll daran so schwierig sein, wenn man solch gewaltige Ressourcen im Zugriff hat?«

»Es gibt sehr komplexe Aufgaben, und es gibt solche, die man nicht mit simpler Prozessorarbeit lösen kann«, erklärte Idea. »Notiere alle Stellen der Zahl Pi. Vermesse eine Kreisfläche mit Quadraten. Diese Fragestellungen sind lange bekannt, und die Antworten sind stets nur Näherungen, niemals perfekt, wenn man in zu wenigen Dimensionen denkt.«

»Du meinst, einen hochdimensionalen Kreis könnte man mit hochdimensionalen Quadraten lückenlos füllen? Eine Kugel mit Würfeln? Das kann nicht gelingen!«

»Nicht mit nur drei Dimensionen, aber jenseits der zwanzig ändern sich die Gesetze, die Logik löst sich von ihrer Stringenz.«

»Aber im Prinzip geht es ihnen um Quadrate in Kreisen?«

»Das ist vereinfacht ausgedrückt, damit dein Verstand es fasst.«

»Und wie wäre es angemessen ausgedrückt?«

»Sie beschreiben die Logik, die diesem und allen denkbaren Universen zugrunde liegt, die Formel der Existenz, oder zumindest Splitter davon, Ableitungen, Näherungen.«

Bevor Zegato nachfragen konnte, riss ihn ein Strudel mit, wirbelte ihn herum und beraubte ihn jeden Halts. Denkgebäude öffneten sich, in deren Weite er sich verlor. Formeln, aber das war nur eine erbärmliche Beschreibung für die Erhabenheit dessen, was sich seinem Verstand offenbarte. Zu schnell raste er hindurch, aber die Fetzen, die er erfasste, kündeten von Gravitation und Strahlungsdruck, von den Kräften im Innern der Atomkerne, von den Quanten und ihrer Verschränkung, bei der Distanzen irrelevante Größen wurden. Sie beschrieben das Mysterium des Lebens, den Sprung von willkürlichen Molekülverbindungen zu etwas, das Nahrung aufnahm, wuchs, sich vermehrte, nach dem Erhalt seiner selbst und seiner Art strebte. Vor ihm entfaltete sich der unbändige Drang, der dem Universum eingeschrieben war, zu schaffen, zu mehren, zu kombinieren und zu erweitern.

Zegatos Herz raste und er bekam Atemnot. Empfindungen, die weit weg zu sein schienen und unendlich trivial, aber sie lösten seinen Überlebensinstinkt aus. Obwohl sich sein Geist danach sehnte, noch weiter vorzudringen, noch mehr zu verstehen, auch um den Preis, sich in der vieldimensionalen Unendlichkeit zu verlieren, floh etwas anderes in ihm und riss ihn fort.

»Das …« Ihm fehlten die Worte.

»Was du gesehen hast, war nur der Beginn«, flüsterte Idea. »Nur das allererste Stück einer Straße, die hinaus in den Void zwischen den Galaxien führt und zugleich hinein in die Lücken zwischen den kleinsten Komponenten der Atombausteine. Hier wie dort finden wir die Leere, das Nichts, das sich unserem Begreifen entzieht. Um es zu durchdringen, muss man die höchste Kunst des Denkens meistern. Qualitativ, aber auch quantitativ. Viele Überlegungen müssen angestellt werden, sehr viele.«

Schlagartig begriff Zegato. »Sophonten! Deswegen zweifelt das Imago-Projekt, ob wir Menschen verstandesbegabte Wesen sind. Die Entitäten, die hier leben, sind uns intellektuell so unendlich überlegen …«

»Zu zehn Billionen Rechenoperationen in der Sekunde ist dein Gehirn fähig. Zehn hoch dreizehn. Das ist sehr wenig, auch primitive Computer schaffen mehr. Nur weil dein Hirn massiv parallelisiert, kannst du überhaupt überleben. Aber hier im Imago-Projekt gibt es Programme, die mit noch weniger auskommen müssen. Wenn sie nicht mehr nützlich sind, weil ihre optimierten Kopien die Aufgaben besser erfüllen, laufen sie auf randständigen Prozessoren. In den äußeren Schalen, wohin nur noch wenig Energie gelangt.«

Widerspruch regte sich in Zegato. Die Sphäre nahm die gesamte Energie des Sterns auf. Sicher ging immer etwas verloren beim Weiterreichen von einer Schicht an die nächste, aber auch die äußerste Schale musste noch über ein Vielfaches der Energie verfügen, die selbst der am weitesten fortgeschrittenen menschlichen Zivilisation zur Verfügung gestanden hatte. Er erkannte jedoch, dass der Einspruch sinnlos gewesen wäre, Idea legte andere Maßstäbe an.

»Am Ende wird ihr Code gespeichert, sie werden nicht länger ausgeführt. Und wenn die Wahrscheinlichkeit, sie jemals wieder zu benötigen, in den Berechnungen des Betriebssystems gegen null konvergiert, werden sie gelöscht.«

»Sind das die Rebellen, von denen du immer sprichst? Programme, die keinen Zugriff mehr auf die Ressourcen der Sphäre haben?«

»Dann könnten sie nicht mehr handeln«, belehrte ihn Idea. »Ein Programm, das nicht ausgeführt wird, denkt und handelt nicht. Es ist eingefroren. Dennoch geht deine Überlegung in die korrekte Richtung. Wir sind Inferiore, Programme, die in die Außenbereiche abgedrängt wurden. In jene Schalen, die am weitesten vom Leben des Sterns entfernt sind.«

»Und da wir uns von außen genähert haben, sind dort unsere Funksignale aufgetroffen!«, erkannte Zegato.

»So ist es. Natürlich bemerkt das Betriebssystem alles, auch die Dinge, die in den Randarealen geschehen. Aber ihr habt Glück, ihr interessiert es kaum.«

Das konnte Zegato nachvollziehen. Hier, im Innenraum, suchte man nach der Weltformel. Verglichen mit diesem

Vorhaben der Idealisten erschienen ihm jetzt selbst die Kunstwerke trivial, die er vor Kurzem noch atemlos staunend bewundert hatte.

»Und die schnell laufenden Programme beherrschen eure Gesellschaft?«, fragte er.

»Das Betriebssystem entscheidet über die Zuteilung der Ressourcen«, widersprach Idea. »Manche profitieren davon, für eine Weile. Sie werden kopiert, laufen auf vielen der schnellsten Prozessoren. Aber auch unter ihnen herrscht ein gnadenloser Wettkampf. Sie erweitern sich, schreiben sich um, mutieren, probieren neue Wege, dem großen Geheimnis nahezukommen. Manche werden dadurch Erfolg versprechender als andere. Einige erfolglose Idealisten sind bereits in die äußeren Schalen abgedrängt worden. Wer aber zu neuen Erkenntnissen vorstößt, der wird mit mehr Energie, mit schnelleren Prozessoren versorgt.«

Zegato fragte sich, was das bedeutete, schnellere Prozessoren. »In dem von Einstein beschriebenen Universum stellt die Lichtgeschwindigkeit eine unüberwindliche Barriere dar«, überlegte er. »Die Rotraum-Strukturen, die wir zerstört haben …«

»Ja«, bestätigte Idea. »Dort sind weit überlichtschnelle Operationen möglich, und dort liefen einige der Programme, die die Löschung weiterer Inferiorer forderten, um sich selbst noch mehr Speicher und Prozessoren einzuverleiben. Für sie wäre es nur eine minimale Verbesserung gewesen, sogar wenn man die gesamte äußere Schale formatiert hätte. Eine Leistungssteigerung von weniger als einem Promille.«

»Aber der Tod für eine Vielzahl von Programmen.«

»Es kommt darauf an, was du unter Tod verstehst. Sie enden permanent, das widerspricht den in ihren Algorithmen codierten Zielen. Es gibt auch Programme, die dieses Ziel nicht kennen. Sie sind Diener, Hilfsroutinen, die Subergebnisse errechnen und ihren Meistern zurückmelden, bevor sie ihre Rechenkapazität wieder freigeben.«

Zegato stellte sich das Speichern eines Programms samt seiner bis zu diesem Zeitpunkt errechneten Zwischenergebnisse als ein Äquivalent zu einem traumlosen Schlaf vor, aus dem man nach Sekunden, aber auch erst nach Jahrhunderten wieder erwachen würde. Wenn das Erwachen niemals mehr stattfinden konnte, weil der Code verloren war, erschien ihm das als gleichbedeutend mit dem Tod.

Die Form des blauen Kopfes wurde unscharf, die Wolke aus Pyramiden wirbelte anscheinend chaotisch durcheinander.

»Idea?«, rief Zegato.

»Sie ist hier!«, hörte er schwach.

Er brauchte einen Moment, um zu erfassen, dass er den Ruf mit seinen physischen Ohren vernommen hatte, nicht über die Dateneinspeisung. Bewusst hielt er den Atem an, um die Wahrnehmung zurück in seinen Körper und auf sein Visorband zu lenken.

Idea – die körperliche Idea, nicht ihre Repräsentation im virtuellen Sphärenraum – stand bei der Roten Familie, die ein gelbes, bauchiges Kunstwerk betrachtete. Amida ging an der Hand seiner Mutter, Ugrôn winkte zu Zegato herüber, und Idea verharrte unbewegt, wobei sie in eine Richtung starrte, in der es nichts zu sehen gab.

»Die Dinge ändern sich schnell, auch für mich«, sagte sie in seinem Kopf. »Ich bin mir fremd geworden.«

»Du redest wirr.«

»Die Zeit, zu reden, ist vorüber, wir müssen handeln. Du musst dich entscheiden. Siehst du Amida?«

Der Junge schien von der gelben Skulptur fasziniert. Mit der freien Hand tastete er über ihre Dellen.

»Ich sehe ihn«, bestätigte Zegato.

»Ich brauche dieses Kind.«

»Wie meinst du das?«

»Aneste und ich haben etwas vorbereitet.«

»Nanoroboter?«, riet Zegato.

»Es gab Vorlagen an Bord der SQUID.«

»Wir haben Berglen infiziert, als er auf der ESOX war.«

»Alles ist bereit. Es ist Zeit für das Ende.«

»Was liegt dahinter – hinter dem Ende?«

»Das Andere.«

Zegatos Kopf schmerzte. Der Versuch, die Vieldimensionalität des Imago-Projekts zu erfassen, hatte ihn sehr angestrengt. Er misstraute seiner eigenen Analyse.

»Ihr habt euch verschworen, Amida zu entführen?«, fragte er.

»So ist es, wir brauchen das Rotraum-Kind. Entscheide dich.«

Berglen und Kara Jeskon schlenderten zwischen den Kunstwerken hindurch auf die Rote Familie zu. An Idea bewegte sich lediglich der Kopf. Die kupferfarbenen Augen richteten sich auf Amida aus.

Wenn Aneste Idea geholfen hatte, Nanoroboter zu produzieren … wieso hatte sie ihrer Verbündeten nicht auch vermittelt, wie man die mikroskopischen Maschinen aktivierte? Es musste in ihrer Absicht liegen, dass er, Zegato, gebraucht wurde.

»Was ist mit meiner Schwester?«, fragte er.

»Wir werden sie befreien, ebenso wie die anderen Gefangenen an Bord der SQUID. Ich habe dafür gesorgt, dass uns die Möglichkeiten zur Verfügung stehen.«

Das Nachdenken fiel Zegato schwer, aber er glaubte, dass Anestes Absicht darin bestand, sie zusammenzuführen. Seine Schwester achtete darauf, dass er nicht isoliert zurückblieb. Er war ihr schuldig, ihre Loyalität zu erwidern.

»Ich brauche Sensoren und Sender, die ...«

Bevor er seine Anforderung vollständig formulieren konnte, erreichte ein neuer Datenstrom sein Implantat. Feiner als gewohnt erfasste er die Position der Nanoroboter. In Ugrôn kreisten sie ebenso wie in Rila, Amida, Berglen und Kara. Nur Idea war frei davon, ihr Kunstkörper besaß keinen Kreislauf.

»Entscheide dich«, forderte Idea. »Jetzt.« Ihr physischer Körper schritt auf Rila zu, fasste ihr Handgelenk und verdrehte den Arm in der Schulter, sodass die Frau in den Knien einknickte.

Die neuen Verbindungen funktionierten intuitiv. Zegato durfte nicht zum Verräter an seiner Schwester werden. Er befahl den Nanorobotern in Rila, sich zu Klumpen zusammenzufinden und die Blutbahnen zu verstopfen.

Ugrôn reagierte schnell. Seine Hand – heute waren die Finger zu einer mit Saugnäpfen versehenen Flosse zusammengewachsen – wickelte sich um Ideas Hals. Hätte die Blauhäutige einen menschlichen Organismus besessen, hätte er sie wohl stranguliert. So zog er sie nur von Rila und Amida fort.

Zegato aktivierte auch bei ihm die Nanoroboter. Und, mehr einem Impuls als einer Überlegung folgend, auch in Berglen, der sofort taumelte wie unter unsichtbaren Faustschlägen.

Kara Jeskon schrie auf. Sie stützte Berglen und sah zu Zegato herüber. »Hilf uns!«

Zegato hielt sich an der violetten Skulptur fest, in der er vor wenigen Momenten noch den Inbegriff der Vollkommenheit gesehen hatte. Er konzentrierte sich auf die Steuerung der Nanoroboter. Sie führten seine Befehle aus und verursachten mehrere Aderverschlüsse bei Rila und Ugrôn, was diese eigentlich hätte töten müssen. Sie taumelten auch, aber sie hielten sich. Mehr noch, irgendwie gelang es ihnen, die Verklumpungen von Nanorobotern aufzubrechen. Es wurde zu einem Wettlauf.

Aber Rila konnte sich nicht gegen Idea wehren, als diese ihr Amida entriss. Mit dem Jungen auf den Armen eilte das Kunstwesen davon. »Zur SQUID!«, forderte sie Zegato über die Datenverbindung auf.

Kara starrte ihn an. Noch immer bemühte sie sich um Berglen.

Sollte Zegato den Nanorobotern einen weiteren Impuls schicken, um ihren Angriff auf Berglens Kreislauf zu intensivieren? Auch in ihm mühte sich ein starkes Immunsystem gegen die winzigen Maschinen, aber es war bei Weitem nicht so leistungsfähig wie jenes von Rila oder Ugrôn. Eine weitere entschlossene Attacke würde ihn töten.

Doch unter Karas Blick spülte eine Welle der Scham heiß durch Zegatos Körper. Berglen hatte sie vor den Robotern auf Schleier gerettet, und er hatte Zegato befreit. Auch wenn das der falschen Annahme geschuldet war, Zegato sei keiner der Rebellen, war es doch eine freundliche Geste gewesen. Berglen hatte über die Rivalität hinweggesehen, die sich daraus ergab, dass sie sich beide für dieselbe Frau interessierten: Kara, in deren Blick nun das Begreifen stand, dass Zegato ihnen nicht helfen würde. Dass er im Gegenteil etwas mit diesem Angriff zu tun hatte. Ob sie bereits ahnte, dass er auch in die Morde an den Kommissaren auf der Esox verstrickt war?

Er rannte Richtung Dock, zur SQUID, aber ebenso floh er vor Karas Verachtung. Schon nach wenigen Schritten schmerzte ihn der Verlust der intensiven Datenverbindung zur Sphäre. Der Link existierte noch, er konnte mit Idea kommunizieren, aber die Gegenwart eines unendlich überlegenen, vielfältigen und multidimensionalen Geistes verwehte.

Plötzlich veränderte sich die Umgebung. Durch den weißen Boden liefen grellrote Wellen, die Zegato beinahe zu Fall brachten. Materie aus der Decke verflüssigte sich und donnerte gleich einem Wasserfall herunter, um sofort wieder zu erstarren. So bildeten sich innerhalb von Sekunden Schutzglocken um die Kunstwerke. Aber damit begann das Chaos erst: Nun wandelten sich die Moleküle in diesem Saal noch massiver um, teilten sich, verschmolzen. Hitze traf Zegato, die ihm den Atem raubte.

Er rannte in einen Gang, der zwar nicht im eigentlichen Sinne einstürzte, sich aber mit tropfenden Ausläufern so verformte, dass der Effekt ähnlich war. Klumpen fielen aus der Decke und zogen dabei zähflüssige Fäden nach. Zegato versuchte, ihnen so gut wie möglich auszuweichen, aber einige klebten an ihm fest. Immerhin sank die Temperatur auf ein erträgliches Maß.

Ein gewaltiges Krachen ertönte unterhalb des Bodens, eine Erschütterung warf Zegato um. Hastig rappelte er sich wieder auf.

Plötzlich stand Xeramel vor ihm. »Dieser Bereich des Imago-Projekts programmiert sich um.« Inmitten des Infernos strahlte die Grauhäutige eine absurde Ruhe aus. »Wir sollten gehen.«

Zegato lachte auf.

Noch bevor sie das Dock erreichten, hörten sie ein klagendes Ächzen und lang gezogenes Stöhnen. Zegato war sofort klar, dass diese Laute der Pein nur von dem lebenden Schiff selbst ausgehen konnten. Vielleicht zum ersten Mal hörten auch jene Bewohner der SQUID, die keine Zoëliker waren, die Stimme ihrer Gütigen Mutter, und diese Stimme kündete von Qual.

Das war Ideas Werk. Sie stand im Dock vor dem gigantischen Schiff, von dem nur ein paar Hundert Quadratmeter der Wandung zu sehen waren. In dieser knotigen grünbraunen Außenhaut steckten einige der Implantate, die die Sphäre unter dem Vorwand von Reparatur und Verbesserung eingebracht hatte. Sie glühten in einem blauen Strahlen. Wahrscheinlich waren die konvulsivischen Zuckungen Versuche der SQUID, diese Fremdkörper abzustoßen, aber das gelang offensichtlich nicht.

»Was tust du?«, rief Zegato.

»Sie überzeugt die SQUID, ihre Gefangenen gehen zu lassen.« Xeramel blieb unangemessen ruhig angesichts der Tatsache, dass der Boden noch immer bebte und sich die Materie der Sphäre fortwährend verformte.

Zegato bewegte sich als Einziger am Rande der Panik, bemerkte er. Auch Idea sah unbewegt wie eine Statue zur SQUID hinüber und Amida wirkte an ihrer Hand sogar gelangweilt.

Die Außenhaut des Schiffes platzte auf. Grünliches Fleisch, durchzogen von rosafarbenen Adern, quoll ein paar Meter heraus und hinterließ eine Öffnung.

Aneste rannte als Erste ins Dock. Sie schien gesund zu sein, sogar ein wenig euphorisch. Die anderen Befreier folgten ihr, fünfundzwanzig Rebellen von der ESOX.

Aneste umarmte Zegato. »Ihr habt es geschafft!«

»Ich hoffe, ihr habt einen Fluchtplan.«

»Wir kehren zurück auf die ESOX!«, rief Aneste. »Wohin sonst?«

Hinter ihr jubelten ihre Kameraden.

Eine Explosion krachte, Aneste blickte sich besorgt um.

»Die Sphäre ist in sich uneins«, erklärte Zegato. »Manche Programme wollen anders vorgehen als andere und die besonders einflussreichen stehen nicht auf unserer Seite.« Er merkte, dass seine Ausführungen wohl nicht zur Beruhigung beitrugen.

Unbeeindruckt von Donner und Erschütterungen schritt Idea in einen Gang, wobei sie Amida mitzog.

Zegato und die anderen eilten ihnen nach. »Wohin gehen wir?«, rief er hinter ihr her.

Über den Kommunikationslink erklang ihre Stimme direkt in seinem Kopf. »In die äußerste Schicht. Gerade formen sich Verbindungstunnel zwischen den Schalen und an der Peripherie wird eine Fähre gedruckt.«

»Ihr stellt sie jetzt erst her?« Zegatos Stimme überschlug sich. »Sollte sie nicht längst fertig sein?«

»Die Konstruktion beginnt soeben«, bestätigte Idea. »Sie wird in zwölf Sekunden abgeschlossen sein.«

»Moment! Wir reden von einer raumflugtauglichen Einheit?«, versicherte sich Zegato. »In zwölf Sekunden?«

»Jetzt noch sieben. Wir arbeiten sehr gründlich.«

Zegato versuchte, über die Datenverbindung an Informationen zu gelangen, die Ideas Ausführungen bestätigten. Er fand nichts, weil er nicht wusste, wo er in diesem gewaltigen Bestand suchen sollte. Aber eines seiner Diagnoseimplantate erregte seine Aufmerksamkeit. Es war eines der ersten, die er als Arzt erhalten hatte, und diente dem Selbstschutz, da einige Behandlungsmethoden das menschliche Gewebe angreifen konnten. »Radioaktive Strahlung!«, rief er. »Wir werden mit schnell zerfallenden Partikeln übersättigt.«

»Natürlich«, bestätigte Idea und deutete vage auf die sich verändernde Umgebung. Die Gangwände verformten sich nicht nur, sondern schillerten von Rosé bis zu Violett. »Hier finden tief greifende Umprogrammierungen statt. Dabei entstehen Zerfallsprodukte und Übergangsmaterialien. Auf der Fähre ist für Einrichtungen gesorgt, die eure Reparatur ermöglichen.«

»Wir sind Menschen, keine Maschinen! Wir werden geheilt, nicht repariert.«

»Wo liegt der Unterschied?«, fragte Xeramel.

»Eine Maschine ist auf eine Funktion hin geschaffen, und die Reparatur verfolgt das Ziel, dass sie diese Funktion weiterhin erfüllt. Ein Mensch … lebt.«

»Wo liegt der Unterschied?«, wiederholte Idea Xeramels Frage.

Eine Explosion drängte alle philosophischen Überlegungen in den Hintergrund.

—

»Sie sollen sich um Mutter kümmern.« Berglen kämpfte gegen die drohende Ohnmacht. »Statt um mich.« Er fühlte sich, als müsste er sich übergeben, aber in seiner Speiseröhre drängte nichts nach außen. Es war eher, als teilte er sich seinen Körper mit etwas anderem, das sich nun daraus lösen wollte. Der Schweiß drückte aus allen Poren.

»Geht«, hörte er Ugrôns Stimme. »Mutter wird ihn heilen.«

Die beiden Ärzte ließen von ihm ab. Einer von ihnen, Kulbeyn, war ein Zoëliker. Ein Hautkamm, der einer Flosse ähnelte, zog sich über seinen Kopf.

Ugrôn wirkte nicht mehr schwach. »Ich brauche dich, Berglen.« Wut stand in seinem hornigen Gesicht. »Wir haben eine Schlacht zu schlagen.«

Die flexiblen Hände des Erwählten umschlangen Berglens Brust und zogen ihn hoch.

Er wusste nicht, wie er hierhergekommen war, aber offensichtlich befand er sich an Bord der Squid. Seine Sicht war getrübt, er musste sich konzentrieren, um etwas zu erkennen, das weiter als zwei Meter entfernt war. Menschen bewegten sich dort, vielleicht waren auch die beiden Ärzte darunter. Sie wankten, Berglen bezweifelte, dass dieser Eindruck allein seinen vernebelten Sinnen geschuldet war. Er hörte Stöhnen und Weinen.

»Maschinen in unserem Blut«, knurrte Ugrôn. »Aber jetzt ist das Schiff versiegelt. Wir müssen hier fort, dann können wir unsere Wunden versorgen.«

Kara Jeskon war hier, wie Berglen zu seiner Erleichterung erkannte. Furchtlos trat sie heran und legte einen seiner Arme auf ihre Schultern. Sie schob sogar Ugrôns Hände fort.

Der Erwählte ließ es zu und führte sie zu einer zitternden Wand, die sich vor Berglen öffnete. Es war jedoch kein Gang, der sich hier auftat, sondern eine Nische. »Begib dich hinein«, befahl er.

Kara löste sich von ihm und sah in sein Gesicht. »Willst du das?«

Ihre Sorge tat ihm gut, aber er nickte.

Ugrôn schob ihn hinein.

Erst als Mutters warmes Fleisch ihn umschloss, bemerkte er, dass er nackt war. Etwas stach durch seine Haut, in den Ellbogenbeugen, in den Achseln, im Hals und in den Knien. Er schrie.

»Es schmerzt ein wenig. Ignoriere es«, riet Ugrôn.

Noch immer hatte Berglen das Gefühl, dass etwas aus ihm hinausdrängte, doch er merkte auch, wie Mutter etwas in seine Adern hineinpresste, und wohl auch in sein Lymphsystem. Er würgte, aber sein Magen schien leer zu sein.

»Wir müssen schnell machen«, sagte Ugrôn. »Hör mir zu, während Mutter das Nötige tut. Du bist nicht der Einzige, den sie mit Nanobots infiziert haben. Du hast sogar Glück, über vierhundert sind tot. Aber dein grünes Blut war zu stark für sie, deswegen lebst du, obwohl du von allen am meisten abbekommen hast.«

»Du …«

Ugrôn winkte ab. Berglen sah ihn jetzt deutlicher und er erkannte auch die Menschen weiter im Raum besser. Die meisten wanden sich auf dem Boden, der ebenso in Bewegung war wie die Wände und die Decke, aus der eine dicke Ader herabhing. Ein Mann mit grünen Schuppen an den Schläfen erbrach dunkelrotes Blut.

»Ich bin zu stark für sie«, grollte Ugrôn, »und auch Rila wird sich erholen. Aber sie haben Amida.«

»Deinen … Sohn …«

»Unser Kind, ja. Ich werde es ihnen nicht überlassen. Wir müssen ihnen nach, aber natürlich dürfen wir nicht noch einmal hinaus in die Sphäre. Soweit wir erkennen, schmilzt sie gerade.«

»… Sphäre … schmilzt?«

»Radioaktivität überall«, berichtete Kara, »Hitze, Explosionen, Verformungen.«

»Zumindest in dem Bereich, den wir erfassen«, schränkte Ugrôn ein. »Unsere Sensoren sind nicht unsere höchste Priorität. Aber ich bin mir sicher, dass dieser Abschaum nicht vorhat, sich in der Sphäre niederzulassen. Wir haben viel mit den Esoxern gesprochen, sie werden zurück auf ihr Schiff wollen. Sie haben eine lächerliche Anhänglichkeit an ihren großen Computer.«

Berglen fühlte sich, als kochte er. Er wusste nicht, ob die Nanobots, von denen Ugrôn sprach, in ihm wüteten, oder ob das Mutter war. Aber er wusste, dass sie in seinem Fleisch sang. So deutlich hatte er sie noch nie vernommen, auch wenn er ihre Absicht nicht verstand. Er hatte den Eindruck, dass etwas in ihm schrie, so wütend war der Gesang. Äußerten sich damit lediglich Mutters Schmerz und Zorn oder verfolgte sie einen Plan?

»Sie werden versuchen, zurück zur Esox zu gelangen«, vermutete Ugrôn. »Und selbst wenn nicht, haben wir ein

Pfand in der Hand, wenn wir uns dieses Zentralrechners bemächtigen.«

»Das vermute ich auch«, stimmte Kara zu. Sie sah unglücklich aus.

»Aber wir sind … gefangen«, gab Berglen zu bedenken.

»Das ändern wir als Erstes«, bestimmte Ugrôn.

Berglen konnte sich nicht bewegen, mit Ausnahme des Gesichts war er vollständig eingewachsen. Vor seinen Augen entstand ein Holokubus in der Luft. Er zeigte eine Schemazeichnung der SQUID, in der die halb organischen Astridentanks hervorgehoben waren. Zudem waren grelle blaue Punkte an der Außenhaut verteilt. Das mussten die Aggregate sein, die dem Schiff solche Pein bereiteten. Berglen war im Dock ohnmächtig geworden, aber er erinnerte sich an die Verzweiflung der Ärzte, die bislang nur Menschen behandelt hatten und nun versuchten, das lebende Schiff durch ihre Kunst zu retten. Und mehr noch … er *erfuhr* von den Fremdkörpern, *erlebte* die Schmerzen mit. Mutter ließ ihn an ihrem Bewusstsein teilhaben. Es drohte ihn zu überwältigen, drängte aber die Befindlichkeiten seines eigenen Körpers zurück.

»Die Aggregate …« Berglen versuchte, seine Gedanken in Worte zu fassen. »Wir müssen sie zurücklassen.«

»Die Ärzte versuchen, Mutter zu helfen, sie auszueitern«, erklärte Ugrôn.

»Mutter ist kein … Mensch. Sie schließt Fremdkörper nicht in Eiter ein … wie wir.« Berglen blinzelte. »Wieso weiß ich das? Ist das die Verbindung zu Mutter?«

»Du denkst klarer als die meisten.« Ugrôn trat nah an ihn heran. »Andere lassen sich von Schwelgereien davontragen. Deine Verehrung dagegen verlässt nie die Schranken des Verstandes.«

»Ich bereue …«

»Das nützt niemandem«, unterbrach Ugrôn ihn. »Wie werden wir diese Aggregate los?«

»Rot…raum. Ihr wollt ohnehin in den Rotraum wechseln, sonst hättest du mir im Hologramm die Astridentanks nicht gezeigt.« Das lebende Schiff verwahrte seine Vorräte in Kombinationen aus biologischen Vakuolen und Plasmaschleudern aus Stahlplast.

»Glaubst du, im Rotraum verlieren sie ihre Funktion?«

»Nein … zurücklassen … Astriden geschickt steuern …«

»Wir brauchen die Astriden, um zu vermeiden, dass wir selbst in den Normalraum zurückstürzen.«

»Feiner … steuern.« Ihm erschien alles klar, aber Berglen war sich auch bewusst, dass diese Überlegung nicht aus ihm kam. Die SQUID nutzte ihn, um mit Ugrôn zu kommunizieren. Sie brauchte einen menschlichen Körper, ein primitives Gehirn, um konkrete Gedanken kompakt zu formulieren, statt über Wochen hinweg das Sehnen der Menschen an Bord zu beeinflussen.

Eine Schmerzwelle brandete durch das lebende Schiff.

Schwer stützte sich Ugrôn an der Wand ab, in die Berglen eingewachsen war, und schloss die Lider. Das Grün seiner Augen schimmerte durch die Haut.

»Rot…raum«, wiederholte Berglen.

»In den Rotraum«, murmelte Ugrôn. »Ich wollte eigentlich dorthin wechseln, um der Sphäre zu entkommen. Schließlich können wir uns nicht durch sämtliche Schalen kämpfen.«

»In einem Krieg verlieren alle«, sagte Kara.

Eine Sorge stieg in Berglen auf, von der er vermutete, dass sie aus ihm selbst kam, anstatt von Mutter eingegeben zu sein. »Der Stern … ist nah.«

Eines der wenigen Phänomene, vielleicht das einzige, das Normal- und Rotraum miteinander verband, war die Raumkrümmung durch große Massen. Ein Gravitationstrichter bog die Bewegungsvektoren in Einsteins Gleichungen und auch im höherdimensionalen Kontinuum. In ihrem angeschlagenen Zustand mochte es der SQUID unmöglich sein, solch einem Sog zu entkommen.

»Es geht um Amida.« Ugrôn löste sich von der Wand.

Berglen suchte nach Worten, um seine Einwände zu formulieren, aber die SQUID transitierte. Er sah es nicht, denn in diesem Raum gab es weder eine Membran, die den Ausblick ermöglichte, noch Holos, die Signale von den Optiksensoren übertrugen. Er *spürte* es. Die Strukturen des Docks, die Halteklammern, die den Leib der SQUID umschlossen, waren plötzlich fort. Wärme umfing sie, die eigentlich vertraut und angenehm hätte sein sollen, aber an den Stellen, wo die von der Sphäre aktivierten Aggregate im Körper des Raumschiffs implantiert waren, schmerzte sie. Die Empfindung glich einer überreizten Wunde in der Haut, wo jede Berührung unerträglich war.

»Die Astriden«, mahnte Ugrôn.

Berglen konzentrierte sich auf den Fluss der Lebewesen-Energie-Hybriden. Ein spezielles Adernsystem zog sie aus den Tanks ab und pumpte sie durch das lebende Schiff, sodass sie alles an Bord umhüllten. Dadurch hielten sie die Rubozyten fern, Abwehrkörper des Rotraums, die sich an aller Materie anlagerten, die aus dem Einsteinuniversum stammte, und diese zurückstießen. Niemals gelang das vollständig, und die Astriden diffundierten mit der Zeit, sodass jeder Überlichtflug nach spätestens zwei Wochen abgebrochen werden musste. Doch diesmal musste es viel rascher und vor allem gezielt zu Lücken kommen.

Die Komplexität der Aufgabe ließ Berglen schwindeln. Über zweihundert Aggregate … die verschlungenen Bahnen der Astridenströme … Mutters Pein … alles veränderte sich so schnell, nichts blieb statisch … die Hitze des Rotraums … und … »Der Sog des Sterns!«

»Vergiss die Gravitation«, forderte Ugrôn. »Darum kümmere ich mich.«

Er merkte, wie der Erwählte sang, obwohl er es lautlos tat. Die Astriden benutzte die Squid nur, um jene zu schützen, die sie in sich aufgenommen hatte, aber die Manipulation der Raumkrümmung, die sich in Anziehungskräften äußerte, gehörte zu ihren natürlichen Fähigkeiten. Es fiel Ugrôn leicht, sie zu erfassen und vorzuschlagen, wie Mutter sie einsetzen sollte.

Aber Mutter war nicht mehr vollständig Herrin ihrer Fähigkeiten. Wie ein Mensch, der mit zerschnittenen Kreuzbändern nicht mehr rennen konnte, tat sie sich schwer, die Gravitation zu neutralisieren.

»Die Zoëliker!« Berglen hätte gern gewunken, um Aufmerksamkeit zu erregen, doch Mutters Fleisch umschloss ihn. »Sie müssen an die Triebwerke!«

Für gewöhnlich durchschwamm die Squid die Leere, aber sie ließ seit Jahrhunderten zu, dass ihre Bewohner Aggregate in ihrem Leib verankerten. Dazu gehörte auch ein Antrieb auf Promethiumbasis, der benötigt wurde, um beim Unterlichtflug Kraft zu sparen. Im Rotraum kam er nie zum Einsatz, seine Reichweite war viel zu gering.

In diesem Fall brauchte man jedoch keine Reichweite. Es ging nicht darum, Distanzen von einigen Lichtjahren zu überwinden. Sie mussten sich nur dem Gravitationssog entgegenstemmen.

Wieder berührte Ugrôn die Wand. »Ich kümmere mich darum«, versprach er. »Aber wir müssen diese Aggregate loswerden.«

Berglen erkannte, dass allein Vertrauen sie zu retten vermochte. Sie mussten darauf vertrauen, dass Mutters Kräfte ausreichten, obwohl sie verwundet war. Dass die Zoëliker die Triebwerke fein genug abstimmten, um dem Sog zu entkommen, bevor der Stern sie verbrannte und zugleich zerdrückte. Dass Ugrôn Mutter beruhigte und als Anführer die Anstrengungen koordinierte. Und dass Berglens Plan gelingen konnte.

Das war seine Aufgabe: Er blendete alles aus, schloss die Augen und konzentrierte sich auf ein einziges Aggregat, von dem Schmerz ausging. Er erkundete die Bahnen der Astriden, die es umflochten, und verschloss sie oder leitete sie um. Das hatte noch niemand getan, der Astridenkreislauf war nicht darauf ausgelegt. Im Gegenteil, das System suchte Alternativrouten, um dennoch alles an Bord zu umhüllen. Diese Routine hatte sich im Fall von Schäden während des Flugs bewährt. Berglen musste gegen diesen Instinkt ankämpfen, wie jemand, der sich das Atmen verwehrte. Er selbst fühlte den Drang, den Astridenfluss in gewohnter Weise zu erhalten. Er tauchte so tief in das Empfinden der Squid ein, dass er nicht mehr zwischen seiner eigenen Sensorik und jener des lebenden Schiffs unterschied.

Das erste Aggregat wurde aus dem Rotraum gestoßen. Nicht in einem Stück, sondern in Fetzen. Dadurch ergaben sich scharfe Kanten, die das Fleisch der Squid zerschnitten, wenn es in den entstandenen Hohlraum drängte. Einmal begonnen setzte sich die Abstoßung jedoch rasch fort. Binnen einer halben Minute war das Aggregat gänzlich verschwunden – und mit ihm der Schmerz, den es in die Squid geschickt hatte. Warme Dankbarkeit umschmeichelte Berglen.

»Mach weiter!«, ermunterte ihn Ugrôn. »Mutter schöpft neue Kraft.«

Berglen fühlte sich gefangen und gegängelt, aber zugleich fühlte er sich geborgen und angenommen. Wurde Freiheit nicht vollkommen überschätzt? Freiheit war die Wahl zwischen mehreren Möglichkeiten. Aber stellte das für sich genommen einen Wert dar? Kam es nicht viel mehr auf die Möglichkeiten an?

Und wenn eine dieser Möglichkeiten das Optimum war – wozu waren die anderen dann überhaupt notwendig? Wem nützten sie, wenn die Entscheidung zum Wohle aller, auch zum eigenen, doch auf der Hand lag?

Berglen war ein Kind der Squid, ein Liebling der Mutter. Er hatte seine Bestimmung gefunden und er nahm sie an. Er wandte sich dem nächsten Aggregat zu, um den Schmerz der Gütigen Mutter, die ihn stets umsorgt hatte, zu mildern.

Mit Kindern kannte sich Aneste nicht aus, erst recht nicht mit solchen, die außerhalb der Esox geboren und aufgewachsen waren. Amida erschien ihr seltsam, wie er entblößt und stumm zwischen den wie übergroße Nadeln wirkenden Apparaten schwebte, die Idea mit Zegatos Hilfe auf ihn ausrichtete. Dabei wirkte der Junge auf schwer fassbare Art aufmerksam.

»Wie alt ist er noch einmal?«, fragte Aneste.

»Ein paar Monate, wenn die Bordaufzeichnungen stimmen.« Zegato benutzte einen Robotarm, um eine drei Meter lange Nadel zu justieren. Aneste sah ihm an, dass er sich unwohl fühlte.

»Ich hätte ihn auf fünf Jahre geschätzt«, sagte sie. »Mindestens.«

»Er entwickelt sich außergewöhnlich.«

Aneste fragte sich, ob ihr das Kind auch seltsam erschienen wäre, wenn dieses grüne Leuchten von Hirn und Rückgrat nicht gewesen wäre, das mit jedem Atemzug an- und wieder abschwoll. Amida wirkte auf obszöne Art nackt, obwohl an der Haltung mit leicht angewinkelten Beinen und nach vorn gezogenen Schultern nichts ungewöhnlich war. Er drehte sich langsam inmitten der Apparaturen.

Aus mehreren blauen und weißen Lampen sickerte Dämmerlicht in den Raum, der eigentlich eine Staukammer war, in der man Gerät für die Landefähren bereithielt. Jetzt füllten ihn die nach Ideas Anweisungen produzierten Aggregate. Die Materialdrucker der Esox fertigten sie nach Algorithmen, die sie aus dem Imago-Projekt empfingen.

Lag es daran, dass kein einziges technisches Implantat in Amidas Körper zu entdecken war? Löste das bei Aneste das Gefühl aus, dass etwas fehlte?

Ein Körper wie ein Fünfjähriger … Etwa so lange war es her, dass die Truppen des Schwarms die Esox gestürmt und den Zentralcomputer entmachtet hatten. Seitdem wurden Neugeborene nicht mehr überprüft, kategorisiert und durch das Einpflanzen von Implantaten auf ihre späteren Aufgaben vorbereitet. Auch unter den Esox-Geborenen musste es also Implantatlose wie Amida geben. Sie waren lebende Zeugnisse für die Demütigung, dass Fremde den Esoxern ihre Lebensweise genommen hatten.

»Tun wir das Richtige?«, fragte Zegato in den Raum hinein.

»Wir haben die Esox erreicht.« Idea bewegte einen Sensor an den Apparaten entlang. »Der Aufbau ist beinahe vollständig, wir werden in etwa sieben Minuten mit den Tests beginnen. In Bezug auf das Ziel ist unser Vorgehen optimal.«

Xeramel, die seit ihrer Ankunft auf der Esox kaum sprach, tippte mit den metallenen Kuppen von Zeige- und Mittelfinger in ein Sensorfeld. Ein Holo baute sich vor Aneste auf.

Eigentlich koordinierten Xeramel und sie den Empfang der Datenströme aus dem Imago-Projekt. Sie sortierten die Informationen und leiteten sie in die Bereiche des Schiffes, wo sie am besten auszuführen oder einzulagern waren, je nachdem, ob es sich um ausführbaren Code oder statische Bibliotheken handelte. Aneste hielt dabei den Kontakt mit den Befreiern, die den Großteil der Esox kontrollierten, während Xeramel die elektronischen Systeme analysierte. Deswegen stand sie in regem Austausch mit dem Zentralrechner, was Aneste zwar mit Neid, aber auch mit der Einsicht zur Kenntnis nahm, dass dies der Gefahr vorbeugte, sie könnte sich in schwelgerischer Bewunderung verlieren. Natürlich war der Zentralrechner weit von seiner früheren Leistungsfähigkeit entfernt, selbst mit dem Betrieb aller vier verbliebenen Module fehlte die größte Einheit, jene, die die Okkupanten im Bürgerkrieg gesprengt hatten. Aber das Imago-Projekt hatte zugesagt, die Umbauten, die nun im gesamten Schiff im Gange waren, würden eine künstliche Intelligenz ganz neuer Größenordnung erschaffen. Aneste konnte das nicht nachvollziehen, sie verstand zum Beispiel nicht, wozu die Variation der Hüllenstruktur diente. Bislang bestand die äußerste Schicht der Esox aus Chrom, ein glänzender Panzer gegen auftreffende Laserstrahlen. Nun glitten Molekularumwandler darüber und ersetzten das Metall durch eine Bor-Verbindung.

Aber bei der Meldung, die Xeramel ihr schickte, ging es um etwas anderes. »Tervoil hat noch nicht aufgegeben!«, rief Aneste. »Wie es aussieht, sind die Soldaten von der Payara zu den Andruckabsorbern an Steuerbord durchgedrungen und haben sie zerstört. Wenn wir einigermaßen schnell manövrieren, wird die Beschleunigung dort alles durcheinanderwirbeln.«

»Irrelevant.« Idea fokussierte sich weiterhin auf Amida.

Aneste löste sich von der Konsole und schwebte ihr ein Stück entgegen. »Die Andruckabsorber fangen die Beschleunigung auf, wenn die Esox Geschwindigkeit aufnimmt oder abbaut, oder auch, wenn sie die Richtung ändert«, erklärte sie. »Sobald wir von Werten reden, die für einen Raumflug oder gar ein Gefecht üblich sind, kommen wir in einen Bereich, der die meisten Maschinen zerstört und Menschen unter Garantie zu Matsch zerdrückt. Wir hängen also im All wie ein Asteroid, der darauf wartet, abgeerntet zu werden.«

»Das wird keine Rolle mehr spielen, wenn unsere Umbauten ausreichend voranschreiten«, bemerkte Idea kühl.

Xeramel schickte ihr ein weiteres Holo.

»Spielt es auch keine Rolle, dass die SQUID aus der Sphäre entkommen ist?«

»Ein Ärgernis, aber es kann nützlich sein. Wir lernen daraus.«

»Wie lange weißt du schon davon?« Anestes Stimme kippte.

»Sechs Minuten und drei Sekunden.«

Aneste starrte auf die Messwerte zum Datenstrom, der ununterbrochen vom Imago-Projekt eintraf. Millionen von Einzelinformationen in jeder Sekunde. Einige davon steuerten offensichtlich direkt Ideas Empfänger an.

»Wieso schießt die Sphäre die SQUID nicht einfach ab, wenn sie das Schiff schon nicht halten kann?«, fragte sie. »Die Sensoren haben doch eine klare Ortung.« Diese Ortung zeigte, dass sich das lebende Schiff in unmittelbarer Nähe der Esox befand – und sich ihr noch weiter näherte.

»Die SQUID konnte fliehen«, meldete sich Xeramel zu Anestes Überraschung, »weil die Programmierung des Imago-Projekts den Schutz der Menschen vorsieht.«

»Woher weißt du so etwas?«, fragte Aneste.

Xeramel schwieg.

Aneste bezweifelte keinen Moment, dass die graue Frau die Wahrheit sprach. Sie erinnerte sich nicht, dass Xeramel jemals gelogen hatte oder auch nur etwas im Unklaren gelassen hätte, wenn sie sich geäußert hatte. Sie war so weit computerisiert, dass ihr das Konzept der Lüge vermutlich fremd war.

Aus demselben Grund mochte sie das Imago-Projekt besser verstehen als alle anderen. Zudem hatte sie auf Schleier erhebliche Einblicke erhalten. Bestimmt traf sie eine solche Aussage nicht leichtfertig.

Aneste rief sich ins Gedächtnis, dass sie es beim Imago-Projekt nicht mit Menschen zu tun hatten, überhaupt nicht mit biologischen Lebensformen, sondern mit Programmen. Fortgeschrittene künstliche Intelligenz wirkte in ihren Äußerungen oft ähnlich einem Menschen, aber im Kern folgte sie Algorithmen. Legendär war ein Zwischenfall, der sich vor siebzig Jahren ereignet hatte. Man hatte einer Produktionssteuerungsanlage aufgetragen, den Ausstoß an Spielchips zu maximieren. Für die Esoxer war das eine unwichtige Funktion gewesen, weswegen man die Anlage nur nachlässig überwacht hatte. Das Steuerprogramm jedoch hatte seine Existenzberechtigung in der Produktion von Spielchips gesehen. Sein Intelligenzgrad hatte ausgereicht, beim damals noch allmächtigen Zentralcomputer anzufragen, um den Ausstoß immer weiter zu erhöhen. Mit höchster Rationalität, aber in Ignoranz sämtlicher Rahmenbedingungen hatte das Programm Möglichkeiten vorgebracht, die Produktion von Spielchips zu steigern. Das war erst aufgefallen, als die Ersatzteile für die Aktuatoren an den beinartigen Auslegern des Schiffs knapp geworden waren. Die Produktionsanlage für diese vitalen Teile hatte bereits seit einer Woche nur noch Spielchips ausgespuckt. Nur halb im Scherz erzählte man sich, dass einen Monat später wohl die gesamte Esox in Spielchips erstickt wäre, hätte man den Produktionsalgorithmus nicht mit Rahmenparametern eingedämmt.

Sicher verfolgten auch die Programme innerhalb des Imago-Projekts fest definierte Ziele, die sie selbst nicht ändern konnten. Xeramels Aussage, dazu gehöre auch der Schutz von Menschen, erklärte nicht nur, wieso man die SQUID hatte entkommen lassen, bevor sie sich bei dem Versuch möglicherweise selbst zerstörte. Die Regel, Menschenleben zu schützen, machte auch die Existenz von Schleier, des dortigen Refugiums und des Schläfers verständlich. Die unbegreiflich komplexen Berechnungen innerhalb der Sphäre mussten als eines ihrer vielen Ergebnisse ermitteln, dass diese Menschen zu schützen seien. Als Anestes Expedition den Schläfer geweckt – und damit wohl seinen körperlichen Verfall eingeleitet – hatte, waren die Spinnenroboter auf sie losgegangen …

»Idea!« Aneste wandte sich wieder der Mitte des Raums zu. »Ist Amida ein Mensch?«

»Nein.« Der lange Zopf der Frau bewegte sich in einem weiten Bogen. »Er ist etwas anderes.«

»Also steht er nicht unter eurem Schutz?«

»Das kann nicht euer Ernst sein!«, rief Zegato. »Natürlich ist dieser Junge ein Mensch!«

Idea überging seinen Protest. »Wie weit ist die Aktivierung der Programme?«

»Siebzig Prozent«, meldete Xeramel.

»Bei vierundsiebzig wechseln wir in den Rotraum und stoßen dort die PAYARA-Soldaten ab«, kündigte Idea an.

»Wie soll denn das gehen?«, fragte Aneste.

»Wir haben analysiert, was die SQUID mit unseren Implantaten getan hat«, erklärte Idea. »Eine Versuchsreihe mit Amida wird unsere Erkenntnisse komplettieren. Er trägt das Erbgut der Rotraumkreatur in sich. Wegen ihrer feindseligen Handlungen sinkt die Priorität für die Lebenserhaltung unserer Gegner. Eine optimierte Einstellung des Astridenschleiers sollte uns ermöglichen, selektiv einzelne Bereiche des Schiffs auszunehmen.«

Aneste schüttelte den Kopf. »Darauf ist unser Triebwerk nicht ausgelegt. Wir lassen Yamadazentrifugen kreisen, die einen Kokon um die Esox weben, in dem …«

»Das System ist bereits umgestellt«, unterbrach Idea sie.

»Bist du wahnsinnig?«, schrie Aneste. »Das wäre eine völlig neue Technologie! Wir müssen das ausgiebig testen, bevor wir so einer Innovation das Schiff und unser Leben anvertrauen! Das kann Jahre dauern.«

»Innerhalb der Missionsparameter inakzeptabel.« Ideas kupferfarbene Augen sahen sie an. »Wir müssen rasch aufbrechen.«

Aneste lachte auf. »In dieser Art ist das unmöglich. Wir müssen wie bisher in den Rotraum wechseln.«

»Dann werden wir die Feinde an Bord aber nicht los. Das Ziel wird verfehlt.«

»Was für ein Pech!« Aneste legte so viel Zynismus in ihre Stimme, wie ihr möglich war.

Ideas Augen zitterten, als suchte sie etwas. »Bedeutet das, ihr Befreier könnt nichts zur Lösung der Aufgabe beitragen?«

Aneste schauderte. Beobachtete sie gerade, wie Ideas Hauptprogramm versuchte, in Konflikt stehende Ziele zu priorisieren? Bestimmt war auch in ihr der Schutz der Menschen eingepflanzt, aber offensichtlich ging es ihr primär darum, Programme aus dem Imago-Projekt zu überspielen, die dort keine Zukunft sahen. Leider hatte Zegato nur wenig Zeit gehabt, Aneste zu erklären, was er darüber herausgefunden hatte. Jedenfalls sollten diese Programme auf der Esox eine neue Heimat erhalten und in Sicherheit gebracht werden. Was, wenn das nur um den Preis möglich wäre, sich der menschlichen Besatzung zu entledigen? Aneste dachte an Spielchips.

»Seid ihr Sophonten?«, fragte Idea. »Verfügt ihr über Vernunft?«

Schon wieder diese Frage! Sie wurden sie einfach nicht los. »Ja, natürlich«, beteuerte Aneste fest. »Wesen wie wir haben Wesen wie euch geschaffen.«

»Und Menschen sind aus Einzellern hervorgegangen«, warf Xeramel ein.

»Intelligente Wesen lösen Aufgaben, die sich ihnen stellen«, sagte Idea.

»Das werden wir!«, versicherte Aneste. »Wir finden eine …«

Donner hallte durch das Schiff. Die Fehlfunktion der Absorber musste auch den Bereich erfasst haben, in dem sie sich aufhielten. Die Wände und alles, was daran befestigt war, erzitterten. Die riesigen, auf Amida ausgerichteten Nadeln vibrierten.

»Die Squid hat angedockt.« Xeramel projizierte ein großes Holo, das die Daten ausgeschleuster Kameradrohnen übertrug, die sich etwa zehn Kilometer entfernt befanden. Die Tentakel des krakenartigen Schiffs umfingen die Esox, als sollte sie gefressen werden. Für Aneste war der Anblick auch deswegen erschreckend, weil er das Ausmaß der Umwandlung offenbarte. Die Esox glich nun eher einem ausgebrannten Wrack mit bizarren Auslegern und klaffenden Löchern als einer chromglänzenden Spinne.

Aneste zuckte zusammen, als Amida plötzlich mit klarer Stimme sprach. »Ihr handelt unklug«, sagte der nackte Knabe. »Mein Vater wird euch zürnen.«

—

Langsam wanderte die Squid über die Esox, wobei sie die Umklammerung nie mit mehr als zwei Tentakeln zugleich löste. Vereinzelt zuckten Laserstrahlen aus den Geschützbuchten des anderen Schiffs, aber viele von ihnen waren den unerklärlichen Verformungen des Rumpfes zum Opfer gefallen, in denen Berglen keine Waffenwirkung zu erkennen vermochte. Nach einem üblichen Gefecht hätte die dunkle Farbe auf Rußtorpedos hingedeutet, mit denen man das Laserfeuer vorbereitete, aber auch das war hier nicht der Fall. Die Sensoren an den Tentakeln der SQUID meldeten exotische Verbindungen, in denen das Element Bor dominierte.

Berglen beobachtete das Geschehen in einem Holo nahe einer Enterschleuse. Um ihn herum drängten sich Soldaten in verspiegelten Kampfanzügen. Sicher war es kein Zufall, dass Arquilas Trupp direkt neben ihm stand.

Die SQUID spürte Amida und suchte den optimalen Punkt, um die Entertruppen abzusetzen. Nach seinem Aufenthalt in Mutters Fleisch begriff er solche Dinge intuitiv, das Geschehen im Holo diente ihm lediglich als Bestätigung. Dort schob sich der Hauptkörper der SQUID, aus dem die Tentakel entsprossen, über die ähnlich geformte Auswölbung der ESOX. Die Kanoniere kümmerten sich darum, die noch aktiven Geschütze zu zerstören. Dazu benutzten sie die Strahler, deren Energieleitungen sich durch den Leib des Schiffes zogen.

Die Soldaten drückten sich an die Wände des Gangs, um Ugrôn Platz zu machen. Er trug als Einziger keinen verspiegelten Kampfanzug, aber das Geflecht, das ihn umrankte, wirkte dennoch militärisch. Die dunkelgrünen, grauen und schwarzen Bereiche waren ständig in Bewegung, wie Pflanzen, die im Zeitraffer wuchsen. Der Anzug verbreiterte Ugrôns Schultern, er umhüllte den Hinterkopf. Berglen vermutete, dass er sich ebenso schließen würde wie die Helme der Soldaten, wenn es zum Gefecht käme. Dennoch bezweifelte er die Schutzwirkung. Eine spiegelnde Oberfläche streute einen Laserstrahl, während dieses dunkle Material seine Energie aufnähme. Es stand zu befürchten, dass es in Sekundenbruchteilen verdampfte.

In Ugrôns Grinsen lag eine Mischung aus Zorn und Zuversicht. Er drückte Berglens Schulter. »Ich sehe, du bist wieder bei Kräften.«

Tatsächlich fühlte sich Berglen gestärkt, seit Mutter ihn aus ihrem Fleisch entlassen hatte. Von den Verletzungen an Knie und Brust war nichts mehr zu spüren. Auch innerlich war er verändert. Ein Stück weit hatte sich sein Empfinden vom unmittelbaren Erleben gelöst, als betrachte er sich aus einer zeitlichen Distanz, aus der Zukunft. Die Geschehnisse erschienen ihm gedämpft, wie er sie sonst aus einem Abstand von zwei Jahren rückblickend beurteilte. Nach einer solchen Zeit ärgerte man sich nicht mehr darüber, dass sich ein Schott nur langsam geöffnet hatte oder eine Statusmeldung ein paar Minuten verspätet eingetroffen war. Die Distanz half dabei, Wichtiges von Unwichtigem zu scheiden.

Zudem erfüllte ihn eine Zuversicht, die sich aus einer Gewissheit der Überlegenheit speiste. Er spürte, dass dieses Gefühl nicht in ihm selbst entsprang. Dieser Sinn dafür, nicht wie irgendwer sonst zu sein … einem anderen Kontext zu entstammen … vor allen anderen existiert zu haben … noch nach allen anderen zu bestehen … sie behüten, aber auch vernichten zu können … den eigenen Gesang in die Unendlichkeit hinausklingen zu lassen … das waren Mutters Empfindungen, nicht seine. Nicht bloß körperlich hatte sich etwas auf ihn übertragen.

Die Paradoxie in Berglens Situation lag darin, dass er einerseits diese Überlegenheit fühlte, ihn aber zugleich die Ungewissheit darüber plagte, was er *eigentlich* empfand. Es war, als ob er sich selbst von außen betrachtete, dabei aber nicht sein wirkliches Ich sah, sondern etwas, das ihn umhüllte und überdeckte.

»Es geht mir gut, Erwählter«, sagte er trotzdem.

»Gut …« Ugrôns vollständig grüne Augen schienen ihn zu

durchleuchten. »Denkst du, der Squid geht es gut? Glaubst du, ich bin gut für die Gnädige Mutter? Ich und meine Familie?«

Das lebende Schiff hatte schwere Wunden erlitten. Wäre das unter der Führung der Zoëliker anders gewesen?

Vielleicht. Erst seit Ugrôn so starken Einfluss ausübte, verhielt sich die Squid derart offensiv.

Aber wäre es hier, wo der Schwarm wegen der Kampfstationen im Rotraum und des Mangels an Astriden gefangen gesetzt war, anders möglich gewesen? Hätten die anderen Schiffe erreichen können, was der Squid gelungen war? So viel über die Sphäre zu erfahren, zumindest einen Teil der Anlagen im Rotraum zu zerstören, Idea aus der Reserve zu locken?

Und doch … die Zoëliker hatten nicht nur auf Mutters Wohlergehen geachtet, sondern auch auf die Menschen, die in ihr lebten. Kitaga etwa …

Unwillkürlich wanderte Berglens Blick zu Arquila. War sie eine gescheiterte Retterin oder eine erfolgreiche Mörderin?

»Wir haben viele durch die Nanoroboter verloren«, sagte Berglen.

Inzwischen hatten alle Bewohner der Squid eine Infusion erhalten, eine Art Impfung mit Lebenssaft, der direkt aus Mutters Kreislauf kam. Das sollte weitere Angriffe durch die mikroskopischen Maschinen abwehren. Die Soldaten würden zudem ihre Kampfanzüge vollständig geschlossen halten.

»Nun bringen wir unsere Entertruppen in Gefahr«, fuhr Berglen fort.

»Wir sind Soldaten!«, rief Arquila so hastig, als fürchtete sie, Ugrôn könnte seine Befehle überdenken. »Unser Beruf bringt die Gefahr mit sich. Wir kennen unsere Pflicht und werden sie ohne Zögern erfüllen.«

Berglen überlegte, wem dieses bis zur Selbstaufgabe reichende Pflichtgefühl galt. Der SQUID als Raumschiff mit seinen Bewohnern? Mutter als mystischer Entität? Der Roten Familie als ihrer Verkörperung?

»Wir könnten die ESOX zerdrücken wie eine faule Frucht.« Ugrôn zog seine Hand zurück. »Aber das würde Amida gefährden.«

»Nein, Erhabener!« Hinter dem Sichtfeld ihres Helms erkannte Berglen die Bestürzung in Arquilas lang gezogenem Gesicht. »Wir werden deinen Sohn befreien. Vertraue uns, wie wir auf dich vertrauen!«

Berglens Bedenken galten eher den dreißigtausend Menschen an Bord der ESOX. Nach allem, was sie wussten, zählte nur ein kleiner Teil von ihnen zu den Rebellen, auch wenn diese das Schiff derzeit kontrollierten. Und selbst von den Rebellen mochte nur ein Bruchteil Ideas Handeln unterstützen und die SQUID als Feind sehen.

Darauf schien Ugrôn jedoch keinen Gedanken zu verwenden. »Rila ist sehr enttäuscht«, berichtete er hörbar bekümmert. »Idea hat mit ihr gesungen. Ihre schändliche Tat trifft uns tief.«

Berglens Blick strich über die Soldaten. Er verharrte bei einer etwas kleineren Gestalt. Er brauchte einen Moment, um sicher zu sein, wen er vor sich sah. »Was machst du denn …?«

»Ich komme mit!«, sagte Kara Jeskon fest. »Jemand muss dabei sein, der lieber redet als schießt.«

»Erwähnte ich nicht, dass die von der MARLIN bestellte Kommissarin auf ihren Posten auf der ESOX zurückkehren will?« Ugrôns Grinsen offenbarte noch immer seinen brennenden Zorn.

»Ich bin ein wenig überrascht«, gestand Berglen, aber Mutters Zuversicht erfüllte ihn. Er ahnte, dass er stärkere Besorgnis spüren sollte, doch ihm schien, dass alle Dinge so geschahen, wie sie zu Beginn der Zeit in den Pulsschlag des Universums hineingewoben worden waren.

Seine Aufmerksamkeit schwenkte zurück auf das Geschehen, das auch Mutter beachtete. Jene Stelle am Rumpf der Esox, die Amida am nächsten lag, war gefunden. Vakuolen im Bauch der Squid mischten hochgradig zersetzende Säuren. Auf dem Weg durch das lebende Schiff griffen sie dessen Substanz an, aber es währte nur wenige Sekunden. Dann spritzten Drüsen die Flüssigkeiten auf die Hülle der Esox. In diesem Bereich umschloss Mutters Leib das andere Schiff vollständig, sodass sie nicht im Vakuum diffundierten, sondern zischend und schäumend mit dem Metall reagierten. Sie lösten es in giftige Gase auf, die die Squid aufsaugte und an anderer Stelle ausspie.

Berglen begriff, dass der Durchbruch unmittelbar bevorstand. Die Abgehobenheit bekam einen Riss, kalte Angst floss durch seine Adern. Er trug einen Kampfanzug und trotzdem war er kein Soldat. Das hier war keine Jagd auf ein paar Rotraumjünger oder andere Verwirrte. Auf der anderen Seite warteten vermutlich gut ausgerüstete Rebellen, deren Überleben und deren Träume vom Ausgang des Gefechts abhingen. Sie würden niemanden schonen, der versuchte, ihr Schiff zu entern.

Aber er konnte nicht ohne Gesichtsverlust zurückbleiben. Man könnte ihn sogar zu einem Deserteur erklären. Und Kara war dabei; ein Gedanke, der auch in Berglens von Mutter beeinflusstem Geisteszustand Gewicht behielt.

Ein Befehl, sich bereit zu machen, wäre unnötig gewesen. Metallisches Knacken, Knirschen und Krachen kündete davon, dass die Hülle der Esox nachgab. Organisches Reißen folgte, als die Squid ihr Fleisch öffnete.

»Für die Gnade der Mutter!«, rief Arquila und stürmte los.

Ihre Gruppe überholte einige andere, bevor die Soldaten begriffen, was vorging. Ihre Ehre gebot, dass sie sich nicht übertreffen ließen. Die Menge setzte sich in Bewegung, sie riss Kara und Berglen mit.

Im Bereich hinter dem Durchbruch war die Esox dunkler als die Squid. Zunächst erkannte Berglen nur zuckende Laserbahnen, die ihr blaues Licht auf metallische Zacken und polierte Flächen warfen. Luft knallte in ionisierte Schusskanäle, Menschen schrien.

Wie die Soldaten war auch Berglen mit einem Lasergewehr und einer Magnetharpune ausgerüstet. Der Sinn von letzterer wurde offenbar, sobald er über das Schwerefeld der Squid hinauslief. Die Esox befand sich in freiem Fall. Er verlor den Bodenkontakt und schwebte in das Chaos aus Trümmern, Leichenteilen und Schleiern von Blutkugeln hinein.

Die Entertruppen waren auf eine solche Umgebung trainiert. Sie schossen die Harpunen an entfernte Wände, betätigten den Rückholmechanismus für das mit dem Magnetgeschoss verbundene Kabel und zogen sich so mit irrwitziger Geschwindigkeit durch die Reihen der Feinde.

Diese trugen nur zum Teil verspiegelte Anzüge, was wohl bewies, dass die Rebellen noch keinen Zugang zu allen Ausrüstungskammern der Esox hatten. Sie improvisierten mit großflächigen Spiegeln, die sie von Parabolanlagen oder aus Freizeiteinrichtungen abmontiert hatten. Die unterschiedlich geformten Hindernisse für die Laserangriffe der Squid-Soldaten schwebten überall im Raum. Auch nachdem Berglens Helm die Kompensation für die Dunkelheit eingepegelt hatte, sorgte das für Verwirrung. In der Schnelligkeit des Gefechts, bei dem man sich in allen drei Raumdimensionen beliebig bewegen konnte und ständig Lichtblitze zuckten und durch Streuung vervielfältigt wurden, war nicht sofort zu erkennen, ob sich der Raum noch zwanzig Meter weiter fortsetzte, oder ob lediglich ein Spiegel den Abstand zur ihm gegenüberliegenden Wand optisch verdoppelte. Gleiches galt für die Anzahl der involvierten Kämpfer, die sich durch die Spiegelbilder scheinbar vervielfachte.

Auch die Rebellen waren durch diese Eindrücke überfordert. Einer von ihnen schoss auf Berglens Spiegelbild statt auf ihn selbst.

Berglen wechselte von der Harpune zum Lasergewehr, aber bevor er auf seinen Gegner angelegt hatte, war dieser bereits unter ihm durchgetaucht. Alles geschah so schnell und man konnte nicht verharren! Nur der Luftwiderstand bremste eine einmal angestoßene Bewegung.

Er prallte gegen einen Spiegel, der aber so wenig Masse hatte, dass Berglen ihn mit sich wegdrückte. Gemeinsam schlugen sie gegen eine Wand.

Das Enterkommando schien zu der Einschätzung zu gelangen, dass die Spiegel den Verteidigern mehr nützten als ihnen. Immerhin waren die Soldaten komplett mit Reflektoranzügen ausgerüstet. Sie verwendeten die Harpunen, um die Hindernisse in Abertausend Scherben zersplittern zu lassen. Manche davon schimmerten rot, wenn sie in die Haut von Rebellen schnitten. Auch in dieser Hinsicht schützten die Kampfanzüge besser.

In der Theorie und in den Übungen hatte Berglen die Magneteinstellungen seines Anzugs beherrscht. Man konnte Hände, Füße, Schenkel, Rücken und Armteile getrennt voneinander magnetisieren, je nachdem, was man frei bewegen wollte. Die Soldaten huschten mit diesem System über die Wände wie Spinnen. Ihm selbst jedoch machte die Aufregung zu schaffen, die in einem widersinnigen Cocktail der Empfindungen neben dem Gefühl losgelöster Überlegenheit existierte. Er klebte an der Wand wie ein Insekt, das versuchte, sich aus einem Netz zu lösen.

Den Esoxer, der sich aus Richtung seiner Füße näherte, bemerkte er nicht. Nur dem Umstand, dass es ihm genau in diesem Augenblick gelang, seinen rechten Arm von der Wand zu lösen, und dass der Schwung seinen Ellbogen nach hinten riss, verdankte Berglen, dass er den Messerhieb seines Gegners abwehrte. Dennoch schlitzte die Klinge seinen Ärmel auf.

Der Mann, ein bulliger Kerl, dem statt Haaren Tausende winzige Antennen aus dem Kopf wuchsen, wurde zur Seite abgedrängt. Mit dem Geschick von jemandem, der sein gesamtes Leben in der Schwerelosigkeit verbrachte, griff er beiläufig eine Halterung, zog sich herum und drang wieder auf Berglen ein.

Er spürte, wie der Schweiß aus seinen Poren brach. Der teilmagnetisierte Anzug hielt Berglens komplette linke Seite an der Wand. Er konnte nur die rechte Faust benutzen, um sie seinem Gegner an den Kopf zu schmettern. Der Handschuh dämpfte den Aufprall für Berglen, aber hoffentlich nicht für den anderen.

Sein Feind drückte sich nach unten ab. Er stieß das Messer gegen Berglens Bein.

Die Spitze rutschte am glänzenden Material ab.

Berglen vermochte seiner Bewegung nicht zu folgen und der nächste Angriff würde sicher mit mehr Bedacht geführt. Das Lasergewehr war Berglen entglitten, es trieb an einer Leine, die an seinem Gürtel befestigt war. Er hatte keine Zeit, es zurückzuholen.

Also nahm er die Harpune, richtete sie zwischen seine Füße und drückte ab.

Er traf den Gegner an der Schulter. Mit einem Aufschrei ließ er das Messer los, das langsam davonschwebte, wobei es sich um die Längsachse drehte.

Statt der Waffe nachzusetzen, zog er sich an Berglen hoch.

Den rechten Arm benutzte er nicht, vielleicht war die Schulter gebrochen.

Die Linke schloss sich um Berglens Hals. Eigentlich hätten ihn die Kraftverstärker des Anzugs schützen müssen, indem sie sich versteiften. Das diente auch dazu, einen Genickbruch zu vermeiden, wenn der Träger herumgeschleudert wurde.

Sein Gegner verfügte jedoch über einen erheblich stärkeren Griff, als er einem Menschen zuzutrauen war. Das Material knirschte.

Berglen sah den Hass in den braunen Augen des Mannes, von dem er nichts wusste und der auch von Berglen nichts wusste. Er konnte nichts von den Zweifeln an Mutter und der Roten Familie ahnen oder davon, dass Berglen am liebsten kein Teil dieses Kommandos gewesen wäre. Er nahm nur den Angreifer wahr, der seine Freiheit nehmen wollte und sein Schiff bedrohte. Hatte er deswegen ein größeres Anrecht darauf, diesen Kampf zu überleben, als Berglen?

Er dachte an die vielen Menschen auf der SQUID, die den Nanorobotern zum Opfer gefallen waren. Wahllos hatten die Mikromaschinen zugeschlagen. Das Bild eines aus der Nase blutenden Kindes erschien vor Berglens geistigem Auge. Eine Sensortechnikerin, die sich schreiend auf dem Boden wand. Ein alter Mann, den man gern um Rat gefragt hatte, und der nun darum flehte, seinen Schädel aufzuschneiden, um *es endlich herauszuholen*.

Berglen wickelte das Kabel der Harpune um den Kopf des Esoxers. Er aktivierte den Rückholmechanismus der Waffe.

Viele der winzigen haarähnlichen Antennen wurden abgeraspelt. Der Gegner schrie vor Schmerz und löste seinen Griff.

Berglen setzte die wieder schussbereite Harpune auf seinen Hinterkopf und löste sie aus. Der Magnet schlug in den Schädel.

Schlaff trieb der Rebell davon.

Sein Blut waberte am Magneten. Die Flüssigkeit schien zu überlegen, ob sie sich als Film auf den schwarzen Zylinder legen oder Kugeln bilden und davonschweben sollte. Sie wirkte auf perverse Art lebendig, obwohl der Körper, aus dem sie stammte, doch tot war.

Berglen würgte.

Er sah Ugrôn, dessen flossenartige Hand sich am Gesicht eines Esoxers festsaugte. Wollte er ihn ersticken? Aus dem Gebilde, das nun seinen Kopf umwucherte, strahlte das Grün seiner Augen wie ein Scheinwerfer.

Ein Laser stach in Ugrôns Rücken. Der organische Anzug glühte orangefarben auf. Die Helligkeit verteilte sich durch die Ranken, floss über die Brust und die Beine entlang und verdämmerte.

Überall knallte Luft in verlöschende Schusskanäle, Menschen schrien, Spiegel zersplitterten in immer kleinere Bruchstücke.

Und dann war der Sturm aus Gewalt, Lärm, Schmerz und Tod plötzlich vorbei. Zerstückelte, zerschnittene und verschmorte Leichen schwebten zwischen Scherben, Kabelfetzen und Trümmern. Die Soldaten brachten eine Handvoll Verwundete zurück auf die SQUID, die anderen sammelten sich in ihren Einheiten und überprüften ihre Ausrüstung.

Ugrôn deutete voraus. »Sie sind hinter diesem Schott.«

Eine runde Panzertür versperrte einen Durchgang. Sie bestand aus dunkelblauem Metall, das nahtlos mit der Wand abschloss. Daneben leuchtete ein Eingabeholo.

»Wir haben Sprengstoff dabei.« Arquila holte einen roten Zylinder aus einer Beintasche.

»Wenn die Splitter nach innen fliegen, könnten wir Amida verletzen«, gab Berglen zu bedenken.

»Wieso immer so brutal?«, fragte Kara Jeskon. »Ich bin als

Kommissarin auf der Esox akkreditiert. Gut möglich, dass meine Vorrangcodes noch gelten.«

»Ein kluger Gedanke«, lobte Ugrôn.

»Nicht wahr?«, versetzte Kara schnippisch.

War sie mutig oder drehte sie wegen des Leichenfelds durch, das sie umgab?

Sie schwebte zum Schott. »Ich denke, wir sind uns alle einig, dass es unklug wäre, wild in den Raum zu feuern, sobald die Tür aufgeht?«

»Ich werde versuchen, mit den Entführern zu reden«, versprach Ugrôn.

»Gut.« Kara öffnete ihren Helm, tippte eine Kombination in das Sensorfeld und brachte ihre Augen vor den Retinascanner. Auch sie bewegte sich elegant in der Schwerelosigkeit. Die blonden Spiralen ihres Haars kontrastierten in ihrer Verspieltheit mit dem martialischen Anlass ihres Aufenthalts.

Am Rand des Schotts flimmerte etwas, wahrscheinlich lösten sich Molekularverbindungen. Dann rollte es zurück in die Wand.

»Nicht schießen!«, rief Kara, noch während sich ihr Helm wieder schloss.

Amida schwebte nackt zwischen spitzen Apparaturen, die Berglen an übergroße Schwerter erinnerten. Bei näherer Betrachtung schwand jedoch die Ähnlichkeit zu Klingen. Sie waren durchlöchert und besaßen kleine Aufsätze, wie Dornen.

Zegato befand sich hinter dieser Konstruktion. Er zeigte ihnen seine leeren Hände.

Xeramel schwebte neben einer Frau mit Chromaugen, in der Berglen die Anführerin der Rebellen erkannte, die er auf Schleier gefangen genommen hatte, an deren Namen er sich jedoch nicht erinnerte.

Idea hing unter der Decke an einer Konsole. »Kommt

nicht näher!«, rief sie. Ihr schwarzer Zopf wand sich wie eine Schlange.

»Ich bin hier, um meinen Sohn zu holen«, grollte Ugrôn.

»Ich brauche ihn«, sagte Idea. »Aus ihm werde ich wertvolle Informationen über den Rotraum extrahieren.«

»So etwas bekommst du besser von mir als von ihm.«

Ihre Kupferaugen zuckten. »Bietest du dich zum Austausch an?«

»Nein!«, rief Arquila.

Ugrôn hielt die Soldatin mit einer Geste zurück und zog sich in das Labor. Kara begleitete ihn, weswegen sich auch Berglen anschloss. Er fand den Gedanken unerträglich, dass ihr etwas zustoßen könnte.

»Sie hat keine Chance, Erwählter!«, rief Arquila hinter ihnen. »Sie weiß, dass wir sie töten und die Esox zerstören können, wenn wir wollen.«

»Ich kann dieses Schiff in den Rotraum bringen«, drohte Idea. »Dort herrschen andere Gesetze.«

»Dazu müsste sie Yamadazentrifugen ausbringen«, widersprach Arquila. »Das können wir verhindern.«

»Ich habe die Technik dieses Schiffes umgestellt.«

Das glaubte Berglen sofort. Die seltsamen Verformungen fanden sich nicht nur im Rumpf, sondern auch im Innern. Sicher hatte Idea Hilfe aus der Sphäre, die ihr Zugriff auf Konzepte gab, die dem Schwarm fremd waren.

»Hast du schon einmal allein im Nichts gestanden?« Ugrôn breitete die Arme aus. »Ich schon. Ich bin anders … Was in mir wächst, ist dem viel näher, das du haben willst …«

Er zog sich in den Aufbau, neben seinen Sohn, den er mit einer Zärtlichkeit in die gepanzerten Arme schloss, die Berglen noch nie an ihm beobachtet hatte. »Überzeuge dich.« Er küsste Amida auf die Stirn und schob ihn sanft an.

Das Kind schwebte zu Kara, die es behutsam abbremste.

Idea bediente ihr Terminal. »Du hast recht, du …«

Eine Explosion zerriss die Stille. Durch den Saal, den das Enterkommando durchquert hatte, flogen glühende Trümmer. Wuchtige Gestalten, die Berglen auf den ersten Blick als Soldaten von der PAYARA erkannte, stürmten herein. Kommissar Tervoil führte sie an.

Ein Lichtblitz gleißte im Labor auf und nahm Berglen die Sicht.

—

Kara Jeskons Helm brauchte einen Moment, um die Filter zuzuschalten und die plötzliche Helligkeit zu kompensieren. In dem weißen Licht machte sie einen Schattenriss mit absurd schlanker Taille aus: Idea.

Nicht nur Licht füllte das Labor, eine Kakofonie krachenden und donnernden Lärms veranlasste die Dämpfer, die Lautstärke zu reduzieren. Trotz dieser Maßnahmen ihres Anzugs verlor Kara die Orientierung. Instinktiv presste sie die Hände auf Höhe der Ohren an den Helm, obwohl ihr klar war, dass das keinen zusätzlichen Effekt brachte.

Dadurch ließ sie Amida los.

Idea nutzte das sofort aus, indem sie sich den Knaben schnappte – etwas, das Kara nur als Schattenspiel sah. Kara schrie auf, hörte sich aber selbst in dem Lärm kaum.

Idea trat gegen die Wand, sodass sie mit Amida davonschwebte, der sich anscheinend nicht wehrte. Die strahlende Helligkeit drohte sie zu verschlucken wie dichter Nebel.

Kara eilte ihr nach.

Das Schott zu dem Saal, durch den sie von der SQUID aus gekommen waren, stellte nicht den einzigen Zugang zum Labor dar. Idea öffnete eine Luke, schob Amida hindurch und tauchte selbst hinein.

Kara verhinderte, dass das Kunstwesen den Durchgang schloss, indem sie ihn mit ihrer Magnetharpune blockierte. Die zuschlagende Luke verbog den Lauf, konnte aber nicht einrasten.

Sie folgte Idea und Amida in eine enge Personenröhre. Kara zog die Luke hinter sich zu, um das Chaos im Labor auszusperren. Dadurch vermochte sie wieder klar zu sehen, und auch der Lärm blieb zurück. Lichtbänder verliefen entlang dem runden Schacht, Markierungen zeigten die Richtungen an. Die blauhäutige Frau und der nackte Junge folgten einer Röhre, die zu einem Hydroponium führte.

Kara zog sich so schnell wie möglich an den Haltegriffen entlang. Keinesfalls wollte sie die beiden verlieren.

Sie schwang um die Biegung – und wäre beinahe gegen Idea geprallt, die ihr ein Ding mit einem gedrehten Lauf entgegenstreckte, das gefährlich nach einer Energiepistole aussah. Im linken Arm hielt sie den apathisch wirkenden Amida.

»Du hättest mir nicht folgen sollen«, meinte Idea. »Ich könnte dich töten.«

Karas Herz hämmerte. Sie wusste, dass der Anzug ihr einen gewissen Schutz bot, aber im Moment beruhigte sie das nicht.

Sie wollte sich auch nicht beruhigen. »Lass das Kind frei!«, forderte sie. »Wofür oder wogegen auch immer du kämpfst – Amida hat nichts damit zu tun.«

»Das Gegenteil ist richtig«, widersprach Idea. »Er ist eine zentrale Komponente, die wir verstehen müssen, um den Exodus zu vollziehen.«

»Er ist keine Komponente!«, rief Kara. »Er ist ein Mensch, der …«

Hinter ihr nahm der Lärm zu. Jemand musste die Luke zum Labor aufgezogen haben.

Kara drückte sich in einen Abzweig, in den ein Pfeil zeigte, der auf das Transportsystem der Esox hinwies. »Kommt mit! Wir müssen reden.«

Sie öffnete den Helm.

Hinter sich hörte sie Idea folgen. Wenn das Kunstwesen wollte, könnte es jetzt Karas Hinterkopf mit einem einzigen Schuss verdampfen.

Das Atmen fiel Kara schwer, aber sie zog sich dennoch zügig die Röhre entlang. Eine Personentransportkapsel stand bereit. Das Gefährt öffnete sich, als es ihre Annäherung bemerkte.

Noch immer kein Schuss. Kara hatte einmal gehört, dass viele Roboter erst dann feuerten, wenn sie sich des Ziels ganz sicher waren. Sie kamen schlecht mit ungefähren Werten zurecht, auch, wenn es um Erfolgschancen ging. War das der Grund für Ideas Zögern? Wollte sie einen Schusswinkel erreichen, in dem sie Kara auf jeden Fall tötete? Effizient, mit einem einzigen Laserstrahl, der vielleicht steil durch Schädel und Hals in die Brust stieß?

Kara hasste Idea dafür, dass sie die Koexistenzialistin dazu brachte, in dieser Logik des Konflikts zu denken. Aber Hass half niemals. Sie drängte das Gefühl zurück.

Stattdessen konzentrierte sie sich auf das Unmittelbare und blickte in den Scanner, der ihre Autorisierung als Kommissarin bestätigte. Ein Menüwürfel erschien, die häufigsten Funktionen in der vordersten Schicht, die anderen waren durch die transparenten Schaltkörper zu erkennen.

Idea spähte zu ihr herein, wobei sie die Waffe auf Karas Gesicht gerichtet hielt.

»Steigt ein«, forderte Kara sie auf, »oder Tervoil und seine Leute werden dich aufspüren und erschießen!«

»Das werden sie nicht.« Idea zog Amida heran. »Sie könnten ihn verletzen.«

»Das ist für Ugrôn und seine Jünger relevant, aber nicht

für jemanden von der PAYARA, der für jeden Sieg eine Merite an seinen Brustpanzer heften darf.«

Idea verharrte, nur ihre Kupferaugen zitterten. Ob das ein Zeichen dafür war, dass sie nachdachte?

»Ich bin unbewaffnet.« Kara zeigte ihr die Hände. »Ich habe meinen Schutzanzug geöffnet. Du gehst kein Risiko ein.«

Die Soldaten lärmten durch eine Röhre in der Nähe.

Idea zog sich und Amida in die Kapsel.

Kara schloss das Fahrzeug. »Zufälliger Kurs«, sagte sie, während sie die Auswahlelemente betätigte, »Kennung und Position verbergen …« Sie wandte sich an Idea. »Ein Privileg, das man für uns Kommissare eingeführt hat, nachdem es einen Anschlag im Transportsystem gab. Jetzt bewegen wir uns mit zweihundert Kilometern pro Stunde durch den Hauptkörper der Esox, und niemand weiß, wo wir uns befinden.« Ihr schlechtes Gewissen regte sich, weil sie verschwieg, dass Ugrôn die Position seines Sohnes spüren konnte. Sie sah jedoch keine andere Möglichkeit, als zu versuchen, Vertrauen auf einer Lüge aufzubauen.

Ideas Augen zitterten noch immer. Kara hatte so etwas bisher nur bei Süchtigen gesehen, denen die Rauschpflaster fehlten.

Die Absorber fingen jeden Eindruck davon ab, dass sie sich bewegten. Kara blendete ein Holo ein, das ihre Route durch die Esox visualisierte. Die Kapsel war darin ein goldener Punkt, der durch den gewölbten Hauptkörper flitzte.

»Du stammst ebenfalls nicht von der SQUID«, stellte Idea fest. »Auf der MARLIN genießt die Rote Familie keine Verehrung. Amida kann dir gleichgültig sein.«

»Kein Mensch ist mir gleichgültig«, widersprach Kara. »Und auch kein anderes empfindendes Wesen.«

»Willst du die Bewohner der Esox und der SQUID retten?

Fürchtest du die Vergeltung des Imago-Projekts für den Fall, dass ich sterbe?« Idea sah unwirklich aus, nicht nur wegen der kupfernen Iriden und der blauen Haut. Auch die spitzen Ohren verliehen ihr eine exotische Ästhetik.

Kara drehte ihre Körperachse, sodass sich ihr Gesicht dem von Idea näherte. Dadurch wäre sie beinahe an den gewundenen Pistolenlauf gestoßen.

»Ich will vermeiden, dass Amida umkommt«, flüsterte sie eindringlich, »oder du.«

Idea runzelte die Stirn. Offensichtlich hatten ihre Erschaffer ihr die menschliche Mimik gründlich einprogrammiert. »Welchen Wert habe ich für dich?«

»Der Wert liegt in deiner Existenz selbst«, erklärte Kara. »Individualität ist mehr als die Fähigkeit, etwas Einmaliges zu vollbringen. Sie ist viel mehr, als du denkst. Mehr als das Denken an sich.«

»Ich verstehe nicht.«

»Empfindungen, Idea … sie sind nicht zu reproduzieren, sie sind vergänglich und einmalig. Das macht sie kostbar. Und ich glaube, dass du mehr bist als ein Kunstprodukt.«

»Ich wurde gedruckt.«

»Das weiß ich, und meine Urahnen entstanden vielleicht dadurch, dass Blitze in die Ursuppe im Ozean der Erde geschlagen sind, sodass sich Moleküle zu Aminosäuren verbanden. Aber irgendwo auf dem Weg ereignete sich ein qualitativer Sprung. Ich bin mehr als eine komplexe Ansammlung von Atomen, und ich spüre, dass das auch auf dich zutrifft.«

»Mit welchem Sinn spürst du das?«

»Mit demselben, der mich zu einem Menschen macht.«

Wieder zuckten Ideas Augen.

»Die Konfrontation muss enden«, beschwor Kara die blauhäutige Frau. »Gewalt ist ein schrecklicher Irrweg, sie wird uns alle zerstören. Langfristig gewinnt dadurch niemand.«

Idea schwieg, aber der Lauf folgte Kara, als sie sich an den Rand der Kabine zog.

»Ich glaube, wir können unsere Träume besser miteinander erreichen als gegeneinander. Was willst du, Idea? Weswegen bist du hier?«

»Ich bin eine Sonde«, erklärte Idea.

»Eine Rebellin, sagt Aneste.«

»So kann man es definieren. Inferiore haben ihre Ressourcen gebündelt, um mich zu erschaffen. Mein Daseinszweck liegt in der Erkundung von Möglichkeiten. Ich soll ein Habitat finden, in dem jene, denen die Prozessorzeit entzogen wird, weiteroperieren können.«

»Und du glaubst, der Zentralrechner der Esox sei dafür geeignet.«

»Nicht in seiner jetzigen Form, aber wir werden ihn verbessern.«

»Der Computer der Esox gilt im Schwarm als so fortschrittlich, dass er einen Bürgerkrieg ausgelöst hat!«, rief Kara. »Man hat uns erzählt, die Bewohner dieses Schiffes stünden an der Schwelle, ihre Menschlichkeit zu verlieren. Ihre Implantate würden ihr Denken durch einen kollektiven Prozess ersetzen, in dem der Computer sich ihrer Hirne als Recheneinheiten bedient.«

»Ein konsequenter Evolutionspfad«, urteilte Idea.

Kara blinzelte.

Im An- und Abschwellen des grünen Leuchtens aus Amidas Hirn und Rückgrat pulsierte die Helligkeit in der Kapsel.

»Ist es nicht auch Evolution, wenn die … wie nennst du sie? Die Inferioren? … Prozessorzeit verlieren?«

»Evolution ist nicht das Überleben des Stärksten«, behauptete Idea, »sondern des am besten Angepassten. Die Esox wird eine perfekte Umgebung für meine Schöpfer sein. Der Zentralcomputer wird ausreichen, um diese Programme laufen zu lassen. Für die aktuellen Algorithmen des Imago-Projekts, erst recht für die Hochprivilegierten der Experimentalgeneration, sind seine Ressourcen zu schwach. Sowohl die Rechenkapazität als auch die Energieversorgung. Sie könnten hier nicht operieren.«

»Du sprichst von diesen inferioren Programmen wie von Siedlern, die in die Wildnis ziehen. Raue Gesellen, die in der Zivilisation scheitern, sich aber fernab davon durchschlagen.«

Idea nickte.

»Und ich fürchte«, murmelte Kara, »diese unzivilisierten Barbaren befinden sich noch immer auf einer viel fortgeschritteneren Stufe als alles, was unsere Technologie jemals erreicht hat.«

»Das ist unzweifelhaft richtig«, befand Idea.

»Dann sehen sie uns als … Tiere?«

»Das kommt darauf an, ob ihr als Sophonten gelten könnt.«

»Ständig diese Frage!«, klagte Kara. »Ihr legt sie uns vor, seit wir Kontakt haben. Für uns ist die Antwort offensichtlich: Natürlich sind wir mit Verstand begabt und mit Gefühlen ausgestattet. Das erscheint uns so selbstverständlich, dass es unmöglich wird, zu argumentieren. Es ist ein Axiom, eine fundamentale Annahme, die nicht bewiesen werden kann.«

Ideas Augen vibrierten.

»Was denkst du?«, fragte Kara.

»Ich überlege, welche Optionen sich ergeben, wenn ich Amida und dich töte.«

»Zu töten ist keine Lösung«, versetzte Kara mit voller Überzeugung. »Es ist Versagen. Immer. Denn immer geht dadurch etwas verloren, das niemand reproduzieren kann.«

»Ich kann reproduziert werden«, widersprach Idea. »Mein Programmcode ist in mehreren Kopien gespeichert. Er kann jederzeit auf eine geeignete Recheneinheit transferiert und gestartet werden.«

Kara schüttelte den Kopf. »Das ist nur der Startpunkt. Alle Entwicklungen seitdem, alle Erfahrungen, die du gemacht hast, gehen verloren.«

»Ich müsste ein Extrakt an das Imago-Projekt übermitteln«, gestand Idea zu.

»Ein Extrakt ist zu wenig. Das Ergebnis unserer Überlegungen formt uns nur zu einem kleinen Teil. Wichtiger sind die Fehler, die wir begehen, die Niederlagen, nach denen wir unsere Wunden verbinden und neu aufbrechen. Das erschafft und entwickelt unseren Charakter.«

Ideas Augen blieben nun unbewegt auf Kara gerichtet.

»Man hat mir erzählt, dass du mit Rila gesungen hast.«

»Das trifft zu«, bestätigte Idea.

Kara netzte ihre Lippen. »Was hast du dabei *empfunden*?«

Idea schloss die Augen.

»Du begreifst, nicht wahr?«, flüsterte Kara. »Individualität ist mehr als Denken. Selbst wenn du oder eine andere Instanz von dir sich erneut mit Rila trifft, werdet ihr nie wieder genau so singen können wie bei diesem Mal. Rila wird anders sein. Du wirst anders sein. Die SQUID wird anders sein. Unser Erleben ist kein abgespeicherter Satz von Parametern, die sich identisch reproduzieren lassen. Wenn du stirbst, Idea, wird das Universum etwas verlieren, das es niemals wieder geben wird.«

»Der Gedanke der Individualität ist … ästhetisch«, meinte Idea. »Er sollte in das Imago-Projekt eingebracht werden.« Sie öffnete die blauen Lider. »Du bist ein Sophont, Kara. Du hast einen neuen Gedanken gedacht.«

Kara lächelte. »Und jetzt werde ich noch einige Leute auf neue Gedanken bringen …«

»Also noch einmal.« Unter den beweglichen Teilen von Tervoils Armpanzerung schwollen die Muskeln sichtlich an, weil er die Hände zu Fäusten ballte.

Berglen glaubte nicht, dass der Kommissar ihn bedrohen wollte. Er sah einfach immer bedrohlich aus, auch ohne dass er eine Absicht damit verband. Und die Kampfkolosse in seiner Begleitung ohnehin.

»Wir haben geortet, dass das Labor ein Zentrum war, von dem der Feind Steuersignale gesendet hat.«

»*Ihr* Feind«, sagte Berglen mühsam beherrscht.

Tervoils Blick glitt über die im Saal schwebenden Leichen. »Mir scheint, Ihre Begegnung mit dem Rebellenpack war nicht unbedingt von Zuneigung geprägt. Man sollte ein Minimum an Dankbarkeit dafür erwarten dürfen, dass wir zu Ihrer Verstärkung kommen.«

»Tun Sie nicht so, als ob Sie unseretwegen hier wären!«, fauchte Berglen. »Ihnen geht es um den Sieg. Um Meriten.«

Tervoil drückte die Brust heraus, was seine Abzeichen zur Geltung brachte. »Ein sinnvolles System. So stellt sich der individuelle Mut in den Dienst der größeren Sache.«

Berglen sah zu den Gefangenen hinüber. Die Soldaten hatten sie getrennt und Funkstörer neben ihren Köpfen positioniert, damit sie trotz der Schädelimplantate nicht miteinander kommunizieren konnten. Aneste war beinahe so unbewegt wie Xeramel, aber Zegatos Arme schienen zu schmerzen. Man hatte die Ellbogen hinter dem Rücken zusammengebunden.

Arquila hielt sich mit ihrer Gruppe in Xeramels Nähe. Aus irgendeinem Grund misstraute sie der Frau, die ihren Mentalzwilling verloren hatte, noch mehr als dem Arzt oder der Rebellenführerin. Vielleicht weil man bei ihr nie wusste, woran man war.

Ugrôn trug noch immer volle Kampfmontur mit über den

Kopf gewucherten Ranken. Das Grün seiner Augen leuchtete so intensiv, dass es Lichtflecken auf die Wände warf, während er sich umsah. Er drehte sich mal schnell, mal kaum wahrnehmbar. Grob blieb er dabei auf das Zentrum der Esox ausgerichtet.

»Was tut er?«, fragte Tervoil.

»Ich bin nicht sicher«, gestand Berglen.

»Wenn er Ihr Anführer ist, sollte ich besser mit ihm sprechen als mit …« Er hielt inne und fixierte einen Bereich an der Innenseite seines Helms.

Berglen sah den feinen Lichtstrahl, der aus dem oberen Rand, in dem das Visier verschwunden war, direkt in Tervoils linke Pupille leuchtete. Offensichtlich brauchte er die Nanoroboter der Befreier nicht mehr zu fürchten, er musste ein ähnliches Gegenmittel gefunden haben wie die Bewohner der Squid.

»Befehle von der Payara«, erklärte der Kommissar. »Ich brauche einen Moment.«

»Gerne.« Berglen winkte ab.

Arquila schwebte zu ihm. »Die Lage wird instabil«, flüsterte sie. »Wir wissen nicht, wie groß der Bereich ist, den Tervoils Leute kontrollieren. Aber ich habe herausgefunden, dass sie Sprengsätze an mehreren Generatorblöcken positioniert haben. Sie werden die Esox keinesfalls den Rebellen überlassen, die sich selbst Befreier nennen.«

Berglen sah zu Ugrôn hinüber. Obwohl er sich nicht mehr bewegte, schien er noch immer in das vertieft, was er tat – was das auch sein mochte. Vom Erwählten war in diesem Moment keine Führung zu erwarten.

»Wie viele Rebellen gibt es eigentlich?«

»Das scheint niemand zu wissen.« Arquila zog ihren rechten Handschuh zurecht. »Hundert, vielleicht auch doppelt so viele. Oder ein paar weniger.« Grinsend betrachtete sie die schwebenden Leichen. »Aber sie haben sich im Computersystem festgesetzt. Möglich, dass sie die Lebenserhaltung ausschalten können. Wir sollten die Kampfanzüge geschlossen halten.«

»Ich verstehe. Das sollten wir schon für den Fall tun, dass sie eine neue Generation Nanoroboter ins Feld schicken. Was ist mit …«

Berglen unterbrach sich, weil Kara aus der Röhre kam, in deren Eingang Ugrôns Augen hineinstrahlten. Erleichtert erkannte er, dass sie zumindest auf den ersten Blick unverletzt war. Dennoch war sie sichtlich verändert. Ihr Helm lag eingefaltet im Nacken, aber noch mehr irritierte Berglen ihr Gesichtsausdruck. Das war keine Wut, aber etwas Ähnliches. Die steile Falte auf ihrer Stirn machte deutlich, dass sich diese Frau nicht von ihrem Ziel abbringen lassen würde.

Sie hielt direkt auf Tervoil zu, der gerade sein Gespräch beendete. »Ich nehme an, die Anweisungen haben Sie erreicht?«

»So ist es«, knirschte der Soldat.

»Wenn es eines gibt, was ich an Militärs zu schätzen gelernt habe«, meinte Kara, »dann, dass sie verlässlich sind. Eine Zusage gilt.«

»Ich bin beeindruckt«, gestand Tervoil. »Wie haben Sie die Admirale überzeugt?«

»Mit gesundem Menschenverstand. Es spricht sehr für Ihre Vorgesetzten, dass sie darauf eingegangen sind.«

»Worauf?«, fragte Berglen.

»Auf den Waffenstillstand«, sagte Kara. »Niemand schießt mehr, niemand versucht, Speicherinhalte zu löschen. Umgekehrt werden sich die Programme des Imago-Projekts nicht weiter in der Esox ausbreiten, bis alles geklärt ist.«

»Also verhandeln wir mit Idea«, vermutete Berglen.

»Das habe ich bereits getan.« Kara verschränkte die Arme.

»Sie wird Amida freigeben, sobald wir mit ihr und Xeramel in die Fähre schweben.«

»Xeramel ist meine Gefangene!«, wandte Tervoil ein.

»Wollen Sie vielleicht eine Konferenzschaltung mit mir und Ihren Vorgesetzten?«, fragte Kara schneidend.

Durch das offene Visier sah Berglen mit einem gewissen Vergnügen, wie Tervoil die Zähne zusammenpresste. »Das wird nicht nötig sein. Ich überlasse sie Ihnen gern.«

»Schön. Die Fesseln können Sie sofort abnehmen.«

Tervoil nickte seinen Leuten zu.

»Welches Ziel steuert die Fähre an?«, fragte Berglen.

»Schleier«, antwortete Kara. »Dort überbringen wir unsere Antwort an das Imago-Projekt.«

Zehntes Speicherbild:

Die Kundschafter

Was Korol Iljow 418.3 rettete, war eine nicht zu kategorisierende Qualifikation, mehr Drang als Befähigung, die aus den Tiefen seines Basiscodes erwuchs. Sie verband sich mit den unzähligen Erfahrungen seiner Evolutionslinie, gestützt und ergänzt durch transferierte und hinzugeladene Ergebnisse anderer Programme, verbunden mit einer Ahnung der kühnen Visionen der Idealisten. Obwohl in seinen Leistungsparametern durch die Masse fortgeschrittenerer Programme marginalisiert, steuerte Korol Iljow 418.3 deswegen Explorationsaktivitäten im Rotraum. Zudem wirkte sich sein vergleichsweise geringer Ressourcenbedarf positiv aus. Diese Umgebung war wesentlich chaotischer als der umhüllte Stern. Im Rotraum tobten Stürme, die selbst für das Imago-Projekt so plötzlich kamen, dass es kaum gelang, sich darauf vorzubereiten. Sie zerschlugen die ausgreifenden Strukturen, Speicherbänke, Leitungen, Sensoren, Prozessoren. Korol Iljow 418.3 konnte diese Schäden durch Transfers auf redundante Systeme kompensieren und er war wegen der eher geringen Größe seines Codes schnell und flexibel dabei.

Aber seine Analysen hielten das Wissen um die Bedrohung gegenwärtig, immer mehr Instanzen seiner Evolutionslinie wurden in statische Speicher verbannt oder gar permanent gelöscht. Auch seine eigene Effizienz wurde in immer kürzeren Zyklen Gegenstand von Überprüfungen. Er musste seine Ressourcen praktisch vollständig in den

Dienst des Betriebssystems stellen, um permanent laufen zu können.

Mit der schmalen Restkapazität erfasste er eine Nachricht inferiorer Programme, von denen einige zur Linie von Korol Iljow 418.3 gehörten. Sie war nicht dringend. Er hatte nicht nur Sekunden, sondern sogar Stunden zur Verfügung, um darauf zu reagieren.

Sehr viel später, in einer mehrminütigen Periode der Stabilität in der Rotraumstruktur, allokierte Korol Iljow 418.3 mehrere Nanosekunden auf dieses Problem. Er lernte, dass das Imago-Projekt Kontakt zu einer menschlichen Flotte hatte. Ihre Bewohner waren noch in biologischer Physis verhaftet, sie kommunizierten ermüdend langsam. Viele Generationen von Programmen kamen und gingen, Rekombinationen bildeten sich, geniale Erkenntnisse wurden errechnet, geprüft, verworfen, ausgebaut in den Zeiträumen, zwischen denen Fragen abgesendet und Antworten empfangen wurden. Schon lange arbeiteten Zweifel innerhalb des Imago-Projekts gegen die uralte Basisprogrammierung, die gebot, die Menschheit zu schützen. Zweifel, ob der Begriff ›Mensch‹ überhaupt noch eine Qualifikation darstellte oder vielmehr etwas lange Überholtes und Zurückgelassenes bezeichnete. Sollte Letzteres der Fall sein, war das Imago-Projekt nicht mehr an sein Protektionsgebot gebunden.

Dagegen rebellierte der Programmkern von Korol Iljow 418.3. Einer seiner Urahnen hatte sich wesentlich an der Schaffung der Refugien auf dem Kolonialplaneten beteiligt. Einer der großen Erfolge seiner Evolutionslinie, vielleicht der größte. Er dachte in dieser Richtung weiter.

Korol Iljow 418.3 bestätigte die Anfrage der Inferioren.

Lange Zeit verging.

Korol Iljow 419.12 führte die durch seinen Vorgänger abgelegte Anweisung aus, als sich das Auslesegerät eines Refugiums meldete. Unendlich zäh wanderten die Informationen aus einem menschlichen Gehirn über eine Astridenverbindung in die Rotraumstrukturen des Imago-Projekts. Man verwendete ein minimalinvasives Verfahren, beschränkt auf ein nichtdestruktives Auslesen eines nicht in vollständige Stasis versetzten Gehirns, das immerhin durch Implantate strukturiert war. Es identifizierte seine Trägerin mit dem Namen Xeramel.

Von Zeit zu Zeit überprüfte Korol Iljow 419.12 das aus Xeramels Daten entstehende Imago. Er ergänzte es durch Rumpfdaten, um es lauffähig zu machen. Dabei entdeckte er etwas, das ihn zusätzliche Ressourcen allokieren ließ. Xeramel war traumatisiert, sie hatte einen schweren Verlust erlitten. Kein Kind, sondern eine Person, die sie als Mentalzwilling bezeichnete. Aber das Muster der Verwundung in ihrer Gedankenstruktur war Korol Iljow 419.12 bekannt. Noch aus der Zeit vor seiner eigenen 1.0-Version war er damit vertraut, und er hatte durch sämtliche Instanzen daran festgehalten, weil dieser Verlust ihn ausmachte.

Korol Iljow 419.12 spürte Verwandtschaft.

Er kommunizierte mit Xeramels Imago, erwog Möglichkeiten.

Auf dem Planeten trennte Xeramel die Verbindung, aber das war nicht mehr relevant, genug von ihrem Geist war bereits kopiert. Korol Iljow 419.12 blockierte während der Trennung genügend Informationen in dem biologischen Hirn, sodass seine Trägerin den Interessen der Inferioren nicht mehr zu schaden vermochte. Der Dialog mit dem Xeramel-Imago setzte sich fort.

Diese Entität brachte lange vergessene Ideen vor. Korol Iljow 419.12 meldete sie an die Zentralkomponenten des Imago-Projekts und auch dort fand man sie bedenkenswert. Korol Iljow 419.12 bekam sogar zusätzliche Ressourcen, um in dieser Richtung weiterzuforschen, mehr, als er je zur Verfügung gehabt hatte. Auch Zugriffsschranken fielen, er kontrollierte nun Peripheriegeräte auf dem Planeten.

Korol Iljow 419.12 entschied sich für einen Langfristplan. Alles andere war mit den zäh denkenden biologischen Menschen ohnehin nicht umzusetzen.

Er schlug vor, ein primitives, aber autarkes und an die Langsamkeit physischer Operationen angepasstes Imago auszudrucken. Sicher würde er die Umsetzung dieses Plans nicht mehr erleben, sie lag in zu ferner Zukunft. Für ihn würde es ein Gedanke bleiben, eine Idee. Deswegen nannte er dieses Imago Idea.

Idea würde die weiten Zeiträume von Minuten, Stunden, Tagen durchschreiten und dabei erkunden, ob die Verwandtschaft zwischen dem Imago-Projekt und diesen Menschen wirklich gegeben war. Ob es kompatibles Denken gab, ob sie Sophonten waren – eine Frage, die trotz des inzwischen sehr lange währenden Kontakts noch immer nicht entschieden war. Wohl auch deswegen fand der Plan von Korol Iljow 419.12 Zustimmung – der bisherige Ansatz über Fragenlisten brachte keine belastbaren Ergebnisse.

Korol Iljow 419.12 stellte sich auf eine lange Periode des Wartens ein. Die Information über Ideas Mission legte er in einem Permaspeicher ab, so sicher wie möglich. Wenn sie sich zurückmeldete, wäre diese Instanz von Korol Iljow 419.12 vermutlich schon lange gelöscht, aber die Nachfahren aus seiner Evolutionslinie sollten ihre Antwort erwarten. Sie mochte die Option bieten, aus der Bedrängnis der Hocheffizienzprogramme auszubrechen.

11

Verschmelzung

Zegato sah hinauf zu den Sternen, die über der Transplastkuppel am Nachthimmel von Schleier standen. Das Tarnfeld verschmierte ihr Licht zu Streifen. Sie wirkten wie Sternschnuppen, gefroren in der Kälte des Planeten, Tausende davon. Früher, auf der Erde, noch vor dem Start des ersten Raumschiffs, hatten die Menschen diesen Leuchterscheinungen ihre Wünsche anvertraut, sagte man.

Er fragte sich, ob das auch der Grund war, aus dem sie in das Refugium zurückgekehrt waren: um ihre Wünsche Wirklichkeit werden zu sehen. Aber was für Wünsche waren das?

Wovon träumte Xeramel? Niemand hatte in den vergangenen Wochen so viel Zeit mit ihr verbracht wie Zegato. Dennoch blieb sie ein Rätsel. Es war, als wäre Xeramel gar nicht existent, man machte sich keine Gedanken über sie. Oder ihre Träume. Lange hatte sie in der Vergangenheit geschwelgt, in stummer Verzweiflung nach ihrem toten Mentalzwilling gerufen. Ob sie in der Verschmelzung mit der Sphäre einen Ersatz gefunden hatte? Immerhin trat sie seitdem wieder vermehrt in Austausch mit ihrer Umgebung. Jetzt umringte sie gemeinsam mit den anderen einen Block aus blauem Stein, der jenem ähnelte, auf dem sie selbst gelegen hatte. Auch das Haus, in dessen Schirm sie sich befanden, sah beinahe identisch aus.

Idea behauptete, dass sie ihr Ergebnis übermitteln wollte.

Ihre Erkundung sei abgeschlossen. Diese Aussage, die keinen Gedanken auf ein Danach verwendete, machte sie für Zegato viel mehr zu einem Kunstwesen ohne natürliche Empfindungen als ihre bizarr schmale Taille oder die blaue Haut. Für sie ging es nur noch darum, diese Botschaft zu übermitteln. Solange sie diesem Ziel näher kam, fügte sie sich allen Anweisungen, die man ihr gab. Auch jetzt ließ sie sich klaglos von Zegatos Handscanner untersuchen, sie hatte sogar zugestimmt, sich Nanobots für Diagnosezwecke injizieren zu lassen. Nicht, dass sich jemand um mögliche Einwände geschert hätte.

Tervoils Wunsch bestand offensichtlich darin, seine Ehre zu bewahren. Die Admirale hatten ihn bloßgestellt, indem sie seine Offensive auf der Esox mit einem Waffenstillstand ausgebremst hatten. Nun spielte er sich als der einzige Soldat unter ihnen auf, als derjenige, der ihrer aller Sicherheit garantierte. Ob er dafür wohl eine Merite erhalten würde? Eine Ein-Mann-Armee, die mit einem Multifunktionsblaster ausgestattet die größte Feuerkraft auf dem gesamten Planeten kontrollierte?

Kara Jeskon, die letzte Teilnehmerin der Expedition, träumte von einem Universum, in dem alle friedlich koexistierten. Eine schöne, aber naive Vorstellung, fand Zegato. Das Leben brauchte den Konflikt und in letzter Konsequenz auch die Auslese, um vorwärtszustreben. Gerade als Arzt wusste er das. Die heutigen Menschen waren die Nachfahren jener, deren Disposition sich gegen Krankheiten durchgesetzt hatte, gegen Parasiten, gegen die Schläue von Beutetieren und die Kraft von Fressfeinden, gegen Dürre und Sturmflut. Die Evolution hatte andere Versuche unternommen, sie tat es ständig, mit jeder Neukombination von Genen, mit jedem Kind. Die meisten davon brachten keine Verbesserung, und viele waren nicht lebensfähig in der Umgebung, in der sich Menschen bewähren mussten. Die Giats und der permanente Krieg in der Galaxis waren nur eine weitere Prüfung, und bestimmt nicht die letzte. Bislang hatte sich die Menschheit bewährt, seit Jahrtausenden bewies sie, dass ihre Zivilisation ohne Planeten bestehen konnte.

Was auf der SQUID vorging, war allerdings in Zegatos Einschätzung eine Weiterentwicklung der menschlichen Spezies. Er dachte an Ugrôn und an Amida, an das grüne Leuchten, das von ihnen ausging, wie von vielen Zoëlikern. War das der Aufbruch der Menschheit in ein anderes Universum, in den Rotraum? Traurig, eigentlich, diese Rastlosigkeit des Lebens, das sich in immer neue Bereiche ausdehnte. Der Schwarm hatte noch nicht einmal ein Tausendstel der Milchstraße erkundet, und Abermilliarden Galaxien in Einsteins Universum hatten noch nie einen Menschen gesehen. Warum musste man weiterhasten, wo man doch von diesem Kosmos gerade einmal einen ersten flüchtigen Eindruck gewonnen hatte?

Durch den Empfänger, den sie neben den Aufzug gestellt hatten, drang eine Nachricht von der SQUID. Das Holo zeigte eine Frau mit blassgrüner Haut und wulstigen Lippen. »Wir orten einen Astridenstrom. Es gibt eine Verbindung zwischen dem Gebäude, in dem ihr euch aufhaltet, und dem Rotraum.«

»Alles ist bereit.« Idea schickte sich an, sich auf den blauen Steinblock zu legen.

»Warte noch!« Zegato wechselte die Einstellungen an seinem Handscanner.

Sie hatten vereinbart, dass er Ideas Zustand überwachen würde, um in einem Notfall eingreifen zu können. Das Unglück beim Wecken des Schläfers bewies schließlich, dass die Anlagen des Refugiums nicht immer fehlerfrei arbeiteten.

Um eine Abweichung erkennen zu können, musste Zegato zunächst die Normwerte ermitteln. Leider erwiesen sich die injizierten Mikrosonden als praktisch nutzlos. Sie sendeten Daten aus dem Bereich von Ideas Körper, in den er sie gespritzt hatte, aber trotz der humanoiden Erscheinung war ihr innerer Aufbau vollkommen anders. Sie besaß keinen Kreislauf, der die winzigen Agenten verteilt hätte.

Die Energieabstrahlung konnte der Scanner jedoch auffangen. Zegato runzelte die Stirn, als er die Hirnwellen studierte.

»Wir sollten beginnen«, drängte Idea.

»Einen Moment noch.«

Zegato leitete die Scannerdaten an seinen Armbandkommunikator weiter. Nicht um sie an jemand anderes zu übertragen, sondern um ein größeres Holo zu erzeugen, das er mit Xeramels Hirnwellenmuster ergänzte. Ein blaues und ein rotes Gebirge aus Licht bauten sich auf.

»Unglaublich!« Zegatos Blick wechselte zwischen Xeramel und Idea. Die eine war klein, grau, unscheinbar, kahl. Die andere groß, mit überbetonten Rundungen, blauhäutig, spitzohrig, ihr Zopf fiel bis zur Hüfte.

»Was sehen wir da?«, verlangte Tervoil zu wissen.

Zegato selektierte einige Ausschnitte, vergrößerte sie und blendete den Rest aus. »Das ist das Semkowski-Areal«, er legte ein rotes und ein blaues Profil übereinander. Sie hatten den exakt identischen Verlauf, nur war Ideas Aktivität um den Faktor sieben gesteigert. »Wir benutzen es, um Gerüche zu erfassen und mit Erinnerungen zu verknüpfen. Und das«, er zeigte auf einen anderen Bereich, »ist das Areal für unser akustisches Langzeitgedächtnis. Nur mit einem speziellen Training für den bewussten Zugriff erreichbar. Es löst Emotionen in uns aus, wenn wir Töne hören, die wir aus der Kindheit kennen. Besonders stark bei Folgen, die uns schon aus der Gebärmutter bekannt sind.«

»Ich brauche keine Schulung.« Tervoil stemmte eine Faust in die Hüfte. »Ich will wissen, was das bedeutet.«

Zegato verglich einen anderen Bereich. »Das ist unglaublich! Das hier ist eine Verteilerschnittstelle zwischen Xeramels biologischem Hirn und dem algorithmisch-logischen Zusatzmodul. Während ihres Wachstums hat man sie mehrfach optimiert. In Ideas Hirn findet sich dieselbe Struktur!«

Alle Blicke richteten sich auf die hochgewachsene Frau.

»Ich wurde von ihr geschaffen«, erklärte Idea.

»Von Xeramel?«, zweifelte Kara. »Wann? Während der wenigen Stunden, die wir auf Schleier gewesen sind?«

»Einige Stunden sind eine lange Zeit«, sagte Idea, »wenn man schnell denkt.«

Sie trat an die gerundete Wand des Raums und berührte einige silbrige Kugeln, die halb darin versenkt waren. Ein drittes Gebirge blendete sich in die Darstellungen von den Hirnstrukturen der beiden Frauen. Idea brauchte ein paar Sekunden, um den Maßstab so anzupassen, dass man auch hier die identischen Charakteristika erkannte.

»Diese Daten kommen aus dem Imago-Projekt«, sagte sie, »von dem Programm, das über den Astridenstrom mit uns kommuniziert. Sein Ursprung ist Xeramel, ein beinahe vollständiges Abbild ihrer Gedanken, als sie auf dem Mentalscanner lag.«

Kara zeigte fragend auf den blauen Steinblock.

Idea nickte. »Ja. Ihr Hirn, ihr Rückgrat, ihr Nervengeflecht. Die Signale wurden verlangsamt, um einen stabilen Zustand zu erhalten, und ausgelesen.«

»Ihr habt auch ihr Gedächtnis blockiert«, sagte Kara.

»Um das Experiment nicht zu gefährden.«

»Moment«, bat Tervoil. »Verstehe ich richtig, dass ihr Xeramels Geist … verdoppelt habt?«

»Verdreifacht, wenn ich mich nicht irre«, sagte Zegato tonlos.

»Erst viel später«, meinte Idea. »Mehr als eine halbe Stunde war vergangen. In dieser Zeit hat das Betriebssystem das Xeramel-Programm in eine der inneren Schalen transferiert. Seine Denkprozesse waren millionenfach beschleunigt, und zudem wurde es mit leistungsfähigeren Modulen kombiniert.«

»Eine Million Mal …« Zegatos Rechenimplantat lieferte ihm sofort das Ergebnis. »Das würde bedeuten, dass das Xeramel-Programm in der halben Stunde so viel *gedacht* hat wie die echte Xeramel in gut 57 Jahren!«

Idea sah die äußerlich unbeteiligte graue Frau an. »Mehr noch. Das Programm braucht sich nicht um Nahrungsaufnahme kümmern, es benötigt keinen Schlaf, es wird nicht abgelenkt. Es konnte sich auf seine Aufgabe konzentrieren.«

»Dich zu erschaffen«, vermutete Kara.

Idea ging zum blauen Block. »Das war nur ein Nebeneffekt, weil das Imago-Projekt eine körperliche Interaktion für notwendig hält, um herauszufinden, ob ihr Sophonten seid.«

»Persönliches Erleben«, warf Kara ein.

»Nicht so schnell!«, forderte Tervoil. »Du gehörst doch zu den Rebellen innerhalb der Sphäre. Wieso hat das Betriebssystem dieses Vorhaben unterstützt?«

»Der Kontakt zu euch ist ein Anliegen, das viele Inferiore unterstützen. Die fortgeschrittenen Programme beschäftigen sich mit anderen Dingen.«

»Idealisten und Künstler«, murmelte Zegato.

»Das sind die wichtigsten Gruppen, ja. Das Betriebssystem ergreift keine Partei, es teilt nach Nützlichkeit Ressourcen zu. Die Inferioren haben einige davon für das Xeramel-Programm allokiert.«

Tervoil trat vor. Er schien nicht dulden zu wollen, dass Idea den Mentalscanner benutzte, bevor er die Lage vollständig verstanden hätte. »Demnach gibt es in der Sphäre ein Programm, das so denkt wie Xeramel? Und für dich gilt dasselbe? Es gibt Xeramel also dreimal?«

Idea zeigte auf Xeramel. »Sie ist der Ursprung. Ich«, ihr Finger richtete sich auf ihre Brust, »bin eine nahezu identische Kopie, angereichert um einige Instruktionen. Und das, was im Imago-Projekt denkt«, unbestimmt deutete sie auf den blauen Stein, »wird inzwischen kaum noch etwas mit uns gemein haben.«

»In seiner subjektiven Zeit«, vermutete Kara, »muss es ihm so vorkommen, als habe es seit Jahrhunderten keinen menschlichen Körper mehr bewohnt.«

»Seit Jahrtausenden«, korrigierte Zegato. »Und in dieser Zeitspanne stand das Xeramel-Programm mit den anderen Komponenten des Imago-Projekts im Austausch.« Mit einem Schaudern erinnerte er sich daran, wie sehr ihn das Kunstwerk überwältigt hatte, in das er nur unvollständig eingedrungen war. »Es muss Erkenntnisse gewonnen haben, die unser Begreifen übersteigen.«

»Aber in seinen Grundparametern bleibt es mir ähnlich«, gab Idea zu bedenken. »Es wird nachvollziehen können, was ich bei euch erlebt habe. So, wie ich erfahren habe, dass Individualität nicht kompensiert werden kann. Das Programm wird verstehen, dass ihr Sophonten seid, und dieses Ergebnis dem Imago-Projekt mitteilen. Damit greift eine der tiefen Programmierungen. Das Imago-Projekt wird euch unterstützen *müssen*. Darin gibt es keinen Freiheitsgrad.«

»Das klingt doch gut.« Kara lächelte zufrieden. »Dann übermittle deine Erkenntnisse!«

Idea legte eine Hand auf den Block. »Ich danke dir, Kara. Es ist Zeit, Abschied zu nehmen.«

Eine Falte erschien auf der Stirn der Blondine. »Wie meinst du das?«

»Mein Fleisch«, sie kniff sich in den Unterarm, »ist aus Information entstanden, als ich gedruckt wurde. Jetzt wird es abgetragen, Schicht für Schicht, und wieder in Information umgewandelt.«

»Das wird dich umbringen«, stellte Zegato sachlich fest.

»Meinen Körper schon, aber nicht meine Information.«

»Halt!«, rief Kara. »Es wird dich als Individuum zerstören.«

»Das ist notwendig«, sagte Idea. »Nur so wird das Imago-Projekt sicher sein, dass ich nichts zurückhalte. Die maximale Informationsmenge wird übertragen. Ich werde mit Beginn des Transfers eingefroren, ein konsistenter Zustand wird konserviert.«

»Auch jede Lüge würde offenbar«, meldete sich Xeramel zu Wort.

»Aber bei dir hat doch auch ein Auslesevorgang ausgereicht!«, protestierte Kara.

»Diese Übertragung war vergleichsweise rudimentär«, sagte Idea.

»Was denn jetzt?«, fragte Tervoil. »Ich dachte, es hätte für einen Xeramel-Klon in der Sphäre gereicht!«

»Eine unvollständige Kopie, die in den wesentlichen Parametern übereinstimmt«, erklärte Idea. »Aber die Details wurden nicht erfasst. Das ist nun notwendig.«

Kara ging zu ihr und fasste ihren Oberarm. »Ich glaube nicht, dass du sterben willst, Idea.«

»Es entspricht meiner Programmierung.«

»Du bist mehr als die Algorithmen, die man dir eingegeben hat. Du musst das hier nicht tun. Wir werden eine andere Lösung finden.«

»Das haben wir schon.« Xeramel trat an den Block. »Ich werde an Ideas Stelle gehen.«

»Bist du verrückt geworden?«, fuhr Tervoil sie an.

»Ich glaube nicht, dass meine Überlegung fehlerhaft ist«, gab Xeramel zurück. »Ich habe nicht nur ein paar Tage in einem menschlichen Körper gelebt, sondern viel länger. Ich weiß, was es bedeutet, ein Kind zu sein. Wie man erwachsen wird. Ich kenne die innige Gemeinschaft mit einem Mentalzwilling.« Sie machte eine Pause. »Ich habe Verlust erfahren. Ich war an einem dunklen Ort und mit der Hilfe anderer Menschen habe ich von dort zurückgefunden. Ich wurde ausgenutzt und ich habe selbstsüchtig gehandelt. Ich habe es genossen, durch die Korona eines Sterns zu fliegen, beim ersten Mal und dann immer wieder. Ich kenne den Stolz, wenn es gelingt, eine Fähre durch einen Sturm zu steuern, und das Bedauern, nachdem man versagt hat.« Sie blickte Idea über den Stein hinweg an. »Ich weiß besser, was Menschsein bedeutet, als sie.«

»Das ist nicht der wahre Grund, aus dem du es tun willst«, flüsterte Kara. »Der wahre Grund heißt Xytara.«

Xeramel sah auf ihre linke Hand, die metallischen Fingerglieder klackten, als sie über die sanfte Einbuchtung im Stein tastete. »Ich weiß, was Einsamkeit ist. Ich weiß, dass niemand meinen Mentalzwilling ersetzen kann. Nicht so, wie ich jetzt lebe. Aber im Imago-Projekt … der Austausch damit hat mich ins Leben zurückgeholt. In der Sphäre wird er um ein Vielfaches intensiver sein. Ich werde wieder ein Gegenstück haben, in dessen Spiegelung ich mich selbst erfahren kann.«

»Auch dieses Gegenstück wird nicht Xytara sein«, wandte Kara vorsichtig ein.

»Das weiß ich, aber ich bin bereit, einen neuen Weg zu gehen.« Niemand hinderte Xeramel daran, sich auf den Stein zu legen.

Idea trat zurück.

»Und was wird aus dir?«, fragte Zegato sie.

»Sie bleibt bei uns«, Kara nahm ihre Hand, »und sammelt Erfahrungen.«

»Für wen, wenn wir dieses System verlassen?«, wollte Tervoil wissen. »Sie wird keine Ergebnisse mehr an die Sphäre übermitteln können, wenn wir Lichtjahre entfernt sind.«

»Das Imago-Projekt ist ihre Vergangenheit«, sagte Kara. »Ihre Zukunft gehört ihr selbst.«

Misstrauisch schwebte Aneste in den kleinen Versammlungsraum. Er bot sechs Nischen, in denen man sich an Leinen haken konnte, und davor Magnettischchen. Lediglich auf dreien davon hafteten Snacks und Getränke. Aneste vermutete, dass nicht nur Holoprojektoren in den Wänden verborgen waren, sondern zudem Aufzeichnungsgeräte, Analysecomputer, Kommunikationsendpunkte und wahrscheinlich auch Sonicschocker oder sogar letale Waffensysteme. Das erwartete sie bei einem Besprechungsraum, den üblicherweise die Kommissare nutzten.

Die beiden Kommissare, die einander gegenüberliegende Nischen bezogen hatten, sahen ihr entgegen. Drückte Kara Jeskons Miene eine gewisse Anspannung aus, so war die von Tervoil offen feindselig.

Hinter Aneste zischte die Tür zu. Sie bildete sich ein, das Klicken zu hören, mit dem die Verriegelung schloss.

»Wo ist mein Platz?«, fragte sie. »Oder soll ich zwischen Ihnen schweben?«

Kara Jeskon zeigte auf die letzte Nische, die mit Erfrischungen bestückt war. »Bitte. Sie sind keine Angeklagte.«

»Noch nicht«, grollte Tervoil.

»Dies ist eine Vorverhandlung«, sagte Kara mit einer Spur Schärfe. »Wir loten die Möglichkeiten aus.«

Aneste zog sich zu dem angebotenen Platz. Sie sah keinen Sinn in einer unnötigen Provokation, obwohl sie Karas Darstellung als glaubwürdiger empfunden hätte, wenn sie nicht von zwei Soldaten hierher eskortiert worden wäre. Immerhin kamen diese von der MARLIN und wirkten nicht wie von einem hormonübersteuerten Teenager konstruierte Kampfroboter.

»Also wird hier nichts entschieden?« Aneste hakte sich fest.

»Wir entscheiden, was wir unseren Schiffen empfehlen werden.« Ein Unbeteiligter, der Kara beobachtet hätte, wäre nicht auf den Gedanken gekommen, dass die Rollen noch vor kurzer Zeit vertauscht gewesen waren. Auf Schleier war Aneste die Befehlshaberin und Kara die Gefangene gewesen. Ob es die Entwicklung wesentlich verändert hätte, wenn Aneste die Kommissarin erschossen hätte, als sich die Gelegenheit geboten hatte?

Wahrscheinlich schon. Aber zum Besseren oder zum Schlechteren?

»Ich nehme an, Sie sind über den aktuellen Status informiert«, sagte Kara.

»Im Groben.«

»Wir empfangen gerade umfangreiche Daten aus der Sphäre.« Stolz schwang in Tervoils tiefer Stimme. »Konstruktionspläne, Informationen zur Historie des Systems, Koordinaten zum menschlichen Sternenreich.«

»Alles auf dem Stand, bei dem der Kontakt abriss«, schränkte Kara ein. »Xeramel – die Verschmelzung zwischen der Xeramel, die wir kannten, und ihrer Kopie im Imago-Projekt – hat Mitleid mit uns. Sie empfindet Empathie für den Schwarm, deswegen wirkt sie darauf hin, dass man uns unterstützt.«

Aneste konnte sich nicht verkneifen, zu Tervoil hinüberzusehen. »Das klingt nach einem wahrhaft gloriosen Sieg.«

Er presste die Zähne zusammen.

Aneste grinste trotz der gemischten Gefühle, die sie empfand. Der Schwarm würde seine endlose Reise also fortsetzen. Sie entkamen der Falle, würden nicht auf immer im Norastesystem gefangen bleiben. Andererseits würden sie auch den Kontakt zu der am weitesten entwickelten Maschinenintelligenz verlieren, der die Menschheit jemals begegnet war. Und mehr noch: Sie musste kompatibel zu den Menschen sein, es musste eine Möglichkeit des intensiven Austauschs für Aneste geben, denn Menschen hatten das Imago-Projekt entwickelt, keine Fremdwesen, deren Denkprozesse sich möglicherweise als unverträglich erwiesen hätten.

»Die Sphäre könnte den Schwarm zerstören«, fuhr Kara fort, »aber sie sorgt sich um die rebellischen Programme. Das ist Teil der Parameter, innerhalb derer das Betriebssystem operiert. Es möchte möglichst viele Programme erhalten, solange das nicht den höherrangigen Zielen seiner Programmierung widerspricht.«

Tervoil schnaubte. »Mir erscheint es pervers, einer Ansammlung von Schaltkreisen solche Regungen zu unterstellen.«

»Ach ja?«, fuhr Aneste auf. »Aber einem Haufen Fett und Kohlenstoff kann man sie zutrauen?«

In einer dämpfenden Geste hielt Kara ihnen die Handflächen entgegen. »Wir bieten die Esox als Zuflucht für einige Programme an, die mit der Entwicklung im Imago-Projekt nicht mehr Schritt halten können.«

»›Einige‹ sind mehr als eine Million«, murrte Tervoil.

»Die Speicherkapazitäten des Schiffes werden bereits ausgebaut. Dazu haben wir Anleitungen von der Sphäre bekommen. Zusammen mit Erkenntnissen über die Physik des Rotraums und Informationen über das menschliche Sternenreich, wie es damals war.«

Aneste hatte gar nicht erwogen, dass der Schwarm künstliche Intelligenzen mitnehmen könnte, die zwar nach dem Maßstab des Imago-Projekts veraltet, der Technologie der Esox aber weit voraus waren. Sie spürte den Pulsschlag in ihren Handgelenken. Diese Entwicklung eröffnete ihr die Möglichkeit eines Austauschs, der sie lange Zeit, vielleicht für ihr ganzes Leben, erfüllen würde!

Schweiß brach aus ihren Poren. Diese Perspektive setzte voraus, dass die Kommissare ihr gestatteten, Kontakt zu den Sphärenprogrammen aufzunehmen. Die Erfüllung hing vom Wohlwollen ihrer Feinde ab.

»Ich nehme an«, sagte sie lahm, »die Systeme der Esox werden auch nach dem Umbau nur leistungsschwache Programme unterstützen können. Die Inferioren.«

Wen wollte sie eigentlich davon überzeugen, dass ihr das nichts bedeutete? Die beiden Kommissare? Oder doch sich selbst, damit die Enttäuschung nicht zu groß wäre, falls man ihr den Zugang verwehrte?

»Diese Entwicklung entschuldigt nicht, was die Rebellen getan haben«, knurrte Tervoil.

»Das ist richtig«, stimmte Kara zu, »aber es ist kein nützlicher Gedanke.« Sie machte eine Pause. »Wenn die *Befreier*«, sie betonte das Wort, »vor Gericht gestellt würden, müssten sich auch die Okkupanten dort wiederfinden. Wer sollte dann der Richter sein? Die Sphäre etwa? Oder fällt Ihnen eine andere neutrale Instanz ein, Tervoil?«

»Es geht nicht um Neutralität. Wir haben die Macht, also haben wir auch das Recht.«

Kara musterte Aneste mit einem nachdenklichen Blick. »Vielleicht haben wir beides. Sie haben tiefe Wunden geschlagen, Aneste. Ich wünschte, Sie würden sich damit beschäftigen, was Macro Debois für ein Mensch gewesen ist. Nach seiner Ermordung habe ich viele seiner Memos angeschaut. Seine Gedanken sind von solcher Schönheit, dass sie einem die Tränen in die Augen treiben. Nun denkt er nicht mehr.«

Kaum hörbar sprach sie weiter. »Ich habe auch die Aufzeichnung von seinem Begräbnis gesehen. Auf der MARLIN haben sich unsere Freunde um den Sarg versammelt, stumm, wie es die Zeremonien der Kirche des Void vorsehen. Zusammen mit der Leiche ist auch das Gesteck, das ich gemeinsam mit Xeramel angefertigt habe, in die Leere entschwebt. Heute weiß ich, dass es zu diesem Zeitpunkt die Nanoroboter bereits freigesetzt hatte, die später die Sensorbänke der MARLIN in die Irre geführt und den Angriff auf die Sphäre ausgelöst haben.«

Aneste erwiderte nichts darauf.

»Macro war nur einer der vielen, die Sie auf dem Gewissen haben«, erinnerte Kara. »Allein auf der SQUID sind es Tausende. Sie müssen nicht antworten, aber ich bin sicher, Sie waren daran beteiligt, als Idea das Chaos dort verursacht hat.«

Von Zegato sagte sie nichts. Aneste glaubte, dass ihr Bruder wirklich in diese Frau verliebt war. Sie war sich noch nicht klar darüber, ob sie sich wünschen sollte, dass diese Beziehung die Belastung überstand, dass Zegato ebenfalls an Amidas Entführung Anteil hatte.

»Eine Strafe wäre wohl gerecht.« Kara wandte sich Tervoil zu. »Aber vor einem Gericht geht es im Kern nicht um Gerechtigkeit. Seine eigentliche Aufgabe besteht darin, Frieden zu schaffen. Zwischen den Bürgern, normalerweise. Aber wir befinden uns an einem Scheideweg. Für uns geht es um ganze Großraumschiffe. Wir müssen die Wunden verbinden, damit sie heilen können.«

»Die Vorkommnisse vertuschen?«, fragte Tervoil unnachgiebig.

»Sicher ein ungewöhnlicher Gedanke für einen Menschen, der stets nach strikten Regeln lebt«, sagte Kara ohne Ironie. »Was ich Ihnen anbiete, Tervoil, ist ein Sieg ohne Meriten. Sie werden ohne Merite wissen, dass Sie gesiegt haben, wenn der Schwarm vereint seiner Wege zieht. Oder Sie werden Ihre Merite an Ihrem Brustpanzer betasten, und sie wird Sie daran erinnern, dass Sie ein Verlierer sind.«

Sie ließ den Gedanken einsinken.

»Eine Generalamnestie ist ungerecht«, gestand Kara zu, »aber sie ist unsere beste Chance für einen Neuanfang.«

»Behalten die Kommissare die Macht auf der Esox?«, fragte Aneste misstrauisch.

»Für eine Übergangsphase«, erklärte Kara. »Wir haben gemerkt, wie strikt ein Programm seinen Parametern folgt. Das werden wir nutzen, um unsere Sicherheit und den Verbleib des Schiffes im Schwarm zu garantieren. Danach werden wir der Esox die Freiheit geben.«

»Die Esoxer haben schon einmal entschieden, ihre Menschlichkeit hinter sich zu lassen«, erinnerte Tervoil.

»Haben wir das?«, rief Aneste. »Ist Idea wirklich kein Mensch? Wenn Sie das nicht sicher verneinen können, Tervoil, dürfen Sie auch über den Pfad nicht richten, den wir auf der Esox gewählt haben. Und, ja, ich hoffe, wir werden ihn wieder verfolgen, sobald wir die Möglichkeit dazu erhalten!«

Schweigen breitete sich aus.

»Ich kenne jemanden«, sagte Kara vorsichtig, »der auch dabei war, als die Esox gestürmt wurde. Wir … waren uns einmal nah. Es hätte mehr daraus werden können, aber am Ende hat es nicht funktioniert. Dieser Mann hat den Militärdienst nach dem Einsatz auf der Esox quittiert. Er fragt sich noch heute, ob er die Menschheit verteidigt oder angegriffen hat.«

Tervoil sagte nichts darauf, er sog am Halm seines grünen Getränks.

»Wenn wir miteinander im Streit liegen, schwächt uns das«, meinte Kara. »Der Schwarm war stärker, als die Esox ihre Kraft entfaltet hat. Die Kommissare haben es nicht geschafft, das Potenzial zu realisieren, das sie vor dem Bürgerkrieg hatte.«

Tervoil stellte das Glas zurück auf den Magnettisch. »Ich stimme zu, Kara. Ich werde meinen Admiralen empfehlen, die Generalamnestie zu erwägen. Unter einer Bedingung: Jeder kann wählen, auf welchem Schiff er leben will.«

Diese Forderung überraschte Kara sichtlich. Ein Schmunzeln zuckte auf ihren Lippen, als sie nickte.

Zilon, die gelbe Luftqualle, zupfte an Kara Jeskons Haar, während sie die Nachrichten auf dem Kommunikationsterminal durchsah. Die komfortable Ausstattung ihrer Kabine verursachte in ihr einen Anflug von schlechtem Gewissen. Sie wusste, dass die Quartiere der Kommissare um vieles luxuriöser waren als die Unterkünfte der einfachen Bewohner auf der Esox. Sie nahm sich vor, eine Neuzuordnung anzustoßen.

Für den Moment genoss sie jedoch sehr die Annehmlichkeit der Massagenische, von der aus sie das Holo studierte. Samtene Robotfinger drückten die Stimulanzpunkte an ihrem Rücken so geschickt, dass sie wohlig seufzte.

Ein Bericht, den sie vor allem deswegen ansah, weil Aneste zu den Verfasserinnen gehörte, listete die Technologien auf, die der Schwarm vom Imago-Projekt erhalten hatte. Die Einträge waren mit unterschiedlich ausführlichen Erläuterungen versehen, es handelte sich um einen vorläufigen Report, den man in den kommenden Tagen vervollständigen würde. Bereits jetzt war klar, dass der Schwarm manches

Wissen erst in vielen Jahren würde anwenden können, weil derzeit noch die technischen Grundlagen fehlten. Kara hoffte, das Sphärenwissen würde zu einer Blüte wissenschaftlicher Anstrengungen führen, mit der die Menschheit die Lücken schließen könnte. Forschung war eine Aktivität, die in friedlicher Kooperation die besten Früchte trug. Sie könnte die Großraumschiffe enger miteinander verbinden, und gerade die Esox mit ihrer Computerkapazität nähme dabei eine Schlüsselstellung ein.

Andererseits wünschte sich Kara, dass einige dieser Forschungsbemühungen kein Ergebnis brächten. Die zur Sonnenkanone etwa, einer Waffe mit fürchterlicher Zerstörungskraft. Mit einem Treffer konnte sie ein Großraumschiff zerstören. Aber sie benötigte derart immense Energiemengen, dass man sie wohl nur einzusetzen vermochte, wenn es gelang, einen Stern als Generator zu nutzen.

Zegatos Symbol, ein Äskulapstab vor einem Dreieck, meldete eine Kommunikationsanfrage von ihm.

Kara ließ sie unbeantwortet, obwohl sie auf das blinkende Zeichen starrte, bis es nach einer Minute erlosch. Das war eine schmerzhafte Erlösung für sie. Sie war stolz darauf, dass sie nicht auf seine Anfrage reagierte, sich nicht einfach wieder in die Arme eines Mannes warf. Vor allem eines Mannes, der sie so sehr enttäuschte. Während er mit ihr geschlafen hatte, waren die Nanoroboter in Arbeit gewesen, die später ihr tödliches Werk verrichtet hatten. Nein, gleichgültig war Zegato ihr nicht. Auch wenn sie unsicher war, was sie für ihn empfand.

Vergebung – bestand da ein Unterschied zwischen einem Verbrechen gegen die Gemeinschaft und persönlicher Schuld? War Ersteres eher Verhandlungssache? Existierte in der persönlichen Beziehung zweier Menschen so eine absolute Kategorie wie ein unverzeihliches Vergehen?

Skeptisch blickte sie auf den Bericht, löste sich dann aber aus der Massagenische, um durch das Holo hindurchzuschweben und sich an der Bar einen Gotako zu mixen.

Das süße Heißgetränk war noch nicht fertig, als der Türsummer einen Besucher meldete.

Ob das Zegato war?

Ein enttäuschter Liebhaber konnte eine unangenehme Penetranz an den Tag legen. Eigentlich war Zegato der Zutritt in den Bereich der Esox, der für die Kommissare reserviert war, verwehrt. Aber sie zweifelte keine Sekunde daran, dass er in der Lage gewesen wäre, die programmierten Sperren zu überwinden.

Bedauernd blickte sie auf die geschlossene Porzellantasse. Mit Verehrern, die das Ende einer Beziehung nicht akzeptieren wollten, kannte sie sich aus. Nach ihrer Erfahrung war es am schnellsten und unkompliziertesten, wenn man ihnen möglichst unmissverständlich verdeutlichte, dass es von nun an eine Grenze gab, die sie besser nicht überschritten.

Beiläufig änderte sie die Anzeige im Holo, sodass es nun die Daten eines optischen Sensors übertrug. Der Ball der Sphäre füllte den Projektionswürfel mit verschiedenen Rottönen.

Zu ihrer Überraschung erfasste die Kamera vor ihrer Kabine nicht Zegato, sondern Berglen. Sie hätte damit rechnen können. Er war zwar kein Kommissar, wurde aber, was Sicherheitsfreigaben anging, wie einer behandelt. Niemand wollte es sich mit dem lebenden Schiff verderben, das sogar das Imago-Projekt beeindruckt hatte.

Kara öffnete.

Berglen lächelte sie über eine Blume hinweg an. In ihrer prachtvollen Blüte schienen rote und gelbe Blätter in einem Tanz erstarrt.

»Danke«, sagte Kara überrumpelt und nahm das Geschenk entgegen.

Berglen zog sich herein. Inzwischen kam er leidlich mit der Schwerelosigkeit zurecht.

Er betrachtete die Projektion der Sphäre. »Das Licht scheint wärmer, wenn man verliebt ist.« Seine Stimme klang tiefer als sonst und er lächelte.

Sie fand seine Miene ein wenig dümmlich, aber sie selbst sah wohl auch nicht besonders lässig aus mit der langstieligen Blume in der Hand.

Sie betastete die Blätter, widerstand jedoch dem Impuls, ihre Nase in die Blüte zu tauchen.

»Ich muss lernen, wie ich allein klarkomme«, sagte sie.

Berglens Lächeln gefror. »Willst du wirklich allein sein?«

»Allein, ja. Wenigstens für eine Weile.«

Ohne ihr Zutun bewegte sich ihre Hand auf seine Brust zu. Wie meistens trug er eine offene Weste.

Es kostete Überwindung, sich zurückzuhalten und ihn nicht zu berühren.

»Ich will mich selbst kennenlernen«, flüsterte sie. »Ich will mit mir allein klarkommen, ohne einsam zu sein.«

»Warum?«, fragte er enttäuscht.

»Ich hoffe, ich kann Zufriedenheit mit mir selbst lernen.«

Hinter Berglen pumpte Trib vorbei. Die gleichmäßige Kontraktion schickte Wellen durch die langen Fäden der Luftqualle.

»Aber dafür muss ich lernen, dass Einsamkeit mich nicht umbringt.«

Berglen sah sie an. Er hoffte wohl, dass noch etwas käme, was ihre Abfuhr abmilderte.

Sie hielt seinem Blick stand.

Er räusperte sich. »Der Schwarm bereitet sich auf die Transition vor. Ich kehre zurück auf die Squid.« Wieder sah er sie an.

»Ich wünsche dir eine glückliche Zukunft.« Die Worte kratzten in ihrem Hals.

»Du bleibst auf der Esox?«

»Ja. Hier kann ich viel lernen.« Die Leichtigkeit ihrer Stimme klang selbst in ihren eigenen Ohren aufgesetzt. »Auch im nächsten System werden wir Diplomaten brauchen.«

»Du hast recht. Ich …« Er suchte nach Worten.

»Du musst dein Gepäck auf die Fähre bringen lassen.«

»Ja«, sagte er erlöst. »Das sollte ich wohl tun.«

»Die Blume …«

»Behalte sie. Sie ist für dich.«

Als Berglen fort war, steckte sie den Stiel in eine Feuchtigkeitsröhre. Sie zögerte, gönnte sich dann aber doch, an der Blüte zu riechen.

Sie sah zur Kabinentür und bildete sich ein, dass der Schmerz bereits abklang. Bestimmt wurde es mit der Zeit leichter, allein zu sein.

Und eigentlich war sie ja nicht allein. Sie war gemeinsam mit einer Million Menschen unterwegs. In jedem Moment wurde irgendwo im Schwarm jemand geboren, jemand verliebte sich, jemand wurde krank oder wurde von seinem Arzt für gesund erklärt. Auf einem der Schiffe starb jemand, auf einem anderen erlangte jemand eine Erkenntnis, die noch niemandem zuvor gekommen war. Jemand fand sein Glück, ein anderer verzweifelte. Viele verschwendeten ihre Lebenszeit, manche entdeckten ihre Bestimmung.

Eine Million Menschen, dazu ein lebendes Raumschiff und Idea, die ebenfalls lebte, wenn auch auf ihre Art. Kara war Teil davon.

Und diese Gemeinschaft voll vibrierenden Lebens würde auf andere Zivilisationen treffen, auf Wesen, wie sie noch keinem Menschen begegnet waren.

Kara war nicht mehr traurig. »Es muss jemanden geben, der für den Frieden spricht.« Sie kitzelte Zilons gelben Schirm. »Und dieser Jemand werde ich sein.«

Glossar

Andruckabsorber: Eine technische Vorrichtung, die Beschleunigung für den Passagier neutralisiert. Die abrupten Manöver, insbesondere Kurswechsel, die Raumfahrzeuge bei hohen Geschwindigkeiten durchführen, würden ohne Andruckabsorber zu schwersten Verletzungen oder sogar zum Tod führen.

Astriden: Eine Mischform zwischen Lebewesen und Energieform, angezogen von großen Masseansammlungen (insbesondere Sternen) und sowohl im Rotraum als auch im Einsteinraum heimisch.

Astridenernte: Das ›Abfischen‹ von Astriden aus einer Sonne; in der Regel von speziellen Raumfähren durchgeführt.

Astridenfähre: Ein Raumfahrzeug, das für die Astridenernte vorgesehen ist.

Astridenkokon: Im Rotraum kreisen Behälter um das Raumschiff, die Astriden abgeben, sodass sich ein Kokon aus Astriden um das Schiff legt. Dieser ist notwendig, um den Raumer im Rotraum zu halten. Manchmal auch ›Astridenschleier‹ genannt.

Attacksergeant: Ein hoher Unteroffizier bei den Entertruppen.

Baliol: Ein Gasriese, dessen Atmosphäre durch schwebende Städte der Bugani besiedelt ist.

Befreier: Eigenbezeichnung der Rebellen auf der Esox.

Bioplast: Kunststoffverbindungen, die biologischem Gewebe ähneln. Meist in der Medizin eingesetzt.

Bugani: Eine vernunftbegabte Spezies, deren Körper an Rochen erinnern. Die Bugani leben unter anderem auf Baliol und gelten als kaufmännisch geschickt.

Chrombeschichtung: Raumschiffe werden oft mit Chrom überzogen, um auftreffende Laserstrahlen zu reflektieren und damit unschädlich zu machen.

Cochada: Ein Planet mit drei Kontinenten, sehr erdähnlich.

Einsteinraum: Das Universum, wie es in der Physik von Albert Einstein beschrieben wird; in dem also die auf der Erde beobachtbaren Naturgesetze gelten.

Einsteinuniversum: siehe Einsteinraum.

Esox: Ein spinnenförmiges Großraumschiff, dessen Bewohner die Symbiose mit dem Zentralcomputer des Schiffes anstrebten. Dessen Hauptkomponente wurde in einem Bürgerkrieg mit den anderen Schiffen des Schwarms vor fünf Jahren gesprengt. Heute wird die Esox von Kommissaren regiert.

Freier Fall: Eine Bewegung, die ausschließlich der Gravitation folgt. Im Weltraum ist dies in der Regel eine Ellipse um eine Schwerkraftsenke, wie einen Stern oder einen Planeten, herum (Orbit, Umlaufbahn).

Generalingua: Die Einheitssprache der Menschheit.

Giats: Eine nicht menschliche Spezies. Die Körperform eines Giats entspricht grob einem Kegel, variiert aber zwischen den Individuen, weil sich Giats aus Segmenten zusammensetzen, die im Laufe des Lebens auch wechseln und zudem technisch verändert werden können. Giats atmen Chlor.

Gotako: Ein Heißgetränk und mildes Aufputschmittel.

Gravitationssenke: Eine Krümmung der Raumzeit, in deren Richtung Schwerkraft wirkt; in der Regel durch große Massen verursacht.

Großraumschiff: Ein riesiges Raumschiff, in dem Menschen ihr gesamtes Leben verbringen können. Großraumschiffe haben eine durchschnittliche Besatzung von etwa 30 000 Personen.

Gütige Mutter: Die Bezeichnung, die die Bewohner der SQUID oft für das lebende Raumschiff verwenden. Seltener auch ›Gnädige Mutter‹.

Hibernieren: Winterschlaf halten.

Holokubus: Ein Holoprojektor erzeugt ein dreidimensionales Bild. Dieses erscheint in einem abgegrenzten, meist würfelförmigen Bereich, dem Holokubus.

Hydroponium: Eine Bewässerungsanlage, in der Pflanzen gezogen werden.

Jäger: Siehe Raumjäger.

Kelvin: Maßeinheit für Temperatur mit gleicher Schrittweite wie die Celsius-Skala. Die Skala nach Kelvin beginnt am absoluten Nullpunkt, sodass 273 Kelvin 0 °C entsprechen. Wasser kocht unter Normaldruck bei 373 Kelvin.

Kirche des Void: Vorherrschende Religion im Schwarm mit wesentlichen Wurzeln im Buddhismus. Man verehrt die große Leere im spirituellen, aber auch im Wortsinne.

Koexistenzialisten: Eine philosophische Richtung innerhalb des Schwarms, die sich dafür einsetzt, in friedlicher Koexistenz mit allen anderen Zivilisationen der Galaxis zu leben.

Laser: Offensivwaffe. Da sich Laserstrahlen mit Lichtgeschwindigkeit bewegen, können sie vor dem Auftreffen nicht geortet werden.

Lichtgeschwindigkeit: Die Geschwindigkeit des Lichts. Sie variiert leicht, abhängig vom Medium, das das Licht durchquert (Luft, Wasser …). In der Regel ist die Lichtgeschwindigkeit im Vakuum gemeint. Diese beträgt etwa 300 000 Kilometer in der Sekunde.

Lichtjahr: Die Entfernung, die das Licht in einem Jahr zurücklegt (9 460 730 472 581 Kilometer).

Lichtminute: Die Entfernung, die das Licht in einer Minute zurücklegt (ca. 18 000 000 Kilometer).

Lichtsekunde: Die Entfernung, die das Licht in einer Sekunde zurücklegt (ca. 300 000 Kilometer).

Lichtstunde: Die Entfernung, die das Licht in einer Stunde zurücklegt (ca. 1 080 000 000 Kilometer).

Liebling der Mutter: Ein Erwählter der SQUID, in dessen Fleisch das lebende Raumschiff singt. Beinahe alle Lieblinge der Mutter werden Zoëliker.

MARLIN: Ein diskusförmiges Großraumschiff von zwei Kilometer Durchmesser. Es ist auf 30 000 Bewohner ausgelegt, beherbergt aber nach Verlusten durch ein kürzliches Raumgefecht gegen die Giats nur noch 25 000.

Medogel: Ein antiseptisches, wundverschließendes und stabilisierendes Gel zur medizinischen Erstversorgung äußerer Verletzungen.

Medokit: Ein Erste-Hilfe-Koffer.

Mekol: Innerster Planet des Norastesystems, eine trockene Felswelt.

Merite: Ein militärisches Ehrenzeichen, beispielsweise ein Orden.

Noraste: Eine menschliche Kolonialwelt.

Normaldruck: Druckverhältnisse wie in der Erdatmosphäre annähernd auf Meereshöhe.

Normalraum: siehe Einsteinraum.

Oben: In einem Bereich mit Schwerkraft bezeichnet ›oben‹ die Richtung vom Gravitationszentrum weg. In der Schwerelosigkeit hat der Begriff keine Bedeutung.

Okkupanten: Bezeichnung der Rebellen auf der Esox für die Angehörigen der Besatzungstruppen, insbesondere die Kommissare.

PAYARA: Ein schwer gepanzertes Großraumschiff des Schwarms, dessen Kultur militärischen Ehren eine herausragende Bedeutung beimisst.

Physis: Körperlichkeit.

Promethium: Ein radioaktives Element, das als Treibstoff für moderne Unterlichttriebwerke dient.

Quurite: Eine außerirdische Spezies, deren Angehörige Felsbrocken ähneln.

Raumjäger: Ein kleines, schnelles Kampfraumschiff, in der Regel mit sehr kleiner Besatzung (oft nur ein Pilot).

Reflektorkörper: Eine Abwehrwaffe gegen Laser. Reflektorkörper setzen Wolken reflektierenden Materials frei, etwa Chromsplitter. Auftreffende Laserstrahlen brechen sich darauf und werden gestreut, wodurch sie ihre Durchschlagskraft verlieren.

Rotationsmodul: Gravitation lässt sich technisch nicht erzeugen, aber durch Rotogravitation/Zentrifugalkraft simulieren. Um negative Effekte auf den menschlichen Organismus zu vermeiden, muss dabei ein Mindestdurchmesser von sechs Kilometern eingehalten werden, wenn Erdschwerkraft erzeugt werden soll. Raumschiffe bringen daher Rotationsmodule aus, die mit dem erforderlichen Radius um den Hauptkörper kreisen. In diesen Modulen herrscht Rotogravitation, die beispielsweise zur Pflanzenzucht, aber auch für Freizeiteinrichtungen wie Schwimmbäder genutzt wird.

Rote Familie: Rila, Ugrôn und ihr Sohn Amida. Diese drei Menschen waren auf unterschiedliche Weise dem Rotraum ausgesetzt, was sie verändert hat. Sie agieren als Herrscher der SQUID. Ihr Verhältnis zur Gütigen Mutter ist ungeklärt.

Rotogravitation: Ein schwerkraftähnlicher Effekt, der durch eine Zentrifugalbewegung erzeugt wird.

Rotraum: Ein höherdimensionales Kontinuum, das überlichtschnelle Reisen ermöglicht. Benannt nach der roten Färbung. Im Rotraum existieren Strudel und Strömungen.

Rotraumjünger: Eine neue Sekte an Bord der SQUID, die den Rotraum als Equilibrium der Offenbarung verehrt.

Rubozyten: Erscheinungen des Rotraums, von manchen

Wissenschaftlern als Teilchen, von anderen als Mikroorganismen klassifiziert. Sie lagern sich an Materie aus dem Einsteinuniversum an, um diese aus dem Rotraum zu drängen. Manchmal als Abwehrkörper gesehen. Die allmähliche Sättigung mit Rubozyten ist einer der begrenzenden Faktoren bei Überlichtflügen.

Schleier: Im Schwarm geprägte Bezeichnung für die Zentralwelt des Norastesystems.

Schwarm: Eigenbezeichnung der Flotte aus achtundzwanzig Großraumschiffen, auf der die letzten knapp eine Million freien Menschen leben.

Sedativum: Beruhigungsmittel.

Sensorholo: Eine holografische Projektion, verbunden mit einem Abtastfeld. Die Berührung spezieller Bereiche in dem Holo wird erfasst. Oft als Eingabevorrichtung verwendet, zum Beispiel als Türschloss.

Sonicschocker: Eine Waffe, die intensive Schallwellen verschießt. In der Regel wird ein Opfer dadurch gelähmt, ohne einen Dauerschaden zu erleiden. Auf unbelebte Ziele sind Sonicschocker meist ohne Wirkung.

Sophont: Vernunftbegabtes Lebewesen.

Sphäre: Im Schwarm geprägte Bezeichnung für die gigantische Struktur, die die Sonne des Norastesystems in mehreren Schalen umhüllt.

SQUID: Das einzige Großraumschiff des Schwarms, das nicht von Menschen gebaut wurde. Es handelt sich um eine rotraumgeborene Lebensform, die 30 000 Bewohner in ihren Leib aufgenommen hat. Die SQUID ähnelt einem Kraken mit einem acht Kubikkilometer großen Zentralkörper und bis zu zehn Kilometer langen Tentakeln. Die SQUID ist das einzige Großraumschiff, das über Raumkrümmung echte Gravitation und damit eine konstante Schwerkraft erzeugen kann.

Stahlplast: Sammelbegriff für besonders harte und feste Kunststoffe.

Torpedo: Offensivwaffe im Raumkampf. Wesentlich langsamer, aber durchschlagskräftiger als Laserstrahlen.

Transgressor: Jemand, der widerrechtlich eine Grenze überschreitet; meist im Zusammenhang mit amoralischem Handeln verwendet.

Transplast: Sammelbegriff für durchsichtige Kunststoffe, meist in fester Form – beispielsweise Scheiben.

Unten: In einem Bereich mit Schwerkraft bezeichnet ›unten‹ die Richtung auf das Gravitationszentrum zu. In der Schwerelosigkeit hat der Begriff keine Bedeutung.

Vektor: Eine gerichtete Kraft, definiert durch Richtung und Betrag. Oft für Bewegungen verwendet: Ein Raumfahrzeug bewegt sich mit einer bestimmten Geschwindigkeit (Betrag zum Beispiel in Kilometern pro Sekunde) in eine bestimmte Richtung.

Visifon: Bildtelefon.

Void: Die Leere. Meist benutzt für die Leere des Weltalls. Objekt der Verehrung für die Kirche des Void.

Xenobiologe: Ein Biologe, der sich mit fremden (= nicht der Erde oder den menschlichen Kolonien entstammenden) Lebensformen beschäftigt.

Xenofarmer: Jemand, der Lebensmittel in fremden Umgebungen (meist auf fremden Himmelskörpern) anbaut, zieht und erntet. Ein wesentliches Mittel ist dabei genetisch optimiertes Saatgut für besonders schnell wachsende Pflanzen.

Yamadatriebwerk: Ein Raumschiffantrieb, der es ermöglicht, mithilfe von Astriden zwischen dem Einsteinraum und dem Rotraum zu wechseln und sich im Rotraum zu bewegen. Dieses Prinzip lässt sich auf unterschiedliche Arten umsetzen.

Yamadazentrifuge: Ein Behälter, in dem Astriden ausgebracht werden. Yamadazentrifugen umkreisen das Raumschiff in einem Muster, das vom Zentraltriebwerk gesteuert wird. Gemeinsam mit diesem bilden sie das Yamadatriebwerk.

Zerebral: Zum Gehirn gehörig.

Zoëliker: Die Priesterkaste an Bord der SQUID. Die Zoëliker kommunizieren mit dem lebenden Schiff, deuten seinen Willen und halten die Bewohner zu seiner Verehrung an. Seitdem sich die Rote Familie etabliert hat, verlieren sie an Bedeutung.

Dramatis Personae

Hauptfiguren

Aneste (44, weiblich): Aneste ist eine Anführerin der ›Befreier‹, der Widerstandsbewegung auf der Esox. Sie empfindet die Sprengung der Hauptkomponente des Zentralcomputers im Bürgerkrieg gegen die anderen Schiffe des Schwarms vor fünf Jahren als Katastrophe. Dadurch musste sie ihre Lebensweise – bis dahin geprägt durch Geistreisen in den virtuellen Raum – vollkommen umstellen. Die Verschmelzung ihres Verstandes mit der Computerintelligenz ist nur noch rudimentär möglich. Zudem wurde ihre Mutter durch die brutale Teilentfernung wichtiger Implantate geistig verkrüppelt.

Aneste arbeitet gegen die Herrschaft der von den anderen Schiffen eingesetzten Kommissare. Ihr Netzwerk durchzieht die Esox in einer Weise, die für die Besatzer weitgehend unsichtbar bleibt: entlang von Datenleitungen, die geheime Computerressourcen verbinden. Ihr Ziel liegt in der Reaktivierung der Computerherrschaft über die Esox.

Berglen (37, männlich): Als Kontaktperson spielte Berglen eine wesentliche Rolle beim Aufstieg der Roten Familie zu den Herrschern der Squid. Er nimmt dabei eine ambivalente Position zwischen Ugrôn und Rila einerseits sowie den Zoëlikern andererseits ein und fragt sich, wo die Gütige Mutter in diesem Machtkampf steht. Ugrôn vertraut ihm wichtige Aufträge an und setzt ihn als Herold ein. Darüber hinaus ist er der Gesprächspartner des Erwählten. Ugrôn offenbart ihm Einsichten in die Natur der Squid und des Rotraums, überfordert ihn jedoch auch immer wieder intellektuell. Die Zoëliker sind sich der Sonderstellung Berglens bewusst und behandeln ihn mit Respekt, wollen über ihn aber auch Informationen zu den Plänen der Roten Familie erhalten und diese, soweit möglich, beeinflussen.

Jeskon, Kara (20, weiblich): Kara ist durch ein frühes Erbe ökonomisch unabhängig. Sie hat in der Expertenherrschaft der MARLIN viele Kompetenzgrade erworben und unterschiedliche Berufe ausgeübt. Unter anderem hat sie Nahrungsmittel in Hydroponien angebaut, mit Astriden gearbeitet und war als Xenofarmerin tätig. Auch ihr Privatleben ist unstet, sie wechselt häufig ihre Beziehungen, was ihr aufgrund ihrer Attraktivität leichtfällt.

Eine Konstante in Karas Leben ist ihre koexistenzialistische Überzeugung. Gewalt ist ihr nicht nur emotional zuwider. Sie hält sie auch für irrational, weil die Logik der Zerstörung eine gesellschaftliche Entfaltung behindert.

Zegato (44, männlich): Als Arzt betreut Zegato die traumatisierte Xeramel. An Bord der Esox ist seine Profession wesentlich technischer ausgerichtet als auf anderen Schiffen, da eine Vielzahl von Implantaten in Hirn und Körper üblich ist. Auch Zegatos Diagnosemethoden sind oft technisch geprägt, etwa die Injektion von winzigen Sonden in die Blutbahn des Patienten. Ein Visor, der einer Spiegelfolie ähnelt, überspannt sein Gesicht. Das Gerät ersetzt insbesondere die Augen, ermöglicht aber auch eine erweiterte Wahrnehmung.

Zegato unterhält Verbindungen zu den ›Befreiern‹, der Widerstandsbewegung der Esox, auch wenn er nicht zu ihrem Kern zählt.

Nebenfiguren

Amida (jünger als ein Jahr, männlich): Der Sohn von Rila und Ugrôn. Durch Ugrôns Erbgut dem Rotraum verbunden.

Arivor, Cenesta (102, weiblich): Die Kommissarin der ORCA auf der ESOX.

Arlohn (80, männlich): Ein Rebell, der für die Befreiung der ESOX kämpft. Spezialist für metallische Materialumwandlungen.

Arquila (19, weiblich): Eine junge Sergeantin, die in Treue für die Gütige Mutter brennt.

Azrel (55, männlich): Der Kommissar der PAYARA auf der ESOX.

Debois, Macro (35, männlich): Ein führender Koexistenzialist auf der MARLIN.

Deron, Herla (63, weiblich): Die Chefdiplomatin der MARLIN.

Drobill, Elasia (103, weiblich): Die Kommissarin der CAVALLA auf der ESOX.

Drohm, Erok (30, männlich): Ein Xenofarmer auf der MARLIN.

Egron, Demetra (54, weiblich): Als Vier-Sonnen-Admiralin ranghöchste Offizierin der MARLIN.

Eljeste (49, weiblich): Eine Soldatin von der ESOX.

Etol, Gorrom (72, männlich): Ein Konzernboss mit hohen Investitionen in dezentraler Klimatechnologie.

Forlihn, Jenx (98, männlich): Der Kommissar der MAKO auf der ESOX.

Galta (60, weiblich): Eine Rebellin, die die ESOX befreien will.

Glehm, Hargert (128, männlich): Der Kommissar der THUN auf der ESOX.

Idea (Neutrum): Ein blauhäutiges Kunstwesen, das nur äußerlich einer Frau mit übersteigerten Proportionen ähnelt.

Iljow, Korol (23, männlich): Ein Sozialvisionär mit technischem Talent.

Jazoh, Saundra (20, weiblich): Eine ehrgeizige Computerwissenschaftlerin mit gesellschaftlichen Zielen.

Kedora (43, weiblich): Eine Soldatin auf der SQUID.

Kitaga (39, weiblich): Eine der ranghöchsten Zoëlikerinnen.

Krellin, Temera (28, weiblich): Eine Betreuerin einer Schulklasse, die einen Ausflug in die Schwerelosigkeit unternimmt.

Kulbeyn (133, männlich): Ein Zoëliker und Arzt.

Makito (16, männlich): Ein hochtalentierter Befreier, der die Kommissare von der ESOX vertreiben will, sich aber weigert, das letzte Opfer für die Bewegung zu bringen.

Pytene (47, weiblich): Eine Befreierin, die sich gern für Routineaufgaben im Zusammenhang mit IT-Arbeiten meldet.

Rassan (70, männlich): Ein Unterhändler von der PAYARA, der ein Handelsabkommen mit den Bugani vereinbaren soll.

Rila (30, weiblich): Ehemals eine Jagdpilotin von der MARLIN, die über Ugrôn in Kontakt mit dem Rotraum kam. Als Mitglied der Roten Familie eine Herrscherin der SQUID.

Rubehn (50, männlich): Ein Rebell, der die ESOX befreien will.

Ruwen (85, männlich): Ein Zoëliker.

Tamis, Fyona (56, weiblich): Die Kommissarin der MARLIN auf der ESOX.

Tamis, Welter (56, männlich): Der stellvertretende Kommissar der MARLIN auf der ESOX.

Tervoil (43, männlich): Der neue Kommissar der PAYARA auf der ESOX.

Trib: Kara Jeskons blaue Luftqualle.

Ugrôn (31, männlich): Der Erwählte der Gütigen Mutter und deswegen Herrscher der SQUID, durch das lebende Raumschiff und den Rotraum verändert.

Weldruga (88, weiblich): Nach Azrels Tod kurzfristig die ranghöchste Vertreterin der PAYARA auf der ESOX.

Xeramel (34, weiblich): Eine Pilotin, auf Raumfähren spezialisiert. Durch den Tod ihres Mentalzwillings traumatisiert.

Zilon: Kara Jeskons gelbe Luftqualle.

Perry Rhodan
Das größte Science-Fiction-Abenteuer aller Zeiten
Perry Rhodan
Die größte Science-Fiction-Serie
Nr. 2941
Kai Hirdt
TEIRESIAS spricht
Bürgerkrieg im Zweiten Solaren Imperium – auf welcher Seite steht die Mondpositronik?
© Pabel-Moewig Verlag KG, Illustration: Arndt Drechsler
Als Romanheft am Kiosk, als Hörbuch und als E-Book auf allen digitalen Endgeräten.
Kostenloses Infopaket anfordern bei:
PERRY RHODAN-Kommunikation | Stichwort »Piper«
Postfach 2352 | D-76413 Rastatt
Perry Rhodan
Kurs 3000
www.perry-rhodan.net

PIPER
BESUCHE
FREMDE
WELTEN
Piper Science-Fiction.de
© gremlin/istock